Ein G. Voigt - Roman

Sebak II

KRIEGER DER SPHINXE

Deutsche SF & Fantasy

Inhaltsverzeichnis:

Götter sind auch nur wie Menschen - nur schlechter…!

Shyla, 4 Jahre - Tochter von Prof. Lukas

Impressum:

Bibliographische Information der Deutschen Nationalbibliothek:

Die Deutsche Nationalbibliothek verzeichnet diese Publikation in der Deutschen Nationalbibliographie, detaillierte bibliographische Daten sind im Internet über http://dnb.dnb.de abrufbar.

Herstellung & Verlag

BoD- Books on Demand Norderstedt

Cover - Gestaltung: graphical elements partly by freepik

ISBN: 9783744890953

Monolog

Wieder sitze ich Nacht für Nacht und bringe meine Erlebnisse aufs Papier, um dem Schrei meiner Seele gerecht zu werden. Wie vor Jahren, musste ich für mich eine Entscheidung treffen, die mein Leben gravierend beeinflusste. Manchmal, wenn mein Unterbewusstsein rebelliert, stelle ich mir die Gesichter der Menschen vor, die ich liebte - und verlor...

Die Welt der alten Götter, wie wir sie als Menschen glauben zu kennen, ist völlig anders. Machtgier ist eine treibende Kraft, die das Grauen und Böse aus den Tiefen der Hölle empor schiebt. Meine Erzfeinde, Sebak II. und Gott Seth, haben Atlantis eingenommen, die Stadt meines Freundes, Prinz Babu.

Shyla, meine kleine Tochter – als Spielball der Mächtigen – wurde sie selbst eine von ihnen? Sie und zwölf Mädchen ihres Alters verschwinden ins Nirgendwo... Manchmal sehe ich ihre Augen vor mir, höre ihr „Paps, hab Dich ganz doll lieb!“ Es gab nur einen Weg für mich, sie zu finden – die Rückkehr in das Reich Pharaonien, um erneut den Kampf aufzunehmen.

Hier ist meine Geschichte...

Die Entführung

„Mami, Mami, ich möchte ein Eis – bitte!" quengelte die Kleine und zog ihre Mutter mit Nachdruck zum Eisstand. Ich blieb stehen und wartete ab. Ich kannte Sanilas Geduld. In ihren Augen sah ich, wie sehr sie sich bemühte, ernst zu bleiben und dem Drängen unserer Tochter nicht nachzugeben. Der Fall war hoffnungslos. Shyla bearbeitete ihre Mutter so lange, bis diese es für besser hielt, ihren Wunsch zu erfüllen. „Ich möchte Schoko und Vanille!“ hörte ich und konnte mir ein Grinsen nicht verkneifen, hielt es aber für angeraten, meinen Spott im Zaum zu halten. Mit Sanilas orientalischem Temperament war ich nach unserer Hochzeit vor sechs Jahren hinreichend konfrontiert worden. Ich liebte diese Frau noch immer, genauso intensiv und stark, wie in den Tagen unseres Abenteuers im Reich des Volkes vom Planeten Ra. Freudestrahlend, die Eistüte in der Hand schwenkend, kam unsere Tochter zu mir gelaufen. „Du

kleiner Teufel hast es wieder geschafft!“ Überschwänglich ließ sie sich in meine Arme fallen und jauchzte, als ich sie in die Luft warf. Dabei wäre fast das Eis aus ihrer kleinen Hand gerutscht. Im letzten Moment konnte ich die Tüte auffangen. Einige Spritzer kleckerten mir das Hemd voll. „So eine Schweinerei aber auch", fluchte ich verhalten und setzte Shyla wieder ab. „Da, schau was wir angerichtet haben, mein ganzes Hemd ist versaut", schimpfte ich und versuchte, die Flecken abzuwischen. Mit dem Erfolg, dass diese noch weiter verschmierten und meine Hände klebten.„Papi, Du sollst nicht so fluchen, Du weißt doch, dass Mami dann immer mit Dir herummeckert", belehrte mich meine Tochter und schaute mich mit vorwurfsvollen Augen an. Wieder musste ich schmunzeln. Ganz die Mutter, ohne Zweifel. Shyla ähnelte ihrer lieben Mama, wie ein Ei dem anderen. Sogar die Haltung und Mimik waren fast identisch. Manchmal wünschte ich mir ernsthaft, in ihr kleines Köpfchen schauen zu können, um zu sehen, was dort so ablief. Shyla eilte voran und hüpfte wie ein Spatz durch die engen Gassen. In der Nähe des Marktes sprudelte ein kleiner Brunnen. „Paps komm her - wir machen Dein Hemd sauber“, plapperte sie laut und winkte mir zu. Sanila zog mich in ihre Richtung, kramte ein Taschentuch hervor und feuchtete es an. „Diese Eisflecke sind furchtbar. Da hilft nur eine Pferdekur", stellte sie nach einer Weile intensiven Rubbelns fest und gab auf. Auf mein Grinsen reagierte sie nicht weiter. „Na, was ist, wollen wir nach Hause gehen oder noch etwas herumschlendern?" wollte ich wissen.
„Herumschlendern, herumschlendern!" fiel mir Shyla ins Wort und klammerte sich an meinen Hosenbeinen fest. „Nichts da, jetzt geht es ab nach Hause!" entschied Sanila, „Es wird bald dunkel. Außerdem bist Du müde und musst in Dein Bett!" Shyla hatte auch ihren Dickkopf. „Ich bin überhaupt nicht müde. Siehst Du!" konterte unsere Tochter und riss ihre Augen weit auf. Lächelnd hob ich sie hoch und nahm sie auf die Schulter. „Ich denke, Mama hat Recht. Wir schlendern ein wenig durch die Straßen und ehe wir uns versehen, sind wir zu Hause. Außerdem wird Eli auf uns warten", beschwichtigte ich das Kind. Sie willigte schließlich ein. Endlich kam unser Haus in Sicht. Es war nicht übermäßig groß, dafür sehr schön. Wir hatten es vor drei Jahren von einem

befreundeten Makler hier in Bern angeboten bekommen und fühlten uns inzwischen sehr wohl darin. „Was ist denn da los?" Sanila stockte, eine senkrechte Falte überzog ihre Stirn. „Weiß ich nicht. Lass uns weitergehen, dann werden wir es schon sehen", brummte ich und setze die Kleine wieder ab. „Das ist eine Frechheit, solchen Lärm zu veranstalten!" hörte ich einen Fußgänger vor sich hin brubbeln.
„Papi, hör doch mal, was Eli für schöne Musik macht!"
Shyla zupfte mir aufgeregt am Arm und wies mit ihren Fingerchen zum Fenster hinauf. Im gleichen Moment schob sich Elis Kopf aus der Öffnung, als er uns sah, erstarrte er für Sekunden. Kurze Zeit später trat Ruhe ein. Die erregte Zuhörerschaft verlief sich allmählich. Wir konnten unbehelligt in unser Haus eintreten. „Hallo Eli, wir sind wieder da - wo bist Du?" quasselte Shyla sofort los und hüpfte den Flur entlang. Sanila sah etwas müde und abgespannt aus. „Setz Dich ein bisschen hin und ruh Dich aus, ich bereite das Abendessen für uns zu", schlug ich vor und geleitete Sanila ins Wohnzimmer. Dankbar drückte sie mir ein Küsschen auf die Wange und machte es sich bequem. Leise schloss ich die Tür hinter mir und zog die Hausschuhe an. „Eli, komm bitte runter!" rief ich meinen Sohn und machte mich in der Küche zu schaffen. Mit gesenktem Kopf schob sich Eli zur Tür herein und tänzelte unruhig auf der Stelle. Ich ließ ihn schmoren, tat so, als wäre er Luft für mich. „Papa, es tut mir leid", hörte ich ihn leise flüstern. Ich reagierte nicht.
„Ich wollte doch nur einmal ausprobieren, wie viel Power meine neue Anlage hat", murrte er schließlich und sah mich eindringlich an.
„Und hast so ganz nebenbei einen Volksauflauf organisiert. Sind Deine Kopfhörer nicht laut genug?" entgegnete ich. „Doch - aber ich wollte nur ein einziges Mal die Anlage so richtig ausfahren, verstehst Du, ohne Kopfhörer!" Welcher Vater würde einen Jungen nicht besser verstehen als ich.
„Und?" bohrte ich weiter. „Es war toll, wirklich einfach toll", sprudelte es aus dem Zehnjährigen heraus. „Hhm, das nächste Mal bleibt es bei den Kopfhören, haben wir uns verstanden!" Er strahlte über das gesamte Gesicht. „Danke!" Er hastete die Treppen zu seinem Zimmer hoch und verschwand. Der Haussegen war wieder gerichtet. „Na mal schauen, wie lange er diesmal durchhält?“ Ich

warf einen Blick ins Wohnzimmer. Sanila war eingeschlummert. Ich schlich mich auf Zehenspitzen hinein und legte ihr eine Decke um. Sie schniefte leise. Für einen winzigen Moment kamen mir Erinnerungen hoch, die einige Jahre zurück lagen - unsere erste gemeinsame Nacht in der Kultkammer der Knick-Pyramide... „Ich glaube, da erst habe ich bemerkt, wie wichtig Du für mich bist.“ Ich hauchte ihr einen Kuss auf die Stirn und verschloss die Tür. „Paps - wo bist Du?“ Meine kleine Sonne polterte herein, ihre Lieblingspuppe im Arm. „Wir haben Hunger! Machst Du uns was Schönes?“ piepste sie und hielt mir Amy entgegen. „Sie hat auch Hunger!“ schmollte sie und tanzte aufgeregt um mich herum. „Bin gleich fertig mit dem Essen, Schatz. Mach nicht so laut, Mama schläft ein wenig“, ermahnte ich sie. Sie kletterte auf einen Stuhl und schaute mir beim Gemüse schneiden zu. „Willst Du?“ Ich reichte ihr ein Stück Möhre. Sie drehte es in ihren kleinen Händchen, dann steckte sie es in den Mund und biss ab. „Schmeckt gut, Paps - darf ich noch was haben?“ Ich schob ihr ein weiteres Stück zu. „Aber dann ist Schluss! Sonst hast Du keinen Hunger mehr, wenn es Abendessen gibt.“ Ich sah ihr zu, wie sie die Möhre weg schnurpste. Es wurde mir richtig warm ums Herz. „Bin gleich fertig - Du kannst schon mal Mama und Eli rufen“, bat ich sie und sah belustigt zu, wie sie sich auf dem Stuhl drehte und vorsichtig auf den Boden kletterte. „Mache ich Paps!“ krähte sie vergnügt und jagte wie ein Wirbelwind ins Nachbarzimmer. „Mami, meine liebste Mami aufstehen - es gibt Essen!“ hörte ich sie, als dass Telefon schellte. Ich nahm den Hörer ab. „Prof. Lukas hier.“ Doch statt einer Stimme vernahm ich ein merkwürdiges Röcheln. „Hallo - was soll das? Wer ist denn da?“ fragte ich noch einmal, dann legte ich auf. „Blödmann!“ brummelte ich und wandte mich dem Essen zu. Sanila kam gähnend in die Küche. „Ich bin tatsächlich eingeschlafen. Danke für die Decke - ist lieb von Dir!“ Sie schlängelte sich an mich heran und schmiegte sich an mich. „Wenn die Kinder im Bett liegen, nehmen wir uns ein bisschen Zeit für uns“, gurrte sie und zwinkerte mir schelmisch zu. Shyla hatte nur eines vernommen - ins Bett. „Ooh - ich will nicht ins Bett!“ Sie zog einen Flunsch, aber damit hatte sie bei ihrer Mutter keinen Erfolg. „Wir essen jetzt - danach geht es ab ins Bad. Zähne putzen und die Hände noch mal waschen. Paps liest Dir einen Gute Nacht

Geschichte vor - okay?“ Unsere Vierjährige nickte zufrieden. „Aber eine ganz lange Geschichte!“ prustete sie, dann versammelten wir uns am Tisch. Eli schlich sich heran. Das Feuerwerk seiner Mutter stand ihm noch bevor. Sanila holte tief Luft und setzte eine strenge Miene auf - als sie mein Kopfschütteln bemerkte, fing sie an zu lächeln. „So, Ihr Kerle seid Euch mal wieder einig geworden?“ scherzte sie. Eli sah mich dankbar an. „Sorry Mama - es kommt nicht wieder vor - versprochen!“ Damit langte er kräftig zu und ließ es sich schmecken. „Wer hat denn vorhin angerufen - oder habe ich mich verhört?“ wollte Sanila wissen. Ich zuckte mit den Achseln. „Keine Ahnung - irgend so ein bescheuerter Typ, der sich einen blöden Spaß erlauben wollte. Ich habe aufgelegt!“ erklärte ich ihr. Nach dem Essen zogen sich die Kinder in ihre Zimmer zurück. „Paps - kommst Du? Ich warte auf Dich!“ hörte ich meine Prinzessin ungeduldig rufen. „Geh mal - ich räume noch die Küche auf.“ Sanila sah mir tief in die Augen und strich eine widerspenstige Locke aus meiner Stirn. „Ich bin froh und glücklich, dass ich Dich habe“, hauchte sie mir ins Ohr und gab mir einen langen Kuss. „Paps - wo bleibst Du denn?“ wurde ich ermahnt. „Bis gleich!“ Ich hechtete die Treppe zum Kinderzimmer meiner Tochter hoch. „Schon da, Schatz!“ Freudestrahlend hielt sie mir ihr Märchenbuch entgegen. „Rotkäppchen - bitte Rotkäppchen Paps!“ bettelte sie. Meinen Hinweis, dass wir jeden Abend Rotkäppchen vorlasen, ignorierte sie einfach. Ich lachte kurz. „Na dann eben Rotkäppchen - da kann ich aber das Buch weglegen. Den Text kenne ich inzwischen auswendig!“ Während ich das Märchen erzählte, streichelte ich ihr niedliches Gesicht. Sie hielt meine Hand fest, ich konnte ihre Wärme spüren. Es dauerte nicht lange, und ihre Augen fielen ihr zu. „Schlaf schön und träume etwas ganz, ganz Schönes. Morgen erzählst Du es mir, einverstanden?" Ich gab ihr einen langen Kuss auf die Wange, dann verließ ich ganz leise den Raum. In der Tür empfing mich Sanila. Mit einem kurzen Blick überzeugte sie sich, dass unser Kind schlief. „Es wird Zeit, dass Du Dich endlich um mich kümmerst. Ich möchte auch ein schönes Märchen mit Dir erleben - eines aus Tausend und Einer Nacht!" Als ich ihr glucksendes Lachen hörte, ahnte ich, was auf mich zukommen würde...

„Professor Lukas ist noch hier - wollen Sie ihn sprechen?"

Ich vernahm die Stimme der Sekretärin meines Gastgebers im Nachbarraum. Seit Stunden saß ich bereits hier und diskutierte mit Professor Meißner die Vorbereitung einer gemeinsamen Expedition, welche für das nächste Jahr geplant war. Ziel sollten wieder die Ägyptischen Pyramiden von Dhaschur sein. Ich war als Kenner und Experte geladen worden, um an dieser Erkundungsfahrt teilzunehmen. „Prof. Lukas, entschuldigen Sie bitte die Störung, eine Dame möchte Sie sprechen. Es ist wohl dringend!" meldete sich seine Sekretärin. Sanila war am Telefon. Anfangs verstand ich nicht so recht, was sie eigentlich von mir wollte. Ununterbrochen schluchzte sie und schnäuzte sich. Bis ich endlich kapierte - Shyla war verschwunden! „Das kann doch wohl nicht wahr sein? Ich komme sofort, Schatz!“ Ich musste mich setzen, so schwindelig wurde mir bei dem Gedanken. „Arne - ist Dir nicht gut?"

Prof. Meißner eilte hinaus und kehrte mit einem Glas frischen Wasser zurück. „Vielen Dank, es geht gleich wieder." Ich stürzte es in einem Zug hinunter. Trotzdem fühlte sich meine Kehle wie vertrocknet an.

„Bernd, es tut mir leid, ich muss nach Hause, meine Tochter ist verschwunden", krächzte ich, verabschiedete mich kurz und lief hinaus.

Mein Wagen parkte zum Glück direkt vor dem Eingang des Büros.

Als ich zu Hause ankam, standen bereits einige Polizeiautos auf der Straße. Schaulustige drängelten sich in ihrer Nähe und suchten den Grund ihres Hierseins zu erkunden. Auch einige Reporter hatten sich eingefunden.

Ich fühlte meinen Herzschlag bis zum Hals hinauf, als ich in das Haus trat. Mehrere unbekannte Herren saßen im Wohnzimmer. Leise schwirrten verschiedene Gespräche gleichzeitig durch den Raum. Sie brachen abrupt ab, als ich in der Tür stand. Sanila lief mir entgegen und warf sich an meine Brust. „Sie ist weg, einfach verschwunden. Ich verstehe es nicht?" klagte sie und lehnte sich an mich. Sanft streichelte ich ihren zarten Nacken, heiße Tränen nässten mein Hemd und brannten wie Feuer auf der Haut. „Eli wollte die Kleine heute Nachmittag aus der Kindertagesstätte abholen, da war Shyla nicht mehr dort", schluchzte sie leise. „Ein Fremder hat sich Stunden vorher bei der Erzieherin gemeldet und sich als Großvater ausgegeben. Er wolle seine Enkelin

abholen, hat er gesagt." Meine Frau sah mich mit großen Augen an. Ich zuckte hilflos mit den Achseln. „Das wird sich schon alles aufklären, Liebling. Ich werde mit den Herren von der Polizei reden. Sie werden sich darum kümmern." Ich drückte sie fest an mich. „Geh nach oben und versuche, ein wenig zu schlafen. Ich mach das schon hier. Bitte, geh!" Ich winkte Eli zu mir. „Du bringst Mama nach oben und kümmerst Dich um sie, alles klar?" bat ich ihn. „Ja, alles gut, ich mach das schon." Ich wartete, bis beide verschwunden waren, dann drehte ich mich den wartenden Herren zu. „Ein Phantombild des Entführers haben wir nach den Angaben der Betreuerinnen bereits angefertigt lassen. Kennen Sie den Mann darauf?" wurde ich gefragt. Nachdenklich hielt ich das Foto in den Händen. Der Mann war kein Europäer, das sah ich auf den ersten Blick. Ein typisches Gesicht des Orients – allerdings mit ausgesprochen düsteren Augen und grausamen Zügen um die Mundwinkel herum. „Ich kenne ihn nicht - habe ihn noch nie gesehen!" Ich hielt das Bild hoch und sah nur noch seine Augen. War das eine Fantasie der Erzieherinnen? Ich seufzte unhörbar. „Meine arme Kleine - was sollte diese Geschichte?“ In meinem Innern keimte ganz tief verborgen ein Gedanke, der mir fast den Atem nahm.
„Wenn Sie nichts dagegen haben, melde ich mich in den nächsten Tagen wieder bei Ihnen. Über den Stand der Untersuchungen halte ich Sie auf dem Laufenden." sprach einer der Männer, als sie endlich aufbrachen. Ich hörte kaum noch zu, entsprechend kurz angebunden fiel meine Verabschiedung aus. „Ich bin in meinem Büro erreichbar. Hier ist meine Visitenkarte! Und bitte, wenn es etwas Neues gibt..." Die Türen klappten, dann dröhnten die Motoren und die Wagen fuhren weg. Ich ging, in Gedanken versunken, nach oben. „Mama schläft. Ich bin in meinem Zimmer." Mein Sohn stand in der Tür. „Hast Du noch etwas?" Ich sah ihm an, dass ihn etwas bedrückte. „Ihr ist doch nichts geschehen...?" Ich spürte das Zittern in seiner Stimme. Was sollte ich ihm darauf antworten? „Ich hoffe nicht. Die Polizei wird sich kümmern. Sie melden sich bei mir. Ich hoffe wirklich, dass nichts geschehen ist." Den letzten Satz sprach ich mehr zu mir. Ich nickte ihm aufmunternd zu und trat ins Schlafzimmer ein. Sanila schlief unruhig, trotz der Beruhigungsspritze unseres Hausarztes, der so schnell gekommen war, wie er konnte. Dr. Puckels erhob

sich von seinem Stuhl. „Es geht ihr soweit gut. Ich werde morgen früh noch einmal vorbeikommen und nach dem Rechten sehen. Hier sind für alle Fälle einige Tabletten. Lösen Sie diese bei Bedarf mit etwas Wasser auf. Sie sehen auch müde aus. Versuchen Sie, zu schlafen." Er packte seine Utensilien zusammen. „Also dann bis morgen. Ich finde allein hinaus!" Ich blieb einige Minuten neben Sanila sitzen und streichelte ihren Handrücken. Sie stöhnte im Schlaf. Schließlich stand ich auf und schlich mich hinaus. „Ach Schatz - ruhe Dich aus. Es wird alles gut", flüsterte ich noch, dann schloss ich geräuschlos die Tür. Mich zog es automatisch in das Zimmer unserer Kleinen. Bekümmert kauerte mich neben Shylas verwaistes Bettchen und lehnte den Kopf an dessen Gitterstäbe. Ununterbrochen kreisten meine Gedanken um diesen Fremden. „Das kann kein Zufall sein?" Vor meinen Augen entstanden Bilder aus vergangenen Zeiten. Ich sah den düsteren Kegel von Sebaks Burg aufsteigen, vermeinte sein eigenartiges Rasseln und Zischen zu hören. Der leblose Körper des kleinen Mädchens, welches das Monster fressen wollte. Die Tränen auf dem Gesicht seiner Mutter, die es eigenhändig tötete, um ihr dieses Schicksal zu ersparen. Max - mein alter Freund Max. Alles war plötzlich wieder lebendig da. Ich erwachte wie aus einer Trance. Mit wem konnte ich über meine Vermutungen sprechen? „Sanila - sie würde es nicht ertragen!" Irgendwann schlief ich über meinen Grübeleien ein. Als ich erwachte, war ich völlig steif und konnte mich kaum noch rühren. „Oooh, tun mir die Knochen weh. Wirst langsam alt, mein Junge", stöhnte ich verhalten. Ächzend erhob ich mich vom Boden, und begann, meine wie abgestorbene Glieder zu massieren. Ein Blick auf meine Armbanduhr verriet mir, dass es Zwei Uhr in der Nacht war. Es sollte die längste und schwerste Nacht meines Lebens werden...

„Wie viele Kinder wurden entführt - und durch wen?" Ich saß wie gelähmt und starrte den Kommissar an. Kommissar Gäbler schüttelte nur den Kopf.
„Hier in der Umgebung drei Kinder - in Österreich zwei, in Deutschland vier. Alle sind zum gleichen Zeitpunkt verschwunden, wie Ihre Tochter. Und alle Kinder sind Mädchen im Alter von drei bis vier Jahre. So ist das!" Nervös strich er sich die Haare aus den Augen. „In keinem Fall wurde die Leiche eines der Kinder

entdeckt, das lässt uns wenigstens hoffen, dass sie noch leben. Wer dahinter steckt, wir wissen es nicht? Nur in zwei Fällen wurden der oder die Entführer gesehen. Wir vermuten das Wirken einer hervorragend organisierten Bande." Mit spitzen Fingern zog er ein zusammengefaltetes Bild aus seiner Brieftasche, strich es glatt und reichte es mir herüber. Der Kerl ähnelte, bis auf geringe Unterschiede, dem Abbild unseres Phantombildes. „Wir haben Kontakt zu Interpol aufgenommen. Weltweit wurden Fahndungen ausgeschrieben. Wir hoffen, dass wir wenigstens noch einige Hinweise aus der Bevölkerung erhalten. Mit dem, was wir zurzeit haben, können wir nicht allzu viel anfangen. Vielleicht ist Ihnen noch etwas eingefallen? Jede Kleinigkeit ist wichtig!" Er sah mich fragend an. Ich versuchte das Alter des Mannes zu schätzen. Zwischen 35 und 40 Jahren... „Tut mir leid, ich kann Ihnen nicht mehr sagen als bisher. Ich habe mit meiner Frau gesprochen, auch ihr ist nichts weiter eingefallen. Sie hat sich nur aufgeregt, dass die Polizei noch immer im Dunkeln tappt?" Kommissar Gäbler rutschte unruhig auf seinem Sessel umher.
„Bitte sagen Sie Ihrer Frau, dass wir unser Bestes tun. Unsere Leute sind Tag und Nacht auf Achse, gönnen sich keine Ruhe. Mehr ist kaum noch möglich." Seine Entschuldigung klang in meinen Ohren sehr banal.
Meine Reaktion fiel entsprechend ruppig aus. Dann tat es mir leid. „Ich weiß, dass Sie alles versuchen, diese Sache aufzuklären! Aber diese Ungewissheit nervt einfach - Sorry, ich wollte Sie und Ihre Kollegen nicht beleidigen!“ entschuldigte ich mich und ging. Der Weg nach Hause kam mir unendlich lang vor. Es brannte in allen Räumen das Licht, als ich ankam und aufschloss. Sanila eilte auf mich zu, ihr hoffnungsvoller Blick erlosch, als sie mein Kopfschütteln sah. „Sie haben nichts - noch immer nichts.“ Ich nahm sie in den Arm und tröstete sie. Eli tauchte kurz auf, als er uns im Flur stehen sah, winkte er mir nur zu und zog sich in sein Zimmer zurück. „Ich komme gleich zu Dir“, versprach ich ihm. Ich vernahm Sanilas Weinen, ihr Körper schüttelte sich. „Schatz - es gibt doch etwas, was sehr eigenartig klingt. Es wurden insgesamt dreizehn Mädchen entführt - alle im Alter zwischen drei und vier Jahre“, erklärte ich ihr. Sie wischte sich die Augen blank und sah mich fragend an. „Dreizehn Mädchen - wirklich? Die verfluchte Zwölf plus Eins! Irgendetwas sagt mir, dass

das mit unserer Geschichte von damals zu tun hat“, murmelte sie. Ich widersprach ihr nicht. „Ich kümmere mich schnell um Eli. Leg Dich schon hin - ich komme später“, flüsterte ich ihr ins Ohr. Sie zögerte, aber schließlich gewann die Vernunft die Oberhand. „Ist gut - ich warte auf Dich.“ Eli saß wie auf glühenden Kohlen, er sprang auf, als ich durch die Tür trat. „Hat die Polizei sie schon gefunden?“ war seine erste Frage. Ich umarmte ihn. „Leider nicht Eli. Wir können nur abwarten und hoffen. Und beten...!“ Ich sah den kleinen Altar auf der Kommode, den er von seinem Großvater zum Geburtstag geschenkt bekam. „Isis wird über Dich und Deine Schwester wachen!“ waren die Worte von El-Ali-Hamad, Sanilas Vater. Er kam trotz seines fortgeschrittenen Alters jedes Jahr einmal zu Besuch. Das Kuhgehörn der Göttin flackerte im Kerzenlicht. „Mama und Du - Ihr habt sie doch gesehen und wisst, dass es keine Hirngespinste sind. Können sie nichts machen?“ Eli hielt seine Hand über die Flamme. „Du meinst die alten Götter? Bislang bin ich froh, dass sie sich zumindest hier nicht mehr einmischen können.“ Ich sah den Jungen an. Als er vor einigen Jahren mit seiner Mama zu mir kam, hatte es nicht gerade den Anschein, dass wir beide wirklich kompatibel waren. Ständig gab es kleinere Reibereien, teilweise auch lautstarke Konfrontationen zwischen uns, die auf Dauer böse geendet hätten. Einmal wollte Eli einfach abhauen – eine ganze Nacht war er verschwunden und wurde dann von der Polizei am Bahnhof aufgegriffen. Das war für Sanila der entscheidende Grund, ein Machtwort zu sprechen und mit der Faust auf den Tisch zu hauen. „Entweder Ihr vertragt Euch oder ich lasse Euch beide in Stich und haue ab! Dann mein Sohn, wirst Du entweder bei Deinem Vater oder Großvater leben müssen. Ich halte das so nicht mehr aus!“ Er und ich kannten sie so gut, um zu wissen, dass mehr als eine leere Drohung in der Luft hing. Das war kurz vor Shylas Geburt. Er schien ähnliche Gedanken zu haben. „Weiß Du noch, wie Mama auf uns sauer war, weil wir uns ständig gefetzt haben? Die Kleine hat alles verändert“, seufzte er. Ich konnte erkennen, dass seine Augen feucht waren. „Ja wir haben uns damals ein bisschen blöd angestellt. Aber das ist ja nun vorbei...“ Ich erhob mich. „Ich gucke nach Mama - es geht ihr sehr schlecht. Kommst Du alleine zurecht?“ fragte ich. „Es geht schon - ich werde ein wenig Zwiesprache mit den

Göttern halten, vielleicht nützt es ja was? Geh ruhig zu Mama.“ Er winkte mir zu, als sich die Tür schloss. Nachdem Sanila endlich zur Ruhe kam, saß ich gedankenschwer im Dunkeln und starrte aus dem Fenster in den sternenklaren Himmel. Leises Scharren an der Haustür ließ mich aufhorchen. Unwillig erhob ich mich, um nachzuschauen. Ich vermutete wieder einen sensationslüsternen Bürger aus der Nachbarschaft, die mir schon seit Tagen auf den Geist gingen. Ich holte tief Luft und öffnete ruckartig die schwere Flurtür, bereit, dem unerwünschten, nächtlichen Störenfried die notwendige Abfuhr zu erteilen. Aber draußen stand niemand. Verdutzt schaute ich die beleuchtete Straße hinunter. Nirgendwo war auch nur ein Schatten eines Besuchers zu sehen. Ein scharfer Luftzug kühlte mein erhitztes Gesicht, ich kehrte um und trat ins Haus. Wie von der Tarantel gestochen, schreckte ich zurück. Auf der Schwelle stand ein glänzender Gegenstand. Bevor ich ihn aufhob, wusste ich bereits, wen er darstellte. „Du bist wieder da? Willst den Krieg erneut aufleben lassen? Entführst rotzfrech unsere Kinder...?" In meiner Hand blitzten die Augen der Figur im Lichte der Straßenlaterne hämisch auf. „Sebak - Du Ausgeburt der Hölle! Welche bestialische Idee ist Deinem besessenen Hirn diesmal entsprungen?" Voller Wut schmetterte ich das goldene Abbild meines ärgsten Feindes gegen die Mauer, dass es nur so schepperte. Irgendwo in der Ferne verloren sich die Geräusche eiliger Schritte. „Diese Bestie wird uns bis ans Lebensende verfolgen!“ Ich hob Sebak auf und ging hinein. Ich drehte die Statuette eine Weile in den Händen, meine Entscheidung war gefallen...

Am nächsten Morgen rief ich Kommissar Gäbler an, und bat ihn zu mir ins Büro. Bei einer Tasse Kaffee berichtete ich vom nächtlichen Vorfall. „Wissen Sie wirklich nicht, wer Ihnen diese Figur hingestellt hat und welche Bedeutung sie haben könnte?" Mit gerunzelter Stirn hielt Kommissar Gäbler die etwa zwölf Zentimeter hohe, goldene Gestalt zwischen Daumen und Zeigefinger und drehte sie ganz langsam vor seinen Augen. Gerade so, als könnte er mit einem Röntgenblick seine Frage selbst beantworten. Ich winkte ab. Was sollte ich ihm erzählen? Eine Geschichte, die ohnehin niemand verstehen geschweige denn glauben würde. „Ich zerbreche mir ununterbrochen den Kopf und finde keine

Antworten.“ Er schaute mich mit einem schiefen Blick an. „Professor - Sie wissen mehr, als Sie zugeben! So lange Sie nicht mit der Wahrheit raus rücken, werden wir kaum eine Chance haben, die Sache aufzuklären!“ Er stellte die Figur auf den Tisch und trank seine Tasse leer. „Ich werde dann mal gehen. Sollte Ihnen doch was einfallen, meine Nummer haben Sie ja. Viele Grüße an Ihre Frau!“ Ein wenig verschnupft verabschiedete er sich. „Ich möchte vorerst nicht gestört werden! Nur wenn meine Familie anruft, bin ich zu sprechen“, klärte ich mit meiner Vorzimmerdame. Ich drehte die Jalousien zu und setzte mich in meinen Sessel. „Denke nach Arne - hat die ganze Sache doch mit Sebaks Gefolge zu tun? Das ist doch kein Zufall, dass die Statuette ausgerechnet jetzt vor unserer Tür stand“, sinnierte ich und zermarterte mir den Schädel. Mein Kaffee war inzwischen kalt, trotzdem trank ich ihn mit winzigen Schlucken. „Dieses verdammte Mistvieh kann einfach keine Ruhe geben. Egal welchen Namen er hat - Sobek oder Sebak!“ Ein leises Klopfen unterbrach meine Überlegungen. „Professor - ein dringender Anruf! Er wollte sich nicht abwimmeln lassen“, entschuldigte sich meine Sekretärin. Ich übernahm den Anruf. „Lukas hier - wer stört mich?“ Schon der erste Satz jagte mir einen Frostschauer über den Rücken. „Wir beide haben eine Rechnung offen. Es wird höchste Zeit, alte Schulden zu begleichen!“ dröhnte es so laut in den Hörer, dass ich ihn auf Armlänge vom Kopf entfernt halten musste. „Ich finde solche Anrufe überhaupt nicht witzig - eher makaber angesichts der jetzigen Lage!“ donnerte ich los und wollte schon auflegen. „Ich werde die Mädchen jagen - auch Deine Shyla“, knirschte es, damit war der Spuk vorbei. „Jane, weißt Du, woher der Anruf eben kam?“ rief ich ins Nachbarzimmer, aber meine Sekretärin war nicht da. „Das wird immer verrückter. Ich muss etwas tun, bevor es zu spät ist!“ Entschlossen sprang ich auf, packte meine Tasche. Auf dem Weg nach draußen traf ich Jane, die nur einen Tee vom Automaten auf dem Flur holte. „Ich bin unterwegs und komme heute nicht mehr ins Büro. Was morgen wird, weiß ich noch nicht. Ich melde mich bei Dir!“ Verdutzt nickte sie nur, dann stand ich in der sengenden Sonne und suchte mein Auto. Ich hatte kein klares Ziel, sondern kutschierte einfach durch die Gegend, um den Kopf frei zu bekommen. „Wie war der Spruch in der Kammer unter Sebaks Tempel: Wer diese Pforte öffnet, verändert den Lauf der Dinge! Sind das jetzt die Dinge, die ich damals begann, zu verändern?“ Ich konzentrierte mich auf den Verkehr und steuerte auf die Autobahn. Ich fuhr einige Kilometer später die Abfahrt runter und landete schließlich auf einem abgelegenen Parkplatz. Im Schatten einiger alter Bäume parkte ich und stellte den Motor ab. Im Handschuhfach lag noch immer die Sebak-Figur. Ich stellte sie vor mir auf die Armatur. „Sphinx, alter Freund! Jetzt, wo ich Deinen Rat so dringend brauche, meldest Du Dich nicht. Was geht hier vor?“ Meine Gedanken gingen zu jenen Ereignissen, die bislang unser Leben grundlegend veränderten. „Was haben die mit meiner Tochter vor? Was führen sie im Schilde?“ Gesichter zogen an mir vorbei - mein Freund Boris, der sein Leben gab. Imhotep, der mutige Heerführer, Ra-Helios - der Wesir des Pharaos und Juan nebst seiner schönen Frau Amaunet. Die kleine Nesrin und Max, mein Freund Max. Wegen ihm hatte ja alles begonnen. „Ich vermisse Euch - vor allem Dich, Juan“, murmelte ich. Zufällig schaute ich in den Rückspiegel und entdeckte den Wagen auf der gegenüber liegenden Seite. Zwei Männer saßen darin und bekundeten offensichtlich großes Interesse an meiner Person. „Kenne ich die?“ schoss es mir durch den Kopf, als der Fahrer ausstieg und langsam auf mich zulief. In der Hand hielt er einen Gegenstand - der Form nach konnte es ein Messer sein. „Bloß weg von hier!“ Ich betätigte die Türverriegelung und ließ den Motor an. Der Fremde beschleunigte sein Tempo, als er fast neben meiner Tür war, legte ich den Rückwärtsgang ein und gab Gas. Ich sah noch, wie er einen mächtigen Sprung zur Seite machte, dann startete ich durch und fuhr zur Autobahn. Im Spiegel sah ich, wie er ins Auto hechtete und mir folgte. „Wenn ich es nicht besser wüsste, würde ich meinen, dass dieser beschissene Orden des Sebaks hinter mir her ist“, knurrte ich und gab Vollgas. Immer wieder überzeugte ich mich, dass der Wagen nicht hinter mir war. Eine halbe Stunde später nahm ich die nächste Abfahrt und fuhr Richtung Heimat zurück. „Diese Penner, das können nur Idioten sein, die sich so verhalten!“ schimpfte ich laut vor mich hin. Endlich kam ich an unserem Haus an. Der neue Wagen in meiner Einfahrt stach mir sofort in die Augen. „Wer hat sich den hierher verirrt?“ rätselte ich und schloss die Haustür auf. Pamelas Stimme drang zu mir. „Das dürfte Arne sein!“ sprach Sanila, da erschienen beide Frauen auf dem Flur, um mich zu begrüßen. „Das ist ja eine tolle Überraschung!" Für einen Moment vergaß ich den Kummer und umarmte Pamela. „Ich habe gehört, was geschehen ist und bin sofort her gekommen. Wenn es Euch Recht ist, würde ich ein paar Tage hierbleiben und Sanila zur Seite stehen?" war ihr Angebot. Sanila nickte mir unmerklich zu. „Du bist jeder Zeit herzlich willkommen, das weißt Du doch!" Ich betrachtete sie von oben bis unten. „Siehst schick aus - wie immer. Hoffe es geht Dir gut? Der neue BMW ist bestimmt Deiner?" Sanila schob uns kurzerhand ins Wohnzimmer, wo bereits der Kaffee wartete. „Das Auto ist unwichtig. Was gibt es Neues von Shyla? Hat man schon eine Spur gefunden?" Pamela setzte sich in einen Sessel und nahm Sanila dankend die Tasse ab. „Leider noch immer nichts. Ich treffe mich heute Abend mit diesem Kommissar. Vielleicht kann er dann mehr sagen? Aber mir ist gerade eine merkwürdige Geschichte passiert." Ich erzählte den Frauen den Vorfall auf dem Parkplatz. Mittendrin klopfte es heftig an der Tür, dann wurde Sturm geklingelt. „Immer ruhig mit den Pferden!" brummelte ich und ging öffnen. Eli stand davor, völlig außer Atem und verschwitzt. Ich registrierte den Wagen, der schnell vorbei fuhr. Erleichtert schnappte mein Sohn nach Luft. „Der ist mir die ganze Zeit gefolgt. Ich bin durch die Seitengassen von der Schule gekommen, damit sie mich nicht sehen", stammelte er. Ich nahm ihm die Mappe ab und zog ihn ins Haus. Sanila und Pamela standen hinter mir, ihre Blicke ängstlich auf den Jungen gerichtet. „Jetzt reicht es mir - ich rufe diesen Gäbler an und fahre sofort hin. Die müssen was tun - Personenschutz oder so was!" knurrte ich und lief telefonieren. Die Frauen kümmerten sich indessen um Eli und halfen ihm beim Umziehen. „Ich sage nur eines - diese Bruderschaft des Sebaks steckt mit Sicherheit dahinter!" fluchte ich vernehmlich und wählte die Nummer des Kommissars.

„Sie und Ihre Familie bleiben im Haus! Ich bin etwa in einer Stunde da." wies er an und legte auf. Die Minuten bis zu seinem Erscheinen zogen sich. „Ich bin mir nicht sicher, ob wir ihm doch reinen Wein einschenken sollten. Was denkt Ihr?" befragte ich Pamela und Sanila, nachdem sich Eli in sein Zimmer verzog. Die Frauen waren sich einig. „Du solltest endlich Klartext reden und nicht weiter herum eiern. Wenn er nicht weiß, wonach er suchen soll, wird die Polizei Shyla niemals finden!“ erklärte Pamela resolut. Sanilas flehender Blick rührte mich. „Okay, dann werde ich heute die ganze Geschichte erzählen. Ihr seid ja als Zeugen dabei und könnt was ergänzen, wenn ich was vergessen sollte“, bestätigte ich und fühlte mich erleichtert. „Hoffentlich glaubt er uns wenigstens einen Bruchteil davon und denkt nicht gleich, dass wir Spinner sind?“ Ein Rest Zweifel blieb und ließ mich nicht los, bis er endlich eintraf. Ohne Umschweife legte Kommissar Gäbler sich einen Block und Stift zurecht und setzte sich. „Wenn ich Sie richtig verstanden habe, haben Sie mir einiges zu berichten, was uns weiter bringen könnte?“ Überrascht musterte er Pamela, die mit Sanila aus der Küche kam und Getränke servierte. „Eine sehr gute Freundin von uns“, stellte ich sie ihm vor. Ich hatte mir kein Konzept bereit gelegt, sondern erzählte von Beginn an unsere Geschichte. Er lauschte aufmerksam und machte sich ab und wann Notizen. So vergingen knappe zwei Stunden, in denen ich unsere Abenteuer in Pharaonien neu aufleben ließ. Seine Verblüffung war ihm anzusehen, als ich fertig war. „Mann oh Mann! Das haut mächtig rein!“ Er blickte uns Drei grübelnd der Reihe nach an. „Und Sie waren alle dabei?“ Sanila und Pamela bejahten das. „Das Schlimme für uns ist, dass wir genau wissen, dass irgendwo in einer anderen Zeit ein Ungeheuer lauert und bereit ist, die Macht über die Menschheit an sich zu reißen! Es ist unbesiegbar, voller Grausamkeit und Tücke. Dass wir es wahrscheinlich nicht geschafft haben, dieses Monster zu töten. Zumindest nicht seinen Klon - Sobek!“ ergänzte Sanila, während sie Getränke nachgoss. „Genau, seit unserer Ankunft 1986 in der Knick - Pyramide waren wir uns einig, vorerst die Klappe zu halten und nichts an die große Glocke zu hängen. Niemand, absolut niemand sollte jemals von unseren Abenteuern erfahren. Dieser Entschluss war auch eine reine Selbstschutzmaßnahme. So liefen wir nicht Gefahr, eines Tages in einer Irrenanstalt zu landen. Aber inzwischen ist es sicher die richtige Entscheidung, den Mantel des Schweigens zu lüften. Und da wir Ihnen vertrauen - besser vertrauen müssen - haben wir zu diesem Schritt entschieden.“ beendete ich meine Ausführungen. Es dunkelte bereits, und wir saßen noch immer und redeten. „Angenommen, ich glaube Ihnen Ihre Geschichte? Angenommen, ich glaube Ihnen auch, dass Sie 10 000 Jahre in der Zeit gereist sind und in diesem Pharaonien waren - welchen Zusammenhang hat das mit der Entführung Ihrer Tochter Shyla?“ Kommissar Gäbler kaute selbstvergessen an seinem Stift. „Die Bruderschaft des Sebak operiert seit vielen tausend Jahren in sämtlichen Regionen, um für Ihren Herrscher den Weg in unsere Zeit zu bereiten. Unser Sohn und auch ich wurden heute von Fremden belästigt. Und ich habe das wichtigste Symbol dieser Bruderschaft vor unserer Tür gefunden - hier ist es!“ Ich stellte die Figur auf den Tisch. Die Frauen sahen mich erschrocken an. „Das hast Du gefunden?“ Sanila nahm voller Wut das Bildnis von Sebak in die Hand. „Wenn Du meinem Kind auch nur ein Haar krümmst, bringe ich Dich eigenhändig um - das schwöre ich bei allen Göttern des heiligen Kreises!“ stieß sie hervor und ließ es auf den Tisch fallen. Der Kommissar fing es geschickt auf. „Kann ich mehr Licht bekommen?“ bat er und betrachtete das Artefakt mit gekräuselter Stirn. „Ich habe Ihnen erklärt, unter welchen mysteriösen Umständen das Ding bei mir abgestellt wurde. Dass diese Statuette Sebak, den Gott der Krokodile und Wächter des Nils, darstellt. Er ist der uneingeschränkte Herrscher der Panzerechsen. Und dass er bestimmt in absehbarer Zeit in der Lage sein wird, die Zeitportale zu öffnen, um in unsere Welt zu gelangen. Wenn das geschieht, bekommen wir es mit einem Gegner zu tun, der alles bisher Bekannte in den Schatten stellt! Mir selber ist nicht klar, welche Rolle die Mädchen dabei spielen? Ob er sie für ein Ritual benötigt oder uns einfach nur erpressen will? Vielleicht ist alles völlig anders - wer kann das bisher vorhersagen? Das ist Ihr Job, es heraus zu bekommen.“ Er stand auf, um sich zu verabschieden. „Danke, dass Sie mir vertrauen - auch wenn ich diesen Brocken erst mal verdauen muss. Ich melde mich sofort, wenn ich neue Erkenntnisse habe!“ Er zog seine Jacke an, bevor er ging, nickte er Pamela besonders freundlich zu. „Bis bald!“ Damit entschwand er in die Nacht.

Der nächste Tag begann mit einem wunderschönen Sonnenaufgang. Sanila war bereits in der Küche und bereitete Frühstück vor. „Schatz - sieh Dir mal die Nachrichten an - da ist irgendwas im Busch? So viele Zufälle gibt es nicht!“ empfing sie mich und gab mir ein Küsschen. Ich stellte den Fernseher an und hockte mich davor. Die ersten Frühnachrichten, die über die Sender flimmerten, waren nicht dazu angetan, meine Ängste und Zweifel zu zerstreuen. Im Gegenteil. Sanila brachte mir Kaffee und setzte sich zu mir. „Was sagst Du dazu? Das würde genau in die Machart der Bruderschaft passen. Möchte allerdings wissen, wie sie es anstellen?“ murmelte sie, während die Berichterstatter aus verschiedenen Ländern über die merkwürdigen Ereignisse diskutierten. „Da ist wirklich was im Busche! Guck Dir diese Biester an, diese Salzwasser - Krokodile werden ohnehin richtige Monster. Ihre Population hat so massiv zugenommen, dass die Regierung von Australien an allen Küsten den Ausnahmezustand ausgerufen und sie für den Abschuss frei gegeben hat.“ Der Film zeigte Luftaufnahmen von sämtlichen Küstenstreifen des Kontinentes, der vom Pazifik umschlossen war. Überall tummelten sich die länglichen Körper zu Lande und im Wasser. Pamela kam im Morgenmantel und nassen Haaren herein, sie blieb mit offenem Mund im Türrahmen stehen. „Das Schwein rüstet auf!“ war ihr einziger Kommentar. Bilder aus der asiatischen Region flimmerten über dem Bildschirm. „Es gab tausende Ausbrüche von Krokodilen aus Zuchtfarmen in Kambodscha, Vietnam und anderen Ländern. Auch auf Kuba und in Florida/USA haben sich viele Tiere heimlich aus dem Staub gemacht. Noch gibt es keine Erklärungen für dieses ungewöhnliche Phänomen...“ Ich schaltete den Fernseher aus und starrte einen Moment vor mich hin. „Pamela, Du hast Recht! Das Schwein rüstet auf - er mobilisiert mit Sicherheit nicht nur die Echsen. Ich werde in den nächsten Tage Kontakt zu einigen Kollegen aufnehmen und ihnen einen Tipp geben, worauf sie achten sollen“, brummte ich und lief in die Küche, wo das Frühstück auf uns wartete. Eli huschte vorbei und griff seine Tüte mit dem Schulessen. „Setz Dich hin und warte auf mich. Ich bringe Dich mit dem Auto zur Schule. Mama holte Dich Nachmittag ab - so haben wir es mit der Polizei besprochen, bis die Schoße vorbei ist“, erklärte ich ihm. „Ist gut - ich warte im Zimmer!“ Eiligst stürmte er die Treppe hinauf, dann hallte seine Musik durch das Haus. „Eli - nicht so laut!“ rief Sanila, genervt stieg sie die Stufen empor, um ihn zur Räson zu bringen. Augenblicklich wurde es still. „Er und seine verdammte Musik!“ schimpfte sie und zuckte mit den Achseln. „Er ist ja gleich in der Schule, da habt Ihr Ruhe und könnt Euch von seinem Radau erholen“, beruhigte ich sie und rief Eli. „Junge komm, bin gleich fertig. Wir hauen ab!“ Während der Fahrt gab ich ihm noch einige Instruktionen, wie er sich verhalten sollte, wenn wieder Fremde auftauchten. „Hier ist die Nummer der Polizei. Du brauchst nur Deinen Namen sagen und wo Du Dich befindest. Bleib auf den Strassen, wo sich Telefonzellen befinden. Hier hast Du eine Handvoll Kleingeld - für den Notfall. Viel Spaß heute!“ Nachdenklich sah ich ihm nach, wie er auf dem Schulhof verschwand. „Jetzt müssen wir uns ernsthafte Sorgen um unsere Kids machen - allein dafür werde ich Dich zur Rechenschaft ziehen!“ knurrte ich missmutig und stellte mein Radio an. Von den bislang bekannten Ereignissen war auch hier die Rede. Inzwischen kamen neue Nachrichten dazu. Voller Interesse lauschte ich einem Interview mit dem Direktor des Tierparks Berlin. „...kann ich den Zuhörern nur versichern, dass sich ein derartiger Vorfall nicht wiederholen wird. Wir haben alle erforderlichen Maßnahmen ergriffen und die Anlagen zusätzlich gesichert. Zum Glück hat es keinen weiteren Verletzten gegeben. Unsere Besucher können also ganz beruhigt ihre Rundgänge fortsetzen..." Diese Aussage bezog sich auf einen Angriff, bei dem die Krokodile einen Pfleger schwer attackierten. Dabei musste ein Tier getötet werden. „Wenn ihr wüsstet? Euch würde das große Grausen kommen“, brummelte ich und fuhr weiter. In meinen Augen war auch diese Sache eine Kraftprobe. „Gerade ist eine weitere Meldung herein geflattert, die für alle Goldanleger ein mächtiger Schlag sein könnte!“ Die Stimme des Radiosprechers räusperte sich. „Wie gemeldet wird, sinken die Goldpreise massiv. Grund dafür sind bisher unbekannte, massenhafte Zuflüsse auf dem Markt. Noch ist nicht raus, in welcher Region der Erde neue Funde des edlen Metalls gemacht wurden? Die Börse hat bereits reagiert! Sobald wir neue Erkenntnisse haben, werden wir Sie selbstverständlich informieren!“ Es war nur eine Ahnung, aber sie hatte berechtigte Gründe. „Ich bin mir sicher, dass Sebaks Klon seine Finger im Spiel hat!“ Oder malte ich nur den Teufel an die Wand? Diesmal checkte ich mein Umfeld genaustes und sah in regelmäßigen Abständen in die Rückspiegel. Jeder Wagen, der zu dicht auffuhr, war für mich eine potentielle Gefahr. „Wo bleibt Ihr denn - zeigt Euch?“ fluchte ich gerade, da entdeckte ich den bekannten Wagen vom Parkplatz. Er scherte aus der Reihe aus, überholte verkehrswidrig einige seiner Vorgänger und setzte sich genau hinter mich. „So ein verdammter Wichser!“ knurrte ich, ließ mich aber nicht beirren und fuhr ruhig weiter. Die beiden Insassen blieben mir auf den Fersen, erst als ich auf das Gelände des Institutes einbog, entschwanden sie aus meinem Blickfeld. „Das wird länger dauern - Ihr werdet schon irgendwo auf mich lauern.“ Ich zauderte, dann stieg ich entschlossen aus, packte die Statuette in meine Tasche und begab mich erneut zum Büro meines langjährigen Freundes Prof. Meißner, der auch der Chef eines Fachbereiches des ‚Institutes für Wissenschaften vom Menschen’ war. Die Tür war nur angelehnt, ich hörte seine markante Stimme laut schimpfen. Als er mich sah, gab er mir ein Zeichen, dass ich mich setzen sollte. Interessiert sah ich mich in seinem hellen Büro um. An der Wand hingen einige Bilder von mir, die ich ihm vor einigen Jahren zum Geburtstag geschenkt hatte. Das Foto von der berühmten Knick - Pyramide war auch dabei. „Bin gleich fertig“, raunte er mir zu, „Wenn Du etwas trinken möchtest - Du weißt, wo was steht.“ Ich ging nach nebenan in eine kleine Küche und holte mir eine Flasche Wasser aus dem Kühlschrank. Wenige Minuten später beendete er sein Gespräch und widmete sich meinen Problemen. „Mensch Arne, ich habe gerade heute früh von dieser Geschichte mit Eurer Tochter gehört - ich hätte mich ohnehin bei Euch gemeldet. Wie kann ich Dir helfen?“ Da wir nicht nur beruflich miteinander zu tun hatten, sondern inzwischen auch enge private Kontakte daraus entstanden waren, kannte er natürlich meine Familie. „Was ist denn überhaupt geschehen?“ wollte er wissen. Ich erzählte ihm den Hergang der bisherigen Ermittlungen. „Und der hier spielt dabei die Hauptrolle!“ Ich drückte ihm Sebak in die Hand. Er prustete leise vor sich hin. „Du glaubst wirklich, dass dieser Sebak mit dem Verschwinden von Shyla zu tun hat? Das ist doch nur ein Mythos, wie bei allen Göttersagen“, meinte er skeptisch und stellte die Figur auf den Tisch. Ich schüttelte heftig den Kopf. „Eben nicht, mein Freund…!“ Ich berichtete ihm in Kurzfassung über meine Expedition in das Reich Remos II. vor über 10 000 Jahren. „...kannst Dir hoffentlich vorstellen, was meine Frau und ich in den vergangenen Jahren durchgemacht haben. Wir durften mit niemanden darüber reden, wenn wir uns nicht selbst damit gefährden wollten. Doch inzwischen hat sich einiges geändert und ich muss handeln!" schloss ich

meine Erzählung über unsere Abenteuer mit Sebak ab. Wir sahen uns einige Minuten schweigend an. Bernd räusperte sich mehrmals, doch bevor er etwas fragen konnte, fuhr ich fort. „Mir ist sehr wohl klar, wie abenteuerlich und absurd alles klingen mag. Aber glaube mir, die Wissenschaft der Menschheit wird noch so manche wundersame Entdeckung machen, die mit gegenwärtigen Gesetzen und Erkenntnissen nicht zu erklären ist!" Der Blick meines Gegenübers streifte Sebak, während er über meine Worte grübelte. „Du behauptest wirklich, mein lieber Freund, dass wir es im eigentlichen Sinne mit Lebewesen eines fremden Planeten zu tun haben, oder habe ich es falsch verstanden?" hakte er nach. Er nahm die Plastik noch einmal in der Hand und betrachtete die glänzenden Augen. „Über diesen Sebak haben wir uns früher schon mehrmals unterhalten. Jetzt wird mir auch Dein vordergründiges Interesse an dieser Figur klar. Aber in den Mythen und Götterkreisen des alten Ägypten spielt er nach bisherigen Forschungen eine kaum nennenswerte Rolle. Ich meine, das wäre in meinen Augen anders, wenn der Sachverhalt so ist, wie Du ihn schilderst!" beendete er seine Aussage und gab mir die Figur zurück. Es klopfte, mit einem Ruck wurde die Tür aufgerissen. „Oh Sorry, die Herren! Ich hoffe, ich störe nicht?" Kommissar Gäbler schneite herein. „Ich habe bei Ihnen zu Hause angerufen und Ihre Frau meinte, dass ich Sie eventuell hier finde", klärte er uns über sein unverhofftes Erscheinen auf. Ich machte die Männer miteinander bekannt. „Sie leiten die Fahndung nach Shyla?" Bernd holte für ihn ein kühles Getränk und schenkte ihm ein Glas ein. „Ja, und wir haben den ersten Erfolg zu melden. Wie es aussieht, haben wir einen dieser Typen gefasst, die an der Entführung beteiligt waren! Jetzt konzentrieren wir uns auf den zweiten Mann..." erläuterte er und reichte mir ein Foto. „Er sieht dem Phantombild sehr ähnlich!" stellte ich überrascht fest und übergab das Bild an meinen Freund. „Der gehört zu dieser Bruderschaft des Sebak?" fragte er und gab es an den Kommissar zurück.
Ich kam nicht zu Wort, da dieser sich einschaltete. „Wenn eine Art Sekte oder Glaubensgemeinschaft weltweit agiert, wie Sie behaupten, welches eigentliche Ziel verfolgen sie? Ein Untier an die Macht zu bringen, das mit allen Mitteln versucht, sich die Erde untertan zu machen? Ich habe mir unser Gespräch durch den Kopf gehen lassen - Ihre Geschichte ist absolut - nun sagen wir;

unglaublich. Und dann dieser Sphinx? Ich habe mir die halbe Nacht um die Ohren gehauen, um meine Gedanken zu sortieren.“ Ich wurde ziemlich ungehalten und reagierte laut. „Denken Sie ernsthaft, ich habe mir diese Geschichte ausgedacht, um Sie zu unterhalten, oder was? Meine Tochter ist verschwunden - mit ihr ein Dutzend weitere Mädchen im gleichen Alter. Ich weiß, wo sie zu finden sind! Sie können weiterhin denken, ich habe Ihnen ein Märchen erzählt. Ich für meinen Teil habe alle Vorbereitungen getroffen. Übermorgen fliege ich direkt nach Ägypten. Übrigens hier ist noch eine Kleinigkeit, die ich Ihnen zeigen möchte. Ich habe es heute Morgen mit der Post erhalten!" Damit übergab ich den eingerollten Papyrosstreifen. Das königliche Siegel von Pharao Remos II., eine aufgehende, goldfarbene Sonne, prangte am unteren Rand des kurz gehaltenen Schriftstückes. Hieroglyphen schmückten die Ränder, mittendrin standen drei leserliche Worte: SEBAK - GEFAHR - IMHOTEP!
„Das Ding ist wirklich echt?“ Bernd drehte die Rolle hin und her und betrachtete argwöhnisch das Siegel. „Wenn es gefälscht wurde, wäre es allerdings eine gute Arbeit!“ musste er anerkennen. „Das Ding ist echt, so wahr ich hier stehe. Und darin verbergen sich die Daten, wann und wo der Transfer stattfinden wird...“ bestätigte ich ihm und verabschiedete mich.

Ich musste meine gesamte Überzeugungskraft aufwenden, Sanila von ihrem Entschluss abzubringen, mitzufliegen. „Wer soll sich um Eli kümmern, der Junge kann doch nicht wieder allein gelassen werden. Vielleicht findet man inzwischen Shyla, wo soll sie dann hin? Es ist schon besser, wenn Du hier bleibst und die Fäden in Deinen Händen hältst." Sanila war anfangs störrisch wie ein Esel. Ich redete mit Engelszungen und erreichte endlich mein Ziel. „Okay, ich bleibe hier und warte auf Euch!" ließ meine Frau vernehmen, nur ihr Blick verriet mir, welche Kraft sie dieser Satz kostete. Ich gab ihr einen Kuss. „Schon gut, Kleines. Ich werde unser Baby finden und wieder nach Hause bringen, das verspreche ich Dir hoch und heilig!"
Der Tag meiner Abreise brach an. Niemand wusste, was uns erwartete.

Dennoch konnte ich diesmal die drohende Gefahr besser einordnen, und tapste nicht so unvorbereitet in ein neues Abendteuer wie das letzte Mal.
Schweren Herzens nahm ich Abschied von meiner Familie, um zu suchen, was uns mit Gewalt genommen wurde. „Ich denke jeden Tag an Euch. Und Du bist solange der Herr im Haus und wirst Mama beschützen, alles klar, mein Sohn!“
Eli blickte betrübt vor sich hin, doch dann nickte er tapfer. „Keine Angst, Papa, ich mach das schon. Bring nur Shyla wieder her, sie fehlt mir.“
Es war das erste Mal, dass unser Großer unumwunden zugab, dass ihm seine kleine Schwester fehlte. Dafür gab ich ihm einen dicken Männerkuss auf die Wangen. „Ich mach das schon!“ flüsterte ich.
Am Flughafen traf ich mich mit meinen beiden Begleitern, Prof. Meißner und Kommissar Gäbler. „Meine Herren, ich freue mich, dass Ihr Euer Versprechen wahr macht!" begrüßte ich sie und übergab ihnen ihre Tickets. Sie hatten sich kurzerhand entschlossen, mich bei meiner Expedition zu begleiten. Dass Bernd mitkommen würde, hatte ich insgeheim gehofft. Dass aber auch der Kommissar sich dafür freimachen konnte, erschien mir im Nachgang wie ein kleines Wunder. Unser Flug nach Kairo wurde aufgerufen.

Die Nachmittagssonne von Memphis empfing uns, als wir endlich mit einem Mietwagen dort eintrafen. „Es wird Zeit, dass die Regierung mehr Gelder in die Infrastruktur investiert und vernünftige Straßen bauen lässt. Diese Schotterpisten sind ja zum Haare raufen…!“ schimpfte Bernd und streckte sich. Dabei hatten wir Glück und der Wagen war super und bequem - im Vergleich zu den Klapperkisten von damals erwies sich die Tour für mich als absolute Erholung. Eine innere Anspannung und Erregung erfasste mich. Wieder kamen mir die Tage mit Max in den Sinn. Bevor mich die Trauer vollends überschwemmte, wischte ich die unliebsamen Gedanken fort. Im Moment konnte ich fast alles gebrauchen, aber keinen schweren Kopf. Diesmal gab es niemanden, der sich um die notwendigen Utensilien und Dokumente kümmerte. „Ich kenne alle Ecken hier und habe meine Erfahrungen im Umgang mit den hiesigen Behörden. Bitte prüft, ob wir alle erforderlichen Dokumente dabei haben. Ich möchte keine böse Überraschung erleben", erklärte ich meinen

beiden Gefährten. Prof. Meißner winkte nur ab. „Keine Bange, ich bin hier bekannt wie ein bunter Hund. Unser Institut hat einige Projekte auf höchster Ebene laufen. Es wird keinen Ärger geben, das kann ich Euch versichern!"
In der Tat, es dauerte keine drei Stunden, und wir hielten alle notwendigen Unterlagen und Genehmigungen in unseren Händen.
„So, meine Herren, damit können wir starten! Als Erstes beziehen wir unser Hotel. Bernd war so nett, mir eines zu empfehlen. Auf den Weg dorthin zeige ich Euch die Schönheit und das besondere Flair dieser ungewöhnlichen Stadt. Also, folgt mir. Ach ja - die anfallenden Kosten der nächsten Tage übernehme selbstverständlich ich!“ Ich nahm meine Reisetasche auf und eilte voran. Es war nicht sehr weit bis zu unserer Unterkunft. „Mann oh Mann - hier hat sich ja einiges getan!“ stellte ich erfreut fest. Es hatte sich im Laufe der letzten Jahre tatsächlich vieles geändert. Neubauten waren entstanden, die alten verfallenen Lehmbauten verschwunden. Mehrere Hotelkomplexe waren errichtet worden, um den Ansturm an Touristen aus aller Welt standesgemäß zu bewältigen. Wir checkten in unserem Hotel ein und stellten das Gepäck in den Zimmern ab. Ich hatte für jeden ein schönes Einzelzimmer mit Klimaanlage und Dusche gebucht. „Lasst uns den Rest des Tages effektiv nutzen und eine Runde durch die Stadt drehen. Morgen haben wir keine Zeit dafür“, schlug Bernd vor. Wir wurden uns schnell einig und machten uns auf die Socken. „Eure Zimmerschlüssel - ich gebe sie an der Rezeption ab. Ihr könnt so lange draußen warten!“ Als ich alles erledigt hatte, verließ ich das Hotel. Meine Begleiter standen im Schatten einer mächtigen Palme und schauten sich die Häuser an. Bernd kannte sich wirklich hervorragend aus. „Wenn wir in diese Gasse einbiegen, kommen wir am Markt vorbei. Habt Ihr Lust?“ schlug er vor. Ich hatte schon. „Warum nicht? Brauche sowieso neue Zigaretten und einen kräftigen Schluck. Waren Sie schon einmal hier, Kommissar?“ fragte ich dann. „Nein, noch nie! Ich würde mir schon sehr gern den Markt ansehen. Nach Ihrer schillernden Beschreibung bin ich sehr neugierig.“ Damit waren wir uns einig und der kleine Abstecher beschlossene Sache. „Da ist er schon!“
Bernd erklärte uns die üblich bekannten Verhaltensregeln. „Haltet Euch vor allem die Bettler vom Hals, wir werden sie nie wieder los“, warnte er uns noch,

dann stürzten wir uns ins Getümmel. „Das ist noch immer ein typischer Basar, wie er bereits vor hunderten von Jahren hier stattfand. Sicher, die Produktpalette hat sich inzwischen ein wenig aktualisiert, ist moderner geworden. Aber Ihr findet hier immer noch Unikate des orientalischen Handwerkes. Wirklich einmalige Stücke, die man als Andenken erwerben kann“, pries er den Markt an. Seine Begeisterung war echt. Ich kaufte schnell einige Schachteln Zigaretten und genehmigte mir einen starken Kaffee. Meine Begleiter begutachteten inzwischen einige Stände. „Bei Teppichen sollten Sie auf die Qualität der Fasern achten...“ hörte ich den Professor reden. Ich musste schmunzeln. „Bernd ist wieder in seinem Element!“ Aus einer gemeinsamen Urlaubsreise mit den Familien vor einigen Jahren kannte ich sein Talent zum Feilschen und Handeln. Von Weitem sah ich, wie Kommissar Gäbler resignierend die Arme hob. „Der Knabe wollte mich mit seinem Teppich glatt übers Ohr hauen!“ entrüstete er sich. „Ein Glück, dass ich gerade in der Nähe stand. Er hätte es vielleicht auch geschafft...“ gluckste Bernd. „Ich wollte ihn doch gar nicht kaufen. Aber der hat sich wie eine Klette angehangen…!“ protestierte Kommissar Gäbler entrüstet. „Das habe ich gemeint - einfach weiter gehen und niemals Interesse zeigen. Die ziehen Dir sogar die Brieftasche aus der Hose, ohne dass Du es bemerkst.“ gluckste Bernd. Sein Kommentar rief eine Reaktion hervor, über die ich doch lachen musste. Der Kommissar runzelte die Stirn und rollte mit den Augen. „Von wegen - ich bin doch nicht bescheuert. Aber gut zu wissen!“ knurrte er und lud uns zum Essen ein. Hier wusste ich Rat und steuerte einen der vielen Imbissstände an. „Ich habe für den Abend einen Tisch für uns im Restaurant bestellt. Im Moment würde mir ein Snack reichen - was ist mit Euch?“ fragte ich meine Begleiter. Wie damals mit Max, bestellten wir Reis mit Fleisch, dazu eine Cola. „Die Stände sind nicht mehr wie früher. Auch da hat die Moderne Einzug gehalten und manche alte Tradition verdrängt“, bedauerte ich, aber der internationale Trend ließ sich eben nicht aufhalten. Wir sahen auf den Hauptstrassen die Reisebusse vorbei rollen, die quer durch das Land fuhren und die Besucher zu ihren Bestimmungsorten brachten. „Die Pyramiden sind Segen und Fluch zugleich. Sie locken die Leute ins Land und damit das Geld!

Aber die Massen zerstören leider das Flair und auch manches kulturelle Erbe. Die unersetzlichen Malereien leiden unter der Feuchtigkeit der Atemluft der Menschen - wenn da nichts geschieht, werden sie in Kürze völlig zerstört sein“, erklärte ich. Bei einem unserer letzten Symposien in Kairo war das ein großes Thema in unseren Runden. „Das dürfte sich aber technisch klären lassen. Dann müssen Entlüfter eingebaut werden - fertig ist die Laube!“ meinte der Kommissar, während er das Essen genoss. Wir schlenderten noch einmal durch den Basar, dann entschlossen wir uns, den Heimweg anzutreten. „Hier in der Nähe wurde 1974 vor unseren Augen ein Mann erstochen - auch er wurde damals ein Opfer der Bruderschaft.“ fiel mir kurz vor unserem Hotel ein. „Und, wurde der Fall aufgeklärt?“ erkundigte sich der Kommissar sofort. Ich hielt es für besser, ihm nicht alle Einzelheiten auf die Nase zu binden. „Keine Ahnung. Wir sind am nächsten Tag abgereist und haben nie wieder davon gehört.“ sprach ich und trat in das Portal unserer Bleibe ein. Angenehme Kühle empfing uns. „Wir sehen uns nachher beim Abendessen. Ich gehe jetzt erst einmal duschen und mache mich ein wenig frisch. Bis dann!“
Froh, endlich mein klimatisiertes Zimmer betreten zu dürfen, ließ ich mich aufs Bett fallen. Gewohnheitsgemäß prüfte ich zuerst die üblichen Stellen, in denen sich unliebsame Besucher gerne aufhielten. „Ein Glück aber auch. Keine Wanzen!“ stellte ich zufrieden fest und entkleidete mich. Nach einer Stunde war ich endlich fertig. Es klopfte an meiner Tür. „Prof. Lukas, sind Sie so weit?“ hörte ich den Kommissar. „Einen Moment, ich komme sofort!“ Meine beiden Begleiter standen geschniegelt und gebügelt im Foyer und warteten dort auf mich. Der Kommissar blätterte in einer Zeitung, während Bernd mir lächelnd entgegenschaute. „Ich habe mächtigen Hunger. Bleiben wir, wie besprochen hier, oder wollen wir in der Stadt ein Restaurant suchen?“ fragte er mich. „Ich habe keine Lust mehr, großartig um die Blöcke zu ziehen. Ich denke, wir sollten hier bleiben und dann zeitig schlafen gehen“, schlug ich vor.
Wir bereuten diesen Entschluss in keinster Weise. Das Essen war wirklich hervorragend, die Weine von bester Qualität. Gegen 22.00 Uhr beschlossen wir, die Runde aufzulösen und den Tag zu beenden. „Ich werde noch kurz bei mir zu Hause anrufen, dann ist Feierabend für heute. Sanila wird sich bestimmt

Sorgen machen?“ verabschiedete ich mich. In meinem Zimmer überlegte ich es mir aber dann doch anders und entschied mich, sofort schlafen zu gehen. „Tut mir leid Schatz, der Anruf musste bis morgen warten. Ich bin total knülle“, murmelte ich und wickelte mich in meine Decke ein. Ich wusste nur noch, dass ich sofort einschlief. Schweißgebadet wachte ich auf. „Verdammter Traum!“ stöhnte ich noch benommen, als ich den Lärm auf dem Flur bemerkte. Vergessen war das Krokodilmaul, welches mich verschlingen wollte.
„Was ist denn hier los? Hotel mit drei Sternen und dann machen die solch ein Theater mitten in der Nacht? Da müsste man sich sofort beschweren!“ schimpfte ich und zog mir die Decke über den Kopf. Der Krach blieb.
„Jetzt reicht es aber!“ Schreie wurden laut, dann peitschte ein Schuss durch den Flur. Obwohl mir mulmig war und meine Knie schlotterten, wagte ich, den Kopf aus der Tür zu stecken. Mehrere Männer standen draußen, der Geruch von Schmauch zog an mir vorbei. Ich musste unwillkürlich niesen.
Eine Frau eilte auf mich zu, in ihrer Begleitung ein kleines Kind, ein Mädchen. „Weshalb wurde geschossen?“ fragte ich, sie winkte aber nur ab und verschwand in einer der Nachbartüren. Dann entdeckte ich den leblosen Körper am Ende des Flures. „Du heiliges Kanonenrohr, hier ist ja was los!“ stöhnte ich.
„Nur keine Angst, Mister, es ist vorbei. Der Knabe wird niemanden mehr ärgern. Er wollte das Kind entführen und weil er es nicht konnte, hätte er die Kleine fast umgebracht!“ Die Stimme des Sprechers kam mir irgendwie bekannt vor. „Das kann doch nicht wahr sein? Juan - mein Freund Juan!“
Er war es wirklich. „Mensch Arne, wir haben Dich erst morgen erwartet?“
Mit Freudentränen in den Augen lagen wir uns in den Armen.
„Ich muss auf den da aufpassen. Das Schwein lebt noch!“ wehrte mich Juan ab und stieß mit dem Fuß an den Körper. Dann beugte er sich über ihn.
Die Hand des Mannes legte sich um den Hals meines Freundes, er stieß einige Worte hervor und spuckte Juan ins Gesicht. Mit einem Fausthieb entledigte dieser sich des Würgegriffes, dann packte er ihn wütend und schüttelte ihn. „Du bringst ihn ja um!“ schrie ich entsetzt, doch es war bereits zu spät. Der Mann röchelte nur noch, dann sackte er zusammen.

„Scheiße, er hatte eine Giftkapsel bei sich. Jetzt werden wir leider nicht erfahren, wer wirklich sein Auftraggeber war? Mist aber auch!"
Juan ließ den Kopf des Mannes auf den Boden sinken und atmete tief durch. „Die Polizei wurde bereits informiert!" knurrte er. Inzwischen trudelten mehrere Uniformierte ein und begannen umständlich, den Flur abzusperren. „Ich verziehe mich. Wenn Du fertig bist, ich bin im Zimmer 237. Komm dann vorbei. Mensch Alter! Wie ich mich freue, Dich wiederzusehen! Was macht Deine Frau - alles gesund?" sprudelte es aus mir heraus. Ich schüttelte mit beiden Händen übermütig seinen Kopf. Er ließ es sich gefallen. „Okay, bis nachher. Ich komme bei Dir vorbei, wenn hier alles geklärt ist!" Juan eilte zu den Männern, um seine Aussage zu machen. Während ich im Zimmer auf ihn wartete, kamen mir noch einmal sämtliche Einzelheiten unserer Expedition in den Sinn. Boris tragischer Tod während des Angriffes der Mutanten-Armee auf die Weiße Stadt. Das erneute Verschwinden von Max, nachdem wir uns endlich fanden. Ich schloss die Augen und sah jede Einzelheit der Gesichter meiner beiden Freunde. Boris, wenn er wütend schnaufte und dabei die Nase hochzog. Und dann mein alter Studienfreund Max. Die merkwürdigen Verunstaltungen auf seiner Stirn, mit denen das Monster ihn beherrschte und manipulierte. Seine Rolle als Hohenpriester und Henker von Sebak. „Mann, Mann, ist das alles eine richtig dicke Scheiße! Aber eine unvergessliche Sache haben wir ja auch erlebt: eine wunderschöne Hochzeit!" Amaunet, die Tochter des Pharaos und jetzige Gattin meines Freundes, kam mir in den Sinn. „Ob sie inzwischen selber Kinder haben?" fragte ich mich. Ich nahm ein Foto meiner Familie aus meiner Brieftasche und betrachtete es voller Rührung. „Habe Euch ganz doll lieb!" Es dauerte fast eine ganze Stunde, dann trat Juan bei mir ein. „Du siehst erschöpft aus. Möchtest Du einen Schluck?" bot ich ihm an. In der Hausbar fand ich einen leichten Weißwein. „Komm setz Dich. Ich denke, es ist kein Zufall, dass Du hier bist, oder?" Juan ließ sich im Sessel nieder und nippte am Glas.
„Gewiss nicht! Ich bin schon seit einigen Tagen hier. Es gab einen Haufen Ärger. Und jetzt noch die Geschichte mit der versuchten Entführung", brummte er. Ich hatte nun Zeit und Muße, meinen alten Freund näher in Augenschein zu nehmen. „Bist mächtig grau geworden", stellte ich überrascht fest. Im Licht der

Deckenlampe sah ich die silbernen Haarstränen, die wie ein Netz seinen sonst pechschwarzen Schopf bedeckten. „Hmm, nach all den stressigen Jahren kein Wunder." lautete seine Antwort. Nachdenklich musterte ich meinen Besucher. In der Tat, die Zeit war nicht spurlos an uns vorbeigegangen. „Wir werden alle nicht jünger. Aber nun erzähl doch, wie es Dir ergangen ist? Was macht Deine Familie - der Pharao? Nun spann mich nicht länger auf die Folter!" Ein müdes Lächeln erhellte Juans Gesicht, als er mir berichtete, dass alles im grünen Bereich war. „Inzwischen bin ich Vater von zwei hübschen Kindern geworden. Zwei Söhne und eine Tochter ist vielleicht gerade im Kommen", krächzte er. „Nein? Du alter Schlawiner! Du und Vater, ich fasse es nicht!" Diese Überraschung war ihm gelungen. „Doch, wirklich. Mein drittes Kind wird in wenigen Tagen geboren. Ich hoffe nur, dass alles klar geht und ich wieder pünktlich Zuhause bin!" Ich freute mich für ihn. Seit dem Tod seiner Familie beim Putsch 1973 in Chile war es immer Juans größter Wunsch gewesen, eine eigene Familie zu gründen und Kinder zu haben. Die Gelegenheit dafür hatte sich nie ergeben - bis er Amaunet traf und heiratete. „Mein Schwiegervater denkt immer öfter darüber nach, die Krone an mich abzugeben. Aber bislang konnte ich es erfolgreich verhindern. Du hast unsere Nachricht bekommen?" Ich war noch so in Gedanken versunken, dass er seine Frage wiederholen musste. „Ja, danke, ich habe sie bekommen. Deshalb habe ich mich gleich auf den Weg gemacht. Es ist etwas Schreckliches geschehen!" Dann erzählte ich ihm, dass Sanila und ich verheiratet waren und den eigentlichen Grund meines Hierseins. „Ich vermute, dass es einige Zusammenhänge gibt. Shylas Verschwinden und das der übrigen Mädchen muss einen Hintergrund haben, der mit den Ereignissen bei Euch in Verbindung gebracht werden kann. Und wenn es so ist, haben wir ein mächtiges Problem mit Sebak oder Sobek. Dann ist er wieder da!" Juan rieb sich nachdenklich die Stirn. Für einige Minuten schwiegen wir. „Es hat viele Opfer gekostet, dieses Scheusal zu erlegen. Und jetzt soll alles ein großer Irrtum sein? Eine Vorstellung, die mir Angst macht!" Ich schüttelte mich. Das durfte einfach nicht sein. „Sämtliche Anzeichen sprechen dafür. Leider", ließ Juan bedrückt vernehmen und seufzte anhaltend. Dann fuhr er fort. „Die Hoffnung der Bevölkerung von Pharaonien liegt in unseren Händen. Nach dem Tod von Sebak glaubten wir alle, endlich eine reale Chance zu haben und das Leben neu ordnen zu können. Seit etwa zwei Monaten häufen sich wieder einige Vorfälle, von denen wir mit fast 100% Sicherheit annehmen können, dass Sebaks Klon seine Hand im Spiel hat!" Mein Freund stockte einen Moment. Aus seinen verhaltenen Gebärden glaubte ich, Furcht und sogar Angst zu erkennen. „Sebak ist wieder aktiv. Eine Tatsache, die unser Leben in einer Art beeinflusst, dass die Arbeit der vergangenen Jahre in Frage gestellt wird. Es ist zum Heulen. Eines ist uns inzwischen klar geworden, er wird keine Ruhe geben und seine Teufeleien bis zum Ärgsten treiben!" Ich konnte dies nur bestätigen. „In unserer Epoche hat er seine Maschinerie in Gang gesetzt und produziert Echsen ohne Ende. Überall auf der Erde werden massive Vorfälle mit Krokodilen gemeldet - das ist gewiss kein Zufall. Doch sag mir, Juan, wie kommt Ihr darauf, dass er noch lebt? Hat ihn jemand gesehen? Was ist überhaupt mit Babu, seinem Sohn, geschehen? Gibt es ihn noch?" Er schenkte sich noch einmal sein Weinglas voll. „Prost, auf unser Wiedersehen!" Wir stießen an, dann setzte er sich wieder und sprach leise weiter. „Es gibt Gerüchte über den Verbleib von Babu. Man munkelt, dass er eine berühmte Stadt gegründet hat - Atlantis! Er müsste inzwischen ein junger Mann sein und mit seiner Intelligenz traue ich ihm das durchaus zu. Er ist zum Herrschen geboren - wie sein verruchter Vater. Wir vermuten, dass Nesrin bei ihm ist." Schon als der Namen Atlantis fiel, gribbelte es in meinen Fingern. Aber Nesrin - bei ihm? „Was haben sie miteinander zu schaffen? Das verstehe ich nicht?" Juan erhob sich und wanderte ruhelos im Zimmer umher. „Sie verschwand ganz plötzlich vor knapp zwei Jahren. Reisende und Kaufleute berichten uns immer häufiger, dass eine Frau mit ungewöhnlichem Aussehen in Atlantis auftauchte und dort an der Seite des Herrschers gesehen wurde. Ein ungleiches Paar, das Aufmerksamkeit erregt. Ihre Beschreibungen passen auf beide zu!" Er blieb stehen und sah zum Fenster. „Weißt Du, was Remos II. in Erwägung zieht?" Er holte tief Luft. „Er möchte eine Zusammenkunft aller Pharaonen aus allen Zeitepochen einberufen!" Das saß. Diesen Satz musste ich erst einmal sacken lassen. „Heißt, dass die Zeitportale funktionieren?" hinterfragte ich, obwohl die Antwort klar war. „Ja, wir haben einige Zeitportale aktiviert und können uns damit in den Epochen bewegen. Sebak leider auch…“ Mir klingelten förmlich die Ohren bei all diesen Informationen. „Das Wahrzeichen von Atlantis ist ein riesiger Krokodilschädel. Was glaubst Du, woher dieser stammt?“ Juan drehte sich mir zu und zuckte mit den Achseln. „Babu hat uns damals mächtig in die Suppe gespuckt! Auch wenn er sich mit seinen Double -Vater Sobek nicht versteht und sein eigenes Ding macht. Indirekt hilft er ihm doch!“ Er starrte lange auf die Lichter der Autos, die nicht weit vom Hotel durch die Nacht schwirrten. „Sobek hat ja damals bereits offiziell den Namen seines Originals angenommen - er nennt sich nun Sebak II.“ Leises Pochen an der Tür unterbrach uns. „Arne - alles okay bei Dir?“ Es war Bernd, der nicht schlafen konnte und unsere Stimmen hörte. „Komm rein. Ich habe Besuch“, bat ich und wartete, bis er die Tür hinter sich schloss. „Das ist mein alter Freund Juan - Gemahl der zweiten Tochter des Pharaos Remos II. und zukünftiger Herrscher des Reiches Pharaonien!“ Trotz seiner sichtbaren Verblüffung ließ er sich nicht aus der Ruhe bringen. „Ah ja - der berühmte Juan also. Ich freue mich, Dich endlich persönlich kennenzulernen!“ Juan sah mich mit einem fragenden Blick an. „Ich und berühmt?“ grinste er verschmitzt. „Sicher doch - und ein Genie, wenn es um Improvisationen geht - habe ich zumindest gehört“, bestätigte Bernd und reichte ihm die Hand. „Das ist auch ein Freund der Familie - Prof. Bernd Meißner.“ stellte ich ihn vor. „Mann, was für ein Chaos auf dem Flur. Erst der Lärm und dann durfte ich ewig das Zimmer nicht verlassen. Möchte gerne wissen, was da vorgefallen ist?“ knurrte Bernd und setzte sich in den Sessel. „Er hat eine Entführung verhindert - und dabei diesen Mann getötet. Die gleiche Sache wie mit Shyla - ein kleines Mädchen!“ klärte ich ihn auf. Bernd fixierte Juan misstrauisch. „Du hast ihn umgebracht?“ Er runzelte die Stirn. „Einfach so?“ Juan wirkte relativ entspannt. Entsprechend fiel seine Reaktion aus. „Ich habe mich und das Kind verteidigt. Er hat Gewalt angewendet - ich habe seine Gewalt gebrochen. Dabei ist es passiert. Aber seinen Tod hat er selber verursacht - mit Gift!“ Nachdem das geklärt war, kamen wir auf unser Thema Atlantis zurück. „Bislang war die Wissenschaft der Meinung, dass die Insel mit ihrer berühmten Stadt nur eine Legende und Erfindung sei? Dann ist Babu ein richtiger Fuchs. Aber woher hat er diese

Inspiration?“ wollte ich gerne wissen. Juan setzte sich zu mir aufs Bett. „Ich war einmal mit Imhotep in Sebaks Festung in der alten Metropole Tem-pri. In Babus Zimmern gibt es eine Wandmalerei von Atlantis. Wir vermuten, dass seine Mutter ihn damit vertraut machte - und das Bild entwarf. Ihr Signet steht jedenfalls als Kürzel darunter.“
Da Bernd den ersten Teil nicht kannte, erzählte ich mit wenigen Sätzen, worum es ging. „Dann hatte dieser Gott Sebak einen menschlichen Sohn, und der soll der Gründer von Atlantis sein - richtig?“ wiederholte er den Kern meiner Aussagen. Bernd kannte ja inzwischen einen großen Teil des Verlaufes meiner Expedition in Pharaonien. „Mein lieber Freund Arne. Du kannst Dir nicht vorstellen, wie sehr ich jetzt darauf brenne, endlich mit eigenen Augen all die wundersamen Dinge zu sehen, über die Du berichtet hast!“ Juan brummte nur vor sich hin und stoppte seine Euphorie. „Wundersam schon - aus heutiger Sicht betrachtet. Aber kreuzgefährlich, weil mit diesen verdammten Unsterblichen nicht zu Spaßen ist!“ Bernd schluckte. „Aha - jetzt kommen also noch Unsterbliche dazu. Die Sache wird wirklich spannend!“ meinte er noch, dann lauschte er den weiteren Ausführungen von Juan. „Der Mann, der heute Nacht von mir überwältigt und getötet wurde, gehört zur Bruderschaft des Sebaks, die seine Wiedergeburt auf Erden vorbereiten. Sie treten inzwischen verstärkt in Eurer Zeit auf und sie brauchen offensichtlich Kinder, um eine Zeremonie abzuhalten. Ich vermute, dass es nicht um den Klon geht, sondern dass das Original erneut zum Leben erweckt werden soll. Ich denke schon, dass die Mädchen in ernsthafter Gefahr sind, auch Deine kleine Shyla. Und sie vielleicht sogar mehr als die Anderen - denn es war bestimmt kein Zufall, dass sie zuerst entführt wurde? Es tut mir leid, wenn ich so offen mit Dir reden muss!“ Ich nickte nur stumm. Ich konnte ihn verstehen und war ihm sogar dankbar, dass er nicht versuchte, die Angelegenheit zu verniedlichen oder zu verharmlosen. „Das war mir eigentlich von Anfang an klar. Deshalb habe ich auch sofort reagiert. Sollte sich Sebak oder einer seiner Handlanger an mein Mädchen vergreifen, kommt er mir diesmal nicht davon, das schwöre ich bei Gott!“ Juan legte beschwichtigend seine Hand auf meine Schulter. „Der Abend ist klüger als der Morgen, mein Freund. Warten wir ab und denken in Ruhe

darüber nach, wo und wie wir ihn am Härtesten treffen können. Wir werden alles Erdenkliche unternehmen, die Mädchen zu befreien, das verspreche ich Dir! Wir werden alle Mächte und Götter aktivieren, um ihn endlich in die ewige Hölle zu schicken“, versicherte er mir mit Nachdruck. „Darauf trinke ich mit Dir!“ Auch Bernd erhob sein Glas und stieß mit uns an. Auf dem Flur wurde es laut, als die Leiche des Ordensbruder abgeholt wurde. Juan öffnete die Tür einen Spalt und lugte hinaus. Einer der Männer fiel ihm auf. „Der gehört auch zu diesem Orden - damit sind die Brüder gewarnt. Sobald es hell wird, verschwinden wir von hier“, flüsterte er uns zu. Während die Stimmen mit dem Toten entschwanden, blieb der Fremde auf dem Flur und lauschte an den Türen. „Licht aus und Ruhe!“ gebot Juan. Wir hörten die Schritte, als er an den Türen vorbei lief. Die Vorstellung, dass ein Gehilfe meines ärgsten Feindes gerade an meiner Tür horchte, brachte mein Blut in Wallung. Bevor Juan was machen konnte, riss ich resolut meine Zimmertür auf. Der Typ stand in gebückter Haltung, das Ohr noch immer im Lauschangriff. „Kann ich behilflich sein?“ schnarrte ich ihn bösartig an. Überrumpelt richtete er sich auf und begann zu stottern. Für einen Augenblick sah ich den tätowierten Krokodilkopf an seinem Hals. Juan schob mich zur Seite. „Lass mich das klären!“ Er wechselte in Landessprache einige Sätze mit ihm. Dann holte er einen Papyrus aus seiner Tasche und zeigte es. Der Mann wurde kreidebleich. Zu meiner Überraschung nahm er Haltung an und verbeugte sich vor meinem Freund. „Und jetzt verschwinde von hier und lass Dich nie wieder blicken, sonst bist Du ein Kind des Todes!“ drohte Juan. Der Typ machte auf dem Absatz kehrt und eilte die Fluchttreppe hinunter. Völlig baff sah ich meinem Freund ins Gesicht und bemerkte sein Feixen. „Er hat sich gerade mit dem Hohenpriester der Bruderschaft angelegt! Unsere Fälscherwerkstatt hat hervorragende Spezialisten - so eine Urkunde ist ein Klacks für uns.“ Er drückte mir die kleine Rolle in die Hand. Sebaks Bild war darauf geprägt, einige Hieroglyphen in goldenen Lettern hoben die Bedeutung des Blattes hervor. „Es sind meistens Dummköpfe, die im Orden dienen“, fügte Juan hinzu. Bernd war von der künstlerischen Ausführung begeistert. „Das ist also eine Art Dienstausweis der Gottheit Sebak - auf jeden Fall stellt er was dar und erfüllt seinen Zweck.“

Schmunzelnd gab er ihn zurück. „Lasst das bloß nicht unseren Polizeichef sehen, der verhaftet Euch glatt wegen Urkundenfälschung.“ gluckste er noch. Juan sah mich schief an. „Er meint unseren Kommissar Gäbler - er ist ebenfalls mit von der Partie und sucht nach Shyla. Ein überkorrekter Typ“, klärte ich ihn auf. Wir unterhielten uns noch eine ganze Weile und vergaßen dabei die Zeit. Ich hob mein Glas, als es leise klopfte. „Was ist?“ Draußen stand der Hotelboy. „Mr. Lukas, Sie wollten geweckt werden. Es ist 5.00 Uhr! Ihr Auto ist voll getankt und steht für Sie bereit. Haben Sie noch einen Wunsch?“ vernahm ich. „War eine verdammt kurze Nacht, Freunde. Dann werde ich mich in Ruhe fertig machen.“ Ich öffnete die Tür und gab dem jungen Mann ein kleines Trinkgeld. „Danke noch mal. Sie können bitte zwei Türen weiter klopfen und Mr. Gäbler aus dem Bett werfen. Er soll in einer Stunde zum Frühstück im Restaurant sein“, bat ich ihn. Sekunden später hörte ich in der Nachbarschaft seinen Weckruf. „Ich hole schnell meine Sachen. Bin sofort wieder hier!“ Juan sprintete los, es dauerte keine Minute, da tauchte er mit seinem Handgepäck wieder auf. Bernd verzog sich in sein Zimmer. „Ich mache mich kurz frisch, dann kannst Du duschen!“ Juan warf seine Tasche aufs Bett und verschwand im Bad. Ich packte inzwischen meine Klamotten ein. Triefend wie ein Pudel kam er heraus, und suchte ein Handtuch.

„Hier, nimm dieses. Was ist das für eine Narbe auf Deinem Rücken?“ fragte ich ihn mit einem Seitenblick auf die rot geflammte Kerbe, die sich quer über seinen Nacken zog. Er rollte die Schulterblätter, um mir zu zeigen, dass es ihm gut ging. Ein düsteres Lächeln umspielte seinen Mundwinkel. „Du kennst doch die Taktik dieser verdammten Uril. Das ist ein Überbleibsel von einem Kampf, der mich fast ins Grab befördert hätte. Es war zum Glück kein ausgewachsenes Exemplar - aber damit habe ich ein Andenken für das ganze Leben.“

Ich konnte ihm nachfühlen, welche Erinnerungen damit verbunden waren. „Ja diese Biester werde ich auch nie vergessen - da kommen sofort furchtbare Erinnerungen hoch - weißt Du noch, als wir an der Quelle waren und Boris das Ding in der Luft abschoss?“ Natürlich hatte er es nicht vergessen. „Sie haben sich inzwischen so sehr vermehrt, dass wir uns kaum noch im Freien bewegen können. Sie dezimieren unsere Herden, greifen auch Menschen an und fressen

sie. Ich habe inzwischen eine Sondereinheit gebildet und diese mit Handfeuerwaffen aus unserer Epoche ausgestattet. Nur so bekommen wir die Plage allmählich wieder in den Griff", brubbelte er, während er sich abtrocknete und anzog. „Es ist überall das gleiche Problem. In dem Moment, in dem sich irgendwer in das Gleichgewicht der Natur einmischt, kippt es und artet aus! Sebaks verfluchte Experimente haben uns ein Erbe hinterlassen, an dem noch Generationen kauen werden!" knurrte er, dann strich er sich die Haare glatt.
„Ich bin fertig, was ist mit Dir?"
„Nur noch mein restliches Zeug einpacken, dann können wir aufbrechen!" antwortete ich. Zwei Minuten später waren wir so weit. Meine Begleiter trafen zeitgleich im Restaurant ein. Kommissar Gäbler staunte nicht schlecht, als ich ihm Juan vorstellte. „Sie waren doch damals mit dabei, bei diesem Sebak und den anderen verrückten Göttern?" Er konnte offensichtlich noch immer nicht so recht glauben, dass wir keinem Phantom nachjagten. „Nicht nur damals. Ich lebe heute noch in Pharaonien und bin nur gekommen, Euch abzuholen!"
Ich grinste heimlich, als ich das verblüffte Gesicht des Kommissars sah. „Sie sind der Kurier, der uns dort hinbringen soll? Das ist ja interessant", murmelte er und setzte sich an den Tisch. Während des Frühstückes kam das Thema der nächtlichen Ruhestörung noch einmal hoch. „Gibt es neue Informationen zu diesem Vorfall?" fragte Prof. Meißner nebenbei. Juan zuckte mit den Achseln. „Denke nicht - die Polizei arbeitet hier ziemlich gelassen an solchen Dingen." entgegnete er und schlürfte genüsslich seinen Kaffee. Der Kommissar sah uns der Reihe nach an. „Was war denn heute Nacht los? Ich habe tief und fest geschlafen - wie ein Murmeltier!" Bernd grinste mich an und zwinkerte mir zu. „Oooh - da hat wohl jemand auf dem Flur randaliert und einen über den Haufen geballert - mehr war nicht", flachste er. Wie erwartet, holte der Kommissar tief Luft und wollte dazu einen Spruch ablassen. Als er unser Grinsen bemerkte, winkte er nur ab. „Ich habe mit der hiesigen Polizei nichts zu tun! Und ich habe nichts gehört!" beteuerte er und biss von seinem Tost ab. „Das kenne ich - nichts hören, nichts sehen und - nichts sagen. Das nennt man Polizeiarbeit!" prustete Bernd heraus. „Da ist was dran - manchmal ist es besser, einfach seine Klappe zu halten und die Zeit für sich arbeiten zu lassen, als alles in die

Welt hinaus zu posaunen. Nur so löst man schwere Fälle!“ konterte der Kommissar ruhig und lächelte. „Trinkt Ihr mal in Ruhe Euren Kaffee. Ich gehe die Rechnungen begleichen. Wir treffen uns am Wagen!“ Auf dem Weg zur Rezeption fiel mir eine Gruppe junger Burschen auf, die sich in der Loggia auf den Sesseln lümmelten und auf etwas zu warten schienen. Bei mir schrillten die Alarmglocken. „Wenn das mal kein Zufall ist?“ Mein Misstrauen war geweckt. Während ich alle Formalitäten erledigte und auscheckte, behielt ich sie im Augenwinkel. Als meine Reisegefährten unmittelbar danach auftauchten, kam Bewegung in den Trupp. Sie verteilten sich unauffällig. „Die Brüder beschatten uns? So eine Schweinebande!“ fluchte ich lautlos. In der Tat erschien es so, als wenn sie jeden unserer Schritte von nun an im Blick behielten. „Solche Stümper! Die sind einfach zu blöd - das sieht ein Blinder mit Krücken, dass sie es auf uns abgesehen haben“, schimpfte ich vor mich hin und schnappte mein Gepäck. Beim Hinausgehen registrierte ich, dass ein junger Mann mir folgte. Vor dem Portal wartete Juan auf mich und nahm mir die Tasche ab. „Nicht umdrehen - wir werden verfolgt“, raunte ich ihm zu. Er nickte mir heimlich zu. Unser Leihwagen stand auf dem Parkplatz des Hotels. „Hoffentlich hat mir der Portier die richtigen Schlüssel gegeben?“ Ich probierte ihn aus - er passte. Prof. Meißner und der Kommissar schlenderten in aller Ruhe in unsere Richtung und unterhielten sich angeregt. Da geschah etwas Unerwartetes... Aus einem Eingang der benachbarten Häuser löste sich ein Schatten und eilte zielstrebig auf die beiden Männer zu. „Jungs - passt auf!“ brüllte ich erschrocken, als der Angreifer ein Langmesser zog. Er war nur noch wenige Schritte von ihnen entfernt. Ein gellender Pfiff ertönte - und die Männer aus der Loggia tauchten hinter uns auf. „Die Hunde kesseln uns ein!“ Fassungslos drehte ich mich um. Juan blieb indessen völlig friedlich. Die Burschen flitzten zu meinem Erstaunen an uns vorbei und umringten den Fremden. „Entwaffnet ihn und bringt ihn zu mir!“ hörte ich Juans Befehl, verdutzt blickte ich ihn an. „Das ist meine Leibgarde. Der Nachfolger des Pharaos wird sich wohl nicht in unnötige Gefahr bringen“, flüsterte er mir mit einem Grinsen zu. Ich verpasste ihm einen Hieb auf die Schulter, dass es krachte. „Du Blödmann - ich dachte echt, die wollen uns um die Ecke bringen!“ fauchte ich ihn an, doch er winkte lässig ab. „Ich werde Dir doch nicht gleich alles auf die Nase binden!“ Seine Krieger hatten wenig Mühe, den Typen zu überwältigen. Sie packten ihn am Kragen und schleiften ihn zu uns. Bernd und der Kommissar folgten ihnen. „Was geht denn hier ab? Der Bursche wollte uns umbringen? Und wer sind die?“ Bernds Fragen mussten vorerst warten. Juan hob das Kinn des Fremden, der vor ihm auf den Knien kauerte. „Wer schickt Dich? Antworte!“ Ich bemerkte das Tattoo an seinem Hals - es war der Kopf einer Kopra. „Haben die Priester des Ordens nicht einen Krokodilkopf als Kennung?“ fragte ich Juan. Er drehte den Kopf zur Seite. „ Er ist ein Krieger der Bruderschaft, kein Priester. Sie haben inzwischen ihre Struktur den neuen Bedürfnissen angepasst.“ erklärte er mir kurz. Obgleich ich nur die Hälfte verstand, hielt ich es für angeraten, vorerst den Mund zu halten. „Ich frage Dich noch ein einziges Mal - wer schickt Dich?“ Juans drohender Ton nahm an Schärfe zu. „Wir sollten lieber die Polizei rufen!“ mischte sich Kommissar Gäbler ein, hatte aber die Rechnung ohne meinen Freund gemacht. Wortlos schob er den Kittel zur Seite, den der Fremde trug. Eine Polizeiuniform kam darunter zum Vorschein. „Das gibt es doch nicht?“ Ungläubig starrte Kommissar Gäbler seinen ‚Kollegen’ an. Dieser spuckte ihm verächtlich vor die Füße. „Ich sage kein Wort - den Ehrenkodex der Bruderschaft kennt Ihr doch - Prinz Juan!“ Es war das erste Mal, dass Juan in meiner Gegenwart mit einem königlichen Titel angesprochen wurde. „Prinz Juan - wie das klingt?“ schweifte ich einen Moment ab. „Dann wirst Du sterben!“ kam es hart von den Lippen meines Freundes. „Schafft ihn weg und hinterlasst keine Spuren!“ Seine Garde wusste, was sie tun hatte. In Bruchteilen von Sekunden verschwanden sie mitsamt dem Angreifer. Bernd und der Kommissar betrachteten Juan mit großen Augen. „Das war jetzt nicht ernst gemeint, oder?“ Kommissar Gäbler rieb sich die Stirn, er suchte vergeblich nach den Männern. „Das ist blutiger Ernst, meine Freunde. Sie wären jetzt tot, wenn meine Leute nicht eingegriffen hätten. Es herrscht Krieg in dieser Zeit - es hat nur noch niemand mitbekommen“, belehrte Juan beide. Auch wenn ich ihn seit vielen Jahren kannte, so unbarmherzig und kalt hatte ich ihn allerdings noch nie erlebt. „Steigt schon ein, die Sonne geht auf. Wir sollten abhauen!“ ordnete ich an. Ich übernahm das Steuer, Juan saß neben mir und meine Begleiter

belegten die hinteren Plätze. Ein Silberstreifen zeigte sich am Horizont, als wir losfuhren. „Werde noch ein Nickerchen machen“, hörte ich den Professor murmeln, dann erfüllte ein gleichmäßiges Schnarchen das Auto. Minuten später schlummerte auch sein Nachbar friedlich. „Dann gibt es wenigstens keine blöden Fragen!“ murrte Juan nach einem Blick zu ihnen. Er lehnte seinen Kopf zurück und genoss den Sonnenaufgang. „Weißt Du, wie oft ich mit Amaunet gesessen habe und diesen Anblick erlebte? Wie oft ich an Dich, Pamela und Sanila dachte? Ich kann es nicht zählen – wirklich. Ich habe Euch sehr vermisst!“ Das war Juan, wie ich ihn kannte und liebte. „Übrigens hat Imhotep Wort gehalten und für Boris einen Tempel errichten lassen. Es ist der Tempel des Sieges - ein kleines aber feines Objekt zu seinem Ehren“, brummte er und schloss die Augen. Die Erinnerungen holten mich ein - die Landung von Nr. 24 und wie Boris vom Drachen gelassen wurde, den tödlichen Pfeil tief im Rücken... Der Scheiterhaufen auf dem Hof des Palastes von Remos II. - wo sein Körper verbrannt wurde. „Wie lange ist das schon wieder her? Die Zeit fliegt dahin und wir kämpfen immer noch mit den alten Problemen.“ Juan hing irgendwelchen unerfreulichen Gedanken nach. Entgegen seiner sonstigen Art blieb er ziemlich wortkarg und schweigsam. Es wurde schlagartig hell.
„Ach, was ich Dir noch erzählen wollte“, fing er später an, „ich habe inzwischen die Funktionsweise der Zeitportale recht gut begriffen und eine Anlage komplett umgebaut. Damit ist es nicht mehr ganz so kompliziert wie zu unseren Zeiten, Pharaonien zu erreichen. Wir müssen in keiner Pyramide mehr herum kraxeln - das ist inzwischen Geschichte. Der Zugang befindet sich an einer gut zugänglichen Stelle und ist hervorragend getarnt. Wirst nachher schon sehen, wie es funktioniert!“ Ich staunte nicht schlecht. „Ich hoffe nur, dass niemand auf die Idee kommt, das Portal zu suchen? Das hätte sicher fatale Folgen - vor allem für Euch?“ Ich drehte mich kurz zu ihm. Er starrte gerade aus und blinzelte in die Sonne. „Das hätte es - keine Frage. Aber ich denke, wir haben da einige Dinge von den alten Baumeistern gelernt und manch kleine und größere Überraschung parat. Das reicht, um Neugierigen mächtig die Suppe zu versalzen, wenn sie es versuchen sollten!“ Er lachte höhnisch auf. „Du meinst - Fallen?“ tastete ich mich vorsichtig heran. „Und was für welche. Ich hatte die

Gelegenheit, in verschiedenen Epochen einige der klügsten Köpfe kennenzulernen - dank unserer Portale ist das kein Problem. Die haben mich auf manche verrückte Idee gebracht - wie gesagt, warte es ab, wir sind ja bald da!“ An den Gedanken, dass es Juan tatsächlich möglich war, durch die Zeit zu reisen, musste ich mich noch gewöhnen. „Hast Du mal irgendwann was von Max gehört?“ Diese Frage brannte mir schon längere Zeit auf der Zunge. „Oder hast Du ihn vielleicht sogar gesehen?“ Juan räusperte sich. „Selber gesehen habe ich ihn nicht. Aber es gibt Gerede, dass er in einer Provinz am Rande des Imperiums leben soll. Man spricht von einem weisen Mann, der eine Art Orakel für die Zukunft initiiert - ich denke, das könnte Max sein!“ Seine Antwort machte mir Hoffnung. „Dann lebt er also noch?“ brummelte ich, doch Juan war sich eben nicht völlig sicher. „Ich will Dir ja nicht Deinen Traum zerstören - aber in dieser Frage kann ich Dir keine eindeutige Antwort geben. Vielleicht ist alles ganz anders?“ meinte er, da zeichneten sich die Spitzen der Pyramiden in der Ferne ab. „Wir fahren nicht zur Knick - Pyramide sondern gleich zur Oase, in der Sanila und ihr Vater lebten. Du kennst Dich ja aus.“ erklärte er mir und lächelte geheimnisvoll. „Da bin ich echt gespannt, was Du dort hingezaubert hast?“ Unsere beiden Schlafmützen wurden allmählich munter und rührten sich. „Ist es noch weit?“ erkundigte sich Kommissar Gäbler gähnend und öffnete das Fenster einen Spalt breit. Staub wehte herein. „Mensch, mach die Hütte dicht!“ schimpfte Juan, „Wir haben Klimaanlage hier drin. Dreck bekommen wir noch genug zu schlucken!“ Der Kommissar entschuldigte sich und schloss das Fenster. „Man kann ja kaum was erkennen, so dreckig sind die Scheiben. Ich wollte nur mal einen Blick riskieren!“ Juan winkte versöhnlich ab. „Alles halb so wild - sind in ein paar Minuten am Ziel“, klärte er ihn auf. Die Oase schob sich in unser Blickfeld und kam rasant näher. „Der Wagen wird heute im Laufe des Tages abgeholt - das machen Leute vom Verleih. Ich stelle ihn auf der alten Parkfläche ab. Wir machen einen kurzen Abstecher zu meinem Schwiegervater - der wird vielleicht Augen machen, wenn er uns sieht.“ Ich steuerte den Parkplatz an, der seit der Aufhebung des Sperrgebietes menschenleer blieb und erste Spuren des sichtbaren Verfalles aufwies. „Hierher verirrt sich kaum noch eine Menschenseele. Die Hütten in der Oase sind bis auf die von Deinem

Schwiegervater fast alle unbewohnt. Das ist damit ideal für unsere geheime Basis“, beschrieb Juan die gegenwärtige Lage und den Grund für die Entscheidung, ein Zeitportal genau hier zu errichten. Mit quietschenden Bremsen hielt ich an. „Ab hier geht es zu Fuß weiter!“ ordnete ich an und öffnete den Kofferraum. Meine beiden Begleiter sahen sich um. „Hier ist nichts? Nur ein paar Bäume und Sand.“ stellte Bernd sachlich fest. Da er mich kannte, stellte er keine weiteren Fragen mehr. „Stimmt - wir sind mitten im Nichts. Sollten wir nicht in eine der Pyramiden klettern? Oder habe ich die Geschichte falsch verstanden?“ schnaufte der Kommissar und wuchtete seinen schweren Rucksack aus dem Auto. Juan hatte nur eine Umhängetasche, sonst nichts. Ich ließ den Schlüssel stecken und legte die Papiere, wie besprochen, unter den Sitz. Bis zur Hütte meines Schwiegervaters waren es nur einige hundert Schritte. El-Ali-Hamad ruhte im Schatten auf einer Liege auf der kleinen Terrasse vor seinem Haus und schlief. „Vater - ich bin es!“ weckte ich ihn sanft. Er war mehr als überrascht, mich zu sehen. Er umarmte mich freudig. „Wo sind die Kinder - wo ist meine Tochter?“ Er schaute sich um, da entdeckte er Juan. „Dich kenne ich doch. Die anderen Männer sind mir fremd. Was ist los?“ Er erhob sich ächzend. „Ich koche nur Tee - dann können wir plaudern!“ Ich hielt ihn fest. „Uns bleibt leider keine Zeit zum Reden. Höre mir bitte zu - es ist was Furchtbares geschehen.“ Ich erzählte ihm, weshalb wir angereist waren. „Sie haben unseren kleinen Liebling geraubt? Was für Bastarde sind das?“ Die Geschichte nahm ihn schwer mit. „So ein verfluchtes Pack! Was hat ihnen ein kleines Kind getan - die Götter der Ahnen sollen sie in der Hölle schmoren lassen!“ Er umfasste meine Hände. „Arne, mein Sohn - Du musst die Kleine finden. Unbedingt. Versprich es mir!“ Er schaute mir durchdringend in die Augen. „Ich verspreche es - und meine Begleiter sind genau deswegen mitgekommen. Wir werden Shyla und die anderen Mädchen finden!“ Er erhob sich und humpelte in seine Kammer. „Warte, ich habe es gleich gefunden!“ hörte ich ihn rufen, es rumorte eine Weile. Die Dielen knarrten unter seinen Füßen, dann schien seine Suche von Erfolg gekrönt zu sein. Mit einem länglichen Gegenstand im Arm, kam er heraus. „Das habe ich bei einer meiner letzten Exkursionen in einer Grabkammer gefunden. Bisher hat es niemand vermisst!" Er lächelte mich listig an. „Du hast das - geklaut?" Ich konnte ihm nicht böse sein. Nachdenklich drehte ich das Objekt in den Händen. „Habe ich nicht! Wenn sich die Reichen ohne Skrupel bedienen, dann habe ich das Ding nur rechtzeitig vor ihnen in Sicherheit gebracht", erklärte er mir stolz. Juan beugte sich zu mir. Wir verständigten uns per Blick. „Denkst Du, was ich denke?" Meine Frage beantwortete er mit einem Nicken. „Sieht auf jeden Fall so aus. Aber ich kann mich erinnern, dass Du ihn verloren hast. Oder etwa nicht?" Mein Schwiegervater hörte eine Weile zu. „Reden wir jetzt in Rätseln? Nun mal raus mit der Sprache - was ist das für ein Ding?" fuhr er mir unwirsch in die Parade. Juan ließ mir gerne den Vortritt. „Eigentlich ist es undenkbar - wie es aussieht, haben wir hier die Waffe der Ahnen in den Händen!" Ich dachte angestrengt nach, aber wie der Laser ausgerechnet in eine Grabkammer der letzten Epoche kommen konnte, blieb mir echt ein Rätsel. „Und, was ist Besonderes an dem Ding?" fauchte mich der Alte giftig an, da ihm diese Auskunft nicht genügte. Meine Begleiter wurden aufmerksam. „Das ist die Waffe, mit der Du Sebak getötet hast?" fragte Bernd. „Und mit dem Max seinen Arm amputierte - genau das Ding ist das", bestätigte ich. „Mir habt Ihr ja nur die Hälfte erzählt - kein Wunder, wenn sich in der letzten Zeit so viel Gesindel und merkwürdige Gestalten in der Nähe herum treiben!" knurrte mein Schwiegervater ungehalten. Damit traf er Juans Nerv. „Ali - sagt mir bitte: Was sind das für Leute, die neuerdings hier auftauchen?" forschte er sichtlich aufgeregt. „Was weiß ich? Irgendwelcher Abschaum, der sich herum treibt. Ich habe mir extra eine Flinte besorgt - falls sie mir zu sehr auf den Pelz rücken!" belferte der Alte. Juan schaute mich wieder an. „Das sind nicht unsere Leute. Bleibt also eines offen - wer zeigt ein übermäßiges Interesse an diese Gegend?" Kommissar Gäbler pfiff leise vor sich hin. „Dann gibt es noch einen Aspekt - warum zeigen sie plötzlich Interesse? Gibt es einen besonderen Grund, der vorher nicht da war?" ergänzte er und erntete dafür einen scheelen Blick von meinem Freund Juan. „Und ob es einen Grund gibt! Hier in der Oase befindet sich ein Zeitportal - das werden sie vermutlich suchen", stellte er klar. Von irgendwo her vernahmen wir Motorgeräusche. „Das sind diese Schweinepriester auf den Bikes. Die donnern jeden Tag mehrfach hier durch das Gelände und machen alle kaputt!“ El-Ali-Hamad war stocksauer, er griff hinter seine Tür und beförderte eine alte Schrotflinte zu Tage. „Euch werde ich es zeigen!“ murrte er und spannte entschlossen den Hahn. Ohne auf unsere Warnungen zu hören, stampfte er durch den Staub und stellte sich mitten auf den Sandweg. Es waren drei Männer, die auf ihren schnellen Maschinen direkt auf den Alten zuhielten. Kurz vor ihm gingen sie voll auf die Eisen und wirbelten eine Menge Dreck auf. Wir verhielten uns ruhig, da wir auf der Terrasse standen, wurden wir von ihnen nicht wahr genommen. „Es sind Landsleute von hier. Sie beschimpfen ihn…“ Juan verstand jedes Wort, welches von den Biker gebrüllt wurde. „Jetzt wird es allerdings vulgär und sehr ausfallend. Ich denke, wir sollten uns zeigen. Drücke mal auf das Knöpfchen - vielleicht funktioniert der Zauberstab noch?“ Ich tat, wie mir geraten wurde. Ich wischte den Button frei und säuberte den Stab vom restlichen Schmutz. „Also, versuchen wir unser Glück!“ Ich betätigte den Knopf. Sofort spürte ich das Summen in meiner Handfläche. „Alles im grünen Bereich - ich bin bereit!“ Die Lage vor uns eskalierte gerade, als einer der Männer den Gang rein legte und versuchte, meinen alten Schwiegervater mit dem Vorderrad zu rammen. Der legte sein Gewehr an und drückte ab. Nichts geschah. „Ladehemmung. Die Knarre ist zu alt!“ hörte ich den Kommissar ausrufen. Das Gejohle der Typen übertönte kurzzeitig den Krach ihrer Maschinen. „Wir machen Dich fertig!“ Das war der Moment, als ein feiner Strahl das Rad des ersten Angreifers in der Mitte zerschnitt und eine heiße Brandschnur in den Boden zeichnete. Er überschlug sich und machte einen hohen Salto durch die Luft. Mit lautem Brüller landete er auf dem Boden und blieb benommen liegen. „Ali - komm sofort her!“ rief ich. Doch der war stur wie ein Esel und rückte keinen Millimeter von seinem Kampfplatz. Er wechselte hastig die Patrone und legte erneut an. „Wenn der Schlagbolzen im Arsch ist, kann er tausend Patronen einschieben. Da kommt nicht ein Schuss raus!“ Der Kommissar als Waffenträger musste sich ja auskennen. „Die fahren ihn wirklich eiskalt über den Haufen!“ Er hastete auf die Fläche und schmetterte seine geballte Faust in den Brustkorb des anrückenden Fahrers, so dass er mit seinem Motorrad vom Wege abkam und im losen Sand stürzte. „Wow - der hat es echt drauf! Kannst mal sehen, dass unsere Jungs bei den Bullen sogar was lernen“, witzelte Bernd und eilte dem Kommissar zur Hilfe. Für mich wurde es Zeit, dem bösen Spiel ein Ende zu bereiten. Wie eine Peitsche ließ ich den Strahl durch die Luft sausen und schnitt der dritten Maschine den unteren Teil der Räder durch. Das bedepperte Gesicht des Bikers sprach für sich, als seine Tour unfreiwillig mit einem Überschlag endete. „Hoch mit Euch und die Hände in den Nacken! Und ich will keinen Ärger mehr, verstanden!“ blaffte Juan die Männer an und schüttelte einen von ihnen kräftig durch. „Dich Penner kenne ich doch!“ schnaubte er vor Wut, als er das Visier des Helmes hoch klappte. „Hatten wir uns nicht geeinigt, dass Du in Zukunft Deine blöde Fresse aus meinen Geschäften raus hältst? Ein paar Stunden später hast Du wohl alles wieder vergessen?“ Jetzt erkannte auch ich unseren nächtlichen Lauscher an der Tür im Hotel. „Arne, gib mir sofort die Waffe!“ forderte Juan mich auf und trat damit einige Schritte zurück. Kommissar Gäbler guckte ungläubig auf ihn und wollte sich einmischen. „Ihr könnt doch keine Selbstjustiz üben. Das wäre Unrecht!“ rief er entrüstet aus. „Das ist eine Angelegenheit, die uns normal nichts angeht. Aber wenn drei kräftige Männer auf einen alten Mann los gehen und ihn töten wollen, dann gelten andere Gesetze. Juan ist Mitglied eines königlichen Hauses und Nachfolger eines Pharaos - und damit oberste Autorität - auch in unserer Zeit!“ klärte ich ihn noch einmal über die besonderen Umstände auf. Bernd hatte sehr wohl verstanden, dass hier andere Prioritäten galten. „Wir wären beide tot, wenn Juans Leute heute früh nicht eingegriffen hätten. Diese Drecksäcke machen keinen Spaß - hast Du das noch immer nicht kapiert?“ fauchte er den Kommissar an. Mein Schwiegervater war weiterhin mit dem Laden der Flinte beschäftigt. Er hielt den Lauf auf eine Maschine und drückte ab. Diesmal schepperte es gewaltig und aus einem Loch im Tank ergoss sich Benzin in den Sand. Juan betätigte kurz den Auslöser des Lasers, eine Stichflamme züngelte empor und setzte die demolierte Maschine in Brand. „Was stellen wir jetzt mit Euch an?“ Juans düsterer Blick streifte unsere Gegner, die mit starrer Maske vor ihm knieten. „Zeigt mir Euren Hals!“ forderte er sie auf. Da keine Reaktion erfolgte, griffen wir ein und banden ihre Tücher ab. „Sie tragen das Kobra – Tattoo. Sie sind alle Krieger der Bruderschaft!“ Juan nickte still vor sich hin, seine Augen zogen sich zu Schlitzen zusammen. „In meinem Reich würde ich Euch jetzt zum Tode verurteilen. Ihr erhaltet allerdings nach altem Brauch meines Volkes eine Chance - wollt Ihr sie wahrnehmen?“ Allein dieser Satz ließ Erinnerungen in mir aufsteigen. Heerführer Imhotep und Baumeister Ptah - die im Tempel des Sebaks mit dieser Frage das Schicksal über die Krieger und Priester des Ordens in deren eigenen Hände legten. Und bis auf den Hohenpriester alle laufen ließen? Diese Art der Rechtsprechung verstand ich schon damals nicht - zumal kurz darauf ein Teil der Mutanten wieder kam, um uns zu eliminieren. Ich trat neben Juan hin. „Was hast Du mit ihnen vor?“ Er richtete den Laser auf ihre Köpfe. „Ich biete ihnen die Möglichkeit, ihre schwarzen Seelen frei zu waschen. Sie können sich bei uns als Jäger bewähren und diesem verfluchten Orden den Rücken kehren“, zischte er und machte die Waffe scharf. „Ich verstehe Euch nicht - Gebieter? Ich denke, Ihr seid der Hohenpriester der Bruderschaft des Sebaks? Weshalb attackiert Ihr uns? Was kümmert Euch das Schicksal des Alten?“ brach unser nächtlicher Besucher sein bisheriges Schweigen und starrte furchtlos auf die Mündung des Strahlers. Juan lächelte ihn kalt an. „Das war eine Lüge. Ich bin nicht der Hohenpriester. Aber ich habe einige von ihnen ausgelöscht!“ El-Ali-Hamad schritt mit finsterer Miene um seine Angreifer herum, das Gewehr auf die Schulter gelegt. „Juan - macht nicht so viel Brühe um diese Hohlköpfe. Rübe ab - ich verscharre sie in der Wüste und fertig!“ schlug er vor. Kommissar Gäbler konnte allem nichts abgewinnen. „Vor dem Gesetz ist jeder Mann gleich…“ hub er an, der Rest blieb ihm im Halse stecken. Juan zog eine feurige Linie direkt vor den Knien der Männer, dass ihre Hosen anfingen, zu brennen. „Oh Scheiße - also ich nehme das Angebot an und folge Dir!“ Einer der Männer warf Sand auf seine Kleidung, um das Feuer zu stoppen. Damit war der Bann vorerst gebrochen und die Richtung klar. Seine beiden Mitstreiter nickten ebenfalls heftig. „So sei es - Ihr haltet Euch bereit!“ befahl Juan im barschen Ton und übertrug dem Kommissar die Bewachung. „Ali sollte ein paar Sachen einpacken. Er kann unter diesen Umständen nicht alleine hier bleiben. Wir müssen auch ihn mitnehmen…“ schlug ich vor. Juan war damit einverstanden, nur der alte Dickkopf machte erneut Probleme. „So lange ich mein Gewehr tragen kann, werde ich mich keinen Schritt fort bewegen“, tönte er und setzte sich demonstrativ auf die Terrasse. Mir schwoll der Kamm. „Vater - Du hörst einfach mal auf das, was wir Dir sagen. Du kannst nicht hier bleiben!“ buchstabierte ich langsam. Seinen trotzigen Blick kannte ich - den zumindest hatte er seiner liebreizenden Tochter vererbt. Ich stupste ihn an. „Nun sei mal ehrlich - was willst Du mit dem Gewehr ausrichten, wenn wieder so eine Truppe vor Deiner Tür steht? Und sie werden kommen und Fragen stellen - da kannst Du Dir sicher sein! Vater - was soll ich Sanila und den Kindern sagen, wenn Dir etwas passiert?“ Ich denke, die letzte Bemerkung ließ seinen Widerstand ins Wanken kommen. „Also gut - ich komme mit!“ entschied er und schlurfte in die Hütte, um zu packen. Die brennende Maschine loderte noch immer. „Lasst die Kacke liegen. Zum Aufräumen und Beseitigen der Spuren haben wir keine Zeit. Wir brechen sofort auf!“ ordnete Juan an. Ali kam mit einem Bündel auf dem Rücken zurück. „Mein Gewehr nehme ich aber mit!“ beharrte er, dann ging es los. Juan ließ die Ordenskrieger voran laufen - mit lauter Stimme gab er ihnen Anweisungen, in welche Richtung sie sich bewegen sollten. „Jetzt durch den alten Kanal bis ich Halt sage!“ lautete seine Order. In Reihe stampften wir durch den Sand und erreichten die Reste einer seit längerer Zeit verlassene Hütte. Juan dirigierte uns weiter, auf der Rückseite befand sich ein alter, halb verfallener Ziehbrunnen. „Stopp - wir sind da!“ vernahm ich. Ich schaute mich um. „Ich sehe weder einen Turm der Götter noch ein Zeitportal? Hier ist – nichts. Gar nichts!“ Meine Gefährten blickten sich auch suchend um. Vater Ali grinste. „Jetzt will er uns veräppeln. Am Ende sollen wir vielleicht in den Brunnen klettern…?“ Juan lachte laut auf. „Vater von Sanila - Du hast es erfasst!“ dröhnte er und amüsierte sich köstlich über unsere verblüfften Gesichter. „Da sollen wir hinunter?“ Ungläubig starrte Bernd in die Tiefe. „Ihr da - Ihr geht zuerst!“ Juan winkte unsere besonderen Gäste heran und beorderte sie dicht an den Brunnen. „So stehen bleiben und nicht bewegen!“ befahl er. „Prof. Meißner und Kommissar Gäbler - Ihr positioniert Euch zu meiner Rechten - Ali und Arne, Ihr stellt Euch auf der linken Seite hin. Nur keine Bange, meine Herren, es wird schon nichts passieren“, beruhigte Juan uns und betätigte unter dem Rand einen Stein. Aus dem Brunnen stieg eine Flamme empor, ein Blitz löste sich und zuckte über unsere Köpfe hinweg. Was jetzt kommen würde, war mir durchaus bewusst...

Kindergeschrei hallte in meinen Ohren.

„Wo kommen hier Kids her?“ dachte ich noch, als mir schlagartig klar wurde, dass wir nicht mehr am Brunnen standen. In unserer Mitte befand sich von der Größe her eine Art Feuerwehrhydrant mit vielen kleinen Schirmchen drauf. „Sie sind da - sie sind angekommen!“ krakelte eine Bande hinter uns und kam ohne Zögern angelaufen. „Papa ist wieder hier!“ Ich drehte mich zu den Schreihälsen um. Zwei der Knaben wetzten im Eiltempo auf Juan zu und sprangen jubelnd in seine Arme. Er drückte und herzte sie und warf sie wie Bälle in die Luft. „Wahrlich ein Anblick für Götter“, murmelte ich überrascht. Ich wusste, wie sehr sich mein alter Freund eine Familie gewünscht hatte - und nun war dieses in Erfüllung gegangen. „Wartet - ich muss vorher noch einige Sachen erledigen!“ Er stellte die Jungen ab und winkte mehreren Kriegern zu, die bereits in der Nähe warteten. „Diese drei Lumpen begleitet in die Halle der Jäger. Sie haben sich freiwillig zum Dienst gemeldet und werden Urils jagen“, instruierte er die Wache. Bevor sie aufbrachen, sah er den Ordenskriegern tief in die Augen. „Ihr werdet es sehr schnell verstehen - hier herrschen andere Sitten und Regeln. Und es gibt kein Entrinnen. Verrichtet Euren Job gut, Euch wird verziehen und Ihr lebt. Wenn nicht...? Erledigen die Biester den Rest und Ihr dient ihnen als Futter!“ Damit ließ er sie abrücken. Ich sah nur noch, wie sie sich umschauten - spätestens beim Anblick des Palastes des Pharaos wurde ihnen bewusst, was Juan andeuten wollte. „Was ist das denn für ein Klopper? Sind wir im falschen Film?“ Kommissar Gäbler drehte sich im Kreis und checkte das Umfeld. „Willkommen in Kel-di-Nore - der Metropole von Pharaonien!“ lautete Juan Begrüßungsspruch. Bernd ließ seine Tasche auf den Boden poltern. „Es ist noch imposanter, als Du berichtet hast. So eine Pracht!“ stammelte er fassungslos. Meinem Vater Ali blieb vor Staunen der Mond offen stehen. „Verzeih mir Söhnchen - ich dachte wirklich immer, dass Du und Sanila vom Kamel gefallen seid und Eure Geschichten Spinnerein waren. Aber wie ich selber sehen kann...?“ Juan ließ ihnen ein Moment, die ersten Eindrücke zu verdauen. „Dabei ist das nur der Wirtschaftshof des Palastes. Was sagen die, wenn sie die Vorderseite mit der Parkanlage und den Pavillons zu sehen bekommen“, raunte mir Juan zu und winkte seine Söhne heran. „Das ist der berühmte Onkel Arne - der den bösen Sebak ins Jenseits beförderte!“ stellte er mich ihnen vor. Sie starrten mich voller Bewunderung versteinert an. „Arne - das sind meine Sprösslinge Bastet und Ramses!“ Ich hockte mich vor den Knaben hin und reichte ihnen die Hand. „Hallo Jungs - es freut mich, Eure Bekanntschaft zu machen!“ Ein Klaps auf meine Schulter ließ mich hochfahren. „Da ist ja der verlorene Bruder.“ Amaunet, Juans Frau und Mama der beiden Burschen, stand strahlend hinter mir. „Ihr seid doch sonst nicht so schüchtern - wie begrüßt man den besten Freund und Bruder seines Vaters?“ rügte sie lächelnd ihre Söhne und umarmte mich. „Vorsicht - Baby im Anmarsch!“ warnte sie, als ich zu kräftig zudrückte. Dann küsste sie ihren Gatten. „Schön, dass alles funktioniert hat.“ Wie damals streichelte sie seine Hand. Das Eis bei den Kindern schien gebrochen, mit einem Jauchzen hängten sie sich an meine Beine. „Onkel Arne - nimm uns hoch!“ bettelte Bastet und streckte mir seine Arme entgegen. Mit Schwung hievte ich beide empor und ließ sie durch die Luft kreisen. Meine Begleiter standen abseits und beobachteten sichtlich gerührt die Szene. „Was ist denn jetzt los? Da rücken Krieger an - wollen die was von uns?“ Bernd wurde starr vor Schreck, als die Hundertschaft Aufstellung nahm und salutierte. „Das ist die Leibgarde des Pharao - es sind meine Krieger“, informierte uns Juan. Ra-Helios, der alte Wesir und Berater des Pharao, kam mit einem Tablett stolziert. „Prinz Juan - willkommen im Reich. Eure Insignie!“ Er wartete geduldig, bis Juan seine Kleidung abstreifte und die Krone des Prinzen aufsetzte. „Endlich wieder daheim - Du kannst Dir nicht vorstellen, wie ich diese Klamotten aus Eurer - äh - unserer Zeit hasse. Hier ist alles freier und luftiger.“ Kommissar Gäbler stand die gesamte Zeit wie vom Donner gerührt und sprach kein Wort. „Königliche Hoheit - darf ich Dir meine Begleiter vorstellen?“ wandte ich mich an Amaunet, diesmal ganz offiziell und der Etikette entsprechend. „Das ist ein guter Freund von mir - Prof. Bernd Meißner. Und dieser junge Mann arbeitet bei unserer Polizei. Kommissar Gäbler.“ Mit einer leichten Verbeugung traten beide vor die Prinzessin. „Mich könnt Ihr auch Peter nennen!“ Unser Kommissar hatte keine Erfahrung im Umgang mit den Sitten eines Hofes, aber Amaunet nahm es mit Humor. „Dann lieber Peter, auch Ihnen im Namen des Pharao ein Willkommen in Kel-di-Nore!“ verkündete sie schlicht. „Und dieser Mann hier ist der Vater meiner Frau - El-Ali-Hamad!“ stellte ich zuletzt meinen Schwiegervater vor. Während er von Amaunet in die Arme genommen wurde, ging ich auf Ra-Helios zu, um ihn zu begrüßen. Er freute sich und drückte mich an sich. „Imhotep trifft erst in einigen Tagen hier ein. Er ist im Auftrag des Herrschers unterwegs und schlägt einen Aufstand der Mutanten im Norden nieder. Seth stänkert schon wieder herum - er kann es nicht lassen, der verdammte Hurensohn!“ grollte er, damit entschuldigte er sich mit dringenden Geschäften. „Wir sehen uns bestimmt heute beim Empfang des Herrschers!“ und entschwand. Bastet und Ramses nahmen mich in Beschlag. „Onkel Arne - bist Du jetzt gekommen, um Sebak noch einmal zu töten?“ Ramses, der Ältere der beiden Knaben, sah mich eindringlich an. „Papa schimpft immer über ihn. Er ist ganz böse und bringt unsere Leute um. Onkel Imhotep ist mit einem Heer ausgerückt und soll ihm den Arsch versohlen, hat Papa auch gesagt“, plapperte er unentwegt, während sie mich mitzogen. „Dürfen wir Dich mal besuchen kommen?“ Bastet sah original wie Juan in Miniatur aus, während der Große mehr nach seiner Mama kam. Meine Gedanken waren bei Shyla. „Natürlich könnt Ihr mich besuchen, so oft Ihr wollt!“ Ich drückte zur Bestätigung die kleinen Hände. Juan beorderte seine Söhne zu sich und sprach eine Weile streng mit ihnen. „Du solltest nicht zu großzügig mit Deinen Versprechungen sein. Sie nutzen es schamlos aus. Du kommst dann nicht zur Ruhe…!“ riet er mir und grinste. Er schickte sie zu ihren Freunden, die im gebührenden Abstand auf die kleinen Racker lauerten. „Kommt nicht zu spät in den Palast, Euer Opa hat uns zum Essen eingeladen!“ rief Amaunet ihnen nach, aber die kreischende Bande war längst über alle Berge. Sie begleitete uns noch zum Pavillon, dann zog sie sich in ihre Gemächer zurück. Peter und Bernd verhielten sich auffällig still. „Na hat es Euch endgültig die Sprache verschlagen?“ lästerte ich. Ich kannte den Kommissar zu wenig, um ihn einschätzen zu können. Aber vom Gefühl her spürte ich, dass er das Herz auf dem richtigen Fleck trug. „Ich bin richtig baff! Jetzt, wo ich selber sehe und erlebe, was Ihre Frau und Sie mir über diese Welt berichteten - ich muss einfach um Verzeihung bitten. Ich habe echt bis zuletzt geglaubt, Sie hauen mir die Taschen voll. Ich bin Peter!“ Er reichte mir mit ernstem Gesicht die Hand. „Okay, ich bin Arne - und das ist Bernd!“ Damit war diese Frage geklärt und eine Formalität erledigt. Vor dem Eingang unseres Quartiers standen zwei Streitwagen. Neugierig schlenderten meine Mitstreiter an sie heran. „Ich habe vor Jahren eine Neuerung eingeführt“, berichtete Juan stolz. „Das ist unser städtischer Nahverkehr. Es leben inzwischen fast 20 000 Leute hier und täglich kommen mehr. Wir haben einige brach liegende Regionen der Stadt besiedelt - und die Wege werden damit immer länger. Unsere Wagenlenker müssen aber in Form bleiben! Wenn sie nicht im militärischen Einsatz sind, üben sie so und befördern ihre Fahrgäste in jede gewünschte Straße.“ Das sah meinem alten Freund ähnlich. „Du und Deine verrückten Ideen. Wo Du es immer her nimmst?“ Er lachte und griff sich eine Peitsche. „Was ist Männer - Lust auf eine Tour?“ lud er Peter und Bernd ein. Das ließen sie sich nicht zwei Mal sagen. „Ich warte drinnen auf Euch und packe meine Sachen aus!“ rief ich ihnen nach, als der Kampfwagen Tempo aufnahm und mit lautem Getöse über das Pflaster donnerte. „Hoho!“ ertönte Juans Ruf und sie bogen um die nächste Ecke...

Ich begleitete Ali in sein Gemach und zeigte ihm alles. „So ein prächtiges Zimmer hatte ich noch nie im Leben. Das lasse ich mir gerne gefallen“, feixte er sichtlich zufrieden und ging auf Erkundung. „Ich bin nebenan, wenn was ist!“ meldete ich mich ab. Ein paar Schritte, ich befand mich nach vielen Jahren in meinem alten Zimmer. Geräuschvoll atmete ich den vertrauten Geruch ein. „Da bin ich also wieder - und meine Mission geht weiter. Wie es Sphinx einst vorhersagte“, murmelte ich. Als hätte er darauf gewartet, meldete sich seine Stimme. „Komm in meinen Tempel - dort können wir in Ruhe reden. Schön, Dich wieder im Reich zu wissen. Imhotep wird es nicht allein schaffen...!“ Ich wartete ab, aber mehr kam nicht. „Sphinx? Hallo - wann soll ich in den Tempel kommen?“ Ich warf mein Gepäck auf das Bett und machte auf den Absatz kehrt. „Kaum hier und schon fängt der Stress an!“ meckerte ich laut und rannte zum Ausgang. „Wenn man einen Bus braucht, ist keiner da. Hier wie dort - immer die gleiche Scheiße!“ Der zweite Streitwagen machte sich gerade mit voller Belegung vom Acker. Ich überlegte noch, ob ich auf Juan warten sollte, doch dann entschied ich mich fürs Laufen. Ich brach auf und marschierte vom Palast in Richtung Innenstadt - so wie vor Jahren, als ich den Tempel des Sphinx schon einmal besuchte. „Man merkt, dass sich mehr Leute in Kel-di-Nore befinden. Der Verkehr hat massiv zugenommen und die Straßen sind belebter.“ Eine Vielzahl Bewohner war unterwegs und liefen beschäftigt umher. Eselkarawanen trotteten an mir vorbei, nicht weit entfernt klangen aus einem offenen Komplex helle Hammerschläge. „Sieht nach einer Schmiede oder einen Betrieb für Metallverarbeitung aus?“ Ein Stück entfernt roch es plötzlich intensiv nach gebratenem Fleisch, einmal glaubte ich, den Duft von Maische in der Luft zu spüren. „Wo Bier gebraut wird, erwacht das Leben“, brummelte ich und merkte mir das Haus. „Bei der Rückkehr gucke ich da auf jeden Fall rein!“ Vor einigen Eingängen hingen Felle zum Trocknen, vor einer Treppe war ein Stand mit Gemüse und Früchten aufgebaut. „Fast wie bei uns zu Hause. Fehlt nur noch die Eisdiele und ein Straßencafe…“ sinnierte ich, dann konnte ich das gewaltige Portal des Tempels ausmachen. Auch hier herrschte auf dem Vorplatz reger Verkehr. Ein kleiner Markt hatte sich etabliert, auf dem Dinge des täglichen Bedarfes angeboten wurden. Beim Anblick der Mutanten drehte ich mich erschrocken um. „Seit wann stehen hier Wachen?“ wunderte ich mich noch, als genau diese mich hinderten, in den Tempel einzutreten. Es waren Löwenköpfe, Krieger der Göttin Sachmet - der Mächtigen - die den Eingang kontrollierten. „Der Zutritt ist für Fremde nicht gestattet!“ schnaubte mich ein Posten an und machte mir unmissverständlich deutlich, dass ich verschwinden sollte. „Das ist jetzt nicht wahr, oder?“ Ich überlegte mir, wie ich angemessen reagieren sollte. „Sphinx möchte mit mir reden. Hast Du das verstanden?“ brummelte ich ihn an, doch ohne Erfolg. „Wir haben Order, niemand ohne ausdrückliche Genehmigung in den Tempel zu lassen!“ wiederholte der Krieger und drückte mir die Speerspitze in den Bauch. „Geht also, bevor ich Gewalt anwenden muss!“ fauchte er gereizt. Das war doch zuviel des Guten - auch für mich gab es Grenzen. „Okay, ich haue ab - aber dann richte Sphinx und Sachmet aus, dass ich hier war. Wenn sie etwas wollen - sie wissen, wo ich zu finden bin!“ grollte ich und lief die Treppe hinab. Doch ich kam nicht weit.

Scheppernd sprang das Bronzetor auf, eine riesige Gestalt schob sich ins Freie. „Wer erdreistet sich, den Frieden dieses Tempels zu stören?“ donnerte es über unsere Köpfe hinweg. Diese Stimme kannte ich. „Wer würde es sich schon wagen, Deine Ruhe zu stören? Ich wusste nicht, große Göttin, dass Du Dich persönlich in Kel-di-Nore aufhältst?“ antwortete ich schnippisch. Sie musterte mich eine ganze Weile. „Es wird Zeit, mit Dir einen Kelch Wein zu leeren!“ ergänzte ich in Erinnerung an die Hochzeit des Prinzenpaares, bei der Sachmet sehr schlechte Erfahrungen mit dem Alkohol machte. „Habe ich mich so sehr verändert, Du Mächtige aller Götter?“ Langsam dämmerte es bei ihr. „Der Zwerg ist wieder da!“ Die Treppe dröhnte unter den wuchtigen Schritten, ohne Umschweife hob sie mich wie ein Kind in die Luft. „Das nenne ich eine gelungene Überraschung - Onkel Sphinx wird sich gewaltig darüber freuen!“ Ich ließ sie gewähren, wohl wissend, dass mein Widerstand die Wiedersehensqual unnötig verlängern würde. Dennoch freute auch ich mich, diese Göttin und furchtlose Kriegerin wohlbehalten wieder zu treffen. „Bist Du endlich fertig und setzt mich runter. Die Leute gucken schon so komisch!“ In der Tat gab es einen Volksauflauf. Immer mehr Massen strömten aus den Gassen herbei und bewunderten das ungewöhnliche Schauspiel. „Seht her - Ihr Unwürdigen! Habt Ihr eine Ahnung, wer dieser Mann ist? Nein - er hat das Monster Sebak getötet. Er ist der wahre Held unserer Epoche!“ brüllte Sachmet voller Inbrunst und stellte mich vorsichtig auf die Erde. „Das hast Du super hin bekommen - jetzt weiß jeder Trottel, dass ich in der Stadt bin - ich habe eine wichtige Sache zu regeln!“ schimpfte ich sie aus. Verdutzt sah sie mich an. „Ach Sachmet - Du wirst es niemals lernen!“ Die Stimme in meinem Kopf war wieder da. „Komm zu mir in die Halle, ich warte dort auf Dich.“ Diesmal kam ich ohne Schwierigkeiten an den Wachen vorbei. Schnurstracks eilte ich durch das Foyer, vorbei an dem wuchtigen Steinklotz, der Sphinx darstellte. Im hinteren Teil musste ich mich erst orientieren, dort war ich vorher noch nie gewesen. „Sphinx - ich sehe Dich nirgendwo?“ Ich hatte noch nicht ausgesprochen, da wurden allmählich Konturen sichtbar - ein flimmernder Schein breitete sich aus. Er schob sich durch die gesamte Halle und schloss auch mich allmählich ein. Mein erster Reflex war eine Abwehrhaltung - aber ich fühlte mich geborgen, wie im Schoß einer Mutter. „Entspann Dich und bleib ganz ruhig. Es wird Dir nichts geschehen“, murmelte Sphinx. Ich schloss die Augen und gab mich völlig einen mir fremdem Gefühl hin. Wärme durchfloss meinen Körper, ich verspürte den dringenden Wunsch, meinen Geist einfach frei fliegen zu lassen. „Sphinx, was geschieht hier?“ Ich sprach nicht - dachte es nur...

„Geist ist Energie! Und diese Energie durchdringt jede Barriere und zieht durch Raum und Zeit. Ich führe Dich an einen Ort, wo Deine Mission auf Dich wartet...!“ Es ist ein merkwürdiger Zauber, der mich erfasst, ich fühle mich so leicht und unbeschwert. Es ist ein Strudel, durch den ich wie ein Pfeil geschleudert werde - dann entdecke ich eine neue, fremdartige Welt. „Sieh hin und merke Dir die Einzelheiten - sie suchen die Mädchen aus Deiner Zeit, um zu verhindern, dass sie ihre Mission erfüllen können – das Ritual der Erweckung!“ Ich schaue auf einen Bau von ungeahnter Mächtigkeit - mitten im Nirgendwo. „Es sind die Mütter der Mutanten, die ihr Unwesen treiben, um die Geschichte neu zu schreiben!“ Bilder der Belagerung von Kel-di-Nore kommen hoch - 600 Streitwagen mit 1200 Mütter der Mutanten. „Sie lieferten die Eizellen für Sebaks Heer - ohne sie würde es keine Mischwesen geben, deren Körper die eines Menschen gleichen.“ Ich fliege über diesen Kugelbau hinweg, ein Fenster ist offen. „Folge mir!“ Ich tauche ein in ein diffuses Licht und erblicke – Shyla. Sie und die Mädchen sind hier. Sie laufen herum und spielen in einem Garten voller unbekannter Pflanzen. „Merke Dir den Stand der Sonne und beachte dieses Zeichen!“ An einer Wand befindet sich großes Signet - ich kenne es. „Wir müssen zurück, bevor sie uns entdecken!“ Der Strudel kehrt zurück, die Welt wird kleiner... „Shyla, mein Kind! Ich komme und befreie Dich!“

Benommen schüttelte ich mich wie ein nasser Pudel. „Das war jetzt kein Traum, oder Sphinx?“ Langsam spürte ich meinen Körper wieder, erwachte aus einer Trance. Sphinx stand in voller Erhabenheit mitten in der Halle. „Es war kein Traum - sondern Dein Weg. Du musst ihn suchen, um Deine Tochter zu retten, sonst ist sie und auch die anderen Mädchen für immer verloren!“ Ich rappelte mich hoch. „Wie soll ich etwas finden, ohne zu wissen, wonach ich suche? Die

Mütter der Mutanten - sie sind nicht verbrannt?“ Ich spürte die Gedanken des großen Zeitenwandlers. „Nein, sie sind nicht verbrannt. Auch die Bomben Deiner Zeit könnten sie nicht vernichten. Sie sind ruhelose Wesen - nicht einmal ich wäre in der Lage, ihnen wirklich zu schaden. Suche das Zeichen der Verirrten und versammele mein Heer - es ist an der Zeit, die Krieger der Sphinxe zu erwecken“, flüsterte er mir zu. Ich schreckte auf. „Die Krieger in den merkwürdigen Kapseln, die sich unterhalb Sebaks Tempel befinden?“ forschte ich weiter. „Ja, sie musst Du aus den Zeitbarrieren befreien. Sebak hat ihnen vor unendlich vielen Jahren eine Falle gestellt - bis jetzt darben sie darin und können ihre Energien nicht entfalten. Die Mütter waren es, die sie besiegten - ohne sie hätten Sebaks Mutanten niemals meine Krieger schlagen können“, bestätigte Sphinx mit schwächer werdender Stimme. „Du musst sehr vorsichtig sein - in Deiner Zeit trinken die Nachkommen der Mütter das Blut der Menschen. Ihr nennt sie - Vampire!“ Damit war ich allein und saß wie betäubt auf dem Boden. „He kleiner Mann - alles gut? Sphinx kann sehr anstrengend sein“, hörte ich Sachmet rufen, die mich im Tempel suchte. „Du siehst müde und erschöpft aus - das vorhin tut mir schrecklich leid. Ich habe einfach nicht nachgedacht - weil ich mich so freute, Dich zu sehen!“ Sie stampfte heran und ließ sich vorsichtig neben mir nieder. „Vielleicht kann ich Dir behilflich sein?“ Ich spürte ihre Pranke auf meinem Rücken. Aufmunternd zwinkerten mir ihre Raubtieraugen zu. „Meine Tochter wurde entführt - ich bin hier, um sie zu suchen“, erklärte ich schließlich bereitwillig. Ich erzählte ihr die ganze Geschichte vom Anfang bis Ende. „Das mein Freund, wird ein hartes Stück Arbeit für Dich. Wenn die Mütter der Mutanten wirklich dahinter stecken, musst Du mit allem rechnen. Wenn sogar Sphinx vor ihnen solchen Respekt hat, geschieht das nicht ohne Grund!“ Sie sah mich lange an. „Wenn also ein Wesen wie Sphinx und eine Göttin wie Du nichts gegen diese bescheuerten Mütter ausrichten können, was erwartet man dann von mir? Einem einfachen Menschen, der nur seine Tochter wieder haben möchte? Ich will mein altes Leben zurück - mit meiner Familie und meinem Kind, das ist alles!“ Mein Aufbegehren klang wie eine Anklage. Die Mächtige erhob sich. „Du hast Recht! Ich werde Dir behilflich sein und Dir folgen, wenn Du es wünscht? Außerdem werde ich den Rat der Götter befragen, was wir für Dich tun können?" Damit drehte sie sich abrupt um und verließ mit wuchtigen Schritten den Tempel. Als ich raus kam, waren die Wachen verschwunden, auf dem Markt und in den Straßen tummelten sich die Menschen und genossen ihr Dasein. „Ihr habt es gut - müsst euch keine Platte machen!" Ich unterdrückte die aufgestaute Wut. „Sei nicht ungerecht - sie können am wenigsten dafür", wies ich mich selber in die Schranken und machte, dass ich in den Palast kam. Diesmal hatte ich Glück und ein vorbei rollender Streitwagen hielt an und nahm mich mit...

„Da bist Du ja - wir haben uns schon Sorgen um Dich gemacht!" empfing mich Bernd. Er hielt sich gerade im Zimmer von Peter auf. „Vorhin war kurz dieser Ra-Helios da - er sucht Dich bereits überall. Es ist was mit seinem Sohn Imhotep. Er war auf jeden Fall ziemlich aufgeregt. Ali hat sich hingelegt und schläft, ist wohl ein bisschen zuviel für den alten Mann!" Sphinx Warnung fiel mir ein, eine schlimme Ahnung keimte auf. „Okay, dann gehe ich sofort in den Palast des Wesirs! Wollt Ihr eventuell mitkommen?" bot ich meinen Begleitern an. Peter rappelte sich vom Bett hoch und strich die Haare glatt. „Ich bin gleich dabei." meldete er und verschwand kurz ins Bad. Bernd nickte. „Ich auch - ich hole nur die Tasche aus meinem Zimmer!" Minuten später waren wir startklar. „Die Tour mit Juan war einfach Klasse!" schwärmte Peter überschwänglich, als ein Wagen rasselnd an uns vorbei fuhr. Er winkte den Passagieren zu. In kurzen Zügen informierte ich sie über den neuesten Stand nach der Begegnung mit Sphinx. „Er ist so was wie ein Hellseher. Er selber nennt sich Zeitenwandler - also jemand, der durch die Zeit reist", erklärte ich seine wesentliche Bedeutung. Peter wollte sich aus reiner Gewohnheit an die Stirn tippen. „Sorry Männer - wir sind ja auch so was wie Zeitreisende. Das vergesse ich immer wieder." Über uns rauschte es und ein halbes Dutzend Tepos kamen über die Mauer geflogen. „Und jetzt weiß ich wirklich, dass Du uns nicht die Hacke voll gesponnen hast!" Fasziniert blickte er den monströsen Drachen nach, die hinter dem Palast des Pharao landeten. „Auf so einem Ding möchte ich mal mitfliegen. Das muss ein tolles Gefühl sein?" Das konnte ich ihm bestätigen. „Vor allem, wenn Du einen Reiter wie Imhotep hast, der versucht, Dich mit solch einem Ding um die Ecke zubringen“, murrte ich friedfertig. „Das erzähle ich Euch später einmal. Wir sind gleich am Palast!“ Die Wachen erkannten mich sofort und standen stramm. „Männer, ich grüße Euch - und rühren! Ist Imhotep bei seinem Vater?“ fragte ich sie. „Ja, vor einer Stunde angekommen. Vier Mann haben ihn her geschleppt. Es hat ihn böse erwischt!“ Meine Vorahnung schien sich zu bewahrheiten. „Sie sind oben im Gästezimmer des Wesirs!“ rief der Krieger mir noch nach, dann nahm uns die Kühle des Prachtbaues auf. Ich rannte so schnell die Treppe zum ersten Stock empor, dass meine Begleiter kaum folgen konnten. Auf den Flur stand mit einem Mal Akim, die Heilerin des Pharaos. „Hallo Professor - da sind Sie ja endlich! Ra-Helios ist schon völlig aus dem Häuschen“, begrüßte mich die Ärztin. Schnaufend trafen Peter und Bernd ein. „Was ist mit dem Heerführer geschehen? Ist er hier drin?“ Ich wies zur Tür. „Sein Zustand ist mehr als bedenklich. Aber wenn er die Nacht überlebt, hat er vielleicht eine Chance“, raunte Akim mir zu und ging voran in das Krankenzimmer. Das Licht war gedämmt, der Mann, der neben dem Bett saß erhob sich, als wir eintraten. „Freund Arne, ich habe Dich suchen lassen. Imhotep wollte unbedingt mit Dir sprechen - aber jetzt kann es zu spät sein?“ Ra-Helios war ein gebrochener Mann. Ich holte tief Luft und sah zu meinem Freund. Sein Brustkorb hob und senkte sich, die Wangen waren eingefallen. „Er hat viel Blut verloren. Eigentlich müsste ich eine Transfusion machen, aber so was kennen die hier nicht.“ Akim war ratlos angesichts des desolaten Zustandes von Imhotep. „Ich habe so oft versucht, den Pharao von der Notwendigkeit zu überzeugen, ein richtiges Krankenhaus einzurichten. Wenigstens mit den notwendigen Hilfsmitteln und Geräten. Seit einem Jahr haben wir Zugang in Eure Welt - und nichts ist geschehen! Sebak war mit seinen beschissenen Laboren besser ausgestattet, als ich mit meiner Alchimistenküche“, fluchte sie leise und räumte eine Schüssel mit blutigen Wasser weg. Ich setzte mich zu Imhotep aufs Bett und hielt seine Hand. „Was ist passiert? Ra-Helios, hast Du erfahren, wer ihn so schwer verletzen konnte?“ Statt seiner trat ein Krieger zu mir und gab die Antwort. Er war einer der Hundertschaftsführer, der bei der Niederschlagung der Mutanten einen Trupp des Pharao anführte. Er sah mitgenommen und ziemlich ramponiert aus, der linke Arm steckte in einer Halsschlinge und blutigem Verband. In seinem Gesicht sah ich Beulen und eine mächtige Schramme. „Wir befanden uns nach einem langen Tag und erfolgreicher Schlacht auf dem Weg ins Camp, welches wir im Hinterland aufgebaut hatten. Als wir in Sichtweite eintrafen, bemerkten wir Feuer und Rauch, unsere Kameraden, die das Lager bewachten, waren verschwunden. Was wir zu diesem Zeitpunkt nicht ahnten, dass wir in einen Hinterhalt geraten würden. Der Heerführer ließ die Formationen aufrücken und Stellung beziehen...!" Er stockte und taumelte sichtlich. Die Heilerin reichte ihm einen Becher Wasser, der Wesir bot ihm einen Hocker an. Er trank einen Schluck, dann erzählte er weiter. „Der Angriff war für uns überraschend, weil er anders erfolgte, als erwartet. Der Himmel verdunkelte sich - aber nicht von Drachen sonder unzählige geflügelte Ungeheuer, die sich mit einer Wucht auf uns stürzten und einen Mann nach dem anderen niedermähten. Wir hatten einfach keine Gelegenheiten, uns gegen sie zu erwehren. Und dann stürmten noch die Streitwagen herbei, mit diesen Furien darauf. Sie haben den Rest erledigt. Ein knappes Dutzend konnte entkommen - wir brachten Imhotep zurück. Das gesamte Heer mit fast 7 000 Kriegern wurde vollständig aufgerieben und existiert nicht mehr. So viele meiner Kameraden - und alle tot? Unfassbar, was da geschehen ist", stammelte er zum Schluss. Erschöpft fügte er hinzu: „Aber was noch viel Schlimmer ist - die Toten standen wieder auf - um die wenigen Überlebenden auszusaugen. Es war nur noch schrecklich..." Für einen Moment schwiegen alle erschüttert. Die Tür ging auf und Juan trat herein. „Ich habe gerade vernommen, dass der Heerführer schwer verwundet wurde. Wie geht es ihm?" Sein besorgter Blick richtete sich auf seinen Freund und Kampfgefährten Imhotep. „Er liegt im Koma. Kann sein, dass er nicht mehr aufwacht?" Die Heilerin packte ihre Sachen zusammen. „Ich bin beim Herrscher. Wenn sich sein Zustand verschlechtert, ruft mich sofort. Ich komme später noch mal vorbei und sehe nach ihn." Wie ein Schatten huschte sie hinaus. Juan ließ sich den Hergang der Schlacht berichten. „Diese fliegenden Ungeheuer - wie sahen die aus?" wollte er genauer wissen. „Fast so, wie die Frauen, die die Kampfwagen lenkten. Nur mit Flügel und spitzen Zähnen und einem Gesicht, dass einem das

Blut in den Adern gefror“, beschrieb der Hauptmann die ungekannten Wesen. „Sphinx meinte vorhin zu mir, dass die Mütter der Mutanten eine neue Spezies erschaffen haben - Vampire“, raunte ich Juan zu. Der schaute mich entgeistert an. „Diese Biester - hier bei uns? Komm mit raus, wir müssen unter vier Augen sprechen!“ bat er und dirigierte mich in den Flur. „Weißt Du, ich bin ja seit meinem Hiersein manches gewöhnt und stelle kaum was in Frage. Aber diese Geschichte mit den Vampiren - das halte ich für einen Flop!“ Er lief auf und ab, ein sicheres Zeichen seiner inneren Unruhe. „Es wurde niemals geklärt, wo der wahre Ursprung dieser Viecher liegt? Und wir haben ja inzwischen mehrfach erkennen müssen, welche Rolle Sebak und auch die Götter in Deinem Umfeld bei der Geburt mancher Wesen spielten, die heute noch in den Hirnen der Menschheit spuken. Und auch die Vampire haben einen Ursprung - weshalb nicht hier und durch die erklärbare Macht der Mütter?“ legte ich ihm meine Gedanken dar. Er schnaubte wütend vor sich hin. „Soll ich mein Volk mit einem Holzpflock und Knoblauch herum laufen lassen, um diese Viecher abzuhalten?“ Ich zuckte ratlos mit den Achseln. „Wenn das so einfach zu klären wäre, würde niemand was dagegen haben, so herum zu laufen. Aber wir beide wissen, dass es ein schwerwiegendes Problem wird - sie töten, weil sie Blut brauchen! Und die getötet werden, reihen sich ein im Reich der Untoten. Schon eine total verrückte Geschichte!“ Ich schüttelte den Kopf, bei den Gedanken, was nun auf das Reich zukommen würde. Ra-Helios kam zu uns. „Wer braucht Blut?“ Er hatte den letzten Satz mitbekommen. „Diese Wesen brauchen Blut - es ist ihre Nahrung. Die Mütter der Mutanten haben eine verfluchte Geisel der Menschheit erschaffen, die bis in unsere Epoche wirkt. Wir hielten die Legenden und Geschichten über diese Kreaturen immer als Erfindungen der Filmindustrie. Aber einmal so direkt mit ihrem Ursprung konfrontiert zu werden, schockt mich richtig!“ erklärte ich. Ihm war anzusehen, dass er keinerlei Vorstellungen über die wirkliche Tragweite hatte. „Sie vernichten ganze Landstriche - egal ob Tier oder Mensch. Sie sind erbarmungslose Jäger, die fast nicht zu besiegen sind. So zumindest werden sie bei uns dargestellt - und ich habe jetzt keine Zweifel, dass es so ist!“ argumentierte ich weiter. „Alles klar bei Euch?“ Bernd schob seinen Kopf zur Tür raus. „Ich glaube, Euer Freund wird wach“, informierte er uns. Sofort versammelten wir uns um das Krankenlager. Imhotep blinzelte vor sich hin und röchelte schwer. Sein Vater setzte sich auf die Bettkante. „Sohn, kannst Du mich hören?“ Eine bange Minute verfloss. Ein leichtes Zucken seiner Finger war die Reaktion. „Er hört Dich, Ra-Helios. Wir sollten ihn aber in Ruhe schlafen lassen - ich habe wieder etwas Hoffnung.“ munterte ich den alten Mann auf. Dankbar klopfte er mir auf die Schulter. „Anubis wird sich hoffentlich noch gedulden. Und Amun hat ein Einsehen und ruft meinen Jungen nicht gleich zu sich? Ich werde sofort seinen Tempel aufsuchen und Zwiesprache halten!“ Er küsste seinem Sohn die Stirn, verbeugte sich vor Juan und verließ mit eiligen Schritten das Zimmer. Wir folgten ihm und begaben uns mit Juan zum Palast des Pharao. Unterwegs kam uns Ali entgegen, sein Gewehr auf dem Rücken, betrachtete er aufmerksam die Dächer der mächtigen weißen Bauten. Als er uns entdeckte, winkte er heftig. „Was hat er denn jetzt für ein Problem?“ murrte ich und wartete ab, bis er bei uns eintraf. „Arne - Du musst unbedingt mitkommen und Dir dieses komische Völkchen anschauen!“ drängte er und schien völlig aus dem Häuschen zu sein. „Wir haben jetzt keine Zeit - der Pharao erwartet uns. Außerdem ist Imhotep schwer verletzt...“ Er ließ mich nicht ausreden. „Papperlapapp! Hör auf mich und komm einfach mit! Diese merkwürdigen Frauen sind sonst verschwunden. Die fliegen wieder fort und kein Mensch hat sie gesehen.“ Juan wurde hellhörig. „Hier gibt es keine fliegenden Frauen? Wo hast Du sie gleich bemerkt?“ Er warf mir einen bedeutungsvollen Blick zu. „Na in dieser Parkanlage neben unserem Pavillon. Wo sich der Teegarten befindet - genau dort waren sie! Vier Frauen, die echt zum Gruseln aussehen. Ich dachte, sie gehören zum Heer - bei den vielen Mutanten, von denen meine Kinder immer erzählen...?“ brabbelte der Alte unentwegt. Im Laufschritt begaben wir uns zu unserer Unterkunft, um die Waffen zu holen. Juan machte einen kurzen Abstecher zur Halle der Stadtwache. „Wir treffen uns in ein paar Minuten vor Eurem Eingang. Ich organisiere Krieger heran!“ ließ er vernehmen, und schon trennten sich unsere Wege. „Ali, warte hier, bis wir zurück sind!“ Peter, Bernd und ich stürmten in unsere Zimmer. Mit einer Handbewegung wühlte ich den Laser zwischen meinen Klamotten hervor und eilte wieder hinaus. Zeitgleich trafen meine beiden Gefährten vor der Tür ein, Juan kam mit der Verstärkung angerannt. „Los geht es!" kommandierte Juan. „Ali - wo ist der Alte hin? Dass der nie macht, was man von ihm erwartet!" fauchte ich böse und spurtete meinen Leuten nach, die bereits einen beträchtlichen Vorsprung hatten. Ein Schrei in der Luft ließ mich aufblicken. „Ali?" Mein Herz setzte einen Schlag lang aus. Automatisch zückte ich den Strahler. Über unsere Köpfe hinweg flogen diese vier Kreaturen, in ihren Klauen hielten sie den alten Mann, der sich verzweifelt zu wehren versuchte. Sein Gewehr löste sich und fiel vor mir auf die Steinplatten. Der Holzschaft zersplitterte bei dem Aufprall. „Juan - da oben sind sie - sie haben Ali!" brüllte ich aus Leibeskräften, obwohl mir bewusst war, dass wir nichts mehr dagegen machen konnten. Immer höher flatterten sie hinauf und entschwanden schließlich über den Wall aus unseren Blicken. Total geschockt, kauerte ich mich hin...

„Hast Du nun mitbekommen, dass das kein Flop war?" sprach ich Juan an, er hob hilflos die Hände. „Damit hat wohl niemand gerechnet, dass sie so unverfroren sind und hierher kommen." Zwei Krieger seiner Wachen erschienen und brachten eine weitere schlechte Nachricht mit. „Im Teegarten liegt die Leiche eines Mannes!" Ohne zu Zögern, bewältigten wir den Rest der Strecke. Der Teegarten, den ich von meinem früheren Besuch kannte, war verwüstet. „Hier hat ein Kampf stattgefunden. Sämtliche Indizien sprechen dafür!" stellte unser Kommissar mit fachmännischen Blick fest. Die Tische und Sessel waren teilweise umgestürzt, die Vitrinen mit dem kostbaren Geschirr zerschlagen. „Da liegt er!" Einer der Krieger führte uns zu der Stelle, wo der leblose Leib eines jungen Mannes versteckt wurde - hinter einem Busch. Peter war voll in seinem Element - ein prüfender Blick genügte: „Er hat nicht einen Tropfen Blut mehr im Wanst. Die Überreste sehen bleich wie Mamor aus!" Peter checkte mehrere Stellen mit Bissmale. „So was habe ich in meiner Berufslaufbahn nur ein einziges Mal gesehen - als Satansanbeter sich einen bösen Scherz erlaubten." Was er mit einem bösen Scherz meinte, vermochte ich mir nur andeutungsweise vorzustellen. „Möchte nicht wissen, was die mit Ali vorhaben", seufzte ich und begann, mir schwere Vorwürfe zu machen. „Wäre doch besser gewesen, ihn zu Hause zu lassen. Dass er gleich am ersten Tag hier verschwindet, konnte ja wirklich niemand ahnen?“ Juan gab Anweisungen, den Toten abzutransportieren. „Nein Arne, damit konnte niemand rechnen. Auch nicht, was mit dem Heer und Imhotep geschehen ist. Und diese Sauerei hier! Ich werde mich mit Remos II. verständigen und danach einer Lady im Kerker einen Besuch abstatten. Ich denke, sie kann Licht in das Dunkel bringen?“ In der ganzen Aufregung vergaßen wir einen wichtigen Umstand - und wurden durch eine erschreckende Tatsache wach gerüttelt. Die Krieger, die den Transport vornehmen wollten, spritzten mit erschrockenen Warnrufen auseinander. „Der lebt noch!“ Der junge Mann oder was von ihm übrig war, sprang fauchend auf die Beine und attackierte sofort den Trupp. Er fletschte die Zähne, sein Gang wirkte fahrig und unsicher. Dennoch tapste er zielstrebig in unsere Richtung. „Schlagt ihm den Kopf ab - das ist die einzigste Möglichkeit!“ befahl ich, bevor er größeren Schaden anrichtete. Juan selber griff ein und erledigte ihn. „Sofort auf einen Scheiterhaufen und verbrennen!“ ordnete er an, mit schnellen Schritten begaben wir uns zum Pharao...

Der Empfang beim Herrscher fiel sehr kurz aus. Pharao Remos II. saß auf seinem Thron, ein müdes Lächeln auf den Lippen. „Verzeiht einem alten Mann, dass ich Euch nicht entgegen komme - aber meine Beine versagen mir den Dienst!“ waren seine ersten Worte der Begrüßung. Ich war erschrocken, den einst so stolzen König in diesem Zustand zu erleben. Er deutete meine Blicke richtig. „Das Gift von Sebak wütet noch immer in meinem Körper - es lässt mich nicht zur Ruhe kommen.“ Diese Schrecksekunden hatte ich nie vergessen - als seine Tochter Nesrin ihm die Giftnadel in den Hals stieß und damit sein Martyrium herbei führte. „Sebak dieser Teufel wusste genau, was er wollte und wie er mir den größten Schaden zufügen konnte. Es wäre sicher besser gewesen, wenn ich aus dem Leben geschieden wäre - aber so bleiben die Erinnerungen - und mein kleiner Schatz ist verschwunden - niemand kennt ihren Aufenthaltsort?“ Juan, der neben ihm saß, schüttelte unmerklich den Kopf, als ich darauf antworten wollte. Ich biss mir auf die Lippen und verkniff mir die Aussage, dass sie eventuell in Atlantis sein könnte. Nach der allgemeinen Vorstellungsrunde bot uns der Herrscher einen Platz vor dem Thron an. „Ich bin Dir noch immer dankbar, dass Du mir diesen prächtigen Burschen ins Reich brachtest - Freund Arne!“ bemerkte er mit einem Augenzwinkern. „Juan wird in Kürze mein Amt übernehmen, damit ich mich zur Ruhe setzen kann. Und für die Nachfolger meiner Dynastie hat er ja bereits erfolgreich gesorgt.“ Er tätschelte Juans Hand. An die anwesenden Würdenträger gewandt, fügte er hinzu: „ Es ist die einzig richtige Entscheidung für unser Volk! Er ist das wichtige Bindeglied zwischen der alten und der neuen Zeit - und ich dulde keinen Widerspruch oder persönliche Rangeleien!“ Ich sah mich aufmerksam um, mancher der Anwesenden senkte den Blick stur zu Boden. „Sieht aus, als hat Dein Freund Juan nicht nur Freunde am Hof“, wisperte mir Bernd zu, der ebenfalls die unterschiedlichen Reaktionen genaustes registrierte. Ra-Helios trat nach vorn. „Es ist an der Zeit, dass wir uns aus der selbst gewählten Isolation befreien und endlich den Kontakt zur neuen Welt ausbauen und für unsere Zwecke nutzen. Juan wird als zukünftiger Pharao diesen Weg ebnen und mit Hilfe seiner Freunde viele neue und wichtige Erkenntnisse ins Reich bringen. Ich hoffe, dass mein Sohn Imhotep das noch erleben wird…?“ Er verneigte sich vor dem Herrscher und flüsterte ihm einige Worte ins Ohr. Wir hörten nicht, welche Antwort er vom Pharao bekam, ohne sich umzuschauen zog er sich zurück. „Da der Heerführer schwer verletzt ist und vorerst seinen Posten nicht ausführen kann, habe ich Juan das Oberkommando mit allen damit verbundenen Rechten übertragen. Er wird eine Neurekrutierung veranlassen, um die erlittenen Defizite auszugleichen. Schreiber - notiere die Anweisungen!“ erteilte er seinem persönlichen Hofschreiber seinen Befehl, der alles sogleich auf einem Papyrus verewigte. „Ich weiß, in wenigen Tagen beginnt die Ernte und da wird jede Hand gebraucht - aber die Sicherheit des Reiches hat absoluten Vorrang!“ Er ließ seinen Blick in der Runde schweifen. „Ich habe Ra-Helios Order erteilt, sofort Kontakt zu Gott Amun aufzunehmen, um einen Termin mit dem Rat der Götter zu vereinbaren. Meine Beine wollen nicht mehr so richtig - aber mein Kopf ist noch klar. Ich werde nicht zulassen, dass die geflügelten Wesen der Mütter weiter in unsere Stadt einfallen und hier Tod und Terror verbreiten. Amun muss als König der Götter endlich mit der Faust auf den Tisch hauen und für Ordnung in seinem Haufen sorgen!“ Der offizielle Teil des Empfanges war beendet und die Würdenträger des Hofes verließen den Saal. Endlich unter uns, winkte mich Remos II. zu sich. „Wie geht es der werten Familie, was machen Sanila und diese Pamela?“ Ich berichtete ihm über den aktuellen Stand der Dinge. Als ich vom Verschwinden meiner Tochter erzählte, verfinsterten sich seine Augen. „Ein Grund mehr, mit Amun ein Wörtchen zu reden“, murmelte er. Juan mischte sich ein. „Ich möchte mir deswegen diese Zysyn vorknöpfen! Vielleicht erfahren wir von ihr einiges? Dafür erbitte ich um die ausdrückliche Genehmigung für ein außerordentliches Verhör“, bat er. Ich verstand erst später, was dieser Antrag bedeutete. Remos II. stutzte. „Sag bloß, dieses Weibstück existiert noch? Ich dachte, die ist schon längst im Kerker vermodert?“ Juan lächelte geheimnisvoll. „Ja es gibt sie noch. Ich habe damals veranlasst, dass sie ab und wann versorgt wird und gerade soviel Fressen bekommt, dass sie nicht verreckt! Meine Hoffnung war, dass wir sie vielleicht eines Tages noch mal brauchen würden. Jetzt scheint der Tag gekommen!“ Der Herrscher nickte. „Nehmt Euch das Miststück vor! Wegen mir schneidet sie in Stücke oder schlagt ihr den Kopf ab und verfüttert sie an die Löwen!“ bestätigte er voller Grimm. Sein Ton und seine Aussage ließen nur einen Schluss zu - es musste mit dieser Zysyn eine besondere Bewandtnis geben. Juan lehnte sich zufrieden zurück und wartete geduldig das Ende des Empfanges ab. Schließlich wurden wir entlassen. „Wenn Ihr nichts dagegen habt, werden wir mit dieser Lady ein längeres Gespräch führen!“ Er führte uns in einen Komplex des Palastes, der auch mir völlig unbekannt war. Die Wände waren mit matt glänzendem Metall überzogen, an jeder Ecke standen schwer bewaffnete Wachen und patrouillierten auf und ab. „Ist das ein Hochsicherheitstrakt oder was?“ fragte unser Freund Peter, der ja schon des Öfteren derartige Einrichtungen von Innen gesehen hatte. „Das normale Verlies befindet sich eine Etage höher - aber da ist niemand drin. Und ja, hier ist eine Art Hochsicherheitstrakt! Ihr werdet gleich selber sehen, weshalb er so scharf bewacht wird“, bestätigte Juan. Er ließ ein schweres Tor öffnen und winkte uns durch. Es roch merkwürdig - ich kannte diesen Geruch, wenn wir bei Ausgrabungen auf bislang unentdeckte Gänge oder Gräber stießen - es war die Luft mit der Witterung der muffigen Ewigkeit, die für Jahrtausende versiegelt wurde. „Wer diesen Trakt errichten ließ, ist leider nicht mehr nachvollziehbar.

Ich habe mal in den Archiven gestöbert und dort nichts gefunden. Aber welchen Zweck er erfüllen soll - da gibt es einige praktische Beispiele!“ Dem Kommissar fielen die massiv verarbeiteten Pforten der Zellen auf. Seine diesbezügliche Anfrage an Juan beantwortete dieser mit dem Angebot, einen Blick durch eines der Sichtfenster zu riskieren. Ich stellte mich auf die Zehenspitzen und lugte hindurch. „Ihr verwahrt hier ein Mischwesen? Eine Chimäre im klassischen Sinne?“ stellte ich verblüfft fest. Ich konnte nicht alle Einzelheiten ausmachen - aber der Aufprall seines Rammstoßes gegen die Wand war bis draußen zu spüren. Der Boden wackelte unter unseren Füßen. Peter schaute sich in aller Ruhe die fremdartige Kreatur an. „Das ist einer dieser verfluchten Halbgötter, die Sebak vor Jahrtausenden erschuf. Die Meisten sind damals gleich nach ihrer Entstehung krepiert. Aber solche speziellen Fälle wie diese haben ganze Städte entvölkert und Regionen vernichtet. Das ist ein Menschenfresser der übelsten Art - und leider unsterblich!“ Bernd ließ es sich nicht nehmen und warf ebenfalls einen Blick in die Zelle. „Das Vieh guckt mich an, als wenn es gleich durch die Wand kommt?“ rief er aus, als ein erneuter Stoß uns umwarf. „Lasst uns lieber weiter laufen - sonst dreht das Biest noch völlig durch“, empfahl uns Juan. Ein Stück weiter hielt er an. „Hier sitzt Zysyn - wir haben sie kurz nach Sebaks Angriff auf Kel-di-Nore gefangen und her gebracht. Arne weiß ja noch, wie es im Tal nach dem Abwehrschlag aussah. Alles verbrannt und verkohlt - die Erde und die gesamte Natur kontaminiert. Das hat sich geändert, das Tal wurde mit neuer Erde befüllt und wir haben wieder Felder angelegt, um unseren Bedarf an Nahrung zu decken. Sie ist nicht zahm, aber halbwegs umgänglich - trotzdem Vorsicht, dass Ihr nicht in ihre Klauen geratet!“ warnte er uns eindringlich. Er öffnet die Tür und trat ein. „Ihr könnt kommen!“ hörten wir kurz darauf. Ich konnte das Gefühl nicht beschreiben, welches mich beim Anblick beschlich. Dieses Ding war ein Mensch und doch keiner. „Ich habe die Mütter von der Mauer aus gesehen - der erste Eindruck von damals täuscht gewaltig“, stellte ich nachdenklich fest. Das Wesen war an Händen und Füßen an der Mauer angekettet. Zusätzlich war sie mit einem Halskragen und einem Metallgürtel fixiert, so dass ihre Bewegungsfreiheit auf ein absolutes Minimum eingeschränkt war. „Sie hat unheimlich viel Kraft und ist sehr schnell - deshalb die vielen Ketten!“ klärte Juan uns auf. Er trug einen Beutel voller Früchte und stellte diesen neben sich auf den Boden. Bislang zeigte sie keinerlei Reaktionen auf unsere Anwesenheit. Juan wies auf einen dicken Strich auf dem Boden. „Diesen niemals überschreiten - sonst erwischt sie denjenigen!“ belehrte er uns und suchte eine Melone aus dem Sack. „Zysyn - ich bin es. Ich habe Dir Essen mitgebracht!“ Dieses Etwas richtete sich schwerfällig in voller Größe auf. „Mein lieber Jolly - sieht wie eine überdimensionale Amazone aus, wenn nicht das furchtbare Gesicht wäre“, stammelte Bernd entsetzt und rückte automatisch einen Schritt zurück. Auch mir jagte dieser Anblick einen Schauer über den Rücken. Die Kopfform und die Haartracht waren fast die eines Menschen, einer Frau. Die gewölbte Schnauze mit den riesigen Hauern darin ähnelte mehr einem Wehrwolf. „Was soll ich mit solchem Fraß? Ich brauche Fleisch!“ krächzte sie heiser und betrachtete uns lüsternd. „Sie kommen aus der Gegenzeit - und sie stinken nach Angst!“ Ihr Augenmerk richtete sich auf mich. Ein Fauchen verzerrte ihr ohnehin verunstaltetes Gesicht, mit einem Satz sprang sie auf. Nur die Ketten stoppten diese Attacke. „Du wirst für Deinen Frevel bezahlen, wenn unser Meister zum neuen Leben erweckt wird!“ knurrte sie mich bösartig an. Juan hielt eine schwere Peitsche aus geflochtener Nilpferdhaut in der Hand, deren Ende mit Blei bestückt war. Er zog ihr einen Hieb quer über den Körper, dass ihre Haut aufsprang und sie laut aufjaulte. „Zurück und benimm Dich anständig!“ fuhr er sie an und ließ die Peitsche erneut knallen. Mit einem vernichtenden Blick zog sie sich langsam zurück. „Ich habe auch Fleisch mitgebracht - aber vorher beantworte mir einige Fragen“, lockte Juan sie und klaubte den Fleischbatzen aus dem Sack. Zysyn bleckte die Zähne und knurrte. „Ich weiß - Du hast Hunger. Mächtigen Hunger. Es liegt also an Dir! Was sind das für neue Wesen, die heute in der Stadt waren? Woher kommen sie, wer hat sie gemacht?“ Er zog in aller Ruhe sein Messer und schnitt ein winziges Stück Fleisch ab. „Ich höre? Sie hat zwei Monate nichts zu Essen bekommen, nur Wasser - es wird höchste Eisenbahn!“ Zysyn ruckelte an den Ketten, doch der Anblick der Peitsche genügte, sie ruhig zu stimmen. „Ihr habt also bereits Bekanntschaft mit unseren Sirenen gemacht?“ gluckste sie und schüttelte sich vor Vergnügen. „Sind Sirenen nicht diese

Biester, die mit ihren Gesängen die Seeleute lockten?“ tuschelte Peter. „Stimmt - unser besonderer Freund hatte wohl eine eigene Spezies kreiert, die mit ihren ganz spezifischen Eigenschaften hervor stechen“, brummte Juan und warf ihr den Happen zu. Sie verschlang ihn, ohne zu kauen. „Mehr - ich will mehr!“ wimmerte sie. Sie tat mir fast leid - aber Juan kannte kein Erbarmen. „Sie haben einen unserer Männer entführt. Wohin bringen sie ihn?“ forschte er weiter und legte sich die Peitsche zurecht. Sie schielte auf das Fleisch in seiner Hand. „Sie bringen ihn in ihr Nest. In Richtung Kusch - Gebirge!“ Bettelnd hielt sie Juan ihre Klaue entgegen. Er grinste sie an und schnitt ein weiteres Stück ab. „Das Reich der Kusch ist gewaltig, ein bisschen genauer, wenn ich bitten darf!“ Er legte das Stück auf den Boden, direkt neben den Strich. Sie hatte nur noch Augen für das Futter. Sie legte sich flach und versuchte, das Fleisch zu ergattern. Es fehlten ein paar winzige Millimeter. So sehr sie sich reckte und streckte - sie konnte es nicht erreichen. Juan trieb sein Spielchen auf die Spitze und schob es mit dem Messer ein klein wenig weiter. Zysyn wurde fast irrsinnig und schnappte immer wieder geifernd zu. Ihr Atem und Speichel hinterließ eine Schleimspur auf den Steinplatten. „Also wo genau ist ihr Nest?“ bohrte er und schnitt noch ein Stück vom Batzen. Bernd und Peter sahen dem grausigen Schauspiel zu, ohne ein Mucks von sich zu geben. Irgendwann hatte Juan sie weich gekocht. „Das Nest liegt im Tal der Drei Könige!“ fauchte sie ihn wütend an und spuckte um sich. Lässig warf er ihr den restlichen Klumpen zu, ließ allerdings die Stücke liegen, wo sie waren. „Das wird sie noch eine ganze Weile beschäftigen“, höhnte er und verschloss sorgfältig die Tür hinter uns. „Im Tal der Drei Könige also - das ist höchst interessant. Dann werden wir mal einen Ritt dort hin unternehmen“, schlug er vor und erntete ein dankbares Feixen. „Mit einem Ritt meinst Du diese Drachen?“ vergewisserte sich Peter, der ohnehin heiß auf einen Flug war. „Mit Drachen – richtig! Packt ein paar Klamotten ein und vergesst die Waffen nicht. Ich organisiere Wasser und Verpflegung für ein paar Tage heran. Ich denke, das wird ein aufregender Ritt, den Ihr so schnell nicht vergessen werdet!“ bestätigte Juan. Meine Vorfreude hielt sich in Grenzen, Bernd dagegen ließ sich von Peters Euphorie anstecken. Die

Vorbereitungen waren schnell abgeschlossen, eine Stunde später hoben vier Tepos ab und flogen zum Reich der Kusch...

Die Sirenen

Juan ließ mich auf seinen Drachen aufsteigen, während Peter und Bernd von Reitern auf ihren Tieren übernommen wurden. Ein zusätzlicher Drachen flog für den Fall mit, dass wir Ali und meine Tochter finden sollten. „Die Könige der Kusch sind ein altes Geschlecht und beherrschen ihr Reich schon seit mehr als tausend Jahren. Um ihre Macht zu demonstrieren, lässt jeder Herrscher sein Konterfei in die Felsen eines Berges schlagen. Bisher sind drei Köpfe modelliert worden - daher der ungewöhnliche Namen", erklärte mir Juan, während er seinem Tier die Sporen gab. „Das ist Nr. 24 - der Drachen von Imhotep. Ich habe mich in den letzten Jahren mit ihm angefreundet - zum Glück, muss ich heute sagen!" Nr. 24 gab das Tempo der kleinen Zugformation vor, mit gleichmäßigen Flügelschlägen zogen wir unserem Ziel entgegen. In der Nacht schlugen wir ein Lager in der Wüste auf, mit der aufgehenden Sonne befanden wir uns bereits wieder in der Luft. „Da vorn liegt dass Kusch – Gebirge. Wir sind bald da!" informierte mich Juan, der Ausschau nach den markanten Punkten hielt. „Halte Dich gut fest, es geht abwärts", mahnte er mich, dann spürte ich, wie mein Magen anfing, zu rebellieren. Die Silhouetten mehrerer Berge schoben sich in unser Blickfeld. Mit Schwung setzte unser Flugdrache auf einer steinigen Ebene auf, hinter uns landeten die übrigen Tiere. „Ab jetzt laufen wir zu Fuß weiter. Die Drachen lassen wir hier - da werden sie nicht entdeckt. Hoffe ich zumindest? Wir klettern den Hang hinauf - von dort aus haben wir Einblick in das Tal der Drei Könige", instruierte uns Juan und zeigte anhand einer Karte, wo wir uns befanden. „Ganz schön happig, der Hang!" bemerkte Bernd, der die Augen überschattete und den Trampelpfad zur Bergkuppe beäugte, der vor uns lag. „Deshalb nehmen wir Seile mit und sichern uns gegenseitig bei der Klettertour. Wir werden uns so wenig wie möglich an Gepäck aufhalsen. Wichtig sind unsere Waffen, die Wasserflaschen und Seile. Der Rest bleibt hier. Einer meiner Krieger bleibt bei den Tieren - wir machen uns umgehend auf den Weg!“ war seine eindeutige Ansage. Ohne Verzögerung suchten wir unsere Sachen, schnallten die Waffen und Flaschen um. Juan kontrollierte persönlich die Festigkeit der Knoten in den Seilen. „Wir sind so weit - also dann mal Hals- und Beinbruch!“ orakelte er den allgemein bekannten Spruch, damit ging es los. Der Anfang war relativ einfach zu bewältigen, aber ab der Mitte bemerkte ich, dass es steiler wurde, als von unten zu erkennen war. „Wenn ich vorher gewusst hätte, dass ich einen Abenteuerurlaub buche, hätte ich meine Lebensversicherung erhöht“, stöhnte Bernd, während er Halt in einer Spalte suchte. Seine Finger glitten sachte nach oben und tasteten jede Erhebung ab. Juan und ich standen oberhalb auf einem Absatz und dirigierten ihn, so gut es ging. „Du musst ein winziges Stück weiter nach rechts - genau da! Jetzt festhalten und hochziehen! Den Fuß auf den Sockel!“ Bernd war heilfroh, als er endlich schnaufend neben uns stand. „Peter stellt sich gar nicht so blöd an. In seinem Alter war ich auch noch wie eine Gämse!“ scherzte er. Und machte Platz für die Nachrückenden. „Ist doch alles halb so wild!“ Peter streckte sich und rollte das Seil ein. Nun lag es vor unseren Füßen - jenes Tal einer längst vergessenen Zeit, in denen das Nest der Sirenen liegen sollte. „Da drüben sind die Köpfe - also sind wir auf jeden Fall richtig. Hoffe, die blöde Zicke hat die Wahrheit gesagt? Wenn nicht, schlage ich ihr persönlich den Kopf ab!“ sprach Juan, und suchte bereits nach der Möglichkeit des Abstieges. „Hier geht eine Treppe runter? Irgendwer hat sich die Mühe gemacht, einen leicht begehbaren Weg in den Fels zu hauen. Das lässt schon einiges erahnen“, brummte er, sichtlich zufrieden, und verschwand. „Kommt Ihr endlich oder wollt Ihr die Nacht da oben verbringen?“ ertönte es. In altbewährter Reihenfolge schlossen wir uns an. Wir waren eine knappe Stunde unterwegs, als Juan uns anhielt. „Direkt unter uns - könnt Ihr das sehen?“ Ein künstliches Plateau war in den Fels getrieben worden, dort endete die Treppe. „Kein Mucks, wenn wir jetzt da runter steigen!“ vergatterte uns unser Anführer streng und stieg die restlichen Stufen hinab. Er spähte umher, ein Wink mit der Hand war das Zeichen, es ihm gleich zu tun. „Dort ist der Eingang zu einer Höhle. Mir nach“, flüsterte Juan und pirschte sich an der Wand entlang. „Da sind Abu Simpel und Sebaks Tempel ein Scheißdreck dagegen", entfuhr es meinem Freund, als wir uns der Höhle bis auf wenige Schritte näherten. Auch ich war von der ungewöhnlichen Pracht, die sich uns bot, mehr als überrascht. „Das ist wahrlich ein zu schönes Nest für solche Monster", brummelte Bernd, der im Leben auch schon manch ungewöhnliches Bauwerk gesehen hatte. „Keine Wachposten - die müssen sich hier völlig sicher fühlen." fügte Peter hinzu. Juan verständigte sich mit seinen beiden Kriegern. „Einer wird sich oberhalb des Einganges positionieren und uns im Falle einer Entdeckung den Rückzug sichern. Mein zweiter Mann wartet innerhalb der Höhle - direkt neben den Säulen. Wir Vier sehen uns drinnen um!" war seine Einteilung. Die Krieger rückten ab und wir betraten eine fremde und doch nicht unbekannte Welt. „Ich war vor einigen Jahren in Jordanien und habe mir die Felsenstadt Petra angeschaut. Aus meiner Sicht handelt es sich hier um eine ähnliche Anlage", mutmaßte Bernd beeindruckt, als wir durch das monumentale Eingangsportal schritten. Juan, der nun schon einige Jahre im Reich verbrachte, blieb gelassen. „Solche Anlagen gibt es bei uns in so vielen Ausführungen, und jede von ihnen hat ihren besonderen Reiz. Aber wir sind nicht wegen der Schönheit der Gemäuer hier, sondern weil wir etwas suchen." ermahnte er uns und führte unseren Trupp an einer Reihe von Säulen entlang, die bis tief ins Innere der Berge einen Gang stützten. Mein Herz schlug immer höher, als ich dazwischen die unzähligen Reliefs und Stelen erblickte. „Ich würde zu gerne in Erfahrung bringen, wer das erschaffen hat? Das ist älter, als jedes Bauwerk, welche ich bisher zu sehen bekam. Was meinst Du Bernd?" Ihm erging es ähnlich, bei jeder Kleinigkeit wurde er langsamer, um sich alles anzuschauen. Das hielt uns natürlich auf. „Nicht ständig stehen bleiben - dafür haben wir später noch Zeit!" drängelte Juan ungeduldig. „Ihr vergesst, dass zu Hause meine Frau auf mich wartet und bald mein Kind zur Welt kommt. Da möchte ich gerne dabei sein!" Wir gelangten in eine Halle, an deren Wand ein riesiger, goldener Käfer abgebildet war. „Der Skarabäus - wie in meiner Vision bei Sphinx!" erinnerte ich mich. „Ich sollte mir dieses Signet merken - den goldenen Glücksbringer der alten Ägypter. Was hat er in dieser Epoche verloren?" rätselte ich. Die Geschichte und Bedeutung dieses Mistkäfers, der Dung der Tiere zum leichteren Transport zu Kugel aufrollte, war mir durchaus geläufig. „Einen Käfer, der Scheiße frisst, in Gold abzubilden, finde ich persönlich sehr makaber.“ Peter ließ es sich nicht nehmen, ein Bein des Bildes zu berühren. „Ihr könnt mich prügeln - aber das Ding ist tatsächlich echtes Gold!“ rief er uns aufgeregt zu, sämtliche Warnungen in den Wind schlagend. Er rubbelte und kratzte - bis Juan ihn mit einem schmerzhaften Stoß im Rücken in die Realität holte. „Solchen Scheiß haben wir in der Weißen Stadt tonnenweise rum liegen. Also mach mal keine Hektik deswegen!“ stauchte er ihn zusammen. „Du hast echt einen Knall - was nützt Dir dieser Mist, wenn Du mit Deinem Geschrei die Biester anlockst…?“ rügte ich ihn. Jetzt erst wurde ihm die Situation bewusst, in die er uns unweigerlich mit seiner Unbedachtheit hätte bringen können. „Sorry - aber das ist alles neu für mich - kommt nicht wieder vor. Versprochen!“ entschuldigte er sich mit einem letzten, wehmütigen Blick auf den Käfer. „Der erinnert mich an Boris mit seinem bekloppten Rubin!“ murrte Juan im Vorbeigehen und gab das Signal zum Aufbruch. Bernds Vergleich mit der Felsenstadt Petra war nach unseren bisherigen Erkundungen durchaus gerechtfertigt. „Es gehen ab hier lauter Gassen und Wege ab - und Wege führen bekanntlich nur selten ins Nichts!“ So verwunderte es mich nicht, dass wir kurz darauf auf einen offensichtlich vor geraumer Zeit verlassenen Teil einer Siedlung stießen. Im Halbrund, von der Mittagsonne beleuchtet, standen wir vor etlichen Wohnungen, die in grauer Vorzeit in mühevoller Arbeit in die Felswand getrieben wurden. Zerschlagenes Mobiliar lag herum, in einigen Eingängen flatterten sogar noch Fetzen der einstigen Vorhänge, mit denen ihre Bewohner sie einst verschlossen. „Macht was Ihr wollt - hier hat eine überstürzte Flucht stattgefunden! Irgendwas oder irgendwer hat die Bewohnen verjagt?“ stellte Peter fest, während er einige Waffen studierte, die auf dem Platz verstreut lagen. Hinter einem Brocken wurde er fündig. „Seht Euch das an!“ rief er aus. Ein durch die Hitze ausgedörrter Körper eines Menschen lag dort, zu einem Bündel zusammen gequetscht. Peter hob ein altes Messer auf und machte sich daran zu schaffen. Umsichtig zerschnitt er die Stoffbahnen und legte eine Mumie frei. „Ohne Zweifel ein Mann. Sind das Narben auf seinem Brustkorb - er ist völlig zerschrammt? Und der Kopf liegt zwischen den Beinen - mit einem Stein zwischen den Zähnen?“ Juan beugte sich über Peter, aufmerksam betrachtete er jede Einzelheit. „Die Leiche im Teegarten wies ähnliche Merkmale auf. Das sind eindeutig ihre Hinterlassenschaften. Was soll der Stein bedeuten? Ein unbekanntes Ritual?“ Peter kratzte sich nachdenklich am Kinn. „Das sind die Handzeichen dieser Sirenen!“ Er sprach laut aus, was wir in diesem Moment dachten. „Sie haben sich das Nest nicht selber erschaffen, sondern eiskalt unter den Nagel gerissen und dafür ein ganzes Volk eliminiert!“ war sein Resümee. „Diese Art gewaltsame Übernahme gab es in unserer Epoche zu Genüge. Weshalb sollte es hier anders sein - zumal wir von Kreaturen reden, die nichts Humanes in sich tragen?“ Bernd hob einen staubbedeckten Speer auf und wog ihn in der Hand. „Damit hatten sie keine Chance…! Was den Stein betrifft – das war im Mittelalter eine gängige Maßnahme, sich vor Vampiren zu schützen. Kopf ab und die Schnauze voll mit Dreck und Steinen“, brummte er und ließ die Waffe wieder fallen. Ein Scheppern ließ uns erschrocken auffahren. „In Deckung, da ist jemand!“ Juan sprang in eine Vertiefung, ich suchte Schutz in einem Eingang zu einer Felswohnung. Peter und Bernd versteckten sich hinter einem Steinquader. Unsere Geduld wurde auf eine harte Probe gestellt - aber dann wurde unsere Ausdauer belohnt. Ein menschliches Wesen tauchte in einem der vielen Gänge auf, es stockte und schaute sich längere Zeit um. Dann rannte es los, quer über den Platz hinweg - und Peter genau in die Arme. „Verdammt - helft mir mal! Das Biest strampelt und beißt!“ rief er verzweifelt, während er sich krampfhaft abmühte, es auf den Boden zu drücken. Bernd eilte ihm zur Hilfe, Juan und ich sicherten erst einmal das Umfeld. „Ist ein Einzelgänger. Niemand weiter in Sicht“, beruhigte uns Juan schließlich und wir näherten uns dem Schauplatz einer ungewöhnlichen Auseinandersetzung. „Das schwarze Ding hat Titten - das ist eine Frau!“ Das Oberteil war während des Kampfes zerrissen und ihre entblößten Brüste waren zu sehen. Juan war verblüfft, mit welcher Kraft sich die Fremde noch immer zur Wehr setzte. „Wenn sie nicht sofort Ruhe gibt, verpasst ihr einen Kinnhaken!“ rief er wütend aus, nachdem er mehrmals einen Tritt gegen das Schienbein verpasst bekam. Augenblicklich trat Ruhe ein. Die Fremde keuchte und sah uns mit einem wilden Blick an, aber sie verteidigte sich nicht mehr. „Kannst Du verstehen, was ich sage?“ Juan beugte sich über sie und betrachtete ihre Mundpartie. „Scheint keine von ihnen zu sein? Sie hat normale Zähne. Und ein normales Gesicht - nur schwarz wie Ebenholz. Stellt sie auf die Beine!“ Mit einem Ruck hoben meine Begleiter sie an und wuchteten sie auf die Füße. „Wir lassen Dich jetzt los - Du musst nicht weg laufen - verstanden?“ Juan hielt ihr seine Wasserflasche vor die Augen. Ungläubig starrte sie ihn an, dann entriss sie ihm die Flasche und… Ich dachte, sie haut ab - aber sie sprang auf den Quader und setzte sich zum Trinken hin. Gierig sog sie Zug um Zug in sich hinein. „Scheint eine Weile im Trockenen gestanden zu haben? Wenn es nicht ein Ding der Unmöglichkeit wäre, würde ich fast darauf tippen, dass sie von hier ist!“ Das konnte ich nicht glauben und widersprach Peter. „Die Siedlung ist mindestens einige Jahre unbewohnt - glaubst Du wirklich, dass sich ein Einzelner so lange hier durchschlagen könnte?“ Peter lächelte. „Wir wissen nicht, ob sie alleine hier lebt, oder? Kleiner Schlaumeier!“ konterte er und zog sein Shirt aus. „Hier, zieh das an!“ Er warf es ihr vor die Füße. Sie zögerte, dann hob sie es an und schnüffelte daran. „Wie Du unschwer sehen kannst - Frauen stehen auf andere Klamotten!“ motzte Juan ihn an, doch dann wurden wir eines Besseren belehrt. Die Fremde riss sich die Fetzen vom Leibe und zog sich das Shirt über. Und plötzlich glitt ein flüchtiges Lächeln über ihre Lippen. Sie kletterte vom Felsbrocken runter und gab Juan seine Flasche zurück. Mit auffälliger Geste berührte sie unsere Waffen und Ausrüstung. „Ihr seid Fremde - keine Jäger der Sirenen!“ verstand ich. Ihre Erleichterung war ihr anzusehen. In der Ferne zog ein Schatten am Himmel entlang, lautes Krächzen war zu vernehmen. „Sie kommen!“ Sie deutete auf einen Gang und gab uns ein Zeichen, ihr zu folgen. Ich blickte selber noch mal zu der Stelle am Firmament - der Schatten bewegte sich schnell wie ein Pfeil durch die Luft. „Nun mach schon endlich!“ knurrte Juan mich an und schob mich fast gewaltsam weiter. Wir erreichten gerade den Durchgang, da landete die Kreatur polternd auf dem Plateau. Mein Herz schlug mir bis zum Hals, als wir uns an die Wand pressten und keinen Laut von uns gaben. Es war eine Sirene, die sich mit düsterem Blick umschaute und schnüffelnd die Nase in den Wind hielt. Das vibrierende Spiel ihre Flügel verriet die Anspannung, mit der sie die Siedlung checkte. Mehrfach hob sie fast

einen Meter vom Boden ab und flatterte so auf der Stelle im Kreis. Neben mir schnaufte Bernd und hielt sich die Nase zu. „Ich muss gleich niesen", krächzte er leise. „Bloß nicht jetzt", dachte ich mir, da startete die Kreatur durch und entschwand. Bernd atmete auf, ein gewaltiges Schnäuzen entlud sich wie eine Explosion. „Nicht eine Sekunde später..." ächzte er mit tränenden Augen. Unsere schwarze Wildkatze beobachtete noch immer misstrauisch den Platz. Dann gab sie Entwarnung. „Wir hatten Glück!" war ihr einziger Kommentar. Ohne ein weiteres Wort lief sie los. „Wir bleiben ihr auf den Fersen!" entschied Juan und rannte ihr nach. Wohl oder übel folgten wir ihm. Die Fremde hatte es sehr eilig, ohne zu stocken, durchquerte sie mehrere kleinere Schluchten und führte uns in eine abgelegene Region. „Hier finden wir die Tränen des Rachmes!" Sie bückte sich und verschwand in einem dunklen Loch. Es plätscherte und roch nach Feuchtigkeit. „Tränen des Rachmes - sie meint Wasser!" freute sich Juan und kletterte ihr nach. Es war nur ein winziger Strahl, der sich aus einer Spalte seinen Weg in der Grotte suchte, aber er reichte aus, um genügend Wasser zum Trinken zu finden. Juan füllte seine Flasche auf, auch wir nutzten die Gelegenheit, uns zu erfrischen. „So eine Quelle hat mehr Wert, als jeder goldene Käfer!" Diesen Seitehieb musste er Peter noch einmal verpassen. Der nahm es mit Humor, wie immer. „Stimmt, mein Freund. Lieber ein Schluck Wasser im Bauch und leben, als einen Goldbarren in den Rippen, wenn die Wüste dein Fleisch gefressen hat!" Damit stimmte er Juan friedlich. „Hast Du einen Namen?" Juan zeigt mit dem Finger auf die Fremde. „Ich bin Juan! Juan!" buchstabierte er langsam. Sie wusch sich ihr Gesicht und trank einen Schluck. Als sie sich mit dem Shirt abtrocknete, war es so weit.
„Ich bin Taisya!"

„Wir können uns glücklich schätzen, sie getroffen zu haben. Sie kennt die Felsenstadt wie ihre Westentasche!" Peters Kommentar zu unserer neuen Führerin traf den Nagel auf den Kopf. „Stimmt, wir hätten Tage gebraucht, um uns einen Überblick zu verschaffen. Sie weiß, wo diese Sirenen zu finden sind. Und sie hat von den Mädchen gehört, die angeblich für eine geheime Mission her verschleppt wurden. Kleine Mädchen - Kinder!" Juan lief vor mir, ich hörte ihn ab und wann hecheln. Das Tempo, welches Taisya vorlegte, war mehr als beachtlich. „Ich hätte nie für möglich gehalten, dass es zwölf Etagen in die Tiefe geht? Die müssen wie die Ameisen im Bau gebuddelt haben, das alles zu erschaffen. Wie hieß das Volk, von dem Taisya sprach?“ hörte ich Bernd fragen, der mir am Hacken klebte. „Es sind die Vorfahren der Nubier - die im Reich der Kusch eine Bleibe fanden, bis diese verdammten Biester ihr Unwesen hier trieben. Dieses kriegerische Volk war auch in unserer Epoche nicht völlig unbekannt. Wenn man bedenkt, dass es eine Zeit in Ägypten gab, in der schwarze Pharaonen das größte Reich der Antike beherrschten, ist es sicher für uns Archäologen mehr als interessant, bei dieser Gelegenheit auf die Wurzeln zu stoßen“, erklärte ich. „Aha - Nubien also? Fakt ist - diese Taisya ist ein heißes Weib!“ Bernd schnalzte anerkennend mit der Zunge. So kannte ich nicht. „Gewiss doch - sie ist so heiß, dass Du Dir die Finger daran verbrennen würdest!“ machte ich ihm klar. Er lachte leise. „Seit dem Tod meiner Frau wünsche ich mir schon manchmal, mir ab und wann die Finger zu verbrennen. Aber meistens ist mir irgendein blöder Feuerlöscher im Wege“, gluckste er und ließ mich in Ruhe. Tanja, seine Frau, starb vor drei Jahren an Krebs. Es war eine schlimme Zeit für ihn und die Phase in unserem Leben, in der wir echte Freunde wurden. „Da vorne ist es!“ Taisyas Hinweis riss mich aus meinen Grübeleien. Ein unmenschlicher Schrei ließ die Wände erzittern. Steine lösten sich von der Decke des Ganges, in dem wir uns gerade befanden. „Vorsicht - da kommt noch ein Brocken!“ warnte uns Juan, als eine Staublawine aus einer Ritze quoll, sich rasant ausbreitete und uns schlagartig die Sicht vernebelte. „Wir sollten schleunigst von hier verschwinden!“ verkündete er, aber die Umstände ließen uns keine große Wahl - nur die Flucht nach vorn. Gebückt drangen wir zur Halle vor. Unsere Ankunft wurde nicht bemerkt, so dass wir uns in eine Nische zurück ziehen konnten. Das grausige Bild der nachfolgenden Szene erschütterte nicht nur mich. „Was geht hier in Gottes Namen vor?“ flüsterte Bernd. Leider war unser Sichtfeld massiv eingeschränkt, es mussten etliche Hundert dieser Wesen sein, die den saalartigen Raum bevölkerten. „Klingt, als stechen die jemand ab“, brummte Juan, der versuchte, mehr zu erkunden. „Nehmt mich auf die Schulter!“ schlug ich vor. Bernd und Peter hievten mich hoch, so dass ich wenigstens einen Teil der Rückfläche der Halle wahrnehmen konnte. „Ich sehe ein riesiges Kreuz an der Wand - davor stehen Seth und Sebak II.!“ kommentierte ich leise das Geschehen. Der Schreck fuhr mir derart in die Glieder, dass ich zu schwitzen begann. „Wenn diese Schweine hier sind, kann es nur Zoff geben!“ fauchte Juan giftig. „Das ist doch...?“ Ich konnte es nicht glauben. „Wer ist da noch - nun mache es nicht so spannend?“ zischte mich Juan an, der versuchte, auf einen Vorsprung zu klettern. „Ich sehe Sachmet - die mächtige Sachmet! Was hat die hier verloren?“ Ich war geschockt. Es war unzweifelhaft die Göttin mit dem Löwenkopf, die in Ketten vorgeführt wurde. Juan sah mich entsetzt an. „Unsere Verbündete Sachmet? Das kann nicht möglich sein? Lass mich da hoch“, bat er und wir tauschten augenblicklich die Plätze. Sein zorniges Knurren bestätigte meine Beobachtung. „Was für eine Teufelei ist jetzt im Gange?“ Sachmet ließ einen weiteren markerschütternden Schrei durch die Halle dröhnen. Die Stimme, die einsetzte, hatte sich so tief in mein Hirn eingebrannt, dass ich nicht nachdenken musste, wer da sprach. „Schrei und tobe, so viel Du willst! Es wird Dich niemand hören - nur diese da!“ spottete sie mit dem mir bekannten Zischeln und Knarren. Meine erneute Begegnung mit Sebak II., dem Double und selbsternannten Nachfolger des von meiner Hand getöteten Monsters, stand unter einem denkbar schlechten Stern. Wir vernahmen das Kettenrasseln, als sich Sachmet ungestüm von ihren Fesseln befreien wollte, das Hohngelächter der Unsterblichen. Ich konnte ihn nicht sehen, aber der Klang seiner Stimme versetzte mir einen tiefen Stich. „Worauf warten wir noch? Lasst uns ihr Herz raus reißen und dann holt die neue Brut der Sirenen herbei, damit sie sich an ihrem Blut laben!“ Juan reckte den Kopf, um besser sehen zu können. „Das ist Hapu - dieser Hurensohn von Seth!“ knirschte er und ließ sich absetzen. Ich hatte mich also nicht getäuscht. „Das war schon damals erkennbar, dass er seinen Vater übertreffen würde. Hätte mich eher gewundert, wenn es nicht so gekommen wäre“, murmelte ich, während sich die Ereignisse überschlugen. Die Geräuschkulisse veränderte sich, ein obskures Krächzen erfüllte die Luft. Während sich die geifernden Sirenen auf das Geschehen konzentrierten, suchten wir nach einer Möglichkeit, unseren Standort zu verändern. Taisya wies auf eine Pforte in der Nähe. „Von dort aus gelangen wir über einen Gang auf die andere Seite - wollt Ihr es wagen?“ Juan sah uns fragend an. Wir nickten ihm zu. „Es ist entschieden - lauf voran!“

Wenige Minuten später konnten wir ungehindert auf das Kreuz mit der Göttin schauen. Mehrere Kreaturen waren dabei, die Ketten daran fest zu zurren Es waren große Mutanten, wie wir sie bereits erlebten - menschliche Körper von Männern mit Wolfsköpfen. „Das sind die Jäger der Sirenen. Sie haben mein Volk und meine Familie getötet und damit die Sirenen gefüttert.“ Taisya starrte voller Hass auf sie, ihre geballte Faust in der Luft. „Dieser Einauge ist ihr Anführer - er hat meine Familie in Stücke gerissen. Nur ich bin ihnen durch einen großen Zufall entkommen.“ Ein Wolfskopf, mit einer schlecht verheilten Narbe über den linken Augen, zog die Kette um Sachmets Hals fest, so dass sie anfing, zu röcheln. „Wir müssen irgendwas tun? Die meinen es ernst - wir können sie doch nicht verrecken lassen?“ schnaubte ich aufgebracht. Wäre Juan mit seiner besonnen Art nicht gewesen, hätte ich bestimmt den größten Fehler meines Lebens gemacht. „Arne - wir haben Null Chancen gegen diese Übermacht! Wenn Götter einen Gott töten, gibt es in absehbarer Zeit ein Gericht der Götter. Götterkönig Amun wird dann Zeugen befragen, ob diese Tötung gerechtfertigt war? Wir werden diese Zeugen sein - dafür werde ich als Pharao sorgen. Und Amun ist der einzige Schöpfer, der einen Gott ins Leben zurück holen kann - also sei vernünftig. Wenn wir mit drauf gehen, ist niemanden geholfen, am wenigsten Sachmet!“ Juans Argumente lagen schwer auf der Hand, wenn wir der Mächtigen wirklich helfen wollten, gab es nur eine Entscheidung: Den Dingen ihren Lauf zu lassen! Schweren Herzens stimmte ich zu. Seth schwang eine Lanze in den Händen und trat auf Sachmet zu. „Weder Dein Onkel Sphinx noch ein Mitglied des Rates der Götter kann Dich hören - dafür habe ich diese Halle errichten lassen! Für uns kommt nun die Zeit, die Schmach der Schlacht vor Kel-di-Nore zu rächen. Eine neue Generation unserer Kinder ist heran gewachsen. Dein Blut, mein brummiger Löwenkopf, wird meinen Wesen eines verleihen - die Unsterblichkeit!“ Er jonglierte mit der Waffe in einem rasenden Spiel, dass uns anfangs nicht auffiel, wie er der Göttin unzählige winzige Stiche verpasste, aus der allmählich das Blut tropfte. „Lasst sie herein!“ Einige Luken über dem Kreuz öffneten sich, ein Schwarm junger kräftiger Sirenen schwirrte in den Saal und umkreiste die Göttin. Hapu, der menschliche Sohn des Gottes Seth, zückte sein Langmesser. „Ihr Herz gehört mir!“ Mit einem Ruck stieß er ihr die Waffe in die Brust und schnitt ein Loch hinein. Triumphierend hielt er das zuckende Herz über den Kopf. Sachmets Gesicht verlor die Farbe, ihr letzter Blick traf meine Augen. Ich biss mir in die Hand, um nicht loszuschreien. Bevor wir dem grausigen Ort den Rücken kehrten, mussten wir zuschauen, wie sich die ausgehungerte Brut der Sirenen auf den Körper der sterbenden Göttin stürzten und begann, sie bis auf den letzten Tropfen auszusaugen. „Lasst uns abhauen. Ich kann mir das nicht länger ansehen“, bat ich voller Schmerz. Unsere neue Wegbegleiterin führte uns so schnell wie möglich fort...

„Hier werden wir die nächsten Stunden verbringen und uns ein wenig ausruhen. Das Gebäude, in dem sich die Kinder befinden, liegt im Tal. Wir werden Mitternacht aufbrechen - bis dahin versucht, ein wenig zu schlafen“, erläuterte Taisya ihren Plan, der unsere Zustimmung fand. Feuer durften wir nicht entzünden, deshalb machten wir es uns in einer geschützten Ecke einer der unzähligen Kammern bequem, die in diesem Areal das Bild bestimmten. „Das waren früher unsere Speicher, in denen die Vorräte lagerten. Hierher verirrt sich von denen nur selten jemand!“ war Taisyas Antwort auf meine Frage, wo wir uns befinden. Juan schabte mit dem Fuß einige Steine zur Seite und bereitete so einen Platz für ein Lager vor. „Ich hoffe, sie musste nicht leiden und hatte einen schellen Tod? Wie glaubst Du ist es, wenn ein Gott stirbt?“ Meine Gedanken waren noch immer bei der mutigen Kämpferin Sachmet. „Ich meine - wie muss sich das für sie anfühlen - hat jemand eine Idee? Diesem Hapu werde ich den Hals umdrehen, falls er mit einmal über den Weg läuft!“ schnaubte ich. Juan lud mich ein. „Setze Dich zu mir, mein Freund. Niemand weiß, wie es ist, wenn wir sterben und in die andere Welt wechseln. Was mit dem Körper geschieht, das ist klar - Asche zu Asche! Aber unsere Seele - wohin wandert sie wirklich? Ins Paradies, wie uns vorgegaukelt wird? Bei den Göttern ist es anders - sie gehören den Unsterblichen an und werden wiedergeboren, wenn ihr Tod nicht gerechtfertigt ist - davon bin ich fest überzeugt!“ Ich hörte ihm zu. „Hast Du bemerkt, wie Sachmet mich angesehen hat? Sie wusste, dass wir da waren!“ Juan schnallte den Gurt mit der Waffe ab und legte ihn in Reichweite zurecht. „Ich habe es sehr wohl bemerkt - und sie wusste auch, dass wir ihre Chance sind, eines Tages diese beiden verirrten Typen dafür abzustrafen, was sie ihr angetan haben. Deshalb war es wichtig, nicht unüberlegt einzugreifen. Unsere und ihre Rache wird kommen, vertraue mir!“ Ich war ihm für diese Worte sehr dankbar. Während meine Freunde es vorzogen, die Beine lang zu machen, beschloss ich, mich ein wenig umzusehen. Taisya bot an, mich zu begleiten. „Es ist nicht ungefährlich, die gesamte Anlage ist wie ein riesiges Labyrinth. Wer sich hier nicht auskennt, läuft schnell in Gefahr, sich zu verirren.“ Das war uns inzwischen mehr als bewusst geworden. „Geht nicht zu weit weg - bleibt in Rufweite!“ Juans Hinweis erreichte mich noch, als wir uns in einem der benachbarten Räume befanden. Er war relativ großzügig gestaltet, mehrere Steinelemente erregten meine Aufmerksamkeit. Durch schmale Schlitze fiel dämmriges Licht herein. „Hatten diese Blöcke eine besondere Bedeutung?“ fragte ich, während ich einen in Augenschein nahm. „Hier trafen sich jeden Tag unsere Kinder und wurden durch einen Alten unterrichtet. Diese Blöcke sind Tische, daran haben wir gesessen und gearbeitet. Wir haben viele nützliche Sachen gelernt.“ Sie hob die Reste einer Tontafel hoch. „Sieh selber, das sind unsere Schriftzeichen!“ Ich betrachtete voller Neugier die Tafel, welche mit Strichen und Punkten übersät war, während sie nach weiteren Utensilien Ausschau hielt. Endlich fand sie, was sie suchte. Ein Stock, dessen Ende wie ein Entenschnabel geschabt war. „Damit haben wir die Zeichen in die frischen Tontafeln gedrückt, wenn der Text fertig war, legten wir sie zum Trocknen in die Sonne. Ich war gerne hier…“ In ihrer Stimme schwang Trauer. „So was haben wir auch für unsere Kinder - wir nennen es Schule! Kannst Du mir vorlesen, was darauf geschrieben steht?“ bat ich. Sie rückte mit der Tafel näher an einen der Schlitze. Ihre leisen Worte ließen mich für einen Moment in eine fremde Welt eintauchen. *„Meine Schwester hat Geburtstag und wir alle haben ihr von der Wiese viele Blumen mitgebracht. Vater hat ihr ein Armband aus Ziegenleder geflochten. Von mir hat sie einen blauen Stein bekommen - er* *leuchtet so schön, wenn man ihn in die Sonne hält. Gestern haben wir erfahren, dass unser großer Bruder im Krieg gegen die bösen Mächte gefallen ist. Die Götter mögen ihn begleiten und seiner Seele Einlass in die Höhlen der Toten…"* Damit endete der Text. Ich bemerkte ihre Tränen in den Augenwinkeln. „Das hat meine Schwester geschrieben!" Sie drückte die Tafel an ihr Herz, während sie leise vor sich hin summte. Ich ließ sie gewähren und störte ihre Erinnerungen nicht. Das Ganze dauerte einige Minuten, dann zerschmetterte sie voller Wucht die Tafel auf einem Steinblock. „Das sollen sie niemals in ihre Hände bekommen. Ich aber trage die Worte für immer in meinem Gedächtnis." Ihre Reaktion kam unerwartet, aber ich konnte es nachempfinden. Wir liefen ein Stück und gelangten auf eine Terrasse, von wo aus wir im Tal Lichter blinken sahen. „Dort leben die Kinder - auch Deine kleine Tochter!" Sie ließ den kühlen Abendwind über ihre Arme gleiten und schaute in den Himmel. „Ich frage mich manchmal, ob es dort oben in der Ferne auch Menschen und Götter gibt? Diese Sterne leuchten so hell - wer hat sie entzündet, damit wir sie sehen können?" Ich folgte ihrem Blick. „Früher oder später werden wir Antworten darauf bekommen! Ich weiß genau, dass irgendwo da draußen jetzt jemand steht, hierher sieht und sich die gleiche Frage stellt." Sie sah mich mit einem merkwürdigen Ausdruck an. „Das glaubst Du wirklich?" Ich nickte nur und genoss die nächsten friedlichen Minuten an der Seite eines Wesens, welches nach unserer Zeitrechnung vor über 10 000 Jahren ähnliche Gedanken äußerte, wie jeder Mensch der Neuzeit. „Hier treibt Ihr Euch herum?" Bernd schob sich aus dem Dunkeln des Ganges und gesellte sich zu uns. „Da runter müssen wir heute Nacht? Das wird ein ziemlicher langer Marsch bis dahin!" Ich zeigte ihm die Lichter, wo Taisya die Mädchen vermutete. „Vielleicht gelingt es uns, sie zu befreien - ich bete jeden Tag dafür." Damit ging ich zu unserer Kammer zurück und ließ beide alleine…

„Es ist so weit - aufstehen!" Bernd rüttelte an meinem Arm. „Los, es ist Mitternacht und wir wollen den Abstieg wagen. Übrigens, ich habe bis jetzt mit Taisya gequatscht - die ist große Klasse!" Ich gähnte herzhaft und streckte mich. „Das sind ja interessante Neuigkeiten. Hat sie Dir auch von ihren Träumen erzählt - was sie über die Sterne denkt?" Während ich mich noch sammelte, sprudelte mein Freund förmlich über. „Stell Dir mal vor, diese Wilden, wir bisher meinten, hatten durchaus mehr Bildung und Wissen, als wir es ahnten. Die hatten sogar…“ Ich fiel ihm matt ins Wort. „Ich weiß - die hatten sogar eine Schule für ihre Kinder - so wie wir!“ Ich klopfte ihm auf die Schulter und erhob mich von meinem harten Lager. Juan war bereits bei der Streckenplanung und stimmte sich mit Taisya ab. „Es gibt zwei gefährliche Abschnitte, in denen wir auf Sirenen oder ihre Jäger stoßen können, habe ich gerade erfahren. Dort werden wir nicht in der Gruppe sondern einzeln laufen! Das wird uns Taisya aber rechtzeitig mitteilen. Wir prüfen jetzt unsere Waffen - ich möchte später keine Pleite erleben!“ Wir rückten bis zur Terrasse vor, im Mondlicht checkten wir in Ruhe die Revolver. „Du behältst den Strahler. Er wird nur im äußersten Notfall eingesetzt - aber das muss ich Dir ja nicht sagen!“ Er rubbelte mir wie früher den Kopf. „Dann lass uns Dein Kind und Ali holen!“ Taisya kam mit einem brennenden Kienspan und einem Arm voller Fackeln heran. „Die werden wir auf jeden Fall benötigen. Wir bewegen uns in einigen finsteren Zonen - ohne Licht geht da gar nichts!“ Damit verteilte sie die Teile gleichmäßig an uns und entzündete eine Fackel. Ohne Hektik brachen wir auf. „Ich hatte einen total bescheuerten Traum“, meldete sich Peter während des Marsches. Da niemand widersprach, erzählte er weiter. „Also - ich habe geträumt, dass mich diese Sirenen gefangen haben und an das Kreuz hängten. Aber dann geschah etwas Eigenartiges: Als sie begannen, mich zu piesacken und anzuknabbern, tauchten plötzlich diese Mädchen auf. Sie nahmen mich in ihre Mitte, und diese Biester hatten keine Macht mehr und konnten mir nichts antun - verrückt oder?“ Er wandte sich mir zu. „Eines dieser Mädchen war Shyla. Ich konnte ganz genau ihr Gesicht erkennen“, flüsterte er. „Kein Wunder - Du hast doch ihr Fandungsfoto im Kopf. Das erklärt alles!“ mischte sich Bernd ein. Damit gab sich Peter nicht zufrieden. „Das stimmt zwar - und trotzdem war alles wie echt. Die Mädchen trugen lange weiße Kleider…“ Ich musste nicht überlegen. „Weiße Kleider sagst Du? In meiner Vision trugen sie auch solche Sachen. Was hast Du Dir noch gemerkt?“ Peters Antwort kam wie aus der Pistole geschossen. „Sie alle besaßen einen Anhänger - ein Amulett - um den Hals. Shyla trug einen Skarabäus - jedes der Mädchen hatte ein anderes

Symbol!“ Auch daran konnte ich mich gut entsinnen. „Für mich jedenfalls fühlte es sich an, als würden etwas besonders Starkes und Mächtiges diese Mädchen beschützen!“ Dieser Satz gab mir so was wie Hoffnung. Ein lautes Heulen setzte ein. „Die Jäger der Sirenen!“ Taisya wurde unruhig. „Du läufst ab sofort in der Gruppe, ich übernehme die Führung!“ ordnete Juan an und zog die Waffe. Sie reihte sich hinter ihn ein und dirigierte aus dieser Position unseren weiteren Marsch. „Gleich kommt eine Kreuzung, wir drehen dort nach Links ab…!“ Eine Gestalt sprintete auf uns zu, das Knurren war das untrügliche Zeichen, dass einer der Jäger uns entdeckt hatte. Taisya schrie entsetzt auf, ließ die Fackel fallen und kauerte sich auf den Boden. Sie stammelte wild vor sich hin und hielt die Arme schützend über ihr Haupt. Juan schien sich im Laufe seines Hierseins einiges von Imhoteps bewährter Kampftechnik abgeguckt zu haben - blitzschnell zog er sein Kurzschwert und hämmerte den Knauf der Waffe voller Wucht auf den Wolfsschädel. Das Vieh fiel um wie ein nasser Sack und blieb vorerst regungslos liegen. „Schnell ein Seil!“ Peter und Juan verschnürten das Biest zu einem Bündel und legten ihm vorsichtshalber eine Schlinge um das schaurige Maul. „Ich hoffe nur, dass das genügt?“ Ich näherte mich dem Gefangenen. Misstrauisch schauten wir uns unseren furchteinflößenden Gegner an. Mit seinen zwei Metern und einem kräftigen Körperbau war er ein nicht zu unterschätzender Widersacher. Taisya beruhigte sich, als sie bemerkte, dass wir die Lage im Griff und den Wolfskopf zur Strecke gebracht hatten. „Das hat noch niemand geschafft“, stammelte sie beeindruckt und traute sich sogar, ein Stück weiter an ihn heran zu kriechen. Allerdings nur so lange, bis er zu sich kam und lostobte. Er hatte gelblich leuchtende Augen und stank wie die Pest. „Wasser ist ein Fremdwort für die Viecher - ich erkenne keinen Fatz Humanes an ihn. In freier Wildbahn würde ich ihn eher für einen Wolf halten, trotz des Menschenkörpers. Der würde allerdings in jeder Halloween - Party den Knaller abgeben!“ Peter hatte sich das Licht gegriffen und fasste seine wesentlichen Erkenntnisse in wenigen Worten zusammen. „Du weißt schon, dass wir ihn nicht so liegen lassen können. Also - was soll mit ihm geschehen? Erschießen?“ Über den weiteren Werdegang hatten sich noch keiner von uns Gedanken machen können. Juan drohte dem

Mutanten mit dem Schwert. „Halt die Schnauze oder ich ramme Dir die Klinge in den Schlund!“ machte er ihm unmissverständlich klar. Das half, zumindest für eine Weile. Bernd schlich sich bis zum Kreuzgang vor und lauschte. „Wir sollten uns von hier verkrümeln. Ist alles ruhig“, informierte er und betrachtete eingehend unseren ungewöhnlichen Fang. „Wir haben keine Wahl - wenn wir ihn nicht töten, hängt er sich wie eine Klette an uns. Er hat uns gesehen, kennt unseren Geruch und wird das gesamte Rudel auf uns hetzen“, murmelte Taisya bedächtig. Peter setzte indessen seine Forschung am lebenden Objekt fort. Mit fatalen Folgen, wie wir zu spüren bekamen. Durch die heftigen Bewegungen hatte sich die Schlinge gelockert, ehe wir uns versahen, schnappte der kräftige Kiefer des Wolfes in Peters Bein. Der heulte vor Schmerz auf und stieß mit dem Knie des anderen Beines gegen die Schnauze des Angreifers. Ohne Erfolg. Juan handelte entschlossen und rammte ihm die Klinge zwischen die Schulterblätter bis in das Herz hinein. Er war augenblicklich tot, sein Biss lockerte sich. „So eine verdammte Scheiße aber auch! Er hat mich voll erwischt“, klagte Peter und kroch auf allen Vieren zur Seite. Er blutete stark und wurde bleich. „Wie kann man nur so blöd sein?“ schimpfte Bernd und hockte sich neben ihn hin, um die Verletzung zu versorgen. „Trink einen Schluck, ich säubere sie so gut es geht. Hoffentlich bekommst Du keine Blutvergiftung? Wir haben nur die notwendigsten Sachen für solche Fälle mit!“ Er holte aus seiner Hosentasche ein kleines Notpaket. „Ob die paar Binden reichen?“ Seine Zweifel waren berechtigt. Taisya wurde unsere Retterin in höchster Not. „Wenn wir ein Stück gehen, stoßen wir auf eine weitere verlassene Siedlung meines Volkes. Dort finden wir alles, was wir für ihn brauchen“, wisperte sie Juan zu. „Wir müssen die Blutung stoppen und die Wunde gründlich reinigen. Vielleicht haben wir Glück und finden noch einige Kräuter unserer Heilerin?“ Bernd verband das Bein provisorisch, in dieser Zeit ließen wir den Leichnam des Mutanten in einer dunklen Spalte verschwinden. Bernd und ich nahmen Peter in die Mitte und wir schleppten unseren Freund einige hundert Meter abwärts. Dieser Teil der alten Siedlung befand sich im Innern des Berges und war luxuriöser ausgestattet und prunkvoller gearbeitet. „Ein Unterschied wie Tag und Nacht! Also gab es auch hier eine Zwei-Klassen-Gesellschaft? Die Armen dort, die Reichen hier?" mutmaßte Bernd und half Peter zu einer Treppe, damit er sich setzen konnte. In meinem Kopf arbeitete es schon wieder, Vergleiche mit ähnlichen Felssiedlungen schoben sich fast automatisch in mein Hirn. Kappadokien mit seiner ausgefallenen und wunderschönen Architektur kam mir in den Sinn. „Die Erbauer unserer Felsstädte könnten direkt von hier stammen. Manche Elemente sind sich so ähnlich, als wenn sie vom gleichen Baumeister oder Steinmetz gefertigt wurden. Die Geschichte der Antike hat nicht nur einmal offenbart, dass die alten Völker voneinander lernten und viele nützlichen Dinge übernahmen - auch von ihren potentiellen Feinden und Gegnern. Ich betone immer wieder - mit jeder neuen Erkenntnis müssen wir die Geschichte der Menschheit neu umschreiben!" Juan tippte sich an die Stirn. „Sei mal nicht sauer, Arne, aber wir haben jetzt wichtigere Dinge zu erledigen, als über die Geschichte zu schwafeln. Hilf lieber Bernd, den Verband zu lösen. Ich gehe mit Taisya und suche neues Material!" Juan entzündete eine weitere Fackel. Während sich beide aufmachten, um die Kammer der Heilerin zu inspizieren, löste Bernd unser Problem auf seine Weise. Er zog seinen Dolch und durchschnitt die blutbesudelten Binden. „Der hatte einen kräftigen Biss - ist eine tiefere Fleischverletzung. Hoffe ich zumindest? Wenn er den Knochen erwischt hätte, Mann oh Mann!" Er schüttelte bedenklich den Kopf. Unsere Gefährten kamen mit mehreren Behältnissen zurück. Taisya sah sich die Wunde genauer, dann löste sie an einem Tonkrug eine Schnur und die Abdeckung. „Das nenne ich sterile Aufbewahrung!" Erstaunt verfolgte ich, wie sie einige weiche Lappen entnahm, und die Wunde mit Wasser aus einer Trinkflasche abwusch. „Jetzt das Bein hochhalten!" ordnete sie an und wir gehorchten folgsam. „Bei uns würde sie glatt als Schwesterschülerin im Praktikum gelten - sie scheint wirklich Ahnung zu haben", brummelte Bernd verzückt, während Peter bei jeder Berührung aufstöhnte. „Wer den Schaden hat, muss bekanntlich für den Spott nicht sorgen! Beiß gefälligst die Zähne zusammen und blamiere uns nicht vor dem Mädel!" knurrte ihn Juan an. Mir tat Peter leid, aber in der gegenwärtigen Situation hatten wir keine große Wahl. Taisya ließ sich von unserem Wortgeplänkel nicht ablenken. Sie öffnete zwei weitere Krüge. In einem befand sich eine Art graubraune Tinktur. „Die hilft, dass die Wunde besser heilt!" Mit einem schnippischen Augenzwinkern trug sie die Salbe auf, aus dem anderen Krug angelte sie zwei breitere Lederstreifen heraus. Einen legte sie als Kompresse auf, den anderen wickelte sie fest um seine Wade. Zufrieden rieb sie sich die Hände. „Ich bringe die Töpfe wieder an ihren alten Platz - vielleicht brauche ich sie selber einmal?“ Sie verschloss die Behälter und band die Schnüre wieder sorgsam herum. „Ich helfe Dir tragen“, bot Bernd an und beide entschwanden für einige Minuten. Zeit für uns, einige Ereignisse zu überdenken. „Du hältst Dich in Zukunft von diesen Viechern fern - verstanden!“ Juan war sauer, zumal sich jetzt abzeichnete, dass Peter nicht richtig laufen konnte und damit zu einer zusätzlichen Belastung für unsere Mission wurde. „Arne - schau Dich ein bisschen um! Wir brauchen einen Stock als Krücke für ihn.“ Juan eilte in den Salon hinter uns. Das war für mich die Gelegenheit, die Besonderheiten dieser Siedlung während der Suche wenigstens kurz in Augenschein zu nehmen. Auch hier war unverkennbar, dass die Bewohner völlig überhastet flüchten mussten. Unter meinen Sohlen knirschte es verdächtig. Kaputter Hausrat lag in allen Räumen umher, ich fand haufenweise Scherben mit farbigen Verzierungen und Bildern. Die Wände waren mit fremdartigen Symbolen bedeckt, die mich nur entfernt an typische Hieroglyphen erinnerten. „Hier müssen echte Vandalen gewütet haben!“ Eine Wand war voller längst getrocknetem Blut, darin die schematischen Umrisse eines Menschen erkennbar. Juan war leise zu mir getreten und leuchtete die Wand an. „Wer auch immer hier gestorben ist - der oder die Angreifer haben ihn mit solcher Gewalt gegen den Fels gedonnert, dass er förmlich explodiert sein muss.“ Eine andere Erklärung konnte es kaum geben. Bernd und Taisya kamen zurück. „Das da war Chavi - unsere Heilerin! Sie versuchte, die Sirenen und Seth aufzuhalten. Aber sie verfügte nicht über genügend Kräfte, sich gegen einen Gott zur Wehr zu setzen. Er hat sie einfach zermanscht wie eine faule Frucht. Aber sie war es, die ihn für einige Sekunden ablenkte und mir damit das Leben rettete.“ Sie berührte andächtig die Stelle und senkte die Stirn zu einem Gebet. „Das habe ich in der Kammer der Heilerin entdeckt!“ Bernd reichte Peter einen stabilen Stock mit einer gepolsterten Gabel am Ende. „Eine echte antike Krücke - extra für Dich angefertigt!“ witzelte er. Peter war zwar nicht zum

Lachen zumute aber froh, wenigstens ein brauchbares Hilfsmittel zu besitzen. Er probierte einige Schritte aus. „Na Arne, kommt Dir das nicht bekannt vor? Damals habe ich Dir einen Stock mit Pferdekopf geschnitzt!“ An Peter gewandt fügte Juan hinzu: „ Er wurde von einem Kemu attackiert, als er eine Freundin aus den Klauen von Söldner befreite - also ein echter Grund, sich eine blutige Schramme zu holen!“ Während ich Peter aufklärte, was für Biester diese Kemus sind, trotteten wir weiter. Wir legten extra für ihn zwischendurch einige Pausen ein - und gelangten schließlich im Tal der Drei Könige an. Taisya ließ die Fackeln löschen. „Hier patrouillieren die Jäger in jeder Nacht. Da drüben befindet sich der alte Sonnen - Tempel, das Haus daneben ist unser Ziel!“ Der Mond war bereits verschwunden, die Sterne spendeten genügend Licht, so dass wir zumindest die Umrisse der Umgebung in der Dämmerung erkannten. Peter schwitzte zwar wie ein Schwein, hielt sich aber recht wacker. Er kam mit der Krücke ausgesprochen gut zurecht, so dass er kaum noch Hilfe benötigte. „Die Salbe wirkt Wunder. Ich habe keine Schmerzen und das Puckern hat aufgehört“, wisperte er uns zu, während unsere Wegführerin hinter einer Stele abtauchte. Wir versammelten uns am Fuße einer umgestürzten Säule. „Was hat sie vor?“ fragte ich Juan. „Sie erkundet einen Weg, der direkt zu der Terrasse am Südhang führt. Ist gleich wieder da“, beruhigte er mich und reichte Peter seine Trinkflasche. „Meinen Spruch vorhin habe ich nicht so gemeint. Ich weiß ja, dass sich niemand mit Absicht so einen Schmarren einfängt. Sorry noch mal“, entschuldigte er sich. Peter guckte etwas überrumpelt, dann schlug er in die dargebotene Hand ein. „Schon okay - ein bisschen blauäugig war es schon von mir“, gab er reumütig zu, damit war zumindest der Haussegen wieder gerichtet. Und ich fühlte mich sofort besser. „Ist schon ein komisches Gefühl, zu wissen, dass ein paar Meter weiter mein Kind ist“, grübelte ich versonnen. Auch wenn meine Zuversicht merklich wuchs - ich hatte in dieser Epoche schon so viele Seifenblasen platzen sehen...

„Sie kommt!“ Mit leichten Schritten kehrte Taisya zurück. „Es ist bemerkenswert still - da stimmt was nicht?“ Sie kauerte sich neben uns hin und trank einen langen Zug. „Ich lebe schon so viele Jahre in meinen Verstecken - im Tal war es niemals so ruhig wie heute. Ich habe keine Ahnung, woran das liegt?“ Sie sah uns der Reihe nach skeptisch an. „Und der Weg - ist frei?“ wollte Juan wissen. Sie nickte. „Das ist er, nicht ein Jäger treibt sich hier herum. Wenn ich auf meinen Bauch höre, dann würde ich lieber abhauen!“ Juan pfiff leise vor sich hin. „Du glaubst, das ist eine Falle?“ fragte er unverblümt. „Mein Bauch sagt - ja!“ war ihre Antwort. Ich holte tief Luft und setzte zum Sprechen an. „Keine Polemik - ich will nur eine klare Aussage von Euch - weiter oder Rückkehr?“ stoppte mich Juan. „Ich bin für weiter gehen!“ teilte ich meine Entscheidung mit. Als auch Bernd und Peter dafür stimmten, hellte sein Gesicht auf. „Ich schließe mich Euch gerne an - was ist mit Dir, Taisya? Möchtest Du lieber bleiben - dann geh einfach und verstecke Dich wieder!“ Die junge Frau blickte uns unschlüssig an, ich konnte sehen, wie ihre Gehirnzellen ratterten. Sie sah den Fels hinauf, blickte zum Sonnen-Tempel und runzelte die Stirn. „Wenn ich mich verstecke, bin ich wieder allein. Und irgendwann erwischen sie mich, ob so oder so! Das möchte ich nicht mehr. Ich bleibe bei Euch!“ Sie lächelte uns unsicher an, als wir sie dafür einfach mal in die Arme nahmen und drückten. „Wenn das geklärt ist, benötigen wir so was wie einen genialen Schlachtplan. Eure Ideen und Vorschläge bitte?“ Juan wischte den Sand vor sich glatt. „Taisya - zeichne mal die Strecke auf, die wir laufen müssen. So weit kann es ja nicht sein?“ Sie malte mit dem Finger eine Zickzacklinie und markierte zwei Punkte. „Das sind die Stellen, an denen sich sonst die Jäger aufhalten, um das Areal zu überwachen. Einmal ein Hügel gleich hier vorn, danach ein eingestürztes Dach von einer Grabstätte eines Stammesfürsten.“ Sie kannte sich wirklich sehr gut aus. „Also Taisya, Du führst uns an, danach folge ich Dir mit Peter - Peter Du gibst das Tempo vor, verstanden?“ Er nickte nur und schluckte. „Bernd, Du bleibst in der Mitte, während Arne uns den Rücken frei hält. Noch Fragen?“ Die gab es nicht, damit formierten wir uns und hofften, dass es klappen würde. Außer das leise Knirschen des Sandes unter unseren Füßen war vorerst nichts zu hören. Einmal gingen wir in Deckung, als in der Ferne das Glitzern der Sterne durch die Schatten eines Schwarmes unterbrochen wurde. „Sirenen - sie fliegen auf Beutezug ins Reich der Kusch“, zischelte Taisya, kurz darauf ging es weiter. Den Hügel passierten wir ohne Vorkommnisse, wenige Minuten danach war das erwähnte Grabmal auszumachen. Taisya stockte, witternd hielt sie die Nase in den Wind. Auch ich bemerkte den intensiven Geruch der Ausdünstungen, den diese Wolfsköpfe ausströmten. „Er sitzt da oben, gleich neben der Stele." Bernd klopfte mir auf die Schulter, ich folgte der Richtung seines Armes. Ich erfasste die Umrisse einer Gestalt, die dort hockte. „Schießt ihn runter - aber mit dem Laser! Wir können uns keinen Krach leisten", befahl Juan. Ich nestelte den Strahler aus meiner Tasche und machte ihn scharf. „Wo ist er hin? Ich sehe ihn nicht mehr", raunte ich ihm zu, während ich aufmerksam unser Umfeld beäugte. „Er hat uns bemerkt - seid wachsam...!" warnte uns Taisya, als wir angegriffen wurden. Meine Freunde rissen ihre Revolver hoch und hielten sie bereit. „Die Feuerwaffen nur im äußersten Notfall verwenden. Arne, Du musst ihn unbedingt ausschalten!" rief mir Juan noch zu, da tauchte er unvermittelt vor mir auf. Mein erster Strahl traf einen trockenen Busch, der in Flammen aufging. Mit dem zweiten Treffer trennte ich seine Beine unterhalb der Knie durch. Er stolperte und fiel der Länge nach hin. Sein Fauchen schlug in bösartiges Knurren um, er versuche, kriechend sein Ziel doch noch zu erreichen. Juan eilte ihm entgegen, mit gezücktem Schwert umrundete er die keifende Kreatur. „Taisya, das ist dieser Einauge. Hast Du ihm noch was zu sagen, bevor er das Zeitliche segnet?" Schüchtern trat sie in unserer Begleitung auf den Jäger zu, der ihre Familie auf dem Gewissen hatte. Mit großen Augen starrte sie auf seine Füße, die einsam auf dem Weg lagen. Er schnappte wütend und wie im Rausch nach ihr, Juans Hieb mit der flachen Klinge auf seine Schnauze ließ ihn erneut aufheulen. „So nicht, mein Freund!" schnaubte er ihn an und holte aus. „Warte einen Moment - ich habe ihm doch was zu sagen", bat Taisya und trat furchtlos auf ihn zu. Einauge schnüffelte und nieste, trotz der Schmerzen, die er hatte, blieb er erstaunlich ruhig. „Du Ausgeburt der schwarzen Hölle - weißt Du wer ich bin?" Sie hielt genügend Abstand, um nicht eine ähnliche Überraschung zu erleben, wie Peter. Juan überwachte jede seiner Regungen, stets bereit, sofort einzugreifen. „Erinnerst Du Dich an Jusuf und seine Familie - im oberen Dorf? Mir gelang die Flucht, weil die Heilerin Chavi den Mut besaß, sich Seth und seiner Brut entgegen zu stellen. Als ich meine Familie fand, warst Du gerade dabei, meinem Vater das Herz aus der Brust zu reißen - und hast Dich an meiner kleinen Schwester vergangen und sie dabei ermordet!“ Ihre Stimme klang fest und war voller Hass und Wut. „Damals habe ich mir geschworen, alles zu tun, Dich und deinesgleichen auszumerzen, wenn sich die Gelegenheit dafür ergibt! Dein Sohn Klarus - erinnerst Du Dich - wie Du ihn gefunden hast?“ Den Blick des Monsters zu beschreiben, war nicht möglich. „Du hast ihn umgebracht?“ röchelte Einauge voller Grimm und wollte sich aufrichten. Das Schwert hinderte ihn daran. „Ihn und seine beiden merkwürdigen Gesellen, die mit ihm auf der Jagd nach Menschenfleisch waren. Es waren meine Pfeile, die ihre Gurgeln durchbohrten - und es war mein Messer, das ihnen die Herzen herausschnitt!“ schleuderte sie ihm feindselig ins Gesicht. Er vermochte seine Erbitterung kaum noch zu zügeln, aufgebracht stieß er einen langen Heuler aus. Aus der Ferne bekam er Antwort – das Rudel war alarmiert. „Gib mir Dein Schwert - ich beende das schaurige Spiel.“ Juan übergab seine Waffe an die Frau und schaute seelenruhig zu, wie sie ihre Rache vollendete. Mit einem einzigen Schlag rollte der Kopf des Unholdes vor ihre Füße. „Das ist für Dich, Vater Jusuf. Für Dich und meine ganze Familie!“ Mit einem dankbaren Lächeln gab sie das Schwert zurück. „Den Rest erledigen die Sirenen - sie verschmähen auch keine Jäger“, gluckste sie und winkte uns zu, unseren Marsch fortzusetzen. „Noch ein paar Schritte, dann erreichen wir die Terrasse!“

„**S**o ein Gebäude ich noch nie gesehen?“ Voller Verwunderung nahm ich den fremden Baustil zur Kenntnis. Die Terrasse war nach irdischen Maßstäben angelegt, aber der Rest des Objektes wich von allem ab, was ich in meiner beruflichen Laufbahn jemals zu Gesicht bekam. „Aus architektonischer Sicht der damaligen Zeit glaube ich nicht, dass eine runde Form machbar war? Ein Bauwerk als gigantische Kugel - das war technisch kaum möglich? Zumindest in unserer Zeit - die alten Römer mit der Erfindung des Betons und Kuppelbauten waren unsere Vorreiter - das wissen wir!“ Meinen Begleitern stand das Erstaunen auf der Stirn geschrieben. „Arne - hast Du es schon bemerkt? Es hat keinen Bodenkontakt. Es schwebt frei in der Luft!“ Bernd bückte sich, um den Sockel zu betrachten. „Keine Fundamente, keinen Keller - nichts?“ Er rückte in Hocke zur Steintreppe vor, die Boden und Tempel miteinander verbanden. „Ich würde ja mal meine Hand darunter halten - aber wer weiß, was dann geschieht?“ Ich hielt ihn von unbedachten Experimenten ab. „Ist besser so - wenn es ein Kraftfeld ist, kann es Dir Deine Hand kosten. Also Pfoten weg! Ein Invalide reicht ja wohl“, verwarnte ich ihn eindringlich. Juan schien ähnliche Gedanken zu haben, er suchte einen Ast oder einen Gegenstand, den er dafür nutzen konnte. In einem naheliegenden Busch brach er einen langen Zweig ab und kam damit zu uns. „Du hast Recht, mein Freund! Meine Hand möchte ich dabei nicht einbüßen - aber mich interessiert auch brennend, was das sein könnte?“ Ehe ich mich versah, stocherte er mit dem Astwerk unter der Kugel entlang. Es gab einen Ruck, und ihm wurde das gesamte Zeug aus den Fäusten gerissen und löste sich im Nichts auf. „Scheiße, das brennt wie Feuer!“ fluchte er verhalten und fuchtelte wild mit seinen Händen umher, um sie abzukühlen. „Also - Finger weg von dem Ding! Es ist ein verdammtes Kraftfeld!“ teilte er uns seine Erkenntnis mit. Bernd feixte vor sich hin. „Wie geht der Spruch mit dem Studieren? Probieren geht davor oder so ähnlich?“ Ich schüttelte nur den Kopf und sah meinen Freund strafend an. „Alles halb so wild - geht gleich wieder vorbei!“ Zum Beweis hielt er mir seine Handflächen entgegen. „Nichts mehr zu sehen!“ Taisya war die Einzige, die einen klaren Kopf bewahrte und unser Umfeld im Auge behielt. „Ein Streitwagen ist im Anmarsch!“ Ihre Warnung traf uns wie ein Hammerschlag. Hastig blickten wir uns um - aber es gab keine geeigneten Verstecke. „Rein mit Euch - los! Nun beeilt Euch - er ist gleich hier!“ entschied ich instinktiv und trieb meine Leute auf die Treppe. Im letzten Moment verschwanden wir im Tempel, als der gewaltige Kampfwagen donnernd auf die Fläche rollte und vor dem Portal anhielt. Eigentlich erwartete ich, den Innenraum der Tempelanlage als gewölbte Ausdehnung zu erleben, aber verblüfft registrierten wir, dass er geradlinig war wie jeder normale Tempel der Erde. „Das ist eine optische Täuschung? Anders ist das Phänomen nicht zu erklären“, war sich Juan sicher, während wir verzweifelt nach einem Schlupfwinkel suchten, in dem wir untertauchen konnten. Ein Palmenhain in der Nähe wurde unsere Rettung. Die Bäume waren nicht sehr groß und machten einen gepflegten Eindruck. Sie waren so dicht gewachsen, dass wir uns dahinter verbergen konnten. Prustend ließen wir uns auf den Boden fallen, Peter brach dabei die Stützgabel seiner Krücke ab. Aber das spielte im Augenblick keine Rolle - der Boden erzitterte unter den wuchtigen Schritten des Gottes, als er die Halle betrat. Obwohl mir sein Anblick nicht fremd war, spürte ich, wie sich meine Nackenhaare aufrichteten und ein frostiger Schauer über meinen Rücken glitt. Wenige Meter von uns entfernt, stolzierte der Koloss vorbei und entschwand in den Tiefen des Tempels. „Was für ein Monstrum! Das ist dieser Sebak?“ Bernd war sichtlich beeindruckt. Ich erhob mich und reinigte meine Knie von der braunen Erde. „Das ist Sebak II. wie er leibt und lebt. In voller Schönheit!“ Mein Blick fiel auf Taisya, die eine sichtbare Wandlung durchmachte. Eben noch ein furchtloser Racheengel ihrer Familie, zitterte sie nun wie Espenlaub. Sie wimmerte hilflos und stammelte immer wieder ein Wort vor sich hin – Sebak. Der Anblick des Gottes hatte ihr offensichtlich ihre eigene Bedeutungslosigkeit ins Gedächtnis gerufen - so, wie man ihr es von Kindesbeinen an gelehrt hatte. „Bernd, kümmere Dich um das Mädel, bevor sie völlig durchdreht! Du hast doch einen guten Draht zu ihr“, bat ich ihn um Hilfe und rannte damit offene Türen ein. Juan war bereits aktiv und hatte sich gemerkt, wohin Sebak II. gelaufen war. „Einen Augenblick bitte - Taisya ist noch nicht so weit.“ Bernd legte seine Arme um ihre Schulter und redete geduldig auf sie ein. „Wenn er als Gott so unfehlbar ist - hätte er uns entdeckt. Das hat er aber nicht! Meine Freund Arne und Juan bekämpfen diese Brut seit Jahren und haben seinen Vorgänger getötet, so wie Du den Einäugigen vorhin. Diese Götter sind sterblich - sie verdienen es nicht, die Unsterblichen genannt zu werden.“ Ich habe keine Ahnung, wie lange es noch gedauert hätte, ihr die Angst zu nehmen. Juan - der seine Erfahrungen als zukünftiger Thronfolger und Pharao gemacht hatte, kürzte das Verfahren mit einem Spruch ab. „Ich bin Dein Herrscher und gebiete über Leben und Tod! Du gehorchst nicht den Göttern sondern dem Pharao - denn ich bin die lebende Reinkarnation aller Götter!“ Er sah sie mit strengen Augen an und berührte ihre Stirn. „Und nun steh auf und folge mir!“ Ich hielt das eher für einen faulen Budenzauber, aber die Formel der Pharaonen funktionierte. Taisya drehte sich gehorsam um und ließ sich von Bernd führen. „Donnerwetter, das hätte ich jetzt nicht erwartet? Dein Voodoo musst Du mir bei

Gelegenheit mal näher erklären!“ frotzelte ich, aber Juan winkte gleichmütig ab. „Das kann man nicht erklären. Es gibt halt doch Sachen zwischen Himmel und Erde, mit denen man einfach leben muss. Das gehört dazu. Wie diese verdammten Götter, die es offiziell auch nicht gibt?“ Wir hatten keine Zeit zu verschenken, ungeduldig steuerte Juan die Halle an, in denen Sebak II. verschwunden war. Mich beschlich ein merkwürdiges Gefühl, je weiter wir uns unserem Ziel näherten, umso unruhiger wurde ich. „Du kannst mich prügeln wie einen Hund - aber hier geht es nicht weiter. Ende in Gelände!“ Juan war mehr als bestürzt, ratlos drehte er sich hin und her, um einen Ausweg zu finden. Wir standen vor einer grauen Granitwand, die uns kalt entgegen blitzte. Peter stocherte mit seinem Stock daran herum, ich tastete sie mit den Händen ab. „Ich habe es genau beobachtet - hier ist der Bursche durch. An dieser Stelle!“ Juan trat angesäuert mit dem Fuß gegen den Fels. „Ein Scheiß Spiel!“ fluchte er und ließ sich auf den Boden sinken. Bernd und ich liefen die gesamte Halle ab, das Ergebnis blieb gleich. Überall stießen wir auf diese Granitfläche. „Also doch eine optische Täuschung, wie Du es gesagt hast“, stellte Juan resigniert fest, „dann bleibt uns nur Eines - weiter suchen! Oder Taisya hat sich geirrt, und die Mädchen sind doch nicht hier?“ Ich wusste es besser. „Sie sind hier, auf jeden Fall! Was ist, wenn diese optische Täuschung im doppelten Sinne funktioniert? Quasi als Negation der Negation…“ Meine Begleiter schauten ziemlich bedeppert daher. Auch ich hatte keine Ahnung, woher ich plötzlich diese Eingebung hatte. Ich druckste herum. „Ich versuche es mal ganz langsam - vielleicht verstehe es ich es dann selber? Ich denke, wir haben es mit einer anderen Form eines Zeitportals zu tun. Ich überlege die ganze Zeit, welchen Sinn dieses Objekt haben könnte und vor allem - wer es errichtet hat? Zu welchem Zweck ein rundes Gebilde, welches ja mathematisch betrachtet, kein Anfang und Ende hat. Jeder Punkt kann Anfang und Ende sein - oder?“ Während wir grübelten und uns die Köpfe heiß redeten, lief Taisya an der Wand entlang. Plötzlich war sie weg - wie vom Erdboden verschluckt. Bernd bemerkte es und machte sich auf, sie zu suchen. Aufgeregt kam er zurück. „Sie ist einfach verschwunden - hat sich in Luft aufgelöst!“ Er bekam ein knallrotes Gesicht. Ich dachte später oftmals über dieses Phänomen nach. War es die

Tatsache, dass bei ihr der Ur-Instinkt erhalten war, den wir schon längst begraben hatten oder einfach nur der Zufall seine Hand im Spiel hatte - auf jeden Fall tauchte sie eben so unverhofft wieder auf. Bernd kniff sich selber. „Träume ich?“ Taisya winkte uns heftig zu. „Hier ist der Eingang! Nehmt meine Hände - ich lotste Euch rein.“ In Bruchteilen von Sekunden schien es, als stünde die Welt auf dem Kopf...

„Paps - bist Du das wirklich?“
Shyla stand vor mir und starrte mich wie einen Geist an. „Onkel Bernd - Du bist ja auch da?“ Laut jubelnd, sprang mir mein Kind in die Arme und drückte sich wild an mich! „Wo ist Eli, wo ist Mama? Hast Du sie nicht mitgebracht?“ Sie drückte mir vorwurfsvoll die Wangen zusammen und gab mir einen dicken Kuss. „Weshalb hat das so lange gedauert? Ich warte schon die ganze Zeit, dass Ihr mich besuchen kommt.“ Sie quasselte ohne Unterbrechung und ich genoss es einfach. Ich war glücklich, einfach Happy. Peter machte sich unauffällig einige Notizen in sein Heftchen, Juan behielt den Flur und die Nachbarräume im Auge. „Wir sind hier, weil wir Dich holen und nach Hause bringen wollen!“ erklärte ich und erwartete einen weiteren Jubelschrei. Doch ihre Reaktion fiel anders aus, als ich es vermutete. „Ich kann nicht weg! Paps - das geht nicht. Dann bricht der Kreis der Dreizehn auseinander und wir sind hilflos“, erklärte sie mir, während sie Bernd auf die Schulter kletterte, um ihn gebührend zu begrüßen. Sie machte so ein ernstes Gesicht dabei, dass ich ihr glauben musste, ohne wirklich verstanden zu haben, worum es ging. „Onkel Bernd, sage Du meinem Paps, dass ich nicht einfach fort kann!“ drängelte sie und gab meinem Freund ein Bussi auf die Wange. Der warf sie in die Luft und fing sie wieder auf, dass sie jauchzte und vor Vergnügen schrie. Als sie sich halbwegs ausgetobt hatte, machte ich sie mit meinen restlichen Begleitern und Freunde bekannt. „Das ist Onkel Juan - den kennst Du ja noch aus meinen Erzählungen!“ Sie klatschte die Hände zusammen. „Du bist der neue Pharao, stimmst? Der die Amaunet geheiratet hat. Hast Du auch Kinder?“ Die Fragen schossen ihr nur so aus dem Mund und fanden kein Ende. „Du weißt schon, an wen sie mich erinnert?“ Juan stieß mich belustigt an. „Original Deine Frau noch

mal! Ganz die süße Mama..." Er hockte sich hin und grinste sie an. „Meine beiden Jungen heißen Bastet und Ramses. Sie werden sich freuen, wenn Du uns besuchen kommst. Vielleicht ist dann auch ihr Schwesterchen oder Brüderchen schon da?" Shyla sah ihm in die Augen, während er redete. „Du bekommst eine Tochter - sie wird Mizzi heißen. Sie wird morgen früh das Licht der Welt erblicken..." Juan sprang auf, ungläubig guckte er auf das Kind, dann auf mich. „Den Namen haben wir niemanden verraten - nicht einmal der Pharao kennt ihn?" Ihre nächsten Kommentare verblüfften alle noch mehr. „Der Pharao wird im Reich der Toten erwartet. Wenn Du zurückkehrst, wird er nicht mehr da sein und Du übernimmst sein Amt! Du wirst 65 Jahre über Pharaonien herrschen, bis der Sohn von Ramses, Dein Enkel - Dich stürzt." Die wohl die Tragweite der Worte nicht begriff, war in diesen Moment Taisya, da sie die Hintergründe nicht kannte. Und ich - denn meine Tochter war erst vier Jahre alt. „Wie kommt sie darauf, solche Dinge zu erzählen?" Peter nutzte den Moment der Ruhe, um sich selber vorzustellen. „Ich arbeite bei der Polizei und bin mit Deinem Vater gekommen, weil ich wissen möchte, was mit Dir geschehen ist?" Klugerweise vermied er es, zu betonen, dass wir sie mitnehmen wollten. Jetzt zeigte sich erneut, dass er ein hervorragender Beobachter war. Dennoch - unbeeindruckt von seinen Worten, schlenderte Shyla auf Taisya zu und fasste ihre Hand an. „Schwarze Frau - Du wirst eine große Kriegerin und viele Jäger töten! Und Du wirst da sein, wenn wir Dich brauchen." Shyla lächelte sie vertrauensvoll an. Die nachfolgende Szene gab mir erneut zu denken. Taisya neigte ihr Haupt und kniete vor meinem Kind hin. „Ich werde da sein und Dir folgen und Dich und Deine Schwestern beschützen - Priesterin des Gottes Thot - dem Beherrscher der Weisheit und des Mondes!" Meine Freunde warfen mir einen Blick zu, als hätte ich etwas ausgefressen. „Ich weiß nicht, liegt es an der Luft oder an der Umgebung? Irgendwas läuft hier schief. Oder was denkt Ihr?" Peter und Bernd konnten mit Thot als Namen nichts anfangen, Juan betrachtete Shyla wie ein Wunderkind. „Priesterinnen des Großen Thot - dem Erschaffer der Worte und Wächter des Mondes! Wenn sein Zauber diese Kinder beschützt, sind sie mächtiger als jeder Gott, der jemals von Sebak erschaffen wurde. Deshalb sind seine Schergen so hektisch, deshalb versucht er, sie aus dem Weg zu räumen, so lange er noch die Kraft dafür hat. Ist das so - Shyla?“ Das Kind vor mir war nicht meine kleine Tochter, die ich beschützen musste. In meinem Kopf herrschte ein derartiges Durcheinander, dass ich kaum einen klaren Gedanken zustande brachte. „Es waren nicht die Priester der Bruderschaft, die sie und die anderen Mädchen herbrachten? So, wie wir alle glaubten?“ Peter kratzte sich kleinlaut am Kopf, während er laut noch einmal die wesentlichen Fakten sortierte.

„*Punkt Eins* - die Mädchen wurden entführt - aber nicht von Sebaks Orden!

Punkt Zwei - wir sind in eine Zeit gelangt, die von Pharaonen und Göttern der Uralt - Antike beherrscht wird!

Punkt Drei - die Mädchen gehören der Priesterschaft eines Gottes Namens Thot an, der sehr mächtig ist!

Punkt Vier - wie soll ich den ganzen Scheiß in meinem Bericht unterbringen, ohne dass meine Vorgesetzten gleich denken, dass ich in die Klapsmühle gehöre?“

Punkt Vier stieß er so laut hervor, dass Shyla auf ihn aufmerksam wurde. „Vertraue auf Gott Thot - er wird Dich die richtigen Worte finden lassen, die auch Deine Vorgesetzten verstehen werden“, beruhigte sie ihn. Sie nahm mich an die Hand. „Ihr wollt ihn bestimmt mal kennenlernen? Ich zeige Euch sein Abbild!“ Sie führte unseren Trupp über einen flurartigen Gang, der in einer majestätischen Empore endete. Darauf stand er - der Gott mit dem gekrümmten Schnabel des Ibis-Vogel und der Mondsichel auf dem Haupt. Shyla machte einen artigen Knicks, dann sah sie uns abwartend an. „Ach - wir sollen auch...?“ Verlegen deutete ich eine Verbeugung an, meine Freunde taten es mir gleich. Juan, der mit den Sitten und Gebräuchen inzwischen vertraut war, beugte sein Knie vor ihm. „Ich grüße Dich, Gefolgsmann und Beschützer des großen Sonnengottes Re! Halte Deine schützende Hand auch über meinen Thron und beschere unserem Volk eine Zeit in Glück und Frieden!“ Es lag mir fern, seinen neuen Glauben an die Götter in Frage zu stellen, aber mir wurde immer mehr bewusst, wie sehr sich mein alter Freund veränderte. Shyla war zufrieden und strahlte mich glücklich an. „Er ist Euch wohlgesonnen - und Pharao Juan I. wird unter seinem besonderen Schutz stehen - das soll ich Euch ausrichten!" verkündete sie stolz. Eine wichtige Frage beschäftigte mich. „Shyla, wir haben vorhin Sebak II. hier reingehen sehen - ist er Dir nicht über den Weg gelaufen? Immerhin, er ist Dir und Deinen Schwestern nicht wohlgesonnen", fragte ich und sah mich um. Meine Tochter lächelte. „Thot wacht über uns! Sebak II. versucht immer wieder, hier einzudringen. Aber es wird ihm nicht gelingen. So lange wir uns im Tempel befinden, wird er in die Irre geleitet und kehrt stets zum Ausgangspunkt seiner Suche zurück. Deshalb hat unser Tempel eine Kugelform - Anfang ist Ende!" Sie zwinkerte mir listig zu und schnalzte mit der Zunge. „Arne, original Deine Worte von vorhin." sprach Bernd, der Shyla fasziniert zusah, wie sie in ihrem langen Kleidchen die Treppe zu ihren Gott hinauf stieg und an seinem Sockel einen vergilbten Palmenwedel entfernte und ihn durch einen neuen ersetzte. „Dein Kind ist einfach Klasse!" Bernd lächelte. Ich schwankte im Zwiespalt der Gefühle. Auf der einen Seite war ich froh, sie unversehrt gefunden zu haben. Sie allerdings in dieser Mission und Stellung einer Priesterin zu wissen - eine dunkle Ahnung machte sich in mir breit, wenn ich über die Konsequenzen nachdachte. „Ja sie ist wirklich Klasse und ganz ihre Mama! Genau das macht mir im Moment große Furcht", murmelte ich nachdenklich. Shyla schwebte wie eine kleine Prinzessin zu uns hinab. „Ich bringe Euch zu meinen Schwestern. Es wird Zeit für das Ritual. Thot möchte, dass wir unseren Glauben und unsere Kräfte stärken, um für die letzte Schlacht gerüstet zu sein!" Während sie uns in ein Areal mit unzähligen Türen führte, spürten wir eine leichte Erschütterung. Verwundert hielt Bernd an. „Habt Ihr das auch bemerkt? Was kann diesen Koloss so ins Wanken bringen?" Eine gute Frage, die wir aber nicht beantworten konnten. Shyla klatschte in die Hände. „Kommt herbei und heißt unsere Besucher willkommen!" Von überall kamen sie geströmt, Mädchen in ihrem Alter und zum Verwechseln ähnlich. Sie kicherten und alberten herum, wie Kinder es eben taten, wenn sie zufrieden waren. Sie alle trugen lange, bis zum Boden reichende weiße Kleider und hatten die gleichen Haare wie sie - und diesmal konnte ich den Skarabäus auf Shylas Brust pendeln sehen. Er leuchtete hell auf, das Gleiche geschah zeitgleich mit den Amuletten der übrigen Kinder. Das Lachen verstummte schlagartig, die Gesichter nahmen ernste Mienen an. „Versammelt den Kreis der Dreizehn - die Macht und das Wissen von zwölf und einem Gott vereinen sich in unserem Meister Thot!" Shyla führte den Reigen an, der sich um sie bildete, die Augen der Mädchen schlossen sich. „Was machen die jetzt?" fragte Peter, der wohl einen Teil der Informationen nicht mitbekommen hatte. „Das ist ein Ritual für diesen Thot - schau einfach hin, mehr kann ich Dir auch nicht sagen!" murrte Bernd. Die Mädchen fügten sich in einen einheitlichen Takt und schwenkten rhythmisch im Kreis umher. „Neuer Kindertanz, oder was soll das sein?" brummte Peter, als er eines Besseren belehrt wurde. Die Haare der kleinen Tänzerinnen luden sich statisch auf und standen wie Antennen auf ihren Köpfen. Was dann geschah, ließ mich erschaudern. Winzige Blitze lösten sich von der Decke und zuckten über den Reigen hinweg. Ich konnte sehen, wie sie nacheinander in die Körper der Kinder eindrangen. Ein Lichtschauer breitete sich über die Kleinen aus, die völlig ungerührt ihren Tanz weiter führten. Immer öfter schnellten Lichtbögen zwischen den Mädchen umher und ließ sie förmlich aufleuchten. „Oh Scheiße - sie verbrennen gleich!" schrie Bernd, und war drauf und dran, sich einzumischen. Juans hartes Kommando hielt ihn ab. „Stehen bleiben und nicht rühren! Das hat alles seine Richtigkeit. Das ist spirituelle Energie - sie macht die Mädchen stark!" erklärte er kurz und konzentrierte sich weiter auf den Ablauf. Kaskaden von Blitzen knisterten inzwischen auch über uns hinweg - ohne einen von uns jemals zu treffen. „Wir sind keine Auserwählten und keine Priester", bemerkte Juan, der ahnte, was wir dachten. Als ich der Meinung war, dass endlich alles vorbei sei - kam sein großer Auftritt. Thot löste sich aus einem Blitz und baute sich in voller Größe vor uns auf. Stille trat ein, die Mädchen standen noch immer im Kreis und hielten sich an den Händen. „Meine kleinen Göttinnen - ich bin da!" Ich weiß nicht, ob nur ich das Gefühl hatte, dass die Mädchen sich völlig wesensfremd und überhaupt nicht kindgerecht verhielten. „Was geht jetzt ab?" Peters Frage bezog sich nicht auf Thots Erscheinung, sondern mehr auf die Tatsache, dass der Fußboden erneut erzitterte. Diesmal blieb es nicht bei einer Erschütterung, mehrere Wellen rissen uns förmlich von den Beinen. Ich suchte vergeblich nach Halt und fuchtelte mit den Armen umher. Bernd und Peter überschlugen sich und landeten mit einem Purzelbaum vor der Empore. Thot ließ einen Brüller los, er drehte sich wie ein Wirbel um die Achse und löste sich auf. „Es hat aufgehört. Was zum Teufel hat sich gerade hier abgespielt?“ Peter suchte seinen Stock und hievte sich ächzend hoch. „Bernd? Bist Du okay?“ Er stöhnte vernehmlich und rappelte sich mühevoll auf die Treppe. Ich tastete mich zu ihm durch. „Das gibt eine mächtige Beule!“ Er hatte eine Blessur an der Stirn und eine Stelle, die gerade dunkel anlief. Juan stand, zu einer Säule erstarrt, seine Mimik wechselte vom Erstaunen zum Entsetzen. „Die Mädchen - sie sind verschwunden!“

„Sie haben es tatsächlich gewagt, den Frieden dieser heiligen Stätte zu stören! Meine Priesterinnen mussten von hier entweichen – wehe den Störenfrieden!“ Der Hall seines Wutausbruches musste das gesamte Imperium aufrütteln, Wolken ballten sich am Himmel zusammen, die Winde des Landes erhoben sich tobend und hüllten alles in Sand und Staub. Thot, der Gott des Wissens und Wächter des Mondes, richtete seine Schnabelmaske auf mich. „Du bist der Auserwählte, der Sebak schon einmal in das Reich der Toten schickte. Es wird Zeit, dass Du Deiner Bestimmung folgst und das Heer der Sphinxe anführst, um diesem Wahn endlich ein Ende zu setzen!“ donnerte er mir entgegen, dass es mich beinahe umschmetterte. „Kannst Du das auch ruhiger sagen? Wir haben das schließlich nicht verbockt, sondern Deine Spießgesellen! Nicht wir Sterbliche spucken Dir in die Suppe, sondern die, die von sich glauben, alle Macht der Welt zu besitzen“, mahnte ihn Juan. Thot, der sonst keinen Widerspruch eines Menschen dulden würde, betrachtete ihn wohlwollend. „Pharaonien kann sich glücklich schätzen, einen solchen klugen und besonnenen Pharao zu erhalten. Ich habe Dein Gebet erhört - und werde Dich und die Deinen schützen. Doch jetzt müssen wir handeln! Sebak II. und Seth haben eine neue unheilige Allianz geschmiedet, um ihre alte Macht zurück zu erobern. Ich weiß noch nicht, wie sie es schafften, hier einzudringen? Aber ich werde es heraus bekommen - und die Schuldigen hart strafen! Rede mit Deinem Freund - er war in der Kammer der Krieger der Sphinxe und kennt den Code, um sie daraus zu befreien. Wenn wir die Mädchen nicht rechtzeitig finden, entfesseln sie eine Kraft, die sogar uns Götter das Leben kosten kann!" Thot beruhigte sich zusehends. „Das ist total lächerlich. Wir reden von vierjährigen Mädchen - von meiner Tochter? Welche übermächtige Kraft kann ein Kind schon entwickeln, die Euch Göttern gefährlich wird?" Ich schüttelte verständnislos den Kopf, obwohl ich es besser wissen müsste. Nun war ich es, der wie ein Kleinkind betrachtet und belehrt wurde. Thot ließ sich auf den Stufen der Empore nieder. „Ihr Menschen seid manchmal schwierig. Wir haben Euch damals als unsere Wesen erwählt, um unser Blut zu reinigen und ein neues Geschlecht entstehen zu lassen. Ohne Euch gäbe es uns schon nicht mehr." Er legte ganz nebenbei die Hand auf Bernds Kopf. Verblüfft sahen wir zu, wie die Schwellung sich auflöste und die Blutung stockte. Bernd lebte sofort auf und war ganz der Alte. „Ich bin auch der Patron der Heiler - das vergesse ich nur immer wieder." Ich konnte nicht erkennen, ob sich sein Schnabel zu einem Lächeln verzog, auf jeden Fall machte er ungewöhnliche Töne. Er winkte Peter zu sich und vollzog an ihm die gleiche Prozedur. Der warf seine Gehhilfe in die nächste Ecke und probierte einige Schritte. „Danke Großer Thot - das hat mich mehr überzeugt, als sämtliche Worte in dicken Büchern. Kleine Wunder gibt es also doch!" Nun ruhten alle Blicke auf mich. „Was? Thot - wie soll ich meine Tochter finden, wenn niemand weiß, wer dahinter steckt? Bisher sind doch alles nur Vermutungen..." Der Gott hob seinen Arm. „Wir beide wissen sehr genau, wer dahinter steckt. Ich bringe Dich und Deine Gefährten in Sebaks Tempel - dort beginnt Deine Mission!" Bevor ich meinen Protest anmelden konnte, wirbelte vor meinen Augen alles durcheinander...

„Das nenne ich eine fixe Pauschalreise. Eben noch da, und jetzt schon hier - wie viele Sekunden liegen genau dazwischen? Und alles ohne Zuschläge und versteckte Kosten", brummte Peter friedfertig und klopfte sich den Staub aus den Sachen, während Bernd noch immer völlig entgeistert auf die neue Umgebung stierte. „Ich glaube, ich muss gleich kotzen", stöhnte er, so schnell ihn seine Beine trugen, lief er hinter eine Säule. Die Geräusche ließen erahnen, was sich da gerade abspielte. Taisya trat zu Juan. „Das soll der Tempel des Sebaks sein? Er ist niemals fertig gestellt worden?" fragte sie erstaunt. Es hatte sich nach meinem Empfinden nicht verändert. Die Halle und Nebengemächer im Tempel der alten Silbermine waren menschenleer. Wie vor Jahren, lagen noch Bauschutt und Gerüstteile umher. Die eingestürzte Decke bedeckte fast die Hälfte des Steinbodens. An der Seite stand ein alter Holzwagen, die bleichen Knochen davor stammten wahrscheinlich von seinem Zugtier. „Was ist mit der Wache für den Turm der Götter? Gibt es die nicht mehr?“ mischte ich mich ein, denn mein Wissensstand von damals war, dass hier Krieger stationiert wurden. Juan zögerte mit der Antwort. „Das wird Dir nicht gefallen, Arne, aber der Turm der Götter existiert nicht mehr. Der wurde schlicht und einfach geklaut!“ Damit hatte ich wirklich nicht gerechnet. „Wie geklaut - wie kann man so ein Ding stehlen? Verstehe ich nicht?“ Das wollte mir nicht in den Schädel - so ein Turm war kein Besteck oder Badehandtuch, welches man einfach in die Tasche steckte. Er räusperte sich, bevor er weiter sprach. „Ich persönlich vermute, dass unser kleiner Freund Babu dahinter steckt.“ Bernd kam mit bleichem Gesicht zurück. „Schade um das Essen! Aber jetzt geht es mir besser“, beruhigte er uns und trank einen Schluck Wasser. „Behalte mal die Flasche!“ Juan schob sie dankend zu ihm zurück, Bernd grinste und hängte sich die Feldflasche an den Gürtel. „Kleine Geschenke erhalten die Freundschaft!“ meinte er schnippisch, für mich das Zeichen, dass es ihm wirklich besser ging. Ich kannte den Weg, den uns Juan nun führte. Eine sichtbare Schleifspur fiel mir in die Augen, die sich durch sämtliche Flure und Räume zog. „Da brannte der Scheiterhaufen - ist kaum noch was zu erkennen.“ Ich suchte vergeblich nach Aschereste, die Zeit hatte jegliche Spuren getilgt. Außer die Risse in den Platten, die davon zeugten, wie heiß das Feuer brannte. Wir eilten den Pfad hinter den Säulen entlang, der Pferdestall und Wagenhof für die Streitwagen lag verwaist und kahl. Das flache Nebengebäude kam in unser Blickfeld. Es war im Gegensatz zum Rest völlig dunkel. Gespannt wartete ich, bis Juan eine der alten Ölfunzeln entzündete, die wie früher neben dem Eingang standen. „Dieser Raum hier wurde als Mumifizierungskammer eingerichtet und war bei meinem letzten Besuch noch vollständig!“ erklärte er meinen Freunden, dann traten wir im Schein der unruhig flackernden Lampe ein. „Von wegen der Turm ist weg - hier ist auch alles leer geräumt worden! Ist das Bild noch da?“ war gleich meine nächste Frage. Juan hielt die Funzel hoch und leuchtete an die Rückwand der Kammer. Und da war es und erstrahlte wie neu. „Wartet - ich hole noch einige Laternen - das muss man sich im Hellen ansehen!“ Er kam mit dem Arm voller Leuchten und verteilte sie. Am Ende brannte davon allerdings nur vier Lichter und strahlten das wunderschöne Bild an. Ich erinnerte mich, wie Imhotep mit Babu auf dem Arm davor stand und der Kleine andächtig seine Mama bewunderte. „Wo ist nur die Zeit geblieben? Mir ist, als wäre es erst gestern gewesen“, seufzte ich und strich mit den Fingerspitzen über das Antlitz dieser attraktiven Frau aus unserer Epoche. „Eine echte Amerikanerin - sie kam durch einen dummen Zufall und einer technischen Panne nach Pharaonien. Sie wurde von diesem Monster verschleppt und gebar Sebak einen Sohn - Babu!“ frischte ich noch einmal unsere Kenntnisse auf. Die Geschichte selber kannten meine Begleiter bereits aus langen Nächten und endlosen Erzählungen. Taisya näherte sich dem Bild und strich behutsam über die blonde Mähne der Frau. „Das verstehe ich nicht - sie hat so ein junges Gesicht und solche weißen Haare?“ Es dauerte einen Moment, bis es bei mir Klick machte. „Sie hat keine weißen Haare, Taisya - das nennt man blond. Ist eine andere Haarfarbe, wie man sie bei uns sehr oft antrifft“, versuchte ich ihr zu vermitteln. Ich weiß nicht, ob sie mich überhaupt wahrnahm. „Sie ist wirklich wunderschön!“ murmelte sie leise und war völlig fasziniert. „Was habt Ihr hier zu suchen?“ Eine jugendliche Stimme ließ uns erschrocken herum fahren. Am Eingang stand ein hochgewachsener junger Mann und funkelte uns mit düsteren Augen an. Er trug einen Bogen in der Hand, die Schäfte der langen Pfeile ragten über seine Schulter hinaus. Mein erster Gedanke, als ich seinen blonden Haarschopf sah, war – Babu. „Mensch, das gibt es doch nicht - Babu, bist Du das wirklich?“ Ich war wie vor den Kopf gestoßen, langsam schritt ich auf den jungen Mann zu. Ich bemerkte vertraute Züge - seine Augen, seine Lippen. Er schien zu grübeln. „Muss ich Dir erst auf die Sprünge helfen? Babu - Sohn des Sebak. Imhotep und…“ Ein Lächeln des Erkennens machte sich breit. „Du bist dieser verrückte Professor - dieser Fremde aus der Zeit meiner Mutter!“ Er strahlte und kam mir mit offenen Armen entgegen. „Richtig, Prinz Babu - ich bin der verrückte Professor Arne von damals!“ Wir umarmten uns voller Wiedersehensfreude. „Wo ist Imhotep? Ist er nicht mitgekommen?“ Er musterte den Rest meiner Mannschaft. Als ich ihm erzählte, was mit Imhotep geschehen war, bekam er einen eigenartigen Glanz in den Augen. „Das Böse stirbt nicht - jedenfalls nicht hier im Reich der Götter! Ich bin, statistisch gesehen, nur ein Halbgott - wenigstens dafür bin ich meinem Vater dankbar. Aber diese Brut breitet sich immer weiter aus und respektiert keinerlei Grenzen und Regeln. Seth und dieser Klon - seinen Namen spreche ich lieber nicht aus - bedrohen inzwischen meine Stadt und meine Insel!“ Juan trat auf Babu zu. „Dann stimmen also die Geschichten, die man sich erzählt - Du bist der Herrscher von Atlantis?“ Babu war sichtlich überrascht. „So, erzählt man das? Wie schnell doch Gerüchte ihre Kreise ziehen...“ Er betrachtete Juan eindringlich von oben bis unten. „Dann bist Du der zukünftige Pharao? Das sind die Gerüchte, die bei uns kursieren!“ entgegnete er trocken, ohne die Frage eindeutig zu beantworten. Ein mir nicht unbekanntes Fauchen erklang im Hintergrund, es scharrte und kratzte auf dem Boden. „Upps - ist es das, für das ich es halte?“ bemerkte ich mit einem furchtsamen Blick auf den Gang zu den alten Zisternen. Babu grinste ganz offen. „Da kannst Du mal sehen, was für einen Glückstag Ihr heute habt. Stell Dir bildlich vor, was jetzt geschehen würde, wenn ich nicht zufällig aufgetaucht wäre?“ Ein länglicher Schatten legte sich direkt vor der Tür hin und regte sich nicht mehr. Peter stutzte, dann wurde ihm klar, was gerade unseren Ausgang blockierte. „Hast Du nicht erzählt, dass er mit seinen Wesen kam und die Mutanten in die Schranken verwies?“ Ich konnte ihm förmlich seine Angst ansehen. Bernd rückte unauffällig weiter an mich heran. Nur Juan blieb gelassen und betrachtet neugierig das große Tier, welches sich auf einen Pfiff des Prinzen heran wälzte. Es beachtete uns in keiner Weise, sondern glitt direkt auf Babu zu. Neben seinen Beinen legte es sich auf den Boden ab und schnaufte hörbar. „Es waren damals vier Krokodile?“ erwähnte ich nebenbei und bekam prompt die passende Antwort. „Es waren damals fünf Krokodile - eines davon hast Du auf dem Gewissen - schon vergessen?“ Er blinzelte mir vergnügt zu. „Sie warten in der Zisterne, bis ich sie rufe. Da keine Krieger mehr hier sind, die den Tempel meines Vaters bewachen, haben sie das übernommen. Er macht gerade seine tägliche

Runde!“ Mit einer Kopfbewegung deutete er auf das mächtige Tier. „Und sie haben immer Hunger - also seid wirklich froh, dass ich hier bin!“ bekräftigte er. „Daher überall diese merkwürdigen Spuren? Sie haben sie hinterlassen!“ wurde mir bewusst. Babu schnipste mit dem Finger. „Verzieh Dich! Ihr müsst heute nicht mehr kommen!“ befahl er, sein Wesen drehte sich ruckartig weg und wuchtete sich durch den Ausgang. Erleichtert atmeten alle auf. „Mein lieber Herr und Gesangsverein. Was wäre denn wirklich geschehen, wenn er nicht da wäre?“ Peter wollte es wieder ganz genau wissen. Meine bezeichnende Handbewegung an der Kehle reichte ihm, seine Frage nicht zu wiederholen. Er schaute ziemlich betroffen herum, auch Juan bestätigte mit einem bedächtigen Nicken meine Andeutung. Ich machte Prinz Babu mit meinen Freunden bekannt, auch Taisya begrüßte der Herrscher von Atlantis mit einem kräftigen Handschlag. „Was wollt Ihr hier im alten Tempel? Hier ist doch nichts mehr...“ fragte er und dirigierte uns aus der Kammer in die Halle zurück. „Das erzähle ich Dir gleich - hast Du eine Ahnung, wo der Turm der Götter abgeblieben ist?“ fragte ich ihn direkt und ohne Umschweife. Er lächelte verschmitzt. „Welcher Turm, mein lieber Professor? Ich kann mich an nichts erinnern?“ Juan griente vor sich hin. „Sage ich doch - er steckt dahinter!“ Babu zuckte nichtssagend mit den Achseln. „Ihr seid doch auch ohne Turm her gekommen. Und ich bin ebenso hier...! Also, was hat es mit dem Turm auf sich?“ trieb er sein Spielchen weiter. Als er vernahm, dass Gott Thot uns her gebracht hatte, wurde er zusehends unsicher. „Der Große Thot persönlich?“ Er blickte eine Zeitlang auf seine Zehenspitzen, schließlich bequemte er sich zu einer klaren Aussage. „Der Turm steht in meinem Palast in Atlantis! Ich habe die besten Leute aus allen Epochen zu mir gerufen - sie haben ihn für mich geholt“, gab er zu und schaute mich herausfordernd an. „Er hätte hier ohnehin nicht viel genützt und wäre trotz der Wachen irgendwann in die falschen Hände geraten!“ begründete er. Das Argument leuchtete mir ein. „Aber wie kommst Du ohne Turm wieder nach Hause?“ Diese Frage interessiert mich brennend. Er lachte kurz auf und zog eine Art Fernbedienung aus der Tasche. „Wie gesagt, die klügsten Köpfe arbeiten für mich. Der Turm kann mich mit diesem Ding überall orten und zurück bringen. Die alten Modelle sind völlig überholt und uneffektiv!“ Damit traf

er voll ins Schwarze. Juan pfiff vor sich hin und betrachtete andächtig das kleine Ding in Babus Hand. „Darf ich mal sehen?“ bat er. Dieser reichte es ihm bereitwillig. Eine Anzahl Hieroglyphen und eine Zahlenreihe konnte ich erspähen, die auf der Oberfläche der Schalttafel angebracht waren. „So sehen die Fernbedienungen für unsere Fernseher auch aus. Also müssten wir uns nicht einmal sonderlich umstellen“, bemerkte Bernd trocken und wollte schon einige Knöpfe drücken. „Das würde ich bleiben lassen! Wer weiß, wo wir sonst landen? Gib mal lieber wieder her.“ Babu verstaute die Tafel sicher an ihrem Platz. „Wir sind auf der Suche nach meiner Tochter Shyla. Thot hat uns her gebracht, damit ich die Krieger der Sphinxen erwecke und frei lasse.“ In kurzen Worten erklärte ich ihm die wesentlichen Fakten unseres Hierseins.
„Du willst sie also raus holen?“ Er wurde nervös und unruhig. „Bisher habe ich verdrängt, welche Vorhersehung ich erhielt. Ich war nie wieder dort unten - wer weiß, ob sie überhaupt noch existieren? Das Licht ist schwach geworden, die Energie von ihnen fließt kaum noch?“ Das war mir bei unserer Ankunft auch aufgefallen, dass der Tempel nicht so hell beleuchtet war, wie vor Jahren. Aber dem hatte ich keine große Bedeutung beigemessen, bis jetzt. „Ich denke, es sind Lichtwesen? Sie können nicht aufhören, zu existieren!“ Juan war anderer Meinung. „Sie hören nicht auf, zu existieren, das stimmt schon. Aber dennoch benötigen sie regelmäßig Nahrung, um quasi ihre Batterien aufzuladen, das meint Babu sicher?“ Babu fühlte sich ertappt. „Ich habe Dir damals nicht die ganze Wahrheit gesagt. Ich hatte einfach Angst vor ihnen. Und vor meinem Vater - das weißt Du ja. Er war mindestens einmal im Jahr in der Kammer und hat ihnen einen Energieschock verpasst. Er hat sie gefüttert! Gerade soviel, dass sie aktiv blieben, und sich nicht verkapselten. So wie Juan es andeutet!“ Das musste ich mir erst mal durch den Kopf gehen lassen. In Babus Tasche summte es. „Verdammt, jetzt wird es ernst. Wir bekommen gleich Besuch! Lasst uns ein Versteck suchen und schauen, wer es so eilig hat, her zu kommen?“ Er überlegte kurz. Da ich ihn ungläubig ansah, zeigte er mir die Bedienungseinheit. Ein Signal blinkte rot. „Ich habe ein Überwachungssystem installieren lassen, um ungebetene Gäste aufzuspüren. Daher wusste ich, dass

Ihr hier seid. Auf meine Wesen ist nicht immer Verlass - die verschlafen zu oft. Wir ziehen uns in den Nachbarschacht zurück!“ Damit war es entschieden. Im Eiltempo pirschten wir uns zwischen den Trümmerbergen entlang, durch eine schmale Spalte im Fels gelangten wir in einen der unzähligen Stollen des still gelegten Bergwerkes, welches mit seiner ungeheuren Ausbeute tausende Jahre das Reich mit dem kostbaren Silber versorgte. „Sie sind fast vor Ort! Jetzt bin ich wirklich gespannt, wer hier noch sein Unwesen treibt?“ Lärm und Stimmengewirr brandete auf, schwere Schritte waren zu vernehmen. Trotz der Dämmerung sahen wir im Hauptschacht eine Menge Gestalten vorbei ziehen. Wir waren uns nicht schlüssig, um wen es sich handelte. Als der letzte Eindringling unser Versteck passierte, gab Babu das Zeichen zum Aufbruch. „Wir werden sie im Auge behalten und beobachten“, flüsterte er, während wir ihnen auf Zehenspitzen folgten. Taisya erwies sich in dieser Situation als umsichtige und durchaus erfahrene Helferin. Sie besaß einen ausgezeichneten Orientierungssinn. „Babu - wir müssen hier entlang. Das ist ein vorgelagerter Nebeneingang zur Tempelhalle“, wisperte sie uns zu, als unser Führer ins Stocken kam. Er gab ihr einen leichten Klaps auf die Schulter. „Gut gemacht, Kriegerin der Kusch!“ Schon ging es flott weiter. Die Meute hatte inzwischen den Tempel erreicht und befand sich im Hauptportal, wo noch immer die Anfänge der geplanten Statuen standen. Auf mich machte sie einen äußerst verkommenen und bedenklichen Eindruck. Einige Männer hatten markante Narben im Gesicht und auf dem Körper, die von kriegerischen Auseinandersetzungen stammten. Sogar Juan, der jeden Winkel des Reiches kannte, konnte sich keinen Reim darauf machen. „So einen wilden Haufen habe ich lange nicht mehr gesehen. Die sehen aus, wie Grabräuber oder so was?“ Mit seiner Vermutung lag er beinahe richtig. „Wir schwärmen aus und suchen dieses Gebäude mit dem Bild der blonden Ziege - so wie Seth es uns befahl. Vergesst den Sack mit dem Werkzeug nicht!“ befahl eine knarrende Stimme. Wir sahen uns erstaunt an. „Babu - die sind wegen dem Bild Deiner Mutter hier. Was hat Seth damit zu schaffen?“ Der junge Mann zuckte ratlos mit den Achseln. „Keine Ahnung? Ich habe Seth und Sebak II. seit meiner Flucht nie wieder getroffen. Aber es gibt ja nicht nur das Bild meiner Mama!“ Ihm kam ein

Gedanke, der wohl unsere Frage beantworten konnte. „Sie denken bestimmt, dass sich der Plan von Atlantis hier befindet. Diese Dummköpfe - wenn die wüssten, dass er in Sebaks Burg ist…! Ich werde mich darum kümmern, dass er endlich verschwindet. Sie suchen den Weg nach Atlantis", schlussfolgerte er und lag fast richtig. Wir blieben den Fremden auf den Fersen. Es war nur eine Frage der Zeit, bis sie die Mumifizierungskammer entdeckten. „Wir haben sie!" schallte es, damit drängten sich, bis auf eine Wache, alle Männer hinein. Lichtschein flackerte auf, Hammerschläge erklangen. „Die zerstören das Bild meiner Mutter! Aber nicht mit mir!" tobte Babu, ehe wir uns versahen trat er mit forschen Schritt ins Licht. Der Posten zuckte auf und senkte seinen Speer. „Männer, kommt raus! Hier ist ein Frischling!" brüllte er hinter sich. Binnen Sekunden war unser junger Freund von den Eindringlingen umstellt. „Was machen wir jetzt? Wir können ihn doch nicht diesen Verbrechern überlassen?" Bernd konnte meine Ruhe nicht nachvollziehen, als ich seinen Kopf in eine Richtung lenkte, verstand er, warum. „Er regelt das auf seine Art!" war mein einziger Kommentar dazu. Nun hieß es, einfach abwarten und das Schauspiel genießen. Die Männer hatten offensichtlich ihren Spaß. „Seht Euch seine zarte Haut an - ob er wohl auch so einen zarten Arsch hat? Das werden wir schnell heraus finden!" Die Menge johlte, wurde aber sofort still, als einer von ihnen bei dem Versuch, Babu zu berühren, einen gekonnten Schlag ins Gesicht bekam. „Das hat gesessen!" feixte Peter, der anerkennend nickte. „Der Junge hat es echt drauf - ein hervorragend ausgebildeter Kämpfer!" stellte er mit Kennerblick fest. Die Szene wechselte, als Babu von allen Seiten gleichzeitig mit Waffen bedroht wurde. „Runter mit den Klamotten! Sonst erledigen wir das", wurde er angepöbelt, doch er blieb einfach stehen. „Ich gebe Deinem verdreckten Haufen die letzte Chance, sich von hier zu verpissen!" konterte er und ging drohend auf den Anführer zu. Babu warf einen kurzen Blick in unsere Richtung und lachte höhnisch. „Ich bin ein großer Zauberer - wisst Ihr das nicht?" Diesmal schluckten einige Angreifer, unsicher sahen sie um. „Der Wichser spinnt uns was vor! Es reicht - macht ihn fertig und hackt ihn in Stücke!" fauchte der Rädelsführer und hob seinen Dolch. Ein mir inzwischen bekannter Pfiff ertönte, diesmal waren wir auf die nachfolgende Erscheinung vorbereitet. „Ich habe eine kleine Überraschung für Euch! Da Ihr nicht gehorcht - dreht Euch langsam um!“ Babus Stimme klang hart und unnachgiebig. „Macht schon, oder wollt Ihr nicht sehen, was Euch gleich blüht?“ Er verschränkte gelassen die Arme vor der Brust und lachte höhnisch. Als das erste Opfer an den Beinen gepackt und niedergerissen wurde, sein entsetzter Schrei alle herum fahren ließ, war es für sie bereits zu spät. „Meine Freunde haben Hunger - sie haben Monate nicht gefressen. Das Buffet ist eröffnet!“ Mit einem gewaltigen Satz katapultierte sich Babu über die Köpfe der sich verzweifelt wehrenden Männer hinweg und landete sicher auf dem Kopf einer gewaltigen Echse. „Peter - sieh genau hin! Damit hast Du die Antwort auf Deine Frage von vorhin!“ Ich drehte meinen Blick zur Seite, zu grausam und blutig räumten Babus Wesen mit den ungebetenen Gästen auf. Bis auf den Anführer. Der kniete inzwischen schlotternd vor dem Tier des Prinzen. „Du hast die Wahl! Du berichtest mir, wer Euch her schickte und weshalb und ich schenke Dir Dein Leben. Wenn nicht - meinem kleinen Liebling knurrt der Magen!“ Wir versammelten uns neben dem Schlachtfeld des Grauen. Taisya wandte keinen Blick vom Geschehen. „Ich wünschte mir, dass sie die Jäger der Sirenen genau so zerstückeln würden“, hörte ich sie flüstern. Babu stieg von seinem Krokodil herab und hob das Kinn des Mannes an, so dass er ihm in die Augen sehen konnte. „Sprich oder stirb!“ Das Maul des Monsters öffnete sich, mit lauten Krachen knallte es zusammen. „Gebieter, ich rede - ich rede!“ Er zitterte so sehr, dass er stotterte. „Seth, er hat uns befohlen, hier nach einem Plan von einer Stadt zu suchen und das Bild zu zerstören“, bekam er endlich raus. Sein schweißbedecktes Antlitz bettelte um Erbarmen. „Mein lieber Onkel Seth also, na sieh mal Einer an! Was weißt Du noch über diesen Plan?“ bohrte der Prinz nach. „Nichts, Gebieter - nichts! Nur dass wir ihn hier suchen sollen und wenn wir ihn finden, zu ihn bringen!“ lautete die Antwort. Das genügte Babu vorerst. „Ich habe Dir Dein Leben versprochen - daran halte ich mich. Lauf so schnell Du kannst. Er lässt Dir einen großen Vorsprung. Den Rest macht unter Euch aus!“ Der Anführer erhob sich, mit einem scheelen Blick auf das Tier, rannte er los. „Greife ihn Dir!“ Mir war bekannt, dass Krokodile durchaus auf kurze Distanzen sprinten konnten, aber hier galten ohnehin andere Maßstäbe. Wie ein Pfeil schlängelte sich der wuchtige Körper auf dem Boden entlang, seinem Opfer nach. Etwas später hörten wir dessen letzte Schreie...

„Meine Wesen räumen das gerne auf - der Vorrat wird sie eine Weile versorgen. Was wollten wir gerade erledigen? Ach ja - ich sehe nur mal nach dem Bild meiner Mutter." Babu kam nach einer Minute mit einem zufriedenen Lächeln zurück. „Es ist alles in Ordnung. Ich hoffe, meine Leute haben die Sache bald im Griff und ich kann das Bild in meinen Palast transportieren lassen. Dann werde ich endlich die ganze Geschichte hier abschließen."

Wir setzten uns im Kreis, um über die weitere Vorgehensweise zu beraten. „Ich sage es nicht gerne - aber ich werde die Kammer niemals wieder betreten! Das habe ich mir einmal geschworen. Und ich sehe keine Veranlassung, anders zu handeln. Ich bringe Euch dort hin - den Rest schafft Ihr bitte selber!" Das war Babus einziges Zugeständnis zu diesem Thema, wir mussten es so akzeptieren. „Danke mein junger Freund! Wenn Du uns führst, ist uns schon sehr geholfen. Ich kann mich nur noch sehr schwach erinnern, wie wir damals gelaufen sind? Also - dann lasst uns aufbrechen und ein Heer gewinnen." Babu warf einen letzten prüfenden Blick auf seine vierbeinigen Begleiter, die eiligst die letzten Spuren tilgten, um endlich von der Bildfläche abzutauchen. „Sie ziehen dann später auch mit mir und werden meinen Palast bewachen!" Die Gesichter wollte ich mir nicht vorstellen, die seine Besucher beim bloßen Anblick dieser gepanzerten Reptilien machen würden...

„Hier ist die Treppe in den unteren Schacht. Ich warte auf Euch, bis Ihr wieder da seid. Ich hoffe, Freund Arne, Du findest, was Du suchst." Babu verabschiedete sich vorerst mit Handschlag von uns. „Und Du achte auf ihn! Wenn Gott Thot ihm solche Bedeutung beimisst, dann sollte er einen treuen Wächter haben. Der zukünftige Pharao kommt dafür nicht in Frage - und seine beiden Begleiter sind auch nicht die richtigen Krieger. Also bleibst nur Du!" tuschelte er mit Taisya. Die junge Frau sah ihn skeptisch an. „Ich - ich bin doch kein Krieger! Ich musste mich zwar mein halbes Leben hart durchschlagen..." Babu winkte ab. „Du hast das Herz einer Kriegerin - ich habe einen Blick für so was - versprich mir, dass Du auf ihn aufpasst!" Sie nickte. „Das werde ich tun,

Gebieter!“ Es war für Taisya wie ein Ritterschlag, für mich jedoch eher ein komisches Gefühl, den Sohn meines ärgsten Feindes Sebak so reden zu hören. „Ich gehe voran! Denkt daran, die Treppe ist verdammt steil.“ warnte ich und stieg mit einer ungewissen Vorahnung hinunter. Als sich alle im Schacht befanden, konnten wir das gewölbte Tor erkennen, hinter dem ich die Lichtwesen wusste. Die Schritte bis zum Portal verursachten mir regelrechtes Herzrasen. „Mir ist komisch zumute?“ Bernd lief neben mir, er fasste mich wortlos unter und hielt mich fest. „Das ist jetzt etliche Jahre her, da habe ich mit einem kleinen Burschen vor diesem Tor gestanden. Da steht ein Spruch drauf, der sich für mich zumindest bisher bewahrheitet hat - wenn ich mich nicht irre ging er etwa so: Wer diese Pforte öffnet, verändert sein Leben - so ähnlich jedenfalls...“ Juan war als Erster da und legte prüfend seine Hand auf das Metall. „Früher bebte der Fußboden und ein Brummen war zu hören. Das ist alles nicht mehr“, stellte ich verwundert fest, während Juan den Spruch im richtigen Wortlaut vorlas. „Wer die Pforte öffnet, verändert den Lauf der Dinge!“ Er betrachtete bedeutungsvoll das Siegel-Kreuz mit den Hieroglyphen. „Das hier sind die ältesten Symbole der Erde, die jemals dokumentiert wurden, ist Dir das eigentlich bewusst?“ Das war es mir damals nicht - aber ich hatte inzwischen einiges dazu gelernt. „Stimmt - ich selber habe in sämtlichen Registern der Welt nachforschen lassen und sie nie gefunden. Deshalb ist es gut, dass Ihr diesmal dabei seid und sie Euch anseht.“ Juan betrachtete grübelnd die beiden Statuen neben dem Eingang. „Die sind noch älter als alles, was wir bislang je zu Gesicht bekamen.“ erklärte ich ihm. Ich versuchte, mich an die Worte zu erinnern, mit denen der kleine Babu sie mir beschrieb. „Wenn alles stimmt, was der Prinz mir damals erzählte, sehen wir hier einmal Kat-ca, die Mutter aller Götter. Und daneben ist Gri-peth, ihr Gemahl. Sie sind das Urgestein, die Urgötter des Universums, die laut der Entstehungslehren durch ihre Vereinigung die Sterne und Planeten gebaren. Sie erschufen danach die Sphinxe - die Träger sämtlicher Energien des Universums. So ungefähr hat er gemeint!“ Juan ließ seine Fingerspitzen über die Schriftzeichen des Siegels gleiten. „Wie wird das Tor geöffnet? Hast Du die Kombination?“ Die hatte ich - Babu war so clever, mir die Reihenfolge mitzugeben. Er sah sich das Gekritzel auf dem Papyrusfetzen an. „Eigentlich nichts weiter, als ein Safe in einer Bank. Dann lass es uns mal versuchen?“ Die ersten Varianten klappten nicht. „Bei diesem Wirrwarr der Pfeile auch kein Wunder!“ knurrte Juan. Ich sah mir das Blatt in Ruhe an. „Du hältst es offensichtlich verkehrt herum - probiere es jetzt noch mal!“ zügelte ich seinen Unmut und drehte es. Verdutzt guckte er auf die Zeichnung. „Man merkt manchmal, dass Du studiert hast“, brummelte er lakonisch und gab den Code erneut ein. Ein leises Schmatzen ertönte, und die Flügel öffneten sich einen Spalt breit. Juan lugte hindurch. „Alles dunkel, nicht zu erkennen!“ Bernd half ihm, das Portal vollständig zu öffnen. Es blieb dunkel, ein beißender Geruch breitete sich aus. „So stinken Leichen, die verwesen!“ gab Peter seinen Senf dazu und hielt sich ein Tuch vor die Nase. „Da hilft nur eines - flach durch den Mund Luft holen“, riet er uns. Angeekelt kehrten wir der Kammer den Rücken und liefen einige Schritte zurück, um durchzuatmen. „Tja, das war es dann wohl? Nix mit den Kriegern der Sphinxe! Sie sind den Weg aller Wesen gegangen, und Anubis wird sie begleitet haben“, stellte ich sarkastisch fest. Taisya besaß mehr Courage und war nicht so leicht abzuschütteln. Trotz des penetranten Gestankes schlüpfte sie in die Kammer hinein. Wir nahmen nur Poltern und Klirren wahr, dann glimmten einige Deckenlampen auf. „Ein Glück, jetzt sehen wir wenigstens, woran wir ersticken!“ Bernd machte sich inzwischen ernsthafte Sorgen um unsere Beschützerin. „Ist das nicht schädlich, so lange in solchem Mief zu atmen?“ fragte er Peter. Der lachte nur. „Es macht nicht gerade süchtig, aber schädlich - glaube ich eher nicht!“ Bernd traute sich bis an die Pforte und suchte nach Taisya. „Wo steckt denn das Mädel wieder?“ Er sah sie etliche Meter entfernt laufen und rief sie. „Bin sofort bei Euch. In einer dieser Schalen brennt noch Licht - alle anderen scheinen hinüber zu sein“, informierte sie uns und tauchte persönlich wieder auf. Abgehetzt und ein wenig grünlich im Gesicht, hockte sie sich auf den Boden. „Trink was - und dann erzähle“, bat ich sie und drückte ihr meine Flasche in die Hand. Sie verschnaufte einige Minuten. „Ich habe keine Ahnung, wie viele von diesen Dingern sich darin befinden? Die Halle zieht sich so tief hin, dass man das Ende mit bloßem Auge nicht erkennt. In der Reihe am Rand brennt in einer Glocke noch Licht. Mehr ist nicht!“ Peter machte sich daran und prüfte noch einmal die Intensität des Gestankes. „Wenn wir eine halbe Stunde warten, dürfte er so weit abgezogen sein, dass es auszuhalten ist. Mein Vorschlag deshalb - lasst uns einfach warten!“ Er hockte sich neben mich. „Was ich noch nicht so richtig nachvollziehen kann - welche Rolle spielen diese Krieger? Welchen Nutzen sollen sie uns bringen?“ fragte er und zeichnete mit dem Finger imaginäre Kreise auf den Boden. Ich seufzte. „Das Gleichgewicht dieser verdammten Welt der Götter ist aus den Fugen geraten. Auf der einen Seite stehen Sebak II. und Seth mit ihren Anhängern, die ihre Macht wieder erlangen wollen - darüber hinaus eine Möglichkeit suchen, in unsere Zeit zu gelangen. Wie es aussieht, ist die Kacke deswegen echt am Dampfen! Auf der anderen Seite gibt es das Lager der Götter, die sich den inneren Frieden und die alte Welt so erhalten wollen, wie sie ist. Sie sind beide gleich stark - der Krieg zwischen den Lagern währt schon eine Ewigkeit und keiner ist der eindeutige Sieger. Bisher - doch nun hat Sebak II. die Zeitportale unter seinen Fuchteln und bereitet die letzte, entscheidende Schlacht vor. Und er wird es diesmal schaffen, wenn ihm niemand Paroli bieten kann!“ Peter spuckte kräftig aus. „Das sind wir also von einer Kindesentführung in einen echten Krieg der Götter geraten? Das ist mal eine große Hausnummer!“ knurrte er verdrießlich. Juan hatte zugehört. „Wenn die Götter sich untereinander die Schädel einschlagen, ist das ihre Sache. Für sie ist das Spaß und Beschäftigung zugleich. Aber jetzt wird die gesamte Menschheit in diesen Konflikt reingezogen. Es geht um das Schicksal der alten und neuen Völker, es geht um uns alle! Und um Götter in die Schranken zu weisen, bedarf es übergöttliche Mächte - das sind die Heerscharen der Sphinxe!“ fügte er hinzu. „Es ist unheimlich erfrischend, Euch so reden zu hören!“ Ich war in meinen Gedanken versunken, dass ich nicht sofort registrierte, wer das sprach. Unweit von uns schob sich eine der merkwürdigsten Gestalten eines Gottes ins Licht. Diese Mischung aus Krokodil, Löwe und Nilpferd war so skurril und tragisch zugleich, dass meine Begleiter irritiert dieses Wesen betrachteten. „Göttin Ammit - die Herzensfresserin aus der Unterwelt! Was sucht sie ausgerechnet hier?“ Juan zog sein Schwert, ließ es aber sofort sinken. „Hätte auch wenig Sinn!“ Ammit knurrte vor sich hin und kam mit solchen wuchtigen Schritten auf uns zu, dass der Boden bebte. „Ihr unwürdigen Sterblichen - was habt Ihr in den Hallen des Sebaks zu suchen? Redet, bevor ich Euch das Herz raus reiße!“ donnerte sie los und stieß einen schaurigen Schrei aus. Juan ließ sich nicht einschüchtern. „Wir sind hier nicht im Reich der Toten, Göttin Ammit - also führe Dich nicht so auf!“ Er trat ihr mutig entgegen, ohne Furcht blickte er in die schmalen, kalten Augen. Ammit betrachtete den Zwerg, des es wagte, sich ihr entgegen zu stellen, mit geneigtem Haupt. Ihre Krokodilschnauze fuchtelte gefährlich nahe an seinem Kopf herum, doch er blieb standhaft. „Ich bin das zukünftige Oberhaupt des Reiches der Menschen - und als solcher fordere ich auch von Dir den nötigen Respekt! Ich werde entscheiden, welche Tempel zukünftig dem Schutz und Wohlwollen meines Volkes unterstehen. Oder wirst Du in Zukunft alleine für die Erhaltung und dem Ausbau sorgen, wenn wir uns weigern?“ Juan machte noch einen Schritt auf sie zu, so dass sie sich Auge in Auge gegenüber standen. „Wir Sterbliche sind es, die für die Götter angemessene Behausungen errichten! Möchtest Du in einer Schilfhütte dahin vegetieren?“ Ich hätte es nie für möglich gehalten, aber seine Worte erzielten tatsächlich die notwendige Wirkung. Ammit beruhigte sich und trat einige Meter zurück. „Also gut, ich frage Euch noch einmal: Was sucht Ihr hier?“ Der Ton war angemessen, Juan blinzelte mir zu. „Wir haben einen speziellen Auftrag erhalten - Thot und Sphinx haben ihn uns erteilt!“ Die Namen reichten, um die Göttin unruhig werden zu lassen. „Und ich habe ihnen geholfen und sie her gebracht, große Ammit! Mir allein steht das Recht zu, das Erbe meines Vaters zu verwalten. Ich entscheide, wer den Tempel betreten darf und wer nicht! Du bist als mein Gast jede Zeit herzlich eingeladen - aber Dir steht nicht zu, mein Gastrecht gegenüber meinen Freunden zu verletzen!“ Es war Babu, der hinter ihr wie ein guter Geist erschien und sie noch mehr in Bedrängnis brachte. Sie beäugte den jungen Prinzen. „Du bist Sebaks Nachkomme? Wir dachten, Du hast Dich vor langer Zeit im Nichts aufgelöst?“ Babu schritt auf Ammit zu und berührte sanft ihren Kopf. „Du ähnelst meinem Vater, Göttin Ammit - Du bist wie er auch kein reines Wesen. Mein Vater ist tot - als mächtiger Gott gestorben durch die Hand eines Sterblichen. Er könnte auch Dich auslöschen - und er ist bereits hier!“ Ammit zuckte sichtlich zusammen. „Der Auserwählte mit der

Geheimen Waffe der Ahnen hat Deinen Vater getötet. Das ist mir bekannt. Er soll hier sein? Das glaube ich Dir nicht!" Sie drehte sich uns zu und fixierte jedes Gesicht. „Möchtest Du ihn wirklich kennenlernen oder ziehst Du es lieber vor, uns zu verlassen? Bedenke, wenn Du ihn kennst, wird Deine Seele keine Ruhe mehr finden..." Babu pokerte hoch - und gewann das Spiel. „Ich ziehe es vor, zu verschwinden. Ich werde Sebak II. und Seth berichten, dass ich Dich traf - und nun entschuldigt mich!" Mit diesen Worten löste sich die Herzenfresserin der Unterwelt auf und hinterließ nur eine muffige Staubwolke. „Habt Ihr bemerkt, sie benötigen die Türme der Götter nur noch bedingt. Auch ihre Technologie ist weiter fortgeschritten - es wird Zeit, die Krieger zu wecken!" Er bemerkte meine fragenden Blicke. „Sie hat mich überredet, auch diesmal die Kammer der Krieger zu betreten!" Eine junge Frau schob sich aus der Dämmerung vor, sie stellte sich neben ihn und umfasste seine Hand. „Prinzessin Nesrin - Schwägerin! Ich hätte Dich fast nicht erkannt. Du bist es also doch?" Juan war hocherfreut, die verloren geglaubte jüngste Tochter des Pharao und Schwester seiner Gemahlin, vor sich zu sehen. Ihre Begeisterung hielt sich allerdings in Grenzen. Sie nickte ihm distanziert zu und sprach kein Wort. „Es gibt einen besonderen Grund meines Umdenkens. Sebaks II. Truppen haben Atlantis eingenommen. Nesrin müsste flüchten!"
Während er ausführte, wie es dem Gott gelang, einen überraschenden Schlag gegen seine Stadt zu führen, betrachtete ich Nesrin. Damals ein Kind, nicht älter als meine Shyla heute, machte Sebak sie mit einem chirurgischen Eingriff zu seinem willigen Werkzeug. Vor unseren Augen jagte sie ihrem Vater und Pharao Remos II. eine vergiftete Nadel in den Hals. Er hatte sich nie wieder davon erholt. „...kam Sebaks Eliteeinheit über den Turm der Götter in den Palast und hat die Wachen ausgeschaltet. Inzwischen ist die Stadt vollständig in ihrer Hand! Nesrin konnte nur durch Glück fliehen..." Die Worte des Prinzen rauschten an meinen Ohren vorbei. Sie war eine richtige Schönheit geworden, schlank mit runden, wohl proportionierten Formen. Sie trug ein kurzes schlichtes Kleid, die langen Haare wallten über die Schulter, der Pony bis kurz über die Augen. Trotzdem fiel mir eine leichte Wölbung dahinter auf. „Diese verdammten Beulen sind also nicht verschwunden. Wie ergeht es Max damit?"

Mein alter Freund, der als Hohenpriester der Bruderschaft des Sebak ebenfalls über diese unheimlichen Verunstaltungen manipuliert und gesteuert wurde. Nesrin erkannte mich. Ihr Gesichtsausdruck änderte sich, ein abschätzender Blick pendelte zwischen Babu und mir, während sie mit ihm flüsterte. Er schüttelte mehrmals den Kopf. „Dann musst Du selber mit ihm reden und die Missverständnisse klären“, hörte ich ihn laut sprechen. Damit schob er sie in meine Richtung. Verlegen kam sie auf mich zu. Ich ahnte schon, worum es ging. Es konnten nur ihre verbalen bösartigen Attacken auf meine Person sein, die sie als Kind ausstieß. Bevor sie ein Wort sagen konnte, eilte ich ihr entgegen und nahm sie in die Arme. „Wir müssen keine alten Geschichten aufwärmen, sondern in die Zukunft blicken. Was einmal war, ist vergessen - ich freue mich ehrlich, das kleine Mädchen von damals gesund und so schön vor mir zu sehen!“ Sie atmete befreit auf. Ein flüchtiges Lächeln huschte über die Wangen. „Danke, Freund meiner Familie. Es ist gut, Euch hier zu wissen. Juan - meine kleine Nichte erblickt gerade das Licht der Welt!“ Sie lauschte eine Weile in sich hinein. „Vater liegt im Sterben - wenn Re in der Frühe mit seinem Sonnenwagen zum Himmel fährt, wird er mit ihn auf die Reise ins Totenreich gehen!“ Sie hatte ihre Fähigkeiten nicht verloren - im Gegenteil, wie wir sehr bald erkennen konnten. „Der Gestank ist erträglicher geworden. Wir sollten uns drinnen umschauen“, schlug Bernd vor und brachte uns wieder zum eigentlichen Zweck zurück. Nacheinander betraten wir die gigantisch wirkende Halle. Sie war schlicht bearbeitet und bestand aus grauen Fels, ohne die sonst üblichen Malereien oder farbigen Gestaltungselementen. Einzig das Portal war innen wie außen prachtvoll gehalten und voll mit Hieroglyphen. „Heute musst Du mich nicht hoch nehmen. Und diesmal laufe ich auch nicht weg“, rief mir Babu zu, dann eilte er zu jener Glocke, die ihm damals Angst und Schrecken einjagte. Ich folgte ihm. Er beugte sich zum Sehschlitz. „Und was siehst Du?“ Ich platzte fast vor Neugier. „Er kann nichts sehen - es ist überall stockfinster.“ erinnerte uns Taisya an ihre Beobachtungen. „Kommt mit!“ Sie führte uns zur Reihe an der Wand. Auch hier das gleiche Bild, bis auf ein winziges Glimmen in einer Kuppel waren alle anderen schwarz. „Wie ein riesiger Friedhof. Ein Grab neben dem anderen - es scheint wirklich so, dass die Insassen verhungert sind.

Damals war noch Leben in der Bude, erinnerst Du Dich, Babu?" Konnte er. „Vielleicht haben wir Glück, und können wenigstens einen retten? Auf einen Versuch kommt es jedenfalls nicht an!" Babu machte sich die Mühe, das Schild zu lesen, welche an den Kuppeln über dem Schlitz befestigt waren. „Ich verstehe leider nicht alles, was hier steht. Es sind Zeichen dabei, die ich mein Lebtag nicht gesehen habe. Es ist ein Warnung oder so was in dieser Richtung. Aber hier sind zwei Segmente eingeritzt - Hebel mit Pfeilen!" Juan, der von Kindesbeinen an begeisterter Technikfan war, sah sich die Skizze an. „So einfach geht das?" Ohne weitere Vorwarnung betätigte er neben dem runden Deckel zwei Hebel. „Jetzt müsste das Ding aufgehen?" Ich duckte mich weg und schaute mich aufmerksam in der Halle um. Ein leiser Plubs war alles, was zu hören war. „Es wird merklich kälter, oder täusche ich mich?" Ein kühler Luftzug blies mir ins Gesicht, die Temperatur veränderte sich schlagartig. „Wir sollten sofort die Halle verlassen. Wir haben irgendeinen Prozess in Gang gesetzt - los raus hier!" brüllte Juan uns an und rannte zur Pforte. Aber er schaffte es nicht mehr. Vor unseren Augen schoben sich die beiden Torflügel zusammen. „Scheiße, das war es dann wohl? Wie kommen wir wieder raus?" fluchte er und schlug mit dem Schwertknauf gegen das Metall, dass es dröhnte. „Hör auf, das hat keinen Sinn", besänftigte ich ihn. Ich spürte die Gänsehaut, ein Kälteschauer flutete über meine Arme und Beine. „Das Ding zieht sämtliche Energie aus der Umgebung und aus der Luft - deshalb fällt die Temperatur. Eine andere Erklärung gibt es nicht!" sinnierte ich laut. Meinen Begleitern erging es ebenso - sie zitterten bereits wie Espenlaub, ihre Gesichter liefen blau an. Taisya unterbreitete einen Vorschlag, den ich in Anbetracht der Lage sofort ins Auge fasste. „Wir sollten die Kuppel wieder verschließen - vielleicht hört es damit auf?" Juan klatschte sich mit der flachen Hand an die Stirn. „Darauf hätte ich selber kommen können", stöhnte er und machte sich auf die Socken, die Idee in die Tat umzusetzen. Er verschwand hinter der Wandreihe, doch statt des erwarteten Klickgeräusches der Hebel hörte ich ihn schimpfen. „Geht nicht - das Scheißding von Glocke glüht! Ich kann sie nicht anfassen!" Babu kam mir leichenblass entgegen. Sein Atem gefror inzwischen bei jedem Luftzug, winzige Schneeflocken rieselten vor seinem Mund auf den Boden. „In ein paar Minuten sterben wir, wenn uns nicht sofort was einfällt!" Inzwischen fiel mir schon das Denken schwer, unsere Körper mobilisierten die restlichen Kraftreserven, um sich gegen die Kälte zu schützen. Da unsere normale Kleidung auf Hochsommer eingestellt war, hatten wir nichts, in was wir uns hätten einpacken können. Babu zückte seine Fernbedienung. „Vielleicht kommen wir damit raus - ich versuche, den Turm der Götter zu aktivieren. Auch auf die Gefahr hin, unseren Feinden in die Hände zu fallen. Ist auf jeden Fall besser, als hier zu erfrieren!" bibberte er vor sich hin, und gab einen Code ein. „Versammelt Euch um mich herum, damit der Strahl alle erfasst", wies er an, dann drückte er auf Start. Nichts passierte. „Scheiße, die Kammer ist so perfekt isoliert, dass keinerlei Strahlung durchkommt!" stellte er resigniert fest, trotzdem versuchte er es noch mal. „Hat keinen Zweck - die Halle ist wie ein strahlensicherer Bunker! Tja, dann bleibt uns wohl kaum noch eine Möglichkeit?" Juan überlegte, dann marschierte er zur Kuppel zurück. „Kommt her - hier ist es wärmer!" rief er uns noch zu, als sich die Situation allmählich entspannte. Über der Metallhaube wabberte die Luft in der Hitze, Feuchtigkeit verdampfte zischend, zarte Wölkchen stiegen empor. „Fehlt nur noch, dass Väterchen Frost aus der Kugel steigt...?" Peter brach mitten im Satz ab. „Da - da kommt was raus", stammelte er, auch wir bemerkten das eigentümliche Leuchten, welches sich wie ein Wirbel aus der Öffnung drehte. In der gesamten Halle schmatzten die Deckel an den Kuppeln und gaben die Inhalte frei. Ein tausendfacher Hall machte mich fast taub, neben mir hielt sich Juan mit vor Schmerz verzogenem Gesicht die Ohren zu. „Es reicht - hört mit dem Lärm auf!" brüllte er los und sprang hoch. „Aufhören - oder ich verrammele sämtliche Kuppeln!" drohte er, seine Stimme überschlug sich förmlich...

„Niemand wird uns jemals wieder einsperren!" Mit diesem Satz erstarben sämtliche Geräusche, Totenstille trat ein. Obwohl mir noch immer kalt war und die Gesichtshaut brannte, richtete ich mich auf und streckte mich. Das Leuchten vor uns wurde kräftiger und nahm Gestalt an. „Was für einen Wohltat - nach mehr als 5000 Jahren endlich wieder - frei!" Das Märchen vom Flaschengeist fiel mir ein, auch er war eine Ewigkeit in seinem Gefängnis eingesperrt Dieser Djinn, der seinem Befreier dienen und ihm die Wünsche erfüllen musste. Während ich noch am Grübeln war, ergriff Prinzessin Nesrin die Initiative. „Wir Sterbliche grüßen Dich - mächtiger Krieger des Lichtes! Nenne uns Deinen Namen!“ Wie die Aura eines Menschen ihn umschwirrt, so leuchtete ein Funkeln um den Körper, der sich der Prinzessin zuwandte und sie betrachtete. „Verzeih, kleine Nesrin - Dich habe ich nicht rufen lassen. Du hast zwar den Verlauf der Geschichte mit beeinflusst, aber es war nicht Dein Verschulden!“ Er drehte sich zu mir um. „Ich bin kein Djinn und auch kein Flaschengeist, Auserwählter! Man nennt mich Ox - den Heerführer der Krieger der Sphinxe!“ stellte er sich vor. „Wünscht Du eine direkte Kommunikation nur zwischen uns oder sollen die Anwesenden mithören?“ fragte er mich, während seine Konturen einem ständigen Wandel unterlagen. „Ich möchte, dass alle mithören, was Du zu sagen hast!“ entschied ich sofort. Ich spürte seine Gedanken in mir, seine Energie, die durch den gesamten Körper floss und jede Zelle meines Seins prüfte. „Ihr tragt als Wesen sämtliche Grundbausteine des Universums in Euch - und trotzdem sind Eure Körper nur vergängliche Materie geblieben“, murmelte die Stimme. Bernd machte gar nicht den Versuch, sich gegen den Kontrollcheck zu wehren, nur Peter bewegte die Lippen, um seine obligatorischen Bemerkungen abzulassen. „Mensch - ich stelle die Fragen und Du hörst mir zu!“ machte Ox ihm klar. Er wirkte verblüfft und hielt tatsächlich den Mund. Juan lächelte vor sich hin, als ihn ein winziger Strahl berührte. „Du bist ein Wanderer zwischen den Zeiten. Mit Dir, Pharao Juan I., beginnt eine neue Ära im Reich der Götter. Sie werden lernen, die Sterblichen zu respektieren und zu fürchten - auch gegen ihren Willen. Wenn nicht, löschen wir sie aus!“ Es war eine Kampfansage an das alte System der Götter, das wurde mir in diesem Augenblick mehr als bewusst. Babu hielt still, als das Licht ihn erreichte. Es dauerte länger als sonst, bevor Ox zu reden begann. „Ich überlege, ob ich Dich sofort auslösche?“ drohte er, seine Aura verfärbte sich tiefrot. Ein Lichtschwert formte sich in seiner Hand. „Du trägst die Gene unseres Widersachers in Dir. Er und seine verfluchten Kreaturen, diese Mütter der Mutanten, haben uns mit einer List überrumpelt und in diese Einöde verbannt!“ Er kam dem jungen Prinzen bedrohlich näher. „Ox, halt an! Es war nicht seine Schuld...!“ rief ich aus und stellte mich zwischen ihnen. Auch Nesrin bewies

Mut und deckte Babu schützend mit ihrem Leib. „Sein Vater ist tot - er geht einen anderen Weg!“ entgegnete sie trotzig und war zum Äußersten bereit. Ox stockte. „Sebak war Dein Erzeuger. Dennoch erkenne ich - Du trägst die Gene von zwei Epochen in Dir. Wie ist das möglich?“ Ich versuchte, ihm die Antwort zu geben. „Er wurde aus den Genen von Menschen aus unserer Zeit und Sebaks DNA geformt. Das ist das ganze Geheimnis. Er hat zwei Väter und eine Mutter!“ erläuterte ich. Babu spitzte die Ohren. „Was habe ich? Zwei Väter?“ Er fiel aus allen Wolken. Das Schwert in Ox's Hand löste sich auf. „Ja, Prinz Babu - Du hast zwei Väter!“ bestätigte ich und sah ihm tief in die Augen. „Sebak war Dein Erschaffer - er brauchte einen Nachkommen, mit dem er in unsere Epoche eindringen wollte. Es waren aber die Samenzellen des Hohenpriesters, die er dafür verwendete - Dein Lehrer und Gönner ist Dein wirklicher Vater! Er und Deine Mutter haben sich geliebt, aber das durfte Sebak niemals erfahren.“ In Babus Gesicht arbeitete es heftig. „Der Hohenpriester des Ordens - Max? Er ist mein Vater?“ Fassungslos starrte er vor sich hin. „Ja Babu - mein alter Freund Max - ein Mensch aus meiner Zeit - er ist Dein Vater!“ Ich legte meine Hand auf seine Schulter. „Er wollte Dich immer beschützen und war immer für Dich da, wenn Du ihn brauchtest. Ich glaube, Sebak hat was geahnt? Weshalb musste Deine Mutter sonst sterben? Weshalb hat Sebak Max operiert, um ihn unter Kontrolle zu halten?“ Ox hatte genug gehört. „Schluss mit dieser Gefühlsduselei - klärt das unter Euch! Und Du, meine kleine Kriegerin, was ist mit Dir geschehen?“ Taisyas erster Reflex - sich wie üblich wegzuducken. Doch sie erkannte sofort, dass ein Entrinnen nicht möglich war. Sie ließ die Inspektion einfach über sich ergehen. Ox filterte ihre Emotionen und Gedanken. „Ich sehe viel Hass und Wut! Und ich sehe, dass die Mütter bereits neu zuschlagen und eine Brut austragen, die noch scheußlicher ist, als sie selber. Es wird Zeit, ihnen entgegen zu treten!“ Wohlwollend streichelte er ihr über die wilde Haarpracht. „Du mein Kind wirst Deine Rache bekommen - das verspreche ich Dir!“ Ich versammelte meine Begleiter. „Wir müssen aufbrechen. Was ist mit Deinen Kriegern, Ox?“ Er schaute sich um. „Sie haben mir ihre Energie gegeben, damit ich überlebe! Wenn ich sie brauche, werde ich sie rufen“, war seine Antwort. Auf sein Zeichen öffnete sich die Pforte, der Weg war frei...

Pharao Juan I.

„Trage stets dieses Amulett bei Dir - wir sind damit mental verbunden. Solltest Du je meine Hilfe oder meinen Rat benötigen, bin ich zur Stelle. So hat es mir Sphinx befohlen!“ In Ox’s Handfläche lag ein glimmender Anhänger. Es war Sphinx in Miniatur. „Nimm ihn ohne Furcht!“ befahl er. Ich berührte ihn, meine Befürchtungen, mich an ihn zu verbrennen, bewahrheitete sich nicht. „Ich suche mir aus, wer mich anfassen darf. Andere würden jetzt in Flammen aufgehen!“ Damit entschwand er endgültig meinen Blicken. Ich legte mir zögernd das Amulett um. Diesmal wurde es richtig heiß auf meiner Haut, gerade so, dass ich es kaum aushalten konnte. „Verflucht, Ox! Was machst Du mit mir?“ stieß ich aus, und musste mich an die Wand lehnen, um nicht umzufallen. „Es ist gleich vorbei - unsere Geister verschmelzen miteinander. Das kann schon ein bisschen weh tun“, tröstete er mich mit feinem Lachen. Dann war es vollbracht. Etwas in mir breitete sich aus und nistete sich in jeder Synapse meines Gehirnes ein. „Ich bin Du - Du bist ich“, klingelte es in meinen Ohren, dann wurden auch diese Geräusche auf einen normalen Pegel gesenkt. „Wir sind jetzt kompatibel aufeinander abgestimmt. Von nun an wache ich über Dich!“ Mein Kopf wurde wieder klar, das Zittern in den Beinen verschwand. Ich tastete die Stelle auf meiner Brust ab, wo ein goldenes Signet eingebrannt war. „Ox - bist Du noch da?“ Nichts rührte sich. „So ein Scheißkerl und sein Hokuspokus!“ schimpfte ich ärgerlich und machte, dass ich zu meinen Freunden kam, die im Tempel auf mich warteten. „Solltest Dich beim Urologen anmelden! Wie kann man so lange pinkeln?“ Bernd grinste mich an. „Was ist das?“ Peter deutete auf das goldene Amulett, welches sichtbar zu erkennen war. „Hat mir Ox zum Abschied geschenkt. Damit kann ich ihn rufen, wenn wir ihn brauchen“, erklärte ich kurz. Babu hatte seine Fernbedienung in den Händen und checkte sie. „Der Turm der Götter kann jetzt wieder aktiviert werden. Wohin soll es gehen?“ Er schaute uns fragend an. Juans Anweisungen kamen sofort. „Nach Kel-di-Nore! Wir müssen nach dem Rechten sehen und dort einiges ins Lot bringen. Nesrin - kommst Du mit? Dein Vater liegt im Sterben. Wenn die Sonnenbarke aufsteigt, geht er auf die lange Reise. Es ist für Dich die letzte Gelegenheit, ihn noch

einmal lebend zu sehen.“ Nesrin lehnte sich an Babu an. „Ich werde mitkommen und ihn um Vergebung bitten. Zu lange habe ich gewartet und es immer wieder verschoben!“ Juan nickt zufrieden. „Das ist gut so, kleine Schwägerin. Deine Neffen und Nichten und Deine Familie warten schon lange auf Dich. Prinz Babu - stell die Koordinaten der Weißen Stadt ein!“
Eine knappe Stunde vor Sonnenaufgang fanden wir uns im Turm der Götter in Kel-di Nore wieder. „Sofort in den Palast des Pharaos!“ kommandierte Juan und sprintete los. Auf dem Vorplatz hatten sich fast alle Bewohner der Stadt versammelt - ein Durchkommen war schier unmöglich. „Verdammt - jede Minute ist kostbar und wir werden von der Menge aufgehalten.“ Juan schob und drängelte, und trotzdem kamen wir nur schrittweise vorwärts. „Lass mich das klären“, bat Nesrin. Sie richtete ihren Blick zum Hauptportal des Palastes. „Wachen - wir benötigen sofort einen freien Gang zum Palast! Juan I. ist hier“, flüsterte sie. Wir sahen, wie sich die Tore öffneten und eine Kette Krieger heraus quoll. Mit ihren Schilden drückten sie die Massen auseinander und schaffte einen freien Gang. „Super gemacht, Mädel!“ Juan gab ihr ein Küsschen auf die Wange, dann eilten wir weiter. Jetzt erkannten die Menschen ihren zukünftigen Pharao und knieten nieder. Binnen kurzer Zeit konnten wir ohne Schwierigkeiten über den gesamten Platz sehen. Juan winkte nur kurz, die Posten am Tor sorgten dafür, dass wir ohne zu stocken bis in das Gemach des Pharaos gelangten. Der Schlafraum des Sterbenden war in Dämmerung gehüllt. Nur neben seinem Lager brannten vereinzelte Lichter. „Imhotep. Du bist hier?“ Ich hatte mich nicht getäuscht, der Heerführer befand sich im Pulk der Anwesenden, die den Pharao in den letzten Minuten seines Lebens begleiteten. Einige Götter standen neben dem Kopfende und wachten über den Herrscher. Ich erkannte Amun, Chnum, Hapi und Bastet, die Göttin und Beschützerin vor den bösen Mächten. „Wer stört hier?“ Ra-Helios, der Wesir des Pharao, trat uns entgegen. Als er uns erkannte, atmete er erleichtert auf. „Er ist wach und fragt ständig nach Dir, Juan. Das ist...?“ Er erblickte Nesrin. „Prinzessin! Ich wusste es, dass der Herzenswunsch des Herrschers doch noch in Erfüllung geht.“ Ohne Umschweife nahm er ihre Hand und führte sie zu ihrem Vater. Remos II. war bei vollem Bewusstsein. Akim, die Heilerin, reichte ihm einen

stärkenden Trunk. „Nesrin - mein Kind.“ Remos II. schob alles von sich, seine Augen strahlten auf und sein verhärmtes Gesicht bekam Glanz. „Komm zu mir...“ Für einen Augenblick schien die Zeit im Raum still zu stehen. Schluchzend sank Nesrin an die Brust ihres Vaters. „Du bist das größte Geschenk, was mir die Götter zum Abschied senden konnten.“ Remos II. lebte zusehends auf. Wir hörten nur Bruchstücke von dem, was sich Vater und Tochter zu erzählen hatte. „Ich habe den Mann meines Herzens gefunden“, vernahm ich, ich sah, wie Nesrin Babu heran winkte. Es war nur ein Gefühl, aber ich dachte mir, dass es mit Sicherheit besser sei, wenn ich bei dieser Begegnung dabei wäre. „Das ist Babu, der rechtmäßige Herrscher von Atlantis und Sohn des Gottes Sebak.“ stellte Nesrin ihn ihrem Vater vor. Das Murmeln um uns herum erstarb, eisige Stille breitete sich aus. Selbst die Götter musterten den Prinzen mit feindseligen Blicken. Der Pharao schaute irritiert auf den jungen Mann, dann auf seine Tochter. „Kind, er ist ein Nachkomme meines ärgsten Feindes“, stammelte er und machte einen tiefen Atemzug. „Großer Pharao - ich grüße Dich! Ja, er ist ein Nachkomme des Sebak. Doch er ist nicht Sebak, Dein Feind“, verteidigte ich den Prinz. Juan näherte sich ebenfalls dem Krankenlager. Er kniete vor dem Pharao nieder. „Vater - es ist schön, Dich noch einmal sehen zu dürfen. Besonders erfreut es mein Herz, Dir Deine Tochter Nesrin in dieser Stunde an die Seite stellen zu können. Das und viel mehr verdanken wir dem Prinzen Babu. Mag er der Sohn des Sebak sein - doch sein Geist ist nicht der Deines Feindes! Und die Götter wissen es - oder nicht?“ Er sah Amun, den Götterkönig, direkt ins Antlitz. Dieser trat aus der Reihe der Götter heraus. „Sebak war ein Meister der Täuschung. Er hat uns mit seinen falschen Spielen oft genug hinters Licht geführt. Auch wir Götter sind deshalb nicht sicher, wessen Geistes Sohn er wirklich ist?“ Sagte es und kehrte Babu den Rücken zu. Eine Geste, die für sich sprach. Statt weiter zuzuhören, flüsterte er aufgeregt mit den Unsterblichen. „Ich vertraue meinem Herzen, mein Vater. Er hat mich bei sich aufgenommen, als ich nicht weiter wusste und am Ende war. Er hat mich aufgebaut, als ich keinen Sinn mehr im Leben sah. Ohne ihn säße ich jetzt nicht an Deiner Seite!“ Nesrin kämpfte händeringend um die Anerkennung für ihren Schatz. „Ich trage das Zeichen des Ox - dem

Anführer der Krieger der Sphinxe! Wenn er diesem Mann eine Chance gab und ihm vertraut, weshalb Ihr nicht? Ich bürge für ihn!" machte ich allen klar. Juan erhob sich. „Auch ich bürge für Prinz Babu!" Er stellte sich demonstrativ neben Babu. Imhotep schwankte nach vorn. „Erhabener Gebieter - auch ich bin bereit, für den Sohn des Sebak durch das Feuer zu gehen!" Babu traute seinen Augen nicht, ein verschmitztes Lächeln umspielte seine Lippen. „Normal rede ich für mich selber. So viele Fürsprecher für meine Person zu haben, ehrt mich und dafür danke ich Euch! Remos II. - mir ist bewusst, wie Ihr über meine Abstammung denken müsst. Ich kann Euch nur versichern, dass ich nie mit den Machenschaften meines Vaters zu tun hatte und auch nicht einverstanden war. Aber ich bin nur ein Sterblicher, kein Gott! Sie hätten es durchaus in der Hand gehabt, ihn zu stoppen! Weshalb wurde es nie getan? Weshalb musste es erst so weit kommen?" Er sprach die Worte aus, die im Kreise der Unsterblichen nicht so gern vernommen wurden. Er fuhr fort. „Wie kann es sein, dass Gott Seth erneut ungehindert meine Insel Atlantis mit seinem Heer überschwemmt und die Tochter des Pharao wieder flüchten muss? Dass Sebak II. die Türme der Götter nutzt, wie es ihm in den Kram passt - was macht Ihr dagegen!" Babu schleuderte den Göttern seine Anklage entgegen. Amun knurrte wütend vor sich hin. „Es reicht, kleiner Prinz! Wir lassen uns von Euch Sterblichen keine Vorschriften machen - das ist einzig und allein unsere Sache…!" Ich unterbrach den König der Götter. „Verzeih mir Großer Amun. Aber Eure Worte sind nicht durchdacht und die Klage des Prinzen gerechtfertig! Wenn Ihr, der Kreis der mächtigen Götter, uneins seid, wie mit Euresgleichen verfahren werden soll, wenn sie sämtliche Gesetze und Regel verletzen, dann werden wir Sterbliche es von jetzt an selber in die Hand nehmen." Amun schaute mich verdutzt an. Sein Grinsen verging ihm, als ich meine Brust entblößte. „Ihr habt vorhin nicht zugehört! Ich trage das Amulett des Ox. Ist Euch der Namen nicht geläufig? Euer Bruder Thot und Sphinx persönlich haben mir aufgetragen, das Heer der Sphinxe aus dem Kerker des Sebak zu befreien. Babu war uns auch dabei sehr behilflich - während uns Ammit daran hindern wollte! In wessen Auftrag wohl, frage ich Euch?" Amun verständigte sich per Blick mit den Göttern. Es war Bastet, die den aufkommenden Streit zu schlichten versuchte. „Ich denke,

Amun wird schnellstens den Rat der Götter einberufen, damit wir uns abstimmen können, wie wir weiterhin an der Seite der Sterblichen kämpfen werden. Sehe ich das richtig, König Amun?" Amun nickte nur. „Der Grund unseres Hierseins ist heute ein anderer. Lasst uns die wenigen verbleibenden Minuten in Frieden verbringen, damit Remos II. gebührend in das Reich der Toten wandern kann. Die Sonnenbarke beginnt gleich ihre tägliche Reise, es wird Zeit, sich zu verabschieden." Der Pharao lächelte dankbar. „In der Tat. Ich segne den Bund meiner Kinder - Babu, Du bist von nun an ein ehrenwertes Mitglied meiner Familie. Ich wünsche mir nur eines - mach Nesrin glücklich!" Er begann zu röcheln. „Euch allen danke ich - aber es wird Zeit, zu gehen. Ra-Helios, beginn mit der Zeremonie!" bat er mit schwächer werdender Stimme. Der Wesir des Pharao holte aus einem Schrein das Symbol der Könige heraus - die Doppelkrone des Reiches. „Wenn Remos II. seine Augen schließt und in das Reich der Toten reist, übernimmt sein Nachfolger, Juan - Ehegatte seiner Tochter Amaunet - diese Insignie der absoluten Macht und trägt sie mit dem Namen Pharao Juan I. - für immer und auf ewige Zeiten, bis zum Tod!" Remos II. hielt die Augen geschlossen, noch senkte sich seine Brustkorb regelmäßig bei jedem Atemzug. Nesrin umklammerte voller Trauer seine Hand, dann war es so weit. Ein letztes Mal holte er Luft, sein Röcheln erstarb. Der Große Pharao begann mit dem ersten Sonnenstrahl seine Reise... Ra-Helios senkte die Pschent, die Doppel-Krone der Pharaonen, auf das Haupt des neuen Regenten von Pharaonien. „Möge er den Göttern ein leuchtendes Vorbild sein und möge er den Frieden im Reich der Toten finden, den er so sehnsuchtsvoll suchte!" Mit diesen Worten von Juan I. begann die 70 Tage währenden Trauerfeier um den Verstorbenen, in denen sein Körper für die Reise in die Unterwelt präpariert wurde.
Zur gleichen Zeit erblickte einen Palast weiter ein neues Leben das Licht der Welt - Prinzessin Mizzi, Tochter des Pharao Juan I., wurde geboren...

„Mit sofortiger Wirkung wird der große Kriegsrat die Geschicke des Reiches lenken und alle notwendigen Entscheidungen treffen! Oberster Heerführer bleibt weiterhin der von uns allen verehrte und hoch geschätzte Imhotep!"

Juan I. nickte Imhotep zu, der zu seiner Rechten saß. „Diese Order gilt für den Zeitraum, bis das Heer unserer Gegner geschlagen wurde oder kapituliert. Die Versorgung des Heeres mit neuen Waffen und besserer Ausrüstung hat oberste Priorität - darum wird sich Meister Ptah kümmern und als Vorsteher den Bereich Beschaffung verwalten und lenken. Ihm unterstehen sämtliche Bürgermeister der einzelnen Distrikte der Stadt, dazu die Oberhäupter der Familien und Handwerksgilden!“ Sein strenger Blick streifte die anwesenden Vertreter der Gilden. Aziz, das Oberhaupt der Steinmetze, stand in der vordersten Reihe und hörte gedankenvoll zu. Als er bemerkte, dass der Pharao ihn ansah, blinzelte er und senkte ergeben das Haupt. Versöhnlich fügte der Pharao hinzu: „Es wird auch in Zukunft niemand hungern oder darben. Aber wenn wir in Ruhe leben wollen, ohne Furcht und Angst, müssten wir alles unternehmen, die gegenwärtigen Zustände zu ändern. Das geht nur mit Entbehrungen und harter Disziplin!“ Er erhob sich vom Thron und schritt in die Menge seiner Beamten und Schreiber, die seiner ersten, öffentlichen Sitzung beiwohnten. „Mir ist zu Ohren gekommen, dass es Unregelmäßigkeiten bei der Überführung der Abgaben und Steuern in die Kammern des Palastes gibt? Sie sind aber die wichtigste Grundlage für den Ausbau des Reiches. Sie sichern uns unseren Wohlstand! Ich meine nicht meinen persönlichen Wohlsstand, sondern den des gesamten Volkes. Von jetzt an werden Korruption und Bestechung in den Reihen der Staatsdiener mit dem Tode bestraft! Also möge jeder genau überlegen, wie weit er geht. Und damit klar ist, dass es keine leeren Drohungen sind, verfüge ich, dass in drei Tagen eine Überprüfung aller privaten Objekte und Landsitze erfolgt. Wer sich reinwaschen möchte, hat bis dahin die Gelegenheit - ab dann erlischt dieses Angebot!“ Unruhe und Geflüster machte sich unter den Beamten breit, Juan I. registrierte manchen sorgenvollen Blick. „Wenn jemand was zu sagen hat - dann sollte er es öffentlich tun und nicht hinter vorgehaltener Hand!“ Ich saß mit Bernd und Peter abseits und sah ungerührt dem Treiben zu. Es war mein Tipp an Juan, den Betrügern in den eigenen Reihen das Handwerk zu legen. Baumeister Ptah und Aziz hatten sich in einem persönlichen Gespräch bei mir beklagt, dass seit Jahren eine Tendenz im Gange war, in denen ersichtlich wurde, dass einige Beamte ihren Status schamlos ausnutzen und sich bereicherten. Juan setze noch einen Punkt drauf. „Die Götter unserer Ahnen konnten sich bisher immer darauf verlassen, dass wir Menschen uns um das Wohl ihres Selbst sorgten. Wir haben Zeit und Kraft aufgebracht, mächtige Tempel und Anlagen zu bauen, in den sie zu Hause sind. Einigen Göttern ist das zu Kopf gestiegen, sie glauben wirklich, dass wir die Sklaven ihrer Ergebenheit sind und sie nach Gutdünken über uns herrschen können. Das ist vorbei!" Diesmal trat Totenstille ein. Die folgenden Worte wirkten wie Donnerschläge. „Wir werden einige Götter aus unserer Stadt verbannen! Ihre Tempel werden geschliffen, ihre Namen aus den Stelen entfernt! Wer sich gegen uns Sterbliche wendet, um uns zu knechten, soll sehen, wie er klar kommt. Er kann ja seine göttlichen Fähigkeiten nutzen, um Steine zu Mauern zu schichten und sich ein Dach über dem Kopf zu zaubern, das steht ihnen ab sofort frei!" In diesem Moment spürte ich die Wärme des Amulettes auf meiner Brust, vernahm die Stimme von Ox. „Konzentriere Dich auf den Mann in der hintersten Reihe - er ist einer der Steuereintreiber des Reiches. Willst Du hören, was er denkt?" Natürlich wollte ich. „Gut, dann lass uns eine kleine Reise in seine Welt machen", teilte er mir mit. Neue Bilder tauchten auf, ich sah Juan I. aus einer anderen Perspektive.

„Dieser Fremde aus der Gegenzeit - jetzt wird er völlig verrückt! Kaum Pharao, und schon will er die Welt aus den Angeln heben!" Worte voller Hass und Argwohn. „In drei Tagen kommen seine Krieger? Dann lasse ich vorher meine Schätze in die Höhle bringen, dort sind sie sicher, bis andere Zeiten anbrechen. Hach, nur Schrott und Abfälle werden sie in meiner Villa finden! Ich werde sofort einen Kundschafter an Seth senden und ihn warnen. Soll er sich was einfallen lassen, diesen Schwachkopf von einem Herrscher aus dem Weg zu räumen... Für mich wird es Zeit, einige Anhänger zu mobilisieren und für Stunk im Reich zu sorgen. Wollen doch mal sehen, wer den längeren Arm hat?"

Damit brach die Kommunikation ab. „Danke mein Freund", murmelte ich und prägte mir das Gesicht des Mannes genau ein. „Wir beide werden uns sehr schnell wiedersehen. Das kann ich Dir versprechen!" zischte ich ihm nach, als er sich stillschweigend aus dem Saal entfernte. „Ich bin überrascht, über welche Möglichkeiten ich plötzlich verfügen kann?“ dachte ich voller Erstaunen und glaubte, ein verschmitztes Lachen von Ox zu hören. Ptah, der kleinwüchsige Baumeister und Gelehrte, gesellte sich zu mir. „Hast Du ihre Mienen gesehen? Sie trauen sich nicht, ihren Hass offen zu zeigen. Die Hälfte von ihnen müsste sofort ausgewechselt werden - ich würde sie auf die Felder schicken, um die Ernten einzubringen!“ schimpfte er laut vor sich hin. Einige Beamten in unserer Nähe erstarrten, als sie bemerkten, von wem die Bemerkung kam. „Guckt nicht so blöd. Euch werde ich das Arbeiten schon beibringen!“ schnarrte er sie an. Die Reihen um uns lichteten sich sofort. Ptah lachte böse auf. „Ihr könnt Euch nicht vor mir verkriechen! Wer ein schlechtes Gewissen hat, sollte die Chance des Herrschers beim Schopfe ergreifen. Ansonsten…!“ Seine Geste am Hals war unmissverständlich. „Wow, der ist ja richtig gut drauf“, murmelte Peter mir zu. So aggressiv kannte auch ich ihn nicht. Als ich ihn vor Jahren im Tempel des Sebak kennenlernte, war er dessen Baumeister und sollte in kürzester Zeit aus dem Nichts ein Bauwerk in die alte Silbermine hinstellen. Er war ein leutseliger Typ, der mutig für das Wohl seiner Arbeiter eintrat und dabei sogar sein Leben aufs Spiel setzte. „Alter Freund, lass uns heute Abend einen Becher Wein auf das Wohl des Pharaos leeren und ein wenig plaudern, wenn es Dir Recht ist?“ lud ich ihn ein. „Du weißt doch - bei Wein sage ich niemals nein!“ bemerkte er, als unvermutet Alarm ausgelöst wurde. Die Leibgarde des Pharao strömte in den Saal und sicherte die Ausgänge. Ihr Hauptmann verständigte sich mit Juan I. und Imhotep. „Es bleiben alle hier, bis Entwarnung kommt! Diese fliegenden Ungeheuer sind am Himmel aufgetaucht und im äußersten Bezirk eingefallen. Die Abwehr der Sirenen ist im vollen Gange!“ informierte der Heerführer die Versammelten. Juan I. winkte mich zu sich heran. „Da läuft eine verdammte Sauerei. Ich glaube, das ist nur ein Ablenkungsmanöver. Du begleitest mich - ich will nachsehen, was mit dieser Mutter der Mutanten Zysyn ist? Ich habe das Gefühl, sie wollen sie aus dem Kerker befreien. Wir nehmen einige Krieger der Garde mit. Imhotep bleibt hier und überwacht das Geschehen“, informierte er mich über sein Vorhaben und scharte ein Dutzend Männer um uns.

Der Gang in den Hochsicherheitstrakt war mir nicht unbekannt, waren wir ihn erst vor wenigen Tagen gegangen. „Wo sind die Wachposten - weshalb steht das Hauptportal offen?“ fragte ich Juan I., als wir den Eingang erreichten. „Sag ich doch - da läuft eine riesige Sauerei!“ schnarrte er und stieß das schwere Tor vollends auf. „Kommt Dir der Mief irgendwie bekannt vor?“ Juan I. schnüffelte vor sich hin. „Du meinst den Gestank der Jäger? Sie sind hier!“ bestätigte ich. Dieser Geruch war so einzigartig, dass ich ihn jeder Zeit erkennen würde. Aus der Ferne drang Geheul zu uns, sämtliche Zellentüren waren aufgebrochen. „Diese blöden Viecher fressen alles und verschonen nichts und niemand. Hier liegen überall nur noch Reste herum...?“ In einigen Zellen gab es nicht einmal mehr diese. Die Tür der Zelle des Uril war ebenfalls nur angelehnt. Die Krieger hielten ihre Speere bereit. „Öffnen - aber seid vorsichtig!“ befahl Juan I. Sie duckten sich, einer stieß mit dem Schaft die Pforte auf. „Leer! Ist verschwunden!“ kam sofort die Rückmeldung. Die Situation war ohnehin gefährlich und angespannt, da war uns bewusst. Aber jetzt noch diese Schlange frei zu wissen, war eine zusätzliche Belastung. „Haltet bloß die Augen offen - wir können uns keinen Fehler leisten“, raunte der Pharao uns zu und ließ vorrücken. Allmählich näherten wir uns der Zelle, in der sich die Mutter der Mutanten normal befand. Mein Herz pochte inzwischen bis zu Hals, meine Hände begannen zu schwitzen, als wir die Pforte erreichten. Sie war gewaltsam eingedrückt worden und lag zerschmettert auf dem Boden. Der Gestank war kaum zu ertragen, der uns jetzt umnebelte. Dessen ungeachtet gab Juan I. den Befehl zum Angriff. Die Krieger seiner Garde stürmten im Schutz der Schilde hinein, ein tierisches Gebrüll erscholl. Der Rest rückte sofort nach, mir stockte der Atem. Ein Rudel Wolfsköpfe war dabei, die Ketten zu sprengen, mit denen Zysyn an der Wand geknebelt war. „Macht sie nieder!“ hörte ich den Herrscher brüllen, da bemerkte ich an der Decke eine auffällige Bewegung. Das Uril schlängelte sich zur Gefangenen und ließ sich auf ihren Körper fallen. Zuerst glaubte ich, dass es sie angreift, doch dann fiel auf, dass es sich wie ein Schutzmantel um die Mutter schlängelte. Sein unförmiger Kopf pendelte auf der Schulter und fauchte uns bösartig an. „Erledigt die Jäger!“ wies Juan I. an, die Speerspitzen drangen voller Wucht in die Mutanten ein und streckten sie nacheinander nieder. Nun blieb nur noch die Mutter. „Sie verhält sich überraschend ruhig - da ist was faul!“ rief ich meinem Freund zu und checkte sie. Ich bemerkte das Blut um ihr Maul. „Das Uril nährt sie. Die Schlange lässt sie von ihrem Blut trinken…!“ kombinierte ich entsetzt, die Folgen bekamen wir augenblicklich zu spüren. Die anschließenden Aktionen führten uns bildlich vor, mit welcher Kraft diese verfluchten Kreaturen ausgestattet waren. Auf ein Zischen von ihr löste sich die Schlange und attackierte die vordere Reihe der Krieger. Sie standen wie ein Bollwerk und fingen das Tier mit ihren Langwaffen auf. Es bedurfte vier Speere in den Körper und Kopf, um es endgültig auszuschalten. Es verschaffte damit der Mutter genügend Zeit, sich von den restlichen Ketten zu befreien. Eine schlang sie um den Arm und schleuderte sie wie eine Peitsche voller Wucht auf uns. Schilde zersplitterten, zwei der Krieger wurden am Kopf getroffen und überschlugen sich in der Luft. „Sofort raus hier!“ ordnete Juan I. an. Zysyn holte bereits fauchend zum nächsten Schlag aus, während wir fluchtartig die Zelle verließen. Die Krieger formierten sich auf dem Hauptgang um den Pharao, ich tastete mich rückwärts zur Tür. Da geschah es. Ich sah nur noch, wie die Kette auf mich zuschnellte. Entsetzt schloss ich die Augen…

Dieses Gefühl kann ich nicht beschreiben. Es ist, als stecke ich in einer Schüssel Gelatine fest und kann mich nur in Zeitlupe bewegen. „Was geschieht mit mir?“ Ich schlage die Augen auf, eine Handbreite von meinem Kopf verharrt das letzte Kettenglied regungslos in der Luft, jederzeit bereit, mir den Schädel zu zertrümmern. Das Amulett brennt auf meiner Brust. „Die Zeit steht für Sekunden still - sofort raus auf den Flur!“ kommandiert Ox und schiebt mich gewaltsam in die rettende Zone. Auch Juan I. und seine Posten stehen wie Salzsäulen, die Augen merkwürdig starr geradeaus gerichtet…

„Er ist draußen - wir können weg!“ stieß ein Krieger hervor, als ich ihn anrempelte und fast umstieß. Im Laufschritt hasteten wir den Gang zurück, im Nacken das Gekreische der Mutter, die uns nachsetzte. „Wenn wir das Portal erreichen, sofort zurammeln und verschließen!“ schnaufte Juan I., mit letzter Kraft schafften wir es, seinen Befehl auszuführen. Als das Tor gesichert war, und wir die dumpfen Schläge der Kette dagegen niederprasseln hörten, ließen wir uns hechelnd auf den Boden sinken. „Ich dachte eben, Dein letztes Stündchen hat geschlagen. Habe nur die Kette gesehen, die auf Dich zuschnellte. Ab dann kann ich mich an nichts mehr erinnern?“ keuchte mein Freund und sah mich fragend an. Ich japste vor mich hin, der Schweiß brannte in den Augen. „Das kann ich Dir selber nicht erklären? Hat alles mit Ox zu tun - er hat mir das Leben gerettet und die Zeit angehalten.“ Er musterte mich auffällig. „Die Zeit angehalten? Wenn die Krieger der Sphinxe sogar das können, müsste es ein Kinderspiel werden, die Götter mit ihrem Spleen zur Räson zu bringen!“ Aber ganz so einfach wurde die Geschichte nicht. „Was willst Du mit ihr machen? Da kann vorläufig niemand mehr rein, ohne sich ernsthaft in Gefahr zu bringen.“ fragte ich Juan und ließ bereitwillig einen Krieger helfen, um aufzustehen. „Ich werde für solche Spiele langsam zu alt!“ stöhnte ich und streckte mich. „Ich lasse den Eingang für die nächsten Jahre versiegeln - irgendwann ist sie verhungert. Mehr bleibt uns nicht!“ war seine Antwort. Wir waren von oben bis unten mit Blut besudelt, einige Krieger hatten ernsthafte Verletzungen davon getragen und mussten gestützt werden. „Die paar Meter zum Palast schaffen wir, dort kann sich Akim um die Männer kümmern!“

Uns blieb kaum Zeit, zu duschen und die Kleidung zu wechseln. Juan I. wurde bereits von Ra-Helios und Imhotep im Thronsaal erwartet. „Die Sirenen haben ein Massaker angerichtet. 27 Tote haben wir gefunden, wie viele Bewohner sie verschleppt haben, ist noch nicht sicher bestätigt. Ich denke, mindestens noch mal so viele...“ berichtete der Heerführer und zeigte uns am Modell, welche Teile der Stadt direkt betroffen waren. „Die Toten haben wir enthauptet und sofort verbrennen lassen, um ein Übergreifen der Seuche zu verhindern. Nicht auszudenken, was geschieht, wenn wir auch nur einen übersehen?“ Ra-Helios zwirbelte sich grübelnd den Bart. „Ich verstehe nicht, was es mit diesen Vampiren auf sich hat? Erst töten sie die Leute, indem sie sie aussaugen - und dann stehen die auf und machen weiter, als wäre nichts geschehen? Das ist doch gegen jede Logik!“ knurrte er ungehalten. „Haben Sebaks Mischwesen und Mutanten jemals was mit Logik zu tun gehabt? Ich weiß nicht, wer diesen neuen Prozess in Gang gesetzt hat? Ob Sebak selber noch seine Hand im Spiel hatte oder sein Nachfolger? Fakt ist, dass damit eine neue Form der Unsterblichkeit das Licht der Welt erblickt hat, mit gravierenden Folgen für uns alle. Es wird nie wieder so werden, wie es einmal war. Das muss jeder verstehen - Ra-Helios. Die Götter werden uns dabei nicht zur Seite stehen, die haben eigene Ziele. Wenn wir es nicht schaffen, die Anfänge mit Stumpf und Stil auszurotten, bedeutet das unweigerlich den Untergang des Reiches!" So eindeutig hatte es Juan I. bisher noch nie formuliert, aber es gab berechtigte Gründe dafür. Kinderstimmen auf dem Flur ließen ihn einhalten. „Amaunet kommt mit der Kleinen!" Bastet und Ramses liefen brav vor ihrer Mutter, ihre Schwester schlummerte tief und fest in ihren Armen. Die Königin wachte wie eine Glucke über das Wohl des Säuglings und ließ ihre Söhne nicht aus den Augen. Nichts deutete mehr darauf hin, dass sie vor wenigen Tagen ein Kind geboren hatte. Juans Augen strahlten voller Glück, wie ich es selten bei ihm sah. „Ich hätte es niemals für möglich gehalten, dass Du so ein Familientyp bist? Und wenn ich mir Deine Jungs anschaue - und nun noch die kleine Mizzi - Du hast allen Grund, stolz zu sein!" Amaunet nahm Bastet die Prinzessin ab und legte sie mir in den Arm. „Ist sie nicht niedlich. Was glaubst Du, nach wem sie mehr kommt?" Sie gab ihrem Gatten ein Küsschen. Mit einem koketten Blick wartete sie auf meine Antwort. „Sei nicht sauer - Juan, aber das ist eindeutig die Mama!" stellte ich nach längerer Begutachtung fest. Amaunet lachte zufrieden. „Da siehst Du es - Dein bester Freund sagt das Gleiche wie ich - sie ist mein Kind!" Die beiden Knaben krabbelten ihrem Vater auf den Schoß. „Papa - lass doch die Mizzi der Mama - Du hast doch uns! Wir sind drei Männer!" rief Ramses aus und hielt zwei Finger in die Luft. Ich grinste vor mich hin. „Du bist blöd!" fluchte Bastet leise und zeigte auf den dritten Finger. „Das sind drei Männer!" belehrte er seinen Bruder und hielt ihm seine Finger vor die Nase. „Du weißt immer alles besser - Papa sage doch mal was", protestierte der Jüngere und zog einen Flunsch. Ich weiß nicht, was beide miteinander flüsterten, auf jeden Fall feixte Ramses auf und nickte heftig. Amaunet zwinkerte mir zu. „Wie nennt man das in Eurer Zeit - pädagogische Einwirkung oder so ähnlich? Eines muss ich meinen lieben Mann lassen - er kommt mit den Prinzen sehr gut klar. Und er lehnt es ab, die Kinder durch die Kindermädchen und Diener erziehen zu lassen. Erst habe ich es nicht verstanden, wir wurden alle am Hofe so groß. Aber inzwischen weiß ich sehr zu schätzen, dass wir als Familie ein sehr inniges Verhältnis haben und er nicht nur der Pharao sondern auch Vater ist." Mit einem dankbaren Blick auf ihre Männer fügte sie hinzu: „ Nesrin war unsere kleine Schwester, die das Herz meines Vaters erreichte. Ich habe sie immer darum beneidet, dass sie beides hatte - Vater und Pharao!" Mizzi gähnte und greinte leise vor sich hin. „Sie hat Hunger - dann werde ich mal gehen. Muss nur ab und wann vorbei kommen, damit ich meinen Schatz zu sehen bekomme. Schade, dass die Regierungsgeschäfte soviel Zeit in Anspruch nehmen - aber so ist es eben!" Sie nahm mir die Prinzessin ab. „Jungs, verabschiedet Euch von Eurem Vater - wir müssen gehen! Ach ja, Juan - Babu und Nesrin sind mit einem Drachen nach Tem-pri geflogen. Er möchte dort irgendwelche Unterlagen vernichten, die mit Atlantis in Verbindung stehen. Ich soll Dir nur bescheid geben!" Unter lautem Protest zog die Rasselbande ab. „Dann können wir wieder zur Tagesordnung übergehen. Verzeiht die Unterbrechung, aber ich habe den Prinzen versprochen, dass wir jeden Tag wenigstens einige Minuten haben, um einfach mal zu reden." Juan I. war wieder der Herrscher. „Immer diese Eigenmächtigkeiten. Jetzt sind beide ohne Eskorte los. Diese jungen Leute machen sich keine Platte, was hier abläuft!" schimpfte er, flugs wandte er sich Imhotep zu. „Lasst einige Wagen vorfahren, ich möchte mir die Lage vor Ort ansehen. Und ohne großen Rummel - die Bewohner müssen nicht wissen, dass ich in der Stadt unterwegs bin", mahnte er und machte sich reisefertig. Meine beiden Gefährten warteten bereits ungeduldig vor der Tür auf mich. „Tut mir leid, aber mit unserem Besuch im Archiv wird es nichts. Juan I. macht eine Inspektion im Norden und will sich umsehen, was da abgelaufen ist. Ihr könnt mitfahren, wenn Ihr wollt?" schlug ich vor. Sie waren sofort Feuer und Flamme. „Wir treffen uns in fünf Minuten. Nehmt Eure Waffen mit - noch ist unklar, was uns eventuell erwartet?"

Eine Kolonne Streitwagen rückte an, schnell waren die versammelten Mitfahrer darauf verteilt. „Arne, Du fährst bei mir mit!" informierte mich Juan und übernahm selber die Zügel seines Gespannes. „Erinnerst Du Dich - unsere erste Fahrt auf dieser unterirdischen Strecke nach unserer Ankunft damals? Das war schon ein Ereignis! Mit Boris und Pamela an Bord...“ Viel Zeit, in Erinnerungen zu schwelgen, blieb mir nicht, Juan I. erteilte den Befehl zum Abmarsch. Anfangs ging es recht verhalten durch die engen Strassen - als wir eine der Hauptmagistralen erreichten, welche die einzelnen Distrikte miteinander verband, gab er seinen Pferden freien Lauf. Mit wehenden Haaren hielt ich mich an der Verkleidung fest und genoss diese ungewöhnliche Art der Fortbewegung. Die Kolonne erreichte nach einer halben Stunde den Bereich der Stadt, der von den fliegenden Sirenen attackiert wurde. Juan I. steuerte einen gepflasterten Platz an, der von vorwiegend zweistöckigen Häusern umgeben war. Blutspuren waren zu erkennen, Überbleibsel der vergeblichen Gegenwehr der Bewohner, die sich erst vor kurzem ansiedelten. „Hier hat sich die Gilde der Ledermacher nieder gelassen. Sie sind mit ihren Familien vor einem Jahr aus Tem-pri hergezogen, um für die Ausstattung des Heeres zu produzieren. Wir schwärmen aus, und gucken uns um, ob etwas Auffälliges geblieben ist?“ Juan I. nahm seinen Speer und teilte mehrere Gruppen ein. „Ihr seht Euch in diesen Objekten um - und denkt daran: Augen auf!“ instruierte er die Trupps. Ein Tor zu einem Durchgang stand offen, Juan I. lief an der Spitze, Peter, Bernd und ich folgten ihm. Beißender Geruch der Laugenbecken auf dem Hinterhof, in denen die Häute tagelang gewässert und chemisch behandelt wurden, verpestete die Luft. „Jetzt weiß ich, warum sie sich hierher verzogen haben. Bei dem Gestank wären sie längst aus der City geflogen - das hält kein Mensch aus!“ nörgelte Bernd und hielt sich die Nase zu. Wir suchen in jeden Winkel, konnten aber keinen Menschen entdecken. In einem verwilderten Garten hinter dem Hof waren Pfähle in die Erde gerammt, dazwischen hatte man Lederschnüre gespannt. Daran pendelten unzählige Felle und Häute im Wind. Mehrere Holzrahmen mit eingespannten Tierhäuten lagen achtlos auf der Erde. „Macht eine Menge Arbeit, bevor aus einem stinkenden Ding eine schöne Lederweste wird. Alle Achtung, trotz des Miefes“, kommentierte Peter und betrachtete neugierig ein besonders großes Stück. „Peter, sofort zurück - dahinter ist jemand!“ warnte Juan I. und zog ihn am Ärmel aus der

Gefahrenzone. Gerade rechtzeitig, ein heiseres Fauchen setzte ein, eine aschfahle Gestalt wankte hervor und lief mit drohender Haltung auf sie zu. „Guckt Euch sein Gesicht und die Schulter an, völlig zerbissen. Das Werk dieser verfluchten Biester!“ knurrte Juan I. und beobachte jede Regung des Mannes, dessen Schicksal nun vorbestimmt war. „Lasst ihn nicht zu dicht an Euch ran, wir wissen nicht, welche Reflexe sie noch besitzen? Auf jeden Fall kann er uns genau orten und scheint sehr hungrig zu sein, trotz des enormen Blutverlustes. Arne, wenn ich jemals geahnt hätte, dass wir so was nicht auf der Leinwand sondern einmal in Echt erleben, hätte ich jeden für blöd erklärt! Aber das Leben hat seine eigenen Spielregeln!“ Juan I. zog sein Schwert und wartete ab, bis er in Reichweite war. Mit einem Hieb schlug er ihm den Kopf ab. „Tut mir sehr leid, mein Freund - aber es muss sein!“ entschuldigte sich der Pharao bei seinem Opfer. „Jetzt dürfte klar sein, dass nicht alle Toten gefunden und verbrannt wurden. Ich ahne Schlimmes…“ Und es kam noch schlimmer, als wir erwarteten. Aus dem Nachbarhaus drangen Schreie herüber, wir sahen die Krieger des Suchtrupps um die Ecke stürmen. „Die Hütte ist voll mit diesen komischen Monstern!“ rief einer uns zu, dann schlossen sie auf und bildeten ein Karree um uns. Den beiden anderen Suchtrupps bot sich ein ähnlicher Anblick. „Wir haben drei Leute verloren - sie sind nicht mehr rechtzeitig raus gekommen.“ meldete ein Krieger der letzten Einheit, als er angehumpelt kam. Seine Wade blutete, der Knöchel wurde zusehends dicker. „Ich bin von einer Mauer gesprungen und dabei hängen geblieben“, stöhnte er und musste sich setzen. „Sie kesseln uns ein!“ Juan I. suchte nach einem Fluchtweg, aber von allen Seiten schoben sich die abgezehrten Männer und Frauen heran. „Diese Schweine haben nicht mal die Kinder verschont!“ Bernd war entsetzt, als er die Kids bemerkte, die mit bleichen Gesichter zwischen den Großen standen, die toten Augen auf uns gerichtet. „Schilde auf Abwehrposition, Speere senken!“ kommandierte Juan I. und legte sich seinen Speer in der Hand zurecht. Dicht an dicht schoben sich die Krieger wie eine Wand zusammen, die Schilde fest aneinander gedrückt. „Achtet auf Eure Füße - sie kommen auch von unten!“ warnte Peter, der auf einige Hände trat, die nach uns grapschten. Juan I. warf ihm sein Schwert zu. „Einfach drauf hauen und abhacken. Das ist Dein Job!“

rief er ihm zu. Peter schaute verdutzt auf die Waffe, zum Grübeln blieb keine Zeit mehr. Die Krieger stemmten sich mit aller Macht gegen die Welle der Zombies, die uns vor sich her schoben und immer weiter in eine Ecke bugsierten. „Männer, haltet dagegen!“ brüllte Juan I. aus Leibeskräften, sein knallrotes Gesicht zeugte von den Anstrengungen, mit denen er und seine Leute um unser Leben kämpften. Durch die Wirren des Auf und Ab sah ich sie im Hintergrund stehen - die hasserfüllten Blicke auf uns gerichtet - eine Sirene. „Juan I. - auf 12 Uhr - sie dirigiert die Meute! Wir müssen sie ausschalten.“ keuchte ich und strampelte mich gewaltsam von einem Griff am Knöchel frei. Juan hatte kaum Gelegenheit, meinen Tipp zu befolgen. Unablässig stach er auf die Körper ein, die auch dann weiter zappelten und sich kaum abwehren ließen. Sie fielen um und standen wieder auf. Unsere Lage wurde immer prekärer. Unser Schutzwall kam ins Wanken, als die ersten Krieger zu Boden gingen und von einigen Angreifern heulend weg geschleppt wurden. Wir vernahmen ihre Hilfeschreie, konnten aber nichts machen. „Das war es dann wohl? Gegen diese Übermacht haben wir kaum eine Chance!“ stöhnte der Herrscher, der wie wir innerlich mit dem Leben abschloss. Die Sirene flog einige Meter empor und kam auf uns zugeflattert. „Ergebt Euch Eurem Schicksal und reiht Euch in unserer Schar der Krieger ein! Ihr werdet unsterblich - und eine neue Welt erleben!“ keifte sie hoch über unseren Köpfen. „Bevor ich das tue, schlage ich Dir Deine verdammte Fresse ein!“ fluchte Bernd lauthals, der wie ein Berserker weiter auf die Angreifer eindrosch. Der letzte Schild fiel, wir standen frei und ungedeckt. Nur die Speere hielte uns weiterhin für Sekunden die Meute vom Hals… Ich schloss die Augen und begann zu beten. Doch es kam anders.

Der Boden erzitterte, das siegesbewusste Grinsen der Sirene schlug um. Sie suchte sofort ihr Heil in der Flucht. Der Streitwagen eines Gottes donnerte über die Straße, schwenkte in den Hof ein und hielt auf uns zu. Ein Blitz aus seinen Augen fegte die Sirene vom Himmel und setzte sie in Flammen. Nun ihrer mentalen Führung beraubt, irrten die Gestalten ziellos umher. „Steigt auf - ich bringe Euch hier raus!“ Es war Horus, der Gott mit dem Falkenkopf, der uns auf seinen Wagen winkte. Die ungewöhnlichen Ausmaße der Kampfwagen der

Götter hatten mich schon immer fasziniert. Aber dass einmal der Zeitpunkt kommen würde, selber auf solchem Fahrzeug unterwegs zu sein, hätte ich mir nie im Traum ausmalen können. Die gewaltigen Räder mahlten sich bei der Wende einen blutigen Weg durch die Menge, ohne Rücksicht auf Verluste drosch Horus mit seiner schweren Peitsche nach allen Seiten, das die Fetzen nur so flogen. „Festhalten, es geht los!" Mit einem Ruck und Knirschen setzte sich das wuchtige Gefährt in Bewegung, vorbei an unseren Streitwagen, die verwaist am Wegesrand standen. „Die haben sogar die Pferde gefressen. So ein verfluchtes Pack!" Juan I. sah mit finsterer Miene auf seinen vergoldeten Wagen - dem kriegerischen Symbol des Pharaos. „Das Ding lasse ich später abholen", murmelte er und atmete erst mal tief durch. Der Fahrtenwind kühlte unsere erhitzten Körper. Horus ragte wie eine Statue neben uns empor, sein ungewöhnlicher Anblick versetzte meine Freunde in Verblüffung. „Gott Horus – Großer Falkenkopf. Was hast Du in dieser Gegend verloren?" Juans I. Erstaunen hatte gute Gründe. „Du hast Dich bislang niemals in irgendwelche Entscheidungen eingemischt - so lange ich hier lebe, habe ich Dich noch nie zu Gesicht bekommen. Plötzlich tauchst Du hier auf. Da muss einiges geschehen sein?" vermutete der Pharao und wartete geduldig ab, bis Horus sein Gespann laufen ließ. „Er gehört zur obersten Liga der Götter - nur leider ist er auch der Bruder von Seth. Der leibliche Bruder, wohl gemerkt! Das hat ihn bisher bewogen, über viele Dinge einfach hinweg zu sehen, die Seth verbockt hat", klärte ich meine Mitstreiter leise über die verworrenen Familienverhältnisse auf. Horus besaß hervorragende Ohren. „Du scheinst besser informiert zu sein, als Dir gut tut!" schnaubte er und taxierte mich. „Heerführer Ox hat meine Schritte gelenkt - Du bist der Grund dafür?" Ungläubig betrachtete er das Amulett auf meiner Brust. „Ein Sterblicher mit solcher Macht ausgestattet - die Welt der Götter wird immer wunderlicher?" Er hielt den Wagen an. „Pharao - dieser Distrikt wird hermetisch verriegelt. Wir können nicht zulassen, dass die Kreaturen sich ausbreiten. Sie bringen die Ordnung in allen Epochen durcheinander und sind wie eine Seuche, die niemand beherrschen kann!" Eine flimmernde Wand wuchs hinter uns in die Höhe und überzog die Häuser und Gehöfte des Nordens wie eine gläserne Kuppel, unsere Streitwagen

eingeschlossen. „Das ist eine totale Scheiße!" fluchte der Kommissar und klammerte sich an der Speerhalterung fest, um nicht umzufallen.
Juan I. guckte mit betretener Miene zurück. Schnell wie der Wind erreichten wir das Zentrum und den Palast. Dort stiegen wir aus, Horus fuhr grußlos weiter. „Es gibt damit eine gute und eine schlechte Nachricht!" Der Pharao sah dem Schatten des schwindenden Gottes nach. „Die gute Nachricht - er bekennt sich jetzt offen zu mir als legitimen Herrscher und hat mir sein Bündnis angeboten. Damit wird er endlich seinem Ruf als Schutzgott unseres Könighauses gerecht!" Auf der Treppe zum Portal hielt er an. „Die schlechte Nachricht! Die Seuche ist ausgebrochen - es wurden demnach nicht alle Toten des Angriffes der Sirenen gefunden und verbrannt. Niemand kommt mehr raus oder rein! Dieser Teil der Stadt bleibt für immer abgeschottet, damit die Vampire nicht über die Bewohner der Stadt herfallen können. Das müssen wir nun unseren Leuten beibringen!" Er schnaufte wütend vor sich hin. „Diese Biester haben alles humane Leben in dieser Region ausgelöscht. Da haben über 500 Menschen gelebt. Was für ein Trauerspiel!" Juan I. war sichtlich erschüttert, uns ließen die eben erlebten Bilder ebenfalls nicht kalt. Vor allem die Kids in der Menge kamen mir wieder in den Sinn. „Dafür werden sie alle bezahlen! Für jedes Menschenleben fordere ich von den Göttern einen hohen Preis!" stieß der Pharao wütend hervor und verschwand in der Tür.

Die furchtbare Nachricht verbreitete sich in Windeseile in der Stadt. Ra-Helios hatte einige Beamte um sich versammelt und koordinierte die wichtigsten Maßnahmen, um Ruhe und Ordnung zu gewährleisten. „Der Hauptmann der Stadtwache soll sofort die Posten verstärken! Es muss auf jeden Fall verhindert werden, dass Panik ausbricht." betonte der Wesir mit Nachdruck. Ein Schreiber verneigte sich und eilte, den Befehl zu überbringen. „Der Zutritt zum gesperrten Distrikt ist amtlich. Ein Trupp ist bereits unterwegs, um die Zugangsstrassen zu verbarrikadieren. Der Heerführer stellt eine Hundertschaft bereit, die das Gebiet rund um die Uhr bewacht. Niemand darf rein oder raus. Zuwiderhandlungen werden unter Todesstrafe gestellt!" ordnete er weiter an. Wortgenau wurden seine Anordnungen notiert. „Der Pharao befiehlt, dass die angekündigte

Überprüfungen der Gehöfte und Villen der Beamte einen Tag früher statt findet! Sollte ich erfahren, dass diese Information vorzeitig diesen Raum verlässt und jemand gewarnt wird, beendet derjenige seine Laufbahn am Hofe!“ Sein durchdringender Blick musterte die vier anwesenden Schreiber. Er selber hatte sie einst ausgewählt und ausbilden lassen - eine langjährige Prozedur, die nur mit absoluter Hingabe und Fleiß bewältigt werden konnte. Sie alle hatten diese mit Bravour bewältigt und standen in der Hierarchie ihrer Gilde ganz weit oben. „Wir haben Hinweise bekommen, dass es den Versuch gibt, uns zu hintergehen. Wir vertrauen dem System und wir vertrauen Euch - also enttäuscht den Pharao nicht und greift erbarmungslos durch!“ Die Männer verneigten sich, nacheinander verließen sie das Büro des Wesirs, jetzt mit sämtlichen Vollmachten ausgestattet, die über Leben und Tod entscheiden konnten. Ich hielt mich die ganze Zeit über im Hintergrund und betrachtete die Szenerie mit gemischten Gefühlen. „Was sagst Du zu diesen Burschen - können wir ihnen wirklich vertrauen?“ fragte mich der Wesir und sortierte einige Papiere auf dem Tisch zusammen. „Bis auf diesen Acham sind sie sauber. Der Junge hat jede Menge Dreck am Stecken“, murmelte ich. Ra-Helios ließ erschrocken die Dokumente fallen und fuhr herum. „Acham? Das kann nicht sein! Ihn habe ich damals aus einem Weisenhaus geholt und eine Zukunft gegeben. Vielleicht irrst Du Dich?“ So leid es mir tat, aber wir kamen an der bitteren Wahrheit nicht vorbei. „Ich irre mich vielleicht - aber nicht Ox! Dieser Acham arbeitet mit einigen Eintreibern zusammen und profitiert mit großer Sicherheit davon. Wann wurde eigentlich die Schatzkammer zum letzen Male inspiziert?“ bemerkte ich beiläufig. Ra-Helios verstand den Sinn meiner Frage nicht. „Keine Ahnung - ich glaube, seit dem Du und Deine Leute vor Jahren da drin waren - nie wieder? Warum ist das so wichtig - ist doch nur Schnick da drin.“ Ich lachte auf. „Dieser Schnick würde in meiner Epoche manchen zum Mörder machen, um ihn zu besitzen. Viele Völker hatten ihre Existenz um das Edelmetall aufgebaut und es als Glanz und Tränen der Sonne besondere Bedeutung beigemessen. Laut Aussage von Ox ist die Kammer leer! Vielleicht hat jemand erkannt, dass man damit in anderen Zeiten viel anfangen kann?“ vermutete ich. Ra-Helios sah mich ungläubig an. „Die Kammer ist leer? Das ist ein Unding!“ Er schaltete die Überwachung an und zoomte die Bilder der Schatzkammer heran. „Tatsächlich - wie leer gefegt. Nicht ein Steinchen mehr da. Da hat jemand ganze Arbeit geleistet und sich den Plunder unter den Nagel gerissen. Wer könnte auf solche Ideen kommen?“ grübelte er laut vor sich hin. „Wer hat Zugang zu den Zeitportalen? Unter diesen wird sich derjenige mit Sicherheit befinden!“ antwortete ich. Der Wesir verstand die Welt nicht mehr. „Vielleicht hat Remos II. dem wahren Wert der alten Schätze einfach deshalb keine Beachtung geschenkt, weil man das Zeug weder essen noch trinken kann? Es klitzert und ist schön anzusehen, mehr nicht. Wasser und ein Stück Fladenbrot waren stets wichtiger…“ brummelte er und vollendete seine Aufräumarbeiten. „Imhotep wird noch eine Weile benötigen, bevor er wieder voll einsatzfähig ist, aber ich bin froh, dass er sich halbwegs erholt hat und die Wunden gut verheilen.“ Das vernahm ich gern. „Was machen wir mit Acham - wenn er wirklich mit diesen verfluchten Betrügern kooperiert, können wir das nicht einfach negieren? Darauf steht nach unseren Gesetzen die Todesstrafe.“ Das war mir durchaus bekannt. „Wenn er Charakter hat, stellt er sich selber und gibt sein Schicksal in Eure Hände. Wenn nicht, ist er auch nur ein Schurke und hat den Tod verdient!“ betonte ich. Lautes Türknallen unterbrach uns, mit hochrotem Gesicht trat Prinz Babu herein. Er sah sich suchend um, goss sich einen Becher mit Wasser voll und stürzte ihn hinunter. „Verzeiht, aber ich bin Stunden mit dem Drachen unterwegs gewesen - ich musste aus Tem-pri fliehen! Sie haben Nesrin!“ schnaufte er und schüttete sich den Rest über den Kopf. Ra-Helios rief nach einem Diener und trug ihm auf, frisches Wasser und Getränke herbei zu schaffen. „Was ist passiert, mein junger Freund? Wer hat Nesrin entführt?“ Babu schleuderte die verstaubten Sachen auf den Boden und stampfte wütend auf. „Sebaks II. Bruderschaft! Seine Priester haben sie entführt. Wir waren gerade dabei, die Zeichnungen in meinen Gemächern zu zerstören, da kam ein Trupp herein gestürmt. Ich konnte zwar einige von ihnen töten, aber es waren einfach zu viele. Ich bin raus auf die Terrasse und mit dem Drachen auf und davon. Auf jeden Fall haben sie die Prinzessin…!“ Er schaute verzweifelt auf den Boden und schniefte vor sich hin. „Ich bitte Euch, Ra-Helios - gebt mir genügend Krieger, damit ich sie befreien kann!“ begehrte er auf. Ich vermochte nachzuempfinden, welche Qualen er litt. „Immer ruhig Blut und einen kühlen Kopf bewahren! Es hat kaum Sinn, überstürzt aufzubrechen. Sie sind bereits über alle Berge. Funktioniert in Tem-pri der Turm der Götter?“ fragte ich und bemühte mich, ihn zu besänftigen. Er nickte. „Ja, ich habe die Blitze gesehen, die einschlugen. Die alte Stadt war bereits fast menschenleer, als wir eintrafen. Und nachdem die Bruderschaft die Reste eingesammelt hat, dürfte nur noch Versprengte darin übrig sein. Diese verdammten Schweine!“ Babus Augen funkelten vor Zorn und Wut. „Seine Anhänger unternehmen alles, Sebak II. Regentschaft auszubauen. Sie sind mit Sicherheit nach Atlantis aufgebrochen, um sich den Truppen des Seth anzuschließen. Ich werde mich in den Tempel begeben, um mit Sphinx und Ox zu beraten, was zu tun ist? Meine Tochter und die übrigen Mädchen wurden wahrscheinlich auch nach Atlantis verschleppt. Es wird Zeit, die Bande auszuräuchern, bevor sie größeren Schaden anrichtet!“ unterbreitete ich als Vorschlag...

Das Schiff der Vorväter

„Jemand zu Hause? Hallo...!“ Ich lauschte dem Echo im Tempel.
„Mein Freund Sphinx - von Dir persönlich habe ich längere Zeit nichts vernommen. Wo treibst Du Dich herum, das würde ich zu gerne wissen?“ Ich hockte mich neben der Statue des Zeitenwandlers und dachte über all die Ereignisse nach, die mich seit meinen ersten Schritten ins Leben begleiteten. „Du hast mir manchen Brocken in den Weg gelegt, mit dem ich zu kämpfen hatte. Aber nun soll ich meiner Bestimmung folgen - und ich muss mein Kind finden und Ali, koste es was es wolle!“ Ich betrachtete die Reliefs an den Wänden, das Zierrat, mit denen die Decken prachtvoll geschmückt waren. „Das alles brauchst Du in Wirklichkeit nicht - es sind nur die Fantasien der Menschen, die glauben, dass die Götter in ihrer Güte alles unternehmen, die Sterblichen zu beschützen. Wie hat Shyla einmal treffend formuliert: Götter sind wie Menschen - nur schlechter! Und sie ist erst vier Jahre alt“, brummte ich. Ein altbekanntes Lachen ertönte. „Stimmt, die Kleine ist etwas ganz Besonderes!

Sie hat einen scharfen Verstand - da spielt das Alter keine Rolle." Sphinx erschien im funkelnden Licht mitten im Tempel. „Ox hat mir berichtet, dass Du bereit bist, die Krieger zu erwecken. Sebak II. und Seth planen den größten Schlag in der Geschichte des Reiches - sie wollen Pharaonien und sie wollen Deine Welt!" Sphinx malte mit einem Lichtstrahl Konturen auf den Marmorboden. „Zwei Zeitportale sind einsatzbereit, die Truppen an jeden beliebigen Ort in Deiner Zeit zu transportieren. Einmal das in Atlantis selber!" Ein Punkt flimmerte in den Skizzen auf. „Dort liegt die Insel - Ihr nennt den Bereich Bermuda-Dreieck!" Ich kannte unzählige Gerüchte und Thesen, die um die Geschichte der versunkenen Insel rankten. „Also doch das Bermuda-Dreieck? Hätte mich echt gewundert..." murmelte ich und betrachtete eingehend die Karte, die inzwischen entstanden war. „Das zweite Portal befindet in der Provinzhauptstadt der Kusch! Von dort aus sind Sebak II. und Seth mit ihren Truppen nach Atlantis gestartet. Ein Teil des Heeres ist weiterhin da stationiert und wartet auf seinen Einsatzbefehl. Ihn sollten wir zuerst vernichten!" Den Gedanken fand ich einleuchtend. „Die Anführer sind Götter der unteren Kreise, nur Befehlsempfänger. Wenn wir sie in die Zange nehmen, wird es klappen. Allerdings...? Sphinx überlegte. „Allerdings haben wir ein massives Problem!" fuhr er fort und zeichnete einen Kreis um einen Tempel - Sebaks unvollendeter Bau in der Silbermine. „Wenn wir die Krieger des Heeres wecken wollen, benötigen wir einen gewaltigen Energieschub. Energie in reiner Form! Mit den herkömmlichen Möglichkeiten bekommen wir nicht einmal ein Dutzend Krieger auf die Beine - damit können wir in keine Schlacht ziehen, auch wenn Ox und seine Lichtwesen fast unbesiegbar sind", grübelte Sphinx. „Was heißt Energie in reiner Form? Einen Blitz oder was meinst Du?" Ich hatte keine Vorstellung, mit welcher Art Energie die Krieger erweckt werden konnten. „Ein Blitz würde reichen - aber darauf zu warten, bis ein Unwetter aufkommt - das kann Ewigkeiten dauern. Und Seth wird uns kaum den Gefallen tun, einen seiner besonderen Stürme herbei zu zaubern", bemerkte er. Mir kam eine Idee. „Was ist mit der Energie des Schiffes bei Tem-pri? Würde diese ausreichen?" Sphinx sagte eine ganze Weile kein Wort. „Du denkst an das Raumschiff der Ahnen? Das liegt dort mehr als zehn Jahrtausende im Sand begraben. Die

Hälfte der Zeit war ich da eingesperrt. Sie würde allerdings reichen, um das Heer ins Leben zurufen!" bestätigte er schließlich. „Na siehst Du – damit haben wir wenigstens eine Möglichkeit in Aussicht – wir probieren es einfach!" Eine Frage beschäftigte mich schon seit geraumer Zeit. „Wir reden stets vom Heer der Sphinxe. Wie viele Zeitenwandler gibt es eigentlich – ich kenne nur Dich?" Das Flackern seiner Gesichtspartien deutete ich als Lächeln. „Offiziell gibt es nur mich – aber die Fantasie der Menschen hat aus mir ein Wesen gezaubert, welches mit unterschiedlichen Charakteren und Darstellungen an verschieden Orten auftaucht. Vor allem Deine Epoche hat mich in einer Vielfalt aufleben lassen, dass ich mich geehrt fühle. Wer kann schon von sich behaupten, jeden seiner Brüder genauestens zu kennen wie sich selber?" Er führte mir die Bilder vor Augen, wie er von den Phönikern, Hethitern, Assyrern. Griechen und anderen Völkern verehrt wurde. „Ich bin jeder von ihnen. Ich bin – viele…!" Ich kannte die meisten Darstellungen. „Bislang waren wir immer der Auffassung, dass es sich um unterschiedliche Götter handelte – da werden einige Archäologen mächtig geknickt sein, wenn ich ihnen ihren Traum zerstöre! Aber jetzt haben wir andere Dinge zu klären!" Ich verabschiedete mich hastig, um meinen Vorschlag in die Tat umzusetzen.

„Prinz Babu, Imhotep - ich muss sofort nach Tem-pri! Ich könnte Eure Hilfe gut gebrauchen. Fühlst Du Dich bereits wieder so fit, dass Du mitkommen kannst?" Imhotep grinste. „Wie sagst Du immer so schön - Unkraut vergeht nicht! Ich bin dabei - was ist mit Dir, Babu?" Der räusperte sich. „Wird Zeit, dass endlich was passiert. Ich bin auch dabei!" war seine kurzfristige Entscheidung. „Sehr schön, das freut mich! Taisya, Bernd, Peter - packt ein paar Klamotten ein, wir brechen in wenigen Minuten auf!" bat ich meine Gefährten. Ohne mich um ihre verdutzten Blicke zu kümmern, räumte ich meine Tasche leer und sortierte einige persönliche Sachen hinein. „Das dürfte für zwei, drei Tage reichen!" Den Laser wickelte ich in ein Handtuch und legte ihn dazu. „Nur für alle Fälle!" Meine Mitstreiter warteten bereits. „Nun mache es nicht so spannend? Was hast Du vor?" Imhotep trug den linken Arm noch immer im Verband, einige Narben in seinem markanten Gesicht begannen, gerade zu heilen. „Ich habe mit Sphinx geredet und mache mich auf, sein Heer zu aktivieren!“ erklärte ich auf dem Marsch zum Drachenhof. Imhotep hatte bereits Order erteilt, fünf Tiere startklar zu machen. „Heerführer verzeiht, es dauert noch einen Moment, bis alle Drachen gesattelt sind“, entschuldigte sich Aset, der Anführer der Tepos. Er trieb seine Leute an und packte selber zu. „Ihn gibt es ja immer noch? Ist das nicht der Alte, den Du nach dem Überfall der Tepos bei der Silbermine zum neuen Anführer ernanntest?“ Der Heerführer lächelte. „Stimmt, und er hat mich niemals enttäuscht. Es war die richtige Entscheidung!“ bestätigte er. Indessen waren die Vorbereitungen nahezu abgeschlossen, die Flugdrachen schnaubten ungeduldig. „Aset wird uns begleiten - Arne, Du fliegst mit ihm. Die Anderen verteilen sich - jeweils eine Person als zweiter Mann der Besatzung. Ich lasse mich diesmal auch durch die Luft tragen und genieße den Ausblick!“ Endlich konnte es los gehen. Nacheinander hoben wir ab.

Während wir damals fast zwei Tage mit den Wagen unterwegs waren, dauerte der Flug diesmal keine vier Stunden, und die alte Metropole kam in Sicht. Die Burg von ihrem einstigen Herrscher Sebak stand noch immer wie ein Moloch im Zentrum. Dahinter kamen die drei kleinen Pyramiden am Ufer des Nils zum Vorschein. „Hat sich nichts geändert!“ stellte ich fest. Aset drehte sich zu mir um. „Tem-pri ist eine Geisterstadt geworden, keine Menschenseele mehr da. In ein paar Jahren hat die Natur alles im Grün versteckt und Sebaks Namen wird allmählich aus dem Gedächtnis der Menschen verschwinden!“ rief er mir zu, alsdann hielt er nach einem Landeplatz Ausschau. „Wir machen nur einen kurzen Stopp - vielleicht gibt es doch jemand, der unsere Hilfe braucht?“ Ich wies auf den Wassergraben. Vor der Brücke des Stadttores setzten wir auf und vertraten uns die Beine. „Mir kommt es so vor, als wäre es gestern, als wir hier durchfuhren - diese Monsterköpfe, die uns durchsuchten, stanken derart nach Fäulnis... Brrr!“ Mich schüttelte es nachträglich. Während unsere Tiere getränkt wurden, verständigte ich mich mit Babu und Imhotep. „Damals hat uns Max zum Schiff geführt. Ich schlage vor, wir drehen eine Runde über der Stadt und orientieren wir uns nach den Pyramiden. Von dort aus in Richtung Wüste. Wir müssen nach dem Kommandoturm suchen - daneben war ein Schrottplatz, wahrscheinlich Trümmerteile vom Schiff? Hoffe, der Sand hat nicht alles geschluckt?“ Da kein weiterer Vorschlag kam, war unsere Strategie erst einmal klar. Taisya kauerte sich bleich auf den Boden. „Ist Dir nicht gut - war Dein erster Flug, richtig?“ Ich reichte ihr meine Feldflasche. „Keine Bange, das vergeht! Versuche einfach, an was Schönes zu denken - dann ist alles halb so wild!“ empfahl ich ihr und winkte heimlich Bernd zu. „Kümmere Dich um die Kleine, ich glaube, sie hat Höhenangst!“ flüsterte ich ihm zu und ließ ihn machen. Fünf Minuten später starteten wir zu unserer letzten Etappe, Taisya saß bereits fest im Sattel. „Geht es wieder?“ fragte ich sie. Sie nickte tapfer. „Ist ja nicht mehr weit - und Bernd hat mir einen Talisman geschenkt, der auf mich aufpassen soll.“ Sie zeigte glücklich auf das rote Tuch um ihren Hals. Bernd schmunzelte vor sich hin. „Daumen hoch, mein Großer - hast Du gut gemacht!“ lobte ich ihn. Imhotep wartete, bis ich endlich meinen Platz hinter meinem Reiter einnahm, dann gab er das Zeichen für den Abflug. Eine Stimme schallte über die Brücke. „Helft mir doch!“ Im alten Tor tauchte ein Schatten auf. „Imhotep - wartet, da kommt jemand!“ stoppte ich den Abflug. Ich erhob mich, um besser sehen zu können. Ein Mann schwankte über die Holzbohlen. Als er die Brücke überquerte, war zu erkennen, dass er verletzt war. Misstrauisch behielt ich den Durchgang zur Stadt im Auge. Nicht weit von uns stürzte der Fremde zu Boden und regte sich nicht mehr. Ich registrierte eine flüchtige Bewegung an der Schranke der Stadtwache. „Haltet die Waffen bereit - sieht aus, als wenn wir ungebetene Gäste bekommen!“ warnte ich meine Gefährten. „Es sind Jäger der Sirenen. Ich sehe drei Gestalten…!“ Taisya sprang wie eine Feder auf, mit Pfeile und Bogen bewaffnet, kletterte sie flink wie ein Wiesel vom Drachen. Die Tepos lenkten ihre Tiere um und ließen die Giganten zur Brücke vorrücken. Die Wolfsköpfe waren unschlüssig, wie sie in Anbetracht der Übermacht weiter verfahren sollten. Sie stockten mitten auf der Überführung und knurrten uns wütend an. Taisya erreichte indessen den Leblosen und stellte sich schützend vor ihn. Babu eilte ihr zur Hilfe, im Lauf spannte er seine Armbrust und legte an. Schon der erste Bolzen durchschlug einem der Jäger den Schädel. Ohne ein Laut von sich zu geben, kippte er um. Die beiden anderen Verfolger zogen es vor, sich vorerst aus dem Staub zu machen. Wir konnten sehen, wie sie uns aus sicherer Entfernung beobachteten. „Verpisst

Euch - oder ich ballere Euch über den Haufen!“ brüllte Peter ihnen nach und legte seinen Revolver an. Ein kurzer Knall, wir hörten ein Aufjaulen. „Sag ich doch - verpisst Euch!“ Diesmal entschwanden die Jäger auf nimmer Wiedersehen. „Was so ein bisschen Polizeischule ausmacht - sogar richtig Schießen lernt man dort!“ schnaufte er und sah uns vergnügt an. „Was ist mit ihm?“ Der Kommissar drehte den Bewusstlosen auf den Rücken. „Das ist doch El Hadary, der Besitzer der Herberge, bei dem wir damals unter kamen. Was macht er noch hier? Gebt ihm Wasser!“ Ich sah Imhotep fragend an. Er zuckte mit den Achseln. Aset und seine Krieger trugen den Wirt in den Schatten einer Palme. Sie erfrischten sein Gesicht und flößten ihm einige Tropfen ein. Er kam zu sich und blinzelte. „Heerführer - Ihr seid es? Was für ein Glück...“ hauchte er und schloss erschöpft die Augen. „Hört Ihr mich - was habt Ihr in dieser Einöde verloren?“ Imhotep tätschelte seine Wangen. El Hadary richtete sich mühsam auf, dankbar nahm er die Feldflasche von Aset und trank. Er wischte sich schwerfällig den Mund ab. „Ich kann doch nicht alles in Stich lassen und meine Heimat einfach aufgeben? Hier bin ich geboren und hier will ich auch sterben! Diese Viecher geben einfach keine Ruhe. Die ganze Burg ist voll damit“, stöhnte er, während Bernd seine Wunden betrachtete. „Da hat Einer mächtig zugeschnappt. Wir müssen das sofort reinigen und verbinden!“ Ihm fiel die blutende Bisswunde am Oberarm auf, aus der unablässig Blut floss. „Mein lieber Jolly, so was sollte eigentlich sofort operiert werden. Mensch, mit unserem Kram können wir ihn wirklich nur notdürftig versorgen.“ Er kratzte sich am Kopf und dachte nach. „Die Wunde muss ausgebrannt und die Blutung gestoppt werden, sonst entzündet sie sich. Macht Feuer!“ ordnete er an und sah sich nach einem geeigneten Messer um. „Aset - ich brauche dafür Deine Klinge. Nun beeilt Euch doch...!“ trieb er uns an, während er ein Handtuch aus seinem Gepäck in Streifen schnitt und den Arm abschnürte. Nach einer gefühlten Ewigkeit der Stille vernahm ich die Stimme von Ox. „Das dauert alles zu lange - bevor die Klinge erhitzt ist, ist er längst verblutet. Nutze den Strahler und bringe damit die Klinge zum Glühen!“ riet er mir. Ich handelte sofort, angelte meine Tasche vom Drachen und ergriff den Laser. „Jetzt auf minimale Leistung stellen - und die Klinge damit bestreichen...“ In Windeseile wurde

sogar der Griff so heiß, dass mir das Messer beinahe entglitt. Bernd umwickelte eiligst seine Hand mit einem Stoffstreifen und griff zu. „Haltet ihn fest - das wird weh tun!“ Ich schaffte es gerade noch, dem Verletzten einen Stock zwischen die Zähne zu klemmen, als er ohne Zögern die glühende Waffe auf die Wunde drückte. Es zischte und ein erbärmlicher Gestank nach verbranntem Fleisch breitete sich aus. El Hadary hatte nicht einmal mehr die Kraft, laut zu schreien, er röchelte nur noch, dann erlöste ihn eine befreiende Ohnmacht.
„Der Ärmste, jetzt ist er erst mal hinüber - aber die Blutung hört auf!“ Bernd begutachtete sein Werk und war zufrieden. „Das wird eine böse Narbe bleiben - aber damit hat ja hier ein echter Krieger kein Problem, oder?“ Imhoteps Schatten fiel auf ihn, als er ihm dankbar auf die Schulter klopfte. „Nein, damit haben wir kein Problem! Und Du Arne, danke Ox für diesen schnellen Rat. Er wäre elendig verreckt...“ Sein Blick streifte den gefallenen Jäger. „Wenn diese Viecher sich bereits in dieser Region herum treiben, müssen wir damit rechnen, dass sie bald vor Kel-di-Nore auftauchen und dort für Stimmung sorgen. Und wir wissen inzwischen - wo die Jäger sind, sind die Sirenen nicht weit! Werft ihn in den Graben, sollen sich die Krokodile an ihm satt fressen!“ befahl er seinen Kriegern. „Wir müssen umdisponieren. El Hadary verladen wir mit auf den Drachen von Taisya, sie ist am Leichtesten...! Mit drei Mann Besatzung hat Nr. 13 mächtig zu tun. Aber bis zum Schiff ist es keine halbe Stunde mehr!“ Die Krieger erledigten ihren Job und stießen den Leichnam ins Wasser, dann eilten sie zu ihren Tieren. „Auf geht es - wir müssen dieses verdammte Schiff finden!“ verkündete der Heerführer. Wie abgesprochen, flogen wir eine Schleife über die Dächer der verlassenen Stadt. Aset spähte nach allen Seiten, aber die Straßen und Plätze lagen einsam und verlassen unter uns. „Sie sind gewarnt worden! Wer weiß, wie viele Augen uns gerade anstarren?“ Ich bedauerte, dass wir keine von Juans Granaten bei der Hand hatten, um einfach zu testen, ob die Stadt wirklich leer war. „Flieg die Festung an - vielleicht sehen wir dort mehr?“ bat ich den Tepo. Der Burggraben, sonst übervoll mit Sebaks Wesen, lag ebenfalls still und friedlich. „Sie sind alle zum Nil - sie müssen fressen und fühlen sich ohne ihren Führer wieder frei...“ meinte Aset und lenkte den Drachen über den Wall, ließ ihn aufsteigen, bis wir den Hof sehen konnten. „Da

unten lauert die Bande!“ rief er mir zu und wies in eine Ecke, in der ein Rudel Jäger in der Sonne ruhte. Ich besann mich nicht lange und legte mir den Laser in der Hand zurecht. „Flieg einmal im Kreis!“ ordnete ich an und visierte den Trupp an. Ein gleißender Strahl durchschnitt die Luft, Körperteile lösten sich auf. Panik entstand, einige Jäger sprangen hoch und rannten aufgeregt umher. Dann wurden wir entdeckt, lautes Heulen machte sich breit. Ich fegte noch zwei drei Mal über das Rudel hinweg und tötete weitere Jäger. Aus allen Ecken flogen uns Hagel von Pfeilen entgegen. „Das reicht! Und jetzt zu den Pyramiden und weiter zum Schiff!“ Beim Abschwenken zogen wir in Augenhöhe an der Terrasse von Babus altem Quartier vorbei. „Da sind diese Mistviecher!“ Aset ließ den Drachen schneller steigen, im Augenwinkel sah ich vier Sirenen starten. „Bleib auf Kurs, ich erledige das!“ Ich hörte Schüsse, Peter war dabei, sich auf die neuen Ziele einzuschießen. Auch Bernd zückte seine Waffe, um sich eine Angreiferin vom Leibe zu halten. „Halt mehr nach rechts - sonst treffe ich womöglich einen unserer Leute!“ knurrte ich und fegte eines der fliegenden Monster vom Himmel. Peter traf fast zur gleichen Zeit, sein Opfer versuchte mit flatternden Schwingen den Sturz in die Tiefe auszugleichen. Der nächste Schuss beendete diese Bemühungen, wie ein Stein knallte die Sirene auf die Erde. Peter hob den Daumen und winkte mir siegessicher zu. Plötzlich stand eine Angreiferin kurz hinter ihm in der Luft, mit einem Aufschrei attackierte sie den Drachen. Mir stockte das Herz. „Aset, ruhig fliegen!“ schrie ich, legte den Strahler an und löste ihn aus. Der Feuerstrahl traf ihr genau ins Gesicht, für einen Augenblick schlug eine Rauchwolke heraus, dann war es vorbei. „Gut gemacht Arne!“ hörte ich Peter ausrufen. Die letzte Sirene setzte sich ab und landete auf dem Hof, um sich sofort in Sicherheit zu bringen. Erleichtert schlugen wir endlich unseren geplanten Kurs ein. „Die Pyramiden liegen unter uns, ich drehe jetzt zur Wüste ab“, bestätigte mir Aset. Es dauerte keine viertel Stunde, da tauchte das Gebiet auf, in dem wir das Schiff vermuteten. Imhotep deutete nach unten und ließ seinen Flugdrachen landen. Wir folgten. „Nach meinem Empfinden müsste sich das Raumschiff der Ahnen hier im Umkreis befinden - aber wo?“ Der Heerführer drehte sich im Kreis und hielt Ausschau. Wir standen auf einer sandigen Fläche voller Dünen. Weit und breit war kein

Turm zu sehen. „Es sind einige Jahre ins Land gegangen, die Dünen wandern und begraben alles unter sich. Da haben wir richtig schlechte Karten...?“ stellte ich ernüchtert fest. Es war wieder der Zufall, der uns in dieser ausweglosen Situation zur Hilfe kam. Nr. 13, auf dem die Last von drei Leuten verteilt war, stand etwas abseits und schniefte laut vor sich hin, dass Staubfontänen aufwirbelten. „Da blinkt was. Der Drachen hat was frei geblasen!“ Bernd eilte zu der Stelle. „Das scheint etwas Größeres zu sein? Kommt, helft mir mal!“ schrie er und buddelte wie ein Verrückter mit den Händen los. Nach wenigen Minuten intensiver Arbeit legten wir ein vom Sand blank geschliffenes Metallstück frei. „Der Schrottplatz - das ist ein Teil davon, da bin ich mir absolut sicher!“ jubelte ich, aber unser Problem war damit noch lange nicht gelöst. Wir hatten ein Stück Metall, mehr nicht. „Sphinx oder Ox, jetzt wäre Hilfe angebracht“, dachte ich bei mir. Es war unsere schwarze Kriegerin Taisya, die mit ihren scharfen Augen das Objekt unserer Begierde ausfindig machte. Das Endstück einer Antenne oder ein Sensor, der knappe zweihundert Meter entfernt aus einer Düne lugte, erregte ihre Aufmerksamkeit. Ich wunderte mich nur, dass sie einfach los lief. „Kommt hier her! Ich habe auch was gefunden!“ informierte sie uns und winkte heftig. Imhotep und ich sahen uns überrascht an. „Hoffentlich...?“ murmelte er, so schnell uns die Füße trugen, eilten wir zu ihr. Babu, Peter und Bernd hefteten sich sofort an unsere Fersen. In meiner Brust summte es wie in einem Bienenstock. „Du bist ein Goldkind - das Schiff befindet sich genau unter uns!“ Ich umarmte Taisya stürmisch. Imhotep runzelte die Stirn. „Alles schön und gut - das Ding kann Zwanzig und mehr Meter tief liegen. Und wo ist der Turm mit dem Einstieg? Da können wir Jahre schaufeln, um das heraus zu bekommen“, nörgelte er missmutig. Mein Amulett begann warm zu werden, ein sicheres Zeichen, dass Ox aktiv wurde. „Lass sie mindestens fünfzig Meter von hier weg rücken! Der Turm wird gleich zu sehen sein“, raunte seine Stimme mir zu. „Also Leute, klare Ansage - wir sollen von hier verschwinden. Mir nach!“ Ich dirigierte den Konvoi an Menschen und Tieren in den geforderten Abstand und wartete voller Spannung ab. Erst sah es aus, als wenn sich Ox einen Scherz mit uns erlaubte. „Seht Ihr was? Ich nicht!“ Bernd tänzelte unruhig auf der Stelle. Ich spürte einen leichten Windhauch, der zwischen den Beinen hindurch glitt und sich an einer Stelle auf der Düne sammelte. „Peter, hast Du vielleicht eine Ahnung, was jetzt geschieht?“ Bernds Frage wurde überhört, da niemand eine ungefähre Vorstellung von dem hatte, was gleich vor unseren Augen ablaufen sollte. Aus dem Hauch wurde ein kräftiger Wirbel, der sich nach und nach in die Höhe zog. „Eine Windhose? Das wird eine Windhose - verdammt, wie genial ist das denn!“ Peter war völlig aus dem Häuschen, zumal nun sichtbar wurde, dass an einer Stelle immer mehr Sand abgetragen und über unsere Köpfe weit hinaus in die Wüste getragen wurde. Ein Loch von gut zwanzig Schritten Durchmesser entstand, Konturen schälten sich heraus. „Das ist tatsächlich der Einstiegsturm!“ Der Heerführer schüttelte voller Freude meine Schulter. Auch Babu, der als Kind in Begleitung seines Vaters Gott Sebak mehrfach hier war, war sichtlich beeindruckt. „Mit der Hilfe Deines Freundes Ox müsste das Ganze ein Kinderspiel werden“, bemerkte er. Als die Luke aus dem Sand wuchs, erlahmte der Wind, die staubige Wolke senkte sich und nahm uns für kurze Zeit die Sicht. „Dann wollen wir mal - lasst uns das Schiff meiner Vorväter in Besitz nehmen!“ rief Imhotep euphorisch an und schlitterte den Abhang runter. In kleinen Wellen rutschte der lose Sand nach, ohne Schwierigkeiten erreichte er den Sockel vor dem Einstieg. „Was ist - wollt Ihr da oben einschlafen? Ich brauche Hilfe!“ Demonstrativ hielt er seinen verbundenen Arm in die Höhe. „Komme gleich! Wir sollten die Drachen von hier verschwinden lassen. Wenn das Ding wirklich startet, könnte es für sie schlecht ausgehen!“ fiel mir auf. „Stimmt, daran habe ich nicht gedacht. Aset - Du rückst mindestens bis zur nächsten großen Düne ab. Taisya, Du begleitest sie und kümmerst Dich weiter um den Verletzen. Ihr wartet dort. Haltet die Augen offen - nicht dass uns die Sirenen überraschen!“ befahl Imhotep. Mit einem Sprung rutschte ich in das Loch, vor dem Einstieg versammelten wir uns. Wie vor Jahren, drehte ich das große Handrad, die Luke schob sich in die Wand. „Die Beleuchtung geht an - wir können runter!“ Während ich die Metallstufen langsam hinab kletterte, kamen die Erinnerungen an meinen damaligen Besuch hoch. „Hoffe, es gibt diesmal keinen Wächter? Die Überreste von dem zweiköpfigen Vieh müssten ja noch zu sehen sein“, murmelte ich und guckte mich misstrauisch um. Überall war dicker Staub abgelagert, manche der Lampen waren dadurch fast blind geworden. „Hier müsste mal eine Putzkolonne anrücken!“ schniefte Bernd und nieste laut. Endlich standen wir auf dem Podest, von dem aus verschiedene Flure sich kreuzten. „Sieht eher wie ein U-Boot aus“, teilte uns Peter seinen ersten Eindruck mit. „Das war auch mein Gedanke, als wir hier ankamen. Letztendlich nehmen sich Raumschiffe und U-Boote nicht viel - nur ihr Medium, in dem sie sich bewegen, ist halt anders.“ bestätigte ich. Babu eilte voraus. „Da geht es zur Zentrale. Daneben war der Kerker für Sphinx...“ Er kannte sich trotz der vielen verflossenen Jahre noch immer hervorragend aus und irrte sich nicht. „Sebak war öfter mit dem Hohenpriester Max hier und hat sich über den mächtigen Zeitenwandler lustig gemacht, weil er ihn überlisten konnte. Was für ein böses Vermächtnis?“ Der Kerker, in dem wir Sphinx erlebten, war jetzt leer und verlassen, die magische Glocke, hinter der er eingeschlossen lebte, verloschen. Durch das Licht schimmerten merkwürdige Zeichen und Bilder an den Wänden auf, wie ich sie im Leben noch nie gesehen hatte. „Sphinx hatte genügend Zeit, sich auf seinen Gefängnismauern zu verewigen. Kann jemand deuten, was er damit sagen wollte? Ich kenne weder die Schriften noch die Abbilder“, musste ich eingestehen und sah mich um. Eine besondere Szene an einem Pfeiler fiel mir auf, die dort wie ein Stich säuberlich aufgetragen war. „Sind das Krieger im Kampf? Leuchtende Wesen, die Sphinx-Krieger. Ihnen gegenüber die Streitwagen der Mütter der Mutanten - und das Gebilde darüber? Was soll es darstellen?“ rätselte ich, fand aber keine einleuchtende Erklärung. Babu rückte ran. „Solch ein ähnliches Bild befindet in der Festung als Relief in Vaters Gemächer. Er hat mir mal berichtet, dass die Mütter der Mutanten eine göttliche Strahlung nutzten, um die Krieger der Sphinxe in diesem Tal einzuschließen. Sie haben sie dort hingelockt, und dann wie in einem Kessel fest gesetzt. Nach tausend Jahren Gefangenschaft ohne Energie waren sie derart geschwächt, dass man die ganze Armee ohne Schwierigkeiten in die Silbemine verfrachten konnte. Welche Strahlung verwendet wurde, entzieht sich allerdings meiner Kenntnis!“ fügte er sofort hinzu, als er meinen fragenden Ausdruck bemerkte. „Das kann nur ein ähnliches Kraftfeld gewesen sein, wie hier im Schiff, mit dem Sphinx selber gebannt wurde - eine andere Erklärung ist kaum möglich?“ vermutete ich. Dass noch andere Umstände eine Rolle spielten, die den Müttern zum Siege verhalfen, erfuhr ich viel später. „Tja, Babu, Dein Vater war nicht nur als Gott ein Unikum, sondern ein Charakterschwein, welches man unter der Sonne lange suchen musste. Das hat sich zum Glück erledigt - aber wir haben ja noch seinen Klon. Dem werden wir auch das Fell über die Ohren ziehen!“ versprach Imhotep grimmig und steuerte den Gang zur Zentrale an. „Macht was Ihr wollt, aber irgendwie habe ich so eine Empfindung, als wenn ich hier zu Hause bin“, murmelte er und öffnete ein Schott. „Da liegt der Kadaver der Schlange. Der Wächter des Schiffes - dieses zweiköpfige Monster. Das hätte mich fast erwischt!“ Die Luft und die Zeit hatten die Überreste mumifiziert. Der Heerführer trat gegen den Kopf, den er mit dem Schwert abschlug. „Das Blut hat dunkle Flecke ins Metall geätzt - seht Ihr das?“ Er wies auf einige verfärbte Stellen. „Die Szene steht mir plastisch vor Augen. Wie Du das Schwert verloren hast und Max in letzter Sekunde eingriff, um Dir das Leben zu retten…“ Babu sah mich verwundert an. „Max hat das Biest erschlagen?“ Ich schüttelte den Kopf. „Nicht erschlagen, er hat es mit meinem Revolver erledigt. Mit solch einem Ding - Du kennst doch die Waffen!“ Ich hielt ihm die Pistole unter die Nase. Sein Blick pendelte zwischen der Waffe und der Schlange. „Weißt Du, Babu. Ich schwanke immer zwischen den Gefühlen, wenn ich an Deinen Vater denke. Auf der einen Seite ein derart kluger Kopf, den es mit Sicherheit bis heute kaum noch einmal gab - und dann dieses Monster ohne Herz, voller Schrecken und Grausamkeit. Allein die Tatsache, wie viele Kinder seinetwegen starben, um ihm als Futter zu dienen, ist unvorstellbar!“ Der Prinz nickte still vor sich hin. „Ich habe es bis zum heutigen Tag nicht verstanden, was ihn dazu brachte, so zu werden? Mutter meinte immer, dass er sich trotz allem einen Teil Menschlichkeit bewahrte - aber den hat niemand gefunden, so sehr wir suchten“, brummte er. Imhotep erreichte bereits die Kommandozentrale des Schiffes. „Das solltet Ihr Euch ansehen!“ hörten wir. Als wir eintraten, saß er behäbig in einem der mächtigen Sessel, mit denen das große Cockpit ausgestattet war. „Da fehlt einer - der Thron des Pharao. Von hier stammt er also?“ registrierte ich sofort, als ich die Lücke in der Reihe bemerkte. Ursprünglich waren fünf Sitze vorhanden, an einem Haltepunkt ragten nur noch die Überreste einer Stütze aus dem Boden, in der der Thron einmal befestig war. „Imhotep, was ist mit Dir?“ Mein Freund starrte mit großen Augen an einen imaginären Punkt an der Decke. Er schüttelte sich. „Ich bin mir nicht ganz sicher, aber ich denke, das Schiff redet mit mir?“ antwortete er leicht verwirrt und griff sich an die Stirn. Peter und Bernd wühlten bereits auf einem Tisch herum, auf dem ein Haufen voller unbekanntem Zeug lag. „Wenn der Stand der Technik damals unserem von heute ähnlich ist, wird es ein Bordcomputer sein, der versucht, mit Dir zu kommunizieren!“ Ich bemerkte einen Strahlenkranz, der sich über den Heerführer senkte. „Ein Scanner - er nimmt Deine Daten auf!“ beruhigte ich Imhotep, der sich erschrocken aufbäumte. Über einer der unzähligen Tastaturen begannen Lichter zu tanzen, ein tiefes Summen ließ uns erstaunt aufblicken. „He mein Bruder - das Schiff erwacht zum Leben! Es hat seine Gene als direkter Nachfahre der Gilde der Sternenfahrer erkannt und wartet auf seine Befehle.“ Ox hatte sich bei mir eingeloggt und informierte mich über den Stand der Dinge. „Imhotep, das Schiff hat Dich als Nachfahre Deiner Vorväter anerkannt. Du bist jetzt sein rechtmäßiger Herrscher und Commander! Du hast es in der Hand.“ gab ich als Information an den Heerführer weiter. „Und was macht so ein Commander? Ich bin Heerführer und befehlige eine Armee!“ maulte er. Ich lachte. „Okay, dann stelle Dir vor, das hier ist Dein Streitwagen, statt der Pferde hast Du Motoren unterm Hintern. Was fehlt Dir?“ Er blickte sich um. „Ich sehe nichts - wo soll ich mit meinem Streitwagen hinfahren, wenn ich blind bin?“ Ox gab mir weitere Instruktionen. „Er soll sich ein Fenster vorstellen, durch das er in die Wüste guckt!“ Imhotep sah mich komisch an, dann versuchte er, sich zu konzentrieren. Auf der Wand vor uns erschien ein heller Streifen, erlosch aber sofort wieder. „Streng Dich ein bisschen mehr an, Du bekommst das schon hin“, motivierte ich ihn. Er schloss die Augen. Der Streifen flackerte auf und breitete sich im Rondell aus. Es wurde taghell - und wir sahen die Wüste vor uns. „Und schon fährt Dein Streitwagen nicht mehr blind durch die Gegend!“ frohlockte ich zufrieden. „Er soll sich mental mit der Einheit verbinden - sie nennt sich Plox!“ meldete sich Ox. „Plox und Ox - was für sinnvolle Namen?“ griente ich, aber Ox ließ sich nicht beirren. „Er soll sich darauf einlassen und Plox kontaktieren!“ forderte er streng. Aus der Rückenlehne schob sich ein Kontaktring über dem Kopf und senkte sich auf Imhoteps Stirn. „Imhotep - sie nennt sich Plox und wird mit Dir reden und Dich anleiten, das Schiff zu steuern!“ belehrte ich ihn. Ich sah ihm an, dass er keine Furcht mehr hatte, seine Gesichtszüge entspannten sich zusehends. „So ist es gut. Er hat wirklich das Blut seiner Vorfahren in den Adern!“ registrierte ich und setzte mich in den Nachbarstuhl. „Wenn er es zulässt, gibt Plox die Systeme für alle vier Sessel frei - dann seid Ihr, wie damals die Alten, eine komplette Einheit und steuert das Schiff gemeinsam!“ gab Ox mir als Tipp. „Hast Du gehört?“ Mir fiel ein, dass Imhotep nichts vernommen haben konnte... „Imhotep, gib Plox die Anweisung, alle Systeme frei zu schalten - dann können wir Dir helfen!“ Ich dirigierte Peter zu einem Sessel. „Babu oder Bernd - wer möchte von Euch?“ Die Entscheidung nahm mir der Heerführer ab. „Babu soll mit einsteigen - er bleibt ja hier...“ Babu setzte sich in den vierten Sessel. Mit einem Seitenblick auf Bernd ließ ich mich neben Imhotep nieder, die Sensorenkronen senkten sich auf unsere Köpfe. „Die Freigabe aller Systeme erfolgt jetzt! Bruder Ox - ich grüße Dich. Zwei Vertreter der Gilde entstammen nicht unserer Epoche? Es ist verwirrend für mich.“ Die Stimme war warm und durchdrang jeden Winkel unseres Hirnes. „Es sind Freunde unseres Volkes - und sie sind Mitglieder meines Teams. Freigabe ist bestätigt!“ Imhoteps Anweisung reichte, um weitere Fragen von Plox zu stoppen. Vor meinen Augen verschwammen kurzzeitig die Bilder, allmählich pegelte sich mein Gehirn auf die neuen Informationen ein. „Jetzt werde ich von allen Seiten zugedröhnt“, seufzte ich, flugs bemerkte ich die Anzeigen zu meiner Rechten. Fast automatisch bewegten sich meine Finger über eine für unsere Verhältnisse ungewohnte Tastatur. „Gebe die Startkoordinaten ein, Energie und Antriebe werden modifiziert!“ hörte ich mich selber sprechen. „Achtung - ich löse mehrere Schwingungen aus, um das Erdreich zu lockern. Sicherheitssystem wird optimiert - Start erfolgt in zwanzig Sekunden!“ Ein Ruck fuhr durch den Körper des schlafenden Schiffes, mit Rütteln und Aufbeben kämpfte es gegen die seit mehr als 11 Jahrtausenden aufgestauten Erdmassen auf seinem Buckel. Das Brummen wurde höher und ging in einen singenden Pfeifton über. „Wir bewegen uns - das Schiff kommt langsam in Fahrt!“ kommentierte Peter und deutete auf den Bildschirm. Fast unmerklich veränderte sich die Position des Schiffes. Imhotep betätigte einen Schalter. „Sprenge jetzt den Schacht nach oben frei!“ Das Beben der Explosion verband sich mit dem gleichzeitigen Aufheulen der Triebwerke. Wir wurden auf unsere Sitze gepresst, als sich die Kraft des runden Giganten frei entfaltete. Nach Sekunden des Banges war es geschafft. „Wir hängen auf der Stelle fest, oder irre ich mich?“ Bernd hatte sich vorsichtshalber in einer Ecke verkrochen, nun kam er hervor und klopfte sich den Staub von den Knien. Es war keinerlei Bewegung zu spüren, auch das Bild auf dem Monitor stand wie fest gewachsen. „Plox - was ist geschehen?“ fragte Imhotep in den Raum. Die Antwort kam sofort: „Befehl ausgeführt, das Schiff schwebt über der Erde!“ Die Steuereinheit ließ das Schiff langsam auf der Stelle rotieren, die Aufzeichnungen wechselten. Neben uns häuften sich Berge von Erdreich, Gestein und Sand. „Wir haben gerade einen neuen Gebirgszug geschaffen! Und einen schönen tiefen Krater. Da, die Wüste, und dort kommt gleich die Düne, auf der unsere Leute warten!“ Babu beugte sich nach vorn und beobachtete die Veränderungen um uns. „Das gefällt mir nicht - das sind nicht unsere Leute!“ Allmählich füllte sich der Ausschnitt mit dem vollständigen Bild. Die Düne mit den Drachen konnten wir erkennen, dahinter allerdings... „Langsame Fahrt voraus! Da mischen wir uns ein“, befahl Imhotep und betätigte das Steuer des Schiffes, wie es seine Vorfahren vor tausenden Jahren machten. Eine Reihe Krieger marschierte direkt auf unsere Gefährten zu. „Sucht nach Sirenen! Sie kommandieren normalerweise die Einheiten - sie müssen wir zuerst ausschalten.“ erinnerte ich und nahm Kontakt zu Ox auf. „Melde Dich! Ox - ich benötige einige Informationen.“ Mein Freund schien schwer beschäftigt zu sein, er reagierte erst nach mehrmaligen Aufforderungen. „Es sind nicht die Jäger der Sirenen sondern die Garde von Sabak II.! Es ist eine neue Generation der Krokodilköpfe - Sebaks Schöpfung nach seinem Vorbild, die sich erfolgreich eigenständig vermehrt hat. Sie unterstehen Gott Seths Kommando - nach ihn musst Du Ausschau halten!“ riet er mir und entschwand wieder. Ich erhob mich aus meinem Sessel und trat an die Bilderwand. „Es sind keine Jäger sondern unsere besonderen Freunde -

Sebaks Garde! Babu - das sind die direkten Nachfahren der Züchtungen Deines Vaters. Irgendwo da draußen treibt sich Seth herum - was glaubt Ihr, weshalb er ausgerechnet jetzt hier erscheint?" Ich stellte die Frage in den Raum, weil ich an keinen Zufall glaubte. „Kann es sein, dass er wusste, dass wir das Schiff aktivieren? Und kann es sein, dass er großes Interesse hat, es in seine Hände zu bekommen?" Während ich nachdenklich den Bildschirm absuchte, meldete sich Imhotep zu Wort. „Das würde aber bedeuten, dass es ihm jemand gesteckt hat. Dass sich jemand unter uns befindet, der mit ihm kooperiert. Das kann ich mir eigentlich kaum vorstellen?" Ox ließ ein Bild in meinem Hirn auftauchen - El Hadary. Ich strich mir über die Augen, aber es blieb. „Es ist keiner aus unserem Kreis, sondern er!" Mein Finger wies auf eine Person neben dem Drachen, der es trotz schwerer Verletzung plötzlich recht gut ging. „Er hat uns getäuscht - der alte Mann hat uns verraten und Seth die Informationen geliefert - aus welchem Grund auch immer?" Voller Sorge suchte ich nach Taisya. „Er wird sie doch nicht umgebracht haben? Dann wird er gleich dafür bezahlen!" knurrte ich, als ich sie auf dem Boden liegen sah. „Plox - gib mir die Daten der Frau. Lebt sie noch?" In Bruchteilen von Sekunden lag das Ergebnis vor. „Sie lebt! Sie wurde allerdings durch einen Schlag auf dem Hinterkopf außer Gefecht gesetzt. Werte sind fast im normalen Bereich." Ich atmete erleichtert auf. „Welche Waffen stehen uns zur Verfügung, um uns zu verteidigen?" forschte ich weiter. Die Antwort war mehr als niederschmetternd. „Nach unserem damaligen Kodex gibt es keine Waffen an Bord, mit denen Leben vorsätzlich ausgelöscht werden können!" Imhotep checkte sein Pult. „Das ist leider so - unser Volk besaß damals keine Waffen - nur den einen Laser! Wir haben erst bei den Menschen der Erde gelernt, Waffen zu benutzen, um uns zu verteidigen. Die einzigen Möglichkeiten, die uns bleiben sind Flucht - oder? Oder das Schiff selber!" Das Abbild des Schiffes erschien auf der Leiste des Monitors, es zeigte die Feuerstrahlen der Antriebe an. „Damit können wir die Krieger ausschalten - einfach ein paar Kohlen auf den Kessel und verdampfen lassen!" witzelte Bernd, der sofort das Prinzip verstand. „Kann man damit auch das Ding dort grillen?" Peter lenkte unsere Aufmerksamkeit auf die Bilderwand. „Wer in Gottes Namen ist das?" Ein gewaltiger Streitwagen furchte tiefe Suren in den Sand, trotzdem schienen die vier Doppelgespanne ihn mühelos mit einem rasanten Tempo zu ziehen. „Guckt Euch bloß diese Viecher an - die erschrecken jeden Gott zu Tode!“ Die Mischung ähnelte eher den Gebilden einer Geisterbahn. „Auf jeden Fall sind es diesmal keine Pferde - aber frage jetzt nicht, aus welchen Bestandteilen sie gemixt wurden? Wenn ich richtig zähle, sind mindestens sechs oder sieben Tierarten miteinander im Paket verschnürt worden. Einige Teile sind völlig fremd und bestimmt nicht von der Erde. Sie passen super zu ihrem Herren und Gebieter. Das mein Freund Peter, ist er - der berüchtigt berühmte Seth! Der Gott des Schreckens, des Bösen und des Chaos!“ stellte ich ihm die sonderbare Erscheinung vor. Ich hatte ihn irgendwie anders in Erinnerung. „Bei den Göttern hier geht es manchmal wie in einem Kostümfest zu - manche tragen jeden Tag eine andere Verkleidung. Und Seth mag Verkleidungen…“ Seth trug einen langen Zepter in der Hand und prügelte damit ohne Erbarmen auf seine Wesen ein, dass die Fetzen nur so umher flogen. Seine schmale, lang gezogene Schnauze wippe im Rhythmus auf und ab, die eckigen, nach oben gestellten Ohren verliehen ihm trotz seines bösartigen Rufes eine fast lustige Nuance. „Das ist Seth? Wirklich? Er macht gar nicht so einen wilden Eindruck, wie er von Euch beschrieben wurde“, sprach Peter noch, als Seth ein Musterbeispiel seiner unheimlichen Körperkräfte zum Besten gab. Mit einer einzigen Handdrehung ließ er das Schiff in der Luft taumeln wie eine Feder auf den Wellen des Meeres. „So ein Scheißkerl - hat der nichts Besseres zu tun?“ schimpfte Bernd, der sich mühsam an einer Tischkante fest klammerte. „Plox - Ton an! Ich möchte hören, was er uns zu sagen hat!“ befahl Imhotep. Eine Serie unartikulierter Laute drang auf uns ein, ich musste mir die Ohren zuhalten, um meine Trommelfelle zu schützen. „Leiser - sofort!“ brüllte der Heerführer. Der Wagen wirbelte in einer schwungvollen Kurve heran und hielt an. Seth starrte mit brennenden Augen auf das Raumschiff. „Das alte ehrwürdige Schiff unserer Vorfahren - Ihr habt es endlich befreit!“ Nun konnten wir verstehen, was er uns zubrüllte. „Ich habe lange auf diesen Moment warten müssen. Ihr habt Eure Mission mit Bravour erfüllt - jetzt trollt Euch und überlasst es mir!“ fauchte er und streckte uns den glänzenden Brustpanzer seiner Rüstung entgegen, so dass wir von den reflektierten Strahlen der Sonne geblendet wurden. Fast blind, reagierte Imhotep reflexartig und zog das Schiff höher in die Luft. „Das könnte Dir so passen, Seth! Wo immer Du und Deine Leute auftauchen, setzt Ihr Euch in das gemachte Nest und überlasst anderen die Drecksarbeit. Diesmal nicht - und ich persönlich werde Dich von meiner Insel verjagen…!“ Prinz Babu brüllte wütend wie ein Löwe. Der Gott stutzte. „Hierher hast Du Dich also verkrochen? Dein Liebchen wartet schon sehnsuchtsvoll auf Dich!“ Sein höhnisches Gelächter machte Babu noch wütender. „Junger Mann - lass Dich nicht provozieren. Genau das will er. Er bekommt seine Abreibung - versprochen!“ besänftigte der Heerführer ihn und wandte sich direkt an Seth. „Seth - Du kannst mich sicher hören! Also sperr Deine Lauscher auf und vernimm, was ich Dir zu sagen habe!“ Seths Miene erstarrte. „Der große Imhotep persönlich - wie komme ich zu dieser hohen Ehre?“ frotzelte der Gott. „Ob es für Dich eine Ehre ist, vermag ich nicht zu beurteilen. Für mich ist diese Begegnung mit Sicherheit keine - um es klar zu formulieren. Was dieses Schiff betrifft - weiß Du schon, dass nur ich einen Anspruch darauf habe. Es ist das Schiff meiner Vorväter - und nur von mir lässt es sich steuern!“ entgegnete er. Seth schwieg eine ganze Minute. Er wägte seine Chancen ab. „Wenn es so ist und ich die Maschine der Vorväter nicht überlisten vermag, werde ich mir nicht nur das Schiff nehmen sondern die Besatzung mit kapern! Also bleibt drin und wartet ab, was gleich geschieht!“ Seine Zugtiere lösten sich aus dem Gespann und verteilten sich gleichmäßig im Kreis um das UFO. „Wie Ihr unschwer erkennt, habt Ihr es mit einigen extravaganten Exemplaren zu tun, die sämtliche außergewöhnliche Eigenschaften der Tierwelt in sich vereinen. Kraft, Ausdauer, Intelligenz, veränderbare Größe und einer ausgeprägten Fresslust. Ich kann jede Fähigkeit in ihnen separat nutzen - also seht her und staunt!“ Das Stück glänzende Schlangenhaut in ihnen wuchs sekundenschnell vor unseren Augen und formte monströse Giganten, die immer länger wurden. Das Metall der Außenhaut des Schiffes knirschte verdächtig, als sich die Mäuler der Schlangen daran schlossen. „Fest verankert! Und schon könnt Ihr nicht mehr entfliehen!“ frohlockte Seth hämisch und rieb sich die Hände. „Runter mit ihnen!“ befahl er. „Wir müssen sofort von hier verduften! Die können uns doch nicht überall hin folgen?“ fauchte Bernd, der mit entsetzten Blicken das Wachsen der Monster verfolgte. Imhotep reagierte bereits und ließ die Antriebe auf Höchstleistung auftouren. „Wenn es sein muss, reiß ihnen die verdammten Hauer aus dem Maul!“ feuerte ich ihn an. Das Schiff bockte wie ein übermütiger Gaul. „Leistung ist auf volle Kraft. Aktiviere die Reserven!“ verkündete Plox und verstärkte den Schub noch einmal enorm. „Wir sind wie festgenagelt. Die Biester rücken nicht einen Millimeter!“ knurrte Imhotep. Wir sahen auf dem Monitor, wie sich Seth vor Lachen krümmte. „Dieser verdammte Wichser, ich würde ihm am liebsten die Kehle durchschneiden!“ zischte Babu. Ox nahm Kontakt zu mir auf. „Wecke die kleine Kusch-Kriegerin! Sie soll die Schlangen mit den Drachen attackieren - so könnt Ihr es schaffen!“ Er baute eine mentale Verbindung zu Taisya auf. „Taisya, wach auf - wir brauchen dringend Deine Hilfe!“ Ich lokalisierte die aktiven Bereiche ihres Gehirnes und verstärkte ihre Wirkung. „Aufwachen! Sofort!“ Der Rumpf des Schiffes bebte und zitterte, die Schlangen hatten uns voll im Griff. Taisya schlug die Augen auf und blinzelte. „Gut so, Mädchen. Steigt auf die Drachen und befiehl den Tepos, die Schlangen anzugreifen!“ instruierte ich sie, als ich auf dem Monitor El Hadary erblickte, der zielstrebig auf sie zu eilte. „Er hat Dich betäubt - er ist ein Verräter und Handlanger von Seth!“ warnte ich sie. Ich konnte mit ihren Ohren hören, was er ihr sagte. „Bist ja wieder auferstanden? Dich hat vorhin jemand niedergeschlagen - unsere Freunde hängen da oben fest und Gott Seth ist auch hier!“ Ich lenkte ihren Blick auf das Messer in seiner Hand. „Er will Dich töten!“ Ich bewunderte ihre Kaltblütigkeit, mit der sie gelassen sitzen blieb und wartete, bis er sich in ihrer Reichweite befand. Mit einem Satz sprang sie auf die Beine, einen Pfeil in der Hand, und bohrte ihm diesen durch den Hals. Seine Augen starrte sie ungläubig an, als er röchelnd in die Knie sank. Mit einem Fußtritt vollendete sie ihr tödliches Werk und rammte die Pfeilspitze vollends durch den Nacken. „Verräter!“ keifte sie ihn an, aber das nahm er nicht mehr wahr. „Aset - alle Männer auf die Drachen und dann gegen die Schlangen!“ rief sie die Krieger zusammen, die im Schatten ihrer Tiere lauerten. Ein Pfiff des Anführers genügte, und die Drachen hoben geräuschvoll ab. Meine Begleiter bekamen jetzt mit, dass etwas Außergewöhnliches geschah. „Hast Du doch eingefädelt, oder?“ Imhotep lächelte mir zu. Ich nickte. „Der Kampf eines Mückenschwarmes gegen Elefanten. Mal sehen, ob es was bringt?“ Bernd guckte ein wenig verdattert. „Sie will doch nicht ernsthaft gegen die Riesen antreten?“ Beim Annähern der sonst für unsere Verhältnisse so großen Drachen wurden die Unterschiede sofort sichtbar. „Das wird ein Kampf zwischen David und Goliath. Du erinnerst Dich als Fachmann sicher, wer ihn laut Geschichtsschreibung gewann?“ brummte Peter friedfertig und konzentrierte sich auf die Szene vor unseren Augen. Gott Seth bemerkte die Flüchtlinge erst, als sie sich hoch oben in der Luft befanden. Die angreifenden Drachen teilten sich auf und begannen, die Schlangenleiber mit Bissen zu attackieren. Anfangs schien es wirklich, als stachen Mücken in die Haut eines Elefanten, doch ihre Ausdauer wurden belohnt. Erst lösten zwei Schlangen ihre Umklammerung vom Schiff, dann folgten drei weitere, um die lästigen Feinde abzuwehren. Das war der Moment, in dem es dem Schiff gelang, sich frei zu kämpfen. Das Knirschen brechender Zähne ließ allen eine Gänsehaut wachsen, der letzte Ruck erschütterte uns und wir zogen rasant in die Höhe... „Das war Rettung in letzter Not. Die Kleine ist wirklich Gold wert!“ brummte Imhotep sichtlich erleichtert und fing den ungebremsten Höhenflug des Schiffes ab. „Wir kehren zum Ausgangspunkt zurück und prüfen die Lage. Ich hoffe, unsere Begleiter sind mit den Drachen glimpflich davon gekommen und konnten fliehen?“ Im gemäßigten Tempo fielen wir Richtung Erde. „Plox - stell Sichtkontakt zu den Drachen her!“ befahl Imhotep, als wir uns wieder unterhalb der Wolkendecke befanden. „Da sind sie!“ Er wies auf fünf Punkte, die vor uns am Himmel entlang zogen. Wir schwenkten auf ihren Kurs ein und folgten dem Schwarm. Von der Seite näherten sich Schatten, deren Umrissen vage durch die Wolken schimmerten. „Das kann nichts Gutes bedeuten! Welchen Teil der Biester hat Seth jetzt aktiviert?“ schlussfolgerte Babu, der den Bruder seines Vaters besser kannte, als jeder von uns. „Der wird niemals aufgeben. Glaubt mir das!“ Imhotep drosselte unser Tempo. „Abstand vergrößern! Wir warten im Hintergrund. Wollen doch mal sehen, welche Überraschung er diesmal parat hat?“ Als die Tiere die Wolkendecke durchstießen, dachte ich erst, dass wir es mit riesigen Adlern zu tun hatten, aber schnell wurde mir klar, dass es sich um andere Kreaturen handelte. Sie hatten Köpfe wie Adler und auch ähnliche Schnabelformen, aber der Körper war der eines Raubtieres mit geschwungenen Flügeln. „Ihr nennt dieses Mischwesen in Eurer Mythologie Greife - bei uns heißen sie Cherub. Ich weiß nicht, wo sie einst entstanden - aber Seth hat sie jetzt unseren Leuten auf den Hals geschickt. Wir attackieren sie diesmal aus dem Hinterhalt und setzen die Antriebe gegen sie ein. Schauen wir mal, wie heiß die Burschen es mögen?“ erklärte der Heerführer. Wir gingen auf Angriffposition und verfolgten die vier Greifen, die von unseren Kriegern noch nicht bemerkt wurden. Imhotep visierte das letzte Tier an und senkte die Unterseite des Schiffes auf den Greif hinab. Ein Flammenmeer schlug aus den Düsen der Antriebe und hüllte ihn vollständig ein. „Er brennt lichterloh und stürzt ab. Da wird aber jemand mächtig blöd aus der Wäsche gucken!“ jubelte Peter und hob den Daumen. Imhotep grinste düster vor sich hin. „Ja da wird er blöd gucken, damit hat er bestimmt nicht gerechnet?“ Mit diesem Spruch nahm er sich den nächsten Verfolger vor. „Der ist auch erledigt! Da waren es nur noch Zwei“, zählte Bernd mit, seine Blicke hefteten sich an den Drachen, auf dem er Taisya wusste. „Mach Dir keine Sorgen um das Mädchen, sie ist taff genug und nicht so leicht unterzukriegen“, raunte ich ihm zu. Ein stolzes Lächeln huschte über seine Wangen. „Stimmt, sie ist was Besonderes. Imhotep soll sich endlich um die beiden restlichen Biester kümmern, bevor sie Schaden anrichten!“ Einer der Greife kam inzwischen einem Drachen bedrohlich nahe. „Jetzt haben sie die Viecher entdeckt. Aset hält den Bogen in der Hand...“ Auch Taisya machte sich bereit, den Angriff abzuwehren. „Scheiße, jetzt können wir nicht mehr eingreifen, ohne unsere eigenen Leute zu gefährden?“ Imhotep sah ratlos auf den Monitor. Die Greife änderten ihre Taktik und vereinten sich, gemeinsam stießen sie mit lauten Geckern auf einen Krieger zu. Er versuchte, sich zu ducken, aber die scharfen Krallen des ersten Greifes schlitzten ihm vollständig den Rücken auf, als sich das zweite Tier herab senkte, war es um ihn geschehen. Wir konnten nur zusehen, wie er vornüber vom Hals seines Flugdrachen rutschte und in die Tiefe sauste. „Der Drachen ist auch verletzt - er wird sich nicht mehr lange in der Luft halten!“ Imhotep hatte es noch nicht ganz ausgesprochen, als er ins Trudeln kam und aus unserem Blickfeld verschwand.

„So ein verdammter Mist - wir sitzen hier wie die Ölgötzen und diese Monster schlachten unsere Leute ab! Arne - was ist mit der Waffe der Ahnen?“ brachte sich Babu in Erinnerung. „Darüber denke ich die ganze Zeit nach - aber bei dem Tempo habe ich meine Bedenken, dass ich vielleicht die Falschen treffe?“ gab ich zu bedenken. Peter mischte sich ein. „Imhotep - kann man das Schiff kurzzeitig so aussteuern, dass es praktisch in der Luft stehen bleibt?“ Der Heerführer kommunizierte mit Plox. „Ja, das ist möglich!“ Peters Vorschlag war haarsträubend, aber unsere einzige Chance, ein weiteres Blutvergießen zu verhindern. „Arne und ich klettern in den Turm. Wenn wir merken, dass das Schiff zum Stillstand kommt, schieß ich die Biester durch die offene Luke ab!“ Viel Zeit für endlose Debatten blieb nicht, nach kurzer Abstimmung brachen wir auf. „Plox - genaue Standortangaben verfolgen und auf den Monitor!“ Imhotep behielt von nun an die Bewegungssensoren innerhalb des Schiffes im Auge, zwei glimmende Punkte zeigten ihm unseren Marsch an. „Wenn ich die Erläuterungen von Plox richtig deute, ist der Turm nichts weiter als eine zusätzliche Ausbootvorrichtung für den Fall, dass die Hauptluke unterm Bauch aus irgendeinem besonderen Grund nicht funktioniert - quasi der Fluchtweg für Notfälle. Da ähnelt diese uralte Technik in vielen Punkten unseren aktuellen Flugkörpern, die auch mehrere Ausgänge besitzen.“ Peters Erläuterungen klangen plausibel. „Na dann lass uns mal den Turm besteigen. Hoffentlich bekommen wir es hin?“ motivierte ich mich selber. Fast gleichzeitig langten wir über die Metallleiter an der Luke an. Das Tempo sank sofort, ohne zu zögern öffneten wir die Metalltür und schoben unsere Köpfe ins Freie. „Ganz schön windig hier oben!“ schnaubte Peter und nahm mir den Laser ab. Er schob seine Ellenbogen über den Rand und verschaffte sich damit zusätzlichen Halt. „Da drüben ist ein Greif - er steuert gerade Taisya an!“ Ich wies Peter die Richtung. Er legte an, zielte und löste aus. Ein gleißender Pfeil durchschnitt die Luft und traf einen Flügel - des Flugdrachen. „Peter, große Scheiße…!“ Der Greif schwenkte aus und drehte ab. Taisyas Drachen kippe zur Seite, ich sah nur noch, wie sie sich von ihm abdrückte, dann schwebte sie einige Sekunden, wild strampelnd, auf unserer Höhe. „Imhotep - sofort auf Abfangkurs gehen - mach schon! Vielleicht können wir sie mit dem Schiff auffangen?“ brüllte ich so laut ich konnte. Das Schiff beschleunigte, wir hielten uns gegenseitig fest, um nicht in den Turm zu stürzen. Mit bangen Blicken verfolgten wir Imhoteps Versuch, die Kriegerin zu retten. In der Ferne vernahmen wir noch die Schreie des verletzten Drachens, dann verschwand er endgültig im Nichts. Der Druck auf unsere Ohren nahm immens zu, der Fahrtenwind wurde so stark, dass wir kaum die Augen offen halten konnten. „Dieser Teufelskerl - der steuert das Ding, als hätte er ein Leben lang nie was anderes gemacht. Alle Achtung! Arne, aufpassen, sie kommt!“ Einige Meter vom Turm entfernt knallte Taisya ziemlich unsanft auf die Metallhaut des Schiffes und rutschte ein Stück zum Rand. „Halte Dich an den Bügeln fest! An den Bügeln...!“ schrie Peter aufgeregt. In Zeitlupe konnte ich zusehen, wie sich ihre rechte Hand öffnete und einen der unzähligen Metallbügel zu fassen bekam. „Ich wusste es! Imhotep, sofort Stopp!“ Das Schiff verharrte auf der Stelle. „Ich klettere hinaus und hole sie an Bord!“ bot Peter an, „Du behältst den Luftraum im Auge. Noch ist die Sache nicht ausgestanden.“ Er drückte mir die Waffe in die Hand und schob sich bäuchlings auf das Deck. Kriechend bewegte er sich zu Taisya, löste vorsichtig ihre Hand. „Ist sie okay?“ fragte ich und blickte mich um. „Blutet ein bisschen im Gesicht, aber sonst ist sie munter wie ein Fisch!“ rief er zurück. Die Beiden hangelten sich langsam zur Luke. Ein Schatten verdunkelte den Himmel, scharrend setzte ein Greif auf dem Deck auf. Schnurstracks marschierte das Wesen auf sie zu. „Arne, verdammt noch mal! Ballere das Ding über den Haufen oder worauf wartest Du?“ zeterte Peter. Ich visierte es an und schoss. Diesmal gab es kein Entrinnen...

„Der vierte Greif hat gerade das Weite gesucht. Wir sollten auch von hier verschwinden!“ Babus Meldung erreichte uns auf dem Weg zur Zentrale. Taisya taumelte noch ein wenig, hielt sich aber dessen ungeachtet tapfer aufrecht. Wir spürten die zunehmende Beschleunigung. „Das arme Kind - da hat sie Höhenangst und macht dann noch einen freien Fall mit. Da scheint Bernds Talisman tatsächlich geholfen zu haben...?“ Meine Worte zauberten ein Lächeln in ihr Gesicht. Sie umfasste dankbar das Tuch um ihren Hals. „Der Zauber von Bernd hat mir Kraft gegeben, das zu überstehen. Ich habe keine Angst mehr vor dem Fliegen!“ So kamen wir bei unseren Gefährten an. Ein

lautes Hallo und Schulterklopfen setzte ein, Taisya wusste nicht, was ihr geschah. Bernd umarmte sie und drückte sie an sich. Er hatte noch immer feuchte Augen und versuchte erst gar nicht, sie zu verbergen. „Es war der schlimmste Moment in meinem Leben, Dich fliegen zu sehen. Wenn Imhotep es nicht geschafft hätte, Dich zu einzufangen, ich weiß nicht, was ich jetzt machen würde?“ krächzte er. Taisya hielt ihm einfach den Mund zu und küsste ihn. „Jetzt wird alles gut!“
Seths wutverzerrtes Gesicht erschien auf dem Monitor, er sah uns der Reihe nach an, so als stände er direkt neben uns. „Es ist noch nicht vorbei. Heute hattet Ihr Glück, morgen kann es völlig anders sein! Ich werde Euch das Fürchten lehren!“ Sein Bild löste sich auf, die Sonne schien friedlich und voller Kraft am Himmel. Der Rückflug der restlichen Drachen nach Kel-di-Nore erfolgte ohne weitere Hindernisse, als die Stadt in Sicht kam, drehten wir in Richtung Silbermine ab.

„Dann lasst uns das Heer der Sphinxe aus dem Dornröschenschlaf wecken. Sebak II. und Seth können sich frisch machen...“ murmelte ich, während Imhotep die Maschinen auf Hochtoren laufen ließ. „Mit diesem Wunderwerk der Technik brauchen wir keine zwei Stunden, um die gesamte Erde zu umrunden. Zumal jetzt das Universum um uns herum noch völlig frei von Schrott und Müll ist - was in unserer Epoche verstärkt zu einem Problem wird“, plauderte Peter mit Babu, der zweifelnd die Augenbraue hoch zog. „Der spinnt doch, oder Imhotep?“ Da der Heerführer nicht widersprach, wollte er es genauer wissen. „In zwei Stunden um die Erde? Ich weiß von Mutter, dass die Erde rund ist und nach Euren Maßen um die vierzigtausend Kilometer Strecke sein sollen - was immer das heißen mag? Heerführer, ich kann mir das nur ganz schwer vorstellen!“ Wie sollte er das auch. „Plox - ist das Schiff für den interstellaren Raum gerüstet? Können wir eine Erdumrundung wagen?“ fragte ich die Steuereinheit. Sie bejahte es. „Vielleicht sollten wir einen kleinen Umweg zum Tempel Deines Vaters machen? Was meinst Du, Imhotep?“ Er zwinkerte mir zu. „Auf die paar Minuten mehr oder weniger kommt es nicht an. Also alle anschnallen - wir reisten einmal um die Erde!“ Ohne Vorwarnung schnellte das

Schiff durch die Atmosphäre, die Wolken verschwanden und der Himmel wurde dunkel. „Wir sind in der Stratosphäre, in ein paar Minuten erreichen wir die Erdumlaufbahn. Dann siehst Du, dass sie wirklich rund ist - wie ein Spielball!“ erläuterte Bernd den Verlauf des Fluges. Babu saß gebannt in seinem Sessel und schaute mit funkelnden Augen in die unendlichen Weiten, die sich vor uns auftaten. Taisya umklammerte vor Spannung den Arm von Bernd. Obgleich ich mit der Materie vertraut war und einige Dokumentationen über Aufenthalten von Astronauten im Raum gesehen hatte, packte mich das Fieber. „Das ist viel schöner und aufregender, als ich es mir jemals vorgestellt habe! Taisya - erinnerst Du Dich an unser Gespräch in Deinem Dorf? Damit hast Du einen Teil der Antwort auf Deine Frage nach den Sternen. Sogar von hier kannst Du nicht einen von ihnen mit Deiner Hand berühren - aber es ist einfach umwerfend!“ Sie hörte nicht, was ich sagte. „Das ist das Reich der allmächtigen Götter. So habe ich es mir immer in meinen Träumen vorgestellt“, flüsterte sie Bernd ins Ohr. Bernd ließ ihr diesen Moment der Ergriffenheit. „Die Sache mit den Göttern klären wir noch...“ Er kuschelte sich an sie und ließ die Gedanken schweifen. „Siehst Du den helleren Stern - der einen leichten rötlichen Schimmer hat?“ Er drehte ihren Kopf in die Richtung. „Ach der? Was ist damit?“ wisperte sie. „Der hat von mir gerade einen Namen bekommen!“ Sie sahen sich beide tief in die Augen. „Muss Liebe schön sein...?“ Peter konnte sich den Spruch nicht verkneifen. „Lass sie einfach machen - niemand weiß, was der nächste Tag bringt? Sollen sie ihr Glück genießen“, ermahnte ich ihn. „Für mich heißt dieser Stern ab heute Taisya - der Stern der schwarzen Kriegerin! Plox - können wir das irgendwo registrieren?“ Plox reagierte prompt. „Negativ - es sind zu viele Sterne, die dafür in Frage kommen!“ Ich musste grinsen. „Taisya - wichtig ist, dass Du weißt, welcher Stern gemeint ist. Der blöde Blechkasten hat keine Ahnung von Romantik!“ Bernd hob dankbar den Daumen in die Höhe. „Die Registrierung von Objekten sind eine reine logische Maßnahme - und ich bin kein blöder Blechkasten!“ Einen Moment hatte ich den Eindruck, dass Plox beleidigt war. „Sorry, das war als Scherz gemeint!“ entschuldigte ich mich vorsichtshalber. „Ärger mit einer künstlichen Intelligenz - das will ich natürlich nicht!“ In Imhoteps Mimik konnte ich wie in einem Buch lesen, er kringelte sich vor Lachen. „Wenn ich ehrlich bin, damit habe ich auch nicht gerechnet. Ich bin völlig ahnungslos, welchen Stand unsere Technik damals bereits erreichte. So betrachtet, haben wir uns zurück entwickelt und uns dem Niveau der Menschheit angepasst - das verstehe ich persönlich nicht?" äußerte er glucksend. „Eigentlich ist das eher ein Grund zum Heulen? Aber ich kann Dich beruhigen - Dein Volk vom Planeten Ra hatte nur eines im Sinn: es wollte überleben! Und da muss man manchmal Kompromisse eingehen, die nicht planbar sind und drei Schritte zurück führen." Ich schaute zum Monitor. Wir umkreisten bereits seit Minuten die Erde in einer stabilen Umlaufbahn. „Ich suche immer noch nach den Spuren unserer Zivilisation im All. Keine Raumstation der Russen, keine Satteliten - einfach nichts! Ich vergesse immer, dass wir uns in einer anderen Zeit befinden. Keine Spuren der gigantischen Städte, keine Chinesische Mauer, die man sonst von oben erkennen kann. Dafür einige Vulkane, die uns ihr Feuer entgegen schleudern", resümierte ich leise. Es war still geworden an Bord, jeder hing auf seiner Weise den Gedanken nach. „Plox an Besatzung - wir brechen das Manöver ab und kehren zur Erdoberfläche zurück. Der Verbrauch an Energie fällt höher als berechnet aus. Habe ein Leck im Laderaum lokalisiert. Reparatur ist zwingend erforderlich. Der Autopilot leitet alle notwendigen Manöver ein und lässt das Schiff zu Mutter Erde gleiten!" Imhotep waren die Hände gebunden, Plox hatte die Herrschaft übernommen, um uns sicher nach unten zu bringen…

„Jetzt haben wir den Salat! War doch keine gute Idee mit dem Umweg. Nach so langer Zeit können wir froh sein, dass das Schiff überhaupt noch fliegt!" murrte ich, dennoch war ich froh, diese Augenblicke erlebt zu haben. Imhotep checkte den Kurs, den Plox eingeschlagen hatte. Wir tauchten pfeifend in die Atmosphäre ein. „Die Außenwände erhitzen sich, die Temperaturen steigen massiv an. Plox - werden die Schilde halten?" fragte er. Sein sorgenvoller Blick heftete sich auf die Anzeigen vor ihm. Lichtsäulen neben den Armaturen kletterten stetig in die roten Bereiche, ein Warnsignal ertönte. „Schilde sind stabil, Tempo wird gedrosselt!" Die Stimme der Steuereinheit klang merkwürdig verzerrt. „Sofort auf Handsteuerung umstellen - Plox, Befehl ausführen!"

donnerte Imhotep und schlug mit der Faust auf das Pult. „Ich traue dem Blechkasten nicht - da ist was faul!“ Seths Maske flimmerte über den Bildschirm, sein höllisches Gelächter ließ mich entsetzt auffahren. „Ich bin zurück - so einfach entkommt Ihr keinem Gott!“ fauchte er, unzählige Blitze entluden sich aus seinem Zepter und schlugen ohne Unterlass in das ohnehin überhitzte Schiff ein. „Das Schwein will uns umbringen!“ Imhotep kämpfte keuchend gegen die bösartige Macht an, die versuchte, das Schiff in ihre Gewalt zu bringen. Ich sprang auf, um ihm zur Hilfe zu eilen. Es wurde schlagartig heiß um uns herum, die Luft brannte in den Lungen, wenn wir atmeten. „Ich schaffe es nicht - die Steuerung ist vollständig blockiert, wenn kein Wunder geschieht, gehen wir hier drinnen in Flammen auf!“ klagte der Heerführer, hustete und spuckte Blut. Meinen übrigen Gefährten erging es ebenso. Mit verzerrten Gesichtern krümmten sie sich, hielten Tücher vor Mund und Nase und fächelten sich verzweifelt Luft zu. „Ox - Krieger des Sphinx - wir brauchen Dich“, flehte ich in letzter Sekunde. Diesmal spürte ich keine Wärme, mein Körper fühlte sich wie eine lodernde Fackel an.
Übergangslos schwebten wir in der Zentrale, es wurde merklich kühler. Taisya verkrampfte sich voller Schreck und suchte Halt an einem Pult, kopfüber sah sie nun auf Bernd hinab. Er klemmte zwischen Tischbeinen fest und stöhnte leise. Wir in den Sitzen hatten mehr Glück, die Gurte hielten uns in Position. Babu griff beherzt Taisyas Hände und bugsierte sie zu sich auf den Schoß. „Klammere Dich bei mir fest. Bloß nicht loslassen!“ riet er ihr, aber das war unten den gegenwärtigen Umständen leichter gesagt als getan. Taisya war ziemlich geschwächt und hatte kaum Kraft, sich zu halten. Das Problem löste sich, als die Schwerkraft einsetzte. Benommen hob Imhotep den Kopf und wischte sich den Schweiß aus den Augen. „Seth ist verschwunden. Was ist passiert?“ Während wir allmählich zu uns kamen, zeigte sich auf dem Bildschirm, dass die Außenhaut des Schiffes abkühlte und seine normale Farbe zurück gewann. „Dieser Seth ist ein richtiger Stinkstiefel – er wollte uns tatsächlich killen!“ Peter rappelte sich ächzend hoch, er war stinksauer. „Welche Gesetze gelten für solche Penner eigentlich – keine? Mann, der braucht mal einen richtigen Tritt in den Arsch!“ fluchte er und löste seinen Gurt.

Zuerst kümmerte er sich um Bernd und half ihm, sich aufzurichten. „Du hast lauter Brandblasen auf der rechten Seite. Der Boden muss ja geglüht haben…?“ Voller Mitleid betrachtete er den Arm und das Bein. „Den müssen wir zuerst versorgen, das muss höllisch brennen!“ Ich reichte ihm meine Trinkflasche. „Kühle ihn damit ab. Das bringt ein wenig Linderung.“ Bernd biss die Zähne zusammen und ließ die Prozedur über sich ergehen. „Haben wir nun ausgesprochenes Pech, dass uns laufend solche Dinge passieren? Oder ist es Glück, dass wir die Kapriolen immer wieder lebend überstehen?“ knurrte er säuerlich. Die Stimmung besserte sich, trotz der Blessuren, die wir einstecken mussten. „Ox, was ist geschehen?“ Mein starker Partner meldete sich. „Gott Thot hat Seth eins ausgewischt und Euch aus der Gefahrenzone befreit. Ich hätte es diesmal allein kaum geschafft! Er lässt Euch ausrichten, dass Ihr sofort zum Tempel des Sebak fliegen sollt, um die Krieger zu wecken. Diesmal ohne Umwege…“ Auf dem Pult des Heerführers erschien ein Flakon-Fläschchen. „Das schickt er – ein Paar Tropfen davon machen Euch wieder fit! Ich habe Plox bereit neu programmiert und den Kurs eingegeben. In wenigen Minuten kommen wir an!“ Imhotep nahm die Kappe des Fläschchens ab und roch daran. „Ohne Geruch und farblos. Ich werde das Zeug probieren!“ Er ließ etwas Flüssigkeit auf die Handfläche tröpfeln und leckte sie auf. „Schmeckt auch nach nichts.“ Wir konnten mit bloßem Auge erkennen, wie er sich sofort regenerierte. Seine Augen begannen zu funkeln, die Haut wurde sichtbar straffer. „Es wirkt tatsächlich! Peter, wir geben jetzt Bernd was davon!“ Er rekelte sich, auch die alten Verletzungen waren wie weggeblasen. Er stand auf und ließ einige Tropfen in Bernds Mund fallen. „Jetzt schlucken!“ So versorgte er uns der Reihe nach. „Ein richtiger Zaubertrank also? Möchte zu gern wissen, was Gott Thot da rein gemischt hat? Damit könnte man bestimmt richtig reich werden…“ Peter hielt die Flasche gegen das Licht. Es war kaum noch was von der Medizin übrig geblieben. „Den Rest heben wir für Notfälle auf. Wer weiß, was noch auf uns zukommt?“ bestimmte Imhotep und steckte das Fläschchen ein. „Plox an Besatzung – Landemanöver eingeleitet. Zielpunkt wurde gerade erreicht!“ informierte er uns wie immer. Uns blieb gerade noch genügend Zeit, die Plätze einzunehmen. Unten erschienen die Umrisse der Halden der Silbermine. Plox manövrierte das Schiff bis zum Eingang des Hauptstollens und setzte dort sanft auf. „Sicherheitscheck erfolgt, Umgebung ist sicher. Bodenluke geöffnet!“ Damit vollendete er seine vorläufigen Aktivitäten. Ohne Schwierigkeiten konnten wir das Schiff über die reguläre Ladeluke verlassen. „Da sind wir also wieder. Jetzt kommt der wirklich schwere Teil unserer Mission – wir wecken die Krieger. Ich bin heilfroh, festen Boden unter den Füßen zu spüren!“ Mein Gehirn begann zu rotieren. Kaum auf dem Fels angekommen, hüpfte Babu mit schnellen Schritten davon. „Ich sehe nur nach meinen Wesen!“ hörten wir noch, damit entschwand er in den Tiefen des Berges. „So ein verrückter Kerl. Hat nur seine Krokodile im Kopf!“ schimpfte Bernd verhalten. Die Brandblasen hatten sich in Luft aufgelöst, wie ein junger Hirsch sprang er von der Plattform auf die mächtige Felsterrasse und bot Taisya seine Hand, um ihr zu helfen. „Ich bin doch kein altes Weib. Ich bin auf Bergen herum geklettert, da würdest Du Dich nicht mal trauen, hinauf zu gucken!“ witzelte sie, aber schließlich nahm sie doch galant das Angebot an. Mit Schwung hob er sie zu sich hinab. „Ja ja, die Schöne und das Biest in neuer Auflage!“ Als Peter den strafenden Blick des Freundes registrierte, biss er sich lieber auf die Zunge, als noch eine spöttische Bemerkung zu machen. „Mir ist nicht klar, wie die Sache jetzt ablaufen soll? Hat jemand einen Vorschlag?“ Ich schaute meine Leute ratlos an. „Ich sehe keine Kabel oder andere Möglichkeiten, Energie in die Kammer zu leiten. Wenn die Krieger dadurch geweckt werden – wie?“ Ich rechnete im Kopf durch, wie lang die Strecke bis zu den Kriegern sein konnte. Meine Gefährten grübelten vor sich hin, auch sie hatten keinerlei Vorstellungen, wie die Weckmission praktisch geschehen sollte. „Frag doch mal Deinen superklugen Ox. Der weiß doch sonst immer alles?“ schlug Peter vor. Als hätte er nur darauf gewartet, leuchtete das Amulett auf. „Natürlich weiß ich, wie mein Heer geweckt werden kann!“ Diesmal vermochten alle seine Gedanken zu vernehmen. „Der Fels ist voller Metall, nicht nur Silber ist hier zu finden. Adern voller Eisen und Kupfer durchziehen ihn wie Blutbahnen einen Körper. Das Schiff schickt die Energie dadurch direkt in die Kammer! Nur…?“ Ox stockte. „Alles was lebt, wird in diesem Berg ausgelöscht!“ Babus Wesen fielen mir ein. „Dass wird der Prinz niemals zulassen – er wird nicht gestatten, dass die Krokodile sterben!“ Dessen war ich mir völlig sicher. Imhotep nickte still. „Dann muss er die Biester vorher raus holen! Und irgendwohin verfrachten – wohin auch immer?“ warf Peter als Gedanken ein. „Hier gibt es weit und breit kein Wasserloch oder eine Quelle, wo er sie hinbringen könnte. Sie werden also drauf gehe, so oder so!“ Imhotep wusste genau, was er sagte. Taisya meldete sich zu Wort. „Weshalb nehmen wir sie nicht an Bord und setzten sie unterwegs aus, wo sie leben können? Babu will sie doch ohnehin von hier weg holen – das wäre die Gelegenheit!“ Wir Männer sahen uns betreten an. „Die Biester im Raumschiff? Allein der Gedanken...“ Peter schüttelte sich. „Tja, wenn der Turm der Götter noch da wäre, hätte man sie über diesen transportieren können. Aber...?“ ergänzte der Heerführer und blickte unauffällig zum Berg hinauf. „Jungs, wir werden beobachtet! Lasst Euch nicht anmerken, dass wir sie entdeckt haben“, raunte er uns zu. Heftig gestikulierend diskutierten wir weiter und liefen langsam zum Eingang des Schachtes. „Mist – wenn Babu nicht sofort zurück kommt, haben wir ein mächtiges Problem am Hals. Wir können die Mission nicht ewig lange aufschieben. Einer muss los und ihn suchen. Die Übrigen bereiten das Schiff für die Energieübertragung vor.“ Imhotep sah mich eindringlich an. Es dauerte, dann verstand ich, was er wollte. „Ich soll Babu holen, stimmst?“ Er griente. „Bist ein Schnellmerker, mein Freund. Du kennst Dich am besten aus – also los!“ Damit war die Sache entschieden. Ich trottete los, meine Freunde kehrten an Bord zurück. Ich musste ihn nicht lange suchen, es gab nur zwei Orte, wo er sich mit Sicherheit aufhalten würde. „Dann sehe ich erst in der Mumifizierungskammer nach. Wenn nicht, in der Zisterne... Oben wäre mir lieber“, murmelte ich vor mich hin. Obwohl ich die Tempelanlage des Gottes Sebak bereits mehrfach besuchte, auch diesmal übermannte mich ein beklemmendes Gefühl. Zu tief hatten sich die Ereignisse mit und um den Krokodilgott in meiner Seele eingebrannt, zu viele Opfer hatte es seinetwegen gegeben. Dämmerung nahm mich auf, mit schellen Schritten eilte ich durch die Schächte bis zum Tempel, dem Herzstück der alten Mine. Einige Funzel glimmten vor sich hin. Ihr Licht wies mir den Weg. „Babu – bist Du hier irgendwo?“ rief ich aus. Erleichtert vernahm ich seine Antwort. „Ja, in der Kammer bei Mutter. Achtung, ich bin nicht allein!“ warnte er mich. Zaghaft betrat ich den Raum. Ich konnte sie nicht sehen, aber ihr markanter Geruch schlug mir wie ein Wall entgegen. „Es gibt ein Problem, über welches wir reden sollen. Du und Deine Wesen müssen sofort hier raus. Die Energieentladung zur Erweckung der Krieger wird alle Lebewesen im Berg umbringen. Wir wissen nur nicht, was wir mit ihnen anfangen sollen?“ Er war klug genug, zu verstehen wer gemeint war. Mit wenigen Worten erläuterte ich das Prinzip der Energieübertragung. „Das leuchtet mir ein, aber ich werde auf keinen Fall meine Wesen umbringen lassen!“ Diese Antwort hatte ich erwartet. „Kannst Du sie für den Transport in den Laderaum des Schiffes verfrachten, ohne dass sie uns gleich anfallen? Du weißt, wir haben einen ungeheuren Respekt vor diesen Tieren.“ Ich hörte sein Lachen, dann tauchte er vor mir auf. „Ach Professor – wenn ich in der Nähe bin, tun sie niemanden etwas, das ist Dir doch bekannt!“ Er zog mich am Arm in die Halle. Ein gellender Pfiff war das Signal für seine Kreaturen, ihrem Herrn und Meister zu folgen. Ich drehte mich nicht um sondern beeilte mich, wieder ans Tageslicht zu gelangen. Allein der Gedanke daran, welche Monster mir auf den Fersen folgten, ließ mich ohne Pause durchlaufen. „Wir haben Seths Krieger auf dem Berg entdeckt. Er lässt den Tempel beobachten. Sie werden sich putzen, wenn sie gegrillt werden“, informierte ich Babu frohlockend und lief einige Schritte voraus. Taisya erwartete uns auf der Ladeluke. „Wir sind startklar – was ist mit Babu?“ rief sie mir zu, als sie mich entdeckte. „Er kommt sofort. Und bringt einige Passagiere mit!“ Ich stampfte die Rampe hoch und gesellte mich zu ihr. Taisya verzog keine Miene, als sich die Schnauze des ersten Krokodils aus der Dämmerung ins Licht schob. „War doch klar, dass er so entscheidet, Lass uns unsere Freunde willkommen heißen!“ Bereitwillig räumten wir den Zugang zum Laderaum und ließen die gepanzerten Gäste passieren. Babu betrat zum Schluss das Schiff, summend schloss sich die Luke. Wir verzogen uns in die Zentrale, um von dort aus zu erleben, wie das Heer der Sphinxe zum Leben erwachte…

„Plox – Generatoren auf volle Leistung!“ Imhotep saß mit starrer Miene und kontrollierte die Daten auf seinem Pult. „Bei maximaler Leistung Energiestoß

aussenden!“ kam von seinen Lippen, als die Anzeigen im grünen Feld aufleuchteten. Ein durchdringendes Brummen durchzog das Schiff, ich hatte das Gefühl, als säße ich auf einer Rüttelplatte, so stark wurde das Vibrieren des Bodens unter unseren Füßen. „Hauptsache die Kiste fällt nicht gleich auseinander!“ brüllte Peter mir zu. Bernd und Taisya hatten diesmal vorgesorgt und es sich auf einer gepolsterten Kiste bequem gemacht. Trotzdem traf es sie wieder besonders hart. „Es ist gleich vorbei. Sobald das rote Feld erreicht ist, geht die Energie in den Berg“, vertröstete Imhotep sie und nickte ihnen aufmunternd zu. „Bernd macht das nichts aus – guck Dir seine Visage an. Der sitzt da und grinst zufrieden vor sich hin.“ entgegnete ich. Mein Freund hielt die Kleine fest umschlungen in den Armen, kein Chaos dieser Welt hätte ihn in diesem Augenblick erschüttern können. „Achtung! Volle Leistung erreicht. Energieabgabe erfolgt…!“ Das Schiff machte einen Satz in die Höhe und hüpfte wie ein Ball auf der Stelle. Mit einem gewaltigen Blitzschlag entlud sich die aufgestaute Energie, ein gleißender Strahl schoss in die Felswand vor uns und brachte sie zum Leuchten. Die Luft roch und schmeckte sofort merkwürdig.
Im Berg zeichneten sich glühende Spuren ab, die Adern der Metalle, die die Energie in die Tiefe leiteten. „Ich befürchte, dass es den Leuten von Seth jetzt richtig beschissen geht. Ich glaube auch nicht, dass viel von ihnen übrig bleibt.“ Imhotep lehnte sich entspannt zurück und sah auf den Bildschirm. „Plox – wie lange dauert es, bis sich alles abgekühlt hat und wir die Mine betreten können?“ fragte er an. „12 Stunden – bis dahin rate ich ab, den Stollen zu nahe zu kommen!“ war die eindeutige Antwort.

Nach einer ruhigen Nacht folgte ein wunderschöner Sonnenaufgang.
„Die Zeit ist um, wir essen einige Happen, dann lassen wir die Krieger aus ihren Kuppeln raus. Ich hoffe, es hat funktioniert?“ Imhotep rekelte sich und erhob sich von seinem provisorischen Lager. Wir hatten es vorgezogen, im Freien zu campieren und waren dafür extra in eine Nische neben dem Berg umgezogen, in der die Temperatur halbwegs erträglich war. Peter tastete den Fels neben sich ab. „Gestern war er richtig heiß, jetzt ist er handwarm. Könnte mir allerdings vorstellen, dass im Innern noch andere Temperaturen herrschen. Wir

sollten uns nicht überschlagen..." Er schaute sich suchend um. „Wo ist denn unsere trautes Pärchen abgeblieben?" Die Stelle, die Bernd und Taisya ursprünglich bezogen hatten, war leer. „Mach Dir mal keinen Kopf um sie, sie sind beide alt genug und müssen ihre Dummheiten selber verantworten!" Schmunzelnd rollte ich meine Jacke zusammen, die mir als Unterlage gedient hatte. „Hat jemand Babu gesehen?" Auch sein Platz war unberührt. Die Antwort erübrigte sich, pfeifend kam er um einen Felsen geschlendert. „Ich habe uns Essen besorgt. Meine Wesen hatten Hunger. Nicht weit von hier befindet sich das Lager der Truppe unseres besten Freundes, Gott Seth. Die haben sich genug Frischfleisch mitgebracht. Meine Krokodile sind versorgt, und wir müssen nur noch schlachten!" Er zerrte an einem Seil eine mittelgroße Ziege heran, die sich bockbeinig gegen die grobe Behandlung sträubte. Peter sah ihn belustigt an. „Wie schlachten? Wir sollen selber...?" Als er bemerkte, dass es Babu ernst damit war, schlug seine Stimmung um. „Ich habe so was noch nie gemacht. Ein lebendiges Tier töten und schlachten?" Das verwunderte mich doch – unser hartgesottener Kommissar zeigte sich plötzlich von einer butterweichen Seite. „Klar, wir gehen in den Shop und kaufen, was wir zum Leben brauchen. Ich gebe Dir eine Handvoll Kleingeld, der Laden ist gleich um die Ecke", stichelte ich. Unser vermisstes Paar erschien Hand in Hand. „Geht mich ja nichts an, was Ihr so treibt, aber Babu hat eine Ziege gefangen, die wir schlachten sollen", wandte sich Peter sofort an sie. Bernds Reaktion konnte ich vorher sagen – er war genau so perplex wie Peter. Taisya dagegen sah die Angelegenheit äußert gelassen. „Dann haben wir heute zum Mittag leckeres Fleisch. Ich habe schon großen Hunger. Wer meldet sich freiwillig?"
Peter und Bernd sahen sich mit entsetzten Augen an. „Du bist doch ihr Macker – also wirst Du ihr zur Hand gehen!" entschied Peter rigoros, froh, sich so aus der Affäre ziehen zu können. Imhotep lachte laut auf. „Oh Ihr Kerle – legt Euch mit Monstern an und löscht ganze Heerscharen aus. Aber eine kleine Ziege zu schlachten, um ein Festmahl zu bereiten, da geht Euch der Arsch in die Knie. Es ist wohl besser für unsere Freunde, wenn wir uns darum kümmern, Babu, was hältst Du davon?" Babu stand mit dem Seil in der Hand und war dem Dialog mit verständnislosen Blicken gefolgt. „Ich finde das schon eigenartig –

wenn wir Hunger haben, müssen wir jagen, um zu essen. Und heute ist ein Glückstag – in dieser Gegend findet man normal kaum Wild. Es ist gut, dass unsere ungebetenen Besucher die Ziege mitgebracht haben – jetzt haben wir ihren Proviant, um uns daran zu laben!“ Der Prinz zuckte mit den Achseln. „Ihr solltet zumindest dabei zuschauen, damit Ihr wisst, was zu beachten ist. Vielleicht kommt Ihr in die Lage und müsst es einmal selber erledigen – dann wären einige Grundkenntnisse angebracht!“ war sein Kommentar dazu. Mit der Ziege im Gefolge, zogen die beiden Männer ein Stück weiter. „Nun seid mal keine Memmen! Babu hat Recht, wir sind hier in einer Zeit mit anderen Regeln und Geflogenheiten. Kommt, ich begleite Euch!“ war mein Angebot an meine Freunde. Taisya machte es kurz und knapp, sie schnappte sich Bernds Hand. „Mitkommen!“ kommandierte sie, ehe sich Peter versah, geschah mit ihm das Gleiche. „Das finde ich super!“ krächzte ich und schlug mir vor Vergnügen auf die Schenkel. Taisyas strenger Blick vermieste mir den Spaß. Missmutig schlenderte ich ihnen nach. Als ich ankam, war das Schlimmste bereits vorbei, mit geübten Handgriffen weideten unsere beiden Freunde das Tier aus und zogen ihm das Fell ab. „Ein Leckerbissen für meine Wesen!“ Babu rollte die Innereien in die Haut ein und packte es an die Seite. „Ihr könntet Euch ein wenig nützlich machen und Holz und Brennmaterial für ein Feuer besorgen. Drüben in den Halden findet Ihr bestimmt im Krüppelwald ein paar schöne Äste und Zweige“, bat Imhotep und reinigte seine Klinge mit Sand vom Blut. Bernd und Peter übernahmen freiwillig diesen Job, keine viertel Stunde später brannte das Feuer und der Braten befand sich auf einem Holzspieß. Schlurfende Geräusche ließen uns innehalten. Babus Krokodile kamen vor ihrer ausgedehnten Fresstour zurück und suchten sich in der Nähe ein schattiges Plätzchen. „Jetzt sind sie besonders friedlich und werden einige Tage keinen Ärger machen. Keine Bange – sie haben Euch inzwischen in den Kreis ihrer Sippe aufgenommen und beschützen jeden genau so wie mich!“ klärte uns der Prinz über unseren neuen Status bei den Tieren auf. „Kann ich jetzt auch so auf ihnen herumklettern, wie Du es machst?“ fragte Peter forsch. „Versuch es doch bei Gelegenheit – wir werden ja sehen, ob es gut ausgeht?“ war die nichtssagende Antwort von Babu, sein unverschämtes Grinsen ließ wirklich alle

Fragen offen. Peter wog den Kopf hin und her. „Ich denke, ich gebe mich mit dem zufrieden, was meine Sicherheit betrifft. Man sollte ja nichts übertreiben…" entschied er für sich. Während sich Bernd und Taisya um das Fleisch kümmerten, zog mich Imhotep mit sich. „Wir sollten einen Blick in den Stollen riskieren. Bin gespannt, wie es darin aussieht?" raunte er mir zu. Am Eingang des Hauptstollens blitzten einige Pfützen in der Sonne. „Das ist geschmolzenes Metall – sieht wie Silber aus?" Ich strich vorsichtig mit den Fingern über die glatte Oberfläche. „Ist abgekühlt. Ich denke allerdings, wir werden in der Mine einige Überraschungen erleben", sinnierte ich laut. Wir liefen nebeneinander in den Berg hinein. Wohin wir traten, überall bot sich uns das gleiche Bild. Die Wände waren fast vollständig versiegelt, der Boden wie eine glatte Eisfläche im Winter. „Der Energiestoß war so heiß, dass er sämtliches Metall zum Schmelzen brachte. Wenn man bedenkt, wie viele Jahrhunderte hier Erz abgebaut wurde und welche Mengen jetzt noch zum Vorschein kommen – ist schon phänomenal!" Es war unmöglich, überhaupt abzuschätzen, um welche Mengen es sich dabei handeln konnte. Aus der Tiefe schlug uns ein warmer Luftstrom ins Gesicht. Von der Decke hingen dicke Metallzapfen wie Stalaktiten einer Tropfsteinhöhle herab. „Ich denke, wir haben ein neues Touristenzentrum erschaffen. In unserer Zeit würden jetzt bereits Schlangen von Besuchern vor der Tür stehen, um sich die Spiegelhöhle anzusehen. Von den Schatzsuchern mal ganz zu schweigen, die ohne Skrupel ihr Glück versuchen würden!" Während ich mich überzeugte, dass keine Gefahr von oben bestand, schlitterte Imhotep unsicher einige Schritte weiter. Auch er war fasziniert und bestaunte dieses Meisterwerk, welches durch unsere Aktivitäten entstanden war. „Da kann Pharao Juan I. seine Leute schicken, um das Edelmetall zu bergen. Aber wer kann soviel von dem Zeug gebrauchen?" brubbelte der Heerführer. Das Tageslicht drang durch die Lichtbrechung so weit in die Tiefe, dass wir ohne Fackeln weiter gehen konnten. „Arne, Imhotep! Wo seid Ihr? Meldet Euch!" hallte es durch den Gang. Es war Bernd, der sich Sorgen um uns machte. „Wir sind im Hauptstollen und sehen uns nur um. Wir kommen gleich zurück!" rief ich ihm zu. Wir bewegten uns knappe hundert Schritte, als in einem der Seitenstollen ein Lichtschein aufflammte. Ich stutzte und hielt Imhotep fest. „Da vorn!“ flüsterte ich, erschreckt registrierte ich, dass ich ohne Waffe unterwegs war. „Scheiße, mein Revolver hängt noch neben meinem Schlafplatz“, fluchte ich. Mein Freund hatte wenigstens seinen langen Dolch im Gürtel. „Wer treibt sich hier herum? Eigentlich dürfte diesen Schlag niemand überlebt haben?“ rätselte ich noch, als weitere Lichter aufflammten. „Es sind meine Krieger. Das Heer der Sphinxe versammelt sich und erwartet seine Befehle!“ informierte mich Ox über diese ungewöhnlichen Erscheinungen. Erleichtert atmete ich durch. „Imhotep, es sind die Krieger!“ gab ich Entwarnung, freudestrahlend verpasste ich ihm einen Hieb auf die Schulter. „Sorry, habe doch völlig vergessen, dass Du verwundet bist...äh warst? Was denn nun – bist doch wieder fit.“ Er umarmte mich. „Die Tropfen, vergessen? Es ist alles in Ordnung. Wir sollten unsere Freunde aufklären, dass es geklappt hat. Trotzdem möchte ich mich noch einmal umsehen, bevor wir abhauen!“ Im Laufschritt wandten wir uns dem Eingang zu. „Halt – geht noch nicht fort. Es gibt ein riesiges Problem!“ hielt uns Ox auf. „So, was für ein Problem denn?“ Imhotep sah mich irritiert an. „Die Befreiung meiner Krieger hat halbwegs funktioniert. Aber leider nicht vollständig. Meine Lichtwesen sind in einem neuen Gefängnis gelandet – sie können den Berg nicht verlassen. Ihre Schatten wurden im geschmolzenen Metall eingeschlossen. Sie sind wie Lichter in einem Spiegel, wenn er endet, verschwinden sie im Nichts!“ klärte er uns auf. Dieses Wortspiel musste ich erst mal verdauen. „Ox – was Du uns zu erklären versuchst, soll bedeuten, dass Dein Heer zwar frei ist, aber nur innerhalb des Berges?“ resümierte ich meine Erkenntnisse. Er bejahte. „Aber wie konnte das geschehen? Hast Du nicht vorher bedacht, welche Auswirkungen der Energiestoß auf ihr Umfeld haben würde?“ fragte ich vorwurfsvoll, erhielt aber keine Antwort. Er hüllte sich in Schweigen und reagierte trotz mehrmaliger Anfragen auf nichts mehr. „Das war dann wohl ein Schlag ins Wasser?“ brummelte ich und folgte Imhotep, der schon fast den Ausgang erreicht hatte. Rechts und links von mir huschten Blitze an den Wänden entlang und folgten mir bis zum Tageslicht. Kopfschüttelnd verließ ich die Mine. Unsere Begleiter umringten uns. „Es war alles umsonst, die Krieger der Sphinxe sind zwar aus ihren Kuppeln raus und frei. Aber sie können sich nur innerhalb der Metallflächen bewegen – fragt mich nicht, wie das passiert ist? Ox hat sich offensichtlich ein wenig verplant und nicht alle Risiken einkalkuliert? Jetzt haben wir den Salat und kommen nicht einen Schritt weiter!“ fauchte ich aufgebracht. Peter und Bernd flüsterten aufgeregt miteinander. „Was habt Ihr denn noch zu kakeln? Das Kind liegt im Brunnen und wir können nichts mehr machen!“ schnarrte ich sie heftig an und stampfte wütend mit dem Fuß auf. „Ich sehe unsere Felle davon schwimmen und die Befreiung meiner Tochter in weite Ferne rücken. Ein Scheiß Spiel ist das!“ Ich redete mich in Rage, sogar Imhotep hielt sich vorerst mit jeglichen Kommentaren zurück. Als meine Freunde bemerkten, dass ich genügend Dampf abgelassen hatte, wagte Peter einen Vorstoß. „Du kennst den Spruch: Wenn der Berg nicht zum Propheten kommt, muss der Prophet zum Berg gehen?“ Er lächelte hintergründig. „Klar, den Spruch kenne ich. Und weiter?“ Er sah sich in der Runde um. „Wir drehen den Spruch einfach mal um. Wenn der Prophet nicht zum Berg kommt – muss der Berg zum Propheten gehen. So einfach ist das!“ Er grinste uns an. Ich konnte in den Mimiken meiner Leute lesen, dass es ihnen so erging wie mir: Null Ahnung, was Peter damit sagen wollte? Das brachte ich lautstark zum Ausdruck. „Soll heißen, wir versetzen den Berg oder was? Totaler Blödsinn…“ Doch dann begann ich ernsthaft nachzudenken. Peter ließ sich nicht beirren und fuhr mit seinen Erläuterungen fort. „Korrigiert mich, wenn ich falsch liege. Diese Krieger sind so mächtige Wesen, dass sie das Universum beeinflussen könnten, richtig?“ Ich nickte bedächtig. „Okay, machen wir weiter. Sie waren in diesen Kapseln eingepfercht, um sie von der Energiezufuhr abzuschneiden und damit schwach zu machen – auch richtig?“ Wieder musste ich zustimmen. „Nehmen wir also an, dass sie jetzt im Berg eingeschlossen bleiben, aber genügend Energie aufnehmen, um wieder ihre alten Kräfte zu erlangen. Was sollte sie dann daran hindern, dieses winzige Stück Felsen zu verrücken?“ Mein Hirn ratterte wie ein Zahlenwerk. „Ox, melde Dich sofort!“ Diesmal bat ich nicht sondern forderte sein Erscheinen mit kräftigem Impuls ein. Und er gehorchte. „Du hast vernommen, was mein Kollege gerade von sich gegeben hat?“ „Das habe ich. Und er bringt mich damit auf einen Gedanken, den ich bislang nicht bedachte – wir benötigen die Hilfe und Fürsprache einiger uns befreundeter Götter!“ Er schien wie ausgewechselt und sprudelte vor Energie. „Mir ist ein Fehler unterlaufen, das stimmt! Aber Dank Deines Freundes sehe ich einen Ausweg aus diesem Dilemma." bestätigte Ox. „Ich kenne nur einen Gott, der die Macht besitzt, Worte zu erfinden und diese Wirklichkeit werden zu lassen – der mächtige Thot!" mischte sich Imhotep ein. „Seinen Beistand müssen wir erbitten! Da er uns wohlgesonnen ist, sehe ich reale Chancen, die Kraft der Krieger für unsere Zwecke nutzen zu können." Taisya kam angelaufen. „Das Essen ist fertig – und wir haben hohen Besuch!" rief sie uns von weitem zu. Wir verschoben die Debatte auf später und begaben uns zum Lagerplatz. Der Duft des Fleisches drang in unsere Nasen. Eine auffällige Gestalt hockte neben dem Feuer und wartete geduldig auf unser Eintreffen. „Das ist mit Sicherheit kein Zufall, dass Ihr ausgerechnet jetzt hier auftaucht?" Der Heerführer verneigte sich voller Ehrfurcht vor dem Gott, der unser Schicksal in seinen Händen trug – Thot. Auch wir neigten unser Haupt und zollten ihm so unsere Achtung und Respekt. „In der Tat, es ist kein Zufall, dass ich hier bin! Der Rat der Götter trifft am heutigen Tage zusammen, um einige überfällige Entscheidungen zu diskutieren. Sebak II. und Seth beginnen, sich in die inneren Angelegenheiten der Zeit-Epochen einzumischen. Ihre Heere haben inzwischen einige Hauptstädte der mächtigsten Reiche bis zum Beginn Eurer Zeitrechnung belagert und eingenommen. Sie wollen die Geschichte der Menschheit auslöschen!" Er streckte uns die flache Hand mit dem Anch-Kreuz entgegen. „Das sind die Bilder meiner Boten aus den Epochen." Wir sahen hohe Mauern einer Metropole, davor Heere von Mutanten, die sich anschickten, sie zu erstürmen. „Hier fällt das alte Babylon. Wenn es so weiter geht, wird sich die Zukunft, und damit Eure Epoche, massiv verändern!" Thot schloss die Hand zur Faust. „Wir brauchen die Armee der Sphinxe, um diesen Wahnsinn ein für alle mal zu beenden. Wie ich bereits vernahm, läuft es nicht so, wie ursprünglich geplant?" Er musterte uns, sein Ibis-Kopf verharrte, als er meinen angespannten Blick bemerkte. Er legte sein Was-Zepter und das Anch-Kreuz neben sich, um die Hände frei zu bekommen. Aus einer Falte seines Gewandes zückte er eine Papyrusrolle. „Was ich von nun an ausspreche, wird Satz für Satz auf der Rolle des Lebens festgehalten. Hier werden meine Schriftzeichen verewigt, mit denen die Kräfte der Krieger ihre ursprüngliche Stärke zurück gewinnen!“ Er glättete vor sich den Sand und strich mit den Fingern den Bogen gerade. „Was ich erdenke und niederschreibe, wird geschehen! Ich habe entschieden, dass die Energie aller Licht-Krieger in einer Rüstung aus den Metallen vereint wird, welche sie zurzeit in der Mine festhalten. Ein Kundschafter wird sich erheben. Er ist Schwert und Schild der Sphinxe und Euer Begleiter in den Schlachten, die Euch bevorstehen. Der Berg soll ihre Festung bleiben – der Ursprung und die Quelle ihrer Energie. Ich hebe die Gesetze der Logik auf und öffne ihnen damit einen Weg in die Freiheit!“ Wir konnten zusehen, wie seine Worte sich in Hieroglyphen auf dem Blatt niederschlugen und als Zeichen für die Ewigkeit sichtbar wurden. Peter wagte sich näher an Thot heran, mit spitzen Lippen warf er einen flüchtigen Blick auf das Dokument. „Das glaubt mir kein Mensch“, stammelte er leise. Meine mahnende Geste hielt ihn von weiteren störenden Aktionen ab. Thot rollte den Bogen gewissenhaft zusammen. „So soll es geschehen!“ Er überreichte mir mit großer Geste die Schriftrolle. „Heerführer Ox – lass Deine Krieger antreten!“ befahl er mit donnernder Stimme. Nach längerer Zeit war mir wieder vergönnt, Ox in leibhaftiger Person zu erleben. Die Lichtgestalt schwebte zu Füßen von Thot. „Dein Wille ist mir Befehl, allmächtiger Gebieter!“ Thot erhob sich in voller Größe, das Henkel-Kreuz mit der Lebensschleife in der Hand, erwartete er die Ankunft jedes einzelnen Kriegers. Eine schier unendlich lange Reihe glänzender Gestalten huschte durch die Stollen. „Sie versammeln sich zur Vereinigung. Ihre Energie formt jetzt die Rüstung!“ Ein dumpfes Grollen machte sich breit, Dampfschwaden strömten aus der Mine ans Tageslicht. Gespannt wartete ich auf ein Ereignis, was mir eigentlich völlig unwahrscheinlich erschien. „Das glaube ich erst, wenn ich es mit eigenen Augen sehe…“ brummelte ich, als sich eine hohe Gestalt vom Berg löste. „Donnerwetter noch mal!“ entfuhr es Peter, der von der Erscheinung des Kriegers genau so überrascht war, wie wir alle. Dieser marschierte im Gleichschritt auf den Gott zu. „Die Erfindung der Cyborgs als Kampfmaschinen müssen wir wahrscheinlich auch ein wenig nach hinten datieren…!“ kommentierte Bernd, dem beim Anblick des gepanzerten Wesens fast die Augen überquollen. Der Kämpfer nahm vor dem Gott

Aufstellung. „Empfange von mir die Segnung des Lebens!“ Thot richtete sich kerzengerade auf, trotzdem überragte ihn der Koloss um ein Vielfaches. „Neige Dich zu mir herab!“ donnerte Thot ihn an. Folgsam beugte der Krieger sein Knie und verneigte sich. Er bekam das Kreuz des Lebens als Signet in seine Brust gebrannt. „Neunhundert und achtundneunzig Krieger bleiben im Fels. Um sie kümmern wir uns zu einem späteren Zeitpunkt, wenn es erforderlich wird. Einen Lichtkrieger habe ich in einem Panzer aus Metall gehüllt und neues Leben eingehaucht! Nur Du, Ox, bleibst direkt unter meinen persönlichen Schutz. Von nun an untersteht Dein vereintes Heer dem Fremden aus der Gegenzeit. Prof. Arne Lukas wird als Oberkommandierender das Bindeglied zwischen den göttlichen und menschlichen Streitkräften sein! Gemeinsam mit dem Prinzen Babu und dem Heerführer Imhotep bildet er die neue Dreieinigkeit - nur so werden wir das Böse stoppen!“ Sein Antlitz löste sich vor unseren Augen auf, er nickte mir noch einmal zu, bevor er völlig verschwand. Die Rolle in meiner Faust und der blinkende Körper des Riesen zeugten von dem, was in der letzten Minuten hier abgelaufen war...

„Wenn das gerade ein Traum war, dann weckt mich endlich!“ Bernd hielt sich die Augen zu, so stark blinkte der Krieger im Sonnenschein.

„Alle Mann an Bord. Wir fliegen sofort nach Kel-di-Nore! Die Krieger warten in ihrer Festung auf weitere Befehle. Abflug in wenigen Minuten!“ Imhotep bat Taisya, das inzwischen erkaltete Fleisch als Verpflegung einzupacken. Peter murrte zwar, fügte sich aber den Anweisungen des Heerführers. „Mir hängt der Magen in den Kniekehlen – dafür suche ich mir ein besonders fettes Stück aus!“ Er eilte und half, die Sachen ins Schiff zu verfrachten. Er hob sich den kompletten Spieß auf die Schulter und marschierte mit breitem Grinsen an uns vorbei. „Bin gespannt, ob Du damit ungehindert an meine Wesen vorbei kommst?“ Babus mahnender Einwand ließ seine Mimik umschlagen. „Die habe ich völlig vergessen. Denke, sie sind vollgefressen? Du wirst doch nicht ernsthaft wollen, dass sie unser Frühstück auch noch wegschnappen?“ Peters mitleidvoller Blick bewirkte, dass der Prinz ihn persönlich begleitete. Er schnappte sich das Fell mit den Innereien. Die Echsen ruhten im Lagerraum und reagierten auf keinerlei Geräusche. Babus Liebling, das riesige Männchen, lag mit geöffneten Rachen da. Er zwinkerte nur kurz, als sein Herr und Gebieter an ihm vorbei schritt. „Das hätte ich auch allein gekonnt! Du malst immer gleich den Teufel an die Wand“, schimpfte Peter leise, doch er hatte die Rechnung ohne die gepanzerten Wesen gemacht. Babu bemerkte im Augenwinkel, wie sich der Schwanz eines Krokodils auf die Beine des Kommissars zu bewegte. Nur ein energischer Befehl verhinderte das Schlimmste. Kreidebleich blieb Peter wie angewurzelt stehen. „Diese Satansbraten! Wenn es ums Fressen geht, kennen die keine Freunde?“ Babu schob ihn mit Nachdruck aus der Gefahrenzone. „Stimmt, auch da kennen sie keine Freunde. Immerhin dauert es manchmal Monate, bevor sie sich den Magen füllen können. Da nehmen sie alles mit, was sie bekommen können“, klärte er Peter auf und verteilte die Reste an seine Tiere. „Kleine Geschenke erhalten bekanntlich die Freundschaft – diesen Spruch höre ich laufend von Euch. Hier, füttere damit ihren Anführer!“ Er hielt Peter das blutige Herz der Ziege vor die Nase. Das Männchen schlug die Augen vollends auf und visierte Peter an. „Nun mach schon, oder soll er es sich bei Dir abholen?“ feuerte Babu den zögerlichen Gefährten an. „Du garantierst für meine Sicherheit!“ schnaubte Peter und warf das Herz gekonnt direkt in das gigantische Maul der Echse. „Auf unsere Freundschaft!“ zischelte er. Babu lachte lauthals auf. „Das war zwar etwas für den hohlen Zahn, aber er wird es nicht vergessen. Vielleicht rettet er Dir dafür irgendwann einmal das Leben?“ Peter war froh, als sie endlich das Innere des Schiffes erreichten. Er fegte einen Tisch in einer Kabine frei und packte den Spieß darauf. „Hoffentlich dauert es nicht mehr so lange, und wir hauen von hier ab. Hast Du einen Plan, was mit ihnen geschehen soll?“ fragte er beiläufig. Babu schüttelte den Kopf. „Ich denke, wir werden sie an einem See oder im Nil aussetzen. Ich kann sie von dort jederzeit abholen“, erklärte er, dann entschwand er in der Zentrale. Peter hörte ihn laut rufen. „Komm sofort her und schau Dir das an!“ Auf dem Monitor sah er, wie die Lichter der Krieger sich am Eingang der Silbermine versammelten. „Damit haben wir das Heer der Sphinxe zwar aus seinem Dornröschenschlaf erweckt. Aber wie sein praktischer Einsatz erfolgen soll – ich habe keinen blassen Schimmer?“ gab er ehrlich zu. Babu konnte ihm darauf keine Antwort geben. Das Geräusch der sich schließenden Rampe ließ beide aufhorchen. „Alle klar bei Euch?“ Ich unterbrach sie und setzte mich auf meinem Sessel, schnallte mir den Gurt um. Bevor Peter dazu kam, mir seine Abenteuer zu berichten, heulten die Antriebe des Schiffes auf, eine Staubwolke breitete sich aus. Allmählich gewannen wir an Höhe.

„Solch ein Anblick war bislang nur den Göttern vorbehalten!“ Imhotep steuerte das Schiff über die Oberfläche des Nils hinweg und folgte im Tiefflug seinem natürlichen Lauf. Es war wirklich ein berauschendes Bild. Dichte Wälder säumten die Ufer, dazwischen ragten einige Felsen durch das Grün. Bernd und ich rätselten vergeblich, um welche Gebirgsformationen es sich dabei in unserer Zeit handeln könnte. „Leider gibt es kaum Anhaltspunkte, an denen eine Orientierung möglich wäre? Der Fluss hat in Tausenden von Jahren sein Bett ständig verändert. Und dass es einmal so viel Wälder und fruchtbaren Boden in diesem Landstrich gab, haben wir zwar geahnt, aber jetzt sehen wir es mit eigenen Augen. Imhotep, gibt es neben Tem-pri noch andere Siedlungen am Nil? Solche Städte wie Kel-di-Nore?“ fragte ich, während ich fasziniert weiter Ausschau hielt. Einmal glaubte ich, am Ufer Ruinen zu sehen, aber wir zogen so schnell darüber hinweg, dass eine genauere Lokalisierung unmöglich war. „Es gibt einige versprengte Völker, die in den Oasen der Wüsten leben. Daneben halten sich mit Sicherheit ganze Stämme dort im Buschwerk auf, ohne dass wir sie jemals zu Gesicht bekommen“, bestätigte der Heerführer und konzentrierte sich auf sein Amt als Steuermann. Wir behielten den Monitor im Auge, um jede Auffälligkeit sofort zu erkennen. „Arne, da sind Boote auf dem Wasser!“ Bernd reckte sich hektisch empor. Imhotep drosselte sofort das Tempo, so dass wir einen besseren Blick auf die ungewöhnliche Flotte erhielten, die sich direkt unter uns befand. „Das sind Kriegschiffe!“ Imhotep ließ den Raumgleiter auf der Stelle rotieren. Unser Erscheinen blieb nicht unbemerkt. „Es sind um die 200 Schiffe – und Du bist der Meinung, dass es Kriegsschiffe sind?“ Ich versuchte, Einzelheiten der Aufbauten auszumachen. Sie alle waren von beträchtlicher Länge, ich schätzte die hochwandigen Boote auf mindestens 50 Meter. Mit Segelmasten ausgestattet, kreuzten sie im Wind gegen die Strömung. Dazwischen bewegten sich mehrere Flöße, die doppelt so lang und breit waren. Auch sie waren mit mehreren Segeln bestückt. „Was soll dieses Objekt bedeuten? Hat jemand eine Erklärung dafür?“ Ich zoomte das Gebilde auf dem Bildschirm näher heran. Auf dem ersten Blick erschien es aus massivem Gestein errichtet, doch diesen Gedanken verwarf ich wegen des damit verbundenen Gewichtes sofort. Es war ein viereckiger, bräunlicher Kasten, dessen Eingangsbereich mit Säulen geschmückt war. „Das ist ein kleiner Tempel! Um Deine Frage nach den Siedlungen zu beantworten – es gab früher vier große Städte am Nil. In den letzten Jahrhunderten fielen bis auf Tem-pri alle diesen Räubern zum Opfer. Das ist ein altes Seefahrervolk – die Taaker. Sie kommen regelmäßig über das große Wasser und verwüsten die Küstenregionen, wenn sie den Nil empor fahren. Ihr Schutzgott ist Mahes, der Herr des Gemetzels. Er wohnt in diesem Tempel, wenn er seine Heerscharen selber begleitet. Und blutige Gemetzel richten sie an, wo sie auftauchen, ohne Gnade oder Reue. Wie es aussieht, sind sie auf dem Weg zur alten Stadt. Sie wissen, dass Sebak gefallen und Tem-pri ihnen damit schutzlos ausgeliefert ist. Nur was erhoffen sie sich? Reichtümer?“ Imhotep übergab Plox die Steuerung des Schiffes. „Plox – auf Sicherheitsabstand gehen und Warteposition einnehmen!“ Wir verharrten auf der Stelle. Auf den Flößen herrschte reges Treiben, wie auf einem Ameisenhaufen schwirrten unzählige Schatten umher. „Sie bereiten einen Angriff vor!“ kommentierte Babu das Geschehen. „Sind das Katapulte? Die wollen uns doch nicht unter Beschuss nehmen?“ fragte Peter, ungläubig schauten wir zu, wie eine glühende Ladung zum Abschuss vorbereitet wurde. „Plox – Geschoss eliminieren!“ befahl Imhotep. Bevor die Waffe zum Einsatz kam, jagte der Feuerstrahl einer Antriebdüse auf das Floß hinab und setzte es mitsamt den Katapulten in Brand. „Jetzt rettet mal eure Ärsche. Solche Penner. Das habt ihr nun davon!“ jubelte Bernd. Panik machte sich auf dem Floß breit, die Massen sprangen ins Wasser und versuchten, auf eines der nächsten Boote zu gelangen. „Da wird es einigen aber mächtig dreckig ergehen. Schaut Euch die Wellen auf der Wasseroberfläche an. Seht Ihr, was ich meine?“ Taisyas Finger wies auf die sich kräuselnde Stellen mitten im Nil. Imhotep nickte kurz. „Sebaks Brut – Kelors und Krokodile ohne Ende. Und alle haben Hunger. Wir haben ihnen ein festliches Mahl bereitet“, brummte er gleichmütig, als die ersten Jäger ihre Opfer erreichten und ein furchtbares Blutbad anrichteten. „Großer Gott! Ich bin heilfroh, dass in unserer Zeit nur noch Reste dieser Bestien existieren.“ Peter schüttelte sich unmerklich, aber seine Augen starrten wie gebannt auf die grausigen Szenen, die sich im Wasser abspielten. Mehrere Krieger schafften es, das benachbarte Floß zu erreichen und konnten sich vorerst in Sicherheit bringen. Aber das war ein trügerischer Schluss – einige besonders große Exemplare der angriffslustigen Kelors machten sich daran, mit massiven Schwanzschlägen die Planken der übrigen Flöße zu bearbeiten. Erinnerungen an die Arena im Prunksaal des Pharaos kamen sofort bei mir hoch – der Kampf des Kelor gegen das Uril. „Damals hat der Kelor den Kampf verloren – aber hier sind die Viecher in ihrem Element. Es sind ausgewachsene Tiere, die für Fressen jedes Wagnis eingehen. Und sie haben Blut geleckt…!“ stellte ich nach einigen Beobachtungen fest, selber mehr als froh, nicht eines der armen Würstchen zu sein, die dort vergeblich um ihr Leben kämpften. Babu sah regungslos auf den Monitor, nichts verriet, was er dachte oder fühlte. „Ich könnte das Blutvergießen sofort beenden!“ sprach er irgendwann einfach vor sich hin. Wir blickten uns verdutzt an. „Wenn ich die Burschen im Laderaum in den Griff bekommen – was glaubt Ihr, wie lange es dauert, diese Bande dort zu zügeln? Aber die Taaker wollen Tem-pri plündern, die Stadt meiner Familie.“ Er machte eine winzige Handbewegung und konzentrierte sich auf eine größere Gruppe Echsen, die sich einigen Männern näherten, die hilflos im Wasser trieben. „Donnerwetter, die Biester sind auf einmal ganz still?“ Bernds unruhige Blicke pendelten zwischen Babu und Monitor. „Die sind völlig durchgeknallt! Jetzt laden sie schon wieder ihre Katapulte – haben die nicht begriffen, was gerade geschehen ist?“ tadelte er kopfschüttelnd. Dann geschah etwas, womit wohl niemand an Bord rechnete. Die Echsen tauchten ab. Babus nervöses Fingerspiel zeigte an, dass er auf ein besonderes Ereignis wartete. Während wir weiter beobachteten, wie die Geschosse in die Pfannen gehievt wurden, brach plötzlich die Hölle los. Das Floß wurde so stark im Mittelteil erschüttert, dass es fast auseinanderbrach. Einige Schnauzen wurden in den Rissen, die sich bildeten, sichtbar. „Sie haben wirklich das Floß gerammt?“ Imhoteps Frage stand noch im Raum, als der nächste Stoß das schwer angeschlagene Wasserfahrzeug erneut erschütterte. „Wenn sie uns angreifen, werde ich sie versenken. So einfach geht das Spiel!“ lautete Babus Antwort, in dessen Antlitz ein teuflisches Leuchten glimmte, wie ich es bisher noch nie bemerkt hatte. Der Heerführer runzelte die Stirn und sah mich abwägen an. Die schweren Geschoßwerfer kippten über Bord und versanken in den Wellen. „Und jetzt werde ich ihnen zeigen, wer der rechtmäßige Herrscher von Tem-pri ist! Die Truppen des Mahes waren dabei, als Atlantis überrannt wurde. Und nun will er Tem-pri? Jetzt bekommt er es mit mir zu tun. Plox – das Schiff bis auf wenige Schritte über das Wasser senken und die Rampe öffnen!“ ordnete Babu mit hassverzerrter Stimme an, ohne sich um unsere Reaktionen zu scheren, sprang er auf und lief in den Laderaum. Wir spürten den Wind, der durch die Öffnung herein drang. „Jetzt dreht er aber völlig an der Uhr! Was hat er nun schon wieder vor?“ Bernd stand vor Schrecken der Mund offen. Augenblicke später sahen wir den Prinzen reitend auf einem seiner Wesen durch die Luft gleiten. Sie landeten inmitten des Schwarmes ihrer Artgenossen, welche die Neuankömmlinge sofort umringten und wie ein Wall umschlossen. „Er hat einem verdammten Gott den Krieg erklärt! Ein Halbgott kämpft um seine Heimat – das hat er vor.“ war Imhoteps Antwort. Die Situation spitzte sich zu, als die Flotte ausschwärmte und sich über die gesamte Breite des Nils zu verteilen begann. Bogenschützen und Speerwerfer bevölkerten die Decks, jeder Zeit bereit, ihre Geschosse abzufeuern. Babu stand auf seiner Echse wie auf einem Surfbrett und ließ sich über die Oberfläche tragen. Das Wasser gischte auf, als das Heer der Reptilien zielstrebig auf ihre Gegner zu schwammen. „Wenn ihn ein Pfeil erwischt, ist er hinüber. Wir müssen was tun?“ Bernds Einwurf war durchaus berechtigt. Babu war in ernsthafter Gefahr, sein Mut allein würde ihn nicht gegen den Hagelschauer an Pfeilen schützen, wenn es richtig los ging. „Ox – ich erwarte einen konstruktiven Vorschlag, wie wir Babu schützen und helfen können“, wandte ich mich an meinen ständigen, unsichtbaren Begleiter. Die Pforte des Tempels öffnete sich, eine riesige Erscheinung trat ins Licht. „Das ist Gott Mahes – die Fratze des Teufels selber...“ knurrte Imhotep bösartig. Das Antlitz Mahes verzog sich düster, als er das Raumschiff über seine Flotte registrierte. Ein hämisches Grinsen folgte. „Er hat Babu ausgemacht. Wenn nicht sofort was passiert, geht es unserem jungen Freund mächtig an den Kragen!“ Bernd wurde ganz fahrig, sogar Taisyas Versuche, ihn zu beruhigen, fruchtete nicht. „Wir müssen dem Jungen helfen, verdammt noch mal“, fauchte er mich wütend an. „Keine Panik, Hilfe ist im Anmarsch!“ besänftigte ich ihn. Das Amulett auf meiner Brust leuchtete glutrot, aber noch wusste ich nicht, was der Heerführer der Sphinxe plante. Auf mehreren Schiffen formierten sich die Bogenschützen zu einem Pulk und hoben ihre Waffen an. „Sie schießen gleich. Alles nur dummes Gequatsche. Ich springe selber da runter...!“ Bernd konnte seinen Satz nicht beenden. Eine Windhose fegte über uns hinweg und brachte unser Schiff zum Wanken. „Plox – Luke schließen und Sicherheitsabstand erweitern!“ hörte ich Imhotep ausrufen. Wir machten einen gewaltigen Sprung in die Höhe. „Der Krieger der Sphinxe ist da!“ Imhotep entdeckte den glänzenden Kämpfer zuerst. Er ließ sich auf den Grund des Flusses sinken. Sein Oberkörper ragte knapp über die Wasseroberfläche hinaus, als Schild nahm er vor Babu und seiner Echse Aufstellung und beschützte so unseren Freund. Unmengen von Pfeilen und Steingeschosse prasselten auf den Metallpanzer nieder, ohne das Geringste auszurichten. Gott Mahes stand neben seinem Tempel, ungläubig sah er zu, wie die Wirkung des Angriffes wirkungslos verpuffte. Der folgende Gegenschlag brachte ihn völlig aus der Fassung. Was sich für uns am Anfang wie ein ungewolltes Spiel des Wassers darbot, wurde in kurzer Zeit zu einem vernichtenden Handstreich. Wie Lichtblitze drehten sich der Sphinx-Krieger über dem Grund des Nils und wurden immer schneller. Die Flotte der Taaker geriet in eine Naturgewalt, die nur von Gottes Hand geschickt sein konnte. „Seht Euch diese Strudel an. Sie saugen alles in sich hinein. Aber es geschieht ihnen ganz recht!“ Peter war völlig aus dem Häuschen beim Anblick des gigantischen Wirbels, der die Schiffe wie Streichholzschachteln gegeneinander krachen ließen. Die Segel wurden zerfetzt und flogen davon. Wir konnten den Schlick und den Sand des Grundes ausmachen, wie eine Schlucht türmte sich das Wasser immer höher um den tosenden Krieger auf. Ganze Schiffe und Wrackteile gerieten in den Bann des wasserentleerten

Bereiches und stürzten in die Tiefe. Sie schlugen übereinander auf, zerquetschten sich gegenseitig und zerschellten mit lautem Getöse, welches wir bis in unsere Höhe vernahmen. Unmengen von Körpern der Feinde schichteten sich auf, viele von ihnen rührten sich noch aber nur wenige versuchten, sich in Sicherheit zu bringen. „Die armen Schweine auf den Kähnen. Jetzt fehlt nur noch, dass die Wellen über sie zusammen schlagen, dann saufen alle ab!" orakelte Bernd erschüttert. Der Druck auf die Wasserwand verringerte sich zusehends. „Das ist wie ein monumentales Endspiel der Urgewalten!" stellte er sarkastisch fest, als die Wassermassen tosend alles unter sich begruben.
„Wo ist der Prinz? Ich kann ihn nirgendwo sehen?" fragte Taisya in das allgemeine Durcheinander hinein. „Plox – Babu orten!" forderte Imhotep sofort mit sorgenvoller Geste. Das Bild vor uns schwankte. Das Wasserfahrzeug mit dem Tempel des Mahes wurde gerade in seine Einzelteile zerlegt, als Plox das gewünschte Ziel ausfindig machte. Mehrere Kelors kämpften sich durch Wind und Wasser hindurch, wie Torpedos glitten sie auf das rettende Ufer zu, Babu sicher in ihren Mäulern haltend. „Sieht aus, als beißen sie ihm die Arme ab. Ich weiß, sie halten ihn nur fest, damit er nicht ertrinkt!" Bernd stand dicht vor dem Bildschirm, um sich die Begebenheit näher anzusehen. „Wenn ich es nicht besser wüsste, würde mir jetzt der Arsch richtig auf Grundeis gehen!" fügte er erleichtert hinzu. Irgendwie beruhigte uns dieser Anblick, trotz der Gänsehaut, die nicht nur mich heimsuchte. „Er hat die gleichen Fähigkeiten, wie einst sein mächtiger Gottesvater Sebak. Ich kann uns nur wünschen, dass er nicht eines Tages in seine Fußstapfen tritt – das wäre für uns mehr als fatal", raunte ich Imhotep zu. Die Gewalt der Strudel flaute ab, unter uns schwamm ein großes Trümmerfeld der einstigen Flotte des Mahes. Der Gott selber war verschwunden, die Reste seines Heeres kämpften um ihr Leben gegen die anrückende Invasion der Echsen...
„Plox – wir landen auf der Sandbank vor dem Ufer und nehmen unseren durchgeknallten Freund an Bord!" Imhotep steuerte das Schiff selber zum flachen Strand, zu dem Babus Wesen ihren Gebieter geleiteten. Kurze Zeit später stand der Prinz pudelnass und zufrieden feixend vor uns. Bernd

umarmte ihn stürmisch, dann schüttelte er ihn heftig. „Wie kannst Du es wagen, uns solchen Schreck einzujagen! Ist es zuviel verlangt, dass Du Deine verdammte Klappe aufmachst, um uns vorher zu warnen?“ keifte er ihn ab, um ihn gleich wieder zu umarmen. Es war ein Wechselbad der Gefühle. „Lass es gut sein, mein Großer. Er ist alt genug und weiß ganz genau, was er macht! Aber Bernd hat Recht, Babu – das nächste Mal ziehe auch ich Dir die Ohren lang. Du solltest Dich bei Ox bedanken, ohne ihn würdest Du wahrscheinlich jetzt auf dem Grund des Nils verfaulen!“ beendete ich die rührende Szene. Imhotep nickte Babu nur verkniffen zu. „Du bist ein Halbgott – und damit auch nur ein Sterblicher, wie wir alle. Du kannst Dein Leben mit solchen Aktionen in Gefahr bringen und auch wegwerfen – das ist allein Deine Angelegenheit. Aber so lange Du an Bord meines Schiffes bist, erteile nur ich die Befehle – hast Du das verstanden!“ blaffte er den verständnislos dreinblickenden jungen Mann scharf an. Eine Handgeste des Heerführers genügte, um jeglichen Widerspruch von Babu abzuwürgen. „Einzig Deine Motivation, Deine Heimstätte zu verteidigen, hat uns bewogen, Dir zur Hilfe zu eilen. Nur damit Du das begreifst!“ ergänzte Imhotep und drehte sich demonstrativ seinem Pult zu. „Schnallt Euch an, wir starten!“

Die Mauern von Kel-di-Nore schoben sich in unser Blickfeld. Aus der Ferne war der alte Turm der Götter wie ein blinkendes Wahrzeichen zu erkennen, die Dächer des Palastes leuchteten in Glanz der Sonne. „Normal müssten sie uns schon längst gesichtet haben. Wieso sind die Wachen nicht auf ihre Posten? Da hinten ist Rauch – kein gutes Zeichen? Kein Mensch zu sehen, das ist mehr als ungewöhnlich!“ Imhotep ließ das Schiff langsam über der Stadt kreisen. So sehr wir uns abmühten und nach Lebewesen suchten, die Straßen blieben menschenleer. „Nicht mal eine streunende Katze unterwegs, das ist wirklich äußerst bedenklich!“ bestätigte ich, Unruhe erfasste uns. „Wir sollten uns mal den Sperrbezirk ansehen, vielleicht finden wir dort eine Antwort?“ schlug Peter vor. Das reflektierende Licht zeigte uns den Weg zur Schutzglocke, die wie bei unserer Abreise unvermindert ihren Dienst tat. „Scheint, als hat sich hier nichts geändert. Da irren noch immer diese Gestalten herum und suchen nach Futter.

Ob die sich irgendwann selber aufgefressen haben?“ schwadronierten Peter und Bernd miteinander, während sich unsere schwarze Kriegerin davon nicht ablenken ließ und genauer die Lage sondierte. Taisya betrachtete aufmerksam jeden Abschnitt unter uns, ihre Lippen bewegten sich unentwegt. „Taisya, ist alles in Ordnung? Hast Du was Ungewöhnliches entdeckt?“ fragte ich sie und gesellte mich zu ihr. Sie nickte heftig. „Als wir dort kämpften, gab es nur eine Sirene, die die Gruppe der Verdammten lenkte. Sieh genau hin – innerhalb der Kuppel befinden sich jetzt mindest ein Dutzend dieser Kreaturen“, flüsterte sie mir zu, während sie den Bildschirm beäugte. Jetzt nahm ich die Schatten wahr, die sich über die Dächer des eingeschlossenen Bezirkes hinweg bewegten. „Imhotep, Taisya hat einen Schwarm Sirenen ausgemacht, der vorher nicht da war. Kreise mal oberhalb der Kuppel. Das gucken wir uns genauer an!“ bat ich eindringlich. Er reagierte sofort und steuerte auf den Punkt zu, an dem wir mehrere fliegende Objekte wahrnahmen. Er zog das Schiff auf Sichtweite runter und ließ es gemächlich kreisen. „Entweder haben wir sie vorher nicht gecheckt und übersehen, oder unser Musterexemplar hat sich rasant vermehrt? Plox – sondiere die Kuppel unter uns. Gibt es eine undichte Stelle?“ Die Antwort der Steuereinheit ließ nicht lange auf sich warten. „Kuppel ist absolut verschlossen!“ bestätigte Plox. Die Aussage genügte uns vorerst. „Dann zurück zum Palast. Irgendwo müssen unsere Leute ja stecken?“ entschied Imhotep und flog mit einem weiten Bogen auf den Sitz des Pharaos zu. „Plox – suche einen geeigneten Landeplatz vor dem Palais!“ Er traute sich nicht zu, das gewaltige Schiff selber sicher auf den Boden zu bringen. „Das ist wirklich eine kluge Entscheidung. Bevor wir mit dem Ding noch Häuser zum Einsturz bringen…“ lobte ich ihn. Für Plox war es ein Klacks, auf den Zentimeter genau bugsierte er die Scheibe auf dem Wirtschaftsplatz des Pharaonensitzes. „Befehl ausgeführt, Landevorgang abgeschlossen!“ informierte er uns, die Rampe senkte sich und gab den Weg frei. Wir versammelten uns, bevor wir das Schiff verließen, erteilte Imhotep noch einen wichtigen Befehl. „Plox – Schiff hinter uns versiegeln! Nur wenn einer von den jetzigen Besatzungsmitgliedern eine Order erteilt, darfst Du den Zugang frei geben – hast Du es verstanden?“ Plox bestätigte die Annahme. Imhotep nickte uns aufmunternd zu. „Dann lasst uns mal die Katze aus dem Sack holen!“ brummte Peter und verließ als Erster das Raumschiff. Ich marschierte ganz am Schluss hinaus, hinter mir wurde weisungsgemäß der Ausgang verschlossen. Ich winkte dem Schiff wie einem vertrauen Kumpanen zu, dann eilte ich, um nicht den Anschluss an die Gruppe zu verlieren, die zielstrebig zum Hauptportal rannte. „Das Tor ist nicht verrammelt?“ stellte Imhotep nach einem prüfenden Griff irritiert fest und machte sein Schwert kampfbereit. Vorsichtig tasteten wir uns schrittweise in den Flur. Die Kühle des Palastes empfing uns, was sofort ins Auge fiel, war die Tatsache, dass die sonst Tag und Nacht brennenden Lampen erloschen waren. „Das ist wirklich wie eine Geisterstadt – es können doch nicht alle Bewohner verschwunden sein? Was ist in Gottes Namen hier geschehen?“ murmelte Bernd, der in Begleitung von Babu und Taisya vorneweg lief. „Seht Euch um, ob Ihr irgendwelche Dinge findet, die uns Hinweise geben können? Kampfspuren oder – ich weiß nicht was?“ ordnete ich an, während wir den Gang zum Prunksaal einschlugen. Überall bot sich das gleiche Bild - gähnende Leere. „Ich sehe in den Privatgemächern des Pharaos nach. Vielleicht ist Nesrin dort?“ bot Babu an und machte sich umgehend aus dem Staub. „Pass bloß auf Dich auf!“ rief ihm Peter noch nach, aber er war schon im Nachbargang eingebogen und hörte ihn nicht mehr. „So ein Hitzkopf, der wird sich niemals ändern!“ tadelte Bernd ärgerlich. Taisya stupste ihn an. „Er ist kein Kind mehr und hat nun mal seinen Dickkopf. Das zeichnet ihn allerdings in meinen Augen aus. Er weiß, was er will. Und ich denke, er ist verliebt – er sucht Nesrin. Das kann ich gut verstehen, Du nicht?“ Sie lächelte ihn entwaffnend an. „Frauen und ihre Logik?“ brummelte er verdrossen, ließ es aber dabei bewenden. Imhotep und ich erreichten den Durchgang des Saales. „Wenn da keiner drin ist, gebe ich die Hoffnungen endgültig auf. Dann weiß ich wirklich nicht mehr weiter?“ Der Heerführer war sichtlich nervös, mit dem Rücken an der Wand, schob er sich allmählich durch die Tür. „Hier herrscht absolutes Chaos – das sind Anzeichen einer überstürzten Flucht…“ Tische und Stühle waren umgestoßen, Teile der Wanddekorationen und Stelen zerstört und umgestürzt. „Mein lieber Freund, hier hat der Leibhaftige persönlich gehaust!“ entfuhr es Peter, der sich misstrauisch umsah. Zerrissene Kleidung lag in einer Ecke, eine

Wand war mit Pfeilen gespickt. „Hier hat definitiv ein Kampf statt gefunden. Aber weshalb gibt es keine Toten oder Verwundeten? Nicht mal ein Blutspritzer ist zu sehen…“ Ich bückte mich und nahm den Fußboden intensiver in Augenschein. „Wirklich alles blitzblank!“ Hinter uns polterte es, Babu kam mit starrer Mimik angelaufen, ein Blatt in der Hand. „Sie wurden alle entführt! Die Mütter der Mutanten haben das getan“, stammelte der junge Mann und hockte sich auf den Boden. Ich nahm ihm die Nachricht ab und las laut vor, was Juan I. dort in krakeliger Schrift hinterlassen hatte.

Das ist ein schwarzer Tag für unser Volk – wir werden angegriffen. Von überall her strömen die verfluchten Mütter der Mutanten in die Stadt und treiben sämtliche Bewohner wie Vieh zusammen. Sie haben mehrere transportable Türme der Götter aufgebaut und verschicken unsere Leute ins Niemandland. Wir haben keine Ahnung, wohin es geht? Meine Garde verteidigt den Palast, aber es ist klar, dass sie nicht lange Widerstand leisten kann. Meine Freunde, ich hoffe, Ihr findet diese Information. Ich versuche…

„An dieser Stelle wurde Juan offensichtlich unterbrochen. Auf jeden Fall sind wir ein bisschen klüger – die Mütter der Mutanten haben hier tatsächlich ihre Hand im Spiel!“ Ich holte tief Luft und setzte mich zu Babu. Imhotep lehnte sich niedergeschlagen an der Mauer, den Blick nachdenklich auf einen imaginären Punkt im Raum gerichtet. Taisya, Bernd und Peter sahen sich ratlos um. „Was machen wir jetzt?“ fragte Babu voller Zweifel. „Du solltest Deine kleine Zauberfee befragen, vielleicht hat dieser Ox eine gute Idee, was wir anstellen können?“ Eigentlich sollte das mehr ein ironischer Kommentar von Peter sein, aber er brachte mich damit auf einen guten Gedanken. „Ox – analysiere die Umgebung und stelle fest, wohin unsere Leute gebracht wurden? Kannst Du das abklären?“ Die Kontaktaufnahme zu Ox dauerte länger als sonst, aber schließlich spürte ich die Wärme des Amulettes. „Ich habe sämtliche Daten mit Plox abgeglichen und komme wie er zu einem Ergebnis: Eure Leute befinden sich nach wie vor in der Stadt!“ Ein Ruck ging durch uns hindurch. „Sie sind hier? Wo genau finden wir sie?“ forschte ich weiter. Babu sprang erregt auf und legte seine flache Hand auf mein Amulett. „Ox – liebster Ox. Wo ist die Familie des Pharao? Wo ist meine kleine Nesrin?“ flehte er fast. Die Antwort des Heerführers der Sphinxe verwunderte nicht nur ihn. „Nesrin ist hier im Saal und plaudert mit ihren Angehörigen. Kannst Du sie nicht sehen?“ Babu drehte sich um die eigene Achse. „Verdammt noch mal Ox, hör auf, uns für dumm zu verkaufen – hier ist niemand!“ fauchte er aufgebracht, umkrallte das Amulett und riss wütend an der Kette. „He, Freundchen, lass gefälligst meinen Kopf dran! Vielleicht müssen wir unsere Frage anders formulieren?“ wehrte ich ihn ab. Endlich beruhigte er sich. „Ox, wenn die Familie des Pharao im Saal ist, weshalb sehen wir sie nicht?“ Imhotep trat einen Schritt auf mich zu, seine Anspannung war ihm anzumerken. „Hat er schon geantwortet?“ wollte er wissen. Ich hob nur meine Hand. „Warte!“ Dann bewahrheitete sich, was ich bereits zu ahnen begann. „Sie befinden sich in einer anderen Zeitspanne…!“ Während sich die Gedanken in mir überschlugen, vernahmen wir ein leises Scharren. „Ist da jemand?“ rief Bernd, bekam aber keine Antwort. Erst glaubte ich, dass wir uns geirrt hatten. „Das ist kein Irrtum, da hinten bewegt sich was!“ Peter sprang mit einem Satz auf die Beine und rannte los. Eine Tür schlug zu, dann war Stille. „Das ist ein Mensch, ich habe es genau gesehen. Warum haut er ab? Das verstehe ich nicht?“ nuschelte Peter und winkte uns, ihm zu folgen. Im Laufschritt ging es hinaus auf den Flur. „Da hinten rennt er! He – Du da vorn, Du musst nicht flüchten, wir sind Freunde!“ rief er aus Leibeskräften, doch der Schatten verschwand in einem der vielen Zimmer. „Ihm nach! Den Burschen schnappen wir uns!“ kommandierte Imhotep und eilte mit wuchtigen Schritten dem Flüchtenden hinter her. Die Balkontür im Raum war offen, wir konnten sehen, wie eine Person am Schiff vorbei eilte und Richtung Turm der Götter spurtete. „Der ist hier runter geklettert. Und hat bestimmt Dreck am Stecken – warum sollte er sonst abhauen?“ schnaufte Bernd, als unser Beschützer vor der Balkonbrüstung erschien. „Halte den Fremden auf!“ ordnete ich an, dann drehten wir um und suchten den Weg auf den Vorplatz. Mir blieb fast die Spucke weg, so schnell fegten wir durch den Palast. „Er ist uns entwischt, so ein verdammter Mist aber auch!“ fluchte Peter, der vor uns den Hof erreichte. Unser Sphinx-Krieger stand reglos neben dem Turm und wartete.

„Ich kontrolliere den Turm der Götter. Vielleicht hat er sich darin versteckt?" bot Taisya an und machte sich sofort ans Werk. Enttäuscht kam sie nach wenigen Sekunden kopfschüttelnd wieder heraus. „Der ist längst über alle Berge. Warum hatte er solchen Schiss vor uns?" Ihre Frage beschäftigte uns alle. „Arne – guck auf den Rücken des Kriegers. Das Bild, erkennst Du ihn?" Imhotep kniff die Augen zusammen und musterte das Konterfei des Mannes, der darauf abgebildet war. „Das ist dieser Acham, der Zögling und Schreiber meines Vaters. Er ist der Flüchtling? Was wollte er hier?" rätselte der Heerführer, als sich die Bilderfolge rasant änderte. „Bekommen wir jetzt den Transfer übertragen?" erkundigte sich Bernd, als Babu wie eine Furie heran schoss. „Er ist gerade in Atlantis angekommen. Das dort ist mein Thronsaal. Diese Schweinebande! Er gehört zu diesem Abschaum und hat garantiert mit der ganzen Geschichte zu tun. Das dürfte damit geklärt sein", knurrte er angepisst und schüttelte drohend die Fäuste. „Dieser Sturm im Wasserglas wird Dir nicht weiter helfen, mein Freund", besänftigte der Kommissar ihn, während wir weiterhin das Geschehen verfolgten. „Ist wie eine Live-Schaltung im Fernsehen. Dieser Krieger ist demnach also in der Lage, die Zeitreisen zu verfolgen, oder wie soll ich das verstehen?" murmelte Bernd. Es war Ox, der uns über die Situation aufklärte. „Er kann keine Zeitsprünge in eine andere Epoche verfolgen, wohl aber den Transfer innerhalb unserer Zeit. Und da sich Acham nur örtlich aber nicht zeitlich veränderte, können wir mit seiner Hilfe den Weg genauestens verfolgen. Und Prinz Babu hat ja erkannt, wo er gelandet ist!"

„Da habe ich eine Lawine ins Rollen gebracht, die uns nun selber überrollt!" Babu hämmerte verzweifelt mit der Faust gegen den Türrahmen. „Wie blöd war ich, diese verdammten Türme der Götter so modifizieren zu lassen, dass man damit durch die Zeit reisen kann. Ich hätte wissen müssen, was passiert, wenn das in die falschen Hände fällt?" Tränen liefen ihm übers Gesicht. Wir saßen einfach nur betroffen da und konnten nichts machen. „Mutter hat mich immer vor der Macht der Technik gewarnt. Wenn sie dein Leben beeinflusst, dann hast du als menschliches Wesen verloren! Das war ihr Spruch – und jetzt erst verstehe ich, was sie meinte“, schluchzte er. Es tat mir in der Seele weh, ihn so leiden zu sehen. „Früher oder später wäre es ohnehin geschehen. Manche Dinge lassen sich nicht aufhalten, nur verzögern. Lasst uns lieber nachdenken, welche Möglichkeiten uns bleiben, sie zu suchen?“ war mein Vorschlag. Ox meldete sich diesmal unaufgefordert. „Nimm Kontakt zum Zeitenwandler auf, rede mit Sphinx!“ riet er mir und zog sich zurück. Ich wusste, er hatte Recht. „Uns bleibt ein Weg – aber den muss ich erst mit einem alten Freund abklären. Versucht Ihr, das Leck im Laderaum zu flicken. Holt Euch die Werkzeuge aus der Schmiede. Ich suche Sphinx's Tempel auf. Vielleicht kann er mir einen Tipp geben, was zu tun ist?“ Damit verabschiedete ich mich und brach auf. „Was für ein verdammter Irrsinn. Jetzt vermissen wir nicht nur meine Tochter, sondern ein ganzes Volk! Diese Götter müssen echt verrückt sein“, brummte ich vor mich hin, während ich mir weiterhin Gedanken über das gesamte Geschehen der letzten Tage machte. „Wer profitiert von dem ganzen Durcheinander? Wer hat Interesse daran, das gesamte Zeitmaß durcheinander zu bringen? Seth und Sebak II. sind sicher eine Nummer zu klein – auch als Götter?“ grübelte ich laut. Ich durchschritt die einsamen Straßen und Gassen, die einst voller Menschen waren. In Gedanken sah ich die Verkaufsstände, die die Straßenränder säumten, die Streitwagen, die als Stadtbusse durch die Menge ratterten. Juans I. verschmitztes Lächeln tauchte vor mir auf. „Tja mein Freund, das wird diesmal eine richtig harte Nuss!“ Die Pforte des Tempels stand weit geöffnet, als ich ihn betrat, flogen Scharen von Tauben heraus und verteilten sich auf den umliegenden Dächern. „Sie haben dass ganze Denkmal beschissen. Sphinx voller Taubenscheiße...“ dachte ich einen Moment belustigt. Wohl wissend, dass er es nicht besonders witzig fand. „Sphinx, großer und mächtiger Sphinx! Ich brauche dringend Deinen Rat.“ rief ich in die Halle hinein. Ich wartete einige Minuten vergeblich, nichts tat sich „Tja mein lieber Ox, Dein Herr und Meister hat leider kein Ohr für uns?“ stellte ich enttäuscht fest und wandte mich dem Ausgang zu. Dort wurde ich erwartet. „Der Krieger Deiner Armee – was will er hier?“ Erstaunt registrierte ich die Anwesenheit des Metallwesens auf der Freitreppe des Vorplatzes. Einem gigantischen Denkmal gleich, verharrte er auf der Stelle und rührte sich nicht.

Ich vernahm die Kommunikation zwischen Ox und dem Ankömmling, konnte aber einige Dinge nicht deuten. „Was will er hier?“ wiederholte ich meine Frage. „Sphinx schickt ihn uns als Kundschafter. Er ist ein Zeiten-Springer!“ lautete die lakonische Antwort von Ox. „Und? Was soll das heißen – Zeiten-Springer?“ Ich hatte wirklich keine Vorstellungen, was Sphinx damit bezweckte. „Auf jeden Fall finde ich es gut, dass er reagiert hat. Also hat er mich doch gehört?“ Diese Frage blieb wieder unbeantwortet. „Scheiß Spiel ist das schon mit diesen Göttern!“ fluchte ich verhalten. „Sphinx ist nicht einfach nur ein Gott – er ist der Wächter der Zeit! Das dürfte Dir bekannt sein. Wer die Zeit manipuliert, braucht seine ausdrücklicher Erlaubnis. Und das ist nicht geschehen! Wer immer hinter diesem Komplott steckt, hat sich eines der mächtigsten Wesen zum Feind gemacht. Der Krieger wird uns ab jetzt begleiten und das Schiff durch die Zeitbarrieren geleiten und sicher ans Ziel bringen. Wenn die Reparatur des Lecks abgeschlossen ist, öffnet er das Zeittor…“ Damit stand ich mit meinem neuen Freund einsam und verlassen, nur die Tauben kreisten ungeduldig in Massen über unsere Köpfe. „Lass uns lieber von hier verschwinden, bevor Deine wunderschöne Rüstung aussieht wie das Ding da drin!“ forderte ich den Krieger auf und machte, dass ich fort kam. Unablässig prasselten die unangenehmen Hinterlassenschaften der kleinen fliegenden Unholde um uns herum nieder…

Wiege der Götter

Hammerschläge wiesen mir den Weg.

Meine Gefährten waren gerade dabei, ein Stück Metall zu erhitzen. „Wir brauchen mehr Luft – Babu drück mal auf die Tube und gib Power!“ feuerte Peter den Prinzen an, der mit hochrotem Kopf den großen Blasebalg betätigte. Imhotep legte den schweren Hammer ab und begutachtete sein Werk. „Ein Schwert lässt sich leichter schwingen als dieses Ding da. Wir haben im Lagerraum einen handbreiten Riss entdeckt. Bernd meint, dass das Material nach so langer Zeit Ermüdungserscheinungen nach zeigt. Oder dass eine der

Schlangen das verursacht hat? Hoffentlich bekommen wir das damit wieder hin...?“ Sein zweifelnder Blick sagte alles. Er registrierte den Umriss hinter mir. „Wen bringst Du denn mit? Einen Geist?“ Dann erkannte er den Krieger. „Hat Sphinx ihn geschickt?“ Ich nickte. „Ja hat er. Er ist nicht nur ein Krieger sondern auch ein Zeiten-Springer, der uns von jetzt an ständig begleiten soll. Keine Ahnung, wie das funktioniert?“ Ich peilte den Bottich mit Wasser an, der neben dem Eingang stand, und trank hastig einige Schlucke. Der Krieger indessen betrachtete aufmerksam die Bemühungen meiner Freunde, mit einer Handbewegung deutete er an, dass sie die Feuerstelle räumen sollten. „Was hat er vor?“ Peter drängte sich erschreckt zur Seite und zog Bernd mit sich. „Vielleicht will er uns einen Haufen Arbeit ersparen?“ mutmaßte der Heerführer, dann sprach er das Wesen in einer Sprache an, die ich noch nie vernommen hatte. „Wir sollen die Stelle am Schiff markieren und uns außer Reichweite halten. Er bringt den Streifen auf Temperatur und wird ihn auch verlöten!“ teilte er uns nach einem kurzen Dialog mit. Der Krieger griff mit spitzen Fingern nach dem Metallstück. Wir konnten zusehen, wie es in Bruchteilen von Sekunden glühend rot wurde. Mit wuchtigen Schritten, dass der Boden erzitterte, marschierte das Ungetüm durch die Gassen auf das Raumschiff zu. Meine beiden Freunde wurden gerade fertig, den Defekt auf der Außenhaut zu kennzeichnen, als der Krieger mit seiner glühenden Masse ankam. Er knetet spielerisch einen Feuerball in seinen Händen. „Hier ist das Leck! Hoffentlich verschließt er es ordentlich...?“ nörgelte Peter, als er seine Tätigkeit begann. Feuerfontänen spritzten auf, mit den Daumen walzte er die glutheiße Masse über den markierten Fleck, ein Lichtmeer flammte auf. „Wenn ich es nicht besser wüsste, würde ich auf einen Schweißer unserer Zeit in Aktion tippen. Nur dass er das mit seinen Fingern macht...“ Mein Vergleich machte durchaus Sinn. „Wie auch immer. Die Sache ist damit erledigt! Wir müssen nur abwarten, bis alles abgekühlt ist. Oder wir schleppen Wasser heran und helfen mit...?“ Imhoteps Versuch, die Reparatur aus der Nähe zu begutachten, scheiterte am unerträglichen Hitzeschwall in diesem Bereich. „Das hätten wir niemals so hinbekommen. Das ist eine Speziallegierung, die von unseren Vorfahren für den Bau der Schiffe entwickelt wurde. Wir sind Dir zum größten Dank verpflichtet, mein Freund!“ Er verneigte sich in Richtung des Kriegers, der wie eine Statue in der Sonne blinkte und auf weitere Ordern wartete. „Er hat einen Namen!“ meldete sich Ox bei mir. Erstaunt nahm ich seinen Einwurf zur Kenntnis. „Der Namenlose hat einen Namen? Wirklich?“ entgegnete ich laut. Imhotep wartete geduldig ab. „Du machst es wieder besonders spannend!“ fluchte ich verhalten. Ox kicherte vor sich hin. „Ihr Menschen seid schon ein merkwürdiges Volk – kein Wunder, dass sich die Götter deshalb zu Euch hingezogen fühlen!“ Dann bekam ich endlich die ersehnte Antwort. „Sein Name ist Booh-Rax! Er ist nun der auserwählte Kundschafter des Heeres der Sphinxe. Er besitzt die besondere Begabung, durch die Zeiten hindurch Dinge und Personen zu sichten, die sich unseren Blicken durch die Flucht entziehen wollen. Nur er kann Euch in der gegenwärtigen Lage helfen.“ Damit endete die Aussage des Heerführers, er hüllte sich erneut in Schweigen. Babu und Taisya standen abseits und sahen dem Treiben unbeteiligt zu. „Wäre nicht schlecht, wenn das junge Volk mal mit anpacken würde und beim Wasser schleppen hilft!“ knurrte Peter erneut, als wir es schafften, einige Holzkübel über die rote Fläche zu schütten. Dampf gischte auf, zischend färbte sich die Haut des Schiffes allmählich dunkler. „Sieht aus wie neu. Da ist nichts zu erkennen, dass hier mal ein Riss in der Haut war.“ stellte ich zufrieden fest. „Lasst das Ding, kommt lieber hierher. Hier tut sich was!“ hörten wir den Prinzen ausrufen. „Nicht schon wieder Stress“, schoss mir durch den Kopf. Wir folgten seiner Blickrichtung. Zuerst sah ich nichts. „Was hat er denn? Da ist doch überhaupt nichts zu erkennen“, raunte ich Bernd zu, doch der konzentrierte sich auf etwas, was mir bislang entgangen war. „Sieh auf den Bauch des Kriegers – kannst Du es erkennen?“ Ich folgte seinem Hinweis. „Spielt da jemand lustige Schattenspiele?“ lästerte ich, doch bei näherer Betrachtung wurden die Umrisse eines Kopfes sichtbar. Babu stand, zur Salzsäule erstarrt. „Das ist Nesrin, die Tochter des Pharao. Wie ist es möglich…?“ stammelte er und näherte sich dem Metallkrieger. Die charakteristischen Hörner, die verfluchte Beigabe von Gott Sebak in ihrer Kindheit, waren bei der jungen Frau nun besonders gut zu erkennen. „Sie will uns was sagen – seid endlich still!“ fauchte Babu uns aufgebracht an. Er schloss die Augen und lauschte.

Enttäuscht brach er nach einer Weile ab. „Ich kann nicht verstehen, was sie uns mitteilen möchte – leider...?“ Meine Gefährten versuchten nacheinander ihr Glück. Aber auch sie vermochten kein Wort der Nachricht zu entschlüsseln. „Booh-Rax, kannst Du uns sagen, was Nesrin zu erklären versucht?“ Ich stellte mich ihm gegenüber, um seine Reaktionen besser zu erfassen. Ein Beben ging durch den Rumpf des Kriegers. Seine Stimme klang wie Hammerschläge auf einem Amboss – sie schmerzte in den Ohren. „Sie wurden 24 Stunden in die Zukunft versetzt. Und Ihr sollt Kontakt zu einem Seher Namens Max aufnehmen – er kann weiter helfen!“ war seine knappe Aussage.

„**N**ach den Koordinaten müsste das gesuchte Gebiet direkt unter uns liegen. Kann jemand einen Tempel ausfindig machen, der mit der Beschreibung übereinstimmt?“ Ich hatte die aktuellen Karten Ägyptens unserer Zeit im Kopf. „Hier wird einmal Alexandria entstehen, wenn Alexander der Große seine erfolgreichen Schlachten geschlagen hat. Vorher gab dort nur eine kleine Siedlung – Rhakotis. Wie es aussieht, haben wir die Ursprünge davon vor uns liegen, oder was meinst Du?“ wandte ich mich an meinen Kollegen Bernd. Er hatte diesmal den Platz von Babu am Pult eingenommen, gewissenhaft studierte er die handschriftlichen Aufzeichnungen des Gottes Thot und verglich sie mit den Bildern auf dem Monitor. „Das wird sich noch zeigen, ob wir hier richtig sind? Was macht eigentlich unser Freund auf dem Aussendeck?“ brummelte er, ohne sich unterbrechen zu lassen. „Dem macht der Fahrtenwind nichts aus – der fühlt sich pudelwohl. Guck doch selber!“ Imhotep ließ Plox auf das Deck umschalten, auf dem die riesige Gestalt unseres Kundschafters kauerte. Einen anderen Platz als Mitfahrgelegenheit gab es wegen seiner Größe nicht, sogar der Laderaum hätte nicht ausgereicht, ihn aufzunehmen. „In seiner ursprünglichen Form als Lichtwesen wäre es kein Problem gewesen, sich dem Größenverhältnis anzupassen. Aber mit diesem Metallpanzer hat er diese Fähigkeit der Anpassung eingebüßt. Ich glaube inzwischen nicht mehr, dass es nur von Vorteil ist, solche schwerfälligen Rüstungen zu tragen“, unkte ich, die diesbezüglichen Gedankengänge von Ox im Kopf. „Da unten gibt jemand Lichtsignale!“ Babu sprang auf und stellte sich neben Bernd. Doch das

Blinken währte nur kurzzeitig, so dass wir nicht genügend Zeit hatten, den genauen Standort zu ermitteln. „Kneift mich mal – ist das eine Pyramide, der die Spitze fehlt? Oder eher eine Plattform mit vielen Stufen?“ Bernd schob die Blätter zur Seite. Aufgeregt leckte er seine Lippen und blickte gebannt auf das Gebilde, welches sich neben einer Hügelkette erhob. „Plox – das Objekt scannen und die Daten ermitteln!“ befahl Imhotep. Binnen Sekunden lagen die Ergebnisse vor. „Es handelt sich um ein unvollendetes Vorhaben, welches sich noch in der Bauphase befindet. Es hat 850 Meter im Quadrat und wird nach Fertigstellung eine Höhe von knapp 75 Meter erreichen. Es sind die Fundamente einer Festung, deren Zentrum ein Tempel darstellt!“ Ich war perplex über die Größe der Anlage. „Davon haben wir in Alexandria bisher auch keinerlei Hinweise finden können? Das wird wirklich immer rätselhafter. Und hier soll mein Freund Max seine Wirkungsstätte haben?“ Ich stützte mein Kinn in die Hand und musterte grüblerisch das Bild auf dem Monitor. Taisya legte ihren Arm auf Bernds Schulter. „Was kommt dort auf uns zu gerollt?“ Ihre Frage lenkte unsere Aufmerksamkeit auf ein völlig neues Problem. Eine Staubwolke aus dem Landesinnern wallte bis in unsere Flughöhe auf und verdeckte immer größere Flächen unseres Suchbereiches. „Ein Sandsturm ist das jedenfalls nicht – da bin ich mir absolut sicher!“ behauptete Babu eigensinnig, auch Imhotep bestätigte das. „Irgendwer wirbelt einen Haufen Dreck auf, dass es bis zum Himmel stinkt. Ich habe eine böse Vermutung, aber vorher lasst uns prüfen, ob es wirklich so ist...?“ Er ließ uns im Ungewissen und hantierte eifrig an einigen Reglern. „Da habt Ihr die Verursacher!“ Er zoomte die Umrisse der ersten Reihe auf den Bildschirm. „Es sind Streitwagen. Und die machen solchen Staub?“ Peter rutschte unruhig auf seinem Sessel umher. „Es sind nicht irgendwelche Streitwagen. Es ist das Heer der Mütter der Mutanten! Das sind 600 Streitwagen - und sie haben es besonders eilig – warum wohl?“ belehrte uns Imhotep, der mit der Steuerung des Schiffes vollauf zu tun hatte. „Der Dussel da oben soll gefälligst ruhig sitzen bleiben! Ich kann nicht ständig den Gleiter austrimmen.“ schimpfte er laut vor sich hin. Mit dem Dussel meinte er unseren Kundschafter, der unruhig auf dem Deck hantierte. Wir gerieten in eine gefährliche Schräglage, dann gab es einen heftigen Ruck und das Schiff zog wie gewohnt seine Bahn. „Er ist abgesprungen! Aus dieser Höhe?“ Ungläubig starrten wir auf den Punkt, der im rasenden Tempo auf die Erde zufiel. Ich schaute auf den Höhenmesser. „Fast 1000 Meter freier Fall – bin gespannt, wie das ausgeht?“ Meine Skepsis wurde schnell beseitigt, als unser Krieger sich wie einen Ball zusammen rollte und so auf dem Boden landete, ohne Schaden zu nehmen. Eine tiefe Furche brach auf und zeigte uns seinen Weg bis zum Stillstand. „Sie haben die Krieger der Sphinxe vor tausenden von Jahren in eine Falle gelockt – jetzt kommt die Zeit der Rache! Wir suchen uns einen geeigneten Landeplatz“, schlug Imhotep vor und ließ unser Schiff erneut kreisen. „Du meinst, die Mütter sind auf der Suche nach Max?“ nahm ich seine Frage noch einmal auf. Er sah mich gedankenvoll an. „Welchen besonderen Grund sollte es sonst geben? Na klar suchen sie Max – sie wissen, dass wir ihn holen wollen. Eine andere Erklärung habe ich für ihr plötzliches Auftauchen nicht.“ begründete er. Ich konzentrierte mich auf Ereignisse auf dem Bildschirm. Booh-Rax stand wie eine gewaltige Eiche im Sturm, als die Kolonne heran brauste. Seine Fäuste ballten sich wie überdimensionale Keulen, die nun voller Wucht auf die ankommenden Wagen niedersausten. „Er zerschlägt ihre Streitwagen!“ jubelte Babu und umarmte Taisya euphorisch. „Das hat nichts zu sagen – sie werden nur langsamer. Sie selbst zu vernichten, wird mehr als schwierig“, besänftigte Imhotep unseren jungen Prinzen in seinem Übermut. Die letzten Bilder vor unserer Landung zeigten den Krieger in voller Aktion, haushoch türmten sich um ihn herum die Trümmer der Kampfwagen und deren Zugtiere, die unter seinen gezielten Schlägen ihren Geist aushauchten. „Trotzdem eine saubere Leistung! Damit haben diese Bestien nicht gerechnet.“ Babu blickte fasziniert auf das Schlachtfeld. „Mach sie fertig!“ schrie er, dass es dröhnte. Imhotep winkte nur ab und steuerte eine freie Fläche an. „Festhalten, gleich rumst es!“ warnte er uns noch rechtzeitig, holpernd setzte das Schiff auf. Wir wirbelten durcheinander, ich schlug ziemlich hart mit der Stirn auf dem Pult auf. „Das hast Du schon mal besser hin bekommen!“ maulte ich und rieb mir die schmerzende Stelle. „Stimmt!“ entgegnete er, während er das Umfeld unseres Platzes checkte. „Der Boden hat ein wenig nachgegeben. Scheint, als wenn der Untergrund weich ist - und das Schiff ist eingesackt. Tut mir wirklich

leid!“ entschuldigte er sich und schulterte seine Waffe. „Wenn wir Max tatsächlich finden wollen, sollten wir uns sputen. So lange der Riese die Mütter in Schach hält, haben wir halbwegs freie Bahn. Aber er wird sie nicht ewig aufhalten...“ Im Laufschritt verließen wir unser Schiff und eilten auf das ungewöhnliche Objekt zu. „Es sind ein halbes Dutzend Plattformen, die übereinander liegen. Und da geht eine Treppe hinauf. Und dann auf der Spitze der kleine Tempel... Die Bauweise erinnert sehr an die der alten Mayas. Das könnte von der Pyramide des Kukulcan im heutigen Mexiko kopiert sein?“ resümierte ich mehr für mich selber. Im Eiltempo erklommen wir die Stufen. Der Lärm hinter uns wurde immer heftiger. Völlig außer Atem langten wir auf dem Plateau an. „Er schlägt sich wirklich tapfer. Stellt Euch vor, wie es sein muss, wenn alle Krieger der Sphinxe hier wären? Das Gemetzel wäre nicht auszuhalten...“ Babus Begeisterung für den Riesen war ungebrochen.
„Er allein wird die Mütter der Mutanten nicht aufhalten. Willkommen in meinem Reich!“ Die Stimme, die uns begrüßte, kam mir sehr bekannt vor. Auch die Gestalt, die auf uns zuschritt, war mir mehr als vertraut. „Max? Bist Du es wirklich?“ Ich lief ihm entgegen und umarmte ihn stürmisch. Er hob mich in die Luft und wirbelte mit mir eine Runde umher. „Arne – ich wusste, dass wir uns eines Tages wiedersehen! Ruft sofort Euren gigantischen Freund hierher. Er soll auf die Mauern kommen. Das ist heiliges Gebiet – dieses dürfen die Mütter nicht betreten! Sie verbrennen sich hier ihre Pfötchen“, erklärte er mir. Meine Begleiter umringten uns. Imhotep und Babu kannten ihn noch von unserer ersten Begegnung, Bernd, Peter und Taisya stellte ich eilig vor. „Wir haben jetzt keine Zeit zum Quatschen. Das heben wir uns für später auf. Hier liegt was im Busche, ich kann es förmlich riechen!“ Max sah uns der Reihe nach an.
„Ox, befiehl Booh-Rax den Kampf abzubrechen und sofort her zu kommen!“ ordnete ich entschlossen an, während sich meine Freunde miteinander bekannt machten. „Hoffentlich wissen die verdammten Furien auch, dass sie hier nichts verloren haben?“ unkte Peter. Der Trümmerhaufen brach auseinander, als der Krieger mit wuchtigen Schritten das Kampfgebiet verließ. Mit weitgreifenden Sprüngen landete er schließlich direkt neben uns. Das Geheul der Mütter wuchs zum ohrenbetäubenden Schrei, die restlichen, noch intakten Streitwagen

umfuhren die Wracks und folgten dem Flüchtenden. Mir wurde flau im Magen, als die hässlichen Visagen auf die Festung zurollten. „Stimmt Peter, das hoffe ich auch“, murmelte ich und betete heimlich zu allen Göttern dieser Erde. Max blieb ruhig und gelassen. „Amun – der Gottkönig persönlich und der mächtige Thot haben einst diese Mauern geweiht. Das ist eine Ewigkeit her und längst Geschichte. Nicht einmal sie dürfen jemals wieder hier eintreten, wenn wir es nicht ausdrücklich erlauben. Mir wurde die Macht gegeben, jeden unerwünschten Eindringling davon abzuhalten. Also, lasst sie ruhig gegen uns antreten!“ Er lächelte uns aufmunternd zu. Das war die Gelegenheit für mich, meinen alten Freund näher in Augenschein zu nehmen. „Die Jahre sind an Dir nicht spurlos vorbei gegangen!“ Die Wölbungen an seiner Stirn, die sichtbaren Überbleibsel des chirurgischen Eingriffes von Sebak, leuchteten tiefrot. Insgesamt machte er einen gesunden und kräftigen Eindruck. Er trug einen einfachen weißen Umhang, einen Lendenschurz und Sandalen. Das alles schmückte ein Ledergürtel mit einem Dolch. Entschlossen baute er sich am Rand der Treppe auf und verschränkte die Arme. Das Heer der Mütter versammelte sich am Fuße der Festung und umzingelte den Treppenaufgang. Niemand von ihnen wagte es, auch nur eine Stufe zu berühren. Lauernd geiferten sie vor sich hin. „Weshalb wird es plötzlich so still? Was haben diese verdammten Biester vor?“ Der Lärm brach ab, eine unheimliche Ruhe breitete sich aus. Bernd prüfte aufmerksam seine Waffe und lud sie durch. „Sie warten auf jemand – oder etwas?“ Max sah sich um. Er stieß einen schrillen Pfiff aus. Aus der Mitte eines Zuganges im Boden erschien eine bewaffnete Einheit mit langen Speeren und Bögen und verteilte sich auf der Fläche. „Reine Vorsichtsmaßnahme. Wenn sie uns von unten nicht attackieren können, aus der Luft wäre ein Angriff durchaus möglich“, klärte er uns über die Sachlage auf. „Sie dürfen das Mauerwerk nicht berühren, dann knallt es. So lange sie genügend Abstand halten, passiert nichts. Es ist wohl sicherer, wenn wir uns in der Nähe des Einganges aufhalten. Versammelt Euch dort!“ instruierte er uns. Wir hatten ja einige fliegende Monster dieser Epoche erlebt und kannten ihre furchteinflößenden Wirkungen. „So lange nicht diese Scheiß Sirenen hier auftauchen…?“ Babu sprach laut aus, was wohl jeder von uns insgeheim dachte. Ein lang gezogener Schwarm am Himmel erregte unsere Aufmerksamkeit. „Sage ich doch – wenn man vom Teufel spricht…!“ Peter überschattete seine Augen, um besser sehen zu können. Wie eine Flugzeugstaffel formierte sich die fliegende Menge zu einem breiten V und eröffnete ohne Umschweife ihren Angriff. „Es regnet gleich Schlangen – sie tragen Urils in ihrer Mitte!“ Der Heerführer kannte diese Art der Kriegsführung zu Genüge, auch wir hatten bei unserer ersten Ankunft in Kel-di-Nore selber miterlebt, wie gefährlich diese Biester im Blutrausch waren. Das charakteristische Rauschen ertönte, als die Tiere über unseren Köpfen abgeworfen wurden und sich ihre Körper im Gleitstatus ausbreiteten. Zielsicher steuerten sie unseren Standort an. „Schilde hoch, Speere in Abwehrstellung!“ befahl Imhotep und kam damit Max zuvor. Dieser nickte seinen Kriegern zu, die zögerten, Imhoteps Kommando Folge zu leisten. „Er ist ein Meister der Kriegskunst und der Heerführer des Pharao – also tut was er sagt!“ bekräftigte er. Sofort umschwärmte uns die Truppe und zog wie den Panzer einer Schildkröte die Schilde über uns zusammen. „Booh-Rax, bereite Dich auf dem Kampf vor. Fang die Uril in der Luft ab! Hau die Sirenen in Stücke, wenn sie uns zu Nahe kommen!“ kam die nächste Anweisung von Imhotep, der nun selber Schutz unter einem Schild suchte. Ich versuchte, durch die Ritzen zu spähen, um den Verlauf des Kampfes mitzubekommen. Unser Kundschafter blieb aufrecht stehen, mit der bloßen Hand erwischte er ein Ungetüm von Schlange, die sich sofort um seinen Körper wand und zubiss. „Da hat sie ein wenig Pech – mit dem ist nicht gut Kirschen essen!“ Peter stieß mich feixend an. Booh-Rax schnappte sich den wuchtigen Kopf der Angreiferin und riss das Maul auseinander. Als er sie auf den Boden schleuderte, ging sie in Flammen auf. „Hast Du das gesehen? Ein Feuerwerk ist ein Scheißdreck dagegen!“ Misstrauisch musterte er den Boden unter seinen Füßen. Durch den wuchtigen Aufprall einiger Schlangen auf unseren Schutzpanzer gingen mehrere Krieger in die Knie. Einer von ihnen verlor völlig den Halt, er rutschte weg, ein klaffendes Loch entstand. Ein Uril schlängelte sofort darauf zu. „Helft ihnen, sie dürfen auf keinen Fall hier eindringen! Die Lücke schließen, sofort!“ schnaubte Max, der selber zugriff und sich mit dem gesamten Körper gegen den Schild stemmte. Das Scharren über uns verstärkte sich, mehrere Tiere hatten den Schwachpunkt des Walles ausgemacht und bewegten sich eilig darauf zu. „Stoßt sie runter, werft sie auf den Boden! Dann entgehen sie nicht ihrem Schicksal!“ rief uns Max ächzend zu. „Der spinnt doch! Bevor sie auf dem Boden landen, haben die Viecher einen von uns gepackt!“ murrte Peter, während er einem Krieger half, das Gewicht auf seinem Schild auszubalancieren. „Wir müssen eine Schräge bilden, damit sie nach außen rutschen. Wer wäre so blöd, eines dieser Biester hier rein zu lassen?“ schnaufte Max aufgebracht und sah Peter grimmig an. „Sorry, habe ich wohl falsch interpretiert?“ entgegnete er, dann ertönten Imhoteps Anweisungen. „Auf mein Kommando richtet sich meine Linie in voller Höhe auf und kippt die Last ab. Danach erst folgen sofort die nächsten beiden Reihen. Ihr am Ende duckt Euch nieder, damit haben wir die Schräge. Aber das alleine wird nicht ausreichen, sie krallen sich bestimmt fest. Also die Speere niederlegen und die Schwerter bereit halten!“ Er zählte laut bis Drei. „Aufrichten – jetzt!“ Mit Schwung stießen die Krieger ihre Schilde nach oben. „Sie rutschen ab! Die nächsten Reihen hoch!“ Es stank bestialisch, als eines der Ungetüme abglitt und als Feuerschein verpuffte. Das Scharren der Krallen auf dem Metall unseres Schutzwalles ging mir mächtig auf die Nerven. „Haltet die Schilde, lasst sie in Gottes Namen nicht durchbrechen. Das wäre unser Ende!“ feuerte uns Max an, mit hochrotem Gesicht streckte er die Knien durch. „Es funktioniert! Stecht sie ab!“ Mehrere Schwertspitzen schoben sich zwischen den Schilden empor, Blut sickerte zu uns durch. „So eine verdammte Sauerei. Das Zeug schmeckt wie Hundepisse!“ schimpfte Bernd, der eine volle Ladung ins Gesicht bekam. Die Kampfschreie der Tiere machten uns taub, aber schließlich warfen wir auch die letzte Schlange ab. Lichterloh flammte sie auf. Schweiß gebadet atmeten wir durch und lüfteten unsere Abwehr. „Die Schlangen sind erledigt. Jetzt müssen wir nur noch diese Kreaturen platt machen!“ stöhnte Peter erschöpft und wischte sich den Nacken ab. Unser Beschützer Booh-Rax hatte weiterhin alle Hände voll zu tun. Die aufgebrachten Sirenen umschwirrten den Riesen wie Bienen ihren Stock. „Der hat seinen Rhythmus gefunden. Und einen harten Schlag, gegen den haben sie keine Chancen“, frohlockte Babu. Eine

Angreiferin nach der anderen wurde auf den Boden geschleudert und verbrannte. Sein Triumph währte nur kurz, eine Sirene entdeckte uns, kam kreischend auf uns zu geflogen. Ehe wir reagierten und uns in Sicherheit bringen konnten, erwischte sie unsere schwarze Kriegerin Taisya. Sie machte erschrocken einen Schritt zurück, stolperte und fiel der Länge nach hin. Die Sirene landete mit einem Aufheulen auf ihren Rücken und bearbeitete sie mit ihren scharfen Zähnen. Das blanke Entsetzen lähmte uns. „Das darf doch wohl nicht wahr sein!“ Es war Bernd, der sich einen Speer griff und beherzt seiner kleinen Freundin zur Hilfe eilte. „Kommt Ihr mal aus dem Knick und bewegt Eure lahmen Ärsche!“ fluchte er lauthals, mit Gebrüll stürzte er sich auf sie und rammte ihr die zweischneidige Spitze tief in den Leib. „Ich habe das Miststück aufgespießt!“ fauchte er und hielt den Schaft mit beiden Händen fest. Die Sirene ließ grölend von ihrem Opfer ab, mit einem heftigen Flügelschlag erhob sie sich in die Luft. „Sie will fliehen. Hilfe!“ Bernd wurde einige Meter mitgeschleift, so kraftvoll wehrte sich das Ungeheuer gegen ihn. Babu zögerte nicht länger, mit einem Satz hechtete er heran und umklammerte ebenfalls die Waffe. „Wir müssen sie irgendwie auf den Boden bekommen. Dann ist sie erledigt!“ wütete Bernd, dessen Gesicht vor Anstrengung zuckte. Aber das war leichter gesagt als getan. Trotz der Wunde ruckte und zerrte das Vieh wie besessen an der Stange, dass beide Männer Mühe hatten, sich auf den Beinen zu halten. „Diese Biester haben Kraft... Hätte ich ihnen niemals zugetraut!“ stöhnte Bernd. Imhotep griff in den Kampf ein. Er schulterte einen Wurfspeer, nahm Anlauf, zielte und schleuderte ihn mit solcher Wucht, dass er den Körper der Sirene durchdrang und die Spitze aus dem Rücken ragte. Ihr Geschrei schreckte ihre Schwestern auf. „Verrecke endlich!“ Bernd holte Schwung und katapultierte sie auf den Boden. „Soll Dich der heilige Fluch treffen!“ ächzte er noch, dann löste sich das Problem von selbst. „Diese Viecher stinken schlimmer als ein Haufen Scheiße!“ Babu rümpfte verächtlich die Nase und sah zu, wie die Flammen aus dem Körper schlugen. Bernd hockte sich neben Taisya nieder. „Sie ist ohnmächtig. Und sie blutet stark. Wir brauchen dringend einen Arzt...“ flehte er hilfesuchend Max an. „Sie hauen ab. Es ist vorbei!“ meldete Peter lautstark. Die verbliebenen Sirenen zogen von dannen, nicht

ohne uns noch einmal in sicherer Höhe zu umkreisen. „Verpisst Euch!“ schrie er ihnen nach und drohte mit der Faust. Er kramte umständlich in seiner Umhängetasche. „Hier ist Verbandsmaterial und Desinfektion. Mehr haben wir nicht!“ Er hielt Bernd die Utensilien vor die Nase. „Das wird ihr nicht helfen.“ Max beugte sich ebenfalls über die Bewusstlose. „Sie ist wahrscheinlich infiziert. Wir müssen sie sofort isolieren!“ Bernd blickte ihn entgeistert an. „Wie ist das gemeint – isolieren?“ Er schaute uns nacheinander ins Gesicht. „Wir müssen doch was tun und können sie nicht einfach so liegen lassen?“ Verzweifelt umklammerte er meinen Arm. „Sie wird sofort versorgt und ihre Wunden werden verbunden. Aber ich glaube, Max hat Recht. Wir haben doch selber gesehen, was für Monster das sind. Wenn sie die Bakterien im Blut hat, kann es böse enden, auch für uns.“ Ich hielt seine Hand fest, sein Blick verriet seinen Gemütszustand. Tränen der Verzweifelung standen in seinen Augen. Max winkte einige Krieger heran. „Legt sie auf einen Schild und bringt sie in die Festung!“ befahl er. Bernd ließ es sich nicht nehmen, Taisya persönlich zu begleiten. Max deutete mit einer Geste an, dass wir warten sollten. Als Bernd mit der Gruppe im Durchgang verschwand, schaute er uns eindringlich an. „Ihre Wunden bereiten mir kein Kopfzerbrechen. Die heilen wieder. Allerdings - wenn sie zu schnell heilen, ist es ein Anzeichen, dass sie infiziert ist. Dann müssen wir sie töten – das ist Euch hoffentlich bewusst?“ machte er uns die Konsequenz deutlich. „So weit habe ich bislang noch nicht gedacht, das gebe ich ehrlich zu. Wie stehen die Chancen, dass sie keimfrei ist?“ fragte ich nach einer Weile des Schweigens. Max zuckte mit den Achseln. „Fifty – fifty!“ war seine Antwort.
Einige Krieger und Booh-Rax blieben als Wache auf dem Plateau. „Die Mütter entfernen sich nun auch endlich. Aber sie kommen wieder…!“ Max schickte dem abrückenden Haufen einen düsteren Blick nach. „Was hat diese Formation vor? Wo wollen sie hin?“ rätselte er. Einige Streitwagen trennten sich vom Pulk. „Sie wollen zum Schiff!“ Imhoteps grimmiges Grinsen sprach für sich. „Die werden dort ein mächtiges Wunder erleben!“ Mir war nicht wohl bei dem Gedanken, was geschehen würde, wenn es ihnen gelingen sollte, das Schiff zu kapern. Mit besorgter Miene beobachteten wir, wie ein Dutzend Mütter sich

unserem Fluggefährt näherten. „Jetzt kommt der Augenblick der Wahrheit! Ich hoffe, Plox hält sich an die Anweisungen“, murmelte Imhotep. Wir sahen einige Gestalten auf das Aussendeck des Schiffes klettern. „Ox, nimm Kontakt zum Schiff auf. Ich will wissen, was da los ist?“ Ich rieb ungeduldig an meinem Amulett. Mein stiller Begleiter meldete sich. „Plox hat weisungsgemäß sämtliche Zugänge versiegelt. Die Mütter haben keinen Zutritt in das Innere!“ informierte er mich über den Stand der Dinge. Ein lautes Wutgeheul bestätigte seine Aussage, die Streitwagen verschwanden nacheinander in einer dichten Staubwolke. Beruhigt wandten wir uns Max zu. „Folgt mir, es wird Zeit, dass Ihr meine Welt kennenlernt“, lud er uns ein und führte uns in den stark gesicherten Durchgang, dem einzigen Weg in das Innere der Festung. Polternd schlossen sich hinter uns die stabilen Tore...

„Das ist vom Charakter und Stil eine Mischung aus antiker Festung und neuzeitlicher Bunkeranlage. Der äußeren Form ähnelt sie einer stumpfen Pyramide. Die unteren vier Etagen sind standen bereits – wer sie einst errichtete, diese Frage kann ich nicht beantworten. Die Neugestaltung habe ich selber entworfen und auch gebaut. Natürlich mit Hilfe meines Volkes!“ erklärte Max mit großer Geste und wies auf einige Besonderheiten der Bauweise hin. „Sollte es doch jemals gelingen, dass Feinde hier eindringen, dann müssen sie durch ein Labyrinth von Gängen, die von hohen Mauern umgeben sind. Sie landen automatisch in einem der vier Höfe – und dort erwartet sie natürlich eine Überraschung. Unsere Krieger nehmen sie von den Mauern in die Zange und vernichten sie. Diese genialen Ideen habe ich von den alten Baumeistern der chinesischen Festungen übernommen. Aber hier gibt es viel mehr zu entdecken. Ich bringe Euch in Eure Gemächer. Erfrischt Euch nach der Reise und nehmt Euch neue Kleidung. Ich lasse Euch in einer Stunde in den Festsaal holen. Dort gibt es was zum Mampfen!“ Er gab mir einen freundschaftlichen Klaps auf die Schulter, so wie er es oft in unserer Jugend machte. „Bis gleich, mein Alter“, raunte er mir zu. In einem hell erleuchteten Trakt gingen mehrere Pforten ab, die in die Gästezimmer führten, in denen wir vorerst untergebracht wurden. Junge Frauen empfingen uns freundlich und wiesen uns den Weg.

„Kannst Du sie verstehen?“ fragte ich Imhotep heimlich, nachdem ich registrierte, dass sie einen mir völlig unbekannten Dialekt sprachen. Auch er schüttelte den Kopf. „Ich begreife kein Wort. Sie sind nicht von unserer Gemeinschaft, das kann ich mit Sicherheit so sagen. Sie haben ein anderes Aussehen, guck Dir ihre Gesichter an. Wenn Max von seinem Volk spricht – wer weiß, welche Überraschung noch auf uns wartet?“ Die Gesten unserer Begleiterinnen waren eindeutig, wir hatten unser Ziel erreicht. „Massive Bauweise, wie die gesamte Hütte. Und eine äußerst spartanische Einrichtung. Wie die Bunker unserer Zeit!“ Peter sah sich skeptisch in einem Quartier um. „Wie auch immer, auf jeden Fall gibt es ein vernünftiges Bett! Wenn Ihr nichts dagegen habt, bleibe ich hier!“ schloss er und schleuderte seine Tasche schwungvoll auf dass breite Gestell. Außer ein Bett und einen Hocker gab es nichts weiter. Entgegen der mir bekannten Traditionen waren die Wände ungewöhnlich kahl. „Kein Vergleich zu Kel-di-Nore, erst recht nicht zum prachtvoll geschmückten Palast des Pharaos. Aber vielleicht gibt es hier andere Prioritäten? Max wird seine Gründe dafür haben, denke ich.“ Damit verzog ich mich im mein zugewiesenes Quartier. Imhotep und Babu verschwanden in den nachfolgenden Zimmern. Wie Schatten huschten Gestalten heran, ehe ich versah, lagen saubere Sachen am Fußende meines Bettes. „Das Bad befindet sich am Ende des Ganges. Ich hole Euch in einer Stunde ab – so hat es der Gebieter angewiesen!“ Diesmal konnte ich die Worte des Mädchens verstehen. Bevor ich meine Fragen stellte, verneigte sie sich und hastete davon. „Ein wenig merkwürdig ist das ja alles“, murmelte ich, dann nutzte ich verbleibende Zeit, mich zu duschen und umzukleiden. „Männer, alles klar bei Euch?“ meldete sich Bernd, er wurde nun ebenfalls herbei geführt und bezog das Zimmer gegenüber. Bevor er darin verschwand, steckte er seinen Kopf bei mir herein. „Sie haben mehrere Heilerinnen, die sich liebevoll um Taisya kümmern. Ich hoffe und wünsche mir, dass sie durchkommt!“ Er war noch immer niedergeschlagen und traurig. Ich legte meine Hände auf seine Schulter. „Mach Dir keine unnötigen Gedanken. Es wird schon alles gut gehen. Geh Dich frisch machen und zieh Dich um. Alles Weitere besprechen wir nachher!“ Damit schickte ich ihn fort. Das mulmige Gefühl im Bauch blieb.

„Bist Du Onkel Arne?"

Ich war gerade fertig geworden und erwartete eigentlich eine Begleiterin. Ich drehte mich langsam um. „Wer will das wissen?" Zwei Kinder, ein Junge und ein Mädchen, die sich zum Verwechseln ähnelten, standen in der Tür. Sie trug das blonde Haar lang und offen, sein Schädel war glatt rasiert, nur eine Locke als Zopf geflochten, wippte auf dem Hinterkopf. „Vater schickt uns, wir sollen Dich und Deine Gefährten abholen", erklärte mir das Mädchen und kicherte verlegen. Langsam dämmerte es bei mir. „Euer Vater ist…? Max?" Ich schaute mir die Gesichter der Kids näher an. „Klar, Euer Vater ist mein Freund Max! Ihr habt die gleichen Augen wie er. Wer ist denn Eure Mama?" fragte ich noch, aber sie drehten sich fort und spurteten los. „Wartet, ich muss erst noch bescheid geben, dass wir gehen wollen!" stoppte ich sie und informierte umgehend meine Freunde. „Lasst alles stehen und liegen. Max hat seine Kinder geschickt, sie bringen uns zu ihm. Sie drängeln schon. Also hurtig!" feuerte ich sie an, binnen einer Minute standen wir bereit. „Das sind Zwillinge?" Auch Peter war sichtlich erstaunt, dass uns Kinder begleiteten. Die Kids warteten geduldig, bis wir sie erreichten. „Hier geht es lang!" Wir verließen unsere Herberge und traten durch ein schmuckloses Portal auf eine von menschlichen Wesen bevölkerte Gasse. „Es hat sich wohl bereits herumgesprochen, dass wir da sind? Oder warum gaffen die uns so blöd an?" knurrte Babu. Wohin wir auch kamen, überall wurde sofort Platz gemacht. „Sie verneigen sich nicht vor uns, sondern vor unseren beiden Führern!" machte ich meinen Gefährten klar, nachdem ich beobachtete, mit wie viel Respekt und Ergebenheit die Kids bedacht wurden. „Fast so, als wären sie ein Mitglied der Pharao-Familie. Wir werden bestimmt gleich erfahren, warum es so ist?" war Imhotep überzeugt. Ihm fiel ein weiterer Umstand auf, der mich schon sehr verblüffte. Eine kampfbereite Einheit lagerte an einem der unzähligen Brunnen, die es an fast jeder Ecke gab. „Guck Dir ihre Bewaffnung an. Die stammt nicht aus der heutigen Zeit!" raunte der Heerführer mir zu. Im Vorbeilaufen erhaschte ich mit einem Blick eines der Geräte, die an der Wand lehnten. „Mit ein wenig Fantasie könnten das so was wie Gewehre sein – oder Bernd?" mischte sich

Peter ein, der durch seinen Job ständigen Umgang mit Waffen hatte. „He Kleiner, dürfen wir uns mal das Ding anschauen?“ fragte er ohne Umschweife den Jungen und wollte zugreifen. „Nichts anfassen – sie reagieren dann sehr böse!“ hielt das Mädchen Peter von seinem Vorhaben ab. „Vater wird Euch schon alles zeigen und erklären, was Ihr wissen müsst“, fügte sie hastig hinzu. Die Reaktionen der Krieger waren mehr als eindeutig. Eine Kopfbewegung der Kleinen genügte allerdings, sofort taten sie, als wäre nichts geschehen. „In der Festung der Verdammten gibt es ein ungeschriebenes Gesetz: Kümmere Dich nur um Dinge, für die Du verantwortlich bist! So hat es Vater einmal eingeführt.“ erklärte sie uns noch, dann tippelten sie eilig weiter. Sie geleiteten uns durch einen Wirrwarr von Gängen und Straßenzügen. Winzige Gärten säumten einige Bereiche, Obstbäume voller Früchte standen darin. An den Wänden wucherte üppiges Grün, an einigen Flächen rankten Weinstöcke voller Trauben an Holzstaken empor. „Selbstversorger für Notfälle tippe ich?“ vermutete Bernd. Wie nahe er damit der Realität kam, erfuhren wir kurze Zeit später. Wir sahen uns weiterhin aufmerksam um. Eine Unebenheit fiel mir auf. Ich schlenderte darauf zu und schob die Blätter zur Seite. „Was sind das für merkwürdige Pflanzen? Hat jemand von Euch so was schon mal gesehen?“ Eigentlich sahen diese fremden Gewächse wie braune Lianen aus, die sich hinter dem Blätterdach quer über das gesamte Bauwerk erstreckten. Peter kam zu mir. „Ich habe zwar kaum Ahnung von Pflanzen, aber an diese Art kann ich mich nicht erinnern?“ bestätigte er und wollte einen Strang berühren. Der Knabe kam ihm zuvor und hielt ihn davon ab. „Nichts anfassen! Vater verbietet den direkten Kontakt mit dem Traumbaum. Es kann böse Folgen haben…“ Peter und ich sahen uns verdutzt an. „Was meinst Du damit? Ist das Zeug giftig, oder was?“ forschte Peter weiter und wollte sein Vorhaben erneut umsetzen. Ich bemerkte die Blicke, die sich die Kinder gegenseitig zuwarfen. „Ja, die Rinde stößt bei Berührung ein Gift aus, welches zeitweilig lähmen kann. Deshalb heißt es ja auch Traumbaum. So hat es uns Vater einmal erklärt!“ führte er weiter aus. Ich glaubte ihm nicht, wollte die beiden Kids aber in keine unnötige Verlegenheit bringen. „Dann sollten wir besser unsere Finger davon lassen. Ich habe keine Lust, hier gelähmt umzufallen.“ Ich zwinkerte Peter unauffällig zu. „Das prüfen wir zu einem späteren Zeitpunkt“, flüsterte ich. Während des Marsches registrierte ich weitere Flächen voller Grün. „Da ist mir Max auf jeden Fall eine Erklärung schuldig“, murmelte ich vor mich hin und ließ die Angelegenheit erst einmal auf sich beruhen. „Wie viele Bewohner hat denn Eure Festung? Weißt Du das?“ fragte Bernd den Buben neugierig. Der lächelte ihn listig an. „Das ist eine variable Größe, die sich nach Bedarf ständig ändert!“ lautete seine nichtssagende Antwort. „Soll heißen, sie haben die Möglichkeit, ihre Truppen zu erweitern? Dann hat Dein Freund Max in weiser Voraussicht einige Entscheidungen getroffen, die ich auch für Atlantis als wichtig erachtete. Nur ging es bei uns nach hinten los – das Zeitportal wurde zu einer Falle für meine Stadt. Hoffentlich sind die hier klüger?“ sprach Babu gedankenvoll. Wenige Schritte weiter erreichten wir unser Ziel. Ein massiver, grauer Komplex nahm die gesamte Front des Platzes auf, der scharf bewacht wurde. „Da ist es. Vater und der Rat der Weisen erwarten Euch bereits!“ Das Pärchen ließ eine kaum sichtbare Tür öffnen. Der Trakt vor uns war hell erleuchtet, ein langer Flur mit Deckengewölbe nahm uns auf. Max eilte uns entgegen. „Da seid Ihr ja. Herzlich willkommen in meiner Residenz!“ begrüßte er uns und griente über das gesamte Gesicht. „Na Arne, damit hast Du bestimmt nicht gerechnet, dass ich Dir meinen Nachwuchs als Empfangskomitee schicke?“ lachte er und stellte uns seine Kinder vor. „Der kleine Hitzkopf ist Adam, dieses aufgeweckte Wesen heißt Eva. Meine Frau Maria lernt Ihr auch noch kennen!“ Mir klappte die Kinnlade runter. „Adam, Eva und Maria?“ Ungläubig sah ich ihn an. „Auf diesen Moment freue ich mich schon seit Jahren!“ frozzelte Max und rieb sich vor Vergnügen die Hände. „Keine Bange, ich musste keine Rippe für das Mädel opfern. Aber als Erinnerung an die religiösen Einflüsse meine Kindheit dachte ich mir, wäre es super, Namen zu wählen, die einmal sehr populär sein werden. Sie haben mich eine halbe Ewigkeit begleitet und nun habe ich der zukünftigen Geschichte damit neues Leben eingehaucht!“ frohlockte er, dann bat er uns in den Festsaal. Mit den Zwillingen an den Händen, schritt er voran. „Er hat einen besonders schrägen Humor, oder?“ Bernd lief neben mir und musste den Scherz meines alten Freundes erst einmal überdenken. „Ich finde den Typ einfach Klasse. Wenn jetzt die Ahnenforscher in unserer Zeit wissen wollen, woher die Namen in der Bibel ursprünglich kommen – wir haben die Antwort darauf!“ polterte Peter anerkennend. Imhotep hielt sich mit Äußerungen weitestgehend zurück. Er kannte aus etlichen Unterhaltungen mit mir einige Passagen der Bibel und ihre Bedeutung für die Gläubigen. „Wir ehren besondere Götter, in dem wir unseren Kindern ihre Namen geben. Vielleicht hat Max das Gleiche getan – und es soll kein Scherz sein?“ gab er zu bedenken. Nacheinander betraten wir die Räumlichkeiten. Der Festsaal machte seinem Namen alle Ehre. „Wow, hier haben die mit nichts gespart! Der könnte jeder Metropole der Welt einen besonderen Glanz verleihen“, entfuhr es Peter, der mit großen Augen die Pracht betrachtete. Auch ich war davon besonders angetan und stockte einen Moment. Ich fühlte mich in ein Märchen von Tausend und eine Nacht versetzt. Strukturen aus Gold, Silber und unzählige Edelsteine waren an der Rückwand und Decke wie ein Sternenhimmel angeordnet. Daneben zogen sich Stelen und Figuren aus Steinzeug und edlen Metallen bis in die Tiefe des Raumes hin. Eine Seite des Raumes war offen und ging auf eine Terrasse hinaus, auf der verschiedene Bäume und Sträucher in Kübeln wuchsen. Max beobachte jegliche Regung von uns. „Ich weiß, wir haben ein bisschen übertrieben. Aber jeder Besucher und Gast, der zu uns kommt, erkennt hier, welche Größe und Macht wir wirklich ausstrahlen. Und es war schon immer Tradition der alten Königsgeschlechter, ihre Freunde wie auch Gegner zu überraschen!“ Er führte uns zu einem Obelisk, der im alten Stil der Ägypter gestaltet war. Mit warmer Stimme wandte er sich an Babu. „Ich freue mich ganz besonders, Dich wieder zu treffen, kleiner Prinz. Jetzt bist Du ein erwachsener Mann, der schon viel im Leben erreicht hat. Und der viel im Leben verlor – leider! Darüber reden wir noch, versprochen. Vielleicht kann ich Euch in dieser Misere helfen. Diese Stele habe ich als Erinnerung an Deine Mutter und einem aufgeweckten Knaben anfertigen lassen, der die Welt verändern wollte.“ Auf der Vorderansicht prangte ein Bild. „Du hast meine Mutter zeichnen lassen – wie im Tempel des Sebak?“ Babu war sichtlich erfreut, das Abbild seiner Mama vorzufinden. „Ja, ich habe es so malen lassen, wie ich Deine Mama im Herzen trage“, hörte ich Max flüstern. Ich kannte seine Geschichte, seine heimliche Liebe zu der Frau, die dem Gott Sebak einen Sohn schenkte und dafür mit dem Leben bezahlte. „Vater war ein Schwein! Das wird mir mit jeden Tag immer bewusster!“ Babu streichelte andächtig über das schöne Gesicht und lächelte friedlich vor sich hin. „Sie war das Beste, was ich hatte...“ Max standen Tränen in den Augen. „Nicht nur für Dich, mein Junge“, murmelten seine Lippen unhörbar. Babu lief einmal um die in Stein gehauene Geschichte seines Lebens herum. „Du warst mir schon damals ein guter Freund und Helfer in der Not. Du hast hier Dinge festgehalten, die ich schon längst vergessen habe. Ich danke Dir von ganzen Herzen.“ Babu umarmte ergriffen seinen ehemaligen Mentor und Betreuer, der ihn in den ersten Jahren auf Schritt und Tritt begleitete. „Vor allem dafür, dass Du Mama so in Ehren hältst. Das ist mir besonders wichtig!“ Arm in Arm schritten die beiden Männer in den Saal hinein, Adam und Eva folgten ihnen. Max führte uns auf direktem Wege zu einer festlich gedeckten Tafel. Einige Männer warteten bereits auf uns und erhoben sich von ihren Stühlen. „Diese sieben Herren dort gehören zum Rat der Festung. Sie sind meine persönlichen Berater und Verwalter, um das öffentliche Leben zu organisieren und den Schutz unseres Volkes zu sichern. Sie sind die Oberhäupter ihrer Stämme, die in der Festung der Verdammten Zuflucht fanden!“ Nun hörte ich zum wiederholten Male die Bezeichnung: Festung der Verdammten. Das machte mich stutzig. Meine diesbezügliche Frage wehrte Max freundlich ab. „Ich führe Euch nachher herum und zeige Euch alles. Dann klären wir auch Eure Fragen, okay? Jetzt wollen wir erst eine Kleinigkeit essen. Lasst uns die Gläser erheben – Arne auf unsere lange und unzerbrechliche Freundschaft!“ Er hob seinen Becher in die Luft und stieß mit uns an...

„Natürlich habe ich diesen Standort mit Bedacht ausgewählt“, bestätigte Max, während er uns am Modell der Festung die Besonderheiten der einzelnen Plattformen aufzeigte. „Als ich mich damals bei der Hochzeit von Juan aus dem Staub machte, trug ich einige wichtige Dokumente aus den Archiven von Sebak bei mir. Sie befinden sich dort auf dem Bord!“ Vier Tontafeln mit Hieroglyphen überzogen, standen unbeachtet auf einem Regal. „Ihr erinnert Euch noch an unseren Marsch zum Raumschiff – Mann wie schnell doch die Zeit vergangen ist?“ Für einen Augenblick versetzte er uns mit seiner Erzählung in eine böse und äußerst gefährliche Situation mit dem Krokodil-Gott Sebak zurück. „Dieses Monster wusste genau, dass nicht nur ein Schiff seines Volkes auf der Erde erfolgreich landete, sondern mehrere! Imhotep, wenn Du die Zeichen auf den Tafeln richtig deutest, wirst Du erkennen, dass es zwischen den Besatzungen der verschiedenen Schiffe zu Spannungen kam, die in einem langwierigen Krieg ausarteten. Dein Volk war dabei, sich selber zu zerfleischen!“ Er wandte sich an Sebaks Nachkommen. „Babu, Dein Vater war ein Schwein, das stimmt. Er war skrupellos und grausam. Aber das war nicht immer so. In der Zeit des großen Krieges half seine Genialität, die endgültige Ausrottung zu verhindern. Er war der Schlüssel zum Fortbestand einer ganzen Zivilisation. Natürlich mit allen Folgen, so wie wir sie heute kennen und erleben.“ Imhotep angelte sich eine Tafel herunter und las, was darauf geschrieben stand. „Hmm, ist ja höchst interessant. Hier ist die Rede von insgesamt fünf Schiffen, die damals auf der Erde landeten. Zwei davon hier in dieser Region am Schwarzen Fluss, wie er genannt wurde. In deren Folge entstand Tem-pri, die alte Residenz von Sebak. Das war das Schiff meiner Vorfahren, was wir wieder zum Leben erweckten. Der Hauptteil der Mannschaft wurde damals von meiner Familie gestellt. Du hast demnach das zweite Schiff gefunden?“ Vorsichtig stellte er die Tafel zurück. Max öffnete eine Seitenklappe am Fuße des Modells und gab den Blick in den ungewöhnlichen Innenraum frei. „Da unten liegt es! Die Festung wurde einst um das Schiff herum gebaut. So konnten seine besonderen Fähigkeiten und Möglichkeiten ausgeschöpft werden. Es gibt da einige Dinge, die sogar mich überrascht haben, das könnt Ihr mir glauben!“ Imhotep steckte seinen Kopf in die Spalte. „Das Schiff ist viel größer und hat eine andere Form? Leider bin ich kein Fachmann, aber mit meinen bisherigen Erfahrungen und Kenntnissen tippe ich mal, dass das ein richtiger Kreuzer ist, der für den Transport von Massen gebaut wurde…“ hörte ich. Peter und Bernd sahen mich argwöhnisch an. „Wenn der mal Platz machen würde, könnten wir auch nachschauen, um was für ein Objekt es sich handelt?“ maulte Peter in altbekannter Art. „Aber sicher doch mach ich Platz. Bin gespannt, was Du für Erkenntnisse hast?“ Bereitwillig räumte Imhotep das Feld. „Gibt es eventuelle

Hinweise, wo die restlichen Schiffe runter kamen?" fragte Bernd in die Runde. „Es gab einige Hochkulturen in jener Zeit, die auf eine mögliche Einflussnahme durch Außerirdische hinweisen. Darüber haben wir uns öfter während des Studiums gestritten. Mit den Kenntnissen von heute weiß ich, dass es so ist!" stellte Max seinen Standpunkt dar und verschloss die Luke wieder. Meinen Protest ignorierte er. „Ich denke, wir haben mehr davon, wenn wir uns das Objekt der Begierde im Original ansehen. Lasst uns also aufbrechen. Ich führe Euch durch das Herz meiner Bleibe!" Die Mitglieder des Rates entfernten sich, ohne dass wir uns länger mit ihnen verständigen konnten. „Die Gelegenheit dazu ergibt sich am Abend. Wir feiern ein kleines Empfangsfest zu Ehren Eurer Ankunft. Die Vorbereitungen dafür laufen bereits. Da lernt Ihr auch die Bevölkerung der Festung näher kennen. Arne – eines solltest Du und Deine Gefährten wissen: Ihr befindet Euch oberhalb der Erde in einer absoluten götterfreien Zone! Ihr werdet nirgendwo auch nur ein Bild oder Hinweis finden, der Bezug zu einem Gott hat. Die hier leben, sind Ausgestoßene ihrer Gesellschaft - auf Beschluss eines Gottes zum Tode oder Verderben verurteilt. Sie existieren in der Öffentlichkeit nicht mehr. Darum der Name Verdammte – besser kann man es nicht formulieren, oder? Sieben Stämme sind unter einem Dach vereint und leben in Frieden und Freundschaft. Nichts und niemand wird uns von hier vertreiben oder gar vernichten können. Dafür sorgt das Raumschiff unter unseren Füßen. Was dort in der Tiefe der Erde verborgen liegt, hat so eine Macht, dass sogar die sonst siegesgewohnten Götter die Flucht ergreifen, wenn sie nur in die Nähe kommen!" Max lachte laut auf. „Seth war vor einigen Wochen mit einem gewaltigen Heer hier und wollte uns platt machen. Die Mütter der Mutanten waren nicht ohne Grund so übervorsichtig – sie waren damals mit dabei und haben erlebt, was abgeht, wenn unliebsame Gäste einfallen. Und Ihr selber konntet Euch davon überzeugen, dass es verdammt heiß werden kann!" Zufrieden schmunzelte er mich an. „Ja diese verfluchten Mütter. Damals war mir nicht bewusst, welche Rolle sie in der Geschichte um Sebak spielen? Als wir während der Belagerung von Kel-di-Nore das Heer der Mutanten fast vollständig auslöschten, kamen sie einzig und allein ungeschoren davon. Mit den Göttern natürlich! Sie und Sebak haben damals blutige Rache geschworen. Wenn man bedenkt, dass sie die Eizellen für die grausigsten Wesen lieferten, die jemals das Licht der Welt erblickten – mir stehen heute noch die Haare zu Berge, wenn ich nur daran denken", erzählte ich meinem Freund, während wir durch eine Treppe die nächst tiefere Plattform erreichten. „Arne – hier befindet sich die Krankenstation. Können wir einen kurzen Abstecher dahin machen, um nach Taisya zu sehen?" bat Bernd mit leiser Stimme. „Max, geht das? Haben wir soviel Zeit? Ich möchte auch wissen, wie es ihr geht!" Max kannte mich lange genug, um zu wissen, dass er jetzt nicht Nein sagen konnte. Er nickte und dirigierte uns in eine längliche Baracke. „Das ist unsere Ambulanz. Hier versorgen wir unsere Kranken und Verwundeten. Da hinten im letzten Zimmer findet Ihr die Kleine. Ich warte solange." Er setzte sich auf eine Bordsteinkante neben dem Eingangsbereich. Sein Gesichtsausdruck gefiel mir überhaupt nicht. „Ist was?" Er schüttelte nur unschlüssig den Kopf. „Geht mal rein und besucht sie…!" Ich spürte, dass er etwas verbarg, bedrängte ihn aber nicht weiter. Entschlossen traten wir in den Flur der Baracke. Bernd kannte sich bereits aus. Zielstrebig steuerte er das Krankenzimmer unserer Gefährtin an. Ein unmenschlicher Schrei ließ mir das Blut in den Adern gefrieren. Bernd sauste los und schob die zwei Frauen weg, die sich am Bett seiner Freundin zu schaffen machten. „Was geht denn hier ab? Lasst sie gefälligst in Ruhe!" schnaubte er sie an und zerrte sie fort. Babu und Peter drängten sich in den schmalen Raum, Imhotep und ich warteten vor der Tür. Ich wurde angetippt. Max stand hinter mir. „Es ist eingetreten, was ich befürchtet habe – sie wurde infiziert", flüsterte er mir zu. Mir schwindelte einen Moment. Bernd tobte wie ein Irrer, als er sah, dass Taisya ans Bett gefesselt war. „Sind hier alle total übergeschnappt? Was soll der Blödsinn?" fauchte er Max empört an, als er ihn entdeckte. „Bernd, hör zu, was ich Dir sage: Taisya ist infiziert! Sie wird sich verwandeln. Zeigt ihm ihre Wunden!" befahl Max und schickte die Frauen wieder in den Raum. „Mach den Weg frei und sieh es Dir selber an. Sie war schwer verletzt – jetzt ist nichts mehr zu sehen. Nach nicht einmal zwei Stunden ist alles verheilt!" schnarrte Max Bernd an, um ihn zur Vernunft zu bringen. Endlich kam er zur Besinnung und ließ zu, dass sich die Frauen dem Bett näherten. „Macht den Rücken frei!" ordnete Max an. Taisya fauchte wütend

und schnappte um sich, als die Pflegerinnen sie zur Seite drehten und das Hemd hoch schoben. „Nicht ein Kratzer zu sehen. Und Du weißt selber, in welchem Zustand sie sich befand, als sie her gebracht wurde. Das Mädel wird zu einer Sirene – zu einem fliegenden Vampir! Ich denke, wir haben keine große Wahl?“ Max legte besänftigend seine Hand auf Bernds Schulter. Der starrte ihn mit hasserfülltem Blick an. „Nimm gefälligst Deine Pfoten weg! Und niemand wird ihr etwas antun, so wahr ich hier stehe!“ warnte er mit rollenden Augen. Die Situation wurde brenzlig und drohte zu eskalieren.
„Bernd – sei vernünftig! Wenn Taisya wirklich mit dem Virus infiziert wurde, gibt es keine Alternative. Jetzt können nicht einmal wir uns ihr nähern, ohne uns in Gefahr zu bringen. Ein Biss genügt, und uns ereilt ein ähnliches Schicksal.“ Ich war total geschockt, bemühte mich aber trotzdem, die Lage halbwegs zu entspannen. „Noch sind nicht alle Messen gesungen. Wir warten die weitere Entwicklung ab und entscheiden dann gemeinsam, was geschehen soll, okay?“ Bernd war völlig abwesend und reagierte nicht auf meine Ansprache. „Führt ihn raus“, bat ich Babu und Peter. Mir blutete das Herz, meinen langjährigen Freund und Kameraden so leiden zu sehen. Aber ich wusste mir keinen Rat. „Lasst den Käfig runter. Die Metamorphose ist voll im Gange. Es wird einige Schübe geben und sie wird richtig stark werden, wenn wir sie nicht rechtzeitig...?“ Ich war Max sehr dankbar, dass er den Satz nicht beendete. Von der Decke senkte sich ein massives Metallgestell herab und schloss das Bett mitsamt unserer Gefährtin ein. Seufzend wandte ich mich ab und eilte meinem Trupp nach. Auf dem Vorplatz versammelten wir uns. Bernd kauerte sich unglücklich auf den Boden. „So eine verdammte Scheiße! So ein Dreck mit diesen Sirenen! Ausrotten muss man das Zeug!“ stieß er heftig zwischen den Zähnen hervor. Er starrte hilflos vor sich hin. „Gibt es keine Möglichkeit, irgendwas zu tun? Wir können sie doch nicht einfach umbringen...“ Ich hockte mich neben ihn. „Ich habe keine Ahnung von dieser Materie – und Hollywood ist weit. Wir haben erlebt, was diese Biester anrichten. Bislang dachte ich auch, dass es so was nur im Film gibt. Aber mit eigenen Augen zu sehen, wie schnell sich die Wunden von Taisya geschlossen haben – das hat nichts mit einem Wunder zu tun, das ist Dir hoffentlich klar?“ redete ich bedächtig auf ihn ein. Er

wischte sich einige Tränen aus dem Gesicht und sah weiter finster auf den Fußboden. „Es ist einfach ungerecht – sie ist noch so jung…“ schluchzte er, mit Mühe vermochte er seine aufsteigende Wut zu zügeln. Imhotep, Babu und Peter hielten sich abseits und mischten sich nicht ein. Ihre Emotionen schwanken zwischen Mitgefühl und Hilflosigkeit. „Wir sollten trotzdem weiter gehen. Kommt Zeit, kommt Rat! Vielleicht fällt uns noch was ein, wenn wir ein wenig Abstand haben? Bernd, wenn Du einverstanden bist, verlegen wir das Mädchen in einen gesicherten Bereich. Dort kann sie sich erholen und keinen Schaden anrichten. Und wir können noch einmal alle Möglichkeiten in Betracht ziehen…“ schlug Max schließlich vor. Zu meiner Überraschung stimmte Bernd sofort zu. „Sie sollen sie gut behandeln – sage ihnen das!“ gab er Max mit auf den Weg, der noch einmal in der Krankenstation verschwand. Nach wenigen Minuten kam er zurück. „Wir werden alles Menschenmögliche tun, um ihr zu helfen. Das verspreche ich Dir!“ Max übernahm wieder die Führung. Die nächsten Minuten sprach keiner ein Wort. Wir waren einfach zu sehr geschockt, wie schnell sich die Umstände änderten. Wir bewältigten weitere Stufen, es wurde merklich kühler, als wir die letzte Plattform betraten, die sich oberhalb der Erde befand. „Ab jetzt erreichen wir die Fundamente der Festung. Sie gehen vier Stockwerke in die Tiefe. Dieser Bauabschnitt muss damals unendlich viel Zeit und Kraft gekostet haben. Zumal sich eine gewaltige Höhle unterhalb unserer Mauern befindet, in der das Schiff liegt. Aber es hat sich gelohnt!“ Max öffnete eine massive Tür und ließ uns eintreten. „Wartet hier, ich mache Licht!“ Fackeln wurden entzündet, ihre flackernden Flammen beleuchteten nur einen kleinen Abschnitt unseres Umfeldes. Unruhige Schatten tanzten an den Felsen entlang, es dauerte einen Moment, bis sich meine Augen an die neue Umgebung gewöhnten. Und was sich uns da bot, ließ mich erst einmal zurückschrecken. „He Max, ist das so was wie ein Gruselkabinett? Das Zeug erinnert mich stark an die Archive in Sebaks Burg. Der hat auch jeden Mist gebunkert.“ meinte Imhotep, dem die Sammlung sichtlich zu interessieren begann. An den Wänden entlang standen Regale aufgereiht, die wahllos mit allerlei Krempel voll gestopft waren. „Das ist unsere Trophäensammlung! Nach jedem Angriff sammeln wir einige Überreste ein und lagern sie hier. Weiter hinten findet Ihr ein Waffenarsenal vom Feinsten. Damit können wir im Notfall ganze Einheiten ausstatten. Hier seht Ihr vorwiegend persönliche Erinnerungen von gefallenen Kriegern. Schon erstaunlich, was die so mit sich herum schleppen?“ Er kramte im Fach eines Regals und zauberte mehrere faustgroße Köpfe hervor. Erst nahm ich an, dass es sich um modellierte Objekte aus Holz oder Stein handelte. „Sauber gearbeitet – und sie sehen erschreckend echt aus?“ Abwägend hob ich einen in der Hand. Max Grinsen warnte mich. Peter sah sich ebenfalls ein Exemplar an. „Die sind echt – das sind Schrumpfköpfe!“ stellte er fest. Mein erster Impuls war – das Ding fallen lassen. Ich hatte an etliche Expeditionen und Grabungen teilgenommen, normal erschreckten mich solche Sachen nicht. Aber es war dennoch ein komisches Gefühl. „Babu – für Dich!“ Ich warf ihm im hohen Bogen den Schädel zu. Babu fing den Kopf geschickt auf. „Ich war bislang der Meinung, dass diese Art von Siegestrophäe mehr ein Kind unserer Zeit ist. Vor allem Völker aus Südamerika haben bis ins 19. Jahrhundert hinein dieses Ritual betrieben. Wobei nicht mit Sicherheit ausgeschlossen werden kann, dass irgendwo im Amazonas nach wie vor solche Köpfe angefertigt werden“, murmelte ich. Max wies auf einen Berg dieser menschlichen Präparate, die neben dem Regal in einer dunklen Ecke lagerten. „Damit haben wir wieder ein wenig Licht in die Geschichte der Menschheit gebracht – es gibt sie bereits in einer Zeit, die weit vor unserem Erkenntnisstand liegt. Unser lieber Mentor, Prof. Schmidt, würde sich im Grabe umdrehen, wenn er nur einen Bruchteil dessen wüsste, was wir erleben und mitmachen.“ Die Worte machten mich nachdenklich. „Tja, wer hätte damals auch nur ahnen können, wie es einmal kommt? Der Professor war gewiss kein Träumer und Fantast. Aber es stimmt schon, was Du sagst: Er hatte wirklich keine Ahnung, welche Ausmaße das alles nehmen wird?“ bestätigte ich. Mit Blick auf die unheimliche Sammlung fügte ich hinzu: „Wir haben ja manches Abenteuer erlebt – keine Frage. Aber die Vorstellung, dass vielleicht mein Kopf einmal am Gürtel eines Kriegers hängen könnte, behagt mir überhaupt nicht!“ Imhotep betrachtete ausgiebig einige Exemplare. „Nun, das Ritual der Mumifizierung unserer Toten wird hier in einer abgewandelten Form angewandt. Ich weiß nicht, was mit den Körpern geschehen ist? Wurden sie gefressen oder einfach entsorgt? Auf jeden Fall verstehen diese Macher ihr Handwerk!“ lobte er und zwinkerte mir zu. „Danke mein Freund. Aber das ändert meine Meinung überhaupt nicht! So möchte ich nicht enden, egal wie gut die ihr Handwerk verstehen!“ knurrte ich ihn an. Peter schmunzelte vor sich hin. „Naja, so schön würde Dein Schädel wahrscheinlich auch nicht werden…“ platzte er heraus und zog sich vorsichtshalber aus meinem Umkreis zurück. „Genau deswegen – aber vielleicht haben wir irgendwann das Vergnügen, Deinen Kopf in Miniform betrachten zu dürfen?“ konterte ich. Damit war das Thema vom Tisch. Max konnte sich das Grinsen nicht verkneifen. „Ich vermute, beim Anblick meines Schädels würden die Kinder schreiend davon flitzen! Wie auch immer - da vorn könnt Ihr gleich das Schiff sehen. Sind nur noch ein paar Schritte.“ Wir erreichten eine provisorische Absperrung. „Keinen Schritt weiter! Wer da runter fällt, landet in einem bodenlosen Loch. Den findet niemand mehr“, warnte Max. Ich lugte über das Gestell aus Stöcken. Der sich bietende Anblick in die Finsternis nahm mir fast den Atem. „Wow, Du hast nicht übertrieben. Das muss wirklich eine gigantische Höhle sein? Aber vom Schiff ist nichts zu erkennen?“ Ich zuckte mit den Achseln und sah meinem Freund ins Gesicht. „Warte, das ändern wir sofort!“ Er holte aus und schleuderte kraftvoll eine Fackel in das Loch. Funken spritzen umher, ein dumpfer Ton zeigte an, dass sie in nicht allzu weiter Ferne aufgeschlagen war. „Sieh hin, kannst Du jetzt das Schiff ausmachen!“ Ich stellte mich auf Zehenspitzen, um besser sehen zu können. Das Licht der Fackel erhellte eine matt glänzende Stelle. „Sieht aus wie Metall?“ mutmaßte ich. Meinen Begleitern erging es wohl ähnlich. Auch sie vermochten nichts Genaueres zu erspähen. „Da drüben führt eine Leiter nach unten. Haltet Euch bloß gut fest!“ Max geleitete uns zu einer Stelle, die mit massiven Balken eingefasst war. „Das ist der Abstieg!“ Er leuchtete mit der Fackel. „Die Leiter ist am Fels verankert. Der erste Abschnitt geht fast zwanzig Meter runter. Dann kommt ein Vorsprung. Von dort geht es noch mal knappe fünfzig Meter weiter bergab. Dann sind wir angelangt!“ erläuterte er uns. Imhotep runzelte misstrauisch die Stirn. „Das machen wir doch mit Links!“ frotzelte Peter forsch, er tastete sich bedächtig an die Leiter und wollte schon den Abstieg beginnen.

Mein Amulett auf der Brust wurde unverhofft heiß. „Warte noch, Ox meldet sich!“ stoppte ich ihn. Peter ließ prustend die Luft entweichen. „Da will man schon mal freiwillig – und dann meldet sich dieser Ox?“ maulte er, dennoch war ihm unschwer anzumerken, dass er über diese unverhoffte Unterbrechung froh war. „Du kommst noch früh genug in die Hölle“, brummelte Bernd ihn an, dann konzentrieren sich alle auf mich. Eine Fülle von Informationen strömte auf mich ein, ich konnte kaum ihre Inhalte verarbeiten, geschweige denn verstehen. „Hier ist was faul im Reiche Dänemark?“ murrte ich still vor mich hin. „Was will er denn? Nun rede schon!“ bedrängte mich Imhotep, der meinen Gesichtsausdruck richtig deutete. „Da kommt ein mächtiges Problem auf uns zu“, zischte ich und lauschte weiter den Ausführungen meines unsichtbaren Beschützers. „Dieses Schiff ist sehr alt. An Bord befinden sich die Originale – sie erschufen die Gestalten der Götter nach ihrem Vorbild!“ vernahm ich. Erstaunt neigte ich den Kopf. „Verstehe ich jetzt nicht? Welche Originale meinst Du? Von welchen Göttern?“ Ox stockte, dann führte er weiter aus. „Von allen Göttern, die auf der Erde existieren!“ lautete seine Antwort. Verblüfft drehte ich mich meinen Kameraden zu und gab die Information weiter. „Der spinnt doch!“ war Peters erste Reaktion. „Ein Schiff der Götter? Alles Blödsinn!“ maulte er weiter. Babu sah mich indessen grübelnd an. Der junge Mann erfasste schneller als wir die Tragweite dieser Behauptung. „Wenn dort die Originale sind, womit haben wir es dann da draußen zu tun?“ war seine logische Schlussfolgerung. „Dann schlagen wir uns mit Doubles herum, welche die Originale offensichtlich nur vertreten?“ ergänzte Imhotep sarkastisch. Mir wurde richtig heiß, diesmal allerdings nicht vom Amulett. „Habt Ihr eine Vorstellung, was passiert, wenn wir da rein marschieren und diese Götter aus dem Schlaf reißen? Laut Ox liegen sie seit Jahrtausenden in ihren Kisten und schlummern friedlich. Ich brauche einen Moment, um darüber nachzudenken“, wehrte ich jeden weiteren Kommentar ab und zog mich einige Schritte zurück. Unter meinen Freunden entbrannte eine hitzige Diskussion, während ich meine Gedanken zu ordnen versuchte. „Wenn das ein Schiff voller Götter-Originale ist, kann es nicht von meinem Volk stammen, soviel dürfte inzwischen klar sein, oder Babu?“ hörte ich Imhoteps Stimme. Ich wandte mich ab und lief ein Stück

in die Dunkelheit. „Ox – erzähl mir mehr über dieses Schiff. Woher stammt es?“ begann ich ihn zu löchern. Ich wollte Antworten...
Die Auskünfte des Heerführers der Sphinx-Krieger zu diesem Thema waren mehr als mager, das wurde mir sehr schnell bewusst. „Was eierst Du herum, sage doch einfach, dass Du keine Ahnung hast, woher sie stammen!“ herrschte ich ihn nach ein paar Minuten aufgebracht an. Ich spürte seine Verärgerung, aber das war mir egal. Er wollte sich beleidigt ausloggen, aber diesmal ließ ich ihn nicht so einfach ziehen. „Wir müssen wissen, was uns erwartet, wenn wir das Schiff erreichen! Also denk gefälligst nach, was wir machen können?“ schnaubte ich wütend. „Arne, wo bist Du?“ Max kam mit einer Fackel zu mir und leuchtete mir ins Gesicht. „Kommst Du zurecht?“ Ich musste ihm nichts sagen, meine Augen funkelten vor Zorn. Ein Gedanke schoss mir durch den Kopf: Was verbarg eigentlich mein Freund vor mir? Blitzschnell kombinierte ich die bisherigen Fakten. Ich starrte ihn lange an. „Max, lass uns mal Klartext reden! Jetzt noch mal meine Frage: Wieso hast Du die Festung genau hier erbaut? Die Sache mit den Tafeln nehme ich Dir so nicht mehr ab!“ Ich kannte meinen alten Studienkameraden lange und gut genug. „Hör auf zu flunkern und bekenne endlich Farbe. Du wusstest von diesem Schiff! Und von seiner besonderen Fracht“, schnarrte ich ihn an. Max druckste eine Weile herum, bevor er mit der Sprache heraus rückte. „Es war anfangs mehr eine Vermutung. Bis ich in den Archiven von Sebak auf etwas stieß, was mich darauf brachte, dass die ganze bekannte Geschichte der Menschheit völlig anders verlaufen war, als wir es bislang gesehen haben“, erzählte er leise und schaute sich nach unseren Mitstreitern um. Die waren zu sehr mit sich selber beschäftigt und beachteten uns nicht. Nun wurde ich erst recht hellhörig. „Ich habe bei Sebak durch Zufall ein Dokument gefunden, in dem über den Ursprung der Mütter der Mutanten berichtet wurde. Darin wurde dieses Schiff erwähnt. Sie waren ein Teil der Besatzung und kamen vor unendlich langer Zeit damit hier auf der Erde an.“ Er scharrte nachdenklich mit dem Fuß auf dem Fels. „Ich habe mich damals immer gewundert, wieso Sebak so sehr auf die Mütter baute? Klar, sie lieferten ihm die Eizellen für seine Experimente – nur deshalb war er überhaupt in der Lage, sein Heer Mutanten zu entwickeln. Aber es gab einen weiteren

Aspekt, der mir erst viel später bewusst wurde." Jetzt spannte er mich richtig auf die Folter. „Komm mal langsam auf den Punkt! Welches großes Geheimnis gibt es noch?" Ich zügelte mit Mühe meine Ungeduld. „Ich denke, sie waren die Inspiration für seine Forschungen. Ohne die Mütter wäre Sebak niemals der große Wissenschaftler und Gelehrte seiner Zeit geworden – sein Genius kam erst mit ihrer Entdeckung! Und das erstaunt mich ein wenig", murmelte er schließlich. „Das Ding in der Höhle hat die Menschheit erst zu dem gemacht, was sie heute ist – ich meine damit unsere Epoche. Ohne den Anstoß würden wir wahrscheinlich heute noch mit der Holzkeule und dem Faustkeil durch die Gegend rennen", ergänzte er ironisch, dann unterbrachen uns unsere Freunde, denen die Geheimniskrämerei wohl zu lange ging. „Was ist denn nun – steigen wir zum Schiff runter oder nicht?" drängelte Babu. Max sah mir in die Augen. „Wir sollten auf jeden Fall da runter. Ich war einmal dort – damals fühlte ich mich einsam und verloren. Danach war ich stark genug, die Festung der Verdammten zu erbauen. Erinnerst Du Dich noch an unsere Vorlesungen über die Macht und Stellung der Druiden in der keltischen Religion?" Ich nickte. „Klar erinnere ich mich!" Unsere Kameraden rückten näher heran. Bernd hatte den letzten Satz gehört. „Was haben die Druiden mit den Ägyptern zu tun?" fragte er verwundert. Er war ein absoluter Fan des Kultes und mehrfach in Stonehenge gewesen, um an den alljährlichen Feiern der Sommersonnenwenden teilzunehmen. „Nach meiner Überzeugung haben die Druiden hier ihren Ursprung!" lautete die lakonische Antwort von Max. Ohne einen weiteren Kommentar kletterte er die Leiter hinab. Mir zitterten mächtig die Beine, als wir endlich den Grund erreichten. Unsere unmittelbare Umgebung war nicht wie erwartet stockdunkel, ein leichtes Flimmern umhüllte das riesige Schiff, deren wirkliche Ausmaße von unserem jetzigen Standort allerdings nicht zu erkennen war. „Komme mir wie ein Zwerg im Reich der Riesen vor!" stammelte Peter, der sich bedächtig zu orientieren versuchte. Auch Imhotep stand vor Staunen der Mund offen. „Im Namen aller Götter unseres Reiches – was ist das für ein Ding?" Max wies auf einen Umstand hin, den wir bislang noch nicht registrierten. „Was Ihr vor Euch seht, ist nur die berühmte Spitze des Eisberges. Die Höhle selber geht noch einige tausend Fuß in die Tiefe. Ich konnte nur schätzen, wie groß das Schiff wirklich ist – es muss die Ausmaße einer Kleinstadt haben, denke ich zumindest?“ Unsere Augen gewöhnten sich an die Dämmerung. „Da, wo es schwarz wird, geht es richtig in einen Abgrund hinab. Also immer schön an der Wand entlang“ riet Max uns noch, dann lief er zielstrebig auf einen kaum erkennbaren Durchbruch in der Wand zu. Eine einfache Brückenkonstruktion aus Seilen und Brettern tat sich vor uns auf. „Da drüben befindet sich ein Eingang in das Schiff. Aber vorher…?“ Er neigte nur den Kopf und tastete mit dem Fuß nach dem luftigen Steg. „Und immer schön festhalten! Einer nach dem anderen – also wartet ab, bis ich drüben bin!“ erklärte er uns, dann sahen wir nur seine Konturen, die sich vorsichtig fort bewegte. „Müssen wir wirklich da rüber?“ Bernd betrachtete voller Misstrauen die Aktion von Max. „Der hat nicht alle Tassen im Schrank“, murrte er, als die Brücke heftig zu pendeln begann. „Es ist alles im grünen Bereich, ich bin fast drüben!“ hörten wir Max rufen, dann gab er das Signal. „Der Nächste bitte! Und keine Panik, das Teil ist sicher und erprobt.“ Ich guckte mich in der Runde um. „Ich komme jetzt. Bin gleich bei Dir!“ Imhotep gab sich einen Ruck und betrat die Brücke. Ich hörte ihn fluchen, nichtsdestotrotz schob er sich Meter für Meter weiter voran. Babu fühlte mit den Fingern die Spannung der Seile und die federnden Bewegungen bei jedem Schritt des Heerführers. „Ein Glück, dass es so dunkel ist und wir nur die Hand vor den Augen erkennen. Was soll es – ich mache mich auf den Trip zur Hölle!“ Peter schob den Prinzen resolut zur Seite und folgte Imhotep. Er stieß ein kehliges Jodeln aus, dessen Echo sich vielfach in der Höhle bewegte. „So ein verrückter Hund!“ schnaubte Bernd, dann machte er sich startklar. „Keine Furcht mehr…?“ fragte ich ihn. Für einen Moment trafen sich unsere Blicke. „Na klar habe ich Schiss! Aber ich gebe die Hoffnung nicht auf, dass wir da drüben vielleicht eine Antwort auf einige Fragen finden – und damit meiner kleinen Freundin aus der Patsche helfen können? Darum reiße ich mich zusammen und gehe jetzt!“ Sprach es und spazierte los. Nun waren nur noch Babu und ich übrig. „Mein Junge, mir wäre es lieb, wenn Du als Nächster gehst. Ich folge Dir dann“, schlug ich vor. Er nuschelte etwas vor sich hin. „Sprich lauter, damit ich Dich verstehen kann!“ bat ich ihn. „Mir wäre es lieber, wenn Du vor mir gehst!“ sagte er deutlich. „Kein

Problem, mache ich. Und Du kommst wirklich klar?“ fragte ich vorsichtshalber, dann bereitete ich mich vor. Er nickte nur und schluckte heftig. „Bis gleich auf der anderen Seite!“ Es war ein komisches Gefühl, kaum etwas zu erkennen und sich mehr schlecht als recht auf dem schmalen Steg der Seilbrücke fortzubewegen. Meine Sinne waren geschärft wie selten zuvor. Jedes Knarren der Stricke, jede noch so sanfte Bewegung löste ein Sturm von Emotionen aus, der mir den Schweiß durch die Poren trieb. „So ein verdammter Mist – in meinem Alter sollte ich auf der Couch liegen und in Ruhe meine Zeitung lesen... Aber nein – der Herr muss sich in der Weltgeschichte herum treiben!“ Dann fiel mir ein, weshalb ich all diese Mühen auf mich nahm. „Shyla, mein Kind, ich hoffe, dass ich Dich bald wieder in den Armen halte“, seufzte ich noch, damit war die Tourtour beendet und ich erreichte sicheren Boden. Die Hände meiner Freunde griffen nach mir und geleiteten mich auf den Sockel, an dem die Brücke endete. „War doch gar nicht so schlimm?“ Max gab mir einen derben Hieb auf die Schulter. „Babu, Du kannst kommen!“ forderte Peter unseren jungen Freund auf. Wir warteten, aber nichts geschah. „Babu, ist etwas mit Dir? Soll ich rüber kommen und Dich holen?“ forschte Peter beunruhigt. „Ohne Licht kann ich nicht da rüber. Ich hatte schon als Kind Angst im Dunkeln. Das hatte ich völlig verdrängt“, klang es ziemlich kläglich zu uns. „Unser großer Held...“ Peter legte grinsend seine Sachen auf den Boden. „Dann werde ich mal! Babu, ich komme und hole Dich. Die Männer werden eine Fackel entzünden und Dir damit den Weg leuchten. Ich hoffe, das hilft Dir?“ antwortete er und eilte flink wie ein Wiesel auf die andere Seite. Wir taten wie geraten, und entzündeten eine Fackel. Nach einem kurzen Wortwechsel war es endlich so weit. Im Schlepptau von Peter tauchte das bleiche Gesicht des Prinzen auf. Wortlos wurde er von uns in Empfang genommen. Ich reichte ihm meine Wasserflasche und ließ ihn trinken. „Was denkst Du, wie mir der Arsch auf Grundeis gegangen ist? Aber so was von...! Das kannst Du mir getrost glauben“, flüsterte ich ihm zu. Ein verkniffenes Lächeln erhellte seine Mimik. Dankbar gab er mir die Flasche zurück. „Ist keine Schande, vor etwas Angst zu haben“, wisperte ich, dann gab Max das Kommando zum Aufbruch. Das war der Augenblick, als ich die Stimme meiner Tochter zum ersten Mal wahrnahm.

„Paps – ich bin hier. Hilf mir!“ Ich schreckte zusammen und sah mich um. „Habt Ihr das auch gehört?“ Verwundert sahen sie mich an. „Was gehört, Arne? Hier ist außer uns niemand!“ Bernd rüttelte an meiner Schulter. Ungläubig guckte ich umher. „Ich habe Shyla gehört, ganz klar und deutlich!“ beteuerte ich. Max stutzte. „So erging es mir damals auch, als ich vor Jahren das Schiff aufsuchte. Das sind Halluzinationen, mein Freund. Irgendwas hier im Umfeld stachelt unsere geheimsten Wünsche und Gedanken an...“ argumentierte er und lief weiter. Imhotep schüttelte den Kopf. „Ich habe nichts vernommen. Aber ich werde die Augen aufhalten, versprochen“, beruhigte er mich mit einem warmen Lächeln. Max hat eine der unzähligen Luken erreicht und betätigte einen Hebel. Lautlos öffnete sich ein Schott in das Innere des Monstrums und gab den Weg frei. Während meine Freunde dem Wink von Max folgten und hinein traten, machte sich bei mir eine wachsende Beklemmung breit. „Mein Bauchgefühl hat mich noch nie in Stich gelassen. Ich traue dem Frieden nicht“, dachte ich, dann entschloss ich mich, ebenfalls das Schiff zu betreten. Ein Flur, so weit das Auge blickte, nahm uns auf. Max breitete auf seiner Knie eine Karte aus Tierhaut aus und studierte sie. „Ich habe mir vor langer Zeit einige Aufzeichnungen gemacht und den Weg aufgemalt, den ich gelaufen bin. Eigentlich müssten einige Markierungen hier im Gang zu sehen sein...?“ Er blickte sich suchend um, fand aber nichts. „Alles sauber und keimfrei, könnte man meinen. Da hat die Putzkolonne ganze Arbeit geleistet“, sprach Peter und betrachtete aufmerksam die glatten Wände. Silberblitze huschten an der Decke entlang und spendeten Licht. „Wie alt soll dieser Kahn sein?“ Imhotep hatte einige Schriftzeichen gesichtet, die im Wechsel in einem festen umrandeten Bereich vom Boden zur Decke glitten. „Die kenne ich nicht – haben nicht mal eine annähernde Ähnlichkeit mit unseren Hieroglyphen“, bestätigte er nach einer Weile und zuckte hilflos mit den Achseln. Ich beratschlagte mich mit Bernd, der ebenso einige Erfahrungen im Laufe der Berufsjahre gesammelt hatte. „Wenn Du meine Meinung hören möchtest – ich schätze das Alter des Schiffes auf mindestens eine Million Jahre! Überleg mal, wie lange es dauert, bis sich Steinsegmente so formieren, wie wir sie in der Höhle vorfinden! Vielleicht ist es sogar noch älter?“ mutmaßte er in seiner bedächtigen Art. Die

Zahlen selber erschreckten mich weniger, doch die Tatsache dass dieses Objekt nach so langer Zeit noch intakt schien, bereitete mir größeres Kopfzerbrechen. Unsere Gefährten hörten zu. „Älter als eine Million Jahre sagst Du?“ Babu war wieder ganz der Alte, voller Ehrfurcht tasteten seine Finger über die kühle Oberfläche der Wand. „Oder noch älter!“ bestätigte Bernd. „Wer mag es wohl gebaut und geflogen haben? Und weshalb liegt es ausgerechnet hier?“ Babus Fragen interessierten auch uns, aber zum gegenwärtigen Zeitpunkt gab es nur Fragen, keine Antworten. „Das passt alles zu meinen Vermutungen, als wir durch einen der Türme der Götter nach Pharaonien kamen. Imhotep, Du kannst mir sagen was Du willst – die meisten Artefakte, die wir zu jener Zeit entdeckten, hatten bereits etliche Jahre auf dem Buckel und waren schon hier, bevor Dein Volk mit seinen Schiffen auf der Erde landete. Ich denke, das Ding hier ist der fehlende Beweis!“ Meine Gedanken kreisten um unsere erste Ankunft, als wir Max suchten und Sebak fanden. „Wir werden Wohl oder Übel die Geschichte der Menschheit neu definieren müssen. Da wartet eine große Aufgabe auf uns, wenn wir wieder zu Hause sind!“ fasste ich meine bisherigen Erkenntnisse zusammen. „Wenn mich meine Erinnerungen nicht täuschen, müsste in knapp 100 Meter eine Kreuzung auftauchen. Dort laufen wir rechts weiter, bis zu einer schlängelförmigen Beschriftung. Dahinter befindet sich eine Art Kommandozentrale. Also los!“ entschied Max erneut und spurtete voran. Wir mussten uns beeilen, um nicht den Anschluss zu verlieren. Schnaufend erreichten wir unser Ziel. „Siehst Du, mein Gedächtnis funktioniert noch super!“ frohlockte Max und wies großspurig auf die S-förmigen Zeichen, die die gesamte Bodenfläche bedeckten. „Da hinten müsste die Zentrale liegen.“ Ich bemerkte den Anflug von Unsicherheit bei ihm. „Was heißt müsste? Lass es uns einfach überprüfen, dann wissen wir, ob ja oder nein…“ Damit übernahm ich die Führung und schritt forsch auf eine beleuchtete Tür zu. „Sesam öffne dich!“ brummelte ich und war angenehm überrascht, als der Spruch in Erfüllung ging. „Dann stammen Ali Baba und seine 40 Räuber wohl von hier ab?“ lachte ich und sah mich vorsichtshalber erst einmal um. Ein großer Raum lag vor uns mit einer Ausstattung, die in einige Zügen durchaus mit unseren irdischen Technologien vergleichbar war. „Bevor wir da rein gehen, möchte ich wissen, ob es eventuelle Fallen gibt? Ox, Sicherheitscheck durchführen!“ befahl ich. Mein ständiger Begleiter rührte sich trotz mehrmaliger Aufforderungen nicht. „Jedes Mal das gleiche Spiel! Wenn es ernst wird, verdrückt sich der Bursche!“ murrte ich. „Vielleicht kann er hier nicht agieren? Eine höhere Macht unterdrückt die kleinere…“ sprach Peter, der ohne Vorwarnung die Initiative ergriff und munter pfeifend den Raum betrat. „Wie Ihr seht – passiert nichts!“ rief er uns zu, doch sein Übermut hatte böse Folgen. Er verschwand vor unseren Augen. „Mein Gott, Peter, was machst Du denn?“ schri ich entsetzt, doch er hatte sich in Luft aufgelöst. Wie vom Donner gerührt, starrten wir auf die Stelle, wo er sich eben noch befand. „Keiner bewegt sich, verstanden!“ blaffte ich meine Leute an und zog mich von der Tür zurück. „Das kann nicht sein? Ich war selber da drin, und damals ist nichts passiert!“ Max war ziemlich konsterniert, aber das änderte nichts. Peter war und blieb verschwunden! „Vielleicht hast Du bei Deinem Besuch unbewußt einen Mechanismus ausgelöst? Hast Du hier was verändert oder mitgenommen?“ hinterfragte Bernd, dem die Sache suspekt erschien. Max schlug sich auf die Stirn. „Habe ich! Da vorn auf dem Tisch – da lag ein Stab, den habe ich genommen. So ein Ding, wie er auf den Bildern von Druiden gezeigt wird. Du meinst…?“ erinnerte er sich plötzlich. „Der leistet mir gute Dienste und hat mir in mancher Gefahr aus der Patsche geholfen“, fügte er hinzu. Diesmal hörte ich genauer hin. „Was hast Du mit den Druiden zu schaffen? Die tauchen doch erst viel später und an völlig anderen Orten auf?“ fragte ich ihn direkt. Seine nachfolgende Erklärung war wie eine Offenbarung. „Der Ursprung des Druidenkultes kam mit diesem Schiff vor unendlich langer Zeit zu uns. Ich selber fühle die Kraft dieses Glaubens in mir – ich bin ein Druide. Aber, um es noch einmal mit aller Deutlichkeit zu formulieren – Druiden sind keine Götter!“ Es lag eine Entschlossenheit und Wildheit in seinen Augen, dass ich ohne Zögern seiner Version folgte. „Ich habe des Öfteren Reisende befragt, wenn sie zu uns kamen. Und dabei von einem weisen Mann gehört, der wundersame Dinge vollbringt. Dann war also tatsächlich von Dir die Rede?“ fragte Imhotep nach. Max nickte bedächtig. „Ob es Wunder sind, weiß ich nicht. Aber ich versuche, Gutes zu tun und den Menschen zu helfen, so wie mit dieser Festung!“ Mit einem langen Blick in die Zentrale räusperte er sich. „Peter ist zwar verschwunden, aber ich bin mir sicher, dass wir ihn wieder finden. Lasst es mich versuchen! Wenn das Schiff registriert hat, dass der Stab entwendet wurde, hat es auch gespeichert, wer ihn nahm.“ Ich versuchte noch, ihn zu stoppen. Er schüttelte unwillig meine Hand ab. „Das ist jetzt meine Angelegenheit!“ machte er mir bewusst und setzte einen Fuß in den Saal. Mehrere Warnsignale glimmten auf, sonst blieb alles still und nichts Ungewöhnliches geschah. Zumindest nicht mit meinem Freund. Dennoch erschien es mir, als würden sich die Wände um uns herum verändern. „Geht es nur mir so, oder seht Ihr das auch? Die Wandflächen werden durchsichtig?“ Max wartete jetzt mitten in der Zentrale, andächtig neigte er sein Haupt zur Seite. „Du hast richtig bemerkt – das Schiff reagiert auf unsere Gedanken. Es beginnt, sich auf uns einzustellen.“ Er zeigte mit dem Finger auf die Bereiche, die allmählich sichtbar wurden. „Das äußere Feld enthüllt die Emotionen von Imhotep, daneben Babu, dann Bernd, Du Arne und ich. Das letzte leere Feld ist für Peter vorgesehen“, erklärte Max. Ich wunderte mich, dass er für alles eine Antwort parat hatte. Noch zögerte mein Verstand, zu akzeptieren, was für mich erkennbar wurde. „Das ist mein Kind – Shyla! Befindet sie sich hier an Bord?“ Die Umrisse meiner Tochter formten sich auf der Wand zu einem Ganzen, sie hielt mit graziöser Geste die Hände in die Luft, ihr langes Haar wirbelte im Wind umher. Ohne Rücksicht auf Verluste trat ich in den Saal, näherte ich mich dem Bild und legte behutsam meine Handfläche darauf. „Es fühlt sich warm an. Ist sie wirklich echt oder verarscht mich das Ding“, murmelte ich, mein Herz schlug mir bis zum Hals. Ich berührte das zarte Gesicht von Shyla und streichelte über ihre Augen. Max sah mich unschlüssig an. „Das kann ich Dir nicht sagen? Ich vermute, das ist nur eine Wiedergabe aus Deinem Gehirn, so wie Du die Kleine in Deiner Erinnerung hast?“ Der Rest meiner Truppe war mit anderen Erscheinungen beschäftigt, die nacheinander auf den Bildschirmen aufflackerten. „Das kann nicht echt sein, Arne. Taisya liegt in der Krankenstation der Festung, das wissen wir doch. Sie spukt nicht irgendwo in der Prärie herum. Sieh Dir meine Bilder an - das ist eine Erinnerung an ihr Dorf, als ich mit ihr den Nachthimmel beobachtete…“ Jetzt konnte ich genau erkennen, was Bernd meinte. Es war ein Ausschnitt aus unserem Marsch durch die Gänge der Felsenstadt, in dem wir einige unerfreuliche Begegnungen mit den Jägern der Sirenen hatten. Babu indessen stand neben mir und schnaubte wütend vor sich hin. „Diesen Moment hat es nie gegeben – Sebak und meine Mutter - Arm in Arm? Das Scheusal hat sie doch niemals geliebt!" Fassungslos starrte er auf die Wand, auf der ein strampelndes Baby die gesamte Breite einnahm. „Das bist eindeutig Du", bestätigte Max, der einige Schritte rückwärts stolperte, um besser sehen zu können. „Dieses Bild hat doch einmal gegeben. Ich denke, das war unmittelbar nach Deiner Geburt. Einer der wenigen Augenblicke, in dem Sebak sich fast menschlich verhielt und riesig freute, dass er endlich einen männlichen Nachkommen begrüßen konnte! Wie es aussieht, handelt es sich offensichtlich um eine Deiner ersten bewussten Wahrnehmung?" mutmaßte er. Babu schüttelte sprachlos den Kopf. „Mama sieht richtig glücklich aus – das verstehe ich nicht? Wie kann das sein?" Er hockte sich hin und betrachtete nachdenklich seine Mutter. Im Gesicht meines Freundes Max arbeitete es. „Sie war nicht mit Sebak glücklich, sondern allein wegen der Tatsache, dass Du endlich da warst! Es war eine schwere Geburt..." fügte er flüsternd hinzu. Ich näherte mich dem Heerführer. „Imhotep, was geschieht bei Dir – nichts?" Seine Fläche blieb vorerst weiß. Imhotep kehrte sich von der Wand ab, um sich an den Pulten umzuschauen, da geschah es. Ein riesiges Schlachtfeld tat sich vor uns auf, unzählige Tote lagen blutüberströmt kreuz und quer, kreischende Sirenen überflogen es wie hungrige Geier. „Jetzt hat es meine tiefste Wunde aufgerissen... Dieses Miststück!" knurrte er verbittert, während er vergeblich gegen diese Bilder ankämpfte. Diesmal konnten wir mit eigenen Augen verfolgen, welche grausigen Szenen sich bei der letzten Schlacht gegen das Heer der Mütter abspielten. Imhotep gab den Widerstand auf und ließ die Erinnerungen wie einen Film abspulen. Von allen Seiten wurden die Krieger eingekesselt. Formation für Formation fiel den unablässigen Attacken zum Opfer. „Aus dem mächtigen, kampferprobten Heer des Pharaos wurde ein Heer von Blutsaugern und Kannibalen. Weshalb quält man mich noch einmal damit?" begehrte er auf, mit einem wuchtigen Hieb seines Schwertes auf die Fläche versuchte er, die Bilder endgültig auszulöschen. Nicht mal eine Schramme war an dieser Stelle zu sehen, als sich eine Sirene auf einen der Krieger stürzte und ihm in den Hals biss. „Das war einer meiner besten Hundertschaftführer…“ kommentierte er das entsetzliche Geschehen und schloss erschöpft die Augen. „Sie sind weg – Imhotep, die Bilder sind weg!“ informierte ich ihn. „Wo wart Ihr denn? Ich habe Euch gesucht?“ Mit einem Freudenschrei drehte ich mich dem Sprecher zu. „Peter, Mensch da bist Du ja! Wo hast Du Dich herum getrieben? Du warst auf einmal verschwunden?“ Wir umringten Peter an der Tür, der ein wenig verwirrt in die Runde schaute. „Ich kann mich nicht erinnern, was geschah? Nur dass der Boden sich plötzlich wie Watte anfühlte und ich das Gefühl hatte, darin zu versinken – der Rest ist wie Nebel.“ Sein unsteter Blick blieb an der Wand hängen. Auch Peters Empfindungen wurden nicht wiedergegeben. „Ich habe keine Ahnung, was für ein Spiel mit uns getrieben wird? Auf jeden Fall habe ich meine Empfindungen unter Kontrolle und lasse mich nicht einfach so checken!“ frohlockte er zufrieden und rieb sich die Nase. Einige Schatten huschten über die Wand, verschwanden sofort wieder. „Nicht mit mir! Mein autogenes Training zahlt sich aus – dieses Schiff wird mich nicht ausspionieren, das ist mal sicher!“ Er grinste offen. „Sie beobachten uns! Jeder unserer Schritte wird kontrolliert. Max, wer sind sie?“ Er richtete seine Frage an meinen Freund, der ebenso überrascht war wie wir. „Das haut mich ein wenig um. Habe ich nicht gesagt, dass er wieder unversehrt zurück kehrt?“ Max klopfte Peter jovial auf die Schulter. Ich kannte ihn lange gut genug, um zu spüren, dass er etwas Wichtiges vor uns verbarg. Peters Miene verdüsterte sich. „Da war etwas, was ich gesehen habe. Eine merkwürdige Fläche mit unendlich vielen Kästen…?“ grübelte er laut. „Max, mach endlich die Klappe auf! Du hast uns doch nicht ohne besonderen Grund hierher geführt?“ polterte ich los. „Dein geheimnisvolles Getue geht mir langsam aber sicher mächtig auf den Sack!“ Ich packte ihn am Arm. „Junge, nun rede endlich! Was sollen wir hier finden?“ Er befreite sich umständlich aus meinem Griff. „Was Ihr hier seht, ist das Schiff der Götter!“ hörte ich ihn sagen. Ein Schiff der Götter unter einer gottfreien Festung - dieser Gedanke blitzte durch meinen Kopf. „Kommt mit, ich zeige Euch, wer einst mit diesem Schiff auf unserem Planeten landete!“ Mit forschem

Schritt lief er einige Gänge entlang. Schließlich landeten wir vor einem Eingang, der mit unbekannten Schriftzeichen bedeckt war. Max fingerte kurz an der Türleiste herum, zischend verschwand die Querwand und gab ein gähnendes, schwarzes Loch frei. „Gibt es hier so etwas wie eine Beleuchtung?“ hörte ich Bernd fragen. Es war merklich kühl und roch verdächtig muffig. Wie bei einem Sonnenaufgang in den frühen Morgenstunden, glimmten weit weg von uns einige Stellen allmählich auf und verbreiteten diffuse Dämmerlicht. Umrisse wurden sichtbar. „Was zum Teufel soll das sein?“ nuschelte Peter. Nur Max lief ohne Stocken weiter. „Nun bummelt nicht und kommt gefälligst!“ feuerte er uns an, ohne sich umzudrehen. Bei mir schrillten sämtliche Alarmglocken. „Halt, hier ist etwas oberfaul!“ warnte ich meine Kameraden und nahm das Objekt in Augenschein, welches die Mitte des gigantischen Raumes ausfüllte. „Sieht wie ein riesiger Baum aus. Oder was seht Ihr?“ Babu stieß mich an. „Mit Max stimmt was nicht. Er verhält sich so merkwürdig? Sag ihm, er soll gefälligst auf uns warten!“ bat er mich. Max reagiert nicht auf meinen Ruf. „Dieser gottverdammte Sturkopf! Genau wie damals, immer müssen sich alle nach seiner Laune richten.“ fluchte ich laut. Die Konturen von Max verschmolzen mit dem Schatten des Baumes. „Max, verdammt noch mal, bleib endlich stehen!“ Ich wurde richtig wütend. Schnaufend rannte ich los, gefolgt von den Männern, trafen wir an dem Punkt ein, an dem sich mein Freund bis vor wenigen Augenblicken noch befunden hatte. Babu blieb an meiner Seite. „Er ist weg? Das geht doch nicht mit rechten Dingen zu? Erst Peter, jetzt Max – und dieses Scheißding ist auch kein Baum!“ knurrte Babu und stocherte mit dem Fuß an einem der Stränge vor uns. „Das sieht eher wie Lianen aus, solche Dinger, die in den Urwäldern an den Bäumen hoch wachsen“, stellte er fest, als er einen heftigen elektrischen Schlag bekam. Ein Blitz traf sein Bein, er krümmte sich vor Schmerzen und sank zusammen. „Scheiße, das hat weh getan“, klagte er. Peter und Bernd waren sofort zur Stelle und schleiften ihn einige Meter weg. „Das gucke ich mir an. Der Blitz kam direkt aus dem Strang da. Wir sollten etwas vorsichtiger sein!“ Bernd schlich sich zurück und bückte sich noch einmal an der Stelle. „Das sind bestimmt lebende Organismen. Hoffentlich keine Schlangen oder so ein Grobzeug?“ kommentierte er seine Wahrnehmungen.

„Fass das bloß nicht an! Wer weiß, was dann passiert?“ ermahnte ich ihn, doch es war bereits zu spät. Bernd streifte mit der flachen Hand darüber. „Es ist irgendwie - warm...?“ vernahm ich noch, dann schwieg mein Freund und starrte regungslos vor sich hin. „Dieser Blödmann, kann einfach nicht hören!“ tobte Peter, gemeinsam mit Imhotep riss er ihn fort und legte ihn neben dem Prinzen ab. „Zwei Verwundete auf einen Schlag und ein Verschwundener. Das fängt ja gut an! Max, wo bist Du?“ Ich schaute mich um. Eine Art Wölbung im Geflecht fiel mir auf. „Da ist er rein!“ Unsere beiden Männer erholten sich zusehends, Babu stand auf und versuchte, einige Schritte zu machen. „Das kribbelt noch wie verrückt, aber es geht schon wieder“, bestätigte er. Erleichtert atmete ich auf. „Bernd, kannst Du mich hören?“ Ich tätschelte seine Wangen. „Eh, komm zu Dir!“ Er brabbelte etwas vor sich hin, aber ich verstand kein Wort. Babu kam mir zur Hilfe. „Wir haben es tatsächlich mit einem Lebewesen zu tun. Er oder es wollte mir nichts anhaben, sondern mich nur abhalten, ihm zu nahe zu kommen?“ Er sah mich mit großen Augen an. „Dieses Gebilde oder Geflecht ist eine Art Traumbaum. Es reagiert auf unsere Gedanken.“ Bernd war wieder fit und schüttelte sich wie ein nasser Hund. „Man könnte fast meinen, das Ding hat Angst?“ Er streckte und erhob sich. „Kannst Du mir glauben, alles was ich fühlte, lässt sich mit purer Furcht beschreiben“, wiederholte Bernd und musterte das gewaltige Objekt still. Das war auch für mich die Gelegenheit, es näher in Augenschein zu nehmen. Seine Höhe verlor sich in der Dunkelheit und konnte nur geschätzt werden, aber die unzähligen Stränge, die den Stamm bildeten, waren relativ gut auszumachen. Am Fuß befand sich eine Art Durchgang oder Tunnel, in dem Max verschwunden war. „Die Struktur und Linienführung erinnert entfernt an die Nervenbahnen in einem Menschen, oder was sagst Du, Bernd?“ Meine Frage schien niemand wahrzunehmen, zumindest dauerte es eine Weile, bevor Bernd sich äußerte. „Oder wie unzählige Haare, die zu einem Zopf geflochten wurden. Wie auch immer – wir sollten einfach nachsehen, wo die Stränge enden oder anfangen? Denke, das würde manche Frage von selber beantworten“, schlug er schließlich vor und machte Anstalten, den Durchbruch zu betreten. Ein beunruhigendes Gefühl machte sich in mir breit, als mich entschloss, ihm zu folgen. „Okay. Dann lasst uns nachsehen, was dieses Monstrum zu verbergen hat?“ motivierte ich meine Gefährten und machte den ersten Schritt in einen der ungewöhnlichsten Passagen, die ich je betreten hatte…

Eine fremdartige Welt öffnet ihre Pforte...

Mein Gehirn weigert sich anfänglich, den Bildern Glauben zu schenken. Und dann diese Geräuschkulisse, die mich ständig einlullt. Es klingt wie das Rauschen des Meeres, seine Gleichförmigkeit macht meine Augen müde, meine Lider schwer. Eine mit grellem Licht überflutete Ebene breitet sich unter zwei Monden aus, deren Existenzen mir nicht geläufig sind. Ich finde mich auf einer Anhöhe wieder, den Blick nach allen Himmelsrichtungen offen. „Was soll das sein? Diese merkwürdigen Formen…?“ Wie Perlen auf einer Kette aufgefädelt, umrunden Ring für Ring meinen Aussichtsberg. Und wie große Perlen sehen sie aus, die Behältnisse, die sich bis in die unendliche Weite aneinander reihen. So weit ich blicken kann, bietet sich mir ein gleichbleibendes Bild. „Was könnte in diesen Behältern drin sein?“ rätsele ich, als sich ein blasser Schimmer in mein Blickfeld schiebt und feste Form annimmt. „Das ist doch…?“ Ich bin mehr als überrascht. „Sphinx? Eine äußerst ungewohnte Umgebung, in der wir uns wiedersehen!“ begrüße ich meinen alten Bekannten. Das Flimmern um ihn herum hört auf, als er sanft neben mir auf dem Hügel aufsetzt. „Stimmt, mein junger Freund. Eine wirklich ungewohnte Umgebung – aber ich wusste, dass wir uns hier treffen. Deshalb habe ich bereits auf Deine Ankunft gewartet. Ich erkenne, Du wunderst Dich?“ Ich nicke nur. Sein vertrautes Lächeln nimmt mir ein wenig meine Bedenken. „Wenn Du vorher wusstest, dass wir uns hier treffen, weshalb hast Du mich nicht vorgewarnt? Was ist das überhaupt? Wo befinden wir uns?“ frage ich ihn vorwurfsvoll. Er lässt sich mit der Beantwortung Zeit. „Tja, mein irdischer Freund, Du stehst vor der Wiege der Götter!“ vernehme ich. In meinem Kopf rattert es. „Die Wiege der Götter? Du verarscht mich jetzt, oder…?“ brumme ich leise. Die Art, wie er sich artikuliert, zeigt mir allerdings, dass er es ernst meint. „Die Wiege der Götter also? Und welche Bedeutung hat sie?“ forsche ich weiter, während mein Blick das Umfeld mustert. „Der Baum der Träume im

Schiff versorgt das alles mit Energie aus der Erde und leitet sie hierher. Die Festung darüber mit den Menschen liefert diese Energie – er absorbiert die Träume und Gedanken ihrer Bewohner. Ohne sie würden die Wesen elendig verhungern und sterben!“ Ich stutze. „Das ist der wahre Grund, weshalb die Festung existiert? Und Max – was hat er damit zu tun? Diese Geschichte mit den Druiden?“ frage ich. „Max hat wie Du eine wichtige Mission zu erfüllen! Er wurde auserwählt, als Oberhaupt der Festung neue Menschen anzusiedeln, nachdem der Rest der letzten Besatzung beinahe vollständig von den Müttern der Mutanten vernichtet wurde. Einigen Göttern passt es nicht, dass ihre Originale vielleicht eines Tages erwachen und sie zur Rechenschaft ziehen – vor allem Sebak II. und Seth haben größtes Interesse, sie verschwinden zu lassen!“ Daher weht also der Wind. Während ich über das Gehörte grübele, sehe ich mich weiter um. Sphinx, einmal in Fahrt, erzählt munter weiter. „Du findest von sämtlichen Göttern der Erde das Original auf dieser Ebene. Vom kleinsten und unbekannten bis hin zum größten und mächtigsten Gott aller Zeitepochen, Regionen und Völker. Sie alle haben eine gemeinsame Herkunft und Heimat – den Planeten Fantas. Sie alle haben ihre Mission und Zeit – bis das Original sie zurück ruft!“ Der Blick von Sphinx wandert zu mir. „Wenn Du genau hinschaust, siehst Du die unterschiedlichen Farbschattierungen der Kreise. Sie markieren stets einen zusammen gehörenden Götterclan. Und je größer der Abstand zum Hügel, umso mehr Götter in einer Region der Erde. So einfach ist das!“ erklärt Sphinx. „Der äußere goldene Ring sind wir, die Sphinxe mit den Kriegern. Wir umschließen und schützen die Götter – oder strafen sie, wenn sie ihre Macht missbrauchen!“ Allmählich nehme ich die unterschiedlichen Farbstrukturen wahr. „Ist mir nicht aufgefallen!“ gebe ich unumwunden zu und überschattete meine Augen. Ein Bereich mit grauen und schwarzen Perlen nicht weit weg fällt mir auf. „Überall sind die Perlen bunt und farbenfroh. Was ist mit diesen Kandidaten? Sind das Eure schwarzen Schafe? Wie wir formulieren…“ Sphinx lacht auf. „Ich sage doch immer – Du bist ein kluges Individuum Deiner Art. Hast es sofort erfasst! Die Farben ändern sich je nach Befindlichkeit und Taten. Diese Bande hat soviel Dreck am Stecken. Wenn es noch was Dunkleres als Schwarz geben würde…“ Er seufzt laut. „In jeder dieser Kapsel befindet sich das Original eines Gottes. Sie schlummern seit zig Tausenden Jahren darin, ohne zu ahnen, dass ihre Doubles dabei sind, ihren guten Namen zu versauen. Einige Götter dürften Dir zumindest nicht unbekannt sein!" Sphinx fasst mich unter und hebt ab. Mühelos trägt er mich in den Bezirk der schwarzen Perlen. Er setzt mich vorsichtig zwischen den mannshohen Behältern ab, er selber schwebt weiterhin in der Luft. Eine Geste mit seiner Hand genügt, die bis dahin verschlossenen Inhalte sichtbar zu machen. „Das sind die leibhaftigen Originale der Dir vertrauten Götter des alten Ägyptens im Ur-Zustand! Seth, Anubis, Mahes. Dahinter Ammit, Apedemak und Apophis – die gesamte Sippschaft, die Sebak unterstützt hat im Krieg gegen den Pharao", erläutert er. „Da drüben, im grauen Bereich, befinden sich ein Teil der übrigen Gottheiten. Die Grauen sind diejenigen, die öfters mal die Fronten wechselten – also ab und wann zum Verräter wurden. In der Verlängerung siehst Du die farbigen Perlen. Das sind diejenigen, die den Königshäusern der Pharaonen treu dienten und ihnen halfen, manche Schlacht gegen ihre göttlichen Gegner zu gewinnen." Ich bin völlig konsterniert. „Die haben aber keinerlei Ähnlichkeiten mit den Gott-Gestalten der heutigen Zeit? Die Veränderungen an den Doubles - das war alles Sebaks Werk? Nicht zu fassen!" Ich umrunde die Behältnisse und studiere jedes Gesicht, jedes Detail. „Dann erkläre mir doch mal bitte Eins! Wir sind nach wie vor auf der Erde, oder?" Ich sehe zu meinen Begleiter hinauf. Sphinx ist in Gedanken vertieft und abwesend. „Sphinx – wach auf!" Ich wiederhole meine Frage. „Ja und Nein! Das Schiff befindet sich auf der Erde – Du selber im Moment nicht!" Die Antwort irritiert mich. „Kann es etwas genauer sein?" maule ich, während ich den Körper von Anubis betrachte. „Was Du und Deine Gefährten als Traumbaum bezeichnest, hat Dich in diese Welt transferiert – so einfach ist das! Oder glaubst Du, dass für sämtliche Originale genügend Platz in einem Raumschiff wäre? Mitnichten, mein Freund!" ergänzt er mit einem Augenzwinkern. Ich nehme diese Aussage einfach zur Kenntnis. „Wo ist eigentlich mein besonderer Freund – Sebak?" Ihn habe ich noch nirgendwo erspäht. Sphinx zeigt auf einen Nachbarbehälter. „Er befindet in diesem Sarkophag!" Der Körper, den ich zu sehen bekomme, gleicht in keiner Weise dem mir bekannten Gott Sebak. „Das muss ein Irrtum sein? Das ist niemals Sebak?“ Vor mir liegt ein Mann, der auf dem ersten Blick kein Wässerchen trüben kann. Sein Anblick hat nichts Erschreckendes oder Grausames. „Ich erinnere mich sehr gut an den Lebensweg von Sebak. An seine Taten als Wissenschaftler und seine Experimente zur Erschaffung der Götter. So sieht er aus, wirklich?“ Ich kann es nicht fassen. „Keine Krokodilschnauze, keine grünen Hautfetzen und Panzer – einfach nur ein normaler Typ?“ Kopfschüttelnd laufe ich zum nächsten Sarkophag. Es ist wie ein Schlag auf dem Kopf.

„Warte – nicht…!“ höre ich Sphinx ausrufen, aber da habe ich den Sarg bereits erreicht. „Shyla? Meine Tochter liegt hier inmitten dieser Gestalten? Was hat das zu bedeuten, Sphinx?“ Ich schreie den Zeitenwandler und Seher entsetzt an. „Was hat mein Kind hier verloren, verdammt noch mal?“ schnaube ich vor Empörung und versuche, den Deckel gewaltsam zu öffnen. „Lass das, Du bringst sie sonst um! Sie alle leben und sind nicht tot, hast Du das verstanden!“ fährt mich Sphinx an, da ich weiter tobe, lässt er mich erstarren. „Es war Thots Idee, die Mädchen hierher in Sicherheit zu bringen, nur damit Du die Zusammenhänge kapierst!“ Sphinx wartet, bis ich mich beruhige. „Professor, hörst Du mir jetzt zu?“ Ich atme tief durch und zwinge mich selber zur Ruhe. „Rede, damit ich endlich verstehe, was hier abgeht!“ grolle ich, die Starre in meinen Armen wird gelöst, ich kann mich wieder frei bewegen. Die Hand auf dem Sarkophag, lausche ich, was Sphinx mir zu erklären versucht. „Du hast die Zeit der Intrigen und Machenschaften von Sebak und seinen Anhängern gegen den Pharao mitbekommen. Du selber hast ihn in die Hölle der Verdammnis geschickt. Aber das Spiel geht trotzdem weiter – sein Klon will in Eure Zeit, in Deine Epoche. Die Mädchen, und damit auch Deine Tochter, sind die Kräfte, die mit ihrer reinen Energie diesen Vorgang stoppen können. Sebaks Bruderschaft hat mit allen Mitteln versucht, das zu verhindern. Sie hätten die Kinder ausgelöscht, wenn sie sie erwischt hätten, das ist Dir hoffentlich klar?“ Sphinx macht eine Pause. „Der einzige Ort, wo sie halbwegs in Sicherheit sind, ist zwischen all den Körpern der Originale. Niemand würde auf die Idee kommen, die Mädchen ausgerechnet hier zu suchen…?“ Eine Erschütterung wirft mich fast um. Es dreht sich in meinem Kopf, ein Strudel erfasst mich…

„Er kommt zu sich!“

„Shyla, mein Kind, wo bist Du?“ Ich schlug die Augen auf. Prinz Babu kniete neben mir und hielt mir die Trinkflasche an den Mund. Ich wehrte ihn ab. „Wo ist Sphinx? Wo bin ich?“ stieß ich hervor und rappelte mich hoch. Ein mitleidiger Blick von Bernd ließ mich zurücksinken. Ich hörte ihn etwas von „Dachschaden“ murmeln. Wütend begehrte ich auf. „Seid Ihr völlig von Sinnen? Ich habe bis vor wenigen Augenblicken mit Sphinx geredet! Wo ist das Biest hin? Ich will mein Kind haben – sie ist dort!“ fauchte ich wütend und sprang mit einem Satz auf die Beine. Eine weitere Erschütterung schleuderte uns alle wild umher. Nun wurde mir schmerzlich bewusst, dass ich mich wieder auf dem Schiff befand. „Was geschieht hier? Ein Erdbeben oder stürzt die Höhle ein?“ Meine Begleiter hielten sich an den Strängen des Traumbaumes fest, die wie Peitschen hin und her schossen. Max erschien wie ein Geist aus dem Hinterhalt. „Mensch, wo treibst Du Dich herum? Wir suchen Dich schon eine halbe Ewigkeit!“ empfing ich ihn vorwurfsvoll. Er winkte nur ab. „Keine Zeit für dumme Sprüche. Wir werden angegriffen! Wir müssen sofort wieder nach oben – als mit Tempo, wenn ich bitten darf!“ Er hastete los, ohne sich umzublicken und zu vergewissern, ob wir ihn gehört hatten…

Meine ersten Befürchtungen wurden weit übertroffen!

Der Weg zurück war, wie erwartet, mehr als beschwerlich. Mit letzter Kraft schleppte ich mich die Leitern hinauf. Heilfroh, endlich angekommen zu sein, musste ich mich erstmal setzen und verschnaufen. „Bin nicht mehr der Jüngste, mein lieber Jolly… Das war wirklich die blanke Tourtour!“ ächzte ich, als das befürchtete Kommando von Max kam. „Ausruhen können wir später. Wir werden in der Festung gebraucht!“ feuerte er uns an. Im Laufschritt ging es den Rest der Strecke weiter. Mehrere kleinere Beben folgten. Max lief mit weit greifenden Schritten voraus, sein Zopf wippte im Takt auf den Schultern. Dichte Rauchschwaden schlugen uns entgegen, als wir das Kellergewölbe erreichten. „Das stinkt erbärmlich. Was für ein Zeug verpestet derart die Luft?“ schniefte Imhotep und zückte sein Schwert. Ohrenbetäubender Lärm empfing uns, als wir endlich Tageslicht sahen. Kindern rannten kreischend ziellos herum, Frauen versuchten verzweifelt, ihre Babys zu schützen. Neben uns schlug eine Feuerkugel ein, die Wucht der Explosion riss mich zu Boden. Peter und Bernd waren sofort zur Stelle und halfen mir auf. „Hast nichts abbekommen – alles heil!“ beruhigte mich Bernd und klopfte mir auf den Kopf. „Was war das? Max...?“ Aber der war bereits über alle Berge. „Er ist dort im Aufgang verschwunden. Ich denke, er will zum Plateau...“ Babu wies auf eine offene Tür. Eine Frau stolperte auf uns zu, sie blutete im Gesicht, der linke Arm hing schlaff herab. „Habt Ihr meine Kinder gesehen – Adam und Eva?“ Ich hätte mir einen schöneren Anlass gewünscht, die Gefährtin von Max kennenzulernen als diesen. „Du bist Maria? Was ist geschehen?“ Babu fing die erschöpfte Frau auf und ließ sie sanft auf den Boden gleiten. „Wir werden bombardiert. Ein gewaltiges Heer ist aus dem Nichts vor der Festung erschienen und hat ohne Vorwarnung mit dem Beschuss begonnen.“ Sie atmete tief durch und schloss einen Moment die Augen. Bernd berührte ihren Arm. Sie schrie vor Schmerz auf. „Wie es aussieht, ist er gebrochen. Wir müssen sie sofort in die Krankenstation bringen...!“ Er konnte seinen Satz nicht beenden. „Das geht nicht – sie hat einen Volltreffer abbekommen und brennt“, unterbrach ihn Maria und seufzte. „Schuld an allem ist diese Taisya“, fügte sie tonlos hinzu und bemühte sich, aufzustehen. „Warte! Was hat Taisya mit der Sache hier zu tun?“ wollte Bernd wissen und half ihr. Sie schwankte heftig, Babu stützte sie zusätzlich. „Bringt mich auf die nächste Ebene. Dort befindet sich ein befestigter Schutzraum. Da ist Verbandsmaterial gelagert.“ bat Maria. Mit vor Schmerz verzogenem Gesicht machte sie einige Gehversuche. „Sie ist zu erschöpft. Wir tragen sie!“ entschied Peter, er und Babu hievten sie kurzerhand auf ihre Arme und liefen los. „Maria, was hat Taisya mit diesem Spektakel zu tun?“ fragte ich erneut, ohne dabei die Umgebung aus den Augen zu lassen. Mehrere Feuerbälle flogen über uns hinweg und zerplatzten donnernd in der unmittelbaren Nachbarschaft. „Wir hätten sie töten müssen nachdem klar war, dass sie infiziert ist! Die Umwandlung ging schneller als erwartet vor sich – sie hat den Schutz der Festung zerstört und den Feinden den Zugang ermöglicht!“ Sie sah mich mit einem Blick an, der mir durch Mark und Bein ging. „Sie ist das trojanische Pferd in diesem Spiel – wie Max mir einmal berichtet hat! Die Sirenen haben sie nicht ohne Grund bei der Attacke ausgesucht!" Bernd blieb fassungslos stehen. „Das kann nicht sein! Taisya…? Sie ist doch keine Verräterin? Das glaube ich nicht!" Maria schnaufte laut. „Das hat nichts mit Verräter zu tun – sie hat sich verändert und ist eine von ihnen geworden. Frage Imhotep, er kennt es aus eigenem Erleben!" Mitfühlend legte ich meine Hand auf die Schulter meines alten Freundes. „Es gibt offenbar doch Dinge zwischen Himmel und Erde, die wir nicht beeinflussen können? Wir müssen uns mit den Tatsachen abfinden, Bernd!" Unwillig streifte er meine Hand ab. „So lange ich es nicht mit eigenen Augen gesehen und erlebt habe, ist Taisya für mich unschuldig!" schnauzte er uns an, ohne weitere Kommentare rannte er weiter. Wir hatten Mühe, ihm zu folgen. „Da geht es lang. Wir haben gleich die Ebene erreicht." instruierte uns Maria und dirigierte uns durch einen mit Efeu umwachsenen Gang. Ein von allen Seiten umbauter Lichthof war unser Ziel. „Lasst mich bitte runter. Da drüben ist die Tür zum Bunker. Gleich neben dem Eingang steht ein Korb mit Verbandsmaterial", erklärte sie und hockte sich wimmernd hin. Bernd ließ sich nicht lange bitten, obwohl er noch immer von ihrer Aussage geschockt war, organisierte er persönlich einige Binden, Tücher und Stöcke herbei. „Es wird jetzt bestimmt weh tun. Ich werde versuchen, den Arm zu schienen und ruhig zu lagern. Beiss die Zähnen zusammen!" Mit einem müden Lächeln nickte Maria ihm zu. Die Prozedur dauerte nur wenige Minuten, aber für die Frau musste es die Hölle sein. Sie wurde bleich, dicke Schweißperlen liefen über ihr Gesicht, als Bernd den gebrochenen Knochen ertastete. „Haltet sie fest. Ich muss ihn richten!" Imhotep und Babu drückten ihren Körper an den Boden, Peter umklammerte ihren Kopf. Ich brach ein Stück vom Ast ab. „Beiß da drauf", raunte ich ihr zu und schob ihr das Stück zwischen die Kiefer. Ich konnte nicht hingucken, als Bernd fachmännisch den Oberarm in Lot brachte. „Müsste eigentlich geröntgt werden. Ich mache das nur auf Verdacht. Mehr kann ich nicht tun…" entschuldigte er sich leise. „So, jetzt noch eine Schiene und den Verband und wir haben das Schlimmste überstanden!" Er polsterte mehrere Stöcke mit Tüchern und passte sie an. „Arne, Du musst sie festhalten. Ich verbinde den Arm. Können Dir Deine Leute was gegen die

Schmerzen geben?“ fragte er Maria. Sie spuckte das Holzstück aus und nickte. Ihr dankbarer Blick entlockte ihm ein flüchtiges Grinsen. „Hast Dich tapfer gehalten, Mädel!“ Anerkennend strich er ihr über die Wangen. „Es tut mir sehr leid um Deine Freundin“, hörte ich sie flüstern. Seine hilflose Geste gab mir einen Stich in die Seele. Zwei Frauen schlichen über dem Hof zu uns. „Wir übergeben Dich an sie und sehen uns dann um, was Max macht. Vielleicht braucht er unsere Hilfe? Einverstanden?“ sprach ich. Maria winkte den beiden zu. Für uns war die Angelegenheit damit vorerst erledigt. Wir vergewisserten uns, dass Maria und ihre Begleiterinnen unbehelligt den nächsten Treppeneingang erreichten, dann brachen wir auf. Das Kampfgetöse wurde immer lauter, je höher wir Richtung Plateau stiegen. „Hier brennt die Luft!“ fluchte Peter und lud seine Waffe durch. Als wir das Tor zur Hochebene durchschritten, erblickten wir das gewaltige Ausmaß der sich anbahnenden Katastrophe. Heerscharen von Sirenen flogen über unsere Köpfe hinweg, so weit unser Auge reichte, rückten unzählige Kolonnen mit schwerem Kriegsgerät an die Pyramide heran und kesselten sie von allen Seiten ein. „Oh Gott, hier brennt nicht nur die Luft – hier ist die Kacke richtig am Dampfen!“ stieß Bernd erschaudert hervor, während er sich um die eigene Achse drehte, um die Lage zu checken. Max hatte uns erspäht. „Schön dass Ihr es doch geschafft habt! Wie es aussieht, müssen wir unsere geplante Party ein wenig verschieben. Ich brauche Euch an der Freitreppe. Lasst niemand dort hoch. Imhotep, Dich ernenne ich zum Oberbefehlshaber meiner Einheiten! Arne, ein Vögelchen hat mir gezwitschert, dass Du das Kommando über die göttlichen Heere hast – nutze diese Stellung und Macht, bevor es für uns alle zu spät ist“, ermahnte er mich mit Nachdruck. „Verrat mir lieber, wo Booh-Rax geblieben ist? Wo steckt dieser Dussel? Warum ist er nicht an seinem Platz? Der kann sich doch nicht in Luft auflösen?“ Der mächtige Krieger der Sphinxe war wie vom Erdboden verschluckt. „Er war bereits nicht mehr hier, als ich ankam. Keine Ahnung, wohin er verschwunden ist?“ Imhotep kam auf uns zugerannt. Er hatte wohl den letzten Kommentar mitbekommen. „Ich sehe wirklich schwarz - ohne den Krieger haben wir überhaupt keine Chancen, die Übermacht abzuwehren. Ox wird doch wohl wissen, wo er zu finden ist?“ Die Truppen der Festung formierten sich entlang der Kampflinie an der Außenmauer. „Sie werden uns von allen Seiten gleichzeitig angreifen, das dürfte wohl jedem klar sein! Wir haben nicht genug Männer…“ Sein sorgenvoller Blick sprach Bände. „Im Osten bauen sie bereits ihre Türme und Katapulte auf – es wird also bald richtig abgehen!“ informierte er uns noch, dann eilte er zu den Einheiten. Ich kümmerte mich um die Kommunikation mit Ox. „Ich möchte sofort eine Information, wo sich dieser Booh-Rax aufhält? Er soll doch die Festung bewachen?“ herrschte ich Ox an, als er sich meldete. Er wirkte verdattert. „Ist er nicht an seinem Fleck? Das ist wirklich mehr als ungewöhnlich.“ Das Amulett wurde glühend heiß und brannte wie Feuer auf meiner Brust. „Hör auf damit – ich bekomme wegen Dir noch Brandblasen!“ schimpfte ich und wedelte mir Luft zu. Sofort wurde es wieder kühler. Nach einer Weile des Zauderns bekam ich die entscheidende Antwort. „Booh-Rax holt seine Brüder hier her! Er versetzt den Berg, in dem sie gefangen sind. Er wird in einer Stunde damit eintreffen!“ Ich war so baff, dass mir die Kinnlade runter klappte. „Er will den ganzen Berg versetzen? Das ist ein Scherz, oder?“ Die Entgegnung von Ox leuchtete mir am Ende ein. „Er ist doch nicht allein – die Energie des gesamten Heeres steht ihm zur Verfügung, um das zu vollbringen. Und vergiss nicht – Gott Thot hat ihn erschaffen. Da ist diese Sache nur ein Klacks für ihn. Das ist auch unsere einzige Chance, dieses Inferno halbwegs zu überstehen. Sieh Dir diese Bilder an – Sebak II. hat alles aufgeboten, was im Reich der Monster je erschaffen wurde!“ Ox zoomte mir einige Ausschnitte des Heeres unserer Angreifer vor die Augen. Viele bereits bekannte Kreaturen aus Sebaks Gen-Küche befanden sich darunter, die Schlangen- und Wolfsköpfe waren so zahlreich vertreten, dass sie sich beinahe selber behinderten. „Da sind die Kroko-Krieger – Sebaks II. Eliteeinheiten!“ Die Krieger mit den charakteristischen Krokodilköpfen ihres Erzeugers und Gottes nahmen fast die gesamte Westfront ein. Eine frostige Gänsehaut flutete über meinen Rücken. „Die Brut der Hölle hat sich hier versammelt – und da sind unsere beiden extravaganten Freunde!“ Sebak II. und Seth fuhren mit ihren monströsen Streitwagen auf eine Erhebung gegenüber der Festung und hielten dort an. „Sie warten auf den Zeitpunkt, an dem das Heer für den Angriff bereit ist. Ich vermisse allerdings die

Wagenkolonne der Mütter?“ Ich hatte mich der großen Freitreppe genähert, an deren Fuße sich Sturmtrupps für den Einsatz bereit hielten. Es waren dunkelhäutige Krieger mit Schakalköpfen, ihr Heulen und Bellen drang drohend zu uns herauf. „Wie oder was hat Taisya eigentlich gemacht, dass die Festung ihren Schutz verloren haben soll? Verbrennen die Biester nicht mehr...?“ Bernds Frage erübrigte sich, als mehrere Krieger die ersten Stufen erklommen. „Das war bis vor kurzem nicht möglich. Jeder ungebetene Angreifer hätte sich jetzt sofort in Rauch aufgelöst!“ erklärte Max mit finsterer Mimik. „Was hat sie denn Deiner Meinung nach angestellt?“ bohrte Bernd weiter. „Sie hat einige Kinder getötet und damit Panik ausgelöst. Mit dem Ergebnis, das der mentale Energiezufluss zum Baum der Träume gestört ist. Er ist es, der die Festung schützt.“ Bernd sah Max tief in die Augen. „Sie hat einige Kinder getötet – Du bist Dir völlig sicher?“ hakte er erschüttert nach. Ich konnte nur ahnen, welche Gedanken ihm durch den Kopf gingen. Max nickte heftig. „Sie hat vier Kinder getötet – darunter meine Zwillinge, Adam und Eva, die an ihrem Bett Krankenwache hielten, um sie zu versorgen. Ich habe keine Ahnung, wie ich das ihrer Mama beibringe?“ Bernd war total erschüttert, mir wurde schlecht. Peter und Babu schüttelten sprachlos den Kopf. „Das kann nicht wahr sein...? Das wollte ich doch nicht“, stammelte Bernd, verzweifelt sah er Max nach, der mit hängenden Schultern zu Imhotep schritt. „Das konnten wir wirklich nicht ahnen, dass es so schlimm wird?“ Ich war ratlos und deprimiert. Getümmel und Lärm am Hauptdurchgang zur Festung ließ uns aufhorchen. „Da scheint sich was anzubahnen. Hoffentlich bekommen die Jungs das in den Griff?“ Peter gab uns ein Zeichen, ihm zu folgen. Mehrere Krieger gingen in Kampfstellung und kreisten eine Person ein, welche die Ebene aus dem Haupteingang heraus betreten wollte. „Taisya, da ist sie!“ rief Babu aus. Wie ein Wirbelwind fegte unsere kleine Kämpferin über die Stufen und schleuderte zwei Männer durch die Luft, dass sie schwer zu Boden stürzten und reglos liegen blieben. „Taisya!“ Bernds Blicke folgten jeder Regung seiner Freundin. „Das wird böse enden!“ schätzte Babu ein. Wir eilten der Truppe zur Hilfe. Ein weiterer Posten wurde vor unseren Augen wuchtig getroffen und fiel blutend auf den Boden. „Taisya – hör auf damit! Was machst Du denn?“ schrie Bernd sie an und stellte sich ihr in den Weg. Die Angreiferin stockte, knurrend wandte sie sich ihm zu. Die Veränderungen wurden nun für jeden Mann sichtbar. Ihr Gesicht war zu einer teuflischen Maske erstarrt, ihre Zähne wie Messer lang und scharf. Die Hände bogen sich krallenförmig, die Nägel glänzten gefährlich im Licht. „Fehlen nur noch die Flügel, dann hätten wir eine perfekte, schwarze Sirene vor uns!“ stellte Peter erschaudert fest, als Bernd ernsthaft in Gefahr geriet. Er redete mit Engelszungen auf sie ein, um sie umzustimmen und zu besänftigen. „He mein kleiner Sonnenschein, ich bin es!“ Mit erhobenen Händen machte er einen Schritt auf sie zu. „Sieh her Schatz – ich bin nicht bewaffnet!“ Für einen winzigen Augenblick schien es mir, als würde sie ihn erkennen. Das Fauchen verstummte, sie neigte den Kopf und beäugte ihn. Ich wollte erleichtert aufatmen, als sie auf ihn losging und schwer attackierte. Mit einem Satz sprang sie in die Luft, direkt auf Bernd zu... Ich registrierte den Schatten, der in ihrem Rücken auftauchte, ihr Kopf wurde vom Körper getrennt und rollte, geifernd um sich schnappend, bis vor unsere Füße. Imhotep stand keuchend da, sein Schwert noch immer fest in der Faust. „Oh nein...“ Bernd sank wimmernd auf die Knie, die Augen voller Tränen, schaute er fassungslos auf die Reste des Menschen, der seinem Herzen so nahe stand. Der Heerführer wischte das Blut von der Klinge. „Tut mir wirklich leid, mein Freund. Aber es gab nur noch diesen einen Weg.“ Ohne eine Regung im Gesicht, machte er kehrt und nahm seine vorbestimmte Position ein...

Ich stand wie betäubt und konnte das Geschehen nicht begreifen. Ich war Peter und Babu mehr als dankbar, dass wenigstens sie die Kraft fanden, Bernd Trost zu spenden. Dann ereignete sich etwas, womit niemand in dieser Situation rechnete. Ein Ruck ging durch Bernd, er erhob sich. „Was geschehen ist, kann niemand mehr ändern. Zeit zum Trauern haben wir später. Jetzt müssen wir erst einmal mit diesem Gesindel aufräumen. Gebt mir einen Speer oder ein Schwert – die Festung braucht uns!“ Mit festem Blick sah er uns der Reihe nach an und hielt seine flache Hand hin. „Wie war der berühmte Spruch der Musketiere? Einer für alle...!“ Peter und ich ergänzten: „Alle für Einen!“ Wir schlugen ein, Babu folgte unserem Vorbild und legte seine Hand obenauf. „Das erklären wir Dir nach der Schlacht. Wir werden gemeinsam kämpfen...!“ ließ ich verlauten. Das war der Moment, in dem die erste Welle von Angreifer die lange Treppe herauf stürmte. Ein Wall aus Speeren empfing die Schakalköpfe und durchbohrte einen Krieger nach dem anderen. Blut spritzte umher und besudelte die Stufen. Die Schreie der Verwundeten vermischten sich mit dem Kampfgebrüll der nachrückenden Einheit. „Lasst sie in Gottes Namen nicht durchbrechen!“ schrie Bernd aus voller Kehle und stach einen Angreifer nieder, der sich zwischen unsere Beine drängte. Allmählich stapelten sich die Toten auf der Treppe und bildeten eine natürliche Barrikade, so dass es den Eindringlingen immer schwerer gelang, sie zu überwinden. „Jetzt wünsche ich mir eine Handvoll von Juans Bomben herbei. Denen würde ich damit derart den Arsch aufreißen!“ fluchte ich laut und rammte meine Waffe in den Rachen eines Schakalkopfes, der gerade vor mir das Hindernis überwand. Ich sah noch, wie er im Fallen etliche Krieger mitriss und eine klaffende Lücke hinterließ. „Genau so wird es Euch Miststücke ergehen!“ Drohend hielt ich das Schwert in die Luft, den stinkenden Atem im Nacken spürte ich erst, als ich bereits zu Boden ging. Entsetzt drehte ich mich im Fallen um, den stechenden Blick einer Sirene vor Augen. Sie kreischte triumphierend und holte zum entscheidenden Schlag aus. Mein Herzschlag stockte, ich schloss die Augen. Ich konnte mich danach nicht mehr erinnern, welche Gedanken mir in dieser Schrecksekunde durch das Hirn schossen. Ein Feuerstrahl löste sich aus meinem Amulett und traf das Biest mitten ins Gesicht. Ihre Augen loderten sofort lichterloh auf, ihre Flügel klappten einfach zusammen und sie stürzte über die Mauer in die Tiefe. Weitere Angreiferinnen, die ihr folgten, ergriffen schleunigst die Flucht und versammelten sich in sicherer Höhe erneut. „Ox - Dich habe ich in der Aufregung völlig vergessen. Danke mein Freund!“ stieß ich hervor und rappelte mich auf. Peter zeigte mir sein ‚Daumen hoch!’ „Das war richtig geil, wie Du sie fertig gemacht hast! Weiter so!“ brüllte er mir zu. „Wenn Du wüsstest, wie knapp das eben war“, murmelte ich vor mich hin, aber mir blieb keine Zeit mehr, darüber zu grübeln. Hinter uns dröhnten Imhoteps Befehle über das Plateau. „Achtung, sie greifen gleich an. Bögen und Musketen bereit halten, Schilde in Stellung bringen! Wir rücken nicht einen Schritt zurück, habt Ihr das verstanden!“ Ein tosendes „Hoooh“ der Mannschaft war die Antwort, mit entschlossener Mimik machten sich die Verteidiger der Festung für den Kampf bereit. Und dabei erlebte ich die verheerende Wirkung der Feuerwaffen, die wir nicht betrachten durften. Eine unvorhergesehene Verzögerung trat ein. Seth, der Gott des Bösen, sprang vom Streitwagen und stellte sich mit verschränkten Armen auf. „He, Ihr da drüben! Bevor wir Euch wie die Hühner rupfen und Eure Knochen in der Sonne bleichen lassen – schaut her! Wir haben eine ganz besondere Überraschung für Euch!“ Ein Grinsen huschte über sein merkwürdiges verzerrtes Gesicht, die Schläge von gewaltigen Pauken erschütterten die Luft. Zwei kleinere Streitwagen rollten mit Getöse heran. „Was für eine Sauerei haben die jetzt schon wieder vor?“ Babu umklammerte so fest seinen Speer, dass die Handknöchel weiß wurden. „Das sind einige Mütter der Mutanten. Was treiben die da?“ Der Abstand zum Hügel war so weit, dass wir nicht jede Besonderheit erkennen konnten. Es dauerte einige Minuten, bis sie ihre Vorbereitungen abgeschlossen hatten. Einige Gestalten huschten herbei, mannshohe Gestelle wurden herbei geschleppt und aufgerichtet. „Sie haben einen mobilen Turm der Götter installiert. So eine verfluchte Bande!“ Babu drohte wütend mit der Faust. Was dann geschah, ließ die Kampfmoral unserer Truppen so tief sinken, dass ich es mit der Angst zu tun bekam. „So, wir sind so weit. Vorhang auf für ein besonderes Spektakel!“ verkündete Seth lautstark, während Sebak II. ungerührt auf seinem Wagen verharrte. Mehrere Blitze kündigten an, dass der Turm seine Funktion aufnahm. Als die ersten Umrisse sichtbar wurden, rutschte mir das Herz in die Hose. „Das darf doch nicht wahr sein?“ Imhotep ließ sein Schild sinken, seine Augen zogen sich zu schmalen Schlitzen zusammen. Nacheinander rollte ein Streitwagen nach dem anderen auf das Feld und warfen während der Fahrt Menschen ab. Wir vernahmen ihre Schreie und hörten, wie bei einigen die Knochen der Arme und Beine brachen. Immer mehr Wagen wurden durch den Turm auf den Hügel transferiert, nach und nach formierte sich ein länger werdender Zug. „Die Mütter der Mutanten – da sind sie! Sie dürfen ja auch nicht fehlen, wenn Sebak II. Krieg gegen Unschuldige führt. Imhotep, sieh mal, auf dem vorderen Wagen, das ist doch dieser Schreiber Deines Vaters, dieser Acham, oder etwa nicht?“ stellte ich entgeistert fest. Es war Acham, der abstieg und sich voller Ehrfurcht vor den beiden Göttern in den Staub warf. „Ich bringe Euch wie befohlen die Geißel!“ schallte es zu uns. Imhotep lief rot an. „Dieses Schwein bringe ich um! Er ist also doch ein Verräter und Handlanger von Sebak II.“, schnaubte er, doch im Moment konnten wir nichts weiter tun als zusehen. Babu wurde hektisch. „Nesrin, da ist meine Gefährtin. Und der Pharao mit seinen Kindern... Imhotep, Dein Vater ist auch dabei!“ Allmählich wurde uns das Ausmaß der Katastrophe bewusst. „Sie haben den gesamten Hofstaat her gebracht – was für eine Infamie, was für eine Gemeinheit!“ Totenstille breitete sich in unseren Reihen aus. So sehr ich auch nachgrübelte und abwog, ich kam zu keinem befriedigenden Ergebnis. „Das ist wirklich ein Scheißspiel, was sie treiben!“ Ich musste schlucken, der Zorn in mir wurde groß und mächtig, dennoch waren uns die Hände gebunden. „Nun, Ihr ehrwürdigen Verteidiger, hat es Euch die Sprache verschlagen?“ höhnte diesmal Sebak II. und lachte schallend. Seth schob sich nach vorn. „Und nun zu unserem Anliegen. Ihr selber habt es in der Hand, was mit ihnen geschieht. Ergebt und unterwerft Euch – und alles wird gut!“ forderte der Gott mit ironischem Unterton. Max schlich sich zu uns heran. „Wir können uns nicht ergeben, das kommt nicht in Frage! Sie wollen das Schiff, um die Originale zu vernichten“, zischelte er mir zu. Das war mir inzwischen lange klar geworden. Babu und Imhotep verfolgten voller Anspannung den weiteren Aufmarsch der Gefangenen. „Diese Bestien werden es bitter bereuen, wenn Nesrin nur ein Haar gekrümmt wird!“ schleuderte Babu voller Hass heraus. Diesen Gedanken trugen wir wohl alle in uns, umso mehr schmerzte die Tatsache, dass wir nur ohnmächtig zusehen konnten, wie die Götter sogar den Pharao Juan I. verhöhnten und zur Schau stellten. Sebak II. hob meinen langjährigen Freund wie eine Puppe in die Höhe und würgte seinen Hals, so dass er hilflos mit den Füßen strampelte. „Nun, großer Rächer und Auserwählter – was möchtest Du jetzt gerade mit mir anstellen?“ Sein Finger zeigte direkt auf mich. Der Himmel verdunkelte sich, doch unsere Hoffnungen wurden getäuscht. „Ein Schwarm Sirenen kommt auf uns zugeflogen. Jeder zweite Mann sichert uns nach oben!“ ordnete Imhotep an und überzeugte sich persönlich, dass seinem Befehl Folge geleistet wurde. „He Auserwählter – ich habe für Dich ein persönliches Geschenk!“ verkündete Seth und klatschte in die

Hände. Aus dem Schwarm lösten sich ein Paar Sirenen, sie schleppten in ihrer Mitte ein Mitbringsel der besonderen Art. Mit rasantem Tempo fixierte sie das Plateau an, in einer gewagten Aktion flatterten die Kreaturen auf mich zu und warfen ihre Last ab. Sie schwebte einige Meter durch die Luft, dann setzte sie sicher auf und erhob sich. „Das ist doch der alte Ali - Dein Schwiegervater, den die Viecher entführt haben!“ Imhotep hielt seine Waffe bereit. Mir sträubten sich die Haare, ihn so zu sehen. „Sie haben ihn also auch infiziert! So ein Drecksvolk!“ Ähnlich wie bei Taisya, waren sofort die Veränderungen zu erkennen. „Vater, was haben sie mit Dir angestellt?“ Das Wesen vor uns hatte mit einem Menschen nicht mehr viel zu tun. Fauchend schnappte er um sich, so dass die klingenscharfen Zähne lautstark aufeinander schlugen. „Tja, Professor, was hältst Du von unserem Geschenk? Ihr werdet garantiert viel Spaß mit ihm haben!“ höhnte Sebak II. und stellte den Pharao auf den Boden, um uns zu beobachten. „Diese Suppe werde ich ihnen mächtig versalzen!“ knurrte Imhotep, kurz entschlossen trat er auf Ali zu und schwang sein Schwert. Ich senkte den Kopf, diesen Anblick wollte ich mir ersparen. Dumpf fiel das Haupt herab, ich sah nur noch den Körper des Alten im Todeskampf zittern, dann war es vorbei. „Geht man so mit Geschenken seiner Freunde um?“ Sebaks grotesker Beifall trieb meinen Blutdruck richtig in die Höhe. Peter legte besänftigend seine Hand auf meine Schulter. „Lass Dich nicht provozieren, Ali war nicht mehr zu retten. Imhotep hat das einzig Richtige getan. Es wird der Tag kommen, da werden diese Schweine dafür bezahlen!“ Die beiden Götter und Heerführer waren auf den Geschmack gekommen und präsentierten uns ihr nächstes Opfer. Wohl wissend, dass er damit die größte Wunde schlug, trat Sebak II. in Aktion. „Mein Sohn Babu, jetzt haben wir eine besondere Gabe für Dich! Du erinnerst Dich…?“ Er angelte sich Prinzessin Nesrin aus der Gruppe der Gefangenen heraus und zerrte sie an den langen Haaren zu seinem Streitwagen. „Damals war sie ein kleines Kind und doch mächtig genug, ihren Vater und Pharao Remos II. so schwer zu verletzen, dass er daran verreckte! Nun wird sich zeigen, ob ihre Liebe zu Dir ausreicht, diesen Krieg zu beenden?“ Mit einem Ruck stellte er die junge Frau auf die Plattform seines Wagens, so dass sie gut zu sehen war. Ihre blonden Strähnen flatterten im Wind, als sie sich ihrem Geliebten zuwandte. „Babu – was immer hier geschehen mag – Du und Deine Freunde dürfen nicht klein beigeben. Hast Du mich verstanden!“ appellierte sie unter Tränen an den Prinzen. „Guck Dir diese kleine Kröte an, quakt und sabbert und niemand kann ihr helfen!“ Sebak II. trieb sein böses Spielchen mit dem Liebespaar. „Babu, ich mache Dir einen Vorschlag zwischen Vater und Sohn – komm einfach herüber und schließe Dich uns an! Deine sogenannten Freunde wird es in wenigen Minuten nicht mehr geben. Du bekommst Atlantis und Deine kleine Prinzessin zurück und das Leben kann normal weiter gehen!“ In dieser ausweglosen Situation ein mehr als verlockendes Angebot, das war jedem von uns klar. Unsere Blicke ruhten auf den Prinzen. „Du – bist nicht mein Vater! Du bist nur ein Abklatsch von einem Gott, den es nicht geben sollte!“ Babu schäumte vor Zorn, dennoch hatte er sich besser in der Gewalt, als wir erwarteten. Max berührte seine Hand. „Schließ die Augen, ich verbinde Dich mit Nesrin!“ bot er an, dankbar nickte Babu und tat, wie ihm geheißen wurde. Ich wusste von den unheimlichen Fähigkeiten der beiden unglücklichen Opfer, die von Sebaks Eingriff entstellt wurden. Sein Gesicht entspannte sich, seine Züge wurden weicher. „Es funktioniert, er kann sie sehen, hören und mit ihr kommunizieren“, flüsterte ich meinen Freunden zu. „Es ist mir ein Leichtes, Dich daran teilhaben zu lassen!“ meldete sich Ox, ehe ich mich versah, loggte er mich in das Gespräch ein. „Sorry, ich wollte Euch nicht stören, aber mein Freund hat ein wenig übereifrig gehandelt und mich bei Euch eingeschaltet. Nesrin – halte die Götter nur noch eine kurze Zeit hin, das Heer der Sphinxe wird bald eintreffen. Dann geht es diesen Halunken an den Kragen“, informierte ich die Prinzessin mit wenigen Worten und verabschiedete mich wieder. „Ihr seid füreinander geschaffen – und kein Gott dieser Welt wird Euch trennen!“ Ich nickte Nesrin aufmunternd zu. Sebak II. war misstrauisch geworden, statt der erwarteten Beschimpfungen verhielten sich beide auffällig still. „Max – Babu soll laut fluchen, sonst kommt er Euch auf die Schliche“, raunte ich Max zu. Sofort begann Babu wie ein Verrückter zu brüllen und beschimpfte Sebak II. und Seth nach allen Regeln der Kunst. Und erreichte damit, dass er ein wenig Zeit gewann. Unsere

Sirenen – Abwehr wurde zusehends unruhig. Eine pechschwarze Wolke verdeckte die Sonne und kam wie ein Tornado heran gezogen. „Das ist keine Sonnenfinsternis – das Heer der Sphinxe ist im Anmarsch!“ informierte mich Ox erleichtert. Mit ihm erschien unser Raumschiff auf der Bildfläche. „Booh-Rax hat sich das Ding offensichtlich ausgeliehen, damit er wohl schneller ans Ziel kommt.“ kommentierte Ox, dem es hörbar peinlich war, dass ihm diese wichtige Kleinigkeit entgangen war. „Von wegen unfehlbare Wesen – dass ich nicht lache. Ihr macht mehr Fehler, als ein normaler Mensch!“ rügte ich ihn mit einem Anflug von Humor und ließ es damit bewenden.
Während unsere Leute die Ankunft unserer Retter und Helfer stürmisch begrüßten, setzten die Truppen unserer Feinde unverzüglich zum Angriff an. „Bewegt Eure verdammten Ärsche und schleift die Festung, bevor die Krieger landen!“ kreischte Seth mit überschlagender Stimme. Ich registrierte noch, dass Nesrin vom Wagen hüpfte und von Juan I. empfangen wurde, dann rauschte eine Welle der Vernichtung über uns hinweg. „Sie schaffen es nicht rechtzeitig!“ Es war der Schrei der Verzweifelung, der einfach aus mir hinaus musste. Den Anblick der Krieger vor Augen, die unsere letzen Hoffnungen blieben, schlugen wir wie Berserker auf die unzähligen Körper ein, die wie eine Flut über uns herein brachen. Rechts und links von mir teilten Bernd und Peter ununterbrochen Hiebe aus, die Krieger der Festung hielten zwar die anfänglichen Momente stand, aber der Druck auf sie wurde immer stärker. Mehrere Eroberungstürme landeten an, weitere Einheiten schoben sich auf das Plateau, ein Kampf auf Leben und Tod entbrannte bis in den letzten Winkel. Als die beiden Kampfwagen der Götter donnernd über eine der Rampen zogen, war unser Schicksal so gut wie besiegelt...

Ich spürte weiche Hände auf meinen Wangen. Der Lärm war verstummt, ich selber hatte keine Ahnung, was mit mir geschehen war. „Bin ich tot und im Himmel?“ Es zupfte an meinen Ohrläppchen und kitzelte. „Paps, mach die Augen auf. Ich bin es!“ Es war wie ein schöner Traum, der mich gefangen hielt. Ich bemerkte mein eigenes Lächeln. „Shyla – Du bist hier?“ dachte ich, wohl oder übel musste ich die Augen öffnen, nachdem meine Augenlider einfach hochgezogen wurden. Das liebste aller Gesichter lachte mich an. „Na endlich, ich dachte schon, Du würdest überhaupt nicht wach werden?“ Shyla umarmte mich stürmisch und drehte sich jubelnd um. „Ich habe Euch doch gesagt, dass mein Paps uns holen wird!“ krähte sie vergnügt und gab mir einen langen Schmatzer. „Du schmeckst aber komisch – nach Rauch und Dreck! Und Blut? Igitt!“ Sie schüttelte sich. Ich stützte mich auf die Ellenbogen und sah mich misstrauisch um. „Was ist geschehen? Was machen die?“ So weit ich sehen konnte, waren die Kämpfe im vollen Gange – theoretisch zumindest. Überall standen sich die Gegner gegenüber, ihre Bewegungen wie zu Eis gefroren. Ich konnte die Wut und Entschlossenheit in Bernds Augen blinken sehen, sein Speer verharrte nur eine Fingerbreite vor der Brust eines Schakalkopfes, dessen weit aufgerissenes Maul einen schaurigen Anblick gab. „Ihr habt die Zeit angehalten, wie damals. Stimmst?“ Meine Knie zitterten, als ich mich hoch rappelte. Der Ring der Mädchen schwebte über die Köpfe der Kämpfer, es fühlte sich wie eine unsichtbare, weiche Glocke an, in denen jegliche Bewegungen für einen Moment innehielten. „Ihr habt uns gerettet? Ihr habt in letzter Sekunde eingegriffen…!“ Shyla führte mich in die Mitte ihrer Schwestern, die sich fest an den Händen hielten. „Wenn es nicht so ernst wäre, würde ich über diese beiden Verrückten laut lachen!“ Sebaks II. und Seths Streitwagen hatten die Rampe fast überquert, die Hufe der Zugtiere von Sebak II. berührten bereits den Boden der Plattform. In dieser Stellung verharrten sie nun unbeweglich. Der leblose Blick seiner Pupillen war auf einen Punkt gerichtet, die Peitsche in seiner Kralle schwebte noch in der Luft. „Wie lange hält das an?“ fragte ich meine Tochter. Sie zuckte mit den Achseln. „Weiß ich nicht genau – so lange wir Lust haben. Und so lange, wie der Kreis geschlossen bleibt!“ lautete die Antwort. In der Ferne bemerkte ich einen Gebirgszug, der vorher noch nicht da war. „Das Heer der Sphinxe – jetzt sind sie gelandet, oder?“ Shyla nickte andächtig. „Sind sie auch in der Zeit gefangen?“ Ich nahm in der Ferne Bewegungen wahr, die meine Frage von selber beantworteten. „Nein – nur die Festung ist davon betroffen! Die Streitkräfte der Sphinxe zerschlagen gerade die Truppen vor der Festung. Wenn sie fertig sind, kommen sie hier hoch und erledigen den Rest!“ erklärte mir mein Kind mit der

Überzeugung eines erfahrenen Feldherren. „Was für eine irre Geschichte ist das nur? Dreizehn kleine Kinder spielen Friedensengel und setzen sich gegen mächtige Götter zur Wehr. Wie wird das wohl enden?“ seufzte ich und betrachtete die zierlichen Mädchen in ihren weißen Kleidern, die die Welt des Schreckens für kurze Zeit außer Kraft setzten. „Manche Dinge sind einfach so irrational und dennoch muss man ihnen glauben.“ Einige bislang unbekannte Geräusche ließen mich aufhorchen. „Wenn ich es nicht besser wüsste, würde ich das für Schüsse halten, die aus Schnellfeuerwaffen stammen. Peter...?“ Peter konnte ich nicht befragen, auch er steckte in der Zeitschleife. „Verflixt noch mal, wer ballert da so sinnlos durch die Gegend?“ fluchte ich. Ich tastete mich zwischen abgeschlagenen Gliedmaßen und kletterte über Berge regungsloser Körpern. Vorbei an Bluttlachen, die in der Zeitlosigkeit auf der Stelle schwebten und darauf warteten, den Weg der Vergänglichkeit gehen zu können. Mehrere wuchtige Detonationen waren zu vernehmen, Stichflammen loderten auf. Auf einem menschlichen Hügel in der Nähe der Freitreppe hatte ich freien Blick auf das umliegende Gelände. Shyla folgte mir, ihr schönes Kleid war nach wenigen Schritten über und über mit Blut befleckt. „Schatz, was machst Du denn? Du versaust Dein Kleidchen“, ermahnte ich sie und nahm sie auf den Arm. Gemeinsam hielten wir Ausschau und versuchten, uns ein Bild über die Kampfhandlungen am Fuße der Festung zu machen. „Wir müssen da runter. Ich gehe allerdings allein – Du bleibst bitte bei Deinen Schwestern – das wäre mir lieber.“ Shyla sah mich mit einem strengen Blick an. „Der große und mächtige Gott Thot hat uns als seine Priesterinnen eines gelehrt: Wenn das Blut Unschuldiger für eine Sache vergeudet wird, die nur wenigen dient, dann läuft in dieser Welt alles falsch! Seth und Sebak II. haben die Türme der Götter in unsere Zukunft geöffnet und Truppen von dort geholt. Sie zu besiegen, wird sogar für die Krieger der Sphinxe keine einfache Aufgabe sein.“ Ich setzte sie behutsam auf dem verdreckten Boden ab. „Umso wichtiger ist es darum, dass der oberste Heerführer bei ihnen erscheint, um sie in diesem Kampf zu unterstützen – und das bin noch immer ich!“ Ich nahm ihre kleinen Händchen in meine Hände und küsste sie. „Du wartest hier – es kann Dir und Deinen Schwestern nichts geschehen. Ich komme bald zurück!“

Der Weg nach unten war mehr als beschwerlich.
„So viele Leben, die für einen Scheiß geopfert wurden. Auch wenn es Monster und Bestien sind – das hat niemand verdient!“ grunzte ich vor mich hin und angelte mich von einer Stufe zur nächsten. Es war, wie Shyla mir erklärte. Alles was sich auf dem Territorium der Festung befand, war im Dornröschenschlaf versunken. Endlich kam ich auf dem felsigen Grund vor der Pyramide an. Der Schwerpunkt der Kämpfe hatte sich auf das ausgedehntes Gelände davor verlagert, welches mit seinen Ausläufern bis ans Ufer des Meeres reichte. Der Berg der Licht-Krieger markierte die gegenüberliegenden Areale, in denen heftig gekämpft wurde. Ich sah schwarz gekleidete Einheiten vordringen, ihr Beschuss konzentrierte sich genau auf die Eingänge der einstigen Silbemine. Ich rannte, so schnell ich konnte, eine langgezogene Anhöhe hinauf. „Das Banner mit dem Kobra – Kopf! Shyla vermutet richtig – es sind Einheiten aus unserer Epoche. So weit haben es diese Dummköpfe schon kommen lassen?“ In der Nähe tobte ein erbitterter Zweikampf zwischen einem Schakalkopf und einem Lichtwesen. „Ox, melde Dich sofort!“ befahl ich mit fester Stimme. Diesmal allerdings verlief sein Erscheinen anders als bislang gewohnt. Neben mir wuchs ein Lichtkegel aus dem Boden und wurde größer. „Heerführer, ich bin da! Er wird doch wohl mit solchem Gesindel fertig werden?“ schimpfte er wütend. Bevor ich weiter reden konnte, griff Ox im Handgemenge ein, ein Strahl aus seiner Hand bereitete dem Gemetzel ein jähes Ende. Der Körper des Schakals zerfiel. „Jetzt ist nicht die Zeit für Spielereien!“ kanzelte er den Krieger ärgerlich ab und schickte ihn nach vorn, wo sich im Hintergrund der kämpfenden Einheiten die Streitwagen der Mütter zu einem Angriff formierten. „Wo ist Booh-Rax?“ fragte ich, ich konnte den Riesen nirgendwo sehen. „Er hält den Zugang zur Mine frei, damit sich die Krieger aus dem Berg lösen können. Thot hat dafür einen Befreiungsspruch angefertigt – aber es dauert seine Zeit, bis er vollständig wirkt. Im Moment sind nur eine Handvoll Krieger im Einsatz!“ erläuterte mir Ox die augenblickliche Lage. Ich erinnerte mich, dass die Sphinx-Krieger in den geschmolzenen Metallflächen der Silbermine gefangen waren. Mein Blick pendelte zwischen dem Berg und der Kolonne der Streitwagen. „Das

ist fatal! Wenn es uns nicht gelingt, diesen Prozess zu beschleunigen, sehe ich echt schwarz für uns!“ Ich rieb mir das Kinn und dachte nach. Ein weiterer Umstand machte mir ernsthafte Sorgen. „Ox, sehe ich das richtig oder täusche ich mich? Die Wagen von Seth und Sebak II. bewegen sich?“ Beide Streitwagen kamen die Rampe herunter gedonnert und brachten ihre Besatzungen in Sicherheit.

„Paps – kannst Du mich hören?“ Das Amulett erwärmte sich, obwohl Ox sich materialisiert hatte. Shylas Stimme klang erschöpft und müde. „Paps, wir halten den Kreis weiter geschlossen. Aber die Götter sind zu mächtig – sie sind uns entwischt!“ informierte sie mich. „Habe ich gesehen. Dann wird es Euch nicht mehr so schwer fallen, den Rest der Meute zu bannen. Hab Dich ganz doll lieb!“ Damit endete unser Kontakt. Mehrere Lichtgestalten lösten sich erneut vom Berg der Silbermine und eilten ihren Brüdern zur Hilfe. „Da ist Booh-Rax. Er wehrt gerade eine Truppe ab, die sich dem Eingang nähert. Sie wollen eine Sprengladung platzieren.“ Ox war sichtlich beunruhigt. „Die Krieger Deiner Zeit können uns ernsthafte Schäden zufügen – auch wenn wir unsterblich sind. Hoffentlich kann Booh-Rax das Schlimmste verhindern?“ Die Erschütterungen mehrerer Explosionen waren bis zu uns zu spüren, der Boden erbebte und ließ mich taumeln. „Wenn die Eingänge versiegelt werden, bekommen wir kein Sonnenlicht mehr in die Stollen. Und damit keine Energie, die wir zum Auftanken dringend benötigen!“ erklärte mir Ox weiter. Die Wagen der Götter hatten inzwischen das Aufmarschgebiet der Mütter erreicht. Ihr Gejohle über die Befreiung ihrer Kriegsherren drang bis zu uns. „Es ist fast wie vor tausenden Jahren – diese verdammten Mütter finden immer einen Weg, ihre Köpfe aus der Schlinge zu ziehen!“ fluchte der Heerführer der Sphinxe grimmig. „Es muss doch trotzdem möglich sein, diesen gottverfluchten Kreaturen ein Ende zu setzen. Lass uns nachdenken, was wir in der gegenwärtigen Situation machen können? Welche Reserven stehen uns zur Verfügung?“ grübelte ich laut. „Auch wenn mir Gott Thot das Oberkommando über die weltlichen und göttlichen Heere übertragen hat – wo sind meine Streitmächte? Ich bin kein ausgebildeter Krieger, und das sieht ja wohl ein Dummer, dass ich geleimt wurde!“ schnaubte ich im Angesicht der ausweglosen Lage. Ox hielt sich mit jeglicher Meinungsäußerung zurück. Er hatte wohl dazu gelernt, dass es wenig Sinn machte, sich mit mir anzulegen, wenn ich stinksauer war. „Professor – sieh doch!“ Er zupfte an meiner Schulter. „Der Pharao!“ hörte ich und drehte mich um. Eine Schar Männer kam den Hügel herab, es waren vielleicht zwei oder drei Dutzend, die auf uns zu eilten. An ihrer Spitze Juan I., mein alter Freund und Gefährte. „Sie haben Waffen bei sich – ich denke ich weiß, was sie vorhaben!“ orakelte Ox erneut. Juan I. sah abgezehrt und erschöpft aus, dennoch strahlte er Zuversicht und Entschlossenheit aus. „So sieht man sich also wieder – schön dass Ihr hier seid!“ Er verneigte sich vor uns, mich umarmte er stürmisch. „Sind ja bekannte Gesichter in Deinem Trupp.“ Ich nickte den Männern zu. Aset, der Anführer der Drachen-Reiter, hob seine Hand. Ich entdeckte Aziz, das Oberhaupt der Steinmetze aus der Silbemine und einige seiner Leute. „Ra-Helios hat das Kommando über meinen Tross übernommen. Er organisiert die Flucht meines Hofstaates, sobald die Götter durch die Ereignisse abgelenkt werden. Wir haben leider etliche Schwerverletzte – diese Mütter sind wahre Bestien!“ umriss er die letzten Ereignisse. „Wir haben mitbekommen, dass Du den Widerstand leitest, deshalb sind wir hier, um Euch zu unterstützen!“ Eine weitere Gruppe kam angestürmt, die den Pharao mehr in Erstaunen versetzte als mich. Nach kurzem Blickwechsel wandte sich Juan I. den Neuankömmlingen zu. „Das war mir doch sofort klar, dass nur Du das sein konntest!“ Er lächelte verhalten und rubbelte dem Mädchen den Kopf. Nesrin, einige ihrer Schwestern und Frauen aus dem Gefolge standen stramm, bis an die Zähne bewaffnet, vor dem König. „Wir werden nicht einfach zusehen, wie diese Monster unsere Familien umbringen. Dein Kampf ist unser aller Kampf!“ Nesrin sah ihrem Schwager trotzig und herausfordernd ins Gesicht. „Tja Pharao – da bleibt Dir nichts anderes übrig, als Dich mit den Tatsachen abzufinden. Und ich habe ein kleines aber feines menschliches Heer! Jetzt fehlen mir nur noch die Krieger der Sphinxe, und das kann zum Problem werden…?“ Nesrin musterte mich mit bangen Blicken. „Was ist mit Babu – geht es ihm gut?“ fragte sie schließlich. Erleichtert atmete sie auf, als ich ihr das bestätigte. Sie berührte dankbar meinen Arm, mit einem flüchtigen Nicken reihte sie sich wieder in ihre Einheit ein. Eine Staubwolke kündigte den Anmarsch weiterer Feinde an. „Ox, sondiere die Lage! Was sind das für Truppen?“ wollte ich sofort wissen. „Es sind die Jäger der Sirenen – diese eigenartigen Wölfe. Das Rudel muss riesig sein…?“ entgegnete mein Kundschafter und Berater. Zur Bestätigung verfinsterte sich der Himmel ein weiteres Mal – diesmal umkreisten Schwärme von Sirenen das Lager der Feinde. „Zumindest halten sie noch Abstand zur Festung. So lange die Mädchen die Zeit bannen, werden sie nicht die Pyramide sondern eher uns angreifen. Ox, rufe Deine Krieger zusammen. Es wird Zeit, sich zur Schlacht zu rüsten!“ entschied ich. Gespannt warteten wir ab, wie viele Sphinx-Krieger den Stollen verlassen hatten. Feurige Kugeln wirbelten über die Erde, mit einer ungeheuren Geschwindigkeit näherten sie sich unserem Treffpunkt. Ich kniff die Augen zusammen und beobachtete jede Bewegung dieser Lichtwesen. „Fix wie Blitze – vielleicht können wir das statt der geringen Anzahl zu unserem Vorteil nutzen?“ äußerte Juan I. lakonisch und traf damit genau meinen Nerv. „Ox, sie sollen sich um uns herum versammeln!“ befahl ich und begann zu zählen. „Zweiunddreißig Krieger sind angetreten, Booh-Rax bleibt vor der Mine und beschützt sie. Ox – sende zwei Deiner Leute auf die Festung. Sie sollen dort die restlichen Feinde ausschalten und entsorgen, damit Max und unsere Freunde uns den Rücken frei halten können. Denke, die Mädchen brauchen dringend eine Atempause!“ ordnete ich an. Von unserem Platz konnten wir ein Gebilde erkennen, welches die gesamte Festung wie ein farbloser Regenschirm überspannte. „Ich wusste nicht, dass man so was überhaupt sehen kann?“ Der Anblick war schon faszinierend, auch wenn die Umstände grausam waren. Ox bestimmte die Krieger für den Auftrag. In Bruchteilen von Sekunden schossen zwei Kugeln zur Festung und räumten auf. Im hohen Bogen wurden die toten und verwundeten Angreifer vom Plateau gefegt. Ohne Skrupel beseitigten sie sämtliche erstarrten Kämpfer. „Die Aktion wird bereits beobachtet – seht doch!“ Ox behielt das Heer der Götter im Auge. Ein Schwarm Sirenen erhob sich und zog schnurrgerade zur Festung. „Ox an Plox – bereite das Schiff zum Start vor! Vertreibe erst die Sirenen, danach lande auf der Ebene vor der Festung und nimm die Besatzung an Bord! Halte Dich zum Eingreifen bereit! Ox Ende!“ Er las meine Gedanken und setzte sie sofort in der Praxis um. Zufrieden brummte ich vor mich hin. „Na endlich klappt es mit dem Teamwork! Wurde langsam Zeit.“ Juan I. beobachte mich skeptisch. „Wäre es nicht besser, die Leute hier zu vereinen?“ fragte er leise. Ich schüttelte heftig den Kopf. „Was bringen uns ein paar hundert Krieger? Nichts! Sie sollen lieber die Festung sichern. Das Schiff dagegen können wir gut gebrauchen – seine Antriebe haben sich als Flammenwerfer schon mehrfach gut bewährt.“ Ox bestätigte die Zweckmäßigkeit auf seine Art. „Mit diesen Feuern ätzen wir den Müttern die Ärsche weg!“ röhrte er. Diesmal konnte ich mir ein Grinsen nicht verkneifen. „Da hörst Du es. Das Schiff ist mehr wert, als ein ganzes Heer!“ Die Antriebe des Schiffes waren wie Leuchtfeuer in der Nacht. Wie eine Diskusscheibe zog es am Himmel entlang, flog direkt auf die Sirenen zu. „Da werden sich gleich einige der Biester mächtig wundern!“ frohlockte ich, als es in bewährte Weise seine Kampftechnik anwandte. „Sie haben damals keine Waffen zur Verteidigung entwickelt oder in den Schiffen eingebaut“, erklärte ich Juan I., dem das Thema nicht neu war. „Wir hatten allerdings mehrfach die Gelegenheit, das Schiff selbst als Waffe einzusetzen – die Düsen strahlen eine derartige Hitze aus, dass im Umkreis von mindestens hundertfünfzig Metern alles versengt und verbrannt wird. Das hat uns einige Male den Arsch gerettet!“ klärte ich ihn auf und verfolgte gespannt die Aktionen am Firmament. Die Sirenen formierten sich zu einem Keil und versuchten, dem Schiff durch schnelle Flugmanövern auszuweichen. „Das wird ihnen nichts nützen. Plox, der Bordcomputer, kennt sämtliche Raffinessen und wird ihnen schon zeigen, wer der Herr des Himmels ist!“ So kam es auch. Pfeilschnell umkreiste das Schiff den Schwarm, als es einigen Angreifern gelang, sich auf die Außenhaut zu flüchten, erlebten wir ein besonderes Schauspiel. „Das ist der größte Fehler, den sie machen können. Zwei Dinge werden gleich geschehen. Einmal wird sich das Schiff wie ein Wirbel um die eigene Achse drehen - und – die Viecher mit einem elektrischen Schlag beglücken!“ kommentierte Ox das Geschehen weiter. Mehrere Stichflammen loderten auf und wurden im hohen Bogen von Bord geschleudert. Dann erfolgte das Finale – das Flammenmeer des Schiffes hüllte den gesamten Schwarm ein und ließ ihn wie eine einzige Fackel auflodern. „Erledigt! Gut gemacht, Plox – jetzt nimm Deine Besatzung auf!“ lobte Ox.

Ein heftiges Rumsen ließ mich erschrocken aufhorchen. Dunkle Rauchschwaden zogen über die Silbermine hinweg, dumpfes Grollen war zu hören. „Haben sie es etwa doch geschafft?“ Meine bange Frage war nicht unbegründet. „Schicke fünf Krieger zur Mine! Sie sollen Booh-Rax unterstützen. Gnade uns Gott, wenn sie den Eingang sprengen konnten?“ Ein ungutes Gefühl im Bauch suggerierte mir, dass einiges schief lief. „Wenn sie unseren Riesen ausgetrickst haben, können wir einpacken! Das wäre eine harte Nummer?“ Mir wurde heiß und kalt...

Das letzte Gericht

Die Veränderungen waren nicht zu übersehen!

Der Zeitschirm löste sich vollständig auf, ab und wann tauchten Umrisse unweit des Treppenabganges auf. „Was treiben die da oben?“ murrte ich unruhig. „Ich nehme an, sie sammeln die Waffen ein und verschanzen sich neu, um die nächste Welle zu überstehen“, vermutete Juan I., während er mit dem Finger einen Kreis in den Sand malte. „Das ist unsere gegenwärtige Stellung. Es wäre aus meiner Sicht praktischer, ebenfalls eine der Anhöhen zu erklimmen, um uns dort zu verteidigen.“ Er erhob sich und sah sich suchend um. „Unsere Sphinx-Krieger rollen an, sie bringen jemand mit.“ Von der Pyramide lösten sich die beiden Kugeln, im Gefolge zwei Männer, die ihnen im Laufschritt folgten. Binnen weniger Minuten erreichten sie uns. „Prinz Babu – was machst Du hier?“ Eigentlich hatte ich es fast geahnt, wer da wohl so eilig zu uns kommen würde. Er beachtete mich nicht, ohne Umschweife lief er zum Frauentrupp. Ein Jubelschrei erscholl, als er seine Nesrin entdeckte. „Muss Liebe schön sein – und verrückt!“ Pharao Juan I. war sichtlich gerührt. Die zweite Person war ein Mitglied der Besatzung der Festung, welche als Bote gesandt wurde. „Soll heißen, dass Babu hier bei uns bleibt?“ fragte ich laut, nachdem er sein Anliegen vortrug. Babu reckte den Arm in die Höhe. „Genau das – ich bleibe hier!“ bestätigte er forsch, ohne die Augen von seiner Geliebten zu lassen. Ich winkte nur ab. „Soll er bleiben – musste ja lange genug darauf warten, die

Kleine wiederzusehen!“ Damit war die Entscheidung gefallen. „Die Besatzung der Festung hat die Lage unter Kontrolle. Ich soll Euch von Imhotep ausrichten, dass er im Notfall einen Teil seiner Truppen senden wird, um Euch zu stärken – was soll ich dem Heerführer berichten?“ Der Bote kniete vor uns und wartete auf meine Entscheidung. „Sag dem Heerführer, dass er sich auf die Verteidigung der Festung konzentrieren soll – auf Teufel komm raus! Hast Du das verstanden?“ Bevor sich der Bote zurückzog, gab ich ihm noch eine Bitte für Max mit auf den Weg. „Richte Deinem Oberhaupt aus, dass er unbedingt auf die Mädchen achten soll. Sie sind der Garant für die Sicherheit der Festung. Geh jetzt – der Angriff steht bevor!“ Bis zur großen Treppe begleitete ihn einer unserer Lichtkrieger, erst als der Bote die Stufen erreichte, kehrte dieser zurück. „Ox, konnten sich weitere Kämpfer vom Berg lösen? Welche Informationen schickt Dir Booh-Rax?“ Wir hatten inzwischen die von Juan I. ausgewählte Anhöhe erreicht, von dort überwachten wir das weitere Geschehen. Booh-Rax stampfte mit wuchtigen Schritten herbei. „Ich konnte es nicht verhindern – der Eingang zur Mine ist zu. Oberbefehlshaber – ich stehe Dir zur Verfügung!“ Der Metall-Riese erwartete neue Instruktionen. „Das sind keine guten Nachrichten“, seufzte ich und betrachtete das glänzende Monstrum, an dessen Haut nicht ein winziger Kratzer oder Beule zu sehen war. „Ich bin wirklich heilfroh, dass wenigstens er auf unserer Seite steht“, raunte ich dem Pharao zu. Die Geräusche von Ox deutete ich als Zustimmung.
Nesrin und Babu kauerten etwas abseits, der Welt und Bedrohung völlig entrückt, hatten sie nur Augen für sich. „Da haben sich unsere Turteltäubchen ja endlich wiedergefunden. Es gibt sie also doch, diese kleinen Glücksmomente in beschissenen Zeiten!“ Ein Lächeln huschte über Juans I. Gesicht. „Lasst uns nun beraten, was wir in der gegenwärtigen Lage noch unternehmen können? Ox, wo bleiben Deine Vorschläge?“ ermahnte ich meinen Begleiter. Mehrere Ereignisse lenkten mich kurzzeitig ab. Unser Schiff landete, wie befohlen, vor der Treppe und öffnete die Rampe. Wir konnten Imhotep und meine Freunde sehen, die im Eilmarsch darin verschwanden. „Damit hätten wir einen Joker mehr im Ärmel. Aber das wird nicht reichen?“ murmelte ich und überschattete meine Augen. „Ich habe so ein blödes Gefühl, als wenn es gleich los geht?“ Die

Streitwagen der Götter wendeten in unsere Richtung, ihre Standarten flatterten im Wind. „Unsere Lichtkrieger sollen eine Barriere um den Hügel bilden und nichts und niemand durchlassen!“ schlug ich vor und wollte schon den entsprechenden Befehl erteilen. „Arne, warte! Wenn wir uns einkesseln, ist es eine Frage der Zeit, wann sie doch durchdringen. Lass uns etwas veranstalten, womit diese Bastarde niemals rechnen!“ Juan I. schmunzelte listig. „Und das wäre?“ Uns blieb nicht mehr viel Zeit, und zum Plaudern erst recht nicht. „Wir greifen an!“ war die Antwort. Ox stimmte dem sofort zu. „Wir haben nur wenige Krieger zur Verfügung. Und wie die Dinge gerade stehen, werden vorerst keine weiteren dazu kommen. Meine Krieger sind schnell und nur schwer verwundbar. Jeder von ihnen nimmt es mit tausend Monster auf!“ bestätigte er mit Nachdruck. „Du hast hoffentlich mit einkalkuliert, dass es eine Macht gibt, die Euch schon mal geschlagen hat und Dich und das Heer in das Gewölbe der Mine einsperrte?“ erinnerte ich ihn. Ich spürte seinen Zorn und Unwillen körperlich. „Genau deswegen werden wir uns rächen! Sie haben uns damals eine Falle gestellt und eine mehrtägige Sonnenfinsternis herbei geführt. Seth hatte seine Hände mit im Spiel. Nur deshalb gelang es ihnen, uns zu schlagen. Diesmal stellen wir uns einer offenen Feldschlacht. Da wird ihnen Hören und Sehen vergehen…!“ Lärm brandete auf, wie die Flut, die den Strand einer Insel mit Wasser bedeckte, setzte sich eine gewaltige, nicht zu überblickende Streitmacht in Bewegung. „Mögen uns die Götter beistehen“, murmelte Juan I. und ging in Stellung. Wir hatten außer den Schilden, die seine Männer mitbrachten, nichts, was uns Schutz bieten konnte. „Wir sehen uns vielleicht in einer anderen Welt wieder – bis dahin werden wir so viele von denen ins Totenreich mitnehmen, wie wir können!“ Nesrin und Babu reihten sich in unsere Formation ein. „Booh-Rax und vier Lichtkrieger bleiben hier – der Rest – greift sie an und vernichtet diese Bande!“ In einer Reihe glitten die Kugeln auf das Heer der Angreifer zu, unser einzige Wall blieben die restlichen vier Lichtgestalten, die wie Feuerbälle zu kreisen begannen und einen immer tiefer werdenden Graben um unsere Erhebung zogen. „An die kommen diese Bestien nicht so leicht vorbei!“ Ox versuchte, mir damit Mut zu machen. „Deine Worte in die Ohren der Allmächtigen!“ Irgendwie war ich sogar dankbar dafür, auch wenn die Aussichten mehr als schlecht blieben. „Was auch geschieht, wichtig ist, dass die Festung nicht in ihre Hände fällt! Wenn sie ihr Ziel erreichen und die Originale vernichten, gibt es keine Macht der Welt mehr, die sie von ihren Vorhaben abbringen können!“ schärfte ich meinen Freunden und Kampfgefährten ein. Mein Blick wanderte noch einmal über den kärglichen Haufen, der sich einer schier unbesiegbaren Macht mutig entgegen stellte. „Dann lasst uns sie empfangen! Gebt die Schilde den Frauen. Ox, schärfe unseren Bewachern ein, dass sie niemand auf den Hügel lassen dürfen...!“ Ich wiederholte nur, was bereits mehrfach besprochen wurde. Eine Staubfontäne wehte heran und nahm uns die Sicht. Das Heulen der Jäger kam näher, die Erde bebte unter den donnernden Hufen der Pferde. Erinnerungen von der Belagerung von Kel-di-Nore kamen in mir hoch. Und die Gesichter meiner Familie... „Ich hoffe, ich sehe Euch wieder?“ flüsterte ich und bekreuzigte mich. Wir bekamen einen winzigen Aufschub. Die Sphinx-Krieger rollten mit einer Wucht in die Masse der Feinde und machten Kleinholz aus ihnen. In voller Breite fegte ihre Front alles hinweg, was sich regte und bewegte. „Nun stell Dir vor, welche Macht sämtliche Krieger wären. Ein Jammer, dass sie weiterhin im Stollen der Mine eingeschlossen sind!“ Da musste ich Ox zustimmen. Booh-Rax war schon eine Kampfmaschine für sich, gemeinsam mit dem Heer der Sphinxe wäre uns der Sieg sicher gewesen. Die Wolke lichtete sich. Sebak II. und Seth ließen ihre Wagen ausscheren und umfuhren das Gebiet, in denen die Lichtwesen wüteten. „Nicht einmal die Götter legen sich mit diesen Kriegern an!“ rief ich euphorisch aus, da wurde ich eines Besseren belehrt. Seth hielt einen langen glänzenden Speer in der Hand und lenkte direkt auf einen Lichtkrieger zu. Er stieß im Vorbeirollen mit solcher Wucht zu, dass dieser einfach detonierte und wie ein Funkenregen zerbröselte. Ox reagierte verwirrt. „Sie haben aufgerüstet! Diese verdammten Schurken haben ein Mittel gefunden, uns zu vernichten – das verstehe ich nicht?“ ereiferte er sich. Juan I. sprach aus, was auch ich in diesen Moment dachte. „Wenn sie Truppen aus unserer Zeit holen können, haben sie auch Leute gefunden, die wissen, wie man die Krieger ausschaltet! Da verwette ich meinen Kopf.“ Ich hörte Sebaks II. höhnisches Gelächter, der nun ebenfalls einen Krieger mit einer ähnlichen

Waffe und Methode attackierten. „Ox – gib Befehl, dass sie den Göttern ausweichen und Abstand halten! Sie sollen den Verband auflösen – sofort!" schri ich dem Heerführer zu. Die Krieger reagierten augenblicklich und teilten sich in kleineren Gruppen auf. Der Abstand des Heeres zu uns schmolz wie Schnee im Hochsommer. „Wir sichern Euren Luftraum – von oben kann nichts zu Euch kommen!" hörte ich Imhoteps Stimme, der Schatten des Schiffes fiel auf uns. Dann zog es senkrecht in die Höhe und griff direkt in den Kampfhandlungen ein. Der vordere Schwarm Sirenen, der über den Köpfen ihrer Verbündeten glitt, waren das erste Angriffsziel. „Alles Tropfen auf den heißen Stein", stöhnte ich, die Kolonnen rückten unbarmherzig näher. „Verdammt! Sie haben neue Kreaturen erschaffen – da kommt entweder Göttin Ammit persönlich oder...?" Juan I. stieß mich an und wies auf mehrere Gestalten, die als geschlossene Formation heran rückten. Mir war Göttin Ammit bekannt. Sie hatte einen der wunderlichsten Körper, der mir je unter die Augen kam. „Diese bunte Mischung ist mehr als frappierend. Die Schnauze von Krokodil, der Rumpf aus Löwen und Nilpferd zusammen gesetzt. Bei uns würde sie glatt für die Geisterbahn geeignet sein!" Die Gruppe bewegte sich vorwiegend am Rand der Einheiten. „Gibt es einen speziellen Grund dafür?" Meine Frage richtete ich an Ox, der die Gewohnheiten der Götter in Pharaonien besser kannte als ich. Doch er konnte sich auch keinen Reim darauf machen. „Vermute, das hat mit ihrer grausigen Funktion im Totenreich zu tun? Sie ist allgemein nicht sonderlich beliebt unter den Göttern – wird meistens nur geduldet. Immerhin – sie frisst die Herzen der Toten. Aller Toten!" war seine Antwort. Trotz ihrer komischen Gangart – es war mehr ein Hoppeln als normales Laufen – näherte sich diese Gruppe schneller als das Heer unserem Hügel. Die Augen der Kreaturen funkelten düster im Sonnenlicht. „Sie hätte lieber in der Hölle bleiben sollen, wo sie hingehört, statt mit ihrer Brut hier aufzutauchen. Aber was ist das? Wo wollen sie hin?" Die Bande ließ ihre Kumpanen einfach links liegen, ohne uns zu beachten, eilten die Göttin und ihre Clique auf die Festung zu. „Da hat wohl jemand riesigen Appetit?" unkte Babu. Umso mehr erstaunte uns, dass sie sich wirklich über die Toten hermachten, die zuhauf davor lagen. Und mancher, der noch nicht in das Reich der Toten eingezogen war, wurde von den Wesen nun endgültig dorthin befördert. Mir wurde übel bei dem Anblick. „Bei allen Göttern – die sind schlimmer, als jeder Racheengel. Sie reißen ohne Skrupel die Herzen raus und verschlingen sie...?“ Das ging weit über meine damaligen Vorstellungen, die ich mir beim Studium der Hieroglyphen über diese Göttin in meiner Jugend machte. Auch die Sirenen, die durch das Schiff vom Himmel stürzten, wurden sofort von ihnen bearbeitet und bestialisch zugerichtet. „Das hat wenigstens einen Vorteil – diese Scheusale werden niemals wieder in das Leben zurückkehren!“ Juan I. hatte sicher in seiner bisherigen Laufbahn und Leben als Pharao so einiges erlebt. Er nahm es relativ gelassen. „Sie können nicht gegen ihre Natur sondern machen genau das, was von ihnen erwartet wird! Sie fressen die Herzen der Verurteilten und Bösen – und was kann wohl besser dazu passen, als die da!“ Voller Verachtung spuckte er aus. Gott Seth führte den ersten Schlag gegen uns persönlich an, während Sebak II. schnaufend zu Ammit rollte, um sie zur Rede zu stellen. Ich sah im Augenwinkel, dass es zwischen den beiden Göttern einen heftigen Disput gab, alsdann ereilte uns eine Angriffswelle, die meine volle Aufmerksamkeit bedurfte. Unsere Beschützer waren in der kurzen Zeit nicht untätig gewesen, der Graben um unseren Standort hatte eine beachtliche Tiefe und Breite erreicht. „Das lobe ich mir – und Booh-Rax wird sie schon davon abhalten, da rein zu klettern!“ Zuversichtlich schnalzte Ox vor sich hin und machte sich zum Kampf bereit. „Wir bleiben mental in Verbindung! Ich selber werde meine Leute aktiv unterstützen und an ihrer Seite kämpfen. Passt auf Euch auf!“ Sprach es und rollte über den Schutzgraben auf die andere Seite, direkt neben unseren Metallkrieger bezog er Stellung. Das Rudel der Jäger folgte Seths Streitwagen im kurzen Abstand, bellend und geifernd begannen sie, unsere Wächter zu umkreisen. „Hoffentlich hat Ox ihnen klar gemacht, dass sie sich vor dieser verdammten Lanze in Acht nehmen müssen“, schoss mir noch durch den Kopf. Die Rückmeldung von Ox erfolgte prompt. „Sie kennen das Risiko und werden entsprechend reagieren!“ Beruhigt wandte ich mich unseren Angreifern zu. Seth lachte hämisch, als er mich erblickte. „Dich hätte ich bereits damals im Turm der Götter auslöschen sollen, als Du zum ersten Mal hier warst! Aber das hole ich heute nach...!“ knurrte er mich an und fuchtelte wild mit der Waffe umher. Booh-Rax nutze die Gelegenheit, in der Seth sein Augenmerk auf mich lenkte. Er sprintete zu seinem Gespann und griff den Gott direkt an. Ein wuchtiger Hieb seiner Metallfaust zerschmetterte ein Wagenrad in tausend Stücke. Wäre Seth nicht behände abgesprungen, hätte er sich überschlagen. „So ein Teufelskerl!" jubelte ich innerlich. Seth rollte ab und stand wieder auf den Beinen. „Du... legst Dich mit einem Gott an?" brüllte er so laut, dass sich ein Sturm über unsere Köpfe erhob. Ungerührt stand unser Krieger und wartete ab, was sein Gegner unternehmen wollte. Ich sah die Lanze in Seths Hand aufblitzen, er duckte sich und hechtete mit einem gewaltigen Satz auf Booh-Rax zu. Der Treffer der Spitze in die Hüfte erzeugte einen ohrenbetäubenden Knall, Blitze zuckten durch die Luft. Der Metallkrieger wankte ein wenig, aber er stand weiter unversehrt auf seinen Füßen. In rascher Folge versetzte er dem Angreifer etliche Schläge auf den Kopf und in den Nacken. Seth brüllte erneut wütend auf. „Er blutet – der Gott blutet?" stellte Juan I. erstaunt fest und schüttelte mich vor Freude. Für einen Moment dachte ich wirklich, dass es den Gott erwischt hatte. Unverhofft schoss ein Kampfwagen einer Mutter auf ihn zu, in voller Fahrt hangelte Seth sich hinauf und entschwand unseren Blicken. „Das hast Du hervorragend gemacht! Weiter so, Booh-Rax!" Juan I. tanzte auf der Stelle und jubelte vor sich hin. „Hast Du eine Ahnung, was das gerade bedeutet hat? Diese verdammten Götter sind nicht unverwundbar – und damit auch nicht unsterblich, wie sie gerne vorgeben!" Er grinste mich siegesgewiss an. „Noch haben wir die Schlacht nicht gewonnen. Das dicke Ende kommt noch", besänftigte ich seinen Übermut. Aber irgendwie motivierte uns diese Tatsache und ließ manches in einem anderen Licht erscheinen. „Achtung, da springen einige Jäger in den Graben!" warnte Babu, der mit seinem Speer bereit stand und wartete, bis das Haupt eines Wolfes vor ihm ins Licht kam. Ohne Zögern rammte er ihm die Waffe in das offene Maul. Minuten zogen sich dahin, die Anzahl der Feinde wuchs stetig an. Unsere Wächter hatten alle Hände voll zu tun, wenigstens einen Teil der Angreifer fern zu halten und zu eliminieren. Trotzdem gelang es immer mehr, in den Graben zu springen. Wir schlugen um uns und schickten einen Eindringling nach dem anderen in die Hölle. „Wenn das so weiter geht, ist der Graben bald voll – da brauchen sie keine Brücke mehr…!“ stellte ich nach einem Kontrollblick in die Tiefe fest. Wie versprochen, kreiste das Schiff über uns und ließ keine der Sirenen zu uns durchdringen. Bis es dann doch geschah. Juan I. hatte gerade seine Waffe aus einem Angreifer gezogen, als hinter uns das charakteristische Krächzen zu hören war. Nesrin, die Babus Rücken deckte, schri auf. „Achtung – eine Sirene! Babu, sie kommt zu Dir!“ Unsere weiblichen Kämpfer sprangen auf, gemeinsam richteten sie die Spitzen ihrer Waffen gegen die Bestie. Mit einem einzigen Hieb entwaffnete das Wesen zwei der Frauen, fletschte die Zähne und griff an. Mir wurde schwummrig vor Schreck. Aziz, der große und starke Anführer der Gilde der Steinmetze, stürzte sich ohne Hemmungen auf das Wesen und rammte seinen Speer tief in ihren Brustkorb. „Helft ihm – sie stirbt nicht davon! Schiebt sie zu Booh-Rax hinüber, soll er den Rest erledigen!“ Ich griff selber beherzt zu und gab Juan I. den Befehl, seinen Speer gleichfalls einzusetzen. „Mach schon, sonst haben wir keine Chance gegen sie!“ fauchte ich ihn an, weil es zu lange dauerte. Ich kannte inzwischen die Taktik der Sirenen und wusste, mit welchen Kräften sie ausgestattet waren. Und wie sie tobten, wenn sie verwundet wurden…

Bevor Juan I. allerdings seinen Speer platzierte, riss sich die Sirene los und flatterte kreischend empor. „Jetzt wird es haarig! Sie greift uns an – also haltet die Augen auf!“ brüllte ich, schon wenige Sekunden später bewahrheitete sich meine Ankündigung. Wie der Teufel auf Seelenfang, flog das Vieh über uns hinweg. Wir konnte zusehen, wie sich die Wunde schloss. „Wenn man diese Fähigkeit in der Medizin nutzen könnte…?“ Juan I. beendete den Satz nicht. „Dann würden wir so aussehen wie die da!“ vollendete Nesrin ironisch. Wir duckten uns, um nicht von den Krallen getroffen zu werden. Die Lage geriet außer Kontrolle und spitzte sich zu. „Das Schiff kann nicht eingreifen, ohne uns in Gefahr zu bringen und zu grillen.“ Der Pharao hielt seine Waffe aufrecht, um eine Landung des Monsters zu verhindern. „Sie wird sich das schwächste Mitglied der Truppe auswählen – Aziz, misch Dich unter die Mädels!“ kombinierte ich aus dem letzen Zusammenstoß, in dem Taisya gebissen wurde, und wechselte sofort meinen Platz. „Na komm schon – ich erwarte Dich!“ zischte ich und fixierte sie. Sie spähte um sich herum und stürzte dann, wie ich es vorhersagte, auf die Frauen. Aziz schaffte es gerade noch, eine Schwester der Prinzessin Nesrin zur Seite zu stoßen. Ich war sofort zur Stelle, stieß zu und erwischte sie zwischen den Flügeln. „Aziz, halte sie fest, Juan I. – nimm Dein Schwert und die Rübe runter!“ instruierte ich die Männer. Binnen weniger Augenblicke war es um sie geschehen. „Geht man so mit meinen Wesen um? Sie war ein Mitglied meiner Engelschar!“ Diese Stimme hatte sich in den Tiefen meiner Erinnerungen eingeprägt. Das Knarren und Zischen, gepaart mit diesen Pfeiftönen – es konnte nur einem der verteufelten Götter gehören: Sebak II.! Er war bis an den Rand des sich füllenden Grabens heran gerollt und stand mir mit seinem Streitwagen genau gegenüber. Er beäugte mich grimmig von oben bis unten, während seine Garde die Angriffe unserer Krieger abwehrten. „Du bist also dieser Professor – der Auserwählte, der meinen Vorgänger in den Tod schickte? Es wird Zeit, Dir dafür zu danken und eine offene Rechnung zu begleichen!“ Seine schaurigen Zähne blitzten auf, während er sprach. Auf ein Handzeichen stürzten sich Einheit um Einheit in den Wallgraben, binnen weniger Augenblicke füllte er sich bis an den Rand mit zappelnden Körpern. Sebak II. gab seinen Pferden die Zügel und ließ sie anrücken. Booh-Rax registrierte unsere missliche Lage und reagierte umgehend. Mit wuchtigen Schritten stampfte das Ungetüm heran, ließ einmal einen Arm wie eine Schaufel drehen und fegte den Graben frei. Ich konnte Sebaks II. Verblüffung ausmachen, wütend hob ich meinen Speer und schleuderte ihn voller Wucht auf den Angreifer. „Ihr Menschen seid Schwächlinge! Glaubst Du wirklich, dass dieses Ding mir etwas anhaben kann?“ höhnte Sebak II. und warf die abgefangene Waffe verächtlich fort. Dieser winzige Moment der Ablenkung reichte allerdings, dass unser Metall-Krieger ihn mit einem derben Hieb erwischte. Es war ein Anblick für die Götter, als ein Gott wie eine Puppe durch die Luft geschleudert wurde und sich mehrfach überschlug. „Wir machen unsere körperliche Schwäche mit Klugheit und Kampfgeist wett – das hast Du gerade zu spüren bekommen!“ triumphierte ich schadenfroh. Booh-Rax hatte keine Gelegenheit, sich über seinen erfolgreichen Handstreich zu freuen. Mit Wutgeheul sprang Sebak II. auf die Beine, seine Augen blutunterlaufen, ging er zum Gegenschlag über. Wieder hielt er seine ominöse Lanze in der Faust, mit einem Luftsprung erhob sich der monströse Gott in die Höhe und rammte unserem Wächter die Spitze tief in den Hals. Blitze schlugen aus dem Schaft in den Rumpf von Booh-Rax ein. Mir standen die Tränen in den Augen, als unser unbesiegbarer Kämpfer in die Knie sackte, dann kippte er kopfüber in den Graben. „So werden Helden geboren!“ zischelte Sebak II. und bestieg seinen Wagen. Diesmal, das wurde mir schlagartig bewusst, gab es kein Entrinnen mehr...

Wenige Meter trennten uns voneinander, dann war unser Schicksal endgültig besiegelt. Meine Leute nahmen Aufstellung zum Finale, alles was uns noch an Waffen zur Verfügung standen, im Anschlag. Babu und Nesrin standen Hand in Hand, ihre finsteren Blicke starr auf den Heerführer gerichtet. Sebak II. ließ sich Zeit, wusste er doch, dass er uns endgültig im Sack hatte. Booh-Rax rührte sich nicht, auch nicht, als der schwere Streitwagen über ihn wie über eine Brücke hinweg rollte. „Lasst Eure Waffen fallen und ergebt Euch!“ fuhr uns der Krokodilgott giftig an und wendete vor uns. „Du wirst niemand von uns lebendig bekommen – das ist Dir hoffentlich klar?“ Babu machte einen Schritt auf ihn zu. „Und wenn mein Vater im Totenreich eines Tages zu hören bekommt, was geschehen ist, weiß ich nicht, wer die schlechteren Karten von uns beiden hat?“ Babu umfasste seine Waffe mit beiden Händen und wartete in Kampfstellung ab. „Glaubst Du wirklich, dass ich mir meine Hände an Euch Zwergen dreckig mache? Das erledigen meine Truppen...!“ Eine Gasse öffnete sich, es waren etwa zwei Dutzend schwarz gekleidete Männer, die sich durch die Massen drängten. Juan I. und ich sahen uns nur an. „Erkennst Du ihre Waffen – die sind aus unserer Zeit!“ Ich vertraute seinem Urteil, wurde er in seiner Jugend selbst im Umgang mit Schusswaffen durch seinen Großvater geschult. „Dann können es nur Söldner oder Mitglieder des Ordens sein – eine andere Erklärung habe ich nicht?“ Ich betrachtete skeptisch die Schnellfeuergewehre in ihren Händen. An ihren Gürteln baumelten Handgranaten, die geschlossenen Helme waren eher typisch für Truppen aus Europa. Was mir allerdings zu denken gab, waren die vermummten Gesichter. Sebak II. neigte sein mächtiges Haupt und beobachtete mit hinterhältigem Grinsen unsere Reaktionen. „Darf ich vorstellen – unsere erste Elite-Einheit aus der Gegenzeit! Wir haben es geschafft, die Türme der Götter arbeiten einwandfrei! Der Weg in ein neues Zeitalter ist damit geebnet“, grunzte er zufrieden. Ein Soldat eröffnete das Feuer und schoss eine Salve vor meinen Füßen in den Sand. „Ich hoffe, dass jeder von Euch das kapiert – es ist vorbei! Wir holen uns das Schiff unter der Festung und vernichten unsere Alt-Vorderen. Sie können uns nicht mehr in die Suppe spucken...“ kommentierte Sebak II. die Aktion. Widerwillig ließ ich den Speer fallen. „Er hat Recht – wir haben keine Chance mehr. Legt die Waffen nieder!“ Sogar für mich selber klang meine Stimme unnatürlich verzerrt. „Juan I., mache jetzt keine Dummheiten. Waffen runter!“ ermahnte ich meinen Freund nachdrücklich. Ich kannte ihn lange genug und vermochte sehr wohl seine Mimik deuten. „Es ist besser, wir leben und warten auf eine Gelegenheit. Jetzt sind wir sofort tot, wenn wir nicht spuren. Hörst Du...?“ Endlich siegte die Vernunft und Einsicht bei ihm, er stieß den Speer in den Boden und verschränkte demonstrativ die Arme. Sebak II. nickte befriedigt.

Eine Stimme erreichte mein Ohr. „Paps – das Ritual beginnt jetzt!“ hörte ich Shyla sprechen. Unauffällig drehte ich mich um. „Was für ein Ritual...?“ dachte ich, da überschlugen sich die Ereignisse um uns herum. Der Boden erzitterte so stark, dass wir nacheinander umfielen wie nasse Säcke. Sebaks II. Wagen schlitterte rückwärts in den Graben, in letzter Sekunde gelang es ihm, sich daraus zu befreien. Das Heer wankte hin und her, immer mehr Kreaturen ließen sich fallen und versuchten, Halt zu finden. „Ox, was geschieht hier? Ist das ein Erdbeben?“ rief ich dem Heerführer der Sphinxe zu, der ohne Schwierigkeiten jedem Stoß trotzte und als Einziger aufrecht stehen blieb. „Sie kommen – sie wecken das Schiff!“ war sein Kommentar, sein Leuchten wurde noch intensiver. Die verbliebenen Lichtkrieger auf dem Schlachtfeld sammelten und erhoben sich über die Köpfe der Monster. „Jetzt wäre der Moment, die Biester auszurotten!“ schri ich ihm zu, der Lärm um uns war kaum noch auszuhalten. „Müssen wir nicht – von jetzt an erfüllt sich das Schicksal. Sie werden bezahlen...!“ Ox kapselte sich vollständig von mir ab. „Kann mir irgendjemand eine vernünftige Antwort geben? Was geschieht hier?“ Juan I. lag neben mir, das Gesicht voller Staub und Blut. „Wie ich die Sache sehe, beginnt gerade das jüngste Gericht!“ rief er mir zu, weitere Erdstöße warfen uns umher und ließ den Graben vollständig einstürzen. „Wer kommt dort?“ Ich hob den Kopf. Seth donnerte auf einem Streitwagen über das Feld, Ammit und ihre Brut im Gefolge. Ohne Rücksicht auf Verluste, drosch er auf das Gespann ein. Er überrollte alles, was in seinem Weg lag, egal ob tot oder nicht. Ich hörte die Schreie der Unglücklichen, die von den wuchtigen Rädern erfasst und zermalmt wurden. „Der ist völlig irre“, ging mir durch den Kopf. Der Wagen preschte heran. „Bruder steig auf! Wir müssen von hier verschwinden – sofort!“ rief er aus und reichte seinem Kampfgefährten die Pranke. Ich sah Sebaks II. Zornesfalte, die seine Fratze noch mehr verunstaltete. „Das kann nicht wahr sein…!“ fluchte er lauthals und schwang sich auf die Plattform. Doch der Kampfwagen rückte keinen Millimeter. Seth schwang die Peitsche. „Los, ihr verdammten Viecher!“ tobte er, nichts geschah – zumindest an dieser Stelle. Beide Götter sprangen vom Wagen und versuchten, zu Fuß zu entkommen. Göttin Ammit und ihr Gefolge setzten ihnen nach. „Keine Angst Paps, sie kommen nicht weit!“ Shylas Stimme beruhigte mich zusehends. „Das Schiff, es steigt gleich auf die Oberfläche empor! Bleibt ruhig dort, wo Ihr seid“, informierte sie mich. Ein Sturm erhob sich, eine Windhose erfasste das Heer Mutanten und sog es in die Höhe. Dort, wo sich die Silbermine mit den Kriegern der Sphinxe befand, bebte es erneut. Die gesamte Spitze der Felsformation brach auseinander, ein dunkles Etwas durchschnitt den Berg und wuchs zum Himmel. „Das ist eine Pyramide. Verdammt noch mal – was soll das sonst sein?“ Babu und Nesrin krochen auf allen Vieren zu uns. Babu wiederholte seine Frage. Shylas Erklärung hatte ich noch im Sinn. „Das ist keine Pyramide – das ist das Schiff der Originale – zumindest denke ich das!“ antwortete ich. Der Koloss nahm derartige Ausmaße an, dass ich mir fast den Nacken verrenkte, um seinen Höhenzug weiter im Auge zu behalten. „Was für ein gigantisches Bauwerk?“ Juan I. war sichtlich beeindruckt. Ich weiß nicht, wie lange der Prozess dauerte, der Schatten des Schiffes verdunkelte unsere Seite des Schlachtfeldes fast vollständig. „Wir würden sagen – die Pyramide der Vorfahren! Was mich noch immer bewegt – wieso finden wir in unserer Zeit keine Überbleibsel oder Spuren von diesem Ding?“ Trotz der widrigen

Umstände war ich wieder ganz der Forscher und Wissenschaftler. Die Größe und Abmaße erreichten inzwischen Dimensionen jenseits von Gut und Böse. Die Festung, einst das das mächtigste Objekt in der Gegend, wirkte wie ein Ameisenhügel unter einer ausgewachsenen Eiche. Sie duckte sich am Ausläufer einer Ecke des Schiffes. Nur ein helles Feuer auf dem Plateau war wie das Signal eines Leuchtturmes und wies mir die Richtung.

„Kneift mich mal – sind das Deine Leute, Juan I.?“ Das Tageslicht war inzwischen so schwach, dass wir nur noch Umrisse ausmachten. Vom Kommando-Hügel der feindlichen Heerführer, auf dem noch immer der montierte Turm der Götter blinkte, tat sich etwas. Ein Zug oder Prozession setzte sich in Bewegung. „Das sind nicht meine Leute – das ist sicher. Aber wer...?“ Juan I. strich über seine Augen. Mir standen die Haare zu Berge, als ich Seth und Sebak II. entdeckte. „Sie tragen Fesseln – sie sind gefangen!“ jubelte Babu und richtete sich auf. „Kommt hoch, das Beben ist vorüber!“ Er half uns, ich klopfte mir den Sand und Staub von den Beinen. „Arne – da kommen unsere Götter! Ich sehe Amun, den König der Götter. Anubis, Bastet, Chnum – der ganze Kreis ist eingetroffen.“ Ihm war die Erleichterung anzusehen. „Bei allen Göttern! Sie bringen meine Leute mit – sieh doch.“ Thot, der große Gelehrte und Gott der Heiler, führte den Zug der Menschen an. Juan I. hielt Ausschau nach den Verletzten. „Er hat sie geheilt – ich sage doch immer, dieser Thot ist wirklich eine Seele von einem Gott!“ rief er aus und eilte seinem Hofstaat entgegen. Die Formation schlängelte sich zwischen den Hügeln und Tälern, schließlich erreichte sie die Höhe des Schlachtfeldes. Was mir bislang entgangen war – ein ungewöhnlicher Tross trottete am Ende. „Das sind doch die Sirenen und ihre Jäger?“ Ich bemerkte weitere Mutanten, die alle einen ziemlich kläglichen Eindruck machten.

„Vorhin waren sie noch die wilden, unbesiegbaren Bestien, und jetzt? Als könnten sie kein Wässerchen trüben...“ Babu mischte sich ein. „So weit ich mich erinnern kann, haben die Mutanten meines Vaters damals auch so ausgesehen, als sie die mentale Führung ihres Gottes nicht mehr spürten. Vielleicht wurden Sebak II. und Seth isoliert – dürfte ja für die Mächtigen keine große Nummer sein, ihresgleichen kalt zu stellen!“ Er brachte mich mit dieser

Bemerkung auf die richtige Spur. „Stimmt, sie waren völlig hilflos und ohne Orientierung. Würde bedeuten, dass man ihre Heerführer mental so weit einschränkte, dass sie keinen Einfluss mehr nehmen können!“ schlussfolgerte ich. Als die Truppe bei uns ankam, schaute ich mir unsere beiden Kontrahenten genauer an. Sie wirkten aphatisch, waren der hiesigen Welt völlig entrückt. „Wir versetzen sie nachher wieder in den Normalzustand – jetzt können sie keinen Blödsinn mehr anstellen!“ Das war die Begrüßung von Gott Amun. „König Amun, ich freue mich. Ist schon eine Weile her – zur Hochzeit des Pharaos...!“ Ich war mir unsicher, wie man einen Gott und König angemessen begrüßte, also reichte ich ihm unspektakulär die Hand. Er lächelte kurz. „Stimmt, ich erinnere mich an Euch, Prof. Lukas, richtig?“ Er schlug ein. Es war schon ein merkwürdiges Gefühl. Er las wohl meine Gedanken. „Nicht merkwürdiger als das ganze Spektakel hier, welches diese Narren angerichtet haben. Sie haben sämtliche Ratschläge und Warnungen in den Wind geschlagen – jetzt wird es uns allen an den Kragen gehen!“ Gott Amun sah mit zornigem Blick auf die Missetäter, die wie benebelt einfach da standen und nichts mitbekamen. Inzwischen hatte sich ihre Anzahl erweitert, Ammit und ihre Brut wurden von den Lichtkriegern heran getrieben und fixiert. „Nefertem, der Messerschwinger, ist auch ein Gefolgsmann von Sebak II.! Bin wirklich gespannt, wer da noch alles im Hintergrund die Fäden gezogen hat?“ Der Pharao eilte mit Ra-Helios zu mir. Der alte Wesir begrüßte mich hocherfreut und drückte mich wie einen Sohn an seine Schulter. „Hoffentlich ist dieser Spuk endlich vorbei? Lass Dich ansehen, Professor! Siehst ein wenig ramponiert aus, aber Deine Augen strahlen. Habe inzwischen vernommen, dass Deine Tochter gefunden wurde“, sprudelte es aus den Ratgeber heraus. Im Hintergrund plärrte ein Baby, Juans Söhne hüpften mir in die Arme. „Onkel Arne, da bist Du ja! Mensch, das war schon ganz schön böse, was die mit uns angestellt haben.“ Bastet schob seinen kleinen Bruder Ramses zu mir. „Hier guck mal, er hat sich den Arm gebrochen, als wir von dieser blöden Mutter vom Wagen geschmissen wurden. Gott Thot hat ihn geheilt, aber eine Narbe wird bleiben, hat er gesagt.“ Ich betrachtete mitfühlend das Ärmchen des Kindes. Eine blutrote Narbe zog sich vom Ellenbogen bis zum Handgelenk. „Es sieht aus, als war es ein offener

Bruch? Ich bin kein Arzt, aber diese Geschichte hätte sicher mit fatalen Folgen geendet, wenn Thot nicht eingegriffen hätte." Ich nahm den Buben hoch und strubelte seinen Kopf. „Weißt Du, das hat verdammt weh getan, wirklich. So weh, dass ich manchmal heimlich weinen musste. Aber nicht Papa sagen... Ich bin doch keine Heulsuse," flüsterte er mir ins Ohr. Es gab mir einen Stich ins Herz, diese Erinnerung würde er wohl sein gesamtes Leben mit sich herum schleppen. Ich sah ihm tief in die Augen. „Manchmal darf man auch weinen, wenn man solche Schmerzen hat. Ich glaube, Du kannst es ruhig Deinem Papa erzählen – er wird stolz auf Dich sein!" beruhigte ich den kleinen Prinzen. Amaunet, die erhabene Königin und Mutter der Knaben trat mit ihrem jüngsten Sprössling auf dem Arm zu mir, um mich zu begrüßen. „Siehst müde und erschöpft aus? Kein Wunder, bei all den Geschichten, die ich bisher hörte." Ich hatte sie immer als starke Frau und Partnerin an der Seite meines Freundes erlebt. Die letzten Ereignisse hatte das königliche Paar noch enger zusammen geschweißt. Juan I. kam mit einem Strahlen zu uns und herzte seine Familie. „Ich bin so froh, dass diese Scheisse endlich vorbei ist!" rutschte dem Pharao heraus, auf die vorwurfsvollen Blicke seiner Jungs reagierte er gelassen. „Manchmal muss man einfach sagen, was man denkt! Genauso, wie man weinen darf, wenn man solche Schmerzen bekommt, wie Du sie hattest. Das ist keine Schande, auch nicht als Prinz. Du bist ein Kind... Mein Junge!" Er hob seinen Buben auf die Schulter und galoppierte eine Runde umher. Ramses krähte und jauchzte vor Freude und Glück. „Endlich wieder Kinderlachen und kein Kriegsgeschrei!" Aziz nahm dem Pharao den Knaben ab und ließ ihn auf seiner Schulter weiter toben. „Arne, komm bitte mit. Jetzt geht es hier ans Eingemachte. Der Spaß fängt erst richtig an!" Juan I. winkte mir zu. Ich entschuldigte mich bei den Anwesenden und folgte ihm mit schnellen Schritten. „Was wird geschehen?" wollte ich wissen. Juan I. schnaufte vernehmlich, ich deutete es aber als ein positives Signal. „Nun - diesmal geht es denen an den Kragen, die bisher Prügel ausgeteilt haben. Es wird ein Gottes-Gericht geben...!" erklärte er mir, während wir zu einer Anhöhe hinauf kraxelten, auf der sich die Prozession der Götter versammelte. Den Hintergrund bildete das gewaltigste Schiff, welches ich in Natura jemals zu sehen bekam. „Das hätte ich mir im Leben niemals träumen lassen", brummte ich, vom Anblick des Giganten fasziniert. Diese Pyramidenform übertraf das größte mir bekannte Grabgebäude der Erde um ein Vielfaches. „Vielleicht hat sich damit auch die wirkliche Herkunft der Inspiration für diese Bauten geklärt?" Es war nur eine Vermutung, aber Juan I. fand den Gedanken überhaupt nicht abwegig. „Bei dieser Übereinstimmung – zumal Pyramiden keine Geheimrezept der Ägypter sind sondern auf allen Kontinenten gefunden wurden. He, da kommt unser Schiff!" In einiger Entfernung auf einer freien Fläche landete gerade der Raumgleiter. „Dann sind wir ja bald vollständig. Bin nur gespannt, wer aus dem Kasten kommt?" Mit dem Kasten meinte ich natürlich das fremde Schiff, an dessen Außenwand eine merkliche Veränderung vorging. Eine ganze Etage oder Ebene schob sich aus der Mitte heraus und senkte sich allmählich auf Bodennähe herab. „Die bereiten für die Redner das Podium vor", lästerte ich. Die Fläche war in milchigem Farbton getaucht, niemand konnte sehen, was sich in seinem Innern verbarg. Unruhe entstand, einige der anwesenden Götter waren sichtlich nervös. „Worüber streiten sie?" fragte ich Juan I., der ohne Umschweife auf diese Gruppe zuschritt. „Die Familie des Pharaos haben diese Idioten genau so schlecht behandelt. Was für eine Blasphemie! Wenn es hier ein Urteil geben wird, kann es uns alle treffen! Ob schuldig, oder nicht. Wir hätten früher einschreiten müssen um ihnen das Handwerk zu legen..." vernahm ich aus einer der Gruppe, in denen es heftig her ging. Zum ersten Male in meinem Leben als Ägyptologe sah ich, dass die Götter Platz vor dem Pharao Platz machten und sich verneigten. Gott Amun stand Juan I. gegenüber und musterte ihn. „Remos II. hat sich einen würdigen Nachfolger erwählt! Wir haben Fehler gemacht – und uns nicht ausreichend genug gekümmert, die Ursachen zu beseitigen. Ich selber habe die Geschichten und Legenden um das Schiff der Originale nie geglaubt. Doch nun werden wir alle eines Besseren belehrt!" verkündete er und ließ die gefangenen Brüder vorführen. Sebak II. und Seth, die beiden Anführer ihrer Gilde, erwachten aus der Tranche. Zähnefletschend fauchte Sebak II. auf, als er die Fessel an seinen Armen entdeckte. „Seid Ihr lebensmüde – mich so zu behandeln? Denkt daran, ich habe Euch zu dem gemacht, was Ihr heute seid – Götter!" schnaubte er aufgebracht, doch dann klappten seine gewaltigen Kiefern einfach zu. Er hatte das Schiff entdeckt. Ungläubig starrte er es an, welche Gedanken ihm dabei durch den unförmigen Schädel gingen, blieb sein Geheimnis. „Verstehst Du nun, weshalb wir Dich und Deine Schwachköpfe immer wieder vor unüberlegten Handlungen gewarnt haben? Jetzt kann es geschehen, dass sich der gesamte Stand der Götter wegen Eurer Dummheiten und Machtgier vor den Originalen verantworten muss! Was glaubst Du, was mit uns passiert?“ fuhr Amun den Schreihals ärgerlich an. Dem hatte es nun doch offensichtlich die Sprache verschlagen. Ungewohnte Geräusche wurden laut. Es waren Klänge, die ein menschliches oder auch göttliches Ohr so noch nie vernommen hatte. „Ich denke, da tut sich was!“ Babu stellte sich mit Nesrin neben mich, von überall rückte die Menge dichter heran. Die Besatzung unseres Schiffes drängte sich zu uns durch. Max und seine Gefolge kamen ebenfalls angerannt. „Gerade noch rechtzeitig!“ stellte er erleichtert fest. Ich registrierte, dass er den Druidenstab in den Händen hielt. „Wo sind die Mädchen, geht es ihnen gut?“ Er zögerte. „Um ehrlich zu sein, ich weiß es nicht? Sie sind auf einmal verschwunden…“ Er musste sich nicht weiter erklären. Auf dem Podium löste sich eine Nebelfahne auf. „Shyla und ihre Schwestern – da sind sie doch!“ Max zeigte mit dem Finger auf den Kreis, der wie ein übersinnliches Gebilde auf dieser eigentümlichen Bühne schwebte. Ich war zwar vorerst beruhigt, mein Kind gesund und munter vor mir zu sehen, aber dennoch kamen mir unzählige Fragen in den Sinn. „Hat nicht irgendwer mal behautet, dass das Theater bald vorbei ist. Was soll das schon wieder?“ brummelte ich angesäuert vor mich hin, ließ meine Tochter nicht mehr aus den Augen. Wir alle warteten auf etwas – und keiner wusste worauf? Der Stab, den Max umklammerte, leuchtete auf und begann zu blinken. „Wusste ich es doch – er hat mit dieser Mission zu tun! Doch was soll ich tun?“ Max war sich unschlüssig. „Schmeiß das Ding einfach auf die Bühne, die Mädchen wissen vielleicht, was damit zu machen ist!“ schlug ich vor. Doch dann passierte es.

Babu stand verstört und mit offenem Mund neben mir und zuppelte an meinem Arm. „Was geschieht mit ihnen?“ Ich hatte keine Ahnung. „Wir können nur

abwarten und zusehen, was passiert? Ich denke, es wird ihnen schon nichts geschehen...?“ Ganz sicher war ich mir zwar nicht, aber das mit dem Gefühl stimmte so. Mein Instinkt sagte mir, dass alles irgendwie seine Richtigkeit hatte. Max und Nesrin schwebten, Hand in Hand hinauf auf die Bühne, beide die Augen geschlossen. Imhotep arbeitete sich zu mir heran. „Sebaks Vermächtnis – er hat beide verunstaltet – und jetzt dienen sie einer fremden Macht. Da wird ja seinem Nachfolger der Arsch auf Grundeis gehen“, flüsterte er mir zu. Sie erreichten den Reigen der Mädchen und wurden von ihnen aufgenommen. „Hoffentlich wird das kein Horrorspektakel?“ betete ich leise, mich überkam aus dem Nichts heraus eine merkwürdige Ahnung.
Gott Thot mit seiner Schnabelhaube wirkte eher gespenstisch in dieser ungewohnten Umgebung. Er war es, der den Stein ins Rollen brachte. Seine laute Stimme war in jedem Winkel zu hören. „Ich habe die Kinder der menschlichen Zivilisation ausgesucht, weil einige unserer Brüder ihre Rolle als Gott anders definierten, als uns die Vorfahren auferlegten. Leid, Not, Kummer und Tod sind die Folgen eines verfehlten Größenwahns, für den wir – der Kreis der Götter – mit verantwortlich sind! In meiner Hand halte ich die Tafel der Sünden und Verfehlungen, die von jenen Brüdern und Schwestern verursacht wurden!“ Er hielt eine glänzende Platte über den Kopf und zeigte sie herum. „Einst waren wir eine eingeschworene Gemeinschaft, die ein Ziel hatte – das Überleben unserer Gattung zu sichern! Unserem Volk hier eine Existenz zu geben, gemeinsam mit den Völkern des Planeten...!“ Seine spitzen Finger neigten sich zu den Göttern vor seinen Füßen. „Sie haben das Maß überschritten, haben alles getan, das Werk einer gesamten Zivilisation in Frage zu stellen. Nun – so werden wir uns dem Richterspruch beugen müssen – ob wir wollen oder nicht!“ Während er sprach, klarte der Farbton des Podiums zusehends auf. Umrisse formten sich, eine Vielzahl von Kästen wurde sichtbar, die auf die Bühne gehievt wurden. Schlagart trat absolute Stille ein. Mir wurde erst in diesem Augenblick die Einzigartigkeit dieses Auftrittes bewusst. „Da liegt solch ein Ding tausende und aber tausende Jahr unter der Oberfläche. Kein Schwein weiß etwas davon, und plötzlich kann sich die Geschichte der Menschheit komplett ändern“ wisperte ich Imhotep ins Ohr. Er war allerdings

vom Geschehen so gefesselt, dass er nicht reagierte. „Später Arne!“ Er winkte nur unwillig ab. Offensichtlich erging es nicht nur ihm so – ich rätselte, wer da aus dem Nichts kam. „Sind das die Fremden, die Originale?“ Ich sprach laut aus, was mich beschäftigte. Ox, der sich die gesamte Zeit rar machte, antworte mir in altbekannter Weise – mental. „Es sind die Originale – und jetzt beginnt das große Zittern!“ bestätigte er. Ich bemerkte einen Anflug von Gehässigkeit in der Art und Weise, wie er sich ausdrückte. „Unser oberster Gebieter befindet sich ganz in der Nähe – er wird sich bei Dir bemerkbar machen“, fügte er hinzu und verflüchtigte sich wieder. „Der oberste Gebieter – meint er Sphinx?“
In Anbetracht der vielen Fragen, die sich anhäuften, hoffte ich inbrünstig, endlich aussagekräftige Antworten zu erhalten. Gott Thot verneigte sich vor dem Pharao und dem König der Götter, Amun. „Gestattet Ihr, dass das Ritual zur Erweckung fortgesetzt wird?“ Juan I. erteilte die Erlaubnis. Amun zögerte. „Es gab noch niemals in unserer Geschichte eine derart verzwickte Lage, in der über uns Götter gerichtet wurde. Vielleicht bedeutet es das Ende unserer Spezies – dafür meine besonderen Brüder und Schwestern danken wir Euch aus tiefster Seele!“ Seine Ironie und Bitternis war unverkennbar, doch sie erreichte nicht die Sturköpfe der beiden Anführer. Seth war sich dem Ernst der Lage entweder nicht bewusst, oder er verdrängte es einfach. „Purer Schwachsinn, was hier gebrabbelt wird – sollen sie doch kommen, Eure Originale! Dann lerne ich hoffentlich meinen göttlichen Ursprung kennen...“ keifte er und wollte aufspringen. Zwei Lichtkrieger hinderten ihn daran. „Soviel Ignoranz und Dummheit kann nur böse enden!“ schimpfte Amun zornig. „Lasst sie mit dem Ritual fortfahren“, bestätigte er nun. Während sich der Reigen der Mädchen weiter in sanften Rhythmen bewegte, stellten sich Max und Nesrin gegenüber auf. Ihre Fingerspitzen berührten sich. Da bemerkte ich Sphinx, der sich mitten im Kreis materialisierte. Er übernahm den Druidenstab und legte ihn quer auf die Köpfe des Paares. „Somit wird sie fließen, die Energie der Zeit!“ verkündete er. Ein gleißendes Licht blendete uns so sehr, dass es sogar durch die geschlossenen Lider drang. „Ich bin fast blind!“ stöhnte ich, doch nach wenigen Sekunden normalisierte sich die Lage bereits wieder. Es war ein total gefährlicher Anblick – die Blitze, die zwischen Max und Nesrin pulsierten,

übertrugen sich auf den Kreis der Mädchen und flossen durch ihre Körper. Sie zitterten und bebten, ihre Haare richteten sich senkrecht auf. Entsetzt starrte ich auf das Geschehen, meine Angst um mein Kind wurde stetig größer. „Sie verbrennen!“ Meine Augen quollen mir fast aus dem Schädel, als sich ein Gewitter von Blitzschlägen aus dem Kreis löste und quer über alle Behälter erstreckte. „Das sind Sarkophage! Zum Teufel noch mal – ist wie in einem Horrorfilm!“ Ich schluckte heftig, mein Herz schlug mir bis zum Hals. „Shyla, Kind – hoffentlich trägst Du keinen Schaden davon? Deine Mama würde es mir niemals verzeihen“, betete ich lautlos. Dann war das Schlimmste vorbei – hoffte ich zumindest. Was nun folgte, war wirklich wie die Aufführung in jedem x-beliebigen Schmierentheater. Die Deckel der Särge öffneten sich geräuschlos. Ich schaute mich in der Runde um. „Hat offensichtlich große Wirkung, wie es scheint?“ In den Minen der Anwesenden war Anspannung, teilweise Furcht und Erschrecken sichtbar. Sogar die Götter starrten mit ungemein ernsten Blicken auf das Szenario. Seth und Sebak II. waren sich ihrer Sache nicht mehr so sicher, das konnte ich sehr gut erkennen. Auch wenn Sebak II. äußerlich wie ein Eisblock wirkte, seine angespannte Körperhaltung sprach Bände. Imhotep folgte meiner Blickrichtung. „Er weiß genau, dass es heute um seinen Kopf geht. Und ich hoffe für uns alle, dass er dafür bezahlt, was er angerichtet hat!“ knurrte der Heerführer. Mein Freund Sphinx füllte den Hintergrund des Podiums aus. Ich rieb mir verwundert die Augen. „Imhotep – siehst Du, was ich glaube zu sehen? Kann es sein, dass der Körper von Sphinx viele Köpfe trägt?“ Es war wie eine Dia-Show, die zumindest für mich so ablief. „Tut mir leid, Arne. Er ist wie immer...“ Imhotep kümmerte sich nicht weiter um mein Anliegen. „Das ist ein Ding der Unmöglichkeit! Ich spinne doch nicht, oder doch?“ Mir war ja inzwischen durchaus bekannt, dass viele Völker der verschiedenen Epochen Sphinxe in unterschiedlichen Varianten mit verschiedenen Köpfen darstellten. Ob als Statuen, Wandmalereien oder Schnitzereien. Aus Elfenbein, Stein oder Metall. Während sich alle auf die Sarkophage konzentrierten, entschloss ich mich, ihn nicht aus den Augen zu lassen. „Was geht da in Gottes Namen vor?“ Zu meiner Überraschung hielt sich Ox in seiner unmittelbaren Nähe auf. „Das schaue ich mir aus der Nähe an“, entschied ich und drängelte mich vorsichtig durch die Menge, um auf die andere Seite zu gelangen. Und fing mir manchen derben Stoß und Fluch dabei ein. Endlich wurde es lichter und ich konnte durchatmen. „Mist – jetzt kann ich kaum was erkennen!“ Ich guckte mich um. Unbeachtet stand nicht weit entfernt der Streitwagen von Gott Seth. Ohne nachzudenken, enterte ich das Gefährt und kletterte mühsam auf die Plattform. Ich hatte selber schon des Öfteren die Gelegenheit, auf solchem Kampfwagen mitzufahren. Damals, als uns Imhotep nach unsere Ankunft in Pharaonien nach Kel-di-Nore schaffte. Und meine Auszeichnung als Wagenlenker der ersten Stufe, die mir der Heerführer während unserer Reise nach Tem-pri verlieh. Und die Tour mit Gott Horus, der uns rettete. „Dieses Geschoss ist ein anderes Kaliber. Nicht nur der Größe wegen. Als wenn man vom Kleinwagen in das Führerhaus eines Trucks umsteigt!“ stellte ich für mich fest und schaute mich neugierig um. Hier gab es nicht nur die Ablagen für die Waffen, wie alle Wagen dieser Art als Standart aufwiesen. Dieser hier besaß darüber hinaus noch einige Besonderheiten. Mehrere Knöpfe und Hebel an der Innenverkleidung erregten mein Augenmerk. Eine Menge Zeug türmte sich auf dem Boden, Stricke, Köcher voller Pfeile und Messer waren an der Innenseite befestigt. „Was haben wir dann da?“ Ich betastete einen Knopf. „Lässt sich rein und raus drücken“, murmelte ich und wagte es. Ein leises Brummen deutete an, dass ich einen unbekannten Mechanismus in Gang setzte. Es gab einen leichten Ruck. „Was nun, das war es?“ So sehr ich suchte, es hatte sich nichts verändert. Enttäuscht erklomm ich die übermannshohe Bordwand. Dabei kamen mir einige Ablagefächer gerade gelegen, in denen ich Tritt fassen und mich hoch schwingen konnte. „Mein lieber Herr und Gesangsverein – was für ein Ausblick!“ Der war wirklich mehr als überwältigend. Das Gespann machte einem Gott wirklich alle Ehre. „Vier Rappen – schwarz wie die Nacht und feurig wie die Hölle!“ Ich schnalzte lauthals mit der Zunge und registrierte, wie sie darauf reagierten. „Ruhig, immer mit der Ruhe!“ Zufällig schaute ich nach unten, auf das Rad. „Das war vorhin noch nicht da! Diese Klinge…?“ Ich guckte noch mal auf den Hebel, an dem ich gerade tätig war. „Damit schiebt sich diese verdammte Sichel raus, die einem die Beine und mehr abtrennt!“ Darüber mochte ich keinen weiteren Gedanken verschwenden. „Die armen

Schweine…!“ Dass ich aber bis vor kurzem auch dazu gehörte, verdrängte ich lieber. Das Ritual nahm indessen seinen Lauf, die Rolle von Sphinx dabei lag für mich weiterhin im Dunkeln. Die Seitenwände der Behälter klappten ein und gaben die Sicht in das Innere frei. „Wow, jetzt wird es spannend! Haben wir schon Halloween?“ Aus meiner jetzigen Position heraus konnte ich sofort erkennen, dass es sich um menschenähnliche Umrisse handelte. Das war aber nur die halbe Wahrheit, auch das konnte ich sehr bald feststellen. Die Sarkophage sanken im Boden ein, zurück blieb eine Vielzahl von Gestalten, die sich aufrichteten. „Neigt Eure Häupter vor den Vätern und Müttern der Götter!“ erscholl Sphinx's Ruf. Wie auf Kommando sanken alle in die Knie.
Das war offensichtlich der Moment, auf den Sebak II. spekulierte. Während jeder damit beschäftigt war, den fremden Mächtigen zu huldigen, nutzten er und Seth die Gelegenheit, sich aus dem Staub zu machen. Sphinx Gedanken erreichten mich. „Professor – ich grüße Dich! Du hast Dich mehrfach gefragt, welche Rolle ich spiele? Ich wandere durch die Zeiten und kann Ereignisse vorher sehen – aber ich besitze nicht die Macht, sie zu verändern. Ich weiß also bereits, was jetzt geschieht – und ich weiß auch, welche Mission Du zu erfüllen hast. Es liegt also nur an Dir…!“ Ich schüttelte verständnislos den Kopf. „Schon wieder eine Mission? Bin ich nicht schon genug gestraft? Was ist mit den Kindern?“ Mein Freund Sphinx beruhigte mich. „Ihnen geht es gut – das Ritual ist beendet und sie kehren ins normale Leben zurück. Wenn Du allerdings weiter zauderst, entkommen die größten Gauner der Geschichte…“ vernahm ich. Die Götter hatten bereits einen beträchtlichen Vorsprung. „Wo wollen sie hin?“ Ich checkte ihre Strecke. „Der Turm der Götter! Sie wollen sich dort verdrücken“ schoss es durch mein Hirn, fast automatisch nahm ich die Zügel hoch. Ich stieß beide Füße fest in eine Öffnung der Bordwand, schwang mir ein Seil um die Hüfte und band mich damit fest. „Hoho – jetzt zeigt mir, was Ihr drauf habt!“ Mein Kopf kippte nach hinten, mein Körper schwang in alle Richtungen, mit solchem Schwung setzte sich das Gefährt in Bewegung.
„Drück den Hebel mit dem roten Kreuz – er aktiviert die Fangeinrichtungen des Wagens. Da haben nicht einmal die Götter eine Chance, zu entkommen!“ empfahl mir Sphinx, ich konnte mir sein Grinsen bei diesen Worten sehr gut

vorstellen. Während der Wagen einen Bogen fuhr, um den Flüchtlingen den Weg abzuschneiden, bemühte ich mich, den Knopf zu erreichen. Ich kam nur mit der Spitze des Mittelfingers an ihn heran. „Scheiße, da fehlen zwei oder drei Millimeter!“ fluchte ich. So sehr ich mich reckte und streckte, ich schaffte es nicht. Ich wurde mächtig durchgeschüttelt, mehrfach konnte ich mich gerade in letzter Sekunde an der Bordwand fest klammern, um nicht den Halt zu verlieren. „Diese braven Gäule finden ihre Herrchen ganz allein. Da kann ich mich getrost los binden…“ stammelte ich und löste den Knoten. Doch es kam anders, als ich erwartete. Ob einige Steine daran schuld waren oder einfach nur ein Loch oder eine Senke, auf jeden Fall wurde ich hoch in die Luft geschleudert. Für einen Augenblick fauchte mir der Wind um die Ohren, ich konnte die Götter flitzen sehen. Ich landete zum Glück wohlbehalten auf der Plattform, wurde aber mächtig hin und her geschleudert. „So eine verdammte Scheiße“ winselte ich, als mir eine Kugel gegen den Kopf flog. „Das hat weh getan!“ Ich robbte auf den Hebel zu und streckte die Hand. „Du musst es schaffen!“ hämmerte es in meinem Schädel, bevor der nächste Hopser mich endgültig vom Wagen fegte, löste ich aus. Ich überschlug mich mehrfach und rollte einige Meter dem Streitwagen nach, bis ich im Sand liegen blieb. Ich spuckte den Dreck aus und wischte mein Gesicht ab. „Alle Knochen heil? Ist gerade noch gut gegangen…“ Ein Schrei ertönte. Im Augenwinkel registrierte ich das Metallnetz, welches sich vom Streitwagen löste und einen der Flüchtenden zu Fall brachte. Neben dem Turm der Götter erschien unverhofft eine Handvoll Männer. Die schwarze Truppe aus unserer Zeit. Sie eröffneten das Feuer auf mich, so dass ich sehen musste, wo ich Deckung fand. „Dachte ich mir schon, dass diese Penner entkommen sind! Diese verdammten Schweineköpfe – sie helfen ihm!“ Einer der Götter kletterte den Hügel hinauf, während der andere weiter um laut Hilfe rief. „Ox kommt Dir mit seinen Kriegern zur Hilfe!“ meldete sich Sphinx, eine Wand Feuerkugeln flog auf den Turm der Götter zu. „Zu spät – er hat es geschafft!“ Es war Sebak II, der drohend seine Faust in den Himmel hob, bevor er sich auflöste. „Wir haben wenigstens einen Narren erwischt, bevor er verduften konnte!“ knirschte ich grimmig, stand auf und säuberte mich umständlich. „Mist!“ Mein rechtes Bein knickte weg, bevor ich erneut zu Boden ging, bemerkte ich das Blut, welches aus einem kleinen Loch heraus spritzte...

„Er kommt zu sich!"
Ich wusste sofort, wessen kleine Hand über mein Gesicht streichelte. „Shyla!" Meine Tochter strahlte mich an, als ich die Augen öffnete. „Paps, bin ich froh!" jubelte sie, umschlang meinen Hals und presste sich an mich. „He – es ist alles gut!" Ich hielt mein Kind fest in den Armen. Eine Last fiel von mir, dass ich es förmlich plumpsen hörte. Juan I., Ra-Helios und Imhotep standen neben meinem Kopf. „Hast lange genug geträumt. Hoffe, es geht Dir besser. Deine Wunde ist versorgt – Thot persönlich hat sich darum gekümmert!" klärte mich der Pharao auf und reichte mir die Hand. „Hoch mit Dir – die Verhandlung läuft bereits!" forderte er forsch. Shyla zog einen Flunsch, aber schließlich ging es um eine wirklich wichtige Sache. „Komm Schatz, wir kuscheln später!" Ich strich ihre Haare glatt und erhob mich. „Dein Bein okay?" Imhotep inspizierte die kaum noch sichtbare Wunde. „War ein glatter Durchschuss, hat Thot gemeint. Wird gut verheilen und kaum Spuren hinterlassen." Ich machte einige erfolgreiche Gehversuche. „Wir können. Spannt noch ein bisschen, aber daran werde ich mich gewöhnen. Da scheint es richtig heiß her zu gehen? Den Umbau der Bühne zum Tribunal habe ich wohl verpasst?" Imhotep gab mir einen freundschaftlichen Klaps auf die Schulter. „Wenn Du immer wieder den Helden spielen musst – selber schuld!" grinste er. Die Umzäunung neben dem Tribunal war auch neu. „Nun, da haben die Originale Vorsorge getroffen, dass es niemand mehr in den Sinn kommt, einfach die Fliege zu machen!" Meine Kameraden Bernd und Peter kamen mir entgegen, froh, dass nichts Schlimmeres passiert war, begrüßten sie mich überschwänglich. Bernd nahm Shyla hoch. „Da ist ja unsere Prinzessin, wegen der es so viel Trubel gab!" Shyla ließ sich die ungeteilte Aufmerksamkeit gerne gefallen und strahlte über das ganze Gesicht. Als wir uns dem Käfig näherten, in dem Gott Seth eingesperrt war, kam dieser ans Gitter. Seine Augen funkelten vor Hass. „Mensch – Du und Deine Brut werden eines Tages dafür büßen, was Du mir angetan hast. Das schwöre ich im Angesicht meiner Feinde...!" stieß er hörbar

hervor, das Gestell erzitterte unter seinen Wutattacken, mit denen er es bearbeitete. Ich blieb gelassen und näherte mich ihm. „Wenn ein Mensch versagt, bleibt es ein menschlicher Fehler, den man vergeben kann! Wenn ein Gott versagt – hat er nichts getaugt! Und Du sitzt heute auf der Anklagebank…!“ Damit wollte ich weiter gehen. Shyla setzte den I-Punkt drauf. „Götter sind auch nur wie Menschen – nur viel schlechter!“ Sie streckte ihm die Zunge raus und hüpfte davon. Ich zuckte lächelnd mit den Achseln. „Besser kann man es wirklich nicht formulieren!“ Ich ließ ihn toben und plärren und scherte mich nicht weiter um seine Ausfälle und Beleidigungen. „Sebak II. wird mich hier raus holen – dann wehe Dir…!“ Ich winkte nur müde ab und hob den Stinkefinger. „Mensch Arne, so kenne ich Dich gar nicht? Und die kleine Püppi hat es dem Typen richtig gegeben – mein Respekt!“ Peter lachte sich scheckig und konnte nicht fassen, das Shyla so schlagfertig konterte. „Es muss ja einen besonderen Grund gegeben haben, weshalb ausgerechnet sie von den Göttern auserwählt und hergebracht wurde? Denke, das könnte mit ein Kriterium gewesen sein“, vermutete ich. Gott Thot huschte herbei. „Nein, Professor, das war es nicht. Dafür gibt es einen bedeutsameren Grund. Das Bein scheint in Ordnung zu sein?“ Zufrieden begutachtete er sein Werk. „Diese chirurgischen Eingriffe sind eigentlich nicht so mein Ding, aber in der Not frisst der Teufel bekanntlich Fliegen. Habe ich doch super hinbekommen!“ stellte er selbstgefällig fest. Das interessierte mich weniger. „Stimmt – man kann kaum noch was sehen. Erklärt mir lieber, welchen Grund es gab, meine Tochter für das Ritual auszuwählen? Das hätte jedes andere Mädchen erledigen können?“ hakte ich erneut nach. Thot lachte laut auf. „Du bist in Pharaonien – 10 000 Jahre vor Deiner Zeit! Und da sollen irgendwelche Kinder in der Lage sein, das zu vollbringen, was Du mit den eigenen Augen sehen durftest?“ Er sah mich mitleidig an. „Schon gut, ich habe es verstanden. Sie müssen also schon etwas Besonderes sein…“ lenkte ich ein. Es sah komisch aus, wenn er nickte. „Alle Mädchen eint ein besonderes Merkmal – sie haben das Blut von Pharaonen in sich!“ Damit war es raus. Meine Freunde sahen sich mit fragenden Blicken an, dann stierten sie zu Shyla. „In ihrer Ahnenlinie gab es zu irgendeiner Zeit den Einfluss eines Königshauses. Deine Frau…, ihre Mutter, entstammt so einer

Linie – auch wenn sie es selber nicht mehr weiß. Das Blut lügt nicht!“ Das leuchtete sogar mir ein. „Soll heißen: Einer meiner würdigen Nachfahren hat fremd gepoppt? Könnte aber auch bedeuten, dass Vorfahren von Sanila einem Königshaus angehörten, das von der Bildfläche verschwand.“ schlussfolgerte Juan I. mit breitem Feixen. Dass Mord und Totschlag bis zur völligen Ausrottung in manchen Dynastien zum Tagesgeschäft gehörten, war inzwischen wissenschaftlich bewiesen. „Dann kann ich ja froh sein, dass es nicht die Vorfahren meiner Frau erwischt hat! Stimmt es, mein Schatz. Deine Mama aus königlichem Hause...?“ Shyla hatte aufmerksam zugehört. „Wenn Mama eine Königin ist, dann bin ich ja – eine Prinzessin!“ hauchte sie voller Ehrfurcht und schlug die Hände vors Gesicht. Ich musste lachen. „Stimmt – ob mit oder ohne Königin – Du bist auf jeden Fall meine kleine Prinzessin!“ Ohne lange zu überlegen, fügte ich schnell hinzu: „Natürlich ist Deine Mama meine Königin!“ Dafür bedachte mich mein Kind mit einem scheelen Augenaufschlag. „Das hast Du gerade noch so hinbekommen, Paps!“ Peter schlug sich vor Vergnügen auf die Schenkel. „Die Kleine ist echt cool!“ prustete er. Dann holte uns die Realität wieder ein. „Ich glaube, es geht los?“ Juan I. trat entschlossen vor das Tribunal – er sollte seine Beschwerde vortragen. Ich hatte nun Gelegenheit, mir die Fremden näher zu betrachten. Eines fiel mir sofort auf – sie waren durch die Bank durch Giganten. Hoch gewachsen und superschlank, mit ausdrucksvollen Gesichtern und Augen, die einem sofort in ihren Bann zogen. „Paps, sind das die Leute, die wir geweckt haben?“ flüsterte Shyla, selbstvergessen zählte sie die Fremden. „Es sind dreizehn Fremde – so viele waren wir im Kreis!“ plapperte sie weiter. Es war Gott Thot, der sie ermahnte, still zu sein. „Du bist eine Priesterin meines Ordens! Also verhalte Dich auch so und schweig, wenn die Mächtigen reden!“ Das half sofort. Ein Fremder stand am Rand der Bühne, er betrachtete ausführlich die Anwesenden. Gott Amun und seine Getreuen nahmen hinter dem Pharao Aufstellung. „Ich habe im Auftrag unseres Rates eine Prüfung der Fakten vorgenommen...!“ Wir hatten die Stimme des Fremden im Ohr, ohne dass er sich laut äußerte. „Man nennt mich Sobek – ich stehe dem Rat der Originale vor!“ Diese Vorstellung brachte mein Blut in Wallung, hinter mir ging ein Raunen durch die Massen. Während sich die übrigen Mitglieder des Tribunals ruhig verhielten, wurde ihr Wortführer in einer Weise aktiv, die uns für kurze Zeit fast an den Rand des Wahnsinns führte. „Was treibt er mit uns?“ Mir wurde schwummrig, der Kopf begann zu glühen. Eine Fülle von Daten und Informationen tauchten vor meinen geistigen Augen auf, gleichzeitig wurden Erinnerungen, Bilder und ganze Passagen meines Lebens wie von einem Staubsauger einfach abgezogen. Ich wollte mich wehren, schreien – aber es ging nicht. Nach wenigen Minuten war alles vorbei. „Verzeiht, aber das ist für uns die einfachste Methode, sämtliche Daten abzuschöpfen, um uns ein Bild über die Ereignisse zu machen“, entschuldigte er sich. Seine zwölf Mitstreiter lebten sichtlich auf. „Wir sind entsetzt und empört, was während unserer Abwesenheit auf diesem Planeten geschah. Das entspricht in keiner Weise der Charta, die wir erlassen haben!“ Er musterte Pharao Juan I, danach sah er zur Umzäunung, in denen unzählige Krieger und Götter eingepfercht waren. Weiter hinten, in einem abgesonderten Bereich, hielt man die Mütter der Mutanten unter erhöhten Sicherheitsbedingungen gefangen. „Unsere Mission war stets eine friedliche Intervention mit allen Völkern des Universums. Wer ist für den ganzen Schlamassel verantwortlich?“ vernahmen wir. Ohne auf Antwort zu warten, schwebte er auf den Käfig zu, in dem Seth separat eingeschlossen war. „Wenn der Begriff Gott für geistlichen Anführer steht – erwarte ich: Geist! Bei Dir spüre ich nur Boshaftigkeit, Hochmut und Mordlust – wieso nennst Du Dich Gott – oder Anführer?“ Ich hatte Seth nicht im Blick, konnte mir sehr gut ausmalen, wie er drauf war. Seine Antwort entsprach genau dieser Vorstellung. „Wer bist Du, dass Du es wagst, mich hier festzuhalten? Wer gibt Dir das Recht, mich zu befragen?“ donnerte Seth in gewohnter Weise zurück. „Der Idiot lernt es nie!“ Der Satz kam von meiner Kleinen. Sie legte ihre Faust in meine Hand. Die Antwort erreichte Gott Seth von einem der Fremden auf der Bühne. „Nach dem Recht fragst Du? Weil Du ein Teil von mir bist! Du trägst meinen Namen – ich habe Dich entstehen lassen im Glauben, dass meine Gedanken in Dir fortleben, dass meine Mission von Dir weiter getragen wird…!“ Es war ein Recke, der sich neben Sobek aufbaute. Er hatte für mich kaum eine Ähnlichkeit mit Seth, genau so wenig, wie Sobek mit Sebak, aber es war ja auch viel Zeit vergangen und jede Menge Wasser den Nil runter geflossen. „Du hast meinen Namen missbraucht, meine Ehre besudelt!“ Ein Schatten hutschte über das ebene Gesicht und verdüsterte seinen Anblick. „Sobek, ich habe Dir damals gesagt, dass diese Sache mit den Doubles ein Fehler ist. Nun liegt das Kind im Brunnen und wir müssen es ausbaden!“ Die übrigen Fremden erhoben sich von ihren Sitzen. „König Amun – ich habe es so verstanden, dass nur ein Teil der Götter abtrünnig wurde. Das werden wir klären. Wo hält sich mein Double auf? Ich kann sie nirgendwo sehen oder fühlen?“ Der Klang dieser Stimme ließ mich aufhorchen. „Das ist doch...?“ Ich war unsicher, ob ich es nicht doch falsch interpretierte. „Sucht Ihr Göttin Sachmet, die mächtige Löwin?“ Ich trat aus der Menge heraus. Es wurde totenstill. Imhotep kam an meine Seite, zwischen uns Shyla. „Sie wurde getötet, um mit ihrem Blut diese da zu tränken!“ Meine Hand wies in Richtung Umzäunung, zur Ecke, in denen sich die restlichen Sirenen mit ihren Jägern befanden. „Ihr Blut fließt in ihren Adern und macht sie fast unsterblich und stark!“ Meine Worte führten zu einer ungeahnten, heftigen Reaktion der Originale. Trotzdem redete ich weiter. „Wir waren dabei und mussten mit ansehen, wie eine Göttin von Göttern zerstückelt wurde. Es war grausig – und ungerecht! Sie war gut zu den Menschen, aufrichtig und ehrlich. Sie war wie eine Freundin für mich!“ Es war kein Gefühl der Rache, welches ich in mir spürte. Ich war einfach nur traurig und entsetzt, wenn ich an diesen Augenblick dachte. Dennoch musste auch der letzte Satz ausgesprochen werden. „Er und Sabak II. haben sie gequält und dann geopfert!“ Diesmal zeigte meine Hand auf Seth. Höhnisches Gelächter unterbrach mich. „Das musst Du erst mal beweisen, Mensch! Freundin, dass ich nicht lache! Kein Gott ist eines Menschen Freund!“ bellte Seth und trieb es mit seinen Behauptungen noch auf die Spitze. „Ich denke eher, dass sie Sachmet in eine Falle lockten und umbrachten!“ Tumult brach aus, unsere Leute empörten sich über diese ungeheure Anschuldigung. Seths Heer dagegen klatschte Beifall. Es war kein männliches Original, sondern eine Frau, die auf uns zuschwebte. „Sachmet war meine Doppelgängerin, meine Schöpfung – was sagt Ihr zu dieser Behauptung!“ Sie brauchte nur Sekunden, die Antwort in meinen Erinnerungen zu finden. „Nun Double Seth – wir können es ganz einfach nachprüfen! Bringt mir eines dieser ominösen Wesen!“ wies Sachmet an. Ein Lichtkrieger erledigte diesen Befehl in kürzester Zeit, in seinen Händen zappelte eine Sirene und versuchte vergeblich, sich frei zu strampeln. Die Fremde gab der Sirene einen Klaps auf die Stirn. „Verhalte Dich friedlich, sonst reiße ich Dir den Kopf ab!“ drohte sie. Ein zweiter, etwas härterer Schlag des Kriegers verschaffte die geforderte Ruhe. Sachmet schnüffelte an der Sirene entlang. „Nun Seth, hast Du mir was zu sagen?“ Seths Original hatte sich dem Käfig genähert, ohne Umschweife packte er den Gott am Hals und hob ihn in die Luft. „Du hast es gewagt, einen von uns zu töten? Für diesen Rotz dort?“ Eine derartige Behandlung war der Gott nicht gewohnt, aber da er sich nicht zur Wehr setzen konnte, kam nur ein klägliches Grunzen heraus. „Er hat den Befehl dazu gegeben! Ich war nur Handlanger…!“ verteidigte er sich und zeigte auf Sobek. „Dein Double hat das ausgeheckt und durchgeführt! All die Kriege, Eroberungen – alles seine Ideen!“ Seth wurde die Luft knapp, er lief blau an. „Lass ihn runter! Wir brauchen noch seine Aussagen!“ Sobek schüttelte nachdenklich den Kopf. „Habe ich mich so sehr geirrt? Mein Double hat das initiiert?“ Ich fasste allen Mut zusammen. „Ihr müsst noch etwas wissen. Ich habe Sebak getötet. Sein jetziger Nachfolger und Euer Doble ist ein Klon!“ Sobek blickte mir in die Augen. „Das habe ich vorhin in Deinen Gedanken nicht richtig verstanden? Du hast mich getötet? Und ich wurde neu erschaffen – von Sebak?“ Er fiel aus allen Wolken, wieder wurden die Originale aufgeregt und fahrig. „Und es war Euer Doppelgänger, der nicht nur seinen und Euren Klon erschaffte. Seht Euch um, alle Kreaturen und Missgestalten – einschließlich der Veränderungen an den Figuren der Götter – sein Werk! Sie haben es allerdings zugelassen und geduldet – um ihre eigene Macht auszubauen und zu sichern!“ Es war der Pharao, der ihnen den Rest der ungeheuerlichen Geschichte darlegte. Sobek neigte das Haupt, ich merkte, dass er einige von uns intensiver anschaute. „Du Pharao und ein Teil Eurer Menschen stammen aus einer anderen Epoche?“ Keine Ahnung, wie er es anstellte, aber aus der Meute pickte er alle heraus, die dazu gehörten und führte sie zusammen. Auch die Mädchen wurden neben uns gestellt. Sie umringten sofort Shyla und hielten einander fest. Meine Freunde reagierten ein wenig verblüfft, ließen es aber geschehen. „Sobek – einer von uns fehlt noch!“ informierte ich ihn. Ich konnte Max nirgendwo ausfindig machen. „Nesrin ist auch verschwunden – das ist doch merkwürdig?“ flüsterte mir Prinz Babu aus dem Hintergrund zu. Das war mir bislang nicht aufgefallen. „Sie sind beide nicht da? Stimmt, das ist wirklich eigenartig!“ Ich schaute zum Riesen hinauf. „Dieser Max – er war mehrfach auf unserem Schiff. Seine Daten wurden bereits vor längerer Zeit erfasst.“ Sobek dachte angestrengt nach. „Er hat den Druiden-Stab mitgenommen, ohne die Zustimmung des Systems zu erhalten. Keine gute Idee!“ vernahm ich. War Max damit in ernsthaften Schwierigkeiten? Und wieso kam Nesrin nicht zurück? Ich versuchte meine Gedanken zu verbergen, doch gegen Sobek war ich einfach machtlos. „Es wird sich bald zeigen, ob Max in Schwierigkeiten steckt. Laut Speicherdaten hat er ein mächtiges Register, in dem viele Schandtaten erfasst wurden. Er hat alles andere, aber keine reine Weste – um es mit Deinen Worten zu formulieren!“ Sein Minenspiel ließ keine Zweifel zu – Max verbarg ein düsteres Geheimnis. „Dieser gottverdammte Blödmann kann es einfach nicht lassen? Ich dachte, ich kenne ihn“, murmelte ich unter dem strengen Blick des Originals. Er beorderte Sphinx zu sich. „Durchforste die Zeit und finde den Mann! Er ist der Ursprung und Initiator vieler Intrigen und Machenschaften. Wir müssen ihn ausfindig machen, koste es was es wolle!“ Seine Anweisung an den Seher irritierte mich zusehends. „Wir reden von einem Menschen – von meinem Freund. Was soll er großartig für Intrigen geplant haben – das verstehe ich nicht?“ gab ich unumwunden zu. Ich kannte ihn seit meiner Studienzeit in den 70igern, hatte mit ihm zusammen in einer Bude gelebt und war wegen ihm nach Pharaonien gekommen, um ihn nach seinem Verschwinden zu suchen. Sobek winkte ab. „So viele Gedanken um ein Wesen, das sich hervorragend tarnen kann. Er ist ein Wandler, ein Converter aus einer Welt, von der Du und Deine Zivilisation noch nie etwas vernommen haben. Er kann sich jeder Lebensform anpassen – einen Menschen zu imitieren, fällt ihm leichter als Du denkst. Und er ist gefährlich – deshalb müssen wir ihn finden! Was hier geschehen ist, daran hat er über lange Zeiten mitgewirkt!“ Mich haute es beinahe aus den sprichwörtlichen Socken. „Und was wir gerade registriert haben – er hat erneut den Druidenstab entwendet. Das war sein erklärtes Ziel!“

stellte er abschließend fest. In mir drehte es sich. „Paps, geht es Dir gut?“ Ich spürte den Händedruck meines Kindes. Ich nickte zwar, aber dieser Brocken lag mir schwer im Magen und musste erst einmal verdaut werden. „Ich fasse es nicht!“ Ich fing Imhoteps Blick auf, der noch immer hinter unserer Gruppe stand. „Ich habe geahnt, dass mit dem Typen was nicht stimmt. Wir haben uns offensichtlich blenden lassen, mein Freund“, seufzte er betrübt. Diese Informationen reichten mir nicht. „Was ist so wichtig an einem Holzknüppel? Ich meine diesen Druidenstab – haben wir da etwas übersehen?“ forschte ich weiter und hoffte auf eine Erklärung. Sie kam prompt. „Dieser Knüppel oder Holzstab ist eine komprimierte Form von Energie, wie Ihr sie auf der Erde nicht kennt. Wer ihn besitzt, kann damit Dinge erschaffen oder verändern – deshalb ist er für uns unersetzbar! Dieser Max wusste also ganz genau, was er suchte!“ Ich hörte nur zu und dachte mir meinen Teil.

„Was hat meine Nesrin damit zu tun? Warum hat er sie mitgenommen?“ Babu verstand die Welt nicht mehr und drängte sich zu mir. „Könnt Ihr mir auch diese Frage beantworten?“ bat er schließlich mit einem langen Seufzer. „Im Grunde nichts – aber er kann sie manipulieren – sie sind sich beide sehr ähnlich!“ lautete die Erwiderung des Mächtigen.

„**W**as wird morgen geschehen? Werden die Original ihre Doubles vernichten oder bekommen sie eine zweite Chance?“ Ich traute dem Spiel der Fremden nicht, meine Sinne spielten verrückt. Wir waren für heute in die Festung gezogen, um dort die Nacht zu verbringen. Die Götter folgten der Einladung ihrer Originale und kehrten mit ins Schiff ein. „Da kann mir einer sagen, was er will – diese Konstellation gefällt mir überhaupt nicht! Alles nur Geheimniskrämerei! Wirst sehen, da hackt eine Krähe der anderen kein Auge aus“, war Bernds Prognose. Unser Tross erreichte die Freitreppe und begann den Aufstieg. Wir verteilten die Gruppen auf den Ebenen. Unheimliche Stille empfing uns, wohin wir auch kamen. „Keine Menschenseele zu sehen – wo sind sie alle hin?“ Die gesamte Besatzung war wie vom Erdboden verschluckt. „Wenn es stimmt, was dieser Sobek sagte, wird es seine Gründe haben, dass sie sich verpisst haben. Ich denke, sie stecken alle unter einer Decke!“ Babu war stinksauer und ließ es uns spüren. Jeglicher Versuch, ihn zu besänftigen, scheiterte an seiner bekannten Sturheit. „Dem Spiel der Mächtigen kann niemand trauen – das hat mir Vater immer verklickert! Du siehst doch selber, was dabei raus kommt. Jetzt ist Nesrin schon wieder fort – und niemand kann mir helfen!“ Er ließ seiner Wut freien Lauf und hämmerte mit der blanken Faust gegen den Fels, dass das Blut nur so spritzte. Er verzog nicht eine Mine dabei. „Diese Scheiß Fremden, diese Scheiß Götter…! Am liebsten würde ich ihnen den Hals umdrehen!“ tobte der junge Mann, schließlich setzte er sich resigniert auf den Steinboden. „Darf ich?“ Es war Bernd, der sich zu ihm gesellte, um mit ihm zu reden. „Ich mache das schon, kümmert Ihr Euch um die Anderen!“ signalisierte er mir. Dankbar hob ich die Hand. „Ich bin auf dem Plateau – wenn Du meine Hilfe brauchen solltest?“ verabschiedete ich mich. Juan I. war bereits aktiv, er organisierte mit den Ratgebern die Verteilung seiner Leute in den Wohnkomplexen der verschiedenen Ebenen der Festung. „Es sieht überall so aus, als wären sie gerade erst aufgebrochen. Haben einfach alles stehen und liegen lassen – das soll einer kapieren?“ informierte er mich über die bisherigen Erkenntnisse. „Okay, ich verdrücke mich nach oben!“ Ich wusste die Mädchen in guten Händen, Peter hatte sich bereit erklärt, über ihren Schlaf zu wachen. Diesmal stieg ich ohne Unterbrechung die Treppen hoch, kurz darauf empfing mich eine sternenklare Nacht. Kühlender Wind strich über die Steinfläche und ließ mich fröstelnd zusammenfahren. Dennoch verspürte ich den dringenden Wunsch, für einige Minuten allein zu sein. Ich schlenderte, in Gedanken versunken, über das Plateau. Die Kampfspuren der letzten Stunden und Tage waren nicht zu übersehen. Je weiter ich mich dem Rand näherte, umso mehr Überreste häuften sich. Hieb- und Stichwaffen lagen verstreut, Schilde, Pfeile, zerrissene Stofffetzen – und abgehackte Körperteile, die von den Lichtkriegern nicht beseitigt wurden. Ich stieß auf einen Schlangenkopf, der mit einem sauberen Hieb abgeschlagen wurde. „Was für ein blanker Wahnsinn ist das“, seufzte ich, und stieg angeekelt darüber hinweg. Dann überkam es mich doch – ich drehte mich um und kickte den Schädel voller Wucht wie einen Ball über den Rand. „Das musste einfach sein – als Strafe für den Mist, den ihr verzapft habt!“ knurrte ich, beruhigte mich aber wieder, als ich mein Augenmerk auf das gewaltige Schiff lenkte. Ich war im Rahmen einiger Forschungen mehrere Male in Alexandria, vor allem Mitte der 80iger Jahre. „Da haben wir mit Teams die alte Stadt vermessen und sondiert, aber auf diese Wunder sind wir nie gestoßen. Trotz modernster Technik haben wir nicht einen Krümel gefunden. Es gibt einfach keine Überbleibsel, weder von dieser Befestigungsanlage noch von diesem Schiff?“ Ich hatte es wohl laut gedacht und ausgesprochen. „Das wird in diesen Fällen auch niemals geschehen – es werden keine Spuren bleiben, wenn wir diesen Ort verlassen!“ Ich musste mich nicht umdrehen, es konnte nur Sphinx sein. „Vielleicht ist es besser so, wer weiß das schon?“ antwortete ich, während ich das Glitzern der Sterne auf der polierten Fläche des Raumschiffes bewunderte. „Das ist so friedvoll und wunderschön. Ich wünschte, Sanila wäre hier. Und all das Böse, was geschah, würde sich einfach auflösen und im Nichts verschwinden, wie ein Albtraum!“ Sphinx schwebte kurz über dem Plateau, sein pulsierender Schein wechselte regelmäßig den Farbton. „Was wird jetzt geschehen? Du weißt doch immer alles vorher? Werden sie Gott Seth und seine Anhänger bestrafen, oder hackt tatsächlich eine Krähe der anderen kein Augen aus?“ Sphinx schwieg, so als müsste er nachdenken. „Sicher kenne ich die Antworten auf Deine Fragen. Aber ich bin nicht befugt, dem Schicksal vorzugreifen, indem ich Dir diese Informationen gebe…“ Mir schwoll der Kamm. „Weshalb bist Du dann her gekommen – um mit mir die Sterne anzuschauen? Es ist immer die gleiche Scheiße, die wir erleben! Götter dürfen sich alles erlauben, ohne dafür zur Rechenschaft gezogen zu werden – willst Du mir das verklickern?“ fuhr ich ihn erbost an. Er schwieg sich weiter aus. Da wusste ich, dass es genau so kommen würde. „Sphinx – Du musst nicht reden! Aber eines lass Dir gesagt sein – so lange ich mich in Pharaonien befinde, wird es diese Ungerechtigkeit nicht geben. Wenn Deine verfickten Originale keinen Deut besser sind, als ihre Rüpelköpfe, werden wir Menschen weiter rebellieren und für unser Recht kämpfen! Und Du kennst unsere Seele besser, als jeder andere hier…“ Sphinx löste sich in Luft auf, meine Wut im Bauch blieb. „Das Spiel der Mächtigen kann auch nach hinten los gehen!“ knurrte ich. Ich rannte vor Frust ein Stück. „Was werden Juan und seine Leute dazu sagen? Sein Hofstaat, seine Kinder, sein Volk? Mann, die werden sich dann so richtig beschissen fühlen…“ Ich erreichte die Stelle, an der die Rampe für die Streitwagen der Götter das Plateau berührte. Ein länglicher Gegenstand schimmerte im fahlen Licht. Neugierig bückte ich mich danach und hob ihn auf. „Donnerwetter! Das ist doch eine Lanze, mit denen die Lichtkrieger ausgeschaltet wurden!“ Mein Herz schlug heftiger, als mir ein Gedanke kam. „Wenn ihr nicht wollt oder könnt – ich schon!“ Ich suchte den nächsten Abgang auf und tastete mich zu einem der Höfe, in denen Feuer brannte. Im Lichtschein sah ich mir die Waffe genauer an. Der erste Eindruck war recht nüchtern und nichtssagend. „Wie eine normale Lanze – bis auf diese Stelle am Schaft?“ Ich klaubte mir ein brennendes Holzstück aus dem Feuer und leuchtete den Bereich ab. „Da ist eine Art Auslöser dran…! Mal sehen, was passiert?“ Ich betätigte den Bügel – eine Stichflamme schlug aus der Spitze hervor und brannte ein glühendes Loch in die Wand. Als der Rauch sich verzog, konnte ich das verflüssigte Gestein sehen, wie es vor sich hin brodelte. „Du meine Güte – darum hatten die Krieger und Booh-Rax keine Chance. Nun gut, das wird mir allerdings bei meiner Mission behilflich sein!“ Meine Entscheidung stand damit fest…

Ich war mir nicht sicher, ob Sphinx mir nicht doch noch in die Suppe spucken würde, konnte ich doch davon ausgehen, dass er jeden meiner Schritte genauestens kannte. Ich lief an der verwaisten Bühne entlang, hinüber zur Umzäunung. Geheule der Jäger brandeten auf, als ich mich dem Käfig des Gottes Seth näherte. Ich schaute mich nach allen Richtungen um. „Kein Mensch zu sehen, keine Wachen – sind die leichtgläubig!“ Entschlossen klopfte ich gegen einen Gitterstab. „He mein Freund, hoch mit Dir!“ Seth wachte aus dem Schlaf auf, verdutzt rieb er sich die Augen. „Hach, der Herr Professor persönlich. Was verschafft mir die besondere Ehre?“ Sein überhebliches Grinsen verging ihm augenblicklich, als er die Waffe in meiner Hand entdeckte. Eben noch angriffslustig, zog er sich in den letzten Winkel zurück. „Was hast Du vor – mich umzubringen? Einen Gott töten?“ Seine Stimme überschlug sich, diesmal allerdings aus einem anderen Grund. „Seth, in meiner Zeit wäre es längst um Dich geschehen! Und da ich die Vermutung hege, dass Du morgen

nicht die erhoffte Strafe erhältst, werde ich vorher vollenden, was Du verdient hast! Auf einen Gott mehr oder weniger kommt es bei mir nicht an!“ Ich sah seine Gesichtszüge, die sich ständig verformten. Einzig seine Augen blieben unverändert und schauten mich furchtsam an. „Du hast eine gute Göttin töten lassen und wirst trotzdem davon kommen. Das lasse ich nicht zu!“ Ich senkte die Waffe, um mein tödliches Werk zu vollenden. „Warte, Professor – hört mich an – bitte!“ Ich hatte ihn noch nie so höflich sprechen hören. Ich zögerte. „Ich mach Euch ein Angebot, welches Ihr nicht abschlagen könnt – aber dafür verschont Ihr mein Leben!“ Er rückte wieder näher nach vorn. Mutiger geworden, schnalzte er mit der Zunge. „Ich liefere Euch Sebak II. aus! Ich liefere ihn Euch ans Messer!“ Sein arglistiger Blick konnte mich nicht täuschen. „Weshalb sollte ich ausgerechnet Dir trauen? Jemand wie Du, der lügt ohne Skrupel, der tötet ohne Reue…?“ Ich war auf der Hut, kannte ich doch seine fiese Art und hinterlistigen Tricks zu genüge. „Wir werden Sebak II. ohne Deine Hilfe bekommen – da bin ich mir völlig sicher!“ Ich trat vorsichtshalber einige Schritte zurück, die Lanze weiter auf ihn gerichtet. Er schnaubte wütend, dann besann er sich. Mit geschmeidiger Stimme bemühte er sich erneut, mich einzulullen. Rotkäppchen kam mir in den Sinn, das Märchen, welches ich Shyla immer wieder erzählen musste. „Du kannst noch so viel Kreide fressen, Du kannst mir noch so viel Honig ums Maul schmieren – für Dich ist Schluss!“ Ich drückte ab. Eine Salve drang in seiner Brust ein, die nächste fegte ihm die Schädeldecke weg. Gott Seth sackte auf die Knie, sein Maul weit geöffnet, starrte er fassungslos auf seinen Bauch. Er mühte sich, mir noch etwas zu sagen. Ich löste noch einen Blitz aus – er fiel wie ein Betonklotz um und regte sich nicht mehr. „Das war es dann!“ Ich atmete tief durch. Eisige Grabesstille herrschte, nicht einmal die Jäger gaben einen Mucks von sich.
Eilig machte ich mich auf den Rückweg. In der Ferne meinte ich, Sphinx aufleuchten zu sehen, aber vielleicht war es auch nur eine Sternschnuppe, die vom Himmel fiel…

„Wo warst Du denn? Ich habe Dich bereits überall gesucht! Da drüben ist der Teufel los!“ empfing mich Imhotep. Ich hastete in das Gebäude, in dem die

Mädchen schliefen und schob die Lanze unter mein Bett. „Komme gleich, sehe nur nach Shyla!“ vertröstete ich ihn. Minuten später standen wir auf der Plattform. Das Podium war taghell beleuchtet und strahlte über das gesamte Tal. „Was da wohl geschehen sein mag?“ Ich unterdrückte mein Triumphgeschrei, spielte den Ahnungslosen. „Sieht wirklich so aus, als wäre da etwas Außergewöhnliches passiert? Warum sonst sollte es so einen Auflauf geben?“ fragte sich Imhotep weiter. „Vielleicht ist einem der Götter der Arsch auf Grundeis gegangen. Wer weiß das schon?“ Einige Riesen erschienen auf der Bühne. „Tja meine Freunde, manche Dinge kommen anders als man denkt“, zischelte ich. Der Heerführer tippte mich an. „Du hast damit nicht zufällig was zu tun?“ Zum Glück kam Babu angeflitzt. „Unten sind diese Fremden Sobek und Sachmet eingetroffen, um mit uns sprechen. Habt Ihr eine Ahnung, was sie wollen – um diese Zeit?“ Er klang besorgt. Ich hielt es nun für angebracht, meinen Gefährten reinen Wein einzuschenken. „Sie kommen wegen mir! Ich habe Seth getötet!“ Beide standen, wie vom Blitz getroffen. Ich hatte befürchtet, dass nun eine lange Diskussion nach dem Warum und Wieso beginnen würde, aber das Gegenteil trat ein. „Du hast was…? Ich könnte Dich dafür knutschen!“ jubelte der Prinz und sprang mir an den Hals. „Warum hast Du nichts gesagt – ich wäre gerne mit gekommen!“ ließ Imhotep vernehmen, lächelnd legte er seinen Arm um uns und drückte uns beide. „Und nun? Schnauze halten reicht nicht, sie werden unsere Gedanken lesen wie in einem offenen Buch!“ Meine Bedenken war durchaus berechtigt. Wir kannten ihre Fähigkeiten. „Das lasst meine Sorge sein! Ich werde Dir dabei helfen und Dein Gehirn abschirmen! Viel Grüße von Sphinx soll ich außerdem ausrichten!“ Ich muss ziemlich dumm aus der Wäsche geguckt haben, als Ox so unverhofft vor uns stand. Umso größer war meine Freude nach diesem Angebot. „Ich werde in das Amulett zurück kehren – mache Dir deshalb also keine Sorgen!“ In Bruchteilen von Sekunden spürte ich die Erwärmung auf der Brust. „Sphinx, alter Freund, das werde ich Dir niemals vergessen!“ So gewappnet, schritten wir unseren nächtlichen Besuchern entgegen…

„Ich bin überrascht, Sie hier zu sehen?“ Ich log, ohne rot zu werden und fühlte mich sogar wohl dabei. Sobek’s Reaktion konnte ich zwar nicht vorhersehen, aber ich merkte ihm sofort an, dass er uns misstrauisch begutachtete. „Unser Erscheinen ist nicht von Ungefähr – Gott Seth wurde vorhin getötet!“ Er kam ohne Umschweife zum Thema. Jetzt, in direkter Nähe war er immer noch sehr groß, aber nicht mehr riesig. „Ich kann nur Wasser und ein Stück Brot anbieten – kommt also herein!“ Ich führte sie in den Festsaal, der eine ausreichende Deckenhöhe für sie besaß. Die Fremden schauten sich interessiert um. „Als wir damals den Grundriss dieser Einrichtung entwarfen, sah es anders aus. Hier wurden die Toten aufgebahrt, bevor sie mumifiziert wurden. Das ist allerdings eine Ewigkeit her...“ Damit war eine Frage des Ursprunges der Pyramide für mich geklärt. „Das hat Max entworfen und umgebaut, hat er zumindest erzählt! Was wir gerade feststellen mussten - die Bewohner sind eigenartiger Weise alle von der Bildfläche verschwunden – warum fragen wir uns?“ eröffnete ich die Konservation, bevor wir das eigentliche Thema behandelten. Die Originale warfen sich einen kurzen Blick zu. „Er hat hier versucht, eine Hochburg der Converter zu errichten. Wir vermuten, sie sind in die Zukunft geflüchtet. Sphinx und die Krieger werden sie ausfindig machen!“ antwortete Sachmet kurz und bündig. Eine Hofdame des Pharaos trat ein, als sie uns bemerkte, wollte sie sich sofort wieder entfernen. „Warte, sag dem Pharao, dass wir Gäste haben – er soll bitte zu uns kommen!“ bat ich und wandte mich Sobek zu. „Gott Seth ist tot – um ehrlich zu sein, wird ihm niemand nachtrauern!“ machte ich ihm unseren Standpunkt deutlich. „Darum geht es nicht – er war noch nicht verurteilt – und jetzt ist er tot! Ein Gott und Doble wurde eiskalt umgebracht, das ist die Situation!“ Sachmet beugte sich mir zu. „Sein Original fordert eine sofortige Aufklärung und Bestrafung der Mörder! Deshalb sind wir gekommen.“ Babu wollte etwas entgegnen, ich machte ihm deutlich, dass er den Mund halten sollte. Imhotep rutschte auf seinem Stuhl herum. „Warum? Er hat sich doch über ihn geärgert und geschimpft, dass sein guter Ruf geschädigt wurde? Nun kann er wieder ruhig schlafen“, erklärte er kaltblütig. Ich bemerkte ein Kribbeln auf der Kopfhaut, Sobek's sonst ungerührte Mimik schlug um. „Versuch nur, mich auszuspähen – das schafft Du diesmal nicht!“ frohlockte ich innerlich. Ich registrierte die Abwehr, die Ox im Hintergrund wirken ließ. Meine Begleiter lächelten friedfertig vor sich hin, sie schienen ähnliche Erfahrungen zu machen.

Nach mehrfachen Versuchen gab Sobek sichtlich verunsichert auf. Er tuschelte mit seiner Begleiterin, dann erhoben sie sich. „Für uns gibt es im Moment hier nichts mehr zu tun. Verzeiht die Störung!“ An der Tür trafen sie mit Juan I. zusammen, der es gerade noch schaffte, vor ihrem Abgang zu erscheinen. Ich konnte genau sehen, wie Sobek ihn checkte – aber der Pharao war unschuldig wie eine Jungfrau. Das erkannten auch die Fremden, sie entschwanden eiligst auf den Hof und dann durch die Luft. „Was ist denn jetzt kaputt? Warum plötzlich diese Hast?“ Juan I. gaffte ihnen nach, bis die Dunkelheit sie verschluckte. „Sie suchen den Mörder von Gott Seth – und haben ihn leider nicht gefunden!“ Imhotep feixte vor sich hin. Juan I. verstand nicht sofort, was wirklich Phase war. „Wie, Seth ist gestorben? Das gibt es doch nicht?“ wiederholte er, dann verstand er die Tragweite dieser Botschaft. „Der Verfluchte ist tot? Wirklich?“ Ungläubig schaute er uns an. „Mausetot! Und das regt einige Fremde auf, obwohl er nur Scheiße gebaut hat!“ knurrte Babu friedlich. Der Pharao war noch immer baff. „Da hat uns jemand einen riesigen Gefallen getan! Schade, dass wir keine Ahnung haben, wem wir danken müssten…?“ Ihm fiel das Feixen von Imhotep und Babu auf. „Ich nehme an, Ihr wisst mehr, oder?“ Sein Blick wurde streng. „Wissen wir – sollen wir ihm mehr verraten, Arne?“ Der Heerführer stieß mich an. „Er ist immerhin der Pharao und sollte über alle Ereignisse in seinem Land informiert sein!“ Babu meinte, was er aussprach. „Ich habe die Lanze von Gott Seth gefunden, mit der Booh-Rax und etliche Lichtkrieger erledigt wurde. Sie wirkt auch bei Göttern…!“ erklärte ich ihm. Juan I. runzelte die Stirn. „Du hast ihn erledigt? Das gibt Ärger ohne Ende!“ war seine erste Reaktion. Unser Gelächter wurmte ihn. „Du riskierst Kopf und Kragen – sie werden es heraus bekommen! Wer weiß, was dann geschieht…?“ Dann schien der Groschen bei ihm zu fallen. „Einen Moment mal – dann hätten sie jetzt…?“ Wir grinsten immer noch. „Wie habt Ihr das in Teufels Namen wieder angestellt? Habt Ihr einen Gott bestochen, der Euch schützt?“ Babu und Imhotep schüttelten den Kopf. Juan I. musterte mich von oben bis unten. „Dass man bei Dir mit allem rechnen muss, ist mir ja nicht neu! Also raus mit der Sprache – wer steckt dahinter?“ polterte er mich an. „Sphinx hat mir Ox geschickt – er hat uns abgeschirmt. Ihr könnt mir sagen, was Ihr wollt! Irgendwas stimmt mit diesen Originalen nicht? Und die Sache mit Max – egal was er sein mag, auch hier verlasse ich mich auf mein Bauchgefühl. Die lagen einfach zu lange in der Versenkung und peilen die Lage nicht mehr!“ Juan I. neigte bedächtig den Kopf und hörte zu. „Wenn Sphinx sich auf unsere Seite schlägt, ist wirklich was faul im Busch!“ Damit beendeten wir vorerst unseren Dialog, der erste Silberstreif kündigte den neuen Tag an, als ich mich in meine Schlafstätte tastete. Shyla lag wie immer quer im Bett und schnurrte wie ein Kätzchen vor sich hin. „Mein kleiner Racker, Du musst schon ein wenig rücken!“ Ich schob sie sanft auf die Seite und legte mich hin. Sie kuschelte sich im Schlaf an mich, so wachte ich einige Stunden später auf…

„Der Lärm ist unerträglich. Wenn ich es nicht besser wüsste – klingt wie auf einem Schlachthof vor der Exekution?“ Peter sondierte die Lage. Wir waren gleich nach dem Frühstück aufgebrochen und fast die Ersten vor Ort. Unsere kleinen Priesterinnen machten es sich bequem und warteten geduldig ab. Nach und nach trudelte der Hofstaat des Pharaos ein und nahm entlang der Bühne Aufstellung. Die Nachricht vom Tod des Gottes hatte sich bereits herum gesprochen und war Tagesthema. Imhotep und sein Vater grüßten uns aus der Ferne. Juan I. suchte sich mit seiner Familie einen ruhigeren Platz, die Krieger der Palastwache zogen einen Ring um sie und sicherten das Gelände. „Wenn ich diese Viecher nur sehe, kommt mir das große Kotzen!“ Bernd war mehr als missgelaunt, jetzt, nachdem etwas Ruhe in unser Leben einkehrte, wuchs seine Wut auf die Sirenen, die ihm das Liebste genommen hatten. Sein Leidensgenosse Babu war ihm in diesen Momenten keine wirkliche Hilfe. „Onkel Bernd guckt so traurig. Ich gehe mal zu ihm…“ Shyla tapste los und setzte sich auf seine Knie. Ich vernahm nicht, was sie ihm erzählte und worüber sie sich unterhielten, auf jeden Fall ließ er sie gewähren. „Die Kleine ist wirklich ein Schatz. Er lächelt wenigsten wieder…“ Peter scharrte einige Steine weg und setzte sich neben mich. „Ich habe ein Vögelchen zwitschern hören, dass es letzte Nacht ein besonderes Ereignis gab? Es soll um Mord gehen – sagt man. Ich als alter Kripo-Beamter habe da einen Riecher, dass dieser Fall extrem schwer sein könnte!“ Seine Augen leuchteten wie an jenem Tag, an dem er sich die Geschichte meines Lebens zum ersten Male zu Gemüte führte. Es war das listige, verschlagene Lächeln, welches mich damals auf die Palme brachte. „Was immer Du vernommen hast – es ist immer anders als man denkt. Auch eine alte Kripo-Weisheit, das kennst Du doch!" konterte ich. Er sah mich eindringlich an. „Ich werde nicht den Fehler machen, Äpfel und Birnen miteinander zu vergleichen. Aber trotzdem halte ich es für bedenklich, dass Seth keine standesrechtliche Verurteilung bekam und nun tot ist. Ich bin eher skeptisch, ob das eine gute Tat war?" Der Einzug der Götter unterbrach das Gespräch. „Sieht nach einer großen Verbrüderung aus? Friede, Freude, Eierkuchen – wir dürfen also gespannt sein", fasste ich die unglaubliche Szene für mich zusammen. Jedes Original kam in Begleitung seines Doubles auf die Bühne geschritten, die Paare setzten sich gemeinsam auf die extra bereit gestellten Sitzgelegenheiten. Ein Raunen ging durch die Menge, als die Originale Sobek und Seth erschienen. Sie positionierten sich in der Mitte des Tribunals. Gott Amun übernahm die Eröffnung der Verhandlung.

„Nach den erschreckenden Ereignissen der letzten Nacht wurde ich beauftragt, den heutigen Prozesstag zu beginnen. Ihr habt sicherlich vernommen, dass Gott Seth, ein Mitglied des Rates der Großen Götter, unter bislang nicht aufgeklärten Ereignissen tragisch ums Leben kam!" Er legte eine Pause ein und ließ seinen Blick schweifen. „Wir waren mit Gott Seth nicht immer einer Meinung, er war ein Hitzkopf und in manchen Dingen unbelehrbar. Aber er war ein - GOTT! Und Götter werden nur und ausschließlich von Göttern verurteilt und gerichtet!" Der Satz donnerte wie ein Orkan über unsere Köpfe hinweg und wirbelte eine Menge Staub auf. Als er sich legte, stand ein Mann vor dem Podium – der Pharao. „Was willst Du uns sagen, König der Götter? Sprich es laut aus, damit es alle hören!" Juan I. sprach ruhig, und doch drangen seine Worte bis zum letzen Mann in der Runde. Gott Amun zögerte, dann ließ er die Katze aus dem Sack. „Wir haben heute Nacht ein Urteil gefällt…!" Der Pharao ließ ihn nicht aussprechen. „Ihr habt ein Urteil gefällt – nicht sie? Hieß es nicht, die Götter stehen hier vor Gericht?" Diesmal erhob er seine Stimme. „Verkünde das Urteil – wir hören Dir zu!" Amun nahm den Faden wieder auf. „Wir sind gemeinsam zum Schluss gekommen, dass eine Verurteilung der Götter nicht erforderlich ist – die meisten von uns hatten mit den bösartigen Machenschaften nichts zu tun! Dem musst Du doch zustimmen, Pharao!" Juan I. drehte sich seinen Landsleuten zu. „Habt Ihr vernommen – die Götter stehen nicht vor Gericht – sie haben sich selber frei gesprochen!" Sein Finger war wie ein Dolch, er wies auf die Originale. „Und sie stimmen dem zu – weil sie sich selber in keiner Schuld sehen – das ist doch so?" Mir waren die Nuancen seiner Stimme durchaus geläufig. Die nächsten Sätze kamen wie Pfeilspitzen. „Es geht nicht darum, was Ihr nicht getan habt – sondern darum, was Ihr hättet tun müssen, um all das Leid zu verhindern! Deshalb seid Ihr schuldig! Ihr habt zugesehen, wie Unschuldige zu Tausenden ermordet wurden. Und, wie habt Ihr es verhindert? Mit nichts! Wie ein Gott sich über alle erhob und Kreaturen züchtete, die jenseits der Vorstellungskraft liegen. Ihr habt zugelassen, dass er sogar Euch zu Kreaturen umgestaltete, nur damit Ihr Macht über uns Menschen ausüben könnt. Reicht das nicht?" Die Menge tobte, das Tribunal erstarrte. Amun sah sich hilfesuchend um. Gott Thot schritt nach vorn und bat um Ruhe. Es dauerte seine Zeit, bis er sich äußern konnte. „Ich möchte nur verkünden, dass nicht alle Götter mit dieser Entscheidung einverstanden sind! Die Menschen sind nicht frei von Fehlern – aber wir Götter sollten zumindest soviel Anstand und Ehre im Leib haben, zu unseren zu stehen!" König Amun knirschte mit den Zähnen. „Wir wollten das in unserem Kreis klären und nicht der Öffentlichkeit preisgeben!" donnerte er Thot giftig an. Der Pharao hob die Hand. „Ich gebe jetzt einen Schwur an die Götter ab – den Schwur der Menschen, die ihren Glauben an Euch verloren haben. Es werden keine Tempel mehr errichtet in meinem Land – denn es gibt keine Ehre der Götter mehr! Es werden keine Gaben mehr entrichtet – wenn Ihr hungert, baut Euch Euer Essen selber an! Mein Volk wird sich nach eingehender Prüfung entscheiden, welchem Gott wir in Zukunft unseren Glauben und unsere Verehrung schenken. Gott Thot – ich danke Dir für Deine Aufrichtigkeit – Du bist in unserem Haus stets willkommen!" Juan I. verneigte sich vor Thot und ging zu den Seinen. Amun schäumte vor Entrüstung, sein Gefolge war aufgesprungen und umringte ihn. Sie zischelten und gestulierten, während sich die Originale ruhig verhielten. „Sie lassen die Doubles die Drecksarbeit machen!" schimpfte ich, als es richtig ab ging. Sobek schob die Götter resolut zur Seite. Sein Brüller machte jeden Widerstand, jede Diskussion zunichte. „Was soll das Geschrei? Ihr Menschen wurdet einst erschaffen, uns zu dienen! Ein friedliches Zusammenleben mit Euch ist unser oberstes Ziel, unsere oberste Priorität – so lange geschieht, was wir anordnen!" Peter rieb sich die Augen. „Sie zeigen jetzt ihr wahres Gesicht und offenbaren, was sie wirklich im Sinn haben. Wie wollen sie ihre Forderungen durchsetzen, wenn wir es nicht akzeptieren?" Das „Wie" wurde uns klar, als Sobek die erste Maßnahme ergriff. „Lasst sie frei!" vernahmen wir. Was dann geschah, machte uns fassungslos. Die Umzäunungen der abgesperrten Bereiche brachen auseinander, mit Gebrüll und Kreischen strömte all das Böse und Grausame hinaus in die Freiheit...

„Ich wusste es – ihnen ist nicht zu trauen!"
Ich sah nach Shyla, die mit Bernd angerannt kam. Es war wie das ferne Tosen eines Taifuns, der sein Ziel ansteuerte, um alles unter sich erbarmungslos in Schutt und Asche zu legen. Die Familie des Pharaos wurde von den Kriegern der Wache eingekesselt, die Mitglieder seines Hofes scharrten sich voller Schrecken um Ra-Helios und Imhotep. „Sie sind schlimmer als diese Monster – ihnen sieht man wenigstens an, was sie im Kopf haben!" fluchte Bernd und lieferte mein Kind bei mir ab. „Wir müssen uns irgendwie verteidigen – Rücken an Rücken, die Kinder in die Mitte – los!" befahl ich, obwohl mir bewusst war, dass wir nicht einmal den ersten Ansturm überleben würden. Wie eine Flut schoben sich die Jäger heran, ich konnte ihre Hauer blinken sehen. „Hätte ich bloß diese verdammte Lanze mitgenommen!" verfluchte ich mich selber, aber diese Situation hatte nicht einmal ich einkalkuliert. Die Sirenen hoben flatternd ab und formierten sich zum Angriff. „Sie werden uns einfach überrollen und nur Staub hinterlassen!" brummelte Prinz Babu und machte sich kampfbereit. „Ich werde trotzdem so viele mitnehmen, wie ich kann!" schnaufte er. Dann war es so weit. Der Gestank der Bestien erreichte uns wie eine Wand, ihr fauler Atem schlug mir ins Gesicht...

„Es reicht!" hörte ich eine Stimme laut ausrufen.

Die Mädchen standen vereint im Kreis, so wie ich sie schon mehrfach erlebte. Sie befanden sich in der Trance, das helle Licht, was sie verströmten, bildete eine ausgedehnte Glocke, die uns komplett umschloss. Die vorderen Reihen der Angreifer waren ins Stocken geraten und wurden von der Wucht der nachrückenden Einheiten an die Absperrung geschoben und förmlich platt gedrückt. Für einen Moment öffnete sich ein Fenster in der Kuppel, ein Schwall Luft strömte herein. Mit ihn ein Funke, der vor unseren Augen Gestalt und Form annahm. „Sphinx – Du auch hier!" Der Zeitenwandler war sichtlich erregt, das pulsierende Licht seiner Flanken tobte wie ein Wasserfall im Sonnenschein. „Ich tue, was ich machen muss! Sie haben sich nicht geändert und werden sich nicht ändern. Alles leere Versprechungen!" Sphinx reckte sich vollends in die Höhe. „Auch wenn es nicht in meiner Macht liegt, Dinge zu verändern – dafür habe ich andere Möglichkeiten, die äußerst effizient sein können…" Ich fühlte seinen Unwillen, seinen Zorn. „Solche Wut hatte ich nicht, als Sebak mich ins Verlies einschloss und dort eine Ewigkeit schmoren ließ. Es reicht – jetzt werden andere Seite aufgezogen!" drohte er in Richtung Tribunal. „Wenn die Götter sich selber verraten, den Originalen das Leben nicht mehr wichtig ist und sie die Menschen bedrohen – dann werden sie es mit einer Macht zu tun bekommen, die sie einst selber zum Schutz erschufen! Sieh nach Osten – wo sich die alte Silbemine befindet. Gott Thot befreit die Krieger…!" Trotz des grellen Sonnenscheins leuchtete ein Feuerband über den Gebirgszug, welches immer breiter wurde. „Gib ihren Heerführer frei – Ox materialisiere Dich!" Diesmal löste sich das Amulett von meinem Körper und kehrte zu Sphinx zurück. „Du wirst es nicht mehr brauchen. Wenn diese Mission erfüllt ist, kehren ruhigere Zeiten ein – versprochen!" Ox baute sich neben mir auf, seinem Herren und Gebieter zugewandt, erwartete er dessen Befehle. „Vernichtet die Mutanten und nehmt die Götter gefangen! Wenn sich die Originale auflehnen oder einmischen – setze auch sie fest!" Seine Anweisungen überraschten mich, war es doch eine totale Abkehr zur hiesigen Tradition. Ox salutierte und übernahm das Kommando des Heeres – diesmal uneingeschränkt über die volle Truppenstärke. Und das machte sich sofort bemerkbar. Jeglicher Widerstand der Mutanten zerbrach an der Front der Lichtkrieger, die Sirenen wurden wie Gänse gerupft und gescheucht, die für die Schlachtbank eingesammelt wurden. Das Finale erlebten wir eine Stunde später – einer mächtigen Welle gleich, rollten die Streitwagen der Mütter heran. „Wenn ich die Berichte von Ox richtig deute, haben die Mütter die Lichtkrieger damals nur mit einer List besiegt. Sie haben ihnen die Energie gekappt – ich denke, das wird diesmal nicht klappen!“ In kleineren Einheiten machten sie einen Wagen nach dem anderen unschädlich. „Da kommt soviel angestauter Frust zum Vorschein – die machen bestimmt keine Gefangenen!“ Peter und Bernd unterhielten sich leise, während sie das Geschehen verfolgten. Ein halbes Dutzend Wagen brach durch die Linie und näherte sich im rasenden Tempo unserem Platz. Es war ein Reflex, der mich zurück schrecken ließ. „Alles im grünen Bereich – hier kommen sie nicht rein, wir sind absolut sicher! Ich habe diese hässlichen Fratzen noch nie so dicht erlebt. Einfach grauenvoll – der Name passt überhaupt nicht – Mütter!“ beruhigte mich der Pharao, dessen gesamte Mannschaft ebenfalls Schutz gefunden hatte. Wir hörten nichts, sahen nur die Bilder wie im Stummfilm vorbei rauschen. Speere und Äxte flogen uns entgegen, einige Frauen kreischten auf. „He, alles gut!“ wiederholte Juan I. und drückte seinen Söhne an sich. Eine Mutter versuchte, mit dem Gespann gegen die unsichtbare Wand zu preschen. Sie zog einen weiten Bogen und gab ihren Gäulen die Peitsche, dass ihnen die Haut in Fetzen runter hing. Sie flogen fast dahin – ihre Körper prallten mit Wucht auf die Abschirmung. Ich konnte mit verfolgen, wie sich die schweren Körper deformierten, die Schädel wurden zur Seite geschleudert. Die Zugstange zischte zwischen ihnen wie ein Speer gegen die Wandung, splitterte, prallte ab und rutschte nach oben weg. Knochen und Blut spritzte umher. Ihre Lenkerin katapultierte sich während des Aufpralles über die Bordwand. Sie landete wie eine Zielscheibe direkt an der Stelle, wo der Wagen Sekunden später aufprallte. Eine Blutlache schmierte über die Fläche und perlte ab. „Die sind verdammt zähe – aber doch nicht unsterblich. Jetzt geht es dem Ende entgegen!“ kommentierte Babu diese Szene. Ein letztes Aufbäumen, dann sank die Mutter neben den Trümmern des Streitwagens auf den Boden und rührte sich nicht mehr. Ihre Mitstreiterinnen suchten das Weite. „Die hauen ab – funktioniert eigentlich der Turm der Götter noch oder hat ihn jemand klugerweise abgestellt?“ fragte ich in die Runde. Da sich niemand äußerte, war die Antwort klar. „Wir haben nicht daran gedacht, vielleicht haben die Götter oder die Originale…?“ entgegnete Ra-Helios. Imhotep sprang auf und näherte sich der Wand. „Der Turm ist noch in Betrieb, seht doch!“ Einige Sirenen, die bisher Glück hatten und den Lichtkriegern entkommen konnten, steuerten über die Mütter hinweg, direkt zum Turm hin. „Haltet die verdammte Brut auf! So eine Scheiße – wenn nur eine Mutter entkommt, geht das ganze Theater irgendwann wieder von vorne los!“ fluchte der Heerführer. „Ich glaube, die Mädels können den Wall öffnen. Die Krieger haben die Lage unter Kontrolle. Schnell doch!“ Frische Luft umströmte uns, ein sicheres Zeichen, dass die Abschirmung eingestellt war. „Palastwache – mir nach! Wir müssen die Mütter und ihre Monster aufhalten! Arne, versuch Kontakt zu Ox aufzunehmen…!“ Schon war er in Begleitung einiger Posten auf dem Weg zum Hügel. Wie gewohnt, rief ich nach Ox. „Ach Gott – das Amulett. Es ist ja nicht mehr da!“ stellte ich bestürzt fest. Ich guckte mich um, einer der Lichtkrieger rollte wie ein Blitz nur wenige Meter von uns entfernt heran. „Halt an – ich brauche eine Verbindung zu Deinem Heerführer!“ schri ich und stellte mich ihm entgegen. Die Zeit drängte, die Mütter waren bereits kurz vor dem Hügel. Er hatte so ein Tempo drauf, dass er mich trotz Stoppversuche streifte und ein ganzes Stück mitschleifte. „Bis du lebensmüde? Er hätte Dich fast umgebracht!“ schimpfte Bernd und tätschelte meine Wangen. Benommen schüttelte ich den Dreck vom Kopf. „Ox – wo ist er? Ihr müsst den Turm schließen…!“ Alles um mich herum drehte sich, erschöpft saß ich da und konnte nicht mehr denken. „So ein verrückter Hund! Kannst Dich gleich unter eine fahrende Lok werfen. Die Wirkung ist fast gleich!“ bekam ich von Peter zu hören. Ich sah nur noch, wie Babu sich einen Speer schnappte und Imhotep folgte. „Hat er kapiert, was ich von ihm wollte? Wo treibt er sich herum?“ Bernd stutzte und sah mich mit einen schiefen Lächeln an. „Wem meinst Du denn – Babu? Da läuft er doch!“ Ich raffte mich hoch. „Mensch, nicht der Prinz, der Krieger!“ Der war bereits über alle Berge. „Verdammt noch mal, jetzt entkommen sie doch!“ stöhnte ich. Vier Mütter rollten gerade auf den Hügel zu, es blieb nur noch eine Frage von Sekunden, und sie würden entwischen. Mir wurde bewusst, dass trotz der möglichen Geschwindigkeiten der Lichtkrieger nun keiner von ihnen schaffte, sie davon abzubringen. „Mist, Mist, Mist! Wer weiß, wo diese Biester ab jetzt ihr Unwesen treiben werden? Wenn es wirklich einen gerechten Gott gibt, wird er das niemals zulassen!“ schrie ich erbost aus und ballte die Fäuste. Aber mein Flehen wurde nicht erhört, die erste Mutter sprang vom Streitwagen, warf uns einen vernichtenden Blick zu und wurde vom Turm aufgesogen. Fassungslos schüttelte ich den Kopf. Um uns herum schlugen ununterbrochen Stichflammen empor, das Zeichen, dass die Sphinx-Krieger ihre Mission erfolgreich durchführten und eine Kreatur nach der anderen in die Hölle schickten. „Wenigstens das funktioniert!“ murrte ich und sah ohnmächtig zu, wie sich der Trupp von Imhotep durch das Schlachtfeld arbeitete. „Alles umsonst, es ist so was von gemein…“ Shyla und ihre Schwestern kamen angerannt. „Paps, Du siehst so böse aus?“ Meine Tochter schmiegte sich an mich. „Ja, ich bin sauer, weil es einige Bestien geschafft haben und entfliehen konnten. Und das ist überhaupt nicht gut!“ Sie strich über mein Gesicht. „Es ist noch nicht vorbei – schau selber!“ Ich drehte mich dem Turm der Götter zu. „Was in Teufels Namen ist das?“ Unzählige Bäche strömten über den Boden zum Hügel hin. Ich rieb mir die Augen. „Kann mir jemand sagen, was das darstellen soll?“ Während wir noch über dieses Phänomen rätselten, entwickelte das sich zu einem Schauspiel der Sonderklasse. Die Räder des letzten Streitwagens donnerten über Stock und Stein, dann geschah etwas, womit niemand rechnete. Sie wurden von einem der glänzenden Rinnsale umspült. „Das Zeug scheint zu leben – es wächst den Wagen empor…“ rief Juan I. aus. In der Tat sah es so aus, als wenn die Masse den Streitwagen einzuhüllen begann und seine Fahrt stoppte. Die beiden Mitstreiterinnen drehten sich immer wieder um, aus dieser Entfernung konnten wir natürlich nicht ausmachen, was sie zu sehen bekamen. Sie droschen unbarmherzig auf ihre Tiere ein, aber diese waren zu erschöpft und wurden nicht schneller. „Etwas muss sie mächtig erschrecken? Keine Ahnung, was dort vor sich geht“, murmelte ich verblüfft. Die Mutter des letzten Wagens wehrte sich verzweifelt, schlug mit ihrer mächtigen Streitaxt auf das Ding ein, ohne etwas ausrichten zu können. In kürzester Zeit wurde auch sie von einer blinkenden Hülle umschlossen – und erstarrte. „Du meine Fresse – ich ahne, wer das ist!“ entfuhr es Peter, der aufgeregt aufsprang. „Ich verwette meinen Arsch, dass das Teile von Booh-Rax sind. Der Knabe ist nicht tot!“ Die Bäche erreichten die beiden Flüchtenden, auch sie ereilte das Schicksal wie ihre Schwester. „Puh! Das war Rettung in letzter Not! Wenn er jetzt noch die Sirenen erwischt…“ Ich verstummte angesichts der Bilder, die uns nun geboten wurden. Ein kleiner Schwarm Monster zog krächzend am Himmel entlang und suchten ihr Heil ebenfalls in der Flucht. Ihr Ziel – der Turm der Götter. „Sie fliegen von oben rein, dass kann niemand und nichts aufhalten!“ unkte Ra-Helios. Es schien fast so, als würde er Recht behalten. Der Abstand zu den Flüchtlingen verringerte sich zwar zusehends, aber wie der Wesir es beschrieb – die Sirenen berührten nicht den Boden. „Wenn das wirklich Booh-Rax ist, hat er noch einiges in Petto – verlasst Euch darauf!“ Ich war überzeugt davon, dass er sie nicht ungeschoren ziehen ließ. Während die Sirenen siegessicher auf den Turm zu schwebten, wurde unser Krieger erneut aktiv. „Könnt Ihr das erkennen? Da, auf der Oberfläche – lauter Pfeile, die sich formen. Und nun…“ Bernd überschattete die Augen. Wir zuckten zusammen, als die Geschosse aus der Bewegung heraus in die Luft katapultiert wurden. Die Hälfte der Flüchtlinge trudelte auf der Stelle, getroffen stürzten sie in die Metallmasse und wurden in Statuen verwandelt. „Hach, wer hätte das für möglich gehalten?“ grunzte Bernd und schüttelte mich vor Aufregung. „Hoffentlich lässt er mir eine von diesen Bestien übrig, damit ich ihr das Fell persönlich bei lebendigem Leibe abziehen kann!“ Wut und Freude wechselten sich in seiner Miene ab. „Bleib ruhig mein Freund. Es wird geschehen, was geschehen soll! Sie werden ihre gerechte Strafe bekommen – da bin ich mir inzwischen mehr als sicher!“ beruhigte ich ihn. Shyla kam mir zur Hilfe. „Onkel Bernd, höre auf Paps – Du musst an Dein Herz denken…“ Sie schaute ihn voller Mitgefühl an, dass er nicht anders konnte. „Stimmt schon Kleines – aber es tut verdammt weh!“ Er nahm sie auf den Arm, gemeinsam verfolgten wir die letzten Kampfszenen um den Turm der Götter. Imhoteps Einheit traf dort ein, ohne zu zögern stürmten sie den Steilhang hinauf und positionierten sich vor dem Turm. „Na bitte, jetzt haben sie so gut wie keine Möglichkeiten mehr, abzuhauen!“ stellte ich voller

Genugtuung fest. Dann stockte mir das Blut in den Adern. „Was macht denn Babu – er läuft genau auf die Masse zu – hat er das nicht mitbekommen? Babu – komm da bloß weg!“ Ich schrie mir die Kehle aus dem Hals, aber er hörte es nicht. „So ein Sturkopf – er läuft direkt in sein Verderben!“ Ich wusste in diesem Moment nicht, was wir noch tun konnten. Das Zusammentreffen des Prinzen mit dem Metallbach endete, wie ich es befürchtete. Mitten im Lauf stieg die Flüssigkeit pfeilschnell an ihm empor, so blieb er im erstarrten Zustand als ewiges Denkmal stehen. „Es bleiben alle hier, nur der Rettungstrupp folgt mir!“ ordnete Juan I. ohne Umschweife an. Voller Betroffenheit liefen wir los. „Booh-Rax unterscheidet offensichtlich nicht zwischen Freund und Feind, wenn er richtig los legt. Das kann einem durchaus zum Verhängnis werden – so eine Kacke auch!“ Juan I. führte uns, so schnell es unter den Gegebenheiten möglich war, zur Unglückstelle. Die glitzernde Metallfigur wies uns den Weg. „Behaltet die Umgebung im Blick! Ich möchte keine unliebsamen Überraschungen erleben. Noch wissen wir nicht, ob alle erwischt wurden? Was mich nur wundert, dass nicht ein einziger Gott zu sehen ist? Hoffentlich haben sie sich mitsamt ihrer Originale verkrümelt!“ Der Pharao wies auf zwei seiner Krieger. „Ihr beide sichert unsere Flanke!“ Babu, oder besser was von ihm übrig blieb, tauchte unmittelbar vor uns auf. Die silbern glänzende Gestalt hatte tatsächlich eine große Ähnlichkeit mit den Statuen, die aus Metall in einem Guss gefertigt wurden. „Wenn ich nicht wüsste, wer sich darin verbirgt, würde ich das Ding bestaunen. Aber so…“ Bernd ließ es sich nicht nehmen, Babu zu berühren. „Das Zeug ist nicht hart – es ist warm und wie Gummi“, stellte er fest und piekste mit dem Finger hinein. „Hör auf damit – Blödmann, das tut weh!“ Es klang so weit weg, dass es kaum zu hören war. Bernd tastete weiter die Masse ab, als er noch einmal derb drückte konnte er es auch vernehmen. „Spinne ich oder spricht da jemand zu uns?“ Ein Hoffnungsschimmer keimte in mir auf. „Vielleicht kann Booh-Rax doch zwischen Freund und Feind unterscheiden? Lasst uns die Wagen der Mütter inspizieren, dann sind wir dann klüger.“ schlug ich vor. Wir mussten nicht weit laufen, da stand schon einer der Metallwagen vor uns, obenauf eine Mutter in kämpferischer Pose. Sogar jetzt war noch die unheimliche Fratze so gut zu erkennen, dass es mir einen Schauer über den

Rücken jagte. Vorsichtig näherten wir uns der Stelle. „Bernd – Du hast bereits Erfahrungen damit – bitte, Deine Testperson!“ Ich schob meinen Freund auf den Wagen zu. Er sah mich mit großen Augen an. „Alter Feigling!“ brummte er, entschlossen ging er einmal um das Gefährt herum. „Hier – was könnt Ihr erkennen – hart wie Stein!“ Er pochte am Rad und an der Bordwand herum. „Und nun sie!“ Ich wies mit dem Kopf auf die Mutter. Es schien ihm doch nicht völlig egal zu sein, er druckste eine Weile herum, dann kam er zu uns. „Lieber nicht! Irgendwie geht mir der Arsch auf Grundeis.“ Ich trat ihm entschlossen entgegen. „Komm, wir testen es beide aus!“ Wir kletterten auf den Streitwagen. Nun hatten wir sie direkt vor uns, die Bedrohung und den Ursprung, aus deren Eiern die unzähligen Mutanten und Ungeheuer erzeugt wurden. „Willst Du zuerst?“ fragte Bernd. Ich nickte, dann wagte ich es. „Das Zeug ist hart wie Metall und kalt wie Eis – probiere es selber!“ Bernd tippte die Mutter mit dem Zeigefinger an. „Stimmt, die ist eiskalt…! Was willst Du damit sagen – dass Babu lebt?“ Ich schluckte. „Zumindest gibt es die Möglichkeit, dass es so ist! Komm, wir gucken uns die anderen Mütter an!“ Das Ergebnis dieser Überprüfungen war ähnlich. „Imhotep kommt! Wie es aussieht, ist der Kampf vorbei.“ Ich mochte es noch nicht glauben, aber es war so still um uns geworden. „Und habt Ihr alle erledigen können?“ fragte der Pharao. Imhotep bestätigte. „Ja zum Glück! Aber ohne Hilfe hätten wir es niemals in die Reihe bekommen. Kommt alle mit, ich zeige es Euch!“ Vor dem Hügel erhob sich ein silberner Wall, der weit in den Himmel hinauf ragte. Darin staken eine Handvoll Sirenen fest – so wie sie geflogen kamen. „Sieht irgendwie lustig aus!“ Peters Einwurf lockte bei uns allen ein Lächeln hervor. „Schwebende Venus – oder besser Sirenen!“ fügte Bernd hinzu. Ich sah mir die Sache intensiver an. Die Metallfläche war hauchdünn, wirkte beinahe zerbrechlich wie Glas. Und trotzdem hatte sie den Ansturm überstanden und diese Monster fest eingeschlossen. Die Vorderteile ragten wie aus einem Spiegelbild auf der anderen Seite heraus. Ich trat an sie heran und klopfte sachte. Ein feiner Ton zog über die gesamte Fläche hinweg. „Das ist schon eine Wucht. Dünn wie Plattgold und dann diese Festigkeit, dass diese kräftigen Biester nicht weg kommen. Ich hoffe nur, dass sie ebenfalls das Zeitliche gesegnet haben!“ Eine der Sirenen hing ziemlich tief fest. Ich lieh mir von einem Krieger den Speer aus. „Die Mütter sind vollständig vom Metall eingeschlossen. Diese hier sehen anders aus?“ Ich stach vorsichtig in die Krallenfüße der Sirene. Sie zuckte und bewegte sich. „Sind die Reflexe oder – sie leben doch noch?“ resümierte ich und gab die Waffe zurück. Imhotep hat mit scheelem Blick meinen Versuch verfolgt. „Dann sollten wir unser Werk vollenden und ihnen den Todesstoß versetzen!“ Er zog sein Schwert, um seine Ankündigung in die Tat umzusetzen. Zu unserer Verwunderung rollte sich die Wand zusammen und begann, die Sirenen wie in einem überdimensionalen Teppich einzuwickeln. „He, was soll das? Lass sie gefälligst runter!“ schimpfte der Heerführer los und schlug mit der flachen Klinge auf sie ein. „Imhotep – hör auf damit! Das muss eine Bewandtnis haben, wenn es so geschieht.“ befahl zu seinem Leidwesen der Pharao. Das Material des Walls verflüssigte sich und floss mitsamt seiner grausigen Ladung über den Boden in Richtung Podium. „Das sollten wir uns nicht entgehen lassen!“ Juan I. gab das Signal zum Aufbruch. Das Heer der Sphinxe hatte sein blutiges Werk vollendet und vor der Bühne Aufstellung genommen. „Sieht so aus, als würden sich ihre eigenen Verluste in Grenzen halten? Sie räumen die Überreste des Mutantenheeres heran – wird wohl ein besonders großes Freudenfeuer geben!“ Ra-Helios deutete diese Aktivitäten auf seine Weise. Ich suchte das Schlachtfeld ab, meine Blicke streiften auch das Schiff der Fremden. „Kann es sein, dass sich die Götter bei den Originalen verstecken? Oder hat jemand mitbekommen, wo sie geblieben sind?“ Es war heute nicht das erste Mal, dass mir diese Frage in den Sinn kam. Die Schotten des Schiffes waren geschlossen, weder die Götter noch die Originale gaben ein Zeichen von sich „Sie bringen Babu – oder täusche ich mich?“ Ein Zug Lichtkrieger rollte herbei und schleppte die Streitwagen mitsamt den Müttern ran, dazwischen die Gestalt des Prinzen. „Wer hat das angeordnet – wer gibt hier eigentlich im Moment die Kommandos?“ wollte der Pharao wissen, aber diese Frage stellte sich mir nicht. „Der Heerführer der Sphinxe wird dafür verantwortlich sein – wer sonst? Wisst Ihr, was ich vermute, was gerade vorbereitet wird?“ Meine Leute schauten mich an wie eine Kuh vor dem neuen Tor. „Das ist wieder ein Tribunal – aber diesmal unter einem anderen Stern! Hier werden, vermute ich, Fakten zur Sprache gebracht, damit die Wahrheit über die da ans Licht kommt!" Wer mit „die da" gemeint war, musste ich nicht erläutern. Babus Statue wurde in unserer Nähe auf die Bühne gehievt. „Wenn er noch lebt, müssen sie ihn frei lassen! Er hat doch nichts getan?" sprach Peter, der misstrauisch die Vorbereitungen verfolgte. Ich war seiner Meinung, konnte mir auch nicht vorstellen, dass Babu ein anderes Schicksal erwarten sollte. „Leute, jetzt beruhigt Euch. Es wird sich schon alles zum Guten wenden!" Ich entdeckte Ox, der mit einem Zug Krieger beschäftigt war. „Wartet hier auf mich, ich werde ein Wörtchen mit unserem Freund reden!" Damit entfernte ich mich. Mein Weg führte an mehreren Einheiten der Sphinx-Krieger vorbei. Ihre Leuchtfarben änderten sich, als ich an ihnen vorbei hastete. „Siehst so aus, als würden sie mich erkennen?" Zumindest hatte ich das Gefühl, dass ich ihnen nicht unwillkommen war. Ox blickte auf, als er mich bemerkte und kam mir entgegen. „Nun Professor – die entscheidende Schlacht ist gewonnen. Aber was kommt jetzt? Wir, oder besser gesagt die Menschen, müssen große Scherbenhaufen weg räumen. Was soll mit den Göttern geschehen – wenn sie weiterhin nicht zu dem stehen, wofür sie die Schuld und Verantwortung tragen?" empfing er mich. Seine Gedankengänge deckten sich mit meinen Fragen, meinen Sorgen. „Ich könnte es mir leicht machen und verschwinden! Meine Leute und ich gehören nicht in diese Zeit – aber mir ist durchaus bewusst, dass jede Entscheidung, die hier und heute fällt, Einfluss auf unsere Epoche haben wird." Ich hatte Ox nie als sonderlich warmherzig empfunden, aber diesmal glaubte ich, so etwas wie ein verstohlenes Lächeln zu erkennen. „Ich bewundere seit jeher Deine Klugheit und Fähigkeit, in größeren Dimensionen zu denken. Das fehlt den meisten Göttern – deshalb werden sie immer wieder scheitern. Sie sehen nur ihre eigenen Interessen, ihr eigenes Wohl – natürlich auf Kosten der Menschen, die ihnen vertrauen. Also liegt es in der Hand der Menschen, sich mit ihnen zu arrangieren oder sie fallen zu lassen!" Der eigentliche Zweck meines Hierseins fiel mir ein. Ich berichtete Ox von dem Vorfall mit Babu. Er schaute mich dabei verwundert an. „Dass Booh-Rax wieder aktiv ist, ist mir nicht entgangen. Aber dass er den Prinzen erwischt hat – das ist ärgerlich!" gestand er. „Im Unterschied zu den Müttern ist sein Einschluss nicht ausgehärtet sondern weich geblieben. Kannst Du mir das erklären?“ Ox redete nicht lange um den heißen Brei herum. Er legte seine Hand auf meinen Kopf und begann, die Bilder abzurufen, die in mir gespeichert waren. „Tatsächlich, er hat den Prinzen eingeschlossen, aber warum?“ hörte ich ihn brummeln. Ich konnte verfolgen, was er sich anschaute. Es war ein ungewohntes Gefühl, seine Gedanken wie auf einer Leinwand zu betrachten. „Ich glaube, ich habe es?“ Ox unterbrach für einen Augenblick den Kontakt und loggte sich aus. „Bleib so stehen, bin sofort wieder drin! Muss nur was nachprüfen lassen!“ Er schickte einen Krieger in die Spur. Seine nächste Suche in meinem Hirn wurde vom Erfolg gekrönt. „Dachte ich mir doch – Professor schau auf den Fels gleich neben dem Streitwagen – kannst Du es erkennen?“ Er zoomte das Bild heran. „Er hat den Prinzen beschützt – davor!“ Der Kopf einer riesenhaften Schlange wurde im Grau des Gesteins erkennbar. „Ein verdammter Uril! Das Biest hat ihm dort aufgelauert.“ Ich war erschrocken und erleichtert zugleich. „Wusste ich doch, dass Booh-Rax nichts Arges im Schilde führt. Ich bin wirklich beruhigt...“ Das war ich in der Tat. Der Krieger kam angeschossen und brachte mit, wonach wir gesucht hatten. „Er hat das Uril töten müssen. Dieses Exemplar stammt nicht von der Erde!“ verkündete Ox nach eingehender Untersuchung und ließ den Körper wegschaffen. Das gab mir zu denken. „Wenn es nicht von der Erde stammt – woher kommt das Biest dann?“ Mein Blick fiel nicht von ungefähr auf das Schiff der Fremden. Ox äußerte sich nicht. „Sie haben es mitgebracht – das stimmt doch?“ Ich wollte schon sauer auf Ox's Schweigen reagieren. „Wer hat was mitgebracht?“ Der Heerführer verneigte sich. Ich funkelte Sphinx an. „Sie haben einige ganz spezielle Tiere mitgebracht und offensichtlich ausgesetzt, um uns zu schaden!“ fauchte ich aufgebracht. Sphinx stoppte mich. „Sie haben nicht nur Tiere mitgebracht sondern sind für viele Leben auf diesen Planeten verantwortlich. Das kann man betrachten, wie man möchte – ohne sie gäbe es euch Menschen nicht!“ rief er mir ins Bewusstsein. Sein Argument wirkte und ließ meinen Frust abkühlen. „Womit sie nicht gerechnet haben, ist die Tatsache, dass jedes Leben eine Eigendynamik entwickelt, die schwer zu Händeln ist. Und dass Intelligenz nach eigenen Grenzen strebt und sich nicht einsperren lässt!“ Sphinx sah nachdenklich auf das Schiff. „Jeder Schöpfer muss sich irgendwann die Frage stellen, ob jede Schöpfung Sinn macht? Für sie ist gerade der Moment der Wahrheit gekommen!“ Ox wurde ungeduldig, aus gutem Grund, wie er uns auf die Schnelle erklärte. „Wir sollten uns um den Prinzen kümmern und ihn aus seiner misslichen Lage befreien. Die Luft könnte sonst knapp werden,“ empfahl er. Die Befreiung von Babu verlief völlig unspektakulär, Ox musste ihn nur berühren, und der Schutzpanzer zerfloss von alleine. Babu war bereits blau angelaufen, er machte einen tiefen Seufzer und schnappte nach Luft. „Warum hat das so lange gedauert? Hat Bernd mich nicht verstanden?“ stöhnte er, dankbar nahm er einen langen Zug aus meiner Trinkflasche. Meine Männer versammelten sich vor dem Podium, jubelnd streckten sie die Arme nach den Prinzen aus. „Da ist er ja wieder, unser kleiner Hitzkopf! Du hast wirklich immer wieder mehr Glück als Verstand!“ polterte Bernd, er strahlte über das gesamte Gesicht. Als sie erfuhren, aus welchem Grund Babu in einer Statue verwandelt wurde, war die Freude noch größer. „Schade, dass wir Booh-Rax nicht danken können!“ Peter kletterte zum Prinzen hinauf und stützte ihn. „Das Leben wäre ohne Dich nur halb so schön!“ Vorsichtig hoben wir ihn von der Bühne und brachten ihn in eine schattige Ecke. „Ich habe das Monster gesehen, was auf Dich gewartet hat. Booh-Rax oder was immer von ihm übrig ist, hat Dir einen riesigen Gefallen getan – wenn man es salopp formuliert. Der Knabe hat Dir den Arsch gerettet! Denke, das drückt es besser aus.“ erzählte ich Babu, damit er die Umstände der Aktion besser verstand. „Wo ist Booh-Rax jetzt? Wo finde ich ihn?“ Es fiel mir nicht schwer, seine Frage zu beantworten. „Siehst Du die Metall-Legierung an den Wagen der Mütter und die Statuen darauf, siehst Du diesen glänzenden Buckel daneben auf der Erde – dass ist der mächtige Booh-Rax!“ Er gab sich mit der Auskunft vorerst zufrieden. Die Bühne wurde inzwischen zu einem weiteren Schauplatz umgebaut. Imhotep und der Pharao tuschelten aufgeregt, dann winkte mich der Heerführer heran. Ein großes Gestell wurde errichtet. Eine Platte mit erhöhten Rändern, die aussah wie eine flache Wanne. „Ich habe so etwas noch nie gesehen – aber ich kann mir denken, wofür sie da ist!“ Imhotep machte mich neugierig. „Dann spuck es aus!“ So sehr ich nachdachte, ich hatte keine Spur von einer Idee, wofür das Ding errichtet wurde. „Mir hat vor langer Zeit ein alter Alchimist eine Saga erzählt, wie ein Gott zum Leben erweckt wurde. Ich denke, das sind die Vorbereitungen für dieses Ritual!" Imhotep überlegte kurz. „Die Krüge – wenn das stimmt – sind voller Skarabäus-Käfer. Er symbolisiert die Kraft des Lebens und seine Auferstehung. Und um eine Auferstehung im wahrsten Sinne des Wortes geht es dann ja!" An jeder Ecke wurde einer dieser Krüge abgestellt. „Eine Schale mit Nilschlamm, die heiligen Lotosblüten und das Totenbuch mit den Geschichten und Zauberformeln – ich irre mich nicht!" Imhotep war sich seiner Sache völlig sicher. Ein heller Gongschlag ertönte. Ein Schott des Schiffes öffnete sich, eine Gestalt schritt hindurch und näherte sich dem Volk des Pharaos. „Osiris – der Herrscher der Unterwelt persönlich!" Ra-Helios kniete sich hin und verneigte sich voller Ehrfurcht, mit ihm der gesamte Hofstaat. Auch Imhotep und Babu beugten das Knie, nur der Pharao und ich standen aufrecht und wichen seinen Blicken nicht aus. Für mich sah er fast so aus, wie ein normaler Mensch – oder besser: wie die Mumie eines Menschen. Allerdings ohne die üblichen Masken der Verunstaltungen. Einzig sein Gesicht war mit grüner Farbe gepudert – der Farbe des Lebens und Pflanzen. „Er trägt die Königsinsignien – die Geißel und den Krummstab. In seinem Reich ist er der uneingeschränkte Herrscher. Siehst Du die Atef-Krone? Sie ist der Krone meines Königshauses sogar sehr ähnlich", flüsterte mir Juan I. zu. „Pharao Juan I. – ich grüße Dich!" begann Osiris entgegen sonstiger Riten die Zeremonie, in der üblicherweise die Götter von den menschlichen Herrschern zuerst begrüßt wurden. „Osiris – danke für den Gruß, ich gebe ihn gerne zurück! Mir sind inzwischen fast alle Götter bekannt – einige haben unser Missfallen erregt. Für uns beide ist heute das erste Zusammentreffen. Ich sehe, ein Ritual der Auferstehung soll stattfinden – verrate uns, wer das sein soll?" bat der Pharao. Während er sprach, kamen nacheinander die Götter aus dem Schiff. Sie stellten sich als Spalier auf und erwarteten die Originale. „Ich werde die Göttin Sachmet ins Leben zurück holen – gemeinsam mit König Amun!" Diese Nachricht erfreute mein Herz. „Das finde ich richtig Klasse", wisperte ich Juan I. zu. Er gebot Ruhe. Osiris musterte mich. Sein Krummstab wies in meine Richtung, als er mich ansprach. „Du bist dieser Professor, vor dem sich sogar die Götter fürchten?" Ich hörte den drohenden

Unterton, in mir regte sich der Trotz. „Das bin ich, Osiris! Aber wer mich fürchtet, muss einen guten Grund dafür haben – ich bin kein Gott sondern nur ein einfacher Mensch!“ Er räusperte sich. „Nun, es geschieht nicht sehr oft, dass ein Gott durch die Hand eines Menschen stirbt! Wenn es so ist, muss er über ungewöhnliche Fähigkeiten verfügen?“ Ich zuckte mit den Achseln. „Kann sein – das müssen die Götter schon selber heraus bekommen!“ Sobek und das Gefolge der Fremden unterbrachen uns. Während ich herausfordernd neben dem Pharao stehen blieb, wandte sich Osiris den Ankömmlingen zu. „Die Zeremonie kann beginnen – die Vorbereitungen dafür sind beendet!“ meldete Osiris an Sobek. Sachmet, das Original der mächtigen Göttin, trug einen langen Schleier, als sie die Bühne betrat. Sie wurde auf diese Platte geführt, der Schleier entfernt. Sie legte sich nackt hin. „Wartet – eine Frage habe ich!“ Juan I. schaute Sobek eine Weile an. „Glauben die Götter und ihre Originale wirklich, dass wir einfach hier stehen und zusehen, als wäre nichts geschehen? Als hätte es die letzten Stunden nicht gegeben? Ihr alle habt versucht, uns zu vernichten – Ihr habt uns den Krieg erklärt! Und Ihr habt verloren!“ Sobek’s Mimik war wie ein offenes Buch. Er drehte sich Gott Amun zu. „Du hast mir zugesichert, dass die Sache bereinigt ist – und dass die Krieger der Sphinxe die Schlacht gewonnen haben?“ fauchte er den König der Götter an. Juan I. rang sich ein müdes Lächeln ab. „Das kapiere ich nicht? Seid Ihr blind oder kommt Ihr mit der Realität nicht klar – mein Volk steht hier vor Dir und Deinen Doubles – nicht die verdammten Biester und Kreaturen, die auf uns gehetzt wurden!“ Die Verblüffung bei Sobek wuchs. „Das Heer der Sphinxe ist angetreten, uns zu huldigen – und damit gehört der Sieg uns – egal was mit diesen Monstern ist, oder?“ Verunsichert überflog er die Einheiten, die stramm standen. Diesmal lachte Juan I. höhnisch auf. „Ist das ein blödes Volk – und so was nennt sich – sonst was.“ Er klopfte mir auf die Schulter. „Du hast Recht, mein Freund – die haben einfach zu lange im Koma gelegen. Damit Du Sobek es endlich verstehst – das Heer untersteht Sphinx und seinem Heerführer Ox. Und beide sind Freunde und Partner der Menschen!“ Es war mir eine Genugtuung, die bedepperten Gesichter der Götter zu sehen. „Gott Amun, noch ein Wort zu Dir! Es wäre Deine verdammte Pflicht und Schuldigkeit gewesen, die Originale davon abzuhalten, diesen Blödsinn zu veranstalten. Ich weiß nicht, was sie dazu getrieben hat? Fakt ist – sie haben unser Vertrauen verspielt – ein für alle mal!“ Sobek glaubte wohl noch immer, dass alles nur ein Fake war. „Es reicht – schafft mir diesen aufsässigen Menschen aus den Augen!“ befahl er Ox, der inzwischen neben uns stand und den Dialog verfolgte. „Ich bekomme meine Anweisungen und Befehle von Sphinx – und er hat mich beauftragt, alles zu tun, dass die Menschen von nichts und niemand angetastet werden. Auch nicht von den Göttern oder Euch!“ Sobek klappte das Kinn runter, so perplex war er. Er zog sich in die Reihe seiner Brüder zurück, ich konnte sehen, wie sie heftig miteinander kommunizierten. Der Pharao wandte sich erneut an Gott Osiris. „Osiris – Ihr seid einer der wenigen Götter meines Reiches, denen ich noch vertraue. Es sind inzwischen so viele furchtbare Dinge geschehen, die uns den Glauben raubten und unzählige Opfer kosteten, dass es Generationen dauert, bis sie vergessen werden. Ich bitte Euch, die Zeremonie durchzuführen und Göttin Sachmet ins Leben zu holen – und nur die Göttin! Original Seth – Euer Doble hat den Tod verdient, nicht nur einmal sondern Tausendfach! So wie er für den Tod Tausender verantwortlich ist. Keine Gnade und keine Auferstehung für ihn – so wahr ich hier stehe und Pharao bin!“ Diese Kampfansage war klar und deutlich. Seth’s Blick pendelte vom Pharao, zu Osiris und dann zu Sachmet. Ohne eine Entgegnung rauschte er von der Bühne ins Schiff. „Ox, passt auf, dass der keine Dummheiten macht. Schickt lieber einen Krieger mit, der ihm auf die Finger guckt!“ bat ich. Zufrieden bemerkte ich die Lichtkugel, die in das Schiff huschte. „Ich brauche die Hilfe von Amun, wenn die Zeremonie erfolgreich werden soll. Ihr solltet mit ihm reden?“ Osiris trat zur Seite und kreuzte die Insignien vor seiner Brust. „Nun König und Gott Amun – ich bitte auch Dich, Sachmet ins Leben zu holen!“ Der Pharao hob beide Arme und streckte Amun die flachen Hände entgegen. „Mit diesen Händen werde ich Dir meine Dankbarkeit erweisen – das verspreche ich! Es ist das Wort des Pharaos – also bist Du bereit?“ Den schnabelförmigen Thot hielt es nicht mehr an seinem Platz. Er trat auf Amun zu. „Wenn wir jetzt nicht einlenken und die Vernunft walten lassen, werden wir Götter in Vergessenheit geraten – das ist Dir hoffentlich klar?“ redete er ihm ins Gewissen. Von allen Seiten kam Zuspruch. „Also gut – ich helfe Osiris und erwecke Sachmet die Mächtige!“ Mir plumpste ein Stein von der Seele.

„Das wird jetzt einige Stunden dauern. Und es wird manche Situation geben, wo es besser ist, nicht hinzugucken!“ erklärte mir Imhotep, während beide Götter mit den Einzelheiten der Verrichtung begannen. Amun las laut aus dem Buch der Toten vor, er leitete jeden einzelnen Schritt mit einem Spruch ein. Ich hatte während meiner Reisen einmal die Gelegenheit, einen Blick in das Totenbuch zu werfen. Damals ahnte ich allerdings nicht, dass ich einmal persönlich bei einer derartigen Prozedur dabei sein würde. Gott Osiris legte Krummstab und Geißel ab, dann breitete er neben dem Original Sachmet einige Utensilien aus. Er bestrich mit einer Quaste den Körper der Frau mit dem Schlamm des Nils. Unablässig wiederholte er die Worte, die Amun verkündete. Nachdem er die Blüten des Lotus neben dem Kopf, in den Achsel und Genitalbereich platzierte, kam der Punkt, vor dem der Heerführer mich gewarnt hatte. „Bringt sie hoch!“ befahl Osiris mit lauter Stimme. „Ist das Booh-Rax? Der ist wirklich unverwüstlich.“ Erstaunt schüttelte ich den Kopf. Er war der Klumpen Metall, der auf die Bühne floss und sich wie ein Tuch öffnete. Köpfe schoben sich über den Rand, mit Grauen sahen wir zu, wie sich diese fliegenden Ungeheuer aus dem Metall frei machten. „Die Sirenen – sie leben noch! Hoffentlich hauen sie nicht ab?“ Ich machte mir ernsthafte Sorgen, zumal niemand darauf zu achten schien, dass sie sich erhoben und ihre Flügel ausbreiteten. Aber meine Befürchtungen waren unbegründet. Gegen die Macht der Götter waren sie hilflos. Osiris legte sich eine Axt zurecht. Eine Bewegung seiner Hand führte ihm eine Sirene zu. Sie wehrte sich und krächzte herzerweichend. „Er wird sie töten und ihr Blut verwenden!“ orakelte Imhotep, der angespannt neben mir der Zeremonie folgte. „Sie haben auch nichts anderes verdient – und wir haben es Sachmet versprochen, dass es so kommen wird!“ Das stimmte, als die Sirenen über die Göttin herfielen und ihr Blut tranken, gaben wir alle diesen heiligen Schwur ab. Osiris ergriff die Flügel der Bestie und drückte sie mit einer Hand zusammen. Sie schnappte nach ihm und versuchte, ihn zu beißen. Er machte kurzen Prozess, mit einem Griff riss er ihren Kiefer auseinander. Das Knacken der Knochen war bis zu uns zu hören. „Mein lieber Schwan!“ stöhnte ich und drehte den Kopf weg. Jetzt konnte der Gott sein Werk in Ruhe vollenden. Er hob die Axt empor und schlug seinem Opfer den Kopf ab. „Das Blut wurde ihr genommen – das Blut wird ihr gegeben!“ murmelte er und ließ den Saft des Lebens über Sachmet fließen. Dieser Vorgang wiederholte sich sieben Mal – Sachmet badete inzwischen im Blut. Jetzt wurde mir auch klar, welche Funktion die Umrandung haben sollte. Nachdem ich mich halbwegs an diesen Anblick gewöhnte, wollte ich wissen, wie es weiter geht. „Ich habe keine Ahnung – ab jetzt bin ich so schlau wie Du!“ sprach er. Peter rutschte an mich heran. „Bernd hat sich die Mädchen gegriffen und läuft eine Runde mit ihnen. Oder sollten sie sich das reinziehen?“ Ich hatte für einige Zeit die Kinder völlig verdrängt. „Nein, es ist alles gut so! Aber es wäre besser gewesen, wenn er vorher was gesagt hätte. Da draußen treiben sich vielleicht noch irgendwelche Tiere oder Krieger herum…“ Peter verstand sofort. „Okay, ich folge ihnen und bringe sie wieder zurück. Wir halten uns hinten bei den Familien auf, falls Du uns suchst!“ Dankbar ließ ich ihn ziehen. Was nun auf der Bühne folgte, kannte ich bisher aus einschlägigen Hollywood-Filmen. Während Amun sich steigerte und die Worte immer hektischer aus seinem Mund strömten, kippte Osiris die Krüge um. „Heilige Scheiße, jetzt gucke Dir bloß das Gewimmel an?“ Mein Erstaunen schlug schnell um, voller Ekel schüttelte ich mich. „Die fressen ja das Blut – jetzt produzieren sie kleine Vampir-Käfer!“ Das konnte für mich nicht anders kommen, immerhin hatten wir oft genug erlebt, wie das Blut der Sirenen wirkte. Die Käfer pumpten sich voll und fraßen sich satt, dass sie sich kaum noch regen konnten. Sie überdeckten den gesamten Körper von Sachmet wie eine geschlossene Rüstung. „Heilige Scheiße…!“ wiederholte ich, ein Brechreiz überkam mich. „Ich muss erstmal einen Schluck trinken gehen, sonst kippe ich aus den Latschen!“ entschuldigte ich mich bei Imhotep und machte Anstalten, aufzustehen. „Siehst ein wenig blass aus – soll ich Dir helfen?“ bot er an. Ich wehrte ab. „Danke nein, komme schon alleine klar.“ Ich merkte, dass ich ein wenig wankte, riss mich zusammen und stolperte los. Der Wind fuhr mir um die Nase, ich atmete tief durch, um mich zu entspannen. Irgendwo in der Nähe mussten unsere Klamotten liegen. „War das nicht hier?“ Es lagen etliche

Packen mit Kleidung und Waffen umher, aber sie gehörten nicht uns. Mein Schädel wummerte, mir wurde richtig kotzübel. „Geht gleich wieder! Erst mal hinsetzen.“ Ächzend ließ ich mich auf einem Stein nieder und senkte den Kopf. Ein Schnauben ließ mich misstrauisch aufblicken. Einen Steinwurf entfernt bewegte sich etwas. Ich wischte mir die Augen blank. „Das träume ich doch nicht?“ Dieses Ding oder was auch immer da lief, zeigte großes Interesse für die Zeremonie, wollte aber offensichtlich nicht gesehen werden. Ich tastete automatisch nach meinen Waffen, aber die lagen vor der Bühne, bei meinen Gefährten. „Du wirst es nie lernen!“ verfluchte ich mich selbst, aber es war nun wie es ist. Ich wollte mich schon rühren, da kam zwischen einer Düne ein ähnliches Wesen geschlichen, gemeinsam näherten sie sich unauffällig dem Bereich der Bühne. Mir ging es etwas besser, ich entschloss mich, ihnen zu folgen, um notfalls meine Leute zu warnen. „Wer in Gottes Namen seid ihr?“ In Gedanken rief ich alle mir bekannten Bilder der Gottheiten und Untergruppen auf. Die beiden Wesen waren so sehr auf das Vorgehen fixiert, dass sie mich nicht beachteten. Ich ging in die Hocke, als ich sie erneut im Blick hatte. „Sie haben eine Ähnlichkeit mit Sachmet der Großen?“ Sie besaßen den Körper eines Menschen, eines Mann. Auch wenn sie bedeutend kleiner als die Göttin waren, in einem glichen sie ihr auf jeden Fall – ihre Köpfe waren die eines Löwen. „Sind vielleicht ihre Nachkommen? Ihre Brut?“ rätselte ich. Aber diese Frage konnten nur sie beantworten. Zufällig blickte ich zur Bühne. „Da geschieht doch was?“ Aus dem Eingang des Schiffes schossen Flammen heraus, mehrere Detonationen zerrissen die Stille. Ohne weiter auf die Beobachter zu achten, stürmte ich zu meinen Freunden. „Was ist los?“ keuchte ich. Imhotep drückte mich zu Boden. „Das Original Seth scheint seinem Double Gott Seth zu gleichen. Da drinnen wird gekämpft! Wir wissen nicht genau, was sich gerade abspielt? Ox ist mit einigen Kriegern selbst rein, um aufzuräumen!“ informierte er mich mit wenigen Sätzen. Babu kam angerobbt. „Habe ich nicht gesagt – die Typen taugen nichts!“ Er sah aus unserer Deckung heraus. „Scheint vorbei zu sein? Nichts mehr zu hören?“ stellte er fest. Mit gebotener Vorsicht standen wir auf. „Die Originale sind alle verschwunden! Das Schott schließt sich – sind die Krieger schon zurück?“ Imhotep drängte uns von der

Bühne. „Wir sollten lieber sofort von hier verschwinden – das hört sich ganz nach Startvorbereitungen an!“ Er ließ einige scharfe Kommando ertönen, postwendend trieben die Krieger der Wache alle weit ins freie Feld. Der Pharao schnappte sich seine Kinder und trug sie eigenhändig fort. „Die Götter – was ist mit ihnen?“ Ich konnte unschwer erkennen, dass sie noch immer auf der Bühne zelebrierten. „Um die mach Dir keine Sorgen. Die kommen schon allein zurecht!“ Während wir den Abstand zum Schiff vergrößerten, sah ich die beiden Wesen auf die Bühne zueilen. „Imhotep – was sind das für Figuren? Die sind vor ein paar Minuten aufgetaucht.“ Wir hielten kurz an. „Dämonen der Unterwelt, das sind Dämonen! Sie bewachen das Tor in das Reich der Toten und lassen niemand mehr raus. Ich ahne das Schlimmste?“ Damit schien er ins Schwarze zu treffen. „Soll heißen, sie wollen verhindern, dass Sachmet zurück kehrt?“ Mir fuhr der Schreck in die Glieder. „Genau das denke ich!“ bestätigte er grimmig. Flammen züngelten unter dem Schiff hervor, dichte Rauchwolken hüllten die Umgebung ein. „Sie wollen starten, sich verpissen – diese verrückten Hunde!“ Imhotep überzeugte sich, dass unsere Leute genügend Abstand hatten und damit in Sicherheit waren. „Zumindest hat die Geschichte einen großen Vorteil. Wenn die abhauen, haben die Götter keinen andere Wahl mehr – sie müssen mit uns verhandeln und Frieden schließen!“ Donnernd löste sich die gigantische Pyramide vom Boden und stieg höher. „Was wird mit Ox und seinen Kriegern? Die müssen jetzt mit.“ Es war ein erhebender Anblick, diesen Koloss schweben zu sehen. Aber die Umstände und die Tatsache, dass einige Kampfgefährten unfreiwillig das Opfer dieser Flucht wurde, schmerzte. „Das ist dann wohl nicht zu ändern? Leider!“ seufzte der Heerführer, während das Schiff die Wolkendecke erreichte. „Das war es dann. Was ist mit der Bühne?“ Feuer war auf den Planken ausgebrochen, die Rückstöße der Antriebe hatte alles, was nicht niet- und nagelfest war, umher geschleudert. Den Göttern selber war nichts geschehen, das war sofort erkennbar. „Es hat die Wanne erwischt. Der Druck hat sie vom Podium gefegt.“ Wir liefen los, um zu retten, was noch zu retten war. Uns bot sich ein Bild der totalen Verwüstung, als wir die Bühne erreichten. „Ein Glück, dass niemand von uns hier geblieben ist. Das wäre uns schlecht ergangen“, bemerkte ich aufgewühlt. Dann sahen wir sie liegen. „Ist das ihr Blut oder…“ Sachmet lag regungslos vor uns, die Käfer waren verschwunden. So sehr ich auch suchte, ich konnte nicht ein einziges Exemplar entdecken. „Ist das nun das Original oder ihr Double, die richtige Göttin?“ Während wir uns den Kopf zerbrachen, stampften die Dämonen heran. Ohne uns eines Blickes zu würdigen, schnappten sie sich den Körper und wollten los. „Ich denke, das ist unsere alte Freundin Sachmet. Die Metamorphose hat wohl geklappt. Oder warum sollte sie sie sonst mitnehmen wollen?“ Ich war mir völlig sicher. „Bleibt stehen und lasst sofort die Göttin los! Sie gehört nicht mehr in das Reich der Toten!“ Ich stellte mich ihnen in den Weg. Einer von ihnen schaute mich voller Verachtung an, ohne ein Wort versetzte er mir einen derartig harten Stoß, dass ich mich überschlug. „Wow, das war nicht gut!“ stöhnte ich und blieb einige Sekunden wie betäubt liegen. „Sebak II. hat uns den Auftrag erteilt, sie von hier weg zu holen. Und nun stört uns nicht, oder es wird Euch schlecht ergehen!“ fauchte er uns an und ließ sein Gebiss aufleuchten. „Sebak II. hat in der Unterwelt nichts zu sagen! Wie könnt Ihr es wagen, Euch in meine Angelegenheiten einzumischen?“ Osiris holte mit der Geißel aus und wischte sie über das Gesicht des Sprechers. „Hinfort mit Euch! Ich verbanne Euch bis zum letzten Tag in die Tiefen des Fegefeuers!“ donnerte der Gott. Kreischend löste er sich in Funken auf. Der Kumpane des Dämons ließ die Beine der Göttin aus den Krallen rutschen und fiel flehend in den Staub. „Großer Osiris – König der Unterwelt! Verzeiht uns unwürdigen Dienern – Sebak II. hat uns getäuscht. Er meinte, dass Ihr mit den Göttern die Erde verlassen wollt und Chaos und Anarchie ausbricht, wenn wir ihm nicht Sachmet bringen!“ Osiris hielt inne. „Sebak II. schickt Euch?“ Der Dämon wimmerte noch immer vor sich hin. „Habt Ihr das vernommen – er kann es nicht lassen und will weiter die heilige Ordnung der Götterkreise stören!“ schri er der versammelten Götterschar ins Gesicht. Der Dämon guckte zaghaft zum Herrscher. „Er hat die Seele von Seth aus dem Totenreich holen lassen. Sie soll im Körper von Sachmet weiter leben!“ Das schlug nicht nur dem Fass den Boden aus. Die Götter schrien und fluchten durcheinander, dass sich der Himmel mit Blitze und Donner überzog. Ein kehliges Knurren setzte dem ein unverhofftes Ende. „Wer soll in meinem Körper weiter leben?“ Ich schnellte herum. „Sachmet, Göttin Sachmet – ist das schön!“ Sie hatte andere Sorgen, als sich um mich zu kümmern. Entsprechend kurzweilig war ihre Reaktion. „Später, mein Freund!“ Mit frostigem Gesichtsausdruck stampfte sie auf Osiris zu. „Wer soll in meinem Körper wohnen – rede mit mir, Bruder!“ fuhr sie ihn heftig an. Es entspannte sich eine hitzige Diskussion zwischen beiden. Immer wieder fiel Seths Namen. „Diese Ausgeburten der Hölle – sie haben mir genug angetan! Sie waren in der letzten Minute bei mir, als meine sogenannten Brüder sich erdreisteten, mich zu opfern, um diese verdammten Kreaturen zu erschaffen!“ Sie schob mich wie eine Puppe vor. „Die Menschen haben mehr Herz, als jeder Einzelne von Euch!“ klagte sie die Götter heftig an. Betroffen starrten sie sich an. Sachmet die Mächtige stank erbärmlich, wie in einem Horror-Film tropften blutige Spuren auf die Erde. „Sachmet, lass mich los – bitte! Ich halte das nicht länger aus!“ bat ich inständig und rümpfte die Nase. Es dämmerte ihr wohl, was ich meinte. „In der Festung gibt es Wasser, da kannst Du Dich reinigen!“ schlug ich vor. Die Stimmung innerhalb der Götter blieb feindselig, Sachmets finstere Augen zeigten, dass sie bis in ihr tieferes Innere verletzt war. „Ich weiß nicht, ob es wirklich so gut war, wieder ins Leben gerufen zu werden? Es ist der gleiche Scheißhaufen da, der vorher das Leben so schwer machte!“ brummte die Löwenköpfige und setzte mit mächtigen Sprüngen zur Festung über. Die Götter standen reglos, offensichtlich hatte zumindest einigen von ihnen dieser Wutanfall der Mächtigen zu denken gegeben. „Was soll mit ihm geschehen?“ Amun hob den Kopf des Dämons an. Eine Geste von Osiris war eindeutig. „Schafft ihn weg und sorgt dafür, dass er mir nie wieder unter die Augen kommt!“

Am späten Nachmittag traf der gesamte Tross in Kel-di-Nore ein. Der Pharao ließ Wachen vor dem Tor der Götter aufziehen und schärfte ihnen strengste Wachsamkeit ein. „Niemand betritt oder verlässt den Turm. Ihr haftet mit Euren Köpfen!“ schärfte er ihnen ein. Wir bezogen unsere alten Quartiere im Gästehaus. Nach einem ausgiebigen Bad und neuer Kleidung konnte ich mir einige Stunden der Ruhe gönnen. Ich war wohl eingenickt, als ich wach wurde, war es absolut leise. Ich trat auf den Hof des Palastes. „Wo ist Bernd mit den

Mädels? Sie müssten längst zurück sein!“ Auch Peter konnte ich nirgendwo entdecken. „Alle wie vom Erdboden verschluckt? Hoffentlich ist nichts passiert?“ Ich raffte meine Waffen zusammen. „Wohin des Weges?“ Juan I. kam mit seinen Söhnen an der Hand geschlendert. „War ein ereignisreicher Tag?“ Ich nickte wortlos. „Ist Dir eine Laus über die Leber gelaufen?“ Mein Freund schickte die Jungs zum Spielen. „Aber immer schön im Blickfeld bleiben, verstanden!“ rief er ihnen nach, als sie eiligst zum Turm der Götter rannten. „Und nichts anfassen!“ Ich prüfte meinen Revolver. „Will nur nach den Kindern und den Männer sehen. Die sind spazieren gegangen“, murmelte ich. Es wurde dämmerig, um den Regierungssitz herum flammten Lagerfeuer auf, der Duft von gekochtem Essen machte sich breit. „Ja, es war nicht nur ein ereignisreicher Tag – es war wieder eine Etappe voller Höhen und Tiefen!“ Ich schaute Juan I. in die Augen. „Ich denke, es wird Zeit für uns, endlich nach Hause zu kommen!“ Das fröhliche Geschrei der Mädchen drang zu mir, erleichtert steckte ich die Pistole ein. „Man sieht immer gleich Gespenster, wenn etwas nicht so läuft, wie gedacht!“ Bernd und Peter hielten einige Mädchen an den Händen und rannten mit ihnen um die Wette. „Siehst Du, allein dafür hat sich die ganze Aufregung gelohnt. Ich bringe sie zu ihren Eltern zurück. Und meine kleine Prinzessin – Sanila wird sich schon Sorgen machen und auf uns warten.“ Shyla winkte mir zu und schickte ein Handküsschen. Ich fing es auf und tat so, als würde es in meiner Hand herum flattern. Sie lachte herzhaft, kam angewackelt und drückte mir einen Schmatzer auf die Wange. „Hab Dich ganz doll lieb, Paps!“ Juan I. wischte sich verstohlen einige Tränen weg. „Wann wollt Ihr los?“ fragte er. Ich legte beide Hände auf seine Schultern. „Das liegt ganz bei Dir, mein Freund! Einer von Euch muss den Turm auf unsere Zeit programmieren. Ich denke, nach dem Essen wäre der richtige Zeitpunkt!“ Auch wenn mir das Herz schwer wie Blei wurde, die Sehnsucht nach meiner Familie war nicht mehr zu unterdrücken. „Okay, ich werde alles Notwendige veranlassen!“ Er stieß seine Stirn an meine und hielt mich fest. „Wir treffen uns in einer halben Stunde zum Essen!“ Damit verließ er mich, um alles zu veranlassen. Ich schaute zum Himmel hinauf, dort, wo die Sterne zu blinken begannen. „Ali, alter Freund, wir werden uns eines Tages in einer

besseren Welt wiedersehen. Ich werde Deiner Tochter viele Grüße ausrichten", flüsterte ich, wohl wissend, dass Sanila den Tod ihres geliebten Vaters nur schwer verschmerzen würde. Ich gedachte Taisya, unserer kleinen schwarzen und tapferen Kriegerin. Ox, der jetzt irgendwo da oben im Universum herum kurvte. Max und Nesrin, die Gezeichneten. Wie würde ihr Schicksal ausgehen? Mein Abschied von den Göttern! „Wir Menschen tragen den Keim der Rebellion in uns. Es kann lange dauern, bis er wächst – doch die Früchte dieses Baumes schmecken bitter. Das sollte Ihr niemals vergessen!"
Mein Blick überflog die Silhouetten der Häuser. In der Ferne stieg Rauch auf – die Vorbereitungen der Todesfeier für Pharao Remos II. wurden sofort wieder in Angriff genommen, so als wäre nichts geschehen. „Die nächsten Tage heißt es Ordnung schaffen und das normale Leben zurück kehren lassen!" war der Spruch des Pharao. Sein Wort war Gesetz. Die Zeit flog dahin, während des Essens wurde kaum gesprochen. Dann war es so weit.
„Bestellt allen viele Grüße und haltet die Ohren steif!" Amaunet stand mit den Kindern im Kreis ihrer Schwestern und Brüdern und winkte. Juan nickte uns zu. „Den Hebel betätigen und Augen schließen. Der Rest geht von allein!" Er hob die Hand und verneigte sich...

Es brannte noch Licht im Haus, obwohl es längst nach Mitternacht war. Wir waren schon während des Fluges aufgefallen – drei Männer mit einer lustigen Kinderschar. Auf dem Airport übernahm der Kommissar die Ablieferung der Kids an ihre Eltern. „Ich melde mich in den nächsten Tagen!" Dann sagte er etwas, was mich tief berührte. „Es war eine verdammt schwere Zeit, die wir erlebten. Aber ich habe etwas gefunden, was ich ein Leben lang nie wieder missen möchte: Echte Freunde!" Damit verabschiedete er sich von Bernd, Shyla und mir. Mein Herz pochte wild, als ich die Treppen hinauf schritt. Bernd fuhr mit der Taxe weiter nach Hause. „Willst Du klingeln?" Shyla nickte aufgeregt. Es polterte hinter der Tür, Schritte schlurften. „Wer ist da?" fragte eine Knabenstimme. „Eli, mache gefälligst die Tür auf, wir sind es...!" Es schien, als würde die Zeit still stehen. „Mama, wo bist Du – sie sind da!" hörte ich meinen Jungen brüllen, mit einen Ruck wurde die Tür aufgerissen, Eli sprang mir um den Hals…

Ende Teil II.

Bei BoD bisher im Angebot:

Als Buch und E-Book im Handel erhältlich!

G. Voigt - Romane: Deutsche SF & Fantasy

Wildnis - Serie:

Band 1 - Die Rückkehr der Ahnen

ISBN: 9783837011975

Band 2 - Das Geschlecht der Blauen Engel

ISBN: 9783741256332

Band 3 - Der Clan der Androiden

ISBN: 9783741289163

In Vorbereitung: Band 4 - Die Geburt der Crystal – Götter

Demnächst: Berlin-Inferno - Fluch der Drachenknechte

Sebak – Serie:

Als Buch und E-Book im Handel erhältlich!

Band 1 – Sebak – Gott der Pharaonen

Auf der langjährigen Suche nach meinem verschollenen Freund Max stoße ich, Prof. Arne Lukas, Archäologe und Ägyptologe, im Jahre 1986 in einer anderen Zeitepoche auf eine Kreatur, welche in den Hieroglyphen und Reliefs der Alten Ägypter als Gott des Nils betitelt wird, Sebak! Vor mehr als 10 000 Jahren erschuf Sebak, einst ein begnadeter Wissenschaftler und Gelehrter seines Volkes, den Kreis der unsterblichen Götter. Er strebt nach der absoluten Macht im Reiche Pharaonien und sucht einen Weg in unserer heutigen Zeit. Die Bruderschaft des Sebaks und ihre Hohenpriester dienen ihm ergeben und schrecken vor nichts zurück, weder Raub, Folter noch Mord! Und mein Freund Max wurde einer von ihnen? Wenn es Gott Sebak, seinem Bruder Seth und dessen Verbündeten gelingt, die Türme der Götter neu zu aktivieren, droht der Menschheit eine Gefahr ungeahnten Ausmaßes! Nur eine Macht kann das Ungeheuer zur Strecke bringen: Die geheime Waffe der Ahnen!
Wurde Max zum Verräter seiner Ideale, um sein Leben zu retten? Welche Chancen bleiben Pharao Remos II. und seinem Volk in Kel-di-Nore, der Weißen Stadt, um erfolgreich gegen Sebak und seinen blutigen Monstern zu kämpfen? Welche Rolle hat Sphinx mir bei dieser Geschichte zugedacht - ein Wesen, so alt und weise wie die Zeit selber? Das größte Abenteuer meines Lebens begann mit der Expedition in die berühmte Knick-Pyramide bei Dahschur und veränderte alles!

Als Buch und E-Book im Handel erhältlich!

Band 3 – Sebak III – Erlöser von Atlantis

Mich, Prof. Arne Lukas, Archäologe, verschlägt es gemeinsam mit meinem Freund Imhotep und Judit, eine Journalistin, durch die Zeit-Falle nach Atlantis, um meine Tochter Shyla zu suchen. Sie und ihre Schwestern, die Priesterinnen des Gottes Thot, wurden durch die Herrin der Pyramide entführt. Zysyn, die letzte Mutter der Mutanten hat das Schiff der Originale fest in ihrer Hand und regiert mit einem erbarmungslosen System der Unterdrückung. Sie erschafft ein neues Heer Mutanten und die Zyklopen, um die Götter zu kontrollieren und ihre Macht zu brechen. Gott Sebak II. kämpft seit mehr als dreitausend Jahren gegen die Sekte der Ewigen. Auch er muss sich Zysyn fügen, um das Leben seines Sohnes Babu zu retten. Unerwartet taucht ein Gegner auf, den nichts und niemand bezwingen kann, Mirakel, eine Kampfmaschine, welche nicht nur die Götter bedroht. Welches zwielichtige Spiel treibt Max, mein alter Freund? Ich kenne nun die wahre Ursache für den Untergang von Atlantis!